HaffmansTaschenBuch 156

—

KARL MAYs WERKE
Historisch-Kritische Ausgabe

—

Herausgegeben von
Hermann Wiedenroth und
Hans Wollschläger

—

Abteilung II
Fortsetzungsromane
Band 2

D1730488

DIE JUWELENINSEL

ROMAN
VON
KARL MAY

HAFFMANS VERLAG

Veröffentlicht als
HaffmansTaschenBuch 156, April 1992
Konzeption und Gestaltung von
Urs Jakob
Umschlagbild von
Michael Sowa

Alle Rechte vorbehalten
Copyright © 1992 by
Haffmans Verlag AG Zürich
Herstellung: Brodard et Taupin, La Flèche
ISBN 3 251 01156 1

1 2 3 4 5 6 – 97 96 95 94 93 92

Inhalt

Dieser Text folgt zeichengetreu dem Zeitschriften-Erstdruck,
Stuttgart 1880–1882.
Der Editorische Bericht, der über Entstehung
und Textgeschichte Auskunft gibt, findet sich in der parallelen
Bibliotheksausgabe.

DIE
JUWELENINSEL.

Originalroman

von

Carl May.

ERSTES KAPITEL

Im Seebade.

Die Bucht, an welcher das wegen seines Seebades berühmte Städtchen Fallum liegt, wird zur Rechten von der weit vortretenden, aus schroffen Felsen zusammengesetzten Küste, zur Linken aber von einer Landzunge eingefaßt, die in Form eines scharf gebogenen Hornes in die See hinausragt und bis an ihre äußerste Spitze einen dichten Eichen- und Buchenwald trägt, durch den nur wenige schmale Pfade führen, welche es den Badegästen ermöglichen, sich aus dem Geräusche des während der Saison vielbesuchten Ortes in die tiefste Einsamkeit und Stille der Natur zurückzuziehen.

Die Landzunge hält die hohen Wogen und der Wald die Winde von der Bucht ab, ein Umstand, welcher sehr zur Frequenz des Bades beizutragen geeignet ist und es selbst zaghaften Gemüthern gestattet, sich badend oder im Boote sitzend den sonst gefürchteten Wellen anzuvertrauen.

Es war an einem schönen Julinachmittage, als drei Damen auf einem der erwähnten Waldwege dahinspazierten. Sie bildeten eine interessante, ja sogar auffällige Gruppe. Abgesehen von ihren gelben Sommerhüten war die Eine ganz in Blau, die Andere ganz in Grün und die Dritte ganz in Purpurroth gekleidet. Die Blaue, sehr lang und hager Gebaute, trug ein dreifarbiges Cyperkätzchen, die Grüne, klein und schmächtig Gestaltete, ein Meerschweinchen und die Purpurrothe, mit einer kurzen, sehr dicken taillenlosen Figur Ausgestattete ein Eichhörnchen auf dem Arme, welches letztere außerdem mittelst eines Halsbandes und einer goldenen Kette an den Busen seiner Trägerin befestigt war. Ihre Anzüge waren aus Stoffen gefertigt, deren Preis darauf schließen ließ, daß diese drei Damen den gut situirten Ständen angehörten.

Kein Mensch hätte geahnt, daß diese von der Natur so verschieden begabten Spaziergängerinnen Schwestern seien, und dennoch waren sie es, wie sich aus ihrem Gespräche deutlich erkennen ließ.

»Ja, meine gute Schwester Zilla,« seufzte die Blaue, »unser Bruder Emil ist gegen fremde Damen und sogar gegen seine abscheulichen Hunde rücksichtsvoller als gegen uns. Diese Männer sind und bleiben Barbaren, die man auch mit der größesten Geduld und Nachgiebigkeit nicht anders machen kann!«

»Sie wollen niemals einsehen, meine liebe Freya, daß wir unendlich zarter besaitet sind als sie,« fiel die Grüne ein. »Und darum ist es keinem Mädchen zu verdenken, wenn es sich nicht entschließen kann, eine lebenslange Verbindung mit diesem Geschlechte der Vandalen einzugehen.«

»Ja,« flötete die Purpurne mit fetter Stimme, »wir haben das gute Theil erwählt, und das soll nicht von uns genommen werden, trotzdem es besonders mir leicht sein würde, eine standesgemäße und glänzende Mariage abzuschließen.«

»Besonders Dir?« frug die Trägerin des Kätzchens schnippisch. »Hörst Du, Wanka, dieses »Besonders« klingt ganz wie eine Injurie gegen uns Beide. Schwester Zilla meint, weil sie die Jüngste von uns ist, stehen ihr mehr Partien zu Gebote als uns. Aber Damen können ja überhaupt niemals alt werden. Meine vierunddreißig Jahre sind –«

»Entschuldige, Freya,« fiel die Dicke ein, »neununddreißig bist Du im November gewesen!«

»Neununddreißig? Ah, Du scheinst Dich mehr um das Alter Anderer als um das Deinige zu bekümmern!«

»O nein, aber ich kann mir das Deinige so leicht merken, weil wir gerade zehn Jahre auseinander sind – Du neununddreißig und ich neunundzwanzig.«

»Ah, schau doch an! Schwester Wanka, wie alt ist Zilla?«

»Fünfunddreißig.«

»Und Du achtunddreißig,« rächte sich Zilla.

»Nein, sechsunddreißig!«

»Achtunddreißig, nicht wahr, Freya?«

»Allerdings. Aber streiten wir uns nicht um solche Nebensachen. Die Hauptsache bei einer ehelichen Verbindung bleibt nächst den geistigen Vorzügen doch jedenfalls die körperliche Erscheinung, und in dieser Beziehung müßt Ihr Beide gestehen, daß ich Euch überrage und sehr im Stande bin, jedem Manne zu imponiren.«

»Es gibt genug Herren, welche sich für eine zarte ätherische Gestalt mehr interessiren als für große Länge,« vertheidigte sich Wanka.

»Ebenso wie ich in der Lage bin die Erfahrung zu machen, daß ein glückliches Embonpoint von der Mehrzahl der Herren immer reizend gefunden wird,« fügte Zilla bei. »Das hat mir sogar Lieutenant von Wolff gesagt, den ich, wie Ihr wißt, zu meinen neuesten und besten Eroberungen zählen darf.«

»Du?« rief die Lange. »Er hat mir erst vorgestern gestanden, daß ihm von mir geträumt habe.«

»Und ich,« fiel die Kleine ein, »habe erst vorhin mit ihm eine Partie Sechsundsechzig gespielt, die er verloren hat, weil ihn, wie er sich entschuldigte, meine süße entzückende Nähe verwirrt. Er ist sehr liebenswürdig, dieser Herr Lieutenant von Wolff!«

»Ja, sehr, sehr!« stimmte die Lange mit einer gewissen Ironie bei. »Nur meine ich, daß – aber seht doch einmal dieses allerliebste kleine Genrebildchen!«

»Genrebildchen? Wo denn?«

»Gleich hier am Wasser. Aber mein Gott, das ist ja unser Magdalenchen!«

»Wahrhaftig, unser Mädchen!« stimmten die Andern bei und eilten rasch vorwärts.

Der Weg, welchem sie folgten, endete an einem schmalen, auf drei Seiten von dichten Büschen umgebenen Einschnitte des Wassers. Dort lag ein Boot angebunden, dessen Segelstange niedergelegt worden war. Am Hintertheile saß ein Knabe, in einen grauleinenen Seemannsanzug gekleidet und einen Südwester, unter welchem eine Fülle blonder Locken hervorquoll, auf dem Kopfe. Er mochte ungefähr vierzehn Jahre zählen und hatte seine ganze Aufmerksamkeit einem etwa zehnjährigen Mädchen zugewendet, welches auf der vorderen Bank Platz genommen hatte und mit Angeln beschäftigt war. Dieses Mädchen war ein allerliebstes reizendes Geschöpfchen, und die außerordentliche Beweglichkeit, mit welchem es seiner gegenwärtigen Beschäftigung oblag, diente jedenfalls nicht dazu, einen großen Fang zu machen.

»Also wie heißt Du?« frug die Kleine. »Ich habe Deinen Namen bereits wieder vergessen.«

»Kurt.«

»Und wie noch?«

»Schubert.«

»Also Kurt Schubert! Höre, Du gefällst mir. Du hast so ein lichtes Haar und doch so pechrabenschwarze Augen. Und Kraft und Gewalt hast Du fast so viel wie mein Papa.«

»Wer ist denn Dein Papa?«

»Mein Papa? Das ist der tapfere General Helbig, der jüngst ganz Süderland erobert hat. Da kannst Du Dir nun wohl denken, daß er sehr stark sein und eine außerordentliche Force besitzen muß!«

»Ja aber kann er denn auch ein Boot regieren?«

»Natürlich! Ich habe es zwar noch nicht gesehen, aber er kann Alles.«

»Und auch segeln?«

»Auch! Aber am Besten können das meine Tanten.«

»Deine Tanten? Müssen bei Euch auch die Tanten segeln lernen?«

»Allerdings, denn der Papa sagt sehr oft, wenn sie spazieren gehen: »Gott sei Lob und Dank, da segeln sie hin!« Sie müssen also das Segeln verstehen. Hast Du sie schon einmal gesehen?«

»Das weiß ich nicht, denn ich kenne sie ja nicht.«

»O, die sind sehr leicht zu erkennen: Die Eine ist lang und trägt eine Katze; die Andere ist klein und dünn und trägt ein Meerschweinchen, und die Dritte ist dick und hat ein Eichkätzchen.«

»Ah, das also sind Deine Tanten! Die habe ich gesehen; sie sind ja im ganzen Orte bekannt. Heißen Sie auch Helbig, wie Dein Papa?«

»Freilich, denn sie sind ja seine Schwestern. Außerdem

heißen sie noch Freya, Wanka und Zilla; aber der Kunz sagt statt dessen Schreia, Zanka und Brülla.«

»Wer ist dieser Kunz?«

»Das ist unser Leibdiener, den ich sehr lieb habe und Papa auch; aber die Tanten zanken sich immer mit ihm, und dann wird er wüthend, geht auf sie los und – reißt wieder aus.«

»Ah, dann hat er wohl keinen rechten Muth?«

»Muth? Ganz gewiß so viel wie Papa selbst, aber er darf sich ja doch nicht an den Schwestern seines Herrn vergreifen; allein nur darum reißt er aus. Hast Du auch einen Papa, drei Tanten und einen Leibdiener?«

»Eine Mutter habe ich und einen Stiefvater, dann vier Schwestern, und der Diener bin ich selber.«

»Du? Warum?«

»Weil ich Alles machen muß. Und dennoch bekomme ich sehr viel Schläge und dazu weniger zu essen als die Andern.«

»Schläge? Du?« frug das Mädchen halb verwundert und halb verächtlich.

»Ja. Ich muß die Netze legen und die Herrschaften rudern, und wenn ich zu wenig gefangen oder zu wenig verdient habe, so erhalte ich Schläge.«

»Du Armer! Wie viel denn?«

»Sie thun weh, aber ich zähle sie nicht,« antwortete er stolz. »Wenn ich nach Hause komme, ist der Vater stets betrunken. Ich könnte mich wehren, oder ich könnte auch fortgehen, aber dann würde die Mutter weinen, und das soll sie doch nicht. Eigentlich verdiene ich die Schläge, denn ich gebe dem Vater nicht Alles, was ich verdiene, sondern ich nehme etwas für die Mutter weg, sonst müßte sie hungern.«

»Mein Gott, liebe Wanka, hörst Du es? Ist das nicht ein Rabenvater?«

Dieser Ruf erscholl hinter den nächsten Sträuchern, wo die drei Schwestern den letzten Theil des kindlichen Gespräches belauscht hatten.

»Ja, ein wahrer Rabenvater, meine gute Freya,« antwortete die Gefragte.

»Nein,« fiel die Purpurrothe ein, »nicht blos ein Rabenvater, sondern sogar ein Stiefrabenvater! Aber, meine süße Magda, wie kommst denn Du hierher an diesen Ort?«

»Kurt hat mich hergefahren, Tantchen.«

»Ueber die ganze Bucht?«

»Ja. Wir wollten angeln.«

»Aber, Kind, wenn es nun ein Unglück gegeben hätte! Du kannst naß werden; Du kannst Dich erkälten; Du kannst umkippen; Du kannst ertrinken!«

»O nein, Tantchen; von alledem thue ich nichts, denn Kurt fährt mich ja. Er hat mir sogar versprochen, daß ich ganz sicher sein kann.«

»Kurt heißt er also?«

»Ja. Kurt – den andern Namen habe ich wieder vergessen.«

»Kurt Schubert,« verbesserte der Knabe, welcher mit abgenommenem Südwester aufrecht und in unterthäniger Haltung im Boote stand.

Die drei Schwestern blickten mit sichtlichem Wohlgefallen auf seine für sein Alter außerordentlich kräftige Gestalt und in sein offenes wettergebräuntes Gesicht.

»Verstehst Du es denn wirklich, ein Boot ganz sicher zu führen?« frug die Blaue.

»Sie brauchen keine Angst zu haben, mein gnädiges Fräulein. Wollen Sie es einmal versuchen? Ich habe Platz genug.«

»Ja, ich möchte wohl, denn ich gondele sehr gern; aber die Schwestern fürchten sich, und mein Kätzchen kann das Wasser vielleicht nicht vertragen. Wenn es mir seekrank würde!«

»Ein Kätzchen wird niemals seekrank, mein Fräulein,« lächelte der Knabe, und zu gleicher Zeit nahm Zilla das Wort:

»Wir uns fürchten? Weißt Du, Freya, daß dies eine ganz außerordentliche Verleumdung ist! Ich habe ja dem Herrn Lieutenant von Wolff versprochen, daß er mich einmal gondeln darf.«

»Ich auch!« erklärte Wanka.

»Und ich auch!« bekräftigte Freya. »Wollen wir einsteigen?«

»Hm, mein Meerschweinchen – hm, mein Eichkätzchen!« erklang es in zweifelndem Tone.

»Diese Thierchen werden nicht krank werden,« versicherte Kurt.

»Gewiß?«

»Ganz gewiß!«

»So wollen wir es wagen. Kommt!«

Das Einsteigen war allerdings für die umständlichen Damen mit einiger Schwierigkeit verknüpft, kam aber mit Hilfe Kurts recht gut zu Stande. Der Knabe zeigte überhaupt eine beinahe männlich zu nennende Sicherheit, welche den Damen Vertrauen einflößte.

»Wohin?« frug er, als das Boot in Bewegung war. »Nach der Stadt oder ein wenig hinaus?«

»Hinaus, aber ja nur ein wenig,« entschied Freya.

»So können wir das Segel aufnehmen.«

Er richtete die Stange und an ihr die Leinwand empor; eine linde Prise legte sich ein und das Boot strich, ein wenig zur Seite geneigt, stet und ruhig über die Bucht dahin. Die drei Schwestern verriethen anfänglich die bei Damen gewöhnliche Aengstlichkeit vor dem Wasser, doch verlor sich unter der guten Führung und dem sichern Gange des Fahrzeuges nach und nach die Besorgniß, und es kam zwischen ihnen und dem Knaben eine Unterhaltung zu Stande, welche ganz geeignet war, ihnen ein lebhaftes Interesse für den kleinen Schiffer einzuflößen, welcher so keck und doch besorglich am Steuer stand, so offen und ehrlich in die Welt hineinblickte und so verständig und höflich zu antworten wußte.

Die Schönheit des Wetters hatte auch zahlreiche andere Boote herausgelockt, so daß ein reges Leben auf den schimmernden glitzernden Wellen herrschte. Eines dieser Fahrzeuge zog durch sein sonderbares Gebahren die allgemeine Aufmerksamkeit auf sich. Es war von zwei Herren besetzt, welche sich die Aufgabe gestellt zu haben schienen, die andern Fahrenden so viel wie möglich zu belästigen.

»Wem gehört dieses Boot?« frug Wanka.

»Es gehört einem der Badegäste,« antwortete Kurt.

»Wem?«

»Ich kenne seinen Namen nicht, aber es muß ein sehr

vornehmer Mann sein, da er stets solchen Unfug machen darf, ohne daß es ihm die Polizei verbietet. So oft er auf das Wasser kommt, treibt er es so wie gerade jetzt. Er rudert quer durch den Kurs der Andern, um sie zu erschrecken; er spritzt sie voll Wasser, wenn es Damen sind; er wirft faules Obst nach ihnen, und es ist sogar vorgekommen, daß er kleinere Boote umgestoßen hat. Ich hasse ihn!«

Sein jugendliches Gesicht nahm bei diesen letzten Worten einen so ausgeprägt feindseligen Ausdruck an, wie man demselben gar nicht zugetraut hätte.

»Hat er Dir denn etwas Besonderes gethan?«

»Ja.«

»Was?«

»Ich kam mit der Mutter vom Strande, und er begegnete uns. Wir hatten einen großen schweren Wasserkübel mit Fischen zu tragen und sollten ihm damit ausweichen, obgleich dort Platz für hundert Menschen ist. Wir kamen mit unserer Last nicht schnell genug zur Seite, und da schlug er die Mutter dreimal mit seinem Stocke.«

»Schändlich! Nicht wahr, liebe Wanka?«

»Brutal!« antwortete diese. »Nicht wahr, meine gute Zilla?«

»Das ist noch mehr! Das ist geradezu barbarisch und vandalisch! Was habt Ihr denn gethan nachher, mein lieber Junge? Ihr habt ihn doch wohl angezeigt, nicht?«

»Nein; dazu ist er ja zu vornehm. Wir hätten keine Hilfe bekommen. Ich wollte ihn fassen, aber die Mutter hielt mich zurück. Wenn er mir aber etwas Aehnliches wieder thut, so hält mich nichts ab ihn zu züchtigen!«

Er sah wirklich recht drohend und heldenhaft aus, wie er so dastand, das Ruder in der Rechten und die Segelleine in der Linken, und es hatte ganz das Aussehen, als ob trotz seines jugendlichen Alters in so ernsten Dingen nicht wohl mit ihm zu spaßen sei.

Sie lavirten herüber und hinüber und kamen auf diese Weise in das Innere der Bucht. Da schlug das besprochene Boot einen Bogen und kam auf sie zu. Freya hielt die Hand über die

Augen, um dieselben gegen das sich auf der Oberfläche des Wassers brechende Sonnenlicht zu schützen, und rief:

»Jetzt weiß ich, wer es ist!«

»Nun?« frug Wanka.

»Hugo von Süderland.«

»Ists möglich! Der »tolle Prinz?« Und er kommt auf uns zu! Kleiner, weiche ihm aus!«

»Warum?«

»Er kann uns nicht leiden. Er wird uns einen Schabernak spielen.«

»Das mag er versuchen! Ausweichen aber kann ich ihm nicht.«

»Warum?« frugen die Damen ängstlich.

»Ich habe den Wind konträr und bin allein beim Rudern, während sie zu Zweien sind.«

»Mein Gott, was wird das werden!« jammerte Zilla. »Ich vergehe vor Angst!«

»Er wird doch Ihnen nichts thun!« schüttelte der Knabe mit dem Kopfe.

»Und doch! Paß auf, Junge! Sie rudern ja gerade gegen uns. Sie haben etwas Schlimmes vor.«

Wirklich kam der Prinz in einer Weise herbei, welche diesen Verdacht begründete. Als er die Damen erkannte, hörte man ein häßliches Lachen und den Ruf:

»Hallo, wer ist denn das? Die drei Papageyen, hahahaha!«

Dann raunte er seinem Gefährten einige Worte zu, und darauf hielten sie auf Kurts Fahrlinie in der Art zu, daß man sah, sie wollten mit seinem Boote zusammenstoßen. Die Damen stießen einen lauten dreifachen Hilferuf aus.

»Halten Sie sich an Ihren Sitzen fest!« rief Kurt. »Ausweichen kann ich nicht, wenn sie es auf uns absehen; aber das kann ich machen, daß der Stoß nur ein leichter wird.«

Seine dunklen Augen blitzten den beiden Widersachern zornig entgegen.

»Fallt rechts ab!« gebot er ihnen.

»Fall Du ab nach links, dummer Junge!« lachte der Prinz.

In drei Augenblicken mußte sein Boot gerade auf die Mitte

von Kurts Fahrzeug treffen. Da riß dieser mit all seiner Kraft das Steuer herum und ließ die Leine los, so daß das Segel klappte und den Wind fahren ließ. Sein Boot gehorchte; es stoppte, hob sich vorn in die Höhe und drehte den Bug. Dadurch wurde der Stoß ein schiefer und statt in einem rechten, fuhr der Kahn des Prinzen in einem sehr spitzen Winkel an das Vordertheil des Bootes. Dennoch aber war die Erschütterung eine ganz bedeutende für die nicht seeerfahrenen Frauen. Am meisten wurde Magda von ihr betroffen, weil sie vorn auf dem Schnabelsitze Platz genommen hatte. Sie suchte vergeblich sich zu halten, verlor das Gleichgewicht und stürzte über Bord in das Wasser.

»Hollah, das Küchlein schwimmt. Fischt es heraus!« rief der Prinz lachend und ruderte weiter.

Die drei Schwestern saßen vollständig starr und wie gelähmt von dem Schrecke. Auf den andern Fahrzeugen hatte man den ganzen Vorgang mit angesehen und kam in größter Eile herbei, um zu helfen. Glücklicher Weise aber war dies schon nicht mehr nöthig. Kurt war dem Mädchen sofort nachgesprungen, faßte sie mit der Rechten und hob sie, während er mit der Linken den Rand des Bootes erfaßte, in dasselbe hinein. In einer Minute waren sie von sämmtlichen vorhandenen Fahrzeugen umgeben, und ringsum waren Beweise des Bedauerns und der tiefsten Entrüstung zu vernehmen.

Kurt allein hatte seine Ruhe bewahrt.

»Sie ist nicht todt,« rief er. »Sie ist nur naß geworden. Nachbar Klassen, Ihr habt Platz; nehmt doch einmal die Damen in Euer Boot und bringt sie nach Hause!«

»Warum, Junge?«

»Werdet es gleich sehen!«

»Na, dann herüber!«

Mehrere Hände griffen zu, und trotz der großen Aengstlichkeit der Damen wurden sie in das andere Boot gebracht. Kaum war dies geschehen, so nahm Kurt den Wind wieder in das Segel und griff zum Steuer.

»Hollah, wirst doch nicht, Junge?«

»Ja, ja, werde doch, Nachbar Klassen!«

»Braver Kerl! So steh nur fest!«

Das Boot des Prinzen hatte nach dem Ausgange der Bucht zu gehalten. Kurt that dasselbe. Er beobachtete das Segel, prüfte den durch die Landzunge gedämpften Wogenschlag und hielt dann sein Auge scharf auf den Gegner gerichtet. Der muthige Knabe hatte jetzt den Wind auf seiner Seite; er kannte sein Boot und wußte, daß ihm die Bestrafung seines Feindes gelingen werde. Daß dieser ein Prinz und er selbst ein armer Fischerjunge sei, danach fragte er nicht, er mußte die Mutter und auch Magda rächen; nur dieser Gedanke leitete ihn.

Der Prinz war zu Wasser zu wenig erfahren, um gleich von vornherein die Absicht des Knaben zu merken, nach und nach aber erkannte er die ihm drohende Gefahr. Doch that er nicht das Geringste ihr zu entgehen. Es schien ihm ein Ding der absolutesten Unmöglichkeit zu sein, daß dieser Knabe es wagen könne, einen solchen Coup gegen ihn auszuführen. Sie hielten sich jetzt parallel mit einander nach der felsigen Küste zu, welche die Bucht zur rechten Seite einfaßte. Hier gab es mehrere Untiefen und Bänke, welche der Prinz gar nicht, Kurt aber sehr genau kannte.

»Halloh, hab Acht!« rief der Letztere und richtete den Bug seines Fahrzeuges herum.

»Hallo, Bube, halte an!« klang es ihm entgegen.

»Kann nicht. Fahre sonst auf die Klippen.«

»Alle Wetter, so laß das Segel fallen!«

»Ist unmöglich. Komme ja dann nicht von den Riffen ab!«

Der schlaue Knabe hatte sich wirklich in eine Situation gebracht, die es ihm unmöglich machte, zu stoppen oder einen andern Kurs zu legen. Sein Boot war größer und segelte, das des Prinzen war leichter und hatte zwei Ruderer, die keine Knaben waren, es war unbedingt dasjenige, welches auszuweichen hatte. Der Prinz versuchte dies endlich, aber es war bereits zu spät dazu. Das Schifferboot kam unter voller Segelkraft wie ein Sperber herbeigestoßen.

»Hoi, fallt ab nach Back!« rief Kurt.

Dies geschah mit voller Berechnung. Er hatte bereits gesehen, daß die Beiden nach Steuerbord abfallen wollten, und die Befolgung seines Rufs mußte ihm also das feindliche Boot in seiner ganzen Breite vor den Schnabel bringen.

»Hoi, zu wenig, viel zu wenig. Haltet Euch an, Jungens!«

Noch diesen letzten Ruf stieß er aus, dann ließ er das Segel los, um nicht durch volle Benutzung des Windes sein Boot zu zerschmettern oder dasselbe zum Kentern zu bringen. Der jetzige Zusammenstoß war ein ganz anderer, als der vorherige. Er geschah mit unwiderstehlicher Kraft auf die Mitte des prinzlichen Fahrzeuges. Die Planken desselben krachten; es wurde vollständig umgestürzt, mit dem Kiele nach oben; das Vordertheil des Fischerbootes ritt einige Augenblicke auf demselben, dann glitt es wieder herab.

Der Prinz hatte mit seinem Begleiter einen Schrei ausgestoßen und war mit ihm weit in das Wasser hinausgeschleudert worden. Beide waren jedoch leidliche Schwimmer; sie hielten sich oben, bemerkten die Klippe in der Nähe und schwammen auf dieselbe zu, da ihnen das umgestürzte Boot nichts helfen konnte.

Auch Kurt hatte geschrien und war in das Wasser geworfen worden, aber nur zum Scheine. Ein Seemann oder auch nur ein aufmerksamer Beobachter hätte bemerken können, daß sein Schrei nur ein Ruf des Jubels sei und daß der Sprung in die Fluthen ein ganz und gar freiwilliger war. Er besaß trotz seiner Jugend Scharfsinn genug, sich Alles zu überlegen. Im Falle, daß ihn der Prinz zur Anzeige brachte, mußte er sich vollständig vertheidigen können. Darum ruderte er so lange wie möglich im Wasser umher und kletterte erst dann wieder in das Boot, als die Beiden auf der Klippe standen, bis an die Hüften von den Wogen umspült.

»Halt, Junge, hole uns weg!« gebot der Prinz in strengem Tone.

»Geht nicht, Mann! Mein Fahrzeug geht zu tief. Ich komme nicht hinan. Wäret Ihr ausgewichen, so säßet Ihr nicht in der Patsche.«

»Du kannst doch nahe anlegen.«

»Bei diesem Wellenschlage? Das versteht Ihr nicht!«

»Donnerwetter, Bube! Weißt Du, wen Du vor Dir hast?«

»Wißt Ihr denn etwa, wen Ihr vor Euch habt?«

»Ich bin der Prinz von Süderland!«

»Und ich ein braves Seemannskind. Wer von uns ist mehr werth hier auf der See, Ihr oder ich?«

»Das werde ich Dir zeigen lassen, Taugenichts! Jetzt holst Du schnell wenigstens mein Boot herbei!«

»Damit Ihr einsteigen könnt?«

»Ja.«

»Geht wieder nicht. Die Planken sind durch. Uebrigens könnte ich allein es gar nicht wenden, und Ihr seht ja, daß es bereits sinkt. Da, da, jetzt ists hinunter!«

Wirklich entstand unter dem Fahrzeuge ein Trichterstrudel, der es zur Tiefe zog. Kurt hatte seinen Südwester jetzt aufgefischt und griff zum Steuer.

»Halt, warte!« gebot der Prinz. »Wir werden zu Dir hinüberkommen.«

»Auch das geht nicht,« lachte der Knabe. »Mein Boot ist vorn leck geworden, es trinkt Wasser, und ich darf es gar nicht wagen, noch zwei Mannen aufzunehmen. Aber Denen da hinten am Strande werde ich es sagen, daß sie Euch holen sollen, wenn sich je Einer findet, der sein Boot einem Manne bietet, welcher so vornehm sein will und doch arme Frauen mit dem Stocke schlägt, Fahrzeuge umstürzt, Frauen bespritzt und Kinder in das Wasser wirft. Solche Streiche darf hier kein Bube wagen, sonst bekommt er von seinem Schulmeister Prügel und wird noch obendrein von der Polizei öffentlich ausgepeitscht. Wohl bekomme das Bad, und nun adieu!«

Er segelte davon und bemerkte mit Freuden, daß sämmtliche Fahrzeuge den Strand aufgesucht hatten, um ihm seinen Coup nicht zu verderben. Als er dort ankam, forderte er die Anwesenden auf, den Prinzen abzuholen.

»Fällt uns nicht ein, Junge!« antwortete ein alter Seebär, der ihm die Rechte bieder entgegenstreckte. »Bist ein tüchtiger Kerl und wir werden dafür sorgen, daß Dir nichts geschieht, wenn Dich Der da draußen erfassen sollte. Aber ihn holen, nein! Die Fluth beginnt bereits; sie wird schnell steigen, und er mag ein wenig Wasser kosten, ehe man ihn ins Schlepptau nimmt. Gar zu zart wird das nicht geschehen. Wir haben keine Verpflichtung, ihm das Bad zu verwehren, das Wachboot ist weit draußen außer Sicht und die Rettungsmannen sind alle auf Fang hinaus, denn Alarm kann es nicht geben, weil frei Wetter ist. Sie mögen zappeln!« – –

In einer der schönsten Straßen des Badestädtchens stand, rings von wohlgepflegten Bäumen und duftenden Blumenanlagen umgeben, eine reizende Villa, für welche während der Saison gewiß eine sehr hohe Miethe erzielt wurde. Sie wurde gegenwärtig von dem norländischen General Emil von Helbig und seiner Familie bewohnt.

Helbig war ein sehr verdienter Offizier, bei seinem Könige sehr in wohlerworbener Gunst und daher auch von beträchtlichem Einflusse bei Hofe. Dennoch erschien er dort nicht allzugern. Sein kerniges, zuweilen sogar etwas mürrisches oder auch wohl rauhes Wesen gab ihm ein gewisses Gefühl des Unbehagens in jenen Kreisen, in denen die Umgangsformen am höchsten zugespitzt erscheinen. Er fühlte sich am wohlsten bei sich selbst und hatte auch dafür gesorgt, daß seine nächste Umgebung aus lauter Leuten bestand, die ihm ähnlich waren. Seine Dienerschaft zählte nur lang gediente Soldaten, und besonders war sein Leibdiener Kunz ein wahrer Eisenfresser, der ohne seinen Herrn, wie auch dieser ohne ihn, gar nicht leben konnte. Sie hatten sich in früheren Zeiten auf dem Schlachtfelde kennen gelernt und waren einander bis auf den heutigen Tag in Kriegs- und Friedensjahren treu geblieben. Kunz kannte jede Eigenthümlichkeit seines Herrn, hatte gelernt sich ihr anzuschmiegen und war in Folge dessen ein wahres Spiegelbild des Generals geworden, bei dem er sich aus diesem Grunde mehr erlauben konnte, als einem Andern gestattet gewesen wäre.

Der General saß in seiner Stube, welche von einem dichten Tabaksrauche erfüllt war. Auf der Diele, dem Sopha und den leeren Stühlen lagen elf Hunde von ebenso verschiedener Raçe und Größe, die sich in diesem Qualme sehr wohl zu befinden schienen. Vor ihm lag ein Band von General Klausewitz, in dem er eifrig studirte. Da ging die Thüre auf, und mit kräftigem Schritte trat ein Mann ein, den man beinahe mit ihm verwechseln konnte. Beide trugen denselben grauen, militärisch zugeschnittenen Anzug, nur war der des Generals aus einem feineren Stoffe gefertigt. Beide hatten dasselbe Alter, dieselbe Größe, dasselbe kurz verschnittene Haar, denselben martialischen Schnurrbart; aber der Angekommene hatte blos noch das rechte Auge; das linke war ihm in Folge eines Pistolenschusses verloren gegangen. Er klappte die Absätze laut zusammen, richtete sich stramm empor, legte die kleinen Finger an die Nähte seiner Hosen und wartete.

»Kunz!«

»Herr General.«

»Was willst Du?«

»Excellenz haben befohlen jetzt anzufragen, ob wir spazieren gehen wollen, verstanden?«

»Ach so! Ich bin gerade über einem höchst interessanten Buche. Kennst Du es?«

»Was ist es, Excellenz?«

»Der Klausewitz.«

»Ist sehr ausgezeichnet, habe ihn aber nicht gelesen.«

»Woher weißt Du dann, daß er so sehr ausgezeichnet ist, wie Du sagst?«

»Weil Excellenz ihn sonst nicht lesen würden; verstanden?«

»Schön! Wo ist Magda?«

»Auf Rekognition.«

»Wie meinst Du das?«

»Sie wollte einmal sehen, wie es da drüben im Walde aussieht; verstanden?«

»Ich habe Dir doch geboten, sie niemals an solche Orte allein gehen zu lassen, Kunz!«

»Halten zu Gnaden, Herr General, wir müssen das kleine Fräulein so erziehen, daß sie nicht lernt Furcht zu haben! Im Walde hier gibt es keine Tiger und Klapperschlangen; verstanden?«

»Hm! Wo sind meine Schwestern?«

»Auf Vorposten.«

»Wie so?«

»Werden wohl das Hauptquartier verlassen haben, um Junggesellen zu attakiren.«

»Pst, Kunz, das geht Dich nichts an!«

»Halten zu Gnaden, Herr General, das geht mich wohl etwas an! Die Schreia spricht, sie heirathet nie; die Zanka spricht, sie mag keinen Mann, und die Brülla spricht, sie werde als alte Jungfer sterben; dennoch aber fouragiren sie stets nach Schnurrbartspitzen, und wenn sie nichts erwischen, so kommen sie nach Hause, ziehen Sturmmarschgesichter und schreien, brüllen und lärmen mit Jedermann, vor allen Dingen aber mit mir. Ich bekomme den Aerger aus erster Hand, und darum geht es mich gar wohl etwas an, wenn sie auf die Suche gehen. Verstanden?«

Helbig lachte. Er selbst hatte nicht wenig unter den Eigenthümlichkeiten seiner Schwestern zu leiden, und darum war es ihm zuweilen recht lieb, daß er in Kunz einen muthigen Verbündeten besaß.

»Wo ist Hektor?« frug er weiter. »Es sind nur elf Hunde hier.«

»Excellenz, das ist wieder so ein Streich von der roth-grün-blauen Dreieinigkeit! Ich merkte, daß der Hektor fehlt, und suchte. Als ich an den Damengemächern vorüberging, hörte ich von drinnen ein fürchterliches Husten, Pusten, Winseln und Niesen. Ich rief den Hund, und der Lärm wurde größer; er war es, aber die Thüren hatte man verschlossen. Nun zwang ich die Kammerjungfer zu öffnen, und was sah ich?«

»Nun?«

»Der Hund stak im Reisekorbe. Die Bibi, die Lili und die Mimi hatten mit ihm spielen wollen, und er kann doch nur das Eichkätzchen leiden, die andern beiden Kreaturen aber nicht. Da hat er die Bibi und die Lili ein wenig gezwickt oder gekniffen, und dafür haben ihm die gnädigen Damen eine Düte Schnupftabak auf die Nase gebunden und ihn in den Korb gesperrt.«

»Alle Wetter, solche Pensionatsstreiche werde ich mir verbitten!«

»Ich auch, Excellenz! Soll ich den Damen auch Schnupftabak aufbinden? Sie müssen auch sehen, wie es einem Viehzeuge dabei zu Muthe ist.«

»Wo ist der Hund?«

»Als ich ihn aus dem Korbe und von dem Schnupftabake befreit hatte, sprang er davon. Er wird sich draußen in der Luft erholen wollen; verstanden?«

»Er kommt von selbst wieder. In einer Stunde gehen wir spazieren. Halte Dich bereit! Kehrt; marsch!«

Kunz machte Kehrt und stampfte hinaus. Draußen blieb er kurze Zeit stehen und schien nachzudenken. Dann eilte er die Treppe hinab nach dem Garten. Dort war der Gärtner bei den Beeten beschäftigt.

»Heinrich, hast Du Zeit?«

»Wozu?«

»Sollst mir schnell etwas holen.«

»Was?«

»Ich brauche Frösche und Kröten.«

»Frösche und Kröten?« frug der Gärtner ganz erstaunt. »Wozu denn?«

»Hm! Du kannst doch schweigen?«

»Unter Umständen.«

»Ich brauche das Viehzeug für unsere Mamsells.«

»Ah, schön, prächtig! Da laufe ich natürlich gleich.«

»Dauert es lange?«

»In einer Viertelstunde einen ganzen Sack voll. Diese Sorte von Fleisch ist hier schnell zu haben. Soll ich auch einige Krabben und Meerspinnen mitbringen?«

»So viel Du erwischen kannst.«

»Gut. Ich eile!«

Höchst befriedigt kehrte Kunz in das Haus zurück und sorgte dafür, daß keine Störung eintreten konnte. Der Gärtner brachte eine ganze Menge der bestellten Thiere. Beide schlichen sich nach dem Zimmer, in welchem Hektor gefangen gewesen war, schütteten den Sack in den Reisekorb aus und entfernten sich dann unbemerkt. Wenn es galt, den Schwestern einen Schabernak zu spielen, so schloß sich sicher keiner von den Leuten aus.

Der General hatte unterdessen bei seinem Klausewitz gesessen. Da ertönten draußen eilige Schritte. Die Thür wurde aufgerissen, und die lange Freya trat in höchster Eile und mit einem Gesichte ein, welches Zeugniß von einer sehr großen Aufregung gab.

»Emil – Bruder!«

»Was ists?«

»Ah, laß mich erst verschnaufen! Ich bin so sehr gerannt und gesprungen, daß ich mit allen Gliedern Athem hole.«

»Alle Wetter, was ist denn los?«

»Was los ist? Wer denn anders als der Teufel, oder was ganz dasselbe ist, der tolle Prinz!«

»Ach der! Wieder einmal?«

»Wieder! Mein Gott, was für ein Mensch ist das! Wäre ich ein Herr, ein Offizier, ein Kavalier, ich forderte ihn und so wahr ich –«

Sie erhob bei diesen Worten die geballte Faust und schlug damit als Zeichen der Betheuerung vor sich auf das Sopha nieder, auf welchem sie Platz genommen hatte, traf aber unglücklicher Weise ihre Katze, welche, einer solchen Behandlung ungewohnt, mit einem lauten schrillen Kreischen auffuhr, über das Zimmer schoß und zum geöffneten Fenster hinausflog. Freya sprang auf und an das Fenster.

»Weg! Bruder – Emil – General! Herrgott, siehst Du denn nicht, daß die Bibi nun auch todt ist? Todt, zerschmettert, zerschlagen, zerschmissen, zermalmt, zerquetscht und zerschunden, Alles nur wegen diesem schrecklichen Prinzen!«

»Auch todt, sagst Du? Wer ist denn noch todt?«

»Mein Gott, das weißt Du noch nicht? Er stürzte sie in das Wasser, und da –«

Wieder wurde die Thüre aufgerissen, und die kleine Wanka erschien.

»Da bist Du ja schon, Freya! Ja, Deine Beine sind länger als die meinigen. O, ich vergehe; ich verschwinde; ich zerfalle; ich löse mich auf! Mach Platz!«

Sie sank auf das Sopha und schloß die Augen. Dem General wurde es jetzt wirklich angst.

»So sprecht doch nur! Wer ist denn todt?«

»Todt nicht,« rief Wanka, die also doch noch nicht vollständig aufgelöst war, denn sie hatte noch die Kraft, die Augen wieder zu öffnen. »Sondern in das Wasser –«

»O ja, todt, vollständig todt, meine süße Bibi!« rief Freya. »Bei einem solchen Sturze kann sie doch unmöglich lebendig unten ankommen!«

»Zum Donnerwetter,« schalt der General, »wer in das Wasser gestürzt worden ist, das will ich wissen! Heraus damit!«

In diesem Augenblicke stöhnte es draußen, als ob eine Lokomotive angefahren komme, und die Thür wurde zum dritten Male aufgemacht. Die dicke Zilla trat ein. Sie hatte keinen Athem mehr, und ihr Gesicht besaß eine vollständig zinnoberrothe Farbe.

»Ah – oh – uh – uuuh! Oh, oooh!«

Während dieser verzweifelten Interjektionen rannen ihr dicke Tropfen von der Stirn und den Wangen herab. Sie wollte sie entfernen, machte sich aber in ihrer Aufregung einer sehr merkwürdigen Verwechslung schuldig; sie drückte nämlich das Taschentuch an ihren nach Luft ringenden Busen und wischte sich mit Mimi, dem Eichhörnchen, den Schweiß vom Gesichte. Das kleine Thierchen wehrte sich nach Kräften gegen diese Realinjurie, und dies gab seiner Herrin den verlorenen Odem wieder.

»Emil – Du weißt es bereits?«

»Ich? Kein Wort! Was ist denn eigentlich geschehen?«

»Da – da kommt sie selbst!«

Wirklich trat jetzt Magda ein. Sie eilte auf den Vater zu und umarmte ihn.

»Nicht wahr, Papa, Du bist mir nicht bös?«

»Worüber sollte ich Dir bös sein?«

»Nun, weil mich der tolle Prinz in das Wasser geworfen hat.«

»Dich? Ists möglich! Aber nur aus Versehen!«

»Nein, sondern mit Absicht. Aber Du darfst nicht zanken, denn ich bin noch vor den Tanten nach Hause gelaufen und habe mich gleich umgekleidet. Es hat mir gar nichts geschadet.«

»Welch ein Glück! Erzählt einmal!«

Diesem Gebote wurde von vier Stimmen zu gleicher Zeit Folge geleistet, und die Schwestern entwickelten eine Sprachfertigkeit, welche den General in Verzweiflung bringen konnte. Aber er wußte recht gut, daß er den rauschenden Strom ihrer Rede nicht unterbrechen dürfe, und so wartete er in Geduld, bis der Bericht beendet war.

»Wo ist der Prinz hin?« frug er dann.

»Wir wissen es nicht. Er ruderte weiter.«

»Dem Lande zu?«

»Nein.«

»Also noch nicht zu Hause. Und wie hieß dieser brave und muthige Knabe?«

»Kurt Schubert. Er hat einen Stiefvater,« antwortete Freya.

»Oder vielmehr einen Stiefrabenvater, der ihn täglich schlägt und mißhandelt,« setzte Zilla hinzu. »Wenn er sich nicht so geschickt betragen hätte, wären wir Alle ertrunken.«

»Das ist wahr,« bestätigte Wanka. »Wir müssen ihm eine Dankbarkeit erweisen.«

»Das werde ich sofort besorgen,« entschied der General. »Ihr könnt gehen!«

Sie entfernten sich nach ihren Gemächern. Dort angekommen fiel ihnen zunächst der Reisekorb in die Augen.

»Ah, den Hund haben wir ganz vergessen!« erinnerte sich Freya. »Wollen wir öffnen?«

»Ja. Er ist genug bestraft worden, und Bruder Emil könnte ihn vermissen.«

Sie hoben den Deckel empor, und in demselben Augenblicke erschallte von ihren Lippen ein dreifacher Schrei des Entsetzens. Ihr Auge war auf den Inhalt gefallen. Sie wollten fliehen, aber das blaue Kleid Freyas blieb an dem Korbe hangen; dieser wurde umgerissen und entleerte seine Versammlung. Frösche, Kröten und Molche aus dem nahen Teiche nebst Meerspinnen, Krabben, großen, langbeinigen Käfern und allerhand ungethümlichen Geschöpfen, wie sie von der Fluth täglich zweimal an das Land gespült werden und welche die Kinder fangen, um sie an die Fremden zu verkaufen, zappelten und krappelten, wibbelten und kribbelten, krochen und zerrten, hüpften und sprangen, schnellten und schlüpften in dem Zimmer herum, so daß es nicht einen Fußbreit des Bodens gab, wo man sicher hätte auftreten können. Die Blaue warf sich auf das Sopha; die Grüne sprang auf den nächsten Stuhl, und die Purpurrothe retirirte sich hinauf auf den Tisch, auf welchen sie sogar die Beine zu retten suchte.

Während dieser nicht ganz ästhetischen Sitzung ging draussen der General mit Magda vorüber. Beide wollten zunächst den Schifferknaben aufsuchen. Ihnen folgte, wie bei allen Ausgängen Helbigs, Kunz, der Diener. Die beiden ersteren nahmen keine Notiz von dem Lärm in den Damengemächern, da sie ihn für eine Fortsetzung des bei dem Generale stattgefundenen Gespräches hielten; der letztere aber öffnete leise und unbemerkt die Thür ein wenig und warf einen schnellen Blick auf die possierliche Situation. Mit einer Miene der innigsten Befriedigung zog er den Eingang leise wieder zu, drehte den Schlüssel um und steckte ihn zu sich. Dann eilte er seinen Herrschaften nach.

Der General begab sich zunächst nach dem Strande. Als er dort ankam, war das Wachtboot soeben um die Landzunge gebogen, hatte den Prinzen mit seinem Begleiter erblickt und beeilte sich ihn an Bord zu nehmen. Es brachte Beide, die natürlich vollständig durchnäßt waren, an das Land. Der Prinz bot jetzt nicht den Anblick eines Helden, welcher eine rühmenswerthe That vollbracht hat, und mit sichtbarer Genugthuung oder auch Schadenfreude ruhten die Augen aller Umstehenden auf ihm. Der Erste, welcher ihm entgegentrat, war der General.

»Hoheit!«

»Excellenz.«

»Sie machten sich das Vergnügen, das Boot meiner Schwestern zu attakiren?«

»Pah! Es wurde von einem Knaben falsch gesteuert.«

»Dieser Knabe versteht besser zu steuern, als mancher Mann. Wollen Sie etwa behaupten, daß der Zusammenstoß nicht von Ihnen beabsichtigt wurde?«

»Ich pflege nie zu lügen.«

»Sie gestehen es also?«

»Ja.«

»Sie sind ein Elender!«

»Wohl! Das ist eine Meinung, für welche Sie sich mit mir schlagen werden.«

»Fällt mir nicht ein! Ein ehrenhafter Offizier befleckt seinen Degen nicht durch die Berührung mit einem Menschen, der keine Spur von Bildung oder Ehre besitzt und bereits als Schurke gekennzeichnet wurde.«

»Mensch!« donnerte der Prinz.

»Pah! Können Sie die Ruthenhiebe verleugnen, die Ihnen einst der Kapitän von Sternburg versetzte, weil Sie eine ehrbare Dame überfielen, und deren unvertilgbare Spuren noch heut in Ihrem Gesichte zu sehen sind? Ein Edelmann, ein Ehrenmann kann sich mit Ihnen, ohne sich selbst zu entehren, niemals schlagen. Und dennoch werde ich von Ihnen Genugthuung fordern, aber nicht mit der Waffe, sondern vor den Schranken des Gerichts. Was Sie thaten, ist keine Unvorsichtigkeit, kein Vergehen, sondern ein Verbrechen, ein Ueberfall friedlicher Menschen, welche leicht das Opfer Ihrer Rohheit werden konnten. Man wird auch einem Prinzen zeigen können, unter welchen strengen Paragraphen des Kriminalgesetzbuches dieses Verbrechen zu stellen ist!«

Der Prinz hatte ihn unterbrechen wollen, war aber nicht dazu gekommen. Jetzt aber antwortete er mit drohender Miene:

»Mensch, Sie sprechen entweder aus Altersschwäche oder aus Verrücktheit in dieser Weise mit mir! Ich werde Sie schon zu zwingen wissen, sich mit mir zu schlagen, und was Ihre Paragraphen betrifft, so habe gerade ich das Recht, ihre Hilfe in Anspruch zu nehmen. Halten Sie Ihre Frauen und deren Bootsführer fest; ich könnte auf den Gedanken kommen, sie einsperren zu lassen!«

Er ging, und nur finstere Blicke folgten ihm. Da trat einer der Schiffer, den Südwester verlegen zwischen den Händen drehend, zu Helbig. Es war Nachbar Klassen.

»Nicht wahr, Sie sind der Herr General, und dieses kleine, schöne Fahrzeug da ist Ihr Fräulein Töchterchen?«

»Ja. Was wünschen Sie?«

»Ich bitte für diesen wackern Jungen, den Kurt!«

»Ah, Kurt Schubert?«

»Ja. Er hat dem gnädigen Fräulein aus dem Wasser geholfen, und da könnten Sie ihm ja dann auch einen Gefallen thun!«

»Welchen?«

»Hm! Er hat schon lange einen Pik auf den Prinzen, weil dieser seine Mutter beleidigt hat, und heute ist dann Abrechnung gewesen. Der Prinz wollte nämlich Ihre Fräuleins überfahren, und das ist ihm nicht gelungen, weil Kurt sein Handwerk ganz vortrefflich versteht; dann aber hat der Junge auf den Prinzen Jagd gemacht und ihm sein Fahrzeug in den Grund gebohrt, so daß der Prinz da draußen im Wasser stehen und warten mußte, bis er herausgefischt wurde. Nun wird er den Jungen zur Anzeige bringen, Sie haben es ja selbst gehört, und da mag es gut sein, wenn der Kurt einen so hohen Herrn fände, der sich seiner ein wenig annähme. Er verdients, das kann Jeder versichern.«

»Wirklich? Wo wohnen seine Eltern?«

»Dort in der vorletzten Hütte. Die Frau ist ein Muster, aber der Mann ein Spieler und Trinker, der niemals eine Hand regt im Geschäfte. Der Junge muß Alles verdienen und die ganze Familie ernähren. Prügel genug bekommt er dafür, desto weniger aber zu essen. Die Mutter hat es in schlechten Händen. Sie stammt weit von hier und muß ein schönes Mädchen gewesen sein. Sie war mit einem Steuermann verlobt, der Schubert hieß und in fremden Meeren Schiffbruch gelitten haben muß, denn er kam nicht wieder. Der Junge ist sein

Sohn. Die Mutter wollte nicht heirathen, sie wurde aber gezwungen, und kam darauf mit ihrem Manne hierher. Besser als den Kurt gibt es Keinen, darauf können Sie sich verlassen, und er verdient es, daß er gegen den Prinzen in Schutz genommen wird. Auch wir Alle werden das Unserige thun, wenn er angezeigt werden sollte.«

Der General reichte dem Manne die Hand entgegen.

»Der Knabe hat meiner Tochter hier das Leben gerettet, und es versteht sich ganz von selbst, daß ich ihm dafür dankbar bin. Auch Ihnen danke ich. Sie handeln, wie ein braver Nachbar handeln muß. Also dieser Kurt hat sofort an dem Prinzen Vergeltung geübt?«

»Ja, und zwar so schlau und regelrecht, daß es keiner von uns befahrenen Schiffern besser fertig gebracht hätte.«

»Das freut mich von ihm!«

»Aber sagen darf man es nicht. Vor Gericht ist natürlich der Prinz selbst an dem Zusammenstoße schuld. Der Junge hat so geschickt manövrirt, daß dies jedem Sachverständigen leicht wird zu beweisen.«

»Also der Knabe besitzt nicht nur Muth und Geistesgegenwart, sondern auch Ueberlegung und Klugheit?«

»So viel, als er nur brauchen kann! Er hat das Rettungsboot nicht nur erst einmal geführt und liegt in jeder freien Stunde über den Büchern, die er sich zusammenborgt. Er ist ein Prachtkerl! Unter uns sind viele weitgereiste Seemänner, welche die Schifffahrt aus dem Fundamente verstehen und fremde Sprachen oder anderes dazu. Bei ihnen lernt er, aber heimlich, um keine Strafe zu bekommen, denn sein Stiefvater leidet das nicht.«

»Schön; werde mich darnach richten! Ist der Mann hier, der meine Schwestern an das Land gebracht hat?«

»Der bin ich selbst.«

»Es ist vergessen worden Sie zu bezahlen. Hier haben Sie!«

Nachbar Klassen bedankte sich für das reiche Geschenk, welches ihm wurde, und dann ging der General mit Magda auf die Wohnung Kurts zu.

Bei derselben angekommen konnte er keines Menschen ansichtig werden; aber aus dem Innern drang ein unterdrücktes Weinen. Er trat ein und wäre beinahe zurückgefahren bei dem Anblicke, welcher sich ihm bot.

An der Wand stand oder vielmehr hing Kurt. Seine beiden Hände waren mit einem Riemen zusammengebunden und mittelst einer Schlinge an einen starken Nagel in der Weise befestigt, daß der Knabe den Fußboden kaum mehr mit den Fußspitzen erreichen konnte. Darauf war ihm der Oberkörper entblößt und auf eine so unbarmherzige Art behandelt worden, daß man das rohe blutige Fleisch erblickte und die Diele roth gefärbt worden war. In dieser torturähnlichen Stellung hing er noch jetzt, ohne einen Laut von sich zu geben. Seine Augen waren roth geschwollen, und vor seinen zusammengepreßten Lippen stand großblasiger Schaum. Daneben lagen die Stöcke, mit denen die Züchtigung vorgenommen worden war.

In der hintersten Ecke saß seine Mutter mit verbundenem Kopfe. Sie hatte mehrere Hiebe über denselben erhalten und schien nicht ungefährlich verwundet worden zu sein. In ihrer Nähe lagen vier kleinere Kinder am Boden, welche leise weinten, und auf einer alten Pritsche saß der Mann, welcher diese Grausamkeiten verübt hatte. Seine knochige Gestalt und seine rohen Züge machten einen höchst ungünstigen Eindruck, und man sah es ihm auf den ersten Blick an, daß er sich im Zustande der Betrunkenheit befand. Er achtete gar nicht auf die Eintretenden.

Als Magda den Knaben erblickte, welcher ihr so schnell lieb geworden war, stieß sie einen Ruf des Schmerzes aus und eilte auf ihn zu.

»Ach Gott, Papa, das ist er! Hilf ihm, Papa, schnell, schnell!«

Der General trat näher und streckte die Hand nach dem Knaben aus. Da aber erhob sich der Betrunkene und faßte ihn am Arme.

»Halt! Was wollt Ihr hier?«

»Zunächst diesen Knaben befreien, Mensch.«

»Dies Haus ist mein, und der Knabe auch. Packt Euch fort!«

»Nur langsam! Wir werden gehen, aber nicht ohne vorher unsere Pflicht zu thun.«

»Hinaus mit Euch. Ihr habt hier nichts zu befehlen; ich leide es nicht!«

Er faßte den General beim Arme; dieser aber stieß ihn von sich ab.

»Kerl, wage es noch einmal mich anzurühren, so sollst Du sehen, was passirt! Ist dies Euer Vater?«

Eins der Kleinen nickte.

»Und dies Eure Mutter?«

»Ja.«

»Kunz, nimm den Knaben herab!«

»Versucht es einmal!« drohte der Schiffer, indem er zum Stocke griff.

»Kunz!«

Der Diener erhielt einen Wink, welchen er sofort verstand. Er eilte hinaus und kam bald mit Polizei und einigen Schiffern zurück, mit deren Hilfe der Mann gebunden wurde. Dann konnte man Kurt ungestört aus seiner Lage befreien. Er war in der Weise geschlagen worden, daß er kaum noch die nöthige Besinnung besaß die Umstehenden zu erkennen. Er hatte sich, um den Schmerz zu beherrschen und nicht zu schreien, in die Lippen und die Zunge gebissen. Auch die Mutter war von den Streichen, welche ihren Kopf getroffen hatten, beinahe betäubt und konnte nur in kurzen abgerissenen Worten Auskunft ertheilen. Der Knabe war ohne Geld nach Hause gekommen, und als sein Vater dazu gehört hatte, wie Kurt mit dem Prinzen, von dem er doch eher hätte etwas verdienen sollen, umgesprungen war, hatte er seine Wuth nicht zügeln können und war über Mutter und Sohn in dieser unmenschlichen Weise hergefallen. Die Polizei führte ihn ab.

Die Wunden der Beiden wurden von den theilnehmenden Nachbarn mit Essig behandelt und dann verbunden. Kurt konnte sich wieder ankleiden.

»Armer Junge!« meinte der General. »Willst Du fort aus diesem Hause?«

»Nein.«

»Warum nicht?«

»Ich bleib bei meiner Mutter.«

»Ah, brav! Aber wenn sie nun auch fortgeht?«

»Und auch die Geschwister?«

»Ja.«

»Und der Vater nicht?«

»Nein.«

»So gehe ich mit, gnädiger Herr. Aber wohin sollen wir?«

»Zu mir. Ich werde für Euch sorgen. Jetzt muß ich nach Hause. Könntest Du mich begleiten, oder sind die Schmerzen zu groß dazu?«

Der Knabe lächelte, schien sich aber dennoch zugleich zu schämen.

»Ich habe oft so ausgesehen und doch sogleich wieder arbeiten müssen.«

»So komm!«

Er legte der Mutter, welche noch immer wie gelähmt an ihrem Platze saß, seine Börse in den Schooß und verließ das Haus. Magda ergriff die Hand des Knaben.

»Armer Kurt! Du bist so gut und so muthig, hast mich aus dem Wasser gezogen und mußt Dich dafür so sehr schlagen lassen! Thut es noch recht sehr weh?«

Sein jugendliches Gesicht erhellte sich.

»Nun gar nicht mehr.«

»Ist es auch wahr?«

»Ja.«

Das kleine Mädchen ahnte nicht, welchen Eindruck ein einziges Wort, ein einziger Blick oder Händedruck hervorbringen kann. Sie ließ den Knaben nicht los, bis sie die Wohnung des Generals erreichten.

Dort bot sich ihnen ein sonderbarer Anblick dar. Auf dem Korridore stand sämmtliches Dienstpersonal und korrespondirte durch die verschlossene Thür mit drei weiblichen Stimmen, welche man im Innern bitten, rufen, befehlen, jammern und wehklagen hörte.

»Was gibt es?« frug der General.

Alle wollten zu gleicher Zeit antworten; aber die schrille Stimme der Zofe errang zuletzt den Sieg.

»Was es gibt, Excellenz? Ein Unglück, ein großes, fürchterliches, ungeheures Unglück.«

»Welches?«

»Ja, das wissen wir nicht.«

»Macht auf!«

»Wir können nicht. Der Schlüssel ist fort.«

»So wartet!«

Er trat zur Thür und klopfte.

»Wer ist drin?«

»Wir!« antworteten kreischend die drei schwesterlichen Stimmen.

»Ihr habt Euch eingeschlossen?«

»Nein!« klang es unisono.

»Was ist geschehen?«

»Mach auf und bring Hilfe! Das Zimmer wimmelt von –«

»Ungeheuern –,« rief eine zweite Stimme.

»Schlangen –,« die dritte.

»Molchen und Drachen –,« die erste wieder.

Und dann kreischte es in fürchterlichen Dissonanzen:

»Lindwürmer, Madenwürmer, Bandwürmer, Chamäleons; o, komm, ich falle vom Tische, ich vom Stuhle, ich vom Sopha, Hilfe, Hilfe, Hilfe!«

Da gab Kunz dem Gärtner, welcher natürlich auch mit anwesend war, einen Wink und dieser blickte nieder.

»Ah,« meinte er, »da habt Ihr vergebens gesucht, und hier liegt der Schlüssel am Boden!«

»Her damit!« gebot der General.

Er öffnete, und nun bot sich ein Anblick, der nicht nur den Herrn, sondern auch die Dienerschaft zum lauten Lachen zwang.

»Wer hat das gethan?« frug der Herr.

»Ich nicht,« antworteten Alle.

»So! Wo sind die Thiere hergekommen?«

»Hier aus dem Korbe,« berichtete Freya.

»Ah!« machte der General und streifte dabei seinen Leibdiener mit einem raschen Blicke. »Da hat sich der Hektor in diese Thiere verwandelt. Wunderbar! Macht, daß Ihr sie aus dem Hause bringt!«

Er ging.

»Fort doch damit, greift zu!« gebot Freya, und ihre Schwestern stimmten bei.

Der Gärtner schüttelte höchst bedenklich den Kopf.

»Der Hektor in diese Thiere verwandelt? Hm, gefährlich! Mein Dienst ist nicht hier, sondern im Garten!«

Er ging. Auch Kunz zog ein eigenthümliches Gesicht.

»Der Hektor? Hm, ist stets ein obstinates Viehzeug gewesen, das den Teufel im Leibe hatte. Aber ich habe nicht die Damen, sondern den Herrn General zu bedienen.«

Auch er verließ das Zimmer. Weder Magda noch eine der Dienerinnen getrauten sich, eines dieser häßlichen Thiere zu erfassen. Da erschien endlich Kurt unter der Thür. Er hatte sich bisher aus Bescheidenheit zurückgehalten. Die Schwestern sahen ihn und jubelten.

»Da kommt ein Retter! Kurt, lieber Kurt, schaffe dieses Gewürme fort!«

»Wohin?«

»Wohin Du willst, nur fort!«

Er sah den offenen, umgestürzten Korb, richtete ihn wieder empor und sperrte alle die schrecklichen Geschöpfe, welche er mit der größten Schnelligkeit fing, in denselben ein.

»So, meine gnädigen Fräuleins, nun können Sie ihn fortbringen lassen.«

Die Damen verließen ihre Festungen, auf denen sie bisher so arg belagert worden waren.

»Wir danken Dir, Junge!« rief Zilla. »Du darfst gar nicht wieder fort von uns.«

»Nein, Du bleibst hier bei uns!« stimmte Wanka bei.

»Natürlich!« bestätigte auch Freya. »Er bleibt hier, denn er muß ja vor allen Dingen meine arme Mimi suchen, welche sich wegen dieses Prinzen aus dem Fenster stürzen mußte. Und dann gleich muß er versuchen herauszubekommen, wer uns diesen Streich gespielt hat, denn wir müssen Rache nehmen!«

»Rache!« rief auch Wanka.

»Rache!« rief auch Zilla. »Dreifache Rache; und der Herr Lieutenant von Wolff wird uns nach Kräften unterstützen!«

ZWEITES KAPITEL

Himmel und Hölle.

Mitten in der weiten Ebene erhebt sich ein vielfach zerklüfteter, aus gewaltigen Basaltmassen bestehender Berg, welcher mit seinem Haupte hoch in die Wolken ragt und seine Füße weit in das Land hineinstreckt, wie ein vom Himmel gefallener Titane oder ein aus dem Innern der Erde emporgeschleuderter riesiger Cyklope, der nun seit Jahrtausenden im Schlummer liegt, um von den gigantischen Kämpfen auszuruhen, die ihn vom Olympos stürzten oder aus dem Orkus an das Tageslicht hervorgetrieben haben.

Auf seinem Gipfel stand seit uralten Zeiten eine Burg, die den Namen Himmelstein führte. Sie wurde niemals erobert und zerstört, denn ihre Lage machte sie vollständig uneinnehmbar. Aber der Zahn der Zeit nagte unaufhaltsam an ihren Mauern, und als sie in den Besitz des königlichen Hauses kam, war es nothwendig geworden, sie von Grund auf zu renoviren, wobei ihre Einrichtung in jeder Beziehung den Ansprüchen der neueren Zeit angepaßt wurde. Jetzt gehörte sie als Privateigenthum dem Prinzen Hugo, der »tolle Prinz« genannt.

Ungefähr auf der Höhenmitte des Berges liegt auf der Nordseite desselben ein Mönchs- und auf seiner südlichen Seite ein Nonnenkloster. Die beiden geistlichen Anstalten sind beinahe so alt wie die einstige Burg, und gleichen, von unten aus gesehen, mit ihren hohen dicken Umfassungsmauern kleinen Festungen, sind aber in ihrem Innern ganz den Anforderungen der Gegenwart gemäß eingerichtet und bieten ihren Bewohnern und Bewohnerinnen alle die Bequemlichkeit, welche die »Hirten Christi« und die »Bräute des Himmels« zu beanspruchen haben.

Tief unten am Fuße des Berges liegt zwischen üppigen Feldern und grünenden Hainen, die sich langsam zur Höhe ziehen, ein kleines schmuckes Städtchen, einst den Rittern und Kämpen da oben zu Lehn gehörig und auch jetzt noch unter der direkten Botmäßigkeit des alten Schloßvogtes stehend, der seinem gegenwärtigen Herrn außerordentlich treu ergeben ist, von seinen Untergebenen aber mehr gehaßt und gefürchtet als geehrt und geliebt wird.

Wenn man von diesem Städtchen ostwärts geht, gelangt man in eine tiefe enge Schlucht, durch welche sich ein wildes Wasser rauschend Bahn gebrochen hat und das Rad einer Mühle treibt, die wie ein Schwalbennest an den steilen Felsen hängt.

Die Umgebung der einsamen Mühle ist mehr als romantisch, sie ist schauerlich. Die Schlucht heißt die Höllenschlucht, und darum darf es nicht Wunder nehmen, daß man die Mühle die Höllenmühle genannt hat. Das Schloß heißt Himmelstein, und in den beiden Klöstern werden die nach der Seligkeit lechzenden und dürstenden Seelen für den Himmel zubereitet; daher sagt der Städter oder der ländliche Bewohner der Umgegend, wenn er den Berg besteigen will, er wolle »zum Himmel« empor; will er dagegen sein Korn zur Mühle bringen, so meint er: »ich gehe in die Hölle.« Droben der Himmel und unten die Hölle. Haben diese Bezeichnungen auch in Beziehung auf das Glück, auf das Thun und Treiben der Bewohner der beiden Orte ihre Berechtigung?

Die Höllenmühle galt seit langen, langen Zeiten im weiten Umkreise für einen unheimlichen Ort, den man eher fliehen als aufsuchen solle. Sie war der Schauplatz von Tragödien gewesen, deren Verlauf man nicht genau kannte, welche aber gerade in Folge dessen der Zunge Veranlassung gaben, das Dunkle mit noch größeren Schrecken auszuschmücken, so daß eine Reihe von grauenhaften Sagen entstanden, die weithin über das ganze Land ihre Ausbreitung fanden.

Der alte Stamm der Höllenmüller hatte sich in seinem Familien- und auch äußeren Leben durch allerhand Unglücksfälle ausgezeichnet. Der letzte war in dem rauschenden Mühlenwasser ertrunken; seine Wittwe hatte das Besitzthum verkaufen müssen und war dann fortgezogen und spurlos verschollen.

Es war ihr allerdings nicht leicht geworden einen Käufer zu finden, und nur durch die Hilfe eines Agenten war sie die Mühle um einen Preis losgeworden, der kaum die Hälfte ihres eigentlichen Werthes betrug. Ihr Nachfolger war eine hohe blonde Gestalt, wie man sie hier im Süden selten findet. Er stammte aus Norland und war kein Katholik, weshalb er von den geistlichen Vätern und Müttern da oben nicht eben freundlich angesehen wurde. Er hatte sein Vaterland nur verlassen, weil er nicht eigentlich ein Vermögen besaß und hier für seine Ersparnisse Herr eines Besitzthums wurde, dessen Ankauf ihm als ein höchst vortheilhafter bezeichnet worden war.

Es war im Frühherbste. Die Räder der Mühle standen, denn es hatten alle Hände mit dem Einbringen und Bergen der überaus reichen Ernte zu thun. Eben wieder war ein Wagen voll prächtiger Roggengarben vor der beinahe gefüllten Scheune abgeladen worden, und nun saß die Familie des Müllers nebst den Knappen und Dienstboten um den im Freien aufgestellten Tisch, um das Vesperbrod einzunehmen.

Die Müllerin war eine jener Frauen, welche, obgleich sie stets mit Sorge und Arbeit zu kämpfen haben, doch niemals alt werden. Das treue, ewig heitere Gemüth übt einen erhaltenden Einfluß auf die Gestalt und die Gesichtszüge, und die Jahre gehen vorüber wie die Stürme an der Eiche; sie rütteln, sie schütteln, aber sie bewirken nur, daß sich die Wurzeln immer tiefer in den Boden gründen. Neben ihr saß ihr Ebenbild, ihre Tochter, ein kräftiges freundliches Mädchen, dessen Wuchs und Züge wohl geeignet waren, auch einen Mann zu fesseln, der sonst nicht an eine gewöhnliche Müllerstochter dachte.

Die originellsten Personen des kleinen Kreises waren jedenfalls die beiden Knappen. Der Eine hatte die Jugendjahre längst schon hinter sich. Er war lang und stark gebaut und besaß eine Nase, über welche man beinahe hätte erschrecken können. Der Ausdruck Habichtsnase sagte nichts, geradezu nichts, diesem riesigen Theile des Gesichtes gegenüber, der bei einer entsprechenden Haltung seines Besitzers und der geeigneten Stellung der Sonne leicht einen fünf Meter langen Schatten geben konnte. Und das Eigenthümlichste an dieser Nase war, daß sie an jedem Gefühle und Gedanken, an jeder Bewegung und an jedem Worte des Knappen sich durch eine entsprechende Färbung, Haltung oder Bewegung zu betheiligen strebte.

Im Gegentheile von ihm hatte der andere Knappe gar keine Nase. Er hatte sie jedenfalls durch irgend einen Unglücksfall verloren und besaß nun jenen eigenthümlichen Ton der Stimme, welcher nasenlosen Leuten unvermeidlich ist. Dazu war ihm das linke Bein am Knie amputirt, und er trug an Stelle des fehlenden Gliedes einen hölzernen Stelzfuß, welcher zu besserer Haltbarkeit sehr dick mit Eisen beschlagen war.

»Wie steht es, Klaus,« frug der Müller den Langnasigen. »Werden wir noch heut den Roggen hereinbringen?«

»Versteht sich ganz von selber, Meister Uhlig!«

Er nickte während dieser Antwort, und es war drollig anzusehen, daß sich dabei die Spitze seiner Nase erst hob, dann schnell senkte und nachher in ihren früheren *status quo* zurückkehrte. Den Andern fiel dies nicht auf, da sie diese Beweglichkeit des Riechorganes bereits gewohnt waren.

»Wenn nicht vielleicht ein Gewitter kommt!«

»Fällt ihm nicht ein!«

Ohne daß er den Kopf bewegte, ging die Nase herüber und hinüber, um zu bekräftigen, was ihr Besitzer ausgesprochen hatte.

»Brendel kann Dir heut nicht mehr helfen.«

»Ich?« frug der Stelzfuß verwundert. »In wie so denn, wenn ich fragen darf?«

»Der Braune ist lahm geworden; Du mußt zum Thierarzt reiten.«

Auf allen Mienen zeigte sich ein erwartungsvolles Lächeln. Jeder wußte, daß Brendel vor nichts so großen Abscheu hatte, als vor dem Reiten, und daß der Meister diese Bemerkung nur machte, um ihn in Angst zu bringen und ihn zu vermögen, die Geschichte zu erzählen, welche sie Alle längst kannten, weil er sie bei jeder Gelegenheit wieder auftischte.

»Reiten? Zum Thierarzte? In wie so denn? Kann ich nicht laufen?«

»Nein. Es ist zu weit.«

»So will ich fahren!«

»Geht nicht. Du hast nur ein Bein, und der Schimmel muß einmal gehörig in Gang genommen werden. Es bleibt also dabei, Du reitest!«

»Dann mag doch der Klaus den Weg machen. Er ist Wachtmeister bei den Kürassieren gewesen und versteht es besser als ich, den Schimmel in Gang zu bringen.«

»Der muß beim Wagen bleiben. Fürchtest Du Dich denn?«

»Ich mich fürchten? In wie so denn? Aber ich reite nicht; ich reite sogar niemals.«

»Aber wenn ich es Dir befehle!«

»Das ist schlimm!«

»Warum?«

»Ich darf nicht reiten.«

»Nun, warum? Heraus damit!«

»Sie wissen es ja schon!«

»Ich? Was denn?«

»Von dem Gelübde.«

»Pah! Was denn für ein Gelübde?«

»Daß ich im ganzen Leben niemals wieder reiten will.«

»Ja, zum Teufel, warum eigentlich?«

»Na, wenn Sie es nicht wissen, da muß ich es erzählen, denn in wie so denn, weil Sie sonst denken, ich will Ihnen nicht gehorchen.«

»Nun –!«

»Das war also damals, und ich stand als Knappe in der Sonntagsmühle. Da kommt eines schönen Tages ein Roßkamm und bietet uns ein Pferd an, einen Apfelschimmel, der aber keine Apfeln mehr hatte, denn in wie so denn, er hatte sie vor Alter längst wieder verloren. Das Thier war nicht zu hoch, aber kräftig gebaut und recht gut erhalten. Es trug das Militärzeichen und hatte bei den Husaren gedient. Dann hatte es ein Pferdeverleiher gekauft, und weil es gar so ein frommes Pferd gewesen war und einen Trompeter getragen hatte, kam es sogar zuweilen in das Theater, denn in wie so denn und in wie fern denn, es gibt doch Stücke, in denen ein Schauspieler zuweilen auf einem wirklichen lebendigen Pferde erscheinen muß. Dann wird die hintere Theatertreppe so vorgerichtet, daß das Pferd leicht hinauf kann und gleich auf die Bühne kommt. Nachher war es älter geworden, und der Pferdeverleiher hatte es an den Roßkamm verhandelt, von dem wir es auch wirklich kauften.«

»War es denn wirklich noch brauchbar?«

»Ja. Ein Bischen maulfaul war es, denn in wie so denn, es geht den Pferden wie den Menschen; je älter man wird, desto mehr hört das zarte Gefühl im Maule auf, und wenn es einmal den Rappel bekam, so mußte man es gehen lassen, weil es dann nicht zu lenken war.«

»Hast Du es denn auch geritten?«

»Allerdings; ich hatte ja damals noch kein Gelübde gethan. Eines schönen Nachmittages nun mußte ich in die Stadt. Ich setzte mich auf den Schimmel, ritt fort und kam auch wohlbehalten an. Weil ich aber sehr viel zu besorgen hatte, konnte ich erst spät an die Rückkehr denken. Ich mußte über den Theaterplatz, den mein Schimmel sehr gut kannte. Unglücklicherweise wurde ein Stück gegeben, welches ich damals noch gar nicht kannte, das ich mir aber nachher mit angesehen und genau gemerkt habe, denn in wie fern und in wie so, es hat mich ins Malheur gebracht und ist schuld an dem Gelübde, welches ich gethan habe.«

»Wie heißt das Stück?«

»Es heißt »die Stumme von Portici,« und es kommt ein Kerl darin vor, ein gewisser Masaniello, ein Fischer, der Rebellion macht und auf einem lebendigen Pferde auf die Bühne geritten kommt. Dazu nun war früher mein Schimmel gebraucht worden, und er kannte nicht nur das Stück und die Musik, sondern auch den Weg von der Straße bis hinauf hinter die Koulissen ganz genau.«

»Aha!«

»Ja, nun kommt es, das Unglück! Also ich reite über den Theaterplatz; da fangen auf einmal drinnen die Pauken,

44

Trommeln und Trompeten an, und es beginnt eine Musik, die meinem Schimmel bekannt vorkommen muß, denn in wie fern denn und in wie so denn, er spitzt die Ohren, fängt an zu schnauben, steigt in die Höhe und schüttelt ganz bedenklich mit dem Kopfe. Wieder wirbelt, klingt und donnert es drinnen los, und das Volk von Neapel singt die Worte, die ich nachher auswendig gelernt habe, weil sie schuld an meinem ganzen Peche sind:

> »Geehrt, gepriesen
> Sei der Held, den Ruhm bekränzt!
> Frieden gab uns der Sieger,
> Von Edelmuth umglänzt!«

Es war gerade, als ob der Schimmel diese Worte auch auswendig gelernt hätte. Er hatte oft da oben gestanden, als »Held und Sieger,« von »Edelmuth und Ruhm bekränzt,« und nun gab es kein Halten mehr. Ich konnte schreien, rufen, ziehen, zerren, schimpfen und fluchen, mit Händen und Füßen stampfen und strampeln, wie ich wollte, es half nichts, denn in wie so und in wie fern, wenn so eine Kreatur infam werden will, so wird sie infam.«

»Also er ging durch?«

»Natürlich! In drei Ellen langen Sätzen flog er auf das Theater zu. Ich stand noch im letzten Lehrjungenjahr und hatte mir, um groß zu thun, dem alten Müller seine Meerschaumpfeife wegstibitzt und seine großen Kanonenstiefeln dazu, die mir um die Beine schlotterten, wie ein Paar alte blecherne Ofenrohre um eine Bohnenstange, wenn man die Sperlinge vertreiben will. Eine weiße Mehlhose, eine weiße Mehljacke und eine weiße Zipfelmütze, so saß ich auf dem weißen Gaule. Dieser kannte seinen Weg sehr genau. Wie ein Affe kletterte er an der Treppe empor, die jetzt beinahe wie eine Brücke aussah. Dann ging es einen engen Gang hinter, auf dem nur eine einzige Lampe brannte und wo ich mich auf allen Seiten stieß und quetschte. Nachher wurde es lichter; ich sah die Koulissen und die strahlende Bühne. Dort war ein ganzer Haufe Volks versammelt; Masaniello wurde auf seinem neuen Schimmel vorgeführt, und der Triumphzug sollte beginnen. O weh!«

»Du bist doch nicht etwa hinaus auf die Bühne?«

»Wohin denn sonst? Der Schimmel war ja hartmäulig! Mit der Linken mußte ich die Meerschaumpfeife festhalten, und mit der Rechten hatte ich mich an das Viehzeug geklammert, daß es nicht parterre mit mir gehen sollte. Da fängt drin das Chor der Rache nach derselben Melodie von vorhin zu singen an:

»Noch heute soll der Stolze büßen,
Ich schwörs, obgleich ihn Ruhm bekränzt!
Der feindliche Stahl trifft den Sieger,
Wenn auch Hoheit ihn jetzt umglänzt!«

Da macht mein Schimmel einen Riesensprung, den man eine Lançade nennt, und im nächsten Augenblicke fliege ich mit ihm mitten in das Volk von Neapel hinein; meine Meerschaumpfeife fliegt dem Rebellen Masaniello ins Gesicht, mein rechter Stiefel wirbelt links und der linke wirbelt rechts vom Beine herunter, der eine in die Musikanten und der andere gar in die Zuschauer hinein, denn in wie fern denn und in wie so denn, sie waren mir ja viel zu groß und weit; der richtige Schimmel beißt nach dem falschen, und der falsche schlägt nach dem richtigen; es wird ein Heidenskandal, Mordspektakel; das ganze Volk von Neapel mit dem ganzen Chor der Rache stürzt auf mich herein und reißt mich vom Pferde; der Vorhang fällt dem geehrten Publikum vor der Nase zu; das »Ehrikum« sitzt draußen und brüllt vor Lachen; ich aber werde von sechzig Fäusten »durchgepubelt,« daß mir die Schwarte knackt, und als ich wieder zur Besinnung komme, liege ich zerschunden und zerschlagen draußen vor dem Theater, die Kanonenstiefeln krümmen sich vor mir, als ob sie Kolik und Leibschmerzen hätten, die Meerschaumpfeife hatten sie mir in die Zipfelmütze gewickelt, aber der Stiefel, der Kopf und die Spitze waren nicht aufzufinden gewesen, rechts vor mir steht der Schimmel und macht ein Gesicht, als ob er das Chor der Rache verschlungen habe und nicht wieder von sich bringen könne, und links steht ein Polizeidiener, der nur darauf gewartet hat, daß ich wieder zu Athem kommen soll, um mich nachher zu arretiren.«

»Hat er Dich denn wirklich mitgenommen?«

»Natürlich; mich sammt dem ganzen Schimmel! Ich mußte auf die Polizeiwache, bekam einen fürchterlichen Verweis, aus dem sich der Schimmel gar nichts, ich mir aber sehr viel machte, und dann trollte ich mich von dannen. Draußen aber vor der Stadt ließ ich den Schimmel halten, reckte alle zehn Finger und auch die Kanonenstiefel zu den Sternen empor und that den grimmigen Schwur, in meinem ganzen Leben niemals wieder eine solche Bestie zu besteigen, denn in wie fern denn und in wie so denn, ich hatte mit diesem einen Male mehr als genug!«

»Aber wie war es nachher beim Militär?«

»Ich wurde für die Reiterei ausgehoben und kam zu den Husaren, wurde aber später zur Infanterie versetzt. Das war eine böse Zeit, die ich niemals vergessen werde.«

»Warum versetzt?«

»Weil ich nicht auf das Pferd zu bringen war. Und schafften sie mich ja einmal links hinauf, so machte ich sofort, daß ich schleunigst rechts wieder herunter kam. Dem Pferde ging es dabei gut, mir aber desto schlechter, denn in wie fern denn und in wie so denn, mein Rücken sah stets himmelblau und im Arrestlokal hatte ich mein immerwährendes Standquartier.«

»Und wie ging es bei der Infanterie?«

»Besser, nämlich bis der Krieg kam. Ich bin stets ein alter seelenguter Kerl gewesen und kann nicht dazu kommen, einen Menschen zu erschießen oder das Bajonnet durch den Leib zu rennen. Als daher die Kanonen anfingen zu brummen und ich auch mit todtschlagen sollte, da that ich, als hätte mich eine Kugel getroffen und legte mich in einen Graben. Aber da kam die Kavallerie herangesaust; es waren Kürassiere, und das Pferd eines Wachtmeisters trat mir auf das Knie, hols der Teufel! Die Unsrigen wurden zurückgeworfen, und als ich mich davon machen wollte, fielen ein paar feindliche Hallunken über mich her. Ich sollte mit und wollte nicht. Der Eine holte mit dem Säbel aus, und weil ich mich in diesem Augenblicke umdrehte, so traf die Klinge nicht meinen Rücken, sondern sie fuhr mir an dem Gesichte vorbei und nahm mir die Nase weg. Ich habe sie gar nicht wieder gefunden, und an dem ganzen Unglück ist hier der lange Klaus schuld, denn er ist der Wachtmeister gewesen, dessen Pferd mich getreten hat, so daß ich nicht ausreißen konnte. Und nachher wurde mir auch das Bein abgeschnitten, weil der Brand dazugekommen war.«

»Laß es gut sein, Alter,« meinte der andere Knappe. »Ich konnte ja nicht dafür, denn ich hatte Dir ja nicht geheißen, Dich in den Graben zu legen. Und da wir uns einmal zusammengefunden haben, werde ich Dich auch nie wieder verlassen.«

Er reichte ihm die Hand, welche Brendel mit sichtbarer Rührung drückte. Der alte Wachtmeister hatte nun bereits seit langen Jahren treu zu ihm gehalten und stets so an ihm gehandelt, daß es ihm leichter wurde, den Verlust seines Beines und seiner Nase zu ertragen.

Das Essen war beendet und die Leute erhoben sich, um wieder an ihre Arbeit zu gehen. Anna, die Tochter, war noch mit Abräumen beschäftigt, als ein Reiter durch die Schlucht kam, bei dem Anblicke des hübschen Mädchens stutzte und dann sein Pferd in schnelleren Gang versetzte. Vor dem Tische hielt er an und stieg ab. Sie sah, daß es ein vornehmer Herr sein müsse.

»Guten Tag, mein schönes Kind!« grüßte er. »Darf ich fragen, wer Du bist?«

»Ich bin die Tochter des Müllers,« antwortete sie.

»Das ist nicht war. Der Müller hat gar keine Tochter!«

»Ja, der vorige!«

»Ach so!« meinte er, sich besinnend. »Es ist ja ein neuer Müller hier. Wo ist er her?«

»Von drüben herüber, aus Norland.«

»Ah! Wie heißt er?«

»Uhlig.«

»Und Du?«

»Anna.«

»Ein hübscher Name, mein Kind! Kann man bei Euch ein Glas Milch bekommen?«

»So viel Sie wollen.«

»So bringe es mir dort in jene Laube!«

Er band sein Pferd an den nächsten Baum und schritt der Laube zu. Nach einiger Zeit brachte Anna das verlangte Getränk. Er musterte das Mädchen mit einem Blicke, der sie hoch erröthen machte, und ergriff ihre Hand.

»Sage einmal, hast Du bereits einen Schatz?«

»Sind solche Fragen hier in der Sitte?« antwortete sie.

»Nicht nur hier, sondern überall. Ich muß wissen, ob Du einen Geliebten hast.«

»Warum?«

»Du bist ein reizendes Wesen, und wenn Du noch frei bist, so mußt Du mein werden.«

»Danke sehr! Dann will ich Ihnen lieber gleich sagen, daß ich bereits versehen bin.«

»Ah! An wen?«

»Meine Sache!«

»Auch gut! Aber einen Kuß hast Du doch wohl auch an einen Andern übrig?«

»Nein.«

Er versuchte sie an sich zu ziehen; es gelang ihm nicht; ebensowenig aber konnte sie ihre Hand, die er fest gefaßt hielt, aus der seinigen bringen.

»Nicht? So nehme ich ihn mir!«

»Das werden Sie nicht thun!«

»Warum?«

»Weil ich es nicht leide.«

»Wollen sehen!«

Er faßte sie nun auch mit der Linken; sie aber schob ihn sehr kräftig zurück.

»Lassen Sie mich gehen. Ich habe mehr zu thun, als mich mit Fremden herumzubalgen!«

»Ich aber balge mich gern, zumal mit einem so hübschen Mädchen wie Du bist.«

»Sie scheinen aber nicht immer gut dabei zu fahren!«

»Wie so?«

»Man sieht es ja Ihrem Gesichte an, in dem die Schwielen und Narben noch zu sehen sind. Lassen Sie mich endlich, sonst weiß ich mich zu wehren!«

»Pah, einen Kuß!«

Er umfing sie wirklich und spitzte bereits die Lippen; da aber holte sie aus und gab ihm eine solche Ohrfeige, daß er sie fahren ließ. Sie sprang zur Laube hinaus.

»Donnerwetter!« rief er. »Das sollst Du mir büßen!«

Er eilte ihr nach, und es gelang ihm, sie wieder zu ergreifen.

»Lassen Sie mich, Sie Unverschämter, sonst rufe ich um Hilfe!« drohte sie.

»Rufe doch!« antwortete er, sie fest an sich drückend.

»Hilfe!«

Es hätte dieses Rufes nicht bedurft, denn bereits war der Müller aus der Thür getreten und kam herbeigesprungen.

»Herr, was wollen Sie? Lassen Sie los!«

»Nicht eher, als bis ich meinen Kuß erhalten habe!«

»Da kannst Du warten, Bürschchen!«

Mit diesen Worten faßte der Müller zu, und zwar so kräftig, daß der Fremde das Mädchen augenblicklich freigab.

»Hund, Du wagst es, Dich an mir zu vergreifen!«

»Kerl, rede anständig mit mir, sonst zeige ich Dir, wie man mit ehrlichen Leuten zu verkehren hat! Du stehst hier auf meinem Grund und Boden.«

»Oder auf dem meinigen! Weißt Du, wer ich bin? Kennst Du mich?«

»Nein, habe aber auch gar kein Verlangen darnach. Trolle Dich von dannen!«

»Ganz, wie es mir beliebt! So höre: ich bin Prinz Hugo, dem das Schloß dort gehört!«

Der Müller erschrak doch ein wenig, faßte sich aber sofort wieder.

»Das glaube, wer da will, ich aber nicht. Ein königlicher Prinz stellt keinem braven bürgerlichen Mädchen nach!«

»Zuweilen doch, wenn es ihm Vergnügen macht. Ich verlange meinen Kuß. Erhalte ich ihn, so bin ich bereit, Dir zu vergeben.«

»Meine Tochter küßt keinen Andern als Den, der ein Recht auf ihre Liebe hat. Und zu vergeben haben Sie mir nicht das Mindeste. Sind Sie wirklich Prinz Hugo, so zolle ich Ihnen gern die Ehrerbietung, welche ich Ihnen schuldig bin, kann aber nicht dafür, wenn Sie sich so verhalten, daß diese Ehrerbietung unmöglich ist.«

»Oho! Ich bin Dein Herr, und werde Dir zeigen, wie Du Dich zu verhalten hast!«

»Das weiß ich auch ohnedies. Ich fürchte Gott, thue recht und zahle meine Steuern; mehr kann Niemand verlangen, und mein Kind lasse ich mir nicht beleidigen und schimpfiren.«

»Beleidigen? Schimpfiren? Mensch, kann es eine größere Ehre für Dich und Deine Tochter geben, als wenn sie mir gefällt?«

»Danke für diese Ehre! Königliche Hoheit, trinken Sie Ihre Milch, wie es sich gehört, und Sie werden mir stets willkommen sein; sonst aber muß ich mir Ihre Gegenwart verbitten.«

»Ganz wie Du willst; aber Du sollst an mich denken!«

Er bestieg sein Pferd und ritt davon. Sein Weg führte ihn die Burgstraße empor, welche in zahlreichen Krümmungen und Windungen zur Höhe stieg und zuerst an dem Nonnen- und dann am Mönchskloster vorüberführte. Einige hundert Schritte noch über dem letzteren lag ein kleines Kapellchen. Es enthielt ein Marienbild, welches wegen seiner Wunderthätigkeit weithin berühmt war und jährlich zweimal den Zielpunkt außerordentlicher Wallfahrten bildete. Dann herrschte ein sehr reges Leben auf dem Berge, welcher sich in einen ungeheuren Meß- und Belustigungsplatz verwandelte. Die Herren Patres gaben der heiligen Mutter Gottes ihre Erlaubniß, irgend ein in die Augen fallendes Wunder zu verrichten, verkauften Rosenkränze und Heiligenbilder und vertauschten ihren Segen gegen klingendes Metall, welches reichlich einzufließen pflegte.

Jetzt war die Straße und das Kapellchen leer, und nur hinter dem letzteren ertönte eine Stimme, welche Befehle zu ertheilen schien. Der Prinz lenkte sein Pferd um das kleine Gebäude herum und erblickte einen ungefähr sechzehnjährigen Knaben, welcher einen vor ihm sitzenden Hund Kunststücke zu lehren schien. Dabei aber war er noch bei einer zweiten Beschäftigung, welche allerdings sehr eigenthümlich genannt werden mußte.

Der Hund hatte den Prinzen bemerkt und knurrte. Der Knabe wandte sich um und erblickte den Reiter, ließ sich aber in seiner Arbeit nicht im mindesten stören. Es schien nicht diese Arbeit allein, sondern noch etwas Anderes zu sein, was den Prinzen frappirte. Er lenkte sein Pferd hart an den Knaben heran und frug mit barscher Stimme:

»Kerl, was thust Du hier?«

Der Gefragte hielt es nicht der Mühe werth sich zu erheben; er blickte sehr unbesorgt empor und antwortete in einem sehr renitenten Tone:

»Das sehen Sie ja. Ich schmiere meine Stiefel!«

»Aber womit!«

»Mit Oel.«

»Aber dies ist ja die ewige Lampe hier aus der Kapelle!«

»Ja; aber das Oel ist ganz gut für die Stiefel.«

»Wie kommst Du von Fallum hierher, Bürschchen?«

»Von Fallum! Wo ist das?«

Jetzt stutzte der Prinz. Er fand hier eine höchst seltene und auffällige Aehnlichkeit, die er bewundern mußte. Nach einer schärferen Musterung des Knaben frug er:

»Heißt Du nicht Schubert?«

»Nein.«

»Und bist nicht der Stiefsohn eines Fischers im Seebad Fallum?«

»Sie hören ja, daß ich gar nicht weiß wo Fallum liegt!«

»Wie ist Dein Name?«

»Franz Geißler.«

»Geißler? So heißt der Schloßvogt.«

»Das ist mein Oheim, bei dem ich jetzt bin.«

»Auf Besuch?«

»Für immer. Mein Vater, der sein Bruder war, ist gestorben, und da hat er mich zu sich genommen.«

Diese Worte wurden in einem Tone gesprochen, welchem anzuhören war, daß dem Knaben der Tod seines Vaters eine höchst gleichgiltige Sache sei.

»Was treibst Du denn bei ihm?«

»Ich? Nichts!«

»Du mußt doch etwas thun und etwas lernen!«

»Ist nicht nothwendig. Ich werde Diener oder Reitknecht beim tollen Prinzen.«

»Ah! Wer sagt das?«

»Mein Oheim. Wenn der Prinz kommt wird es abgemacht.«

»Dann bekommt er einen Diener, über den er sich freuen kann, einen, der seine Stiefel aus der ewigen Lampe schmiert. Das dürften die frommen Väter sehen!«

»Fromm? Sie sollten nur wagen mich auszuzanken! Komm, Tiras, ich bin fertig!«

Er erhob sich, trug die Lampe in das Kapellchen und verschwand dann mit seinem Hunde hinter den Bäumen, welche die Straße zu beiden Seiten einfaßten.

»Hm,« machte der Prinz, »ein kostbarer unverfrorener Bengel. Solche Subjekte sind sehr oft die brauchbarsten, welche man finden kann. Aber eine solche Aehnlichkeit ist mir noch nicht vorgekommen. Ich hielt ihn wahrhaftig für diesen Fallumer Schifferjungen, der an mich gedenken soll. Wer weiß, wie diese Aehnlichkeit noch einmal benützt werden kann.«

Er verfolgte seinen Weg weiter und gelangte zur Burg, deren Thor weit geöffnet war, da man seine Ankunft bemerkt hatte. Geißler, der Vogt, stand zum Empfange bereit, und hinter ihm diejenigen Bewohner des Schlosses, welche er in der Eile hatte zusammenraffen können.

»Königliche Hoheit, welch eine Ueberraschung! Hätte ich ahnen können, daß uns das Glück Ihrer Gegenwart bevorstehe, so wären sicher –«

»Schon gut! Sie wissen, daß ich Privatmann sein will, wenn ich Burg Himmelstein aufsuche. Meine Zimmer sind in Ordnung?«

»Stets, gnädiger Herr!«

»Dann vorwärts!«

Er stieg ab, warf die Zügel seines Pferdes einem Knechte zu und schritt über den Burghof hinweg gegen eine Treppe, welche ihn in diejenigen Räume führte, die er hier zu bewohnen pflegte. Das waren noch dieselben Gemächer, in denen die alten Himmelsteiner gehaust hatten, aber die alten Eichenmöbel waren verschwunden, um einer Einrichtung nach dem neuesten Stile Platz zu machen, und an Stelle der klein- und rundscheibigen Fenster waren große geschliffene Tafeln getreten, welche beim Untergange der Sonne wie glühendes Gold über das weite Land zu schimmern pflegten. Von hier aus hatten die alten Ritter dem edlen Handwerke des Wegelagerns obgelegen, und von hier aus setzte der Prinz dieses edle, ächt aristokratische Vergnügen fort, nur auch in einer Weise, welche den gegenwärtigen Zuständen angemessener war.

In seinem gewöhnlichen Wohnzimmer eingetreten, nahm er auf einem Sopha Platz.

»Etwas vorgefallen?«

»Nichts von Bedeutung, Hoheit.«

»Ihre Familie hat sich vergrößert?«

»Durch einen Neffen, dessen ich mich annehmen mußte, als sein Vater starb.«

»Bin ihm begegnet. Scheint ein sehr wohlerzogener Bursche zu sein.«

Das Gesicht des Vogtes verfinsterte sich.

»Der Bube ist mit dem Hunde fort. Ich hoffe nicht, daß er sich durch irgend eine Ungehörigkeit das Mißfallen des gnädigen Herrn zugezogen hat!«

»Nicht im Geringsten. Im Gegentheile, ich habe mich sehr über ihn amusirt. Er saß mit dem Hunde hinter der Kapelle, hatte sich die ewige Lampe aus derselben geholt und schmierte mit dem Oele seine Stiefel ein. Ich wäre neugierig das Gesicht zu sehen, welches ihm beim Atrappiren von den frommen Patres gemacht worden wäre.«

»Verzeihen Hoheit ihm diesen Knabenstreich! Der Junge

hat wirklich keinen Begriff von der schweren Sünde, welche er begangen hat.«

»Pah; das hat er mit der heiligen Mutter Gottes abzumachen! Man soll der Jugend die Scheriagen nicht allzu sehr verkürzen, sonst zieht man sich Schwächlinge oder Duckmäuser heran. Uebrigens frappirte mich seine außerordentliche Aehnlichkeit mit einem Burschen, für den ich ihn wirklich ganz und gar gehalten habe. Sie lesen die Zeitungen?«

»Ein wenig.«

»Haben Sie mein Fallumer Abenteuer mit dem General von Helbig gefunden?«

»Allerdings. Ich begreife die geradezu riesenhafte Rücksichtslosigkeit nicht, mit welcher die dortigen Behörden diesen schauderhaften Fall behandelten. Ein Prinz von Süderland gegen einen schmutzigen Fischerjungen, öffentlich verhandelt und endlich gar in Strafe genommen. Solche Richter verdienen durchgepeitscht zu werden!«

»Eigenthümlich genug war es. Ich zeigte den Jungen an, und mich zeigte der General an; ich wurde zu einer mehrmonatlichen Gefängnißstrafe verurtheilt, von welcher ich mich nur auf dem Gnadenwege zu befreien vermochte, und den Jungen sprach man frei, so daß ich noch die Untersuchungskosten zu tragen hatte. Das sind norländische Zustände, hahaha! Seit dort ein Schmiedesohn Kronprinz und ein Zigeunerbankert Herzog von Raumburg geworden ist, gilt königliches Geblüt noch weniger als Vagabundensaft. Und solchem obskuriösen Volke gibt man meine Schwester Asta zum Weibe!«

»Ist es wahr, daß General Helbig diesen Fischerbuben adoptirt hat?«

»Adoptirt nicht, doch beinahe so. Er hat ihn und seine Mutter zu sich genommen, um für seine Erziehung zu sorgen. Es wird eines schönen Tages die Zeit kommen, in welcher ich mit diesem Volke Abrechnung halte! Doch wie steht es mit der Komtesse?«

»Gesund ist sie, ob aber gefüger geworden kann ich nicht sagen.«

»Wo ist sie?«

»Im Gärtchen jetzt.«

»Wer verkehrt mit ihr?«

»Nur ich und meine Frau, wie Ew. Hoheit streng befohlen haben.«

»Ich werde sie aufsuchen. Doch, apropos, da fällt mir ein: in der Höllenmühle ist ein neuer Besitzer?«

»Ja, ein Norländer Namens Uhlig.«

»Was sind es für Leute?«

»Sie sind, was man so stille und arbeitssame Menschen zu nennen pflegt. Er versteht sein Handwerk aus dem Fundamente und ist ein ausgezeichneter Landwirth, wie es den Anschein hat. Besseres Brod und Mehl als bei ihm hat es noch nicht gegeben.«

»So kaufen Sie auch jetzt noch in der Hölle?«

»Ja.«

»Auch die Patres?«

»Nein. Der Müller ist Protestant, daher mag der Bruder Proviantmeister nichts mit ihm zu thun haben.«

»Hat Uhlig Kinder?«

»Eines, eine Tochter.«

»Ledig?«

»Verlobt.«

»Mit wem?«

»Habe es zufällig gehört. Mit einem Hauslehrer drüben in ihrer Heimath. Er wird nächstens auf Besuch kommen.«

»Aber ob er sie finden wird!«

Diese Worte waren in einem so eigenthümlichen Tone gesprochen, daß der Schloßvogt ihn anblickte, doch zeigte seine Miene keineswegs eine Ueberraschung.

»Ah, der gnädige Herr haben das Mädchen bereits gesehen?«

»Ja, vorhin.«

»Ich kenne den Geschmack Ew. Hoheit und hatte mir vorgenommen, Sie auf diese schöne Müllerstochter aufmerksam zu machen.«

»Ist noch Platz?«

»Hm, Zwei ist gefährlich und könnte die Sache verrathen!«

»Sie unbemerkt heraufzubekommen kann doch unmöglich schwierig sein!«

»Das nicht; aber sie würde mit der Komtesse zusammen kommen, was gar nicht zu vermeiden ist, und das mindert die Sicherheit. Hoheit müßten sich entschließen, sie in einem der alten Verließe unterzubringen, im Falle sie sich obstinat zeigt.«

»Das wird sie allerdings thun, wie ich es aus Erfahrung weiß.«

»Sollten der gnädige Herr bereits mit ihr gesprochen haben?«

»Mit ihr und ihrem Vater. Ich forderte einen Kuß von ihr, wurde aber zu einem sehr schmählichen Rückzuge getrieben. Wäre ich länger geblieben, so glaube ich, man hätte mich fortgeprügelt.«

»Auf diese Weise ist man Ihnen begegnet? Hoheit, ich stehe zu Diensten!«

»Das versteht sich ganz von selbst. Ehe ich mich aber zu irgend einem Schritte entschließe, werde ich mit der Komtesse sprechen. Vor allen Dingen merken Sie sich, daß von meiner Anwesenheit hier so wenig wie möglich verlautet. Ich will ungestört sein.«

Da, wo der Basaltfelsen von dem Schloßplateau jäh und senkrecht zur Tiefe fiel, lag hinter der hohen Umfassungsmauer der Burg ein kleines Gärtchen, in welchem die Edelfrauen früherer Jahrhunderte wohl einige der ihnen nothwendigsten Küchengewächse gebaut hatten. Der Prinz hatte diesen Platz in einen allerliebsten Blumengarten umwandeln lassen. Zwar war er rings von hohen starken Mauern umgeben, aber in das äußere Gemäuer, welches sich auf die scharfe Kante des Felsens stützte, hatte man einige Schießscharten ähnliche Oeffnungen angebracht, durch welche ein Ausguck weit in das Land hinein ermöglicht wurde.

Vor einer dieser Oeffnungen stand eine mit weichem Moose bedeckte Bank, welche von einem dichten, Schatten spendenden Epheu laubenartig überwölbt wurde. Auf dieser Bank saß eine junge Dame, welche vielleicht zweiundzwanzig Jahre zählen mochte. Sie trug ein einfaches weißes Negligékleid, welches sich schlafrockähnlich um die üppig vollen Formen legte und nur mit einem schmalen blauseidenen Gürtel um die Taille befestigt war. Ein reiches lichtblondes Haar fiel in reizender Unordnung von dem schönen Köpfchen auf die weichen Schultern nieder, deren reines Weiß verführerisch durch den transparenten Stoff schimmerte; Nacken und Hals waren unbedeckt und auch die Aermel waren bis weit hinauf aufgeschlitzt, so daß die herrlich geformten Arme bis beinahe herauf an die Schultern frei zu liegen kamen. Der dünne Stoff legte sich verrätherisch eng an die Hüften und Beine, und die kleinen niedlichen Füßchen waren nur mit türkischen Pantoffeln bekleidet, so daß es ganz den Anschein hatte, als sei diese Dame eine jener Phrynen, welche es verstehen, durch eine raffinirte Toilette ihre Reize zu verdoppeln und ihr Opfer unwiderstehlich zu fesseln, wie die Schlange, welche mit ihrem Blicke den unschuldigen Vogel bezaubert, daß er ihr nicht zu entfliehen vermag.

Blickte man aber in dieses schöne reine Angesicht, in diese kindlich treuen vertrauensvollen Augen, so war es geradezu unmöglich zu glauben, daß dieses süße Wesen einer solchen Berechnung fähig sei. Man hätte vielmehr annehmen mögen, daß die Dame ein solches Gewand à la Kleopatra nicht aus eigenem und freiem Antriebe gewählt habe, sondern durch irgend welche Umstände gezwungen worden sei es anzulegen. Auf ihrer reinen klaren Stirn schien eine Falte des Trübsinns sich gewaltig Bahn brechen zu wollen; die Winkel des kleinen Mundes waren mit einer gewissen Strenge nach unten gezogen, und der Blick suchte in dieser Schwermuth durch die Mauerspalte die Ferne, in welcher sich der Aether zu einem immer dunkleren Blau verdichtet. Dieses Blau, dieses tiefe, feuchte, thränenschwangere Blau hatten auch die Augen, aus denen eine Sehnsucht sprach, welche vielleicht ohne Hoffnung war.

Da wurden Schritte hörbar. Sie wandte sich um und erblickte den Prinzen. Im Nu verbreitete sich heller Sonnenschein über ihr Angesicht; sie sprang empor, öffnete die Arme und eilte ihm einige Schritte mit sichtlichem Entzücken entgegen.

»Hugo, mein Hugo, endlich, endlich!«

Er umfing sie und drückte sie heiß an sich. Sie lag an seinem Herzen und litt die glühenden Küsse, unter welchen seine Lippen ihren Mund und ihre Wangen berührten.

»Toska, meine süße herrliche Toska; endlich ist es mir vergönnt, wieder bei Dir zu sein!«

Er zog sie auf die Bank zu sich nieder und schlang die Arme noch inniger um sie als vorher. Auch sie legte ihren Arm um seinen Nacken. Da aber fiel ihr Auge auf diesen unverhüllten Körpertheil, und mit einem Male kam sie wieder zum Bewußtsein dessen, was ihr Gefühl bereits seit Monaten empört hatte. Tiefe Gluth legte sich über ihr Gesicht von der Stirn bis zum Nacken herab; sie riß sich ungestüm los, trat zurück und hüllte sich so tief wie möglich in das Gewand, welches ihr doch keine genügende Hülle bot.

»Was ists? Was hast Du so plötzlich?« frug er.

»Hugo, wo sind meine Kleider, welche ich mit hierher brachte? Man verweigert sie mir und zwingt mich, Gewänder anzulegen, die mich noch tödten werden.«

»Ich kenne nur ein Gewand, welches getödtet hat, nämlich dasjenige des Herkules, und dieses war vergiftet.«

»O, auch diese Kleider enthalten ein Gift, ein fürchterliches Gift. Gieb Befehl, daß ich die meinigen wieder erhalte, sonst fürchte ich mich vor mir selbst!«

»Du wirst sie erhalten, vorausgesetzt, daß Du mir folgsam bist.«

»Wie wünschest Du daß ich sein soll?«

»Liebevoll.«

»Bin ich dies nicht stets gewesen, bin ich dies nicht auch heute wieder?«

»Ich meine diejenige Liebe, welche die Frau zum Manne hat.«

»Die sollst Du nicht vergebens suchen, doch zuvor muß ich erst Dein Weib sein. Ich habe meine Ehre auf das Spiel

gesetzt; ich habe Dir meine Freiheit und alle meine Vergnügungen geopfert, weil Du es so wolltest. Ich sollte scheinbar
verreisen, sollte mich auf einige Zeit zurückziehen, um die
Augen irre zu leiten, welche unsere Liebe zu erforschen
suchten. Die Zeit, welche Du bestimmtest, ist längst vorüber,
und noch immer bin ich gefangen, darf mit keinem Menschen
verkehren und habe, wenn Du je kommst um mich zu besuchen, mit Dir und mit einer Liebe zu ringen, welche Deiner
und meiner nicht würdig ist. Du liebst mich nicht mehr!«

»Mehr als jemals, ich schwöre es Dir; aber warum ringst Du
mit meiner Liebe?«

»Ich verstehe sie nicht.«

»Dann liebst Du nicht! Du denkst an die Krone, welche ich
vielleicht einst tragen werde, aber nicht an das Glück, welches
ich bei Dir suche und doch nicht finde.«

»Warum muß ich mich noch immer verbergen? Warum
nimmt man mir meine Garderobe und legt mir Kleider hin,
deren sich nur eine Tänzerin nicht schämt?«

»Weil die Liebe nur im Verborgenen ihre schönsten und
süßesten Triumphe feiert, und weil ich wünsche, Dich so
reizend und entzückend wie möglich zu sehen, wenn mein
Verlangen mich zu Dir treibt. Komm, setze Dich auf meinen
Schooß und laß uns kosen!«

Ihr Blick verfinsterte sich, und sie hüllte sich womöglich
noch tiefer ein.

»Also immer noch wie zuvor! Ich habe gehofft und geharrt,
ich habe gebetet und geweint – vergebens. Ich warte nicht
länger. Mache mich zu Deinem Weibe, offen oder heimlich
einstweilen, oder lasse mich wieder zurückkehren!«

»Du kannst Schloß Himmelstein noch nicht verlassen,
Toska; die Umstände verbieten es. Man weiß bereits, daß Du
nicht verreist bist; man ahnt sogar, daß ich Dich verberge.
Deine Rückkehr ist unmöglich, so lange Du noch nicht mein
Weib geworden bist.«

»So mache mich zu diesem!«

»Das geht noch nicht. Die Hindernisse, welche es vorher
gab, sind nicht verschwunden, sie haben sich vielmehr ver-

größert, und ehe ich sie besiege, wird eine lange Zeit vergehen.«

»Du gabst mir Dein Wort!«

»Ich halte dasselbe. Komm!«

Er nahm sie bei der Hand und zog sie wieder an sich. Sie ließ es zögernd geschehen.

Unterdessen gab der Schloßvogt seine Befehle und suchte dann seine Frau auf, welche sich in der Küche befand.

»Wo ist der Prinz?« frug sie.

»Im Garten.«

»Ist nicht auch die Komtesse dort?«

»Ja. Ich hoffe, sie wird endlich klug werden!«

»Was nennst Du klug?«

»Die Aufgabe ihres Widerstandes gegen ihn.«

»Ja, Ihr Männer seid sehr weise. Oft aber seid Ihr zum Bedauern dumm. Ein Gehorsam gegen ihn würde die größte Albernheit sein!«

»Wie so?«

»Das muß ich diesem Menschen erst erklären! Er liebt sie; nicht?«

»Hm, er liebt Alle!«

»Gut; dann will ich sagen, daß er entzückt ist von ihrer Schönheit; denn schön ist sie, wie ich noch niemals eine Andere gesehen habe. Er hat ihr versprochen sie zu heirathen, will aber nur ihre Schönheit genießen, und das ahnt sie jetzt. Er hat sich durch diesen albernen Befehl, sie zum Anlegen unzüchtiger Kleidungsstücke zu zwingen, verrathen. Gehorcht sie ihm, so ist sie verloren, denn er wird satt und vergißt sie. Sie stirbt dann auf Schloß Himmelstein oder da unten im Nonnenkloster; denn er sorgt ganz sicher dafür, daß sie verschwunden bleibt. Durch das Versagen seiner Wünsche aber facht sie dieselben vielleicht zu einer solchen Höhe an, daß er doch noch am Ende die Unklugheit begeht, sie zu heirathen. Dazu gehört freilich mehr Talent als sie besitzt; dazu gehört eine genaue Berechnung, eine so schlaue Taktik, wie sie nur bei sehr erfahrenen Frauen zu finden ist.«

»Pah, Ihr Weiber seid alle erfahren! Der jüngste Backfisch

versteht es heut zu Tage ganz gut, den vorsichtigsten Mann zu überrumpeln und zu überlisten.«

»So! Hast Du Dich vielleicht auch bereits von einem Backfische überlisten lassen?«

»Nein, aber von einem Stockfisch!«

»Wen meinst Du mit diesem Worte, he? Doch nicht etwa mich?«

»Wen ich meine, das kannst Du Dir – horch, was war das? Rief da nicht Jemand um Hilfe?«

»Es klang beinahe so. Aber wer sollte hier um Hilfe rufen?«

»Es war im Garten. Horch, noch einmal – zum dritten Male! Es kommt näher. Er wird durch seine Unvorsichtigkeit Skandal verursachen. Ich muß hinab!«

Der Vogt eilte nach dem hinteren Hofe, aus welchem ein kleines Pförtchen nach dem Gärtchen führte. Toska hatte nur in diesem Hof Zutritt, und wenn sie dort erschien, war dafür gesorgt, daß Niemand von der Dienerschaft dort zugegen sein konnte. Sie war eine Gefangene im wahrsten Sinne des Wortes, deren Anwesenheit man so viel wie möglich zu verheimlichen suchte.

Als der Vogt diesen Hof erreichte, kam ihm Toska mit wehendem Haare und fliegendem Gewande entgegen. Sie wurde von dem Prinzen verfolgt. Geißler wollte sie halten, aber sie entschlüpfte ihm. Beide rannten ihr nach, die Treppe empor und einen Korridor entlang, dessen Eckzimmer ihre Wohnung bildete. Sie erreichte dasselbe in demselben Augenblicke mit dem Prinzen; er trat mit ihr ein und verschloß die Thür. Während dies geschah und er ihr dabei den Rücken zukehrte, hatte sie ein Messer von dem Tische ergriffen und an sich genommen.

»So, mein Schätzchen,« lachte er. »Eine solche kleine Jagd ist interessant, aber entkommen kannst Du mir nicht!«

»Meinen Sie?« antwortete sie mit keuchendem Athem und fliegendem Busen. »Jetzt erst kenne ich Sie; jetzt thue ich den ersten klaren Blick in die Verworfenheit Ihrer niederträchtigen Seele. Verlassen Sie mich, wir haben nichts mehr mit einander zu schaffen!«

»Wirklich? Ich meine, daß wir erst noch einen zärtlichen Abschied feiern werden, ehe wir scheiden. Komm an mein Herz, mein süßes holdes Liebchen!«

Er machte Miene sie zu umarmen. Da erhob sie die mit dem Messer bewaffnete Hand:

»Wagen Sie es, mich anzurühren!«

Er trat bei diesem entschlossenen Tone doch einen Schritt nach rückwärts.

»Ah, interessant, ganz wie auf der Bühne. Sie verrathen theatralisches Talent!«

»Möglich, aber ich werde nicht nur spielen, sondern vielmehr wirklich handeln. Verlassen Sie augenblicklich mein Zimmer, sonst rufe ich die Leute herbei!«

»Das würde Ihnen nichts helfen, Komtesse, denn diese Leute stehen in meinem Dienste und haben also nur mir zu gehorchen. Wollen Sie mich anhören?«

»So sprechen Sie. Aber machen Sie es kurz, und versuchen Sie es nicht sich mir zu nähern, da ich sonst von meiner Waffe Gebrauch machen werde. Sie kennen mich!«

»Allerdings kenne ich Sie. Ich weiß, daß Sie das einzige Kind waren und eine Erziehung genossen haben, wie sie sonst nur Knaben zu Theil zu werden pflegt. Sie reiten, turnen, schießen und fechten, ich weiß es; Ihr Messer aber flößt mir dennoch keine Furcht ein.«

»Pah, ich werde es gebrauchen, mit welchem Erfolge, das wird sich zeigen!«

Der Prinz schien doch ein wenig schüchtern zu werden. Er wich noch um etwas zurück und meinte dann:

»Diesen Erfolg kenne ich. Sie sind nicht der erste Vogel, den ich hier zähmen lasse. Wir wollen offen sein.«

»Oh, fürchten Sie nicht, daß ich schmeicheln werde.«

»Wohl Komtesse, so hören Sie! Burg Himmelstein wird öfters von Damen bewohnt, welche die Liebe und ihre Schönheit heraufgeführt haben. Fügen sie sich in meine Befehle, so werden sie später mit reichen Geschenken entlassen und haben die Wonne aller Seligkeiten genossen. Fügen sie sich aber nicht, so verschwinden sie aus dem Leben; sie sterben nach Jahren in den Verließen, aus denen seit Jahrhunderten kein Auferstehen gewesen ist. Wählen Sie!«

Sie war erbleicht, fürchterlich erbleicht.

»Sie sind ein Teufel!« hauchte sie endlich. »Und einen solchen Satan liebte ich!«

»Ja, Sie liebten mich und folgten mir, wie alle Ihre Vorgängerinnen,« lächelte er. »Glaubten Sie wirklich, daß ich Sie an meine Seite heben würde? Sie waren schamhaft, verteufelt schamhaft und zurückhaltend, ich suchte dieses alberne Gefühl zu tödten, indem ich Ihnen eine geeignete Toilette aufnöthigte. Es hat nichts geholfen. Sie werden mir gehören oder diese Mauern niemals verlassen. Wählen Sie!«

Ihre Augen leuchteten.

»Ich habe gewählt.«

»Wie?«

»Sie sind mir mehr zuwider als das häßlichste Gewürm, das auf Erden kriecht.«

»Gut. So ist Ihr Schicksal entschieden. Man wird Sie in das Verließ bringen.«

»Noch ist es nicht so weit. Noch habe ich mein Messer!«

»Machen Sie sich nicht lächerlich. Es gibt hier Hände genug, welche es Ihnen zu entringen vermögen.«

»So sterbe ich als Gefangene, aber doch mit dem Bewußtsein, daß Sie mich nicht anrühren durften.«

»Dieses süße Bewußtsein will ich Ihnen gönnen, obgleich es mir doch vielleicht noch beikommen könnte, mich Ihnen zu nähern, wenn Sie gefesselt und unschädlich gemacht worden sind.«

»Feiger elender Schurke!«

»Danke! Auf alle Fälle aber muß ich Ihnen sagen: Sobald Sie sich in dem Verließe befinden, sind Sie das Eigenthum des Knechtes, der Sie füttert. Er wird glücklicher sein als ich.«

»Scheusal!«

»Noch einmal, wählen Sie!«

»Ich habe gewählt und würde mich auf der Stelle tödten,

aber ich hoffe auf die Gerechtigkeit und Hilfe Gottes; er wird mich nicht verlassen, Sie aber zu treffen wissen!«

»Auch diese Hoffnung lasse ich Ihnen. Wir sind fertig. Adieu!«

Er verließ das Gemach und verschloß es von außen, so daß sie es nicht verlassen konnte. Als er seine Wohnung erreicht hatte, klingelte er. Der Schloßvogt erschien.

»Hat Jemand etwas gemerkt?«

»Nein.«

»Sie bleibt unverbesserlich. Ich gebe sie auf.«

»Was befehlen Ew. Hoheit mit ihr?«

»Sie kommt in das Verließ.«

»Entschuldigung, das wird nicht gehen!«

»Warum?«

»Es sind nur zwei sichere Steinkammern vorhanden, und diese sind besetzt. Die beiden Letzten sind noch nicht todt.«

»Noch nicht? Sie scheinen sehr luxuriös zu leben!«

»Das nicht; aber sie waren beide kerngesund, und mit einem Morde kann ich mein Gewissen denn doch nicht beschweren.«

Der Prinz lachte cynisch.

»Ja, ich weiß, daß Sie ein außerordentlich zartes Gewissen besitzen! Weiß Ihre Frau von den Beiden?«

»Daß sie da waren weiß sie natürlich, nicht aber wo sie hingekommen sind. Sie ganz und vollständig in meine Geheimnisse einzuweihen halte ich nicht für nöthig.«

»Das läßt sich begreifen. Sie könnte sonst einen Anflug von demjenigen überflüssigen Gefühle bekommen, welches man Eifersucht nennt. Und nun weiß ich auch, warum die Beiden noch leben. Sie waren schön, die Sängerin sowohl als auch die Gouvernante.«

»Hoheit glauben doch nicht etwa, daß – –« stockte der Vogt verlegen.

»Pah, wir kennen uns! Doch, ich will nicht zanken. Also die Komtesse hat keinen Platz da unten? Was meinen Sie, wie wäre es bei den Nonnen?«

»Sehr praktisch. Da steckt sie gut und bleibt Ew. Hoheit

immer aufgehoben. Ich wette, daß sie in kurzer Zeit so wohl erzogen ist, daß sie Ihren Besuchen mit Sehnsucht entgegensieht.«

»Meinen Sie? Sollten die frommen Schwestern so gute Erziehungsmittel haben?«

»Allerdings.«

»Strenge?«

»O nein, sondern das Beispiel. Das Beispiel ist in der Liebe ebenso mächtig wie irgend wo anders, in der Angst, in der Furcht oder im Hasse. Das Beispiel erzieht mehr als Bitte oder Strafe. Sprechen Sie mit dem Prior!«

»Von ihm weiß ich, daß er sie aufnehmen wird. Aber die Gefahr! Sie wird gegen die Nonnen sprechen.«

»Pah, das schadet nichts, denn diese werden kein Wort weiterreden, sondern sie vielmehr zu überreden suchen. Es gibt in dem Klosterkirchhofe einen Winkel, in welchem man beim Nachgraben nichts finden würde als die Ueberreste neugeborener Kinder.«

»Nicht möglich! Wer wären dann die Väter?«

»Die Mönche. Wer anders?«

»Alle Teufel!«

»Ja. Die frommen Väter und Mütter haben einander sehr lieb, und der alte Basaltfelsen hat nicht umsonst so tiefe Klüftungen und unterirdische Gänge.«

»Ich weiß allerdings bereits Verschiedenes; von einem so nahen Umgange zwischen den beiden Klöstern aber erfuhr ich noch nichts. Sind Sie sicher?«

»Pater Philippus, der Küchenmeister, ist mein leiblicher Bruder. Wir haben keine zahlreichen Geheimnisse vor einander.«

»Dann bin ich überzeugt und werde sofort zum Prior gehen. Die Komtesse muß schon deshalb fort, um der Müllerstochter Platz zu machen.«

»Ah, diese soll noch heute – –?«

»Wollen erst sehen.«

»Erlauben mir Hoheit die Bemerkung, daß es gefährlich ist, uns einer Person zu bemächtigen, welche hier in der Nähe wohnt. Und die Gefahr wächst, wenn dies noch heut geschehen sollte. Bei solchen Dingen ist es gut, den geeignetsten Augenblick geduldig abzuwarten.«

»Ich kann nicht hier bleiben, bis es einem geeigneten Augenblick beliebt zu erscheinen.«

»Aber Hoheit könnten wiederkommen!«

»Meinen Sie, daß Unsereiner über seine Zeit zu bestimmen vermag wie jeder beliebige Privatmann?«

»Ich bin vom Gegentheile überzeugt. Bestimmen Ew. Hoheit, ich werde gehorchen.«

»Ich habe außer alledem noch eine Aufgabe für Sie, deren Lösung nicht ganz leicht sein wird. Sie kennen den Prinzen von Raumburg?«

»Welchen?«

»Den General, welcher sich bei der letzten Verschwörung in Norland kompromittirte und zu lebenslänglicher Haft verurtheilt wurde.«

»Ihn kenne ich.«

»Er hat es fertig gebracht, auf irgend einem heimlichen Wege einige Zeilen an mich gelangen zu lassen. Er sehnt sich natürlich nach der Freiheit, doch kann man offiziell nicht das mindeste für ihn thun, und ich am allerwenigsten, da ich mich nicht der Simpathie der norländischen Herrscherfamilie erfreue. Der ominöse Fall im Seebad Fallum hat diesen Riß bedeutend vergrößert, und ich bin wahrhaftig nicht abgeneigt, diesen Norländern einen Streich zu spielen, der ihnen zu schaffen macht. Die größte Verlegenheit würde ihnen bereitet, wenn es Prinz Raumburg gelänge zu entspringen. Dazu bedarf es der Hilfe von außen her, und ich bin sehr bereit ihm dieselbe zu gewähren, wobei ich mich allerdings auch gern auf Sie verlassen möchte.«

»Ich stehe zu Diensten. In welcher Weise würde ich mich zu betheiligen haben?«

»Raumburg muß natürlich über die See, doch nicht sofort, denn das wäre eine Unvorsichtigkeit. Er ist nicht blos politischer Gefangener, sondern man hat die Güte gehabt, ihn auch krimineller Punkte anzuklagen und zu überführen; er müßte also selbst vom Auslande ausgeliefert werden. Er kann sich erst, und zwar unter einem fremden Namen, in See wagen, wenn der Lärm, den sein Entkommen verursacht, vorüber ist, und bedarf daher eines Asyles, in welchem er Sicherheit findet. Dies wird Schloß Himmelstein sein. Er soll als Ihr Verwandter bei Ihnen wohnen. Dies wird die passive Theilnahme sein, welche ich von Ihnen fordere. Ob Sie vorher oder nachher auch aktiv eingreifen müssen, werden die Umstände ergeben. Jetzt nun bringen Sie einen Imbiß, und dann werde ich mich zum Prior begeben.«

Eine halbe Stunde später stieg er den Burgweg herab und nach dem Kloster zu. Er setzte den großen ehernen Klopfer in Bewegung, und der Bruder Pförtner erschien, um den Einlaß Begehrenden zu examiniren. Er erkannte natürlich den Prinzen, da derselbe oft hier am Orte verweilte, auf der Stelle und riß beide Flügel des Thores auf, um ihn mit einer tiefen Verneigung und salbungsvoller Ansprache zu begrüßen. Dann zog er die Glocke, auf deren Ton sämmtliche Insassen des Gott geweihten Ortes herbeieilten.

Der Prior trat heran. Er war ein mit solcher Leibesfülle begabter Mann, daß sein Durchmesser fast seine Länge erreichte. Sein Gesicht glänzte von Fett, Salbung und Unterthänigkeit, und seine Rede duftete von himmlischem Weihrauch und göttlicher Ambrosia. Er geleitete den Prinzen zunächst in das Refektorium und dann in den Speisesaal, wo der Bruder Küchenmeister unter Beihilfe des Bruders Kellermeister schnell ein Ehrenmahl aufgetragen hatte. So wenig Zeit er dazu gehabt hatte, es ließ doch kaum etwas zu wünschen übrig und gab den deutlichen Beweis, daß die frommen Brüder wohl geistlich der Welt entsagt hatten, körperlich aber mit ihr in sehr innigem Zusammenhange geblieben waren.

Am Schlusse der Tafel sprach der Prinz seine Anerkennung aus und ersuchte den Prior um einen Rundgang durch die Räume des Klosters, verbat sich aber jede weitere Begleitung. Er wurde durch die Kirche, durch Küche und Keller, in alle Zellen und auch hinaus in den Klostergarten geführt. Dieser lag nicht eben, was ja das Terrain gar nicht erlaubte, sondern zog sich bergauf gegen das Schloß hinan. Rundum von einer sehr hohen und wohl erhaltenen Mauer umgeben, zeigte er in seinem höchsten Theile den Klosterfriedhof, wo die sterblichen Leiber ruhten, deren einstige Bewohner nun im höheren Lichte wandelten. Je ein Kreuz bezeichnete die Stätte, an welcher Staub zu Staub geworden war. Der Prinz wanderte mit dem Prior zwischen den Hügeln dahin, auf denen fromme Hände allerlei duftende Zierde gepflanzt hatten.

»Hier ruhen die Väter Ihres Klosters?« frug Hugo.

»Welche eingingen in die Hütten der Seligen,« antwortete der Prior.

»Und die Mütter dort unten, haben sie einen eigenen Friedhof?«

»Nein. Die beiden Klöster wurden von dem frommen Ritter Theobald von Himmelstein zu gleicher Zeit gestiftet, und er bestimmte, daß die Väter und Mütter von einem und demselben Orden sein und an einem und demselben Orte zur ewigen Ruhe gebettet werden sollten. Friede sei mit seiner und mit ihrer Asche!«

»Liegen die Väter und Mütter getrennt?«

»Nein, obgleich dies anderwärts unter gleichen Verhältnissen nicht Sitte ist. Aber es stehet geschrieben: »Sie werden nicht freien und nicht gefreit werden;« die Engel und die Seligen kennen kein Geschlecht und keine andere Lust, als die Lust am Herrn. Darum dürfen die in Christo Entschlafenen bei einander ruhen ohne Aergerniß. Ihre Seelen schweben um den Thron Gottes und sind rein gewaschen von allem Schmutze dieses Lebens.«

»Darf man das Kloster der frommen Frauen auch besuchen?«

»Nur Auserwählten ist es erlaubt.«

»Darf ich mich zu diesen Auserwählten rechnen?«

»Ich bitte in Unterthänigkeit darum!«

»Ich muß gestehen, daß ich in geistlichen Dingen einigermaßen unerfahren bin. Ihr Kloster steht in keinem amtlichen Zusammenhange mit diesem andern.«

»Doch. Weder die Priorin noch irgend eine der Schwestern

hat das Recht, eine kirchliche Handlung vorzunehmen. Das dürfen nur wir.«

»So verkehren Sie in Folge Ihrer priesterlichen Würde wohl oft mit den frommen Schwestern?«

»Sehr oft. Habe ich doch die Oberaufsicht über das Schwesterhaus zu führen. Soll eine Messe celebrirt, eines der heiligen Sakramente ertheilt oder sonst eine kirchliche und priesterliche Handlung vorgenommen werden, so muß entweder ich oder einer der Brüder hinuntergehen.«

In diesem Augenblicke bückte sich der Prinz, griff zwischen die Epheuranken hinein und zog einen Gegenstand hervor, den er sehr aufmerksam betrachtete. Auch der Prior sah ihn und entfärbte sich leicht.

»Sind Sie ein Physiolog, Hochwürden?«

»Nicht sehr.«

»Aber doch so viel, um diesen Gegenstand bestimmen zu können. Bitte, wollen Sie sich denselben einmal betrachten!«

»Hm, die Röhre von einer Gans, wie ich vermuthe.«

»Ja, eine Röhre ist es allerdings, doch das Geschöpf, an dessen Bein sie sich befand, muß noch sehr jung gewesen sein, da die Knochenbildung so wenig vorgeschritten war, daß die beiden Röhrenköpfe noch ganz aus Knorpel bestanden. Vielleicht ein Lamm. Aber dessen Knochen vergräbt man doch nicht in geweihter Erde.«

»Diese Röhre war wohl auch nicht vergraben. Sie lag frei zu Tage.«

»Aber sie hat längere Zeit, wenn auch nicht Jahre lang, in der Erde gelegen.« Er barg die Röhre sorgfältig wieder an dem Orte, an welchem er sie gefunden hatte, und fuhr dann fort: »Es muß etwas Großes sein um das Amt eines geistlichen Hirten. Kein Fürst, kein König hat die Macht, die ihm gegeben ist.«

»Ja; der Herr verleiht seinen Dienern die höchste Gewalt, sie können die Seligkeit verweigern, sie vermögen aber auch den Himmel zu öffnen.«

»Welch ein Bewußtsein muß es sein, an Gottes Statt dazustehen und der Vertreter des höchsten Wesens zu sein, dem

Jeder in vertrauender Ehrfurcht nahen kann. Wird diese Gewalt nicht vielleicht zuweilen mißbraucht, Hochwürden?«

»Das wäre die Sünde wider den heiligen Geist, die niemals vergeben wird.«

»Niemals?«

»Nie.«

»So dürfte sie auch von der weltlichen Gerechtigkeit nicht vergeben werden.«

»Hoheit irren. Hier hat das weltliche, das bürgerliche Gesetz nicht mitzusprechen, sondern dieser Fall gehört einzig und allein in die Disziplin des priesterlichen Standes.«

»Ich will Ihnen einen Fall erzählen: Ein König, Bekenner der alleinseligmachenden Kirche, hatte, um eine große Gefahr von sich und seinem Lande abzuwenden, einen geheimen Traktat mit dem protestantischen Monarchen des Nachbarlandes abzuschließen. Er wußte bereits vor Abfassung des Vertrags, daß er die Bestimmungen desselben brechen werde; und zog seinen Beichtvater zu Rathe. Dieser absolvirte ihn und hieß sein Vorhaben gut, da der Kontrahent ja ein Ketzer sei. Dieser Beichtvater stand, ich weiß nicht in Folge welcher Umstände, unter der Gewalt einer alten Zigeunerin, die also eine Heidin war. Sie hieß Zarba. Ihr machte er, ich weiß nicht ob freiwillig oder erzwungen, Mittheilung von dem Vorhaben des Königs.«

»Unmöglich! Einer Zigeunerin!« rief der Prior, aber sein vorher von Röthe glänzendes Gesicht war plötzlich leichenblaß geworden.

»Ja, einer Zigeunerin. Auch ich kenne sie und habe diese Mittheilung aus ihrem eigenen Munde. Jedenfalls verfolgte sie dabei eine Absicht, die ich aber leider nicht zu durchschauen vermag.«

»Der Beichtvater eines Königs? Sollte dies nicht eine **höllische** Verleumdung sein?«

»Nein. Sie suchte den Priester in seiner Wohnung auf und erhielt das Bekenntniß von ihm sogar in zwei Exemplaren niedergeschrieben. Das eine gab sie jüngst mir, und das andere hebt sie für meinen Vater, den König auf.«

»Ah, sonderbar!«

Dicke Schweißtropfen standen ihm jetzt auf der Stirn. Er blickte wie Hilfe suchend umher und konnte sein Auge nicht zum Prinzen erheben, der ihn lächelnd fixierte.

»Ja, sehr sonderbar! Jetzt ist dieser Beichtvater Prior, er erhielt diese Pfründe von dem Könige als Anerkennung seiner treuen Amtsführung.«

»Was werden Hoheit mit dem Exemplare thun, welches sich in Ihren Händen befindet?«

»Darüber habe ich noch keinen Beschluß gefaßt, doch bemerke ich, daß ich nicht rachsüchtig bin und es vielleicht vermag, auch das andere Exemplar unschädlich zu machen.«

»Sie kennen den Namen dieses Priesters?«

»Natürlich. Er hat sich ja unterzeichnet und sogar sein Amtssiegel aufgedrückt. Doch das war eine Episode, welche ich nur nebenbei erzählte, da mich unser Gespräch auf dieses Thema führte. Ist es noch Tageszeit genug, die frommen Schwestern zu besuchen?«

»Hoheit, das Haus steht Ihnen zu jeder Zeit geöffnet!«

»Ich bin in der Lage, einige Erkundigungen einziehen zu müssen.«

»Ich stehe zu Diensten.«

»Sind die beiden Klöster durch verborgene Gänge verbunden?«

»Königliche Hoheit – – –!«

»Die Wahrheit, nichts weiter, Hochwürden!« gebot der Prinz in strengem Tone.

»Bei der Beschaffenheit dieses Felsens wäre es möglich, daß sich ohne unser Wissen – –«

»Mit einer Möglichkeit ist mir nicht gedient,« unterbrach ihn schnell der Prinz. »Ich habe ein Exempel zu lösen, von welchem ich nur zu Ihnen sprechen kann, und will dabei nicht mit Möglichkeiten, sondern mit Wirklichkeiten rechnen. Also – –?«

»Die Verbindung ist da,« gestand jetzt der Prior.

»Und wird benutzt?«

»Zuweilen, jedoch nur zu Zwecken, von denen ich sagen kann, daß sie – – –«

»Schon gut, Hochwürden! Ich bin befriedigt und frage nicht nach diesen Zwecken, obgleich es möglich ist, daß mich ein ganz ähnlicher Zweck zu meiner Erkundigung veranlaßt hat.«

»Ah!« holte der Prior tief Athem.

»Ja. Und dabei habe ich nicht einen geistlichen, sondern einen sehr weltlichen oder vielmehr körperlichen Zweck im Auge.«

»Darf ich um die Mittheilung desselben ersuchen, königliche Hoheit?«

»Ich werde zunächst weiter fragen. Bedarf es zur schleunigen Aufnahme einer Novize der besonderen Befragung derselben?«

»Gewöhnlich, ja. Gibt es aber ernste Rücksichten, welche mit ihrem Seelenheile in Verbindung stehen, so kann oder muß vielmehr die heilige Kirche die ihr verliehene Macht gebrauchen und wird den Eintritt gebieten.«

»Schön; das ist mein Fall! Wird die heilige Kirche nach dem Namen der Novize fragen?«

»Ihr oberster Diener ist dazu verpflichtet, wird ihn aber verschweigen und auch dafür sorgen, daß er den andern Schwestern niemals genannt werden kann.«

»Pah! Dieser oberste Diener wird vielleicht ebenso verschwiegen sein, wie jener unvorsichtige Beichtvater, von dem ich Ihnen erzählte.«

»Vielleicht ist es ihm möglich, Ihnen Garantie für seine Verschwiegenheit zu geben.«

»Das würde mir lieb sein. Worin würde diese Garantie wohl bestehen?«

»Das kann ich jetzt leider noch nicht bestimmen, ich vermag darüber erst dann zu entscheiden, wenn ich den Fall möglichst kennen gelernt habe.«

»So werde ich ihn mittheilen. Sie wissen ja, daß die höchste Macht der heiligen Kirche in der Liebe besteht, und ihr höchstes Ziel ist die Seligkeit, zu welcher man durch diese

Liebe gelangt. Ein Mann lernte ein junges schönes Mädchen kennen. Sie liebten sich, und er vermochte sie, sich in die Verborgenheit zurückzuziehen. Sie verschwand. Aber ihre Liebe war eine zu irdische, eine egoistische; sie strebte nach den Gütern und Würden des Geliebten, die ihr doch niemals gehören konnten. Er versagte sie ihr, und nun verwandelte sich die Liebe in einen grimmigen Haß, welcher seine Erlaubniß zu dem ersehnten bräutlichen Verschmelzen der Seelen verweigerte und sie auf das Vorhaben brachte, in die sündhafte Welt zurückzukehren. Er mußte ihr diesen Weg mit Gewalt verschließen. Da er aber nicht die wirksamen Mittel besitzt, ihr die himmlische Liebe wieder zurückzurufen, will er das sündhafte widerstrebende Kind der heiligen Kirche übergeben, damit diese ihre heilsame Macht gebrauche und das verirrte Schaf an sein Herz zurückführe. Er besitzt der irdischen Güter in Menge, um die heilige Kirche für ihre Sorgen und edlen Bestrebungen zu belohnen. Das ist der Fall. Nun sprechen Sie, Hochwürden!«

»Die heilige Kirche kennt dieses Schäflein bereits, wenn ich mich nicht irre, und ist bereit, es zu dem guten Hirten zurückzubringen.«

»Und die Garantie, von welcher Sie vorhin sprachen?«

»Werde ich vollständig geben. Doch muß ich vorher erwähnen, daß die Kirche in solchen schwierigen Fällen verpflichtet ist, ihre Bedingungen zu machen.«

»Ich werde sie hören.«

»Sind Sie bereit, der Kirche jene Schrift auszuantworten, welche die Zigeunerin Ihnen übergab?«

»Ja.«

»Wenn?«

»Ich trage sie bei mir, trenne mich aber nicht eher von ihr, als bis mir die erwähnte Garantie geboten ist.«

»Die Dame, von der Sie sprechen, gehört einem berühmten adeligen Hause an?«

»Ja.«

»Und befindet sich hier in der Nähe?«

»Möglich.«

»Wie viele Personen kennen ihren jetzigen Aufenthaltsort?«

»Nur zwei.«

»Können Sie es der heiligen Kirche ermöglichen, bei dem ersten Schritte Gewalt zu vermeiden?«

»Ich hoffe es.«

»So bin ich bereit, Ew. Hoheit zu den frommen Schwestern zu geleiten.«

»Auf dem gewöhnlichen Wege oder unterirdisch auf dem verborgenen?«

»Auf dem ersteren. Der letztere ist nur den Auserwählten bekannt, und unser Verschwinden würde auffallen. In kurzer Zeit ist es Nacht, und dann ist es mir möglich jene Garantie zu geben, von welcher ich vorhin gesprochen habe.«

»Ich werde natürlich bis dahin nicht weiter mittheilsam sein.«

»Bemerken Hoheit hier das kleine Pförtchen in der Mauer? Es ist für die Gartenarbeiter und Laienbrüder angebracht, welche von der strengen Klausur nicht betroffen werden. Dieser Schlüssel öffnet es von außen und von innen. Sie werden ihn wohl nachher brauchen, wenn es dunkel geworden ist. Bitte, nehmen Sie ihn zu sich!«

Sie kehrten in das Klostergebäude zurück und gelangten nachher durch dasselbe auf die Straße, welche nach der entgegengesetzten Seite des Berges führte, wo das Frauenkloster lag. Auch dort kannte man den Prinzen, welcher mit frommer Ostentation empfangen wurde. Speise erhielt er nicht, aber man kredenzte ihm einen alten, sehr guten Wein in einem goldenen Ehrenhumpen, welcher jedenfalls noch aus der Zeit des Faustrechtes stammte. Vielleicht diente er nicht blos zum Willkomm für Ehrengäste, vielleicht schlürften auch die frommen Klosterfrauen zuweilen aus seiner goldenen Tiefe das Getränk der Wahrheit, der Liebe und Begeisterung. Sie sahen nicht aus, als ob sich das Gegentheil von selbst verstehe.

Die Priorin war dem Prior in Beziehung auf ihren Körperumfang vollständig ebenbürtig, und alle Schwestern erfreuten sich eines stattlichen Aeußern, welches allerdings in Folge der strengen Tracht nicht so zur Geltung kommen konnte, als wenn sie dieselbe mit einer andern vertauscht hätten.

»Hat vielleicht eine der frommen Schwestern das Bedürfniß zur heiligen Ohrenbeichte zu kommen?« frug der Prior, als sie sich mit der Oberin im Refektorium befanden.

»Wohl mehrere. Hochwürden haben eine längere Zeit nicht vorgesprochen.«

»So sind vielleicht einige dabei, welche heut der heiligen Pönitenz bedürfen?«

Er betonte die Worte »heilige Pönitenz« so eigenthümlich, und die Priorin warf dabei einen so erschrockenen Blick auf den Prinzen, daß dieser sofort errieth, daß es mit dieser Büßung eine ganz besondere Bewandtniß habe.

»Es ist möglich,« antwortete sie beinahe zögernd. »Soll ich die Schwestern fragen?«

»Fragen Sie,« bat er.

Sie entfernte sich. Um die Lippen des Priors spielte ein schlaues feines Lächeln.

»Errathen Hoheit, was es mit dieser heiligen Pönitenz für eine Bewandtniß hat?«

»Ich ahne es, möchte es aber dennoch nicht errathen.«

»Sie werden Aufklärung finden. Die christliche Kirche hat der herrlichen Gaben so sehr viele, daß sie Vergebung und Gnade mit vollen Händen auszustreuen vermag und jeder gläubigen Seele das bietet, was zu ihrem zeitlichen und ewigen Heile erforderlich ist.«

Die Oberin kehrte zurück und meldete, daß sechs Schwestern um die Erlaubniß bäten, dem frommen hochwürdigen Vater zu beichten.

»Ich werde ihnen den Trost unserer allerheiligsten Religion bringen,« antwortete er. »Beurlauben mich königliche Hoheit für eine Viertelstunde. Die ehrwürdige Schwester wird Sie bis dahin durch die Räume des Hauses begleiten; in der Kirche sehen wir uns wieder.«

Als sie nach einer halben Stunde das Schiff der Kirche betraten, bemerkte der Prinz vier Nonnen, welche am Hochaltare knieten. Es waren lauter junge Schwestern, welche hier ihre stille Andacht verrichteten. Seitwärts saß eine Fünfte auf der Bank; ihrem hübschen Gesichte war ein tiefer Verdruß, welcher beinahe wie ein Schmollen aussah, deutlich anzumerken. Am Beichtstuhle kniete die Sechste und hielt ihr Ohr an die Oeffnung desselben. Der Prior sprach mit sehr ernstem Gesicht in sie hinein. Sie antwortete, und der Prinz sah, daß seine Züge wirklich zornig wurden. Er schien eine Drohung auszusprechen, dann entließ er sie, ohne ihr seinen Segen zu ertheilen. Die Schmollende warf einen höhnischen verächtlichen Blick auf sie.

Diese Sechste war eine Schönheit. Ihre Gestalt zwar wurde von der häßlichen Klostertracht verhüllt, aber ihr Gesicht war von einer wunderbaren Reinheit und ihre Bewegungen ließen errathen, daß sie wohl nicht den niederen Ständen angehört habe. Der Prior verließ den Beichtstuhl und trat zu den Beiden. Die Oberin blickte ihm fragend entgegen.

»Diesen vier reuigen Schwestern habe ich die Pönitenz gestattet,« berichtete er, »der Fünften aber verweigert. Ihrer Seele ist nicht die Sanftmuth der Bitte gegeben, welche auf Gewährung hoffen darf. Die Sechste ist renitent und kommt in die Strafzelle, wo sie sich mit Gottes Hilfe zum rechten Pfade wenden wird. Wir verlassen Sie jetzt, verehrte Schwester. Der Herr sei mit Ihnen und diesem frommen Hause jetzt und in alle Ewigkeit, Amen!«

Er erhob die Arme und ertheilte ihr seinen Segen.

»Werden Hochwürden die Pönitenz selbst leiten?« frug sie, indem eine leise Röthe über ihr Angesicht flog.

»Allerdings. Der Diener am Weinberge des Herrn darf nicht säumig sein. Er soll sich keiner Arbeit und keiner Anstrengung scheuen, und dann wird der Segen Gottes ihn und die Seinen begleiten auf allen ihren Wegen. Leben Sie wohl!«

Sie verließen das Kloster.

Draußen war es mittlerweile Nacht geworden. Das Schloß zwar ließ sich noch so ziemlich erkennen, aber das Thal lag bereits in tiefem Dunkel unter ihnen. Der Prior schritt nur sehr langsam vorwärts. Man sah, daß er wünschte, es möge vollständig finster werden, ehe sie das Mönchskloster erreichten.

»Jetzt nun bin ich im Stande, Ew. Hoheit die versprochene Garantie zu geben.«

»Worin besteht sie?«

»In der Offenbarung unseres wichtigsten Geheimnisses.«

»Welches?«

»Hoheit, der Weg zur Vollendung ist nicht glatt und eben, sondern mit rauhen schmerzhaften Dornen bewachsen, und das göttliche Wort sagt bereits, daß die Pforte eng und klein sei, durch welche man zum Heile gelangt. Auch die nach Erlösung, nach Seligkeit dürstende Seele strauchelt, aber das Auge der Gnade wacht über ihr und richtet sie auf. Der Geist trachtet nach himmlischen Gütern, aber der Körper ist zuweilen schwach. Die Wünsche und Lüste des Fleisches sind nur schwer zu tödten, und wenn man sie gestorben meint, so erheben sie sich doch oft plötzlich wie ein gewappneter Mann, dem kaum zu widerstehen ist. Dann fliehen die frommen Schwestern dorthin, wo sie Rettung finden, in die Arme der Buße, und ich gewähre ihnen dieses Mittel, um sie zu stärken gegen die späteren Anstrengungen, die sie auf ihrem rauhen einsamen Pfade zu überwinden haben. Die sündhaften Gedanken des Fleisches werden besiegt durch die Kraft der heiligen Pönitenz.«

»Und worin besteht nun diese, Hochwürden? Ich bin wirklich wißbegierig.«

»In der Kasteiung und Tödtung des aufrührerischen Fleisches, in der Gewöhnung an eine höhere Kaltblütigkeit und Gleichgiltigkeit gegenüber der Sünde, welche den Körper empört und den Geist mit verderblichen Wünschen erfüllt. Die heilige Pönitenz findet statt in besonders dazu eingerichteten Zellen des Schwesterhauses. Diese liegen verborgen hinter den Kellerräumen und sind mit dem Bruderhause durch einen unterirdischen Gang verbunden.«

»Ah! Die Kasteiung und Abtödtung des Fleisches wird also wohl von den frommen Vätern und Brüdern unternommen?«

»Ja, denn keine der Schwestern ist zu einer solchen priesterlichen Handlung befugt. Die Büßerinnen werden in einzelne Zellen eingeschlossen, welche verriegelt werden, nachdem je ein Bruder bei ihnen Zutritt genommen hat. Er ertheilt ihr die Ruthenschläge auf den entblößten Rücken und bewirkt unter frommen liebevollen Worten das Verschwinden der sündhaften Wünsche und Regungen. Erst dann, wenn sie denselben abgestorben ist, ertheilt er ihr seine Absolution und gibt das Zeichen, daß er die Zelle verlassen will.«

»Interessant, höchst interessant, diese fromme priesterliche Bemühung um das Heil einer strauchelnden Seele!«

»Ja; diese Bemühung aber dient auch zur Uebung für den Bruder selbst. Auch er ist ein schwacher Mensch, den nur die Gnade stärken kann; auch er hat Augenblicke, in denen sein Geist mit dem Körper ringen muß, und dann bittet er die Schwester, ihm die Kasteiung zu ertheilen. An den Thüren der Pönitentiarzellen sind kleine, mit einem Glasfensterchen versehene Klappen angebracht, durch welche es mir und der Priorin möglich gemacht wird, die Büßung zu überwachen.«

»Wie ich vorhin bemerkt habe, kommt es auch vor, daß Sie diese Büßung verweigern?«

»Ja, wenn sie von einer Unwürdigen gefordert wird. Die Reinigung des Körpers und der Seele von den Schlacken der Sünde ist eine hohe Gnadengabe, welche sich die heilige Kirche nicht abzwingen und abtrotzen lassen kann. Es muß in demüthigen Worten um dieselbe gebeten werden. Ich kann nicht verschweigen, Hoheit, daß es zuweilen eine Seele gibt, welche sich nach der Kasteiung nur mit dem Leibe sehnt; dann muß das renitente Fleisch durch eine strenge Verweigerung gezüchtigt werden.«

»Und die sechste Schwester?«

»Kommt in die Besserungszelle. Ich gebot ihr die heilige Pönitenz, sie aber weigerte sich, den Weg der Gnade zu wandeln. Es ist unsere jüngste Schwester, die erst vor Kurzem Profeß gethan hat. Die Rücksicht auf das Heil ihrer Seele macht es erforderlich sie an die strenge Zucht des Klosters zu gewöhnen.«

»Was hat es mit der Besserungszelle für eine Bewandtniß, Hochwürden?«

»Es sind darin alle Vorrichtungen angebracht, welche nöthig sind einer Widerstrebenden die heilige Pönitenz aufzuzwingen, und ich muß sagen, daß dieser Zwang stets gefruchtet hat, es ist niemals ein Rückfall eingetreten. Doch hier liegt das Kloster. Wir werden uns vor den Augen des Bruder Pförtners hier von einander verabschieden. Dann gehen Sie hinter der Mauer weg, doch so, daß Sie nicht bemerkt werden, und treten durch das Pförtchen, welches ich Ihnen vorhin zeigte, in den Garten. Ich werde Sie von der Pforte nach kurzer Zeit abholen.«

»Und dann?«

»Führe ich Sie dahin, wo Sie die Pönitenz genau beobachten können, ohne selbst bemerkt und gesehen zu werden. Das ist die Garantie, welche ich Ihnen bieten will; sind Sie damit zufrieden?«

»Ja.«

»Und beharren Sie bei Ihrem Entschlusse, der heiligen Kirche ein verirrtes Schäflein anzuvertrauen?«

»Allerdings.«

»Wann werden Sie dasselbe in unsere Arme führen?«

»Noch heute, wenn Sie es da bereits aufnehmen können.«

»Ich werde nachher mit der Schwester Priorin darüber sprechen und Sie benachrichtigen. Doch wünsche ich, wie bereits gesagt, daß alle Gewalt und alles Aufsehen dabei vermieden werde. Die Diener der Kirche haben zuweilen Veranlassung so listig zu sein, wie die Kinder der Erde es sind.«

»Es wird sich wohl arrangiren lassen. Hat das Schwesterkloster auch so ein kleines Pförtchen, durch welches man unbemerkt Zutritt nehmen kann?«

»Ja.«

»Dann ist es zu ermöglichen. Besorgen Sie mir den Schlüssel dazu. Eines aber muß ich bemerken: Ich wünsche nämlich nicht, daß die Büßerin, welche ich Ihnen zuführe, von einem Fremden zur heiligen Pönitenz gezwungen werde.«

»Sie betrachten also die Seele der Verirrten als Ihr immerwährendes Eigenthum?«

»Ja; wenigstens so lange, als bis ich sie Ihnen ausdrücklich
übergebe.«

»Und wenn sie nun verlangt Buße zu thun?«

»So haben Sie mich zu benachrichtigen. Die heilige Kirche
ist reich an himmlischen Gütern, aber sie kann ohne irdischen
Besitz nicht sein. Wir Fürsten haben die Macht, ihr den Glanz
zu verleihen, der ihr gebührt, und das werden wir gern thun,
wenn ihre Diener sich freundlich und hilfreich zu uns stellen.«

»Ich stehe Ihnen zur Verfügung, Hoheit. Aber die Unterschrift – – –?«

»Erhalten Sie, sobald die betreffende Dame Aufnahme bei
den frommen Schwestern gefunden hat. Jetzt nun ist es vollständig dunkel, und ich will gehen. Ich hoffe, daß Sie mich
nicht lange warten lassen!«

Er schritt, während der Prior durch das Thor trat, die
Straße entlang bis zu der Kapelle, hinter welcher er heute den
Neffen des Schloßvogtes getroffen hatte, lenkte dann um
dieselbe herum und erreichte die Mauer und das Pförtchen,
durch welches er zu treten hatte. Der Schlüssel paßte; die
Thür ging auf und wurde von innen wieder verschlossen. Der
Prinz hatte die Ueberzeugung, daß er einem höchst interes-
santen Abenteuer entgegengehe. –

Unterdessen saß Toska in ihrer Wohnung, welche noch
kein Mensch geöffnet und wieder betreten hatte. Die Dämmerung war gekommen und der Abend hereingebrochen. Sie
hatte kein Licht, um das Zimmer zu erleuchten, aber das
Dunkel war ihr wohlthätig. Sie hielt die Augen geschlossen
und ließ all ihr Herzeleid und Bangen, alle ihre Hoffnungen
und Wünsche an sich vorüberziehen. Ihr war, als sei ein
schweres Rad zermalmend durch ihre Seele gegangen, aber
nicht diese Seele, sondern nur die Liebe, welche dieselbe
bisher erfüllt hatte, war vernichtet worden. Sie fühlte die Kraft
in sich, sich zu wehren und zu vertheidigen, und hielt den
Griff des Messers, welches sie noch nicht wieder von sich
gelegt hatte, fest mit der kleinen Hand umschlossen, die trotz

ihrer Zartheit doch im Stande war, eine Waffe kunstgerecht zu führen.

So verging Stunde um Stunde. Sie vermuthete, daß heute irgend etwas gegen sie unternommen werde, aber Niemand kam, kein Schritt ließ sich hören, und die Schloßuhr schlug Mitternacht, ohne daß sich draußen auf dem Korridore etwas geregt hätte. Da endlich, horch! Waren das nicht Laute, als ob sich Jemand leise und heimlich nahe? Sie horchte. Sie hatte die Thür auch von innen verriegelt, und Niemand konnte eintreten. Da wurde die Klinke niedergedrückt, und als die Thür nicht nachgab, ließ sich ein vorsichtiges Klopfen vernehmen.

»Wer ist draußen?« frug Toska.

»Ich bin es, Komtesse. Bitte, öffnen Sie!«

»Wer denn?«

»Die Kastellanin!« flüsterte es.

»Ich öffne während der Nacht keinem Menschen.«

»So sind Sie verloren. Haben Sie Vertrauen zu mir?«

»Was wollen Sie?«

»Ich will Sie retten.«

Toska war überrascht. Die Kastellanin war ihr nie als ein Weib erschienen, zu dem man ein besonderes Vertrauen haben konnte. Sollte sie etwa nur hinausgelockt oder durch eine so plumpe List vermocht werden die Thür zu öffnen? Aber wenn es wirklich Rettung sein sollte, die einzige Rettung aus den Händen dieses verhaßten gewissenlosen Menschen, war es dann klug sie zurückzuweisen? Sie bot sich ganz sicher nicht so bald oder vielleicht gar niemals wieder.

»Mich retten? Womit?«

»Ich führe Sie heimlich aus der Burg.«

»Wirklich? Wer gibt mir Sicherheit, daß Sie es ehrlich meinen?«

»Ich gebe Ihnen mein Wort. Sie haben mich schon längst gedauert, Sie armes junges Blut, und ich habe heute das Gelübde gethan Sie zu retten. Vertrauen Sie mir!«

Diese Worte klangen wohl gut und schön. Aber sollte die Kastellanin wirklich ein so mitleidiges, muthiges und entschlossenes Herz besitzen, die Stellung ihres Mannes und ihre eigene Sicherheit durch die Befreiung einer Gefangenen, die ihr noch gar nichts geboten hatte, auf das Spiel zu setzen?

»Sprechen Sie die Wahrheit?«

»Ich habe es der heiligen Mutter Gottes gelobt, Sie aus dem Schlosse zu bringen.«

»Schwören Sie es!«

»Ich schwöre es bei allen Heiligen und bei meiner Seligkeit! Ich habe einen Ihrer Anzüge bereits mitgebracht. Sie sollen ihn anlegen und werden mir heimlich folgen.«

»So treten Sie ein!«

Sie öffnete vorsichtig, so daß nur ein Raum für eine einzige Person blieb, und fühlte sich allerdings außerordentlich erleichtert, als sie bemerkte, daß die Kastellanin allein sei. Hinter derselben wurde die Thür wieder verschlossen.

»So ist es also doch Ihr Ernst mich von hier fortzubringen.«

»Ja, mein heiliger Ernst. Ich weiß, welche Gefahr ich laufe. Mein Mann wird wohl seine Stelle verlieren, aber ich denke, daß die gnädige Komtesse sich dann ein wenig unserer annehmen werden.«

»Ja, das werde ich thun, gute Frau; ich verspreche es Ihnen hiermit sowohl mit der Hand als auch mit dem Herzen. Ich bitte Sie auch um Verzeihung für den Mangel an Freundlichkeit und Vertrauen, den ich Ihnen stets gezeigt habe!«

»O, daran war ich selbst schuld! Ich durfte ja nicht zeigen, wie lieb ich Sie habe und wie gern ich Ihnen geholfen hätte.«

»Brave gute Frau. Aber wird man uns nicht bemerken und aufhalten?«

»Nein. Ich habe für Alles gesorgt. Bitte, wollen Sie sich ankleiden! Wir haben nicht viel Zeit. Licht dürfen wir leider nicht anbrennen.«

»O, es geht auch ohne Beleuchtung!« Und während sie die mitgebrachten Kleider anlegte, frug sie:

»Aber wo werden Sie mich hinbringen? Wohl nur bis auf die Straße? Denn länger können Sie das Schloß doch nicht verlassen.«

»Allerdings, und dies verursacht mir Bedenken.«

»Warum?«

»Sie können doch unmöglich allein fortgehen. Erstens wird man sie verfolgen, und zweitens sind Sie es ja Ihrem Namen und Stande schuldig, sich nicht so hilflos auf der Straße finden zu lassen. Darf ich Ihnen einen Vorschlag machen?«

»Welchen?«

»Es sind nur wenige hundert Schritte bis hinunter zum Kloster der frommen Schwestern. Ich bin sehr viel bei ihnen, und die Frau Priorin ist stets sehr freundlich mit mir. Als ich heute bemerkte, welche Gefahr Ihnen droht, wollte ich meine Seele retten und ging zu ihr. Ich erzählte ihr Alles. Sie darf nichts davon verrathen, aber sie war bereit Ihnen zu helfen. Sie hat mir befohlen, Sie zu ihr zu bringen. Unter ihrem Schutze sollen Sie bleiben, bis nach zwei oder drei Tagen der Prinz in seinen Nachforschungen ermüdet ist, und dann wird sie Ihnen Alles bieten was nothwendig ist, in Sicherheit zu gelangen.«

Toska athmete bei dieser Kunde hoch und freudig auf.

»Ist das wahr, was Sie mir da sagen?«

»Ja. Hier, fühlen Sie den Schlüssel, den mir die Priorin gegeben hat. Er führt durch eine Nebenpforte in das Kloster. Sie sollen auch dort so wenig wie möglich gesehen werden. Die Schwestern sind zwar schweigsam und kennen Sie wohl nicht; aber man muß immer vorsichtig sein. Die Frau Priorin meinte, es sei nothwendig Alles zu thun, damit es nicht bekannt werde, daß eine so hohe Dame so lange Zeit ganz allein bei dem Prinzen gewohnt habe.«

»Ich werde Ihnen und der Aebtissin dankbar sein so lange ich lebe. Aber wenn wir dennoch beobachtet und ergriffen werden?«

»Das ist unmöglich. Ich habe alle Thüren und Korridore verschlossen und das Thor bereits ein wenig geöffnet. Es kann Niemand zu uns, wir aber können sehr leicht in das Freie. Sind Sie bald fertig?«

»Nur noch dieses Tuch. So. Jetzt bin ich bereit.«

»So bitte, kommen Sie!«

Die Vogtin schritt voran. In einer Anwandlung von Besorgniß ergriff Toska unbemerkt das Messer, welches sie vorhin auf den Tisch gelegt hatte, und steckte es zu sich; dann folgte sie.

Der Weg führte durch mehrere Gänge, welche sämmtlich unbeleuchtet waren. Dann gelangten sie in den vorderen Schloßhof, welchen Toska nur ein einziges Mal, nämlich bei ihrer Ankunft, und dann nicht wieder betreten hatte. Das Thor war wirklich um eine Lücke geöffnet, welche sehr leicht und ohne Geräusch erweitert werden konnte. Sie schlüpften hindurch. Draußen vor demselben holte Toska tief Athem und ergriff beide Hände ihrer Führerin.

»Gott sei Dank, ich fühle mich frei! Ich werde diesen Augenblick nie, niemals vergessen. Sie kennen meinen Namen und wissen auch wo ich zu finden bin. Ich kann Ihnen jetzt nicht lohnen, aber kommen Sie zu mir, und ich werde Ihnen Alles vergelten, was Sie jetzt an mir thun.«

»Ich bin davon überzeugt, gnädige Komtesse. Aber kommen Sie. Wir haben keine Zeit zu verlieren. Es könnte doch Jemand erwachen und Argwohn schöpfen, und die Frau Priorin wartet bereits!«

Sie eilten vorwärts. Toska merkte nicht, daß zwei männliche Gestalten ihnen vorsichtig folgten und erst dann wieder umkehrten, als sie hinter dem Pförtchen und der Mauer des Nonnenklosters verschwunden war. Man hatte sie aus der Höhle des Fuchses in diejenige der Hyänen geführt. Sie sollte das Opfer von allen Beiden werden.

DRITTES KAPITEL

Im Zuchthaus.

Die Maschine stieß einige gellende Pfiffe aus, die Räder kreischten unter dem Drucke der angezogenen Bremsen, und der Personenzug fuhr in den Bahnhof ein. Die Wagen kamen zum Halten, und einige Coupees wurden geöffnet.

»Station Hochberg. Fünf Minuten Aufenthalt!« ertönte der Ruf der Schaffner.

»Ihr Aufenthalt wird wohl etwas länger dauern,« meinte ein Passagier, der nebst noch einem andern in einem Einzelcoupee dritter Klasse gesessen hatte, in strengem Tone.

Er trug die Uniform eines Amtswachtmeisters und hielt den linken Arm in einer Binde.

»Geht Niemanden etwas an,« antwortete grob der Andere. »Es hat sich hier schon mancher, der erst gar aufgeblasen that, für längere Zeit vor Anker gelegt. Ich glaube gar, es sind auch schon Wachtmeisters hier geblieben, Wachtmeisters; merken Sie sich das!«

Der Sprecher war eine rohe untersetzte Gestalt, in ein sehr abgetragenes Gewand gekleidet. Er trug unter demselben ein rauhmaschenes Hemde; sein Gesicht war gewaschen und sein Haar gekämmt, aber diese Reinlichkeit wollte zu dem Manne nicht recht passen; es hatte ganz den Anschein, als ob sie ihm ungewohnt oder gar aufgedrungen worden sei. Was aber am meisten auffiel, war, daß er »geschlossen« war. Seine Hände waren in einer eisernen »Bretzel« vereinigt, welche man zu noch größerer Sicherheit an einen starken, um den Leib geschlungenen Riemen befestigt hatte. Der Mann war ganz sicher ein Gefangener.

»Schon gut. Jetzt aussteigen!« antwortete der Transporteur.

»Na, na; nur sachte. Ich steige aus, wenn es mir beliebt!« klang es noch zurück.

»Meinetwegen. Aber nur schnell!«

Der Wachtmeister schob ihn aus dem Wagen. Der Gefangene blickte sich schnell um, sah das ihn umwogende Gedränge und glaubte, Rettung in demselben zu finden. Mit einem schnellen Sprunge war er mitten zwischen die ausgestiegenen Passagiere hinein und versuchte, sich durch sie hindurchzudrängen.

»Haltet ihn auf!« rief der Wachtmeister.

Dieser Ruf war eigentlich überflüssig. Man hatte in dem Manne sofort einen flüchtigen Gefangenen erkannt und ihn umringt und festgehalten.

»Hier ist er. Nehmen Sie ihn.«

»Danke, meine Herren! Das war ein geradezu unbegreiflich alberner Versuch mir zu entkommen.«

Ein auf dem Bahnhofe stationirter Gensdarm trat herbei.

»Soll ich Ihnen bei dem Transporte helfen, Herr Amtswachtmeister?« frug er.

»Danke bestens! Er ist mir sicher genug, werde ihn nun aber noch fester nehmen.«

Er zog eine Leine aus der Tasche, band sie dem Gefangenen um den Arm und führte ihn in dieser Weise neben sich fort. Sein Weg ging nach dem äußersten und höchsten Theile der Stadt, wo hinter ungewöhnlich hohen Mauern die Thürme und Gebäude eines schloßähnlichen Baues hervorragten. Das war Schloß Hochberg, welches seit langer Zeit viele Hunderte derjenigen Unglücklichen in seinen Mauern barg, welche sich gegen die Gesetze vergangen hatten und nun gezwungen waren, dies durch die Entziehung ihrer Freiheit zu büßen. Hochberg war das Zuchthaus für Norland.

Die Straße endete vor einem breiten, finsteren, massiv mit Eisen beschlagenem Thore, an welchem ein mächtiger Klopfer befestigt war. Der Transporteur ergriff denselben und ließ ihn erschallen. Wie mußte dieser Klang jeden nicht gefühllosen Menschen berühren, der hier gezwungen war, mit dem bisher zurückgelegten Theile seines Lebens abzuschließen!

Ein kleiner Schieber öffnete sich, an welchem ein bärtiges Gesicht erschien.

»Wer da!«

»Transporteur mit Zuwachs.«

»Herein.«

Das Thor öffnete sich. Die beiden Ankömmlinge traten in eine finstere tunnelförmige Mauerflur. Der militärische Posten, welcher geöffnet hatte, schloß wieder und öffnete dann eine andere Thür, welche in einen kleinen Hof führte.

»Gerade aus!«

Der Transporteur nickte. Er war nicht zum ersten Male hier und mit den Räumlichkeiten dieses Hauses bereits vertraut, wenigstens so weit es ihm gestattet war sie zu betreten. Er führte seinen Gefangenen über den Hof hinüber in ein kleines Stübchen, dessen einziges Fenster mit starken eisernen Kreuzstäben versehen war. Hier saß der Aufseher von der Thorwache, welcher das Höfchen überblicken und den kleinsten Verkehr ganz genau kontroliren konnte. Er hatte jede ein- oder ausgehende Person in das Passirbuch zu verzeichnen.

»Guten Morgen, Herr Aufseher!«

»Guten Morgen, Herr Amtswachtmeister. Wieder Einen?«

»Wie Sie sehen.«

»Bitte, tragen Sie sich hier ein!«

Der Transporteur vermerkte seinen Namen in das Buch und frug dann:

»Der Herr Regierungsrath selbst da?«

»Ja. Werde klingeln.«

Er bewegte einen Glockenzug. Eine Klingel ertönte in der Ferne, worauf ein zweiter Aufseher erschien.

»Zuwachs!« meldete der Thorhabende.

»Kommen Sie!« forderte der Andere den Wachtmeister auf.

Er führte ihn aus dem Zimmer durch einen langen Gang zu einer Thür, hinter welcher er verschwand um ihn anzumelden. Nach einigen Augenblicken kam er wieder zum Vorschein.

»Herein!«

Der Transporteur trat ein, zog die Thür hinter sich zu und stand an derselben in strammer militärischer Haltung ohne zu grüßen. Er wußte, daß er erst auf die Anrede des Direktors zu sprechen hatte. Dieser, welcher, wie bereits bemerkt, den Charakter eines Regierungsrathes hatte, war ein hoch und

stark gebauter Mann. Er trug die Uniform höherer Anstaltsbeamten mit Bouillons und einen langen Stoßdegen. Der
dichte Schnurrbart stand ihm à la maggiar zu beiden Seiten
weit ab, und sein ganzes Aeußere zeigte, daß mit ihm nicht
wohl zu scherzen sei. Er blickte den Eingetretenen gar nicht
an, bis er nach einiger Zeit die Feder weglegte und, noch
immer mit den vor ihm liegenden Papieren beschäftigt, in
kurzem Tone frug:

»Wer?«

»Amtswachtmeister Haller aus Fallum, Herr Regierungsrath.«

»Was bringen Sie?«

»Männlichen Zuwachs, einen.«

»Namen?«

»Heinrich Hartig aus Fallum.«

»Stand?«

»Fischer oder Schiffer.«

»Einlieferungsakten!«

Der Transporteur überreichte ihm das Aktenheft, welches
er bereits parat gehalten hatte.

»Schön, haben Sie persönliche Bemerkungen?«

»Zu Befehl, Herr Regierungsrath.«

»Welche? Aber kurz!«

»Hartig war angeklagt, seine Frau und seinen Stiefsohn
lebensgefährlich und kontinuirlich maltraitirt zu haben. Er
kam unter meine Bewachung, machte einen Fluchtversuch
und versetzte mir dabei drei Messerstiche hier in Hand und
Arm. Er ist ein Trinker, ein bösartiger, gefühlloser und auch
frecher Gesell, der sich sogar noch während des heutigen
Transportes renitent erwiesen hat. Er meinte unter anderem,
daß auch bereits schon Amtswachtmeister auf dem Zuchthause gewesen seien, und versuchte noch auf dem Bahnhofe
zu entspringen, wurde aber vom Publikum sofort ergriffen.«

»Fertig!«

»Zu Befehl!«

»Werden ihn zu fassen wissen. Erhält dritte Disziplinarklasse und zwanzig Tage Kostentziehung gleich als Anfang

und Willkommen. Hier, Ihre Empfangsbescheinigung, Herr Wachtmeister. Adieu.«

Während der Direktor nun Einblick in die Einlieferungsakten des neuen Züchtlings nahm, kehrte der Transporteur in das Stübchen des Thorhabenden zurück, um die dort abgelegte Kopfbedeckung zu holen.

»Leben Sie wohl, Hartig,« meinte er, sich zum Gehen anschickend. »Haben Sie vielleicht etwas an Ihre Frau und Ihre Kinder auszurichten? Es ist zum letzten Male, daß dies auf solche Weise geschehen kann.«

»Packen Sie sich fort!« lautete die dankbare Antwort.

»Gut! Adieu, Herr Aufseher!«

»Adieu, Herr Wachtmeister!«

Er ging. Der Gefangene war von diesem Augenblicke an von der Außenwelt abgeschlossen, war keine Person, sondern nur ein Gegenstand, auf den sich die physiologischen Bestrebungen seiner Vorgesetzten richteten, und besaß keine Selbstbestimmung, keinen freien Willen mehr. Nach einiger Zeit öffnete sich die Thür wieder, und abermals trat ein Aufseher ein.

»Komm!« meinte dieser, nachdem er ihn mit einem kurzen Blicke überflogen hatte.

»Oho! Hier geht es wohl per Du?«

Der Thorhabende, welcher bisher schweigsam dagesessen hatte, wandte sich jetzt zu seinem Kollegen.

»Ein ganz und gar frecher und unverschämter Bengel. Muß scharf gehalten werden.«

»Wird es schon spüren. Vorwärts!«

Er faßte ihn und schob ihn zur Thür hinaus. Es ging denselben Korridor hinunter, welchen vorhin der Transporteur durchschritten hatte, dann rechts ab bis an eine vollständig eiserne Thür. Als zwei große Vorlegeschlösser von derselben entfernt und drei starke Riegel zurückgeschoben waren, zeigte sich hinter dieser Thür ein schmaler kurzer Gang, welcher keine Fenster besaß und deshalb von einer Lampe beleuchtet wurde. Zu beiden Seiten desselben befanden sich je acht ähnlich verschlossene eiserne Thüren, deren jede einen sieben

Fuß hohen, vier Fuß breiten und fünf Fuß tiefen Raum verschloß, in welchem nichts zu sehen war, als ein Heizungsrohr für den Winter, ein Wasserkrug, ein niedriger Schemel zum Sitzen und eine eiserne, tief in die Mauer eingefügte Kette. Die nur anderthalb Fuß im Quadrat haltenden Fensterchen waren innen mit einer durchlöcherten Eisenplatte und von außen mit einem starken Doppelgitter versehen. Von hier hätte ein Löwe sich keinen Austritt verschaffen können.

Dies waren die Zu- und Abgangszellen des Zuchthauses von Hochberg, die schlimmsten Zellen der ganzen Anstalt. Es ist nothwendig, dem eingelieferten Verbrecher seine Lage sofort in ihrer häßlichsten Gestalt zu zeigen und denjenigen, welcher seine Strafzeit überstanden hat, noch vor dem Rückfalle abzuschrecken. Jeder Züchtling verlebt den ersten und den letzten Tag seiner Detentionszeit in einer dieser fürchterlichen Zellen.

Der Aufseher öffnete eine derselben.

»Hier herein!«

»Was, hier? Gibt es keine bessere?«

»Nein.«

»Da waren sie doch in Fallum hübscher!«

»Im Hotel de Saxe sind sie noch hübscher, kosten aber auch zehn bis zwanzig Mark per Tag. Zeig Deine Taschen!«

»Donnerwetter, ich lasse mich nicht Du heißen!«

»Wirst es schon leiden. Zeige Deine Taschen!« klang es jetzt barscher als vorher.

»Ich habe ja nichts darin!«

»Davon will ich mich ja eben überzeugen. Na, oder soll ich nachhelfen?«

Die Fesseln hatte der Transporteur wieder mit sich genommen. Der Gefangene konnte also die Arme wieder bewegen. Von dem strengen Tone des Aufsehers doch eingeschüchtert, wandte er alle seine Taschen um. Dann durchsuchte ihn der Beamte noch außerdem sehr sorgfältig von Kopf bis zu Fuß.

»Wie hast Du geheißen?«

»Hartig.«

»Was warst Du?«

»Schiffer.«

»Was hast Du begangen?«

»Müssen Sie das wissen?«

»Das lese ich schon später, Du brauchst mir es also nicht zu sagen. Doch will ich Dich im Guten darauf aufmerksam machen, daß es besser für Dich ist, wenn Du hier gegen Deine Vorgesetzten höflich und zuvorkommend bist. Du bist noch keine halbe Stunde da und hast doch bereits schon eine Strafe von zwanzig Tagen Kostentziehung erhalten.«

»Ich? Möchte wissen wofür!«

»Weil Du gegen den Amtswachtmeister grob gewesen bist und hast entfliehen wollen. Hier in der Anstalt wird der allergeringste Fehler sehr streng bestraft. Ihr seid hier, zur Strafe und zur Besserung. Wer willig und arbeitsam ist, kann nicht klagen, wer aber widerstrebt, dem geht es nicht gut. Merke Dir das! Also wie lange Strafzeit hast Du?«

»Vier Jahre.«

»Weshalb?«

»Weil ich meine Frau und meinen Stiefjungen geschlagen und den Wachtmeister gestochen haben soll.«

»Haben soll? Sage doch gleich: geschlagen und gestochen habe, denn Du hast es doch gethan! Kannst Du lesen?«

»Ein Bischen, wenn es groß gedruckt ist.«

»Hier an der Thür klebt ein Zettel, darauf steht wie Ihr Euch im Allgemeinen zu verhalten habt. Licht kommt wohl genug zum Fenster herein. Lies ihn genau durch bis ich wieder komme, und beherzige es!«

Er verließ die Zelle. Die Schlösser klirrten, und die Riegel rasselten, dann war es still. Die fürchterliche Umgebung verfehlte doch ihren Eindruck nicht auf den Gefangenen. Es war ihm, als hätte ihn Jemand vor den Kopf geschlagen. Er ließ sich auf dem alten hölzernen Schemel nieder und legte das Gesicht in die beiden hohlen Hände. Aber sein Auge blieb trocken, und keine Thräne der Erleichterung oder der Reue drang zwischen seinen Fingern hervor. So saß er lange, lange Zeit bis die Schlösser wieder klirrten und die Riegel abermals rasselten. Der Aufseher öffnete zum zweiten Male.

»Komm!«

Er folgte willig aus der Zelle hinaus und durch mehrere Gänge bis in einen größeren von Wasserdunst erfüllten Raum, welcher durch niedrige bretterne Scheidewände in mehrere Abtheilungen geschieden war. In jeder derselben stand eine Badewanne und ein Schemel dabei. Auf einem dieser Schemel lagen einige Kleidungsstücke, und dabei stand ein Mann, der Scheere und Kamm in der Hand hielt. Er trug eine Jacke und Hose von starkem, grobem, braunem Tuche und harte rindslederne Schuhe an den Füßen. Die Haare waren ihm kurz verschoren, dennoch aber sah man es ihm an, daß er früher wohl gute Tage gesehen und feinere Kleider getragen habe.

»Nummer Zwei, ein Zuwachs!« meinte der Aufseher. »Kleide ihn ein. Ich habe jetzt Weiteres zu thun. Aber macht mir ja keine Dummheiten! In einer halben Stunde bin ich wieder hier.«

Er ging und schloß hinter sich ab. Die Beiden befanden sich ganz allein in dem Raume.

»Vierundsiebenzig, setze Dich!« gebot der Mann.

»Wer?«

»Du! Du hast jetzt keinen Namen mehr, sondern die Nummer Vierundsiebenzig; nur bei dieser wirst Du genannt.«

»Donnerwetter, das ist hübsch!«

»Fluche nicht!« flüsterte der Mann. Dann fügte er lauter hinzu: »Setzen sollst Du Dich, habe ich gesagt. Oder hörst Du schwer?«

Hartig ließ sich auf den Schemel nieder. Der Andere griff zu Kamm und Scheere.

»Was soll denn das werden, he?« frug der erstere.

»Die Haare müssen herunter. Dann badest Du Dich und ziehst die Anstaltskleidung an. Die Deinige kommt in diesen Sack, der Deine Nummer hat, und wird aufgehoben, bis Du wieder entlassen wirst.«

»Na, dann zu, wenn es nicht anders möglich ist!«

Das Schneiden des Haares begann. Dabei flüsterte der Nummer zwei Genannte:

»Bewege die Lippen nicht wenn Du sprichst. Wir werden scharf beobachtet!«

»Wo?«

»Durch die kleinen Löcher über den Badewannen. Was bist Du?«

»Schiffer.«

»Woher?«

»Aus Fallum.«

»Ah, das Seebad Fallum?«

»Ja. Kennst Du es?«

»War öfters dort. Weißt Du nicht, ob Prinz Hugo von Süderland in der gegenwärtigen Saison das Bad besucht?«

»Vor sechs Wochen war er noch da. Seit dieser Zeit bin ich gefangen. Kennst Du ihn?«

»Sehr gut.«

»Wer bist Du denn?«

»Das ist Nebensache!« Dennoch aber siegte die den meisten Menschen innewohnende und sogar sich in der tiefsten Erniedrigung regende Eitelkeit so, daß er hinzusetzte: »Ich war nichts Gewöhnliches; der Prinz war mein Freund.«

»Ah!« machte Hartig verwundert.

»Leise! Ist seine Schwester, Prinzeß Asta, verheirathet?«

»Freilich. Mit dem Kronprinzen Max, der früher ein Schmied gewesen sein soll. Ich bin wegen dem tollen Prinzen hier.«

»Nicht möglich! Wie so?«

»Er fuhr auf dem Boote und stürzte die Tochter des Generals Helbig in das Wasser. Mein Junge warf ihn wieder hinein, und ich züchtigte den Buben ein wenig zu derb. Darüber wurde ich angezeigt und eingesteckt. Ich wollte ausreißen und stieß dem Wachtmeister dabei das Messer in den Arm. Dafür habe ich vier Jahre bekommen.«

»Und der Junge?«

»Nichts. Der Prinz hat noch die Kosten bezahlt.«

»Ja, das sind die jetzigen Zustände; früher unter der alten Regierung war es besser!«

»Du meinst, als die Raumburgs noch am Ruder waren? Ja,

da wurde nicht so kurzer Prozeß mit einem gemacht; da ging es fein hübsch langsam. Wenn das noch wäre, so säße ich nicht hier. Nun aber ist der alte Herzog todt, elend umgekommen, und sein Sohn, der Prinz von Raumburg, soll gar im Zuchthause stecken!«

Der Sprecher ahnte nicht, daß er gerade diesen Prinzen vor sich habe.

»Waren die drei Schwestern des Generals von Helbig im Seebade?« frug dieser.

»Ja.«

»Dachte es. Die kommen alle Jahre hin. Aber jetzt bin ich fertig. Nun ziehe Dich aus und steige in die Wanne. Deine Kleider habe ich wegzunehmen!«

»Was bist Du hier denn eigentlich?«

»Badewärter.«

»Und was bekommst Du dafür?«

»Sechs Pfennige täglich.«

»Alle Wetter, ist das viel!«

»Ja, das ist auch viel. Du bekommst volle drei Monate nichts, dann aber täglich drei Pfennige, aber auch nur dann, wenn Du Dein Pensum vollständig fertig bringst.«

»Was ist Pensum?«

»Die Zahl, wie viel Du täglich zu arbeiten hast. Bringst Du das nicht, so wirst Du bestraft, mit Arrest, mit Kostenziehung oder gar mit Prügeln. Und weil Du dritte Disziplinarklasse hast, so wird Dir von Deinen drei Pfennigen zur Strafe täglich einer abgezogen. Du bekommst dann also blos zwei.«

»Was ist das mit der Klasse?«

»Wer schlecht eingeliefert oder hier bestraft wird, bekommt dritte, wer gut eingeliefert wird, zweite, und wer sich sehr lange Zeit ausgezeichnet beträgt, erste Klasse. Die erste Klasse trägt blanke, die zweite trägt gelbe und die dritte trägt schwarze Knöpfe.«

»So hast Du also erste Klasse?«

»Ja; aber nicht, weil ich mich lange Zeit gut geführt habe, denn ich bin noch nicht sehr lange hier, sondern der Direktor berücksichtigt mich, weil ich draußen etwas Vornehmes gewesen bin. Das Amt eines Badewärters ist auch ein Vorzug. Es ist ein Vertrauensposten, weil ich da mit jedem Gefangenen zu sprechen komme. Ich kann also den Gefangenen sehr viel nützen. Willst Du mir einen Gefallen thun?«

»Ja. Welchen?«

»Du sollst mir einem andern Gefangenen ein paar Zeilen geben.«

»Die schreibst Du erst?«

»Nein; dazu wäre jetzt keine Zeit. Ich habe sie bereits fertig, für den Fall, daß ich Einen finde, der bereit ist, sie mir zu besorgen.«

»Komme ich denn mit ihm zusammen?«

»Ja. Du kommst gleich von hier weg zum Anstaltsarzte, der Dich zu untersuchen hat. Bei ihm sitzt ein Gefangener, der seinen Schreiber macht. An ihn hast Du das Billet zu geben.«

»Wird es Niemand sehen?«

»Nein. Er kennt mein Zeichen und sieht Jeden aufmerksam an. Wenn Du die Jacke ausziehest, so niesest Du und wischest Dir dann mit der linken Hand das rechte und mit der rechten das linke Auge zu. Er wird sofort hinkommen und Dich mit entkleiden helfen. Dabei nimmt er das Papier an sich, welches ich Dir nachher unter das Halstuch binden werde. Es wird Dir nützlich sein. Wer Kaffee oder sonst etwas Außergewöhnliches haben will, muß den Arzt bitten, dieser gibt dem Schreiber seine Entscheidung, und was dieser schreibt, das gilt und wird nicht mehr kontrolirt. Da kann es vorkommen, daß er viel mehr schreibt, als er eigentlich sollte, oder sogar daß er einem etwas notirt, der um gar nichts gebeten hat. Bekommst Du also einmal etwas, so sage nur zum Aufseher, Du hättest den Arzt darum gebeten!«

»Werde es merken! Welche Arbeit werde ich bekommen?«

»Das weiß ich noch nicht, denn das bestimmt im Laufe des Tages der Arbeitsinspektor.«

Unterdessen war das Bad beendet, und das Einkleiden begann. Der Badewärter war ihm dabei behilflich und legte ihm auch das Halstuch um.

»Du hast doch den Brief vergessen!« flüsterte Hartig.

»Sorge Dich nicht! Er ist an seiner Stelle; aber ich wäre sehr ungeschickt, wenn Du es bemerkt hättest, denn dann hätte es der Aufseher draußen auch gesehen.«

»Er belauscht uns also wirklich?«

»Ja. Du wirst sehen, daß er hereinkommt, sobald wir fertig sind. Diese Leute halten sich allein für sehr klug und weise und sind noch dreimal dummer als dumm.«

Wirklich hatte Hartig kaum die Arme in die Aermel seiner Jacke gesteckt, so trat der Aufseher herein.

»Fertig?«

»Gleich, Herr Aufseher!«

»Wieder einmal fleißig geschwatzt?«

»Kein Wort! Oder glauben Sie, daß Unsereiner das Bedürf-niß hat, sich solchen Leuten mitzutheilen?«

»Hoffe es auch nicht. Also vorwärts wieder!«

Hartig wurde in ein anderes Gebäude geführt, wo ihn der Aufseher in ein Zimmer schob, in welchem ein Herr in Civil an einem Schreibtische saß. An der andern Seite saß ein dicker Mann in der Sträflingskleidung und schrieb, ohne von dem Papiere aufzublicken. Dieser erstere war der Anstaltsoberarzt. Er fixirte den Angekommenen einen Augenblick; dann frug er in dem kurzen Ton dieser Beamten:

»Wer bist Du?«

»Schiffer.«

»Wie alt?«

»Fünfzig.«

»Einmal krank gewesen?«

»Nein.

»Fehlt Dir jetzt etwas?«

»Nein, aber Hunger habe ich immer.«

»Ach so!« lachte der Arzt. »Die Herren Gefangenen haben während der Untersuchungshaft auf schmaler Kost gesessen und wollen sich nun hier herausfüttern lassen. Bleibt draußen, und macht keine Dummheiten, wenn Ihr nicht leiden wollt! Ziehe Dich aus!«

Er bog sich auf seine Schreiberei zurück. Hartig fuhr lang-sam aus der Jacke und nieste; dann wischte er sich die Augen in der angegebenen Weise. Sofort erhob sich der dicke Schreiber und trat zu ihm.

»Na, das hat ja noch gar keine Spur von Geschicke! Wie lange soll da der Herr Oberarzt warten, he? Herunter damit!«

Er band ihm das Halstuch ab und warf es zur Erde, half ihm auch beim Ablegen der übrigen Kleidungsstücke. Als dies geschehen war, erhob sich der Arzt und untersuchte Hartig sehr genau. Er hatte heute Zeit dazu, denn es war kein zweiter Gefangener eingeliefert worden. Während dieser Prozedur bemerkte Hartig, daß der Schreiber hinter dem Tische einen kleinen Zettel las und schnell einen zweiten schrieb. Als die ärztliche Untersuchung beendet war, trat er wieder zu Hartig heran und half ihm beim Anlegen der Kleider. Dabei steckte er ihm den zweiten Zettel abermals, aber jetzt hinten und von oben unter das Halstuch und flüsterte:

»Beim Arbeitsinspektor wieder niesen!«

Die Prozedur war beendet, und Hartig wurde entlassen. Draußen vor der Thür empfing ihn der Aufseher wieder, welcher ihn in seine Zelle zurückbrachte und dann verließ. Während dieser Pause wagte der Gefangene es, den Zettel herauszunehmen und zu öffnen, obgleich es möglich war, daß man ihn beobachtete. Er war in einer fremden Sprache geschrieben. Sein Verfasser und derjenige, an den er gerichtet war, konnten keine ganz gewöhnlichen Leute sein.

Jetzt dauerte es einige Stunden, ehe die Riegel wieder zurückgezogen wurden und der Aufseher wieder öffnete. Er brachte Wasser und Brod.

»Hast Du beim Arzte um doppelte Ration Brod gebeten?«

»Ja.«

»Bist Du denn ein so starker Esser?«

»Ein Seemann hat stets Hunger.«

»Hier aber hört die See auf. Ein Zugänger erhält gewöhnlich täglich ein halbes Pfund Brod und erst später, wenn er wiederholt darum bittet, ein ganzes und auch anderthalb Pfund. Dir aber sind gleich zwei Pfund zugeschrieben worden. Da heißt es nun auch fleißig sein, damit Du diese Vergünstigung nicht etwa wieder verlierst. Der Herr

Oberarzt muß heut bei sehr guter Laune gewesen sein. Jetzt komm!«

Das Versprechen des Badewärters war also doch bereits in Erfüllung gegangen. Der dicke Krankenschreiber hatte aus eigener Machtvollkommenheit zwei Pfund Brod notirt. Und diese Anstaltsbeamten sagen, daß der Gefangene keinen Willen habe, sie wollen ihn als Gegenstand irgend einer Besserungsmethode behandeln!

Wieder ging es über mehrere Höfe bis vor eine Thür.

»Den Herrn da drinnen hast Du »Herr Arbeitsinspektor« zu tituliren!« bedeutete der Aufseher und schob dann den Gefangenen in das Zimmer.

Der Beamte war noch jung und hatte ein wohlwollendes Gesicht. Die stramme Uniform stand ihm recht gut, und es sah ganz so aus, als ob er sich dessen auch bewußt sei. Auch hier blieb der Aufseher vor der Thür, um seinen Pflegling draußen zu erwarten.

»Was bist Du?« frug der Inspektor gerade so wie vorher der Arzt.

»Schiffer.«

»Schiffer, also kräftig.« Er blätterte dabei in einigen Papieren herum. »Hier finde ich, daß Du vom Arzte zwei Pfund Brod erhalten hast; da mußt Du auch arbeiten können. Gesund bist Du?«

»Ja.«

»Hast Du vielleicht außer Deinem Berufe nebenbei ein Handwerk betrieben?«

»Nein,« antwortete er niesend und sich dann die Augen wischend.

»Aber im Winter, wo der Fischfang und die Schifffahrt feiert, was hast Du da gethan?«

»Hm,« räusperte sich der Gefangene verlegen, während der Schreiber, welcher an einem Seitentische beschäftigt war, der Scene mit Spannung folgte.

»Ach so, ich verstehe! Nichts hast Du gemacht. Gespielt, was?«

»Blos Abends,« entschuldigte sich Hartig.

»Und am Tage?«

»Geschlafen.«

»Schön! Das heißt also, Du hast vom Abend bis an den Morgen gespielt und dann den Tag verschlafen. Hast Du Weib und Kinder?«

»Ja.«

»Also Familie, und ein so lüderliches Leben! Scheinst mir ein sauberer Kerl zu sein! Ich werde Dir eine Arbeit geben, bei der Du mir nicht so leicht einschlafen sollst. Das sage ich Dir: das Pensum ist sehr schwer, bringst Du es aber nicht, so hilft Dir Deine doppelte Brodration nichts; ich gebe Dir Kostentziehung, und zwar genug!«

Der gute Inspektor war wirklich in Rage gekommen, auch mit dem Schreiber schien dies der Fall zu sein. Er erhob sich und trat näher.

»Und auch unordentlich ist er,« meinte er, der seinen Vorgesetzten sehr gut kennen mußte, um diese Theilnahme am Gespräche zu wagen. »Dieser Knopf ist auf, und das Halstuch guckt hinten über den Kragen in die Höhe. Die Herren Aufseher sehen nicht darauf. Ich habe nur immer nachzubessern, damit die Leute anständig vor dem Herrn Inspektor erscheinen!«

Dabei knöpfte er ihm die aufgesprungene Jacke zu und nestelte emsig an dem Halstuche herum. Dann trat er wieder zurück und setzte sich mit zufriedener Miene nieder.

»Richtig ist es,« meinte der Inspektor. »Wenn ein Zuwachs kommt, muß ihn mein Schreiber immer in das Geschicke richten. Ich werde mich beschweren. Also, was geben wir Dir für Arbeit?« Er sann eine Weile nach und meinte dann zu seinem Schreiber:

»Notiren Sie ihn unter die Schmiede, und besorgen Sie das Uebrige. Ich habe mich zu beeilen, daß ich den Zug nicht versäume. Du aber kannst jetzt gehen!«

Hartig verließ das Gemach und wurde von seinem Aufseher in seine Zelle zurückgeführt. Er blieb dort nicht lange allein, denn bald wurde wieder geöffnet und der Aufseher trat in Begleitung des Anstaltskoches herein.

»Also dies ist der Mann?« frug der letztere, den Gefangenen musternd.

»Ja, er hat ungeheures Glück,« antwortete der Aufseher. »Wird mit zwanzig Tagen Kostentziehung eingeliefert und bekommt doppeltes Brod und Beschäftigung in der Küche, während andere sich Jahre lang zu einem solchen Posten melden und immer wieder abgewiesen werden. Ich bin neugierig, wie der Herr Direktor die Kostentziehung mit der Küchenarbeit und der Brodration zusammenreimen wird.«

»Das ist nicht unsere Sache,« meinte der Koch. »Es liegt hier jedenfalls ein Versehen vor, ich aber habe mich nach der Notiz des Herrn Arbeitsinspektors zu richten und diesem hier zu sagen, daß er morgen früh in der Küche antreten wird. Besorgen Sie ihm eine weiße Schürze und eine Küchenmütze.«

Unterdessen stand der Schreiber des Arbeitsinspektors an seinem Fenster und blickte hinaus auf den Hof. Er war allein, denn sein Vorgesetzter hatte die Anstalt verlassen, um seiner vorhin gethanen Aeußerung nach eine Reise zu unternehmen. Der Schreiber schien von einer peinigenden Unruhe erfüllt zu sein, und immer wieder zog er den Zettel hervor, welchen er unter dem Halstuche des Zuganges herausgenommen hatte. Dieser war in französischer Sprache verfaßt und lautete zu deutsch:

»Endlich ist es Zeit, wie mich Raumburg benachrichtigt. Warte in Deiner Expedition auf uns.«

Da kam ein einzelner Züchtling ohne Begleitung eines Aufsehers über den Hof. Es war der Schreiber des Oberarztes. Er trat ein. Beide kannten einander sehr gut. Der eine war Direktor und der andere Oberarzt einer Irrenanstalt gewesen und hatten sich derartiger Vergehen schuldig gemacht, daß sie sich jetzt für lebenslang im Zuchthause befanden.

»Der Inspektor fort?« frug der dicke frühere Irrenhausdirektor.

»Ja,« antwortete sein früherer Untergebener. »Woher weißt Du, daß er verreisen will?«

»Er war am Vormittage beim Doktor und sagte es diesem. Bist Du bereit?«

»Natürlich. Ich wage das Leben, wenn es sein muß. Aber wie?«

»Weiß es selbst noch nicht. Raumburg schrieb mir heute, daß ich um die jetzige Zeit bei Dir sein solle.«

»Er kommt also auch?«

»Jedenfalls.«

»Wie gut, daß die zur ersten Disziplinarklasse Gehörigen die Erlaubniß haben, ohne Beaufsichtigung ihrer Arbeit nachgehen zu können. Wenn man mich hier bei Dir sieht, können wir sagen, daß wir uns über irgend eine Schreiberei zu besprechen haben. Hast Du den Ueberbringer der Zeilen belohnt?«

»Ja. Ich habe ihm doppeltes Brod geschrieben.«

»Dachte mir, daß dies nur von Dir käme.«

»Und Du?«

»Ich habe mir den Spaß gemacht, ihn unter die Küchenarbeiter zu schreiben. Wir gehen fort, und ich habe keine Unannehmlichkeit davon. Doch schau, da kommt Raumburg!«

Der Züchtling Nummer Zwei kam über den Hof herüber und in das Zimmer.

»Gut, daß Sie schon beisammen sind! Sie haben meine Bemerkung erhalten?«

»Ja.«

»Sie gehen mit?«

»Versteht sich! Aber welche Vorbereitungen haben Sie getroffen?«

»Ich noch gar keine, aber wir werden draußen erwartet.«

»Von wem?«

»Das möchte ich jetzt noch verschweigen. Im Gasthofe des nächsten Dorfes hat sich ein Kutscher einquartirt, der seine Pferde stets angeschirrt bereit hält. Eine Minute nach unserem Eintreffen dort kann es fortgehen.«

»Das wäre ganz gut. Aber wie kommen wir aus der Anstalt?«

»Sehr einfach: als Aufseher verkleidet. Da hält uns der Posten nicht an.«

»Alle Teufel, das ist verwegen! Am hellen lichten Tage ganz gemüthlich hinauszuspazieren! Aber die Kleider?«

»Bekommen wir bei dem Thorhabenden.«

»Wird sich hüten!«

»Freiwillig gibt er sie natürlich nicht her. Wir nehmen sie ihm.«

»Dann gibt es einen Kampf, welcher Lärmen verursachen wird.«

»Das werde ich schon zu vermeiden wissen. Jeder Aufseher, welcher von zu Hause kommt und die Anstalt betritt, hat Mütze und Kapot beim Thorhabenden abzulegen. Diese Sachen werden in die Garderobe gehängt, welche sich neben der Wachtstube befindet. Das ist genug für uns, denn wir brauchen ja jeder nur Kapot und Mütze, um ganz sicher für Aufseher gehalten zu werden.«

»Man wird uns aber dennoch erkennen.«

»Warum?«

»Wir sind rasirt, wie jeder Gefangene, und sämmtliche Aufseher tragen Bärte.«

»Ich habe mich vorgesehen. Bei meiner Arbeit kommen mir die größten Bärte, die ich abschneiden muß, in die Hände. Ich habe die Haare zu den schönsten falschen Bärten verarbeitet. Hier probiren Sie einmal!«

Er zog ein Papierpaket unter der Jacke hervor und öffnete es. Die drei Bärte, welche es enthielt, paßten ganz genau, und es gehörte ein sehr scharfes Auge dazu, um zu erkennen, daß sie falsch seien.

»Das ist vortrefflich!« meinte der einstige Direktor. »Aber wir können unsere Hosen und Schuhe nicht verbergen.«

»Unter dem Thore ist es finster.«

»Aber, wenn man uns auf dem Hofe begegnet? Selbst wenn wir vollständige Uniform trügen, würde jeder Aufseher, auf den wir treffen, wegen unsern fremden Gesichtern aufmerksam werden und uns anhalten.«

»Ich werde dafür sorgen, daß uns Niemand begegnet.«

»Wie wollen Sie das fertig bringen?«

»Sie wissen, daß ich sehr oft Befehle des Direktors an andere Beamte zu überbringen habe. Ich werde eine augenblickliche Konferenz im Speisesaale anheißen.«

»Gefährlich!«

»Gar nicht, denn der Direktor ist jetzt nicht in der Anstalt. Ich brauche diesen Befehl nur den beiden Oberaufsehern zu überbringen, so sind in fünf Minuten alle Aufseher außer dem Wachthabenden und den Visitatoren, die nicht von ihren Leuten fortkönnen, im Speisesaale versammelt. Also einmal fest und sicher: Sie fliehen wirklich mit?«

»Ja; lieber todt als länger hier!«

»Gut; so gehe ich jetzt. Zwei Minuten, nachdem Sie mich wieder vorübergehen sehen, kommen Sie zum Thorhabenden, aber einzeln, damit es nicht auffällt.«

Er ging.

»Ein verwegener Kerl!« meinte der Arbeitsschreiber. »Er hätte Anlagen, ganz so zu werden, wie sein Vater früher war. Ich möchte doch wissen, warum er sich gerade für uns Beide so interessirt und uns gern mit frei sehen möchte.«

»Einestheils, weil wir seinem Vater, dem Herzoge von Raumburg, so treu dienten und deshalb in die gegenwärtige Lage kamen, und anderntheils, weil er glaubt, daß unsere Anhänglichkeit ihm später von Nutzen sein wird. Wir können uns seine Sorge für uns sehr gefallen lassen. Ohne ihn würde uns eine Flucht schwerlich gelingen, und wenn wir die Freiheit erreichen, gewährt er uns mit seinen Verbindungen die beste Sicherheit, daß wir nicht in die Hände unserer Verfolger zurückgerathen. Es versteht sich ganz von selbst, daß unsere Flucht ein ungeheures Aufsehen erregen und man Alles aufbieten wird, uns wieder zu ergreifen.«

»Wenn ihnen dies gelänge, würde ich mich tödten.«

»Ich mich auch; vorher aber würde ich mich nach allen Kräften zur Wehre setzen. Ehe man mich fängt müssen erst Einige daran glauben. Ich habe aus dem Bestecke des Arztes einige Messer zu mir gesteckt, mit denen man sich schon vertheidigen kann. Willst Du eins?«

»Ja. Gib her!«

Jetzt schritten einige Aufseher eilig vorüber.

»Schau, seine Finte beginnt bereits zu wirken. Die gehen nach dem Speisesaale.«

»Dieser Gedanke von ihm war ausgezeichnet. Nun wird für uns der Weg frei.«

Einige Augenblicke später schritt der Badewärter langsam über den Hof und gab ein leises, für andere unbemerkbares Zeichen, daß Alles gut gehe. Er begab sich in die Wachtstube, wo sich der Thorhabende ganz allein befand.

»Herr Aufseher!«

»Was willst Du?«

»Der Herr Aufseher Wendler ist bei mir im Bade. Er hat die Seife vergessen, die in der Tasche seines Kapots steckt. Sie sollten so freundlich sein und sie ihm schicken.«

»Gleich. Warte hier!«

Er trat in die nebenan befindliche Garderobe und suchte. Nach kurzer Zeit meinte er:

»Es steckt keine Seife drin. Komm heraus und suche selbst einmal nach!«

Der Badewärter warf einen raschen Blick durch das Fenster und sah den Arbeitsschreiber bereits kommen. Ein anderer Mensch war nirgends weiter zu sehen. Es war Zeit. Er trat zu dem Aufseher.

»Hier sind die Taschen!« sprach dieser.

»Schön. Werde Ihnen zeigen, daß ich mehr Geschick besitze als Sie, mein Gutester!«

Mit diesen Worten faßte er den Aufseher von hinten bei der Gurgel und drückte diese zusammen, daß der Ueberfallene keinen Laut von sich geben konnte. Er versuchte sich zu befreien, brachte es aber nur zu einigen kurzen konvulsivischen Bewegungen.

In diesem Augenblicke trat der Schreiber ein und eilte sofort herbei.

»Nehmen Sie sein Taschentuch und stecken Sie es ihm in den Mund!« gebot Raumburg.

Der Schreiber gehorchte, mußte aber mit seinem Messer die Zähne des Aufsehers auseinanderbrechen.

»Nehmen Sie die Schnur hier aus meiner Tasche und binden Sie ihm die Hände auf den Rücken und die Füße zusammen!«

Dies geschah, und hier konnte auch der Krankenschreiber

mithelfen, welcher unterdessen hinzugekommen war. Dann wurde der gefesselte und geknebelte Mann in den Winkel geworfen.

»Hier hängt sein Degen, den er abgelegt hat,« meinte Raumburg. »Ich werde ihn umschnallen, da ich unter uns wohl derjenige bin, der am besten mit dieser Waffe umzugehen versteht. Nun schnell die Ueberröcke an und die Mützen auf. Dann fort.«

Den beiden Andern ging denn doch der Athem etwas laut. In solchen Fällen handelt auch der Muthigste nicht ohne einige Erregung. So vorbereitet verließen sie das Zimmer. Der Badewärter verschloß es und steckte den Schlüssel zu sich.

»Nun straks über den Hof und zwar in militärischer sicherer Haltung.«

Sie gelangten unangefochten an das Innenthor des Eingangs und klopften.

»Wer da!« ließ sich im Thorgewölbe die Stimme des Postens vernehmen.

»Drei Aufseher zum Ausgehen,« antwortete Raumburg fest.

»Können passiren!«

Es öffnete sich zuerst das innere und dann auch das äußere Thor, und Raumburg selbst zog dieses letztere hinter sich zu, damit es dem Posten nicht einfallen solle ihnen nachzublicken.

»Gott sei Dank; es scheint zu gelingen! Nun schnell die Mauer entlang und in das Freie; denn den betretenen Weg müssen wir vermeiden.«

Nicht gar zu eilig, denn das hätte Verdacht erregen können, aber doch mit möglichster Schnelligkeit gingen sie längs der Mauer hin und gelangten in das offene Feld. Hier sahen sie einen schmalen Fußpfad, welcher zum nächsten Dorfe führte und, wie sich von hier oben leicht bemerken ließ, jetzt nicht begangen war. Ihn schlugen sie ein.

»Nun können Sie uns wohl auch sagen, auf welche Weise Sie in Verbindung mit der Außenwelt gelangten,« meinte der frühere Irrenhausdirektor zu Raumburg.

»Das war nicht so schwierig, als ich vorher meinte,« antwortete dieser. »Als Badewärter hatte ich sehr oft in der

Küche zu thun, des heißen Wassers wegen. Der Fleischer, welcher das wenige Fleisch, das in das Anstaltsessen geschnitten wird, zu liefern hat, kommt täglich des Morgens zu einer bestimmten Stunde, um dasselbe abzugeben. Er gehört zu denjenigen nicht amtlichen Personen, denen der Zutritt ohne besondere vorherige Anmeldung gestattet ist. Als ich ihn zum ersten Male sah, erkannte ich in ihm einen früheren Ulanen, der, als ich noch den Grad eines Rittmeisters besaß, mein Bursche gewesen war. Er war ein treuer williger Kerl gewesen, und ich hatte ihn bei seiner Verabschiedung unterstützt, so daß er heirathen und eine eigene Fleischerei anfangen konnte. Er war mir also einige Dankbarkeit schuldig. Er erschrak förmlich, als auch er mich erkannte, ließ sich aber nichts weiter merken. Aus einigen Worten, welche er scheinbar an den Koch richtete, hörte ich, daß er mich wiedersehen wolle, und so suchte ich es einzurichten, daß ich am nächsten Tage zu derselben Stunde wieder in die Küche mußte. Er ließ ein zusammengewickeltes Papierchen fallen, auf welches ich den Fuß setzte, um es dann unbemerkt aufzuheben. Er frug mich in den wenigen Zeilen, welche es enthielt, ob er etwas für mich thun könne, und erklärte sich zu allem bereit, was ich von ihm wünschen werde. Ich hielt mich in fortwährendem Verkehre mit ihm und ließ durch ihn einen Brief an Prinz Hugo von Süderland abgehen.«

»Den tollen Prinzen?«

»Ja. Dieser antwortete mir, daß er gern nach Kräften für mich handeln und sorgen werde, und hat mir einen Vertrauten geschickt, der mich mit einem Wagen erwartet, um uns über die Grenze und dann einstweilen in ein sicheres Asyl zu bringen.«

»Werden auch wir dem Prinzen willkommen sein?«

»Ich verbürge mich dafür.«

»Dann gestatte ich mir in Beziehung auf unsere Reise nach der Grenze einige Bedenken.«

»Welche?«

»Es ist zu Wagen nicht geheuer dort, wir Beide haben dies zur Genüge erfahren.«

»Ah, ich weiß, daß Sie da oben gefangen worden sind.«

»Allerdings. Die Bahn können wir freilich nicht benutzen, aber der Wagen bietet uns bei den wenigen Pässen, welche durch das Gebirge führen, ganz dieselbe Gefahr. Man wird bei der Nachricht von unserer Flucht diese Pässe sofort besetzen, so daß ein Wagen nicht passiren kann ohne durchsucht zu werden.«

»Hm, das ist richtig! Es wäre da wohl vortheilhafter, wenn wir die Tour zu Fuße machten. Da kann man leichter ausweichen und ist freier und ungebundener in allen seinen Bewegungen. Ich möchte mich beinahe dafür entscheiden. Was sagen Sie dazu?«

»Ich rathe es sehr.«

»Gut, so sei es entschieden. Aber heut und morgen kommen wir noch nicht in die Berge. Da nehmen wir den Wagen. Dort ist das Dorf. Aber kommt uns da nicht ein Mann entgegen?«

»Ein Spaziergänger.«

»Es scheint so, denn er schlendert dahin, als ob er sich nur ein wenig ausgehen wolle. Aber, hat er nicht etwas in der Hand?«

»Allerdings. Es scheint eine Peitsche oder etwas dem Aehnliches zu sein.«

»Wenn es eine Peitsche ist, so ist er unser Mann. Es ist ausgemacht, daß er dieses Erkennungszeichen mit sich führen und so viel wie möglich gegen die Anstalt zu patroulliren soll. Sehen Sie, auch er hat uns bemerkt und bleibt stehen. Er ist es jedenfalls.«

Sie kamen näher. Er zog die Mütze und grüßte höflich. Raumburg dankte und frug:

»Sagen Sie einmal, lieber Mann, sind Sie da aus diesem Dorfe?«

»Nein.«

»Woher sonst?«

»Weit her.«

»Was thun Sie hier?«

»Ich warte.«

»Ah, richtig! Sie sind aus Himmelstein?«

Der Mann nickte erfreut. Er wußte jetzt, daß er nicht umsonst gewartet habe.

»Ja, meine Herren.«

»Wohl ein Schloßbedienter des Prinzen?«

»Der Schloßvogt selbst. Welcher von den Herren ist es, den ich fahren soll?«

»Wir sind es alle Drei.«

»Ah, ich weiß nur von Einem!«

»Thut nichts. Ich bin Derjenige, an den Sie adressirt sind, mein Name ist von Raumburg. Diese Herren hier sind meine Freunde, welche ich Ihrem Herrn sehr zu empfehlen habe. Wie lange Zeit brauchen Sie um uns aufnehmen zu können?«

»Nicht volle zehn Minuten von jetzt an. Ich brauche nur die Pferde, welche bereits eingeschirrt sind, aus dem Stalle zu ziehen und an den Wagen zu hängen.«

»So kommen Sie!«

»In das Dorf? Nein, meine Herren; es ist nicht nothwendig, daß Sie sich dort sehen lassen; das würde Ihre Spur ja sofort verrathen. Man ist übrigens bereits aufmerksam auf mich geworden, weil ich die Pferde gar nicht ausgeschirrt habe und immerwährend hier spazieren gegangen bin. Gehen Sie rechts um das Dorf herum und dann möglichst in der Nähe der Straße weiter. Ich komme sofort nach, und dann können Sie einsteigen.«

»Sind Sie für mich mit allem Nöthigen versehen?«

»Mit Kleidungsstücken nur für Sie, und zwar auch nur für den ersten Augenblick, da ich nicht weiß, ob sie passen werden. Doch sind solche Dinge ja in jedem Laden sehr leicht zu bekommen, nur müssen wir diese Gegend erst hinter uns haben.«

»Und Geld?«

»So viel, wie Sie bis Schloß Himmelstein nur immer brauchen können. Seine Hoheit haben mir diese Börse und diese Brieftasche gegeben, um Beides Ihnen zu überreichen.«

»Danke! Also spannen Sie schleunigst an, damit wir nicht auf Sie zu warten brauchen.«

Der Schloßvogt eilte in das Dorf zurück, und die drei Flüchtlinge wandten sich um dasselbe herum. Sie gelangten hinter demselben auf die Straße, und da sie Niemand da bemerkten, schritten sie langsam auf derselben vorwärts. Sie sollten bald erkennen, was für eine große Unvorsichtigkeit sie damit begingen. Als sie an eine Biegung der Straße kamen, wo die Fortsetzung der letzteren ihnen durch ein Gebüsch verdeckt gewesen war, zuckte Raumburg vor heftigem Schreck zusammen.

»Alle Teufel, ein Gensdarm!«

»Wahrhaftig!« rief auch der Krankenschreiber. »Was thun wir?«

»Fliehen,« meinte der frühere Oberarzt. »Dort seitwärts in die Büsche hinein!«

»Nein, das geht nicht. Er hat uns bereits gesehen. Vorwärts, wir gehen gerade auf ihn zu!« entschied Raumburg.

»Aber er hat den Karabiner!«

»Und wir sechs Hände. Fürchten Sie sich?«

Der Gensdarm kam langsam näher, den Karabiner über die Schulter gehangen. Er hielt sie für Strafanstaltsbeamte und hob schon die Hand zum militärischen Gruße zur Mütze empor, ließ sie aber überrascht wieder sinken. Er war aufmerksam geworden.

»Guten Tag, meine Herren! Wohin?«

»Spazieren,« antwortete Raumburg.

»Sie haben frei?«

»Ja, Nachtdienst gehabt; da gibt es stets einen offenen Tag.«

»Habe Sie noch niemals gesehen und kenne doch die Kameraden alle. Sie sind wohl noch nicht lange hier angestellt?«

»Schon seit geraumer Zeit; doch sind wir erst vor Kurzem hieher versetzt worden.«

»Es scheint, Sie haben sich noch nicht vollständig equipirt, oder trugen Sie an Ihrem früheren Dienstorte Schuhe und Hosen von Sträflingstuch?«

»Allerdings.«

»Auch ein Sträflingshalstuch anstatt der Binde? Ah, mein

Lieber, machen Sie den Mund zu, sonst fällt Ihnen der Schnurrbart hinein! Meine Herren, Sie haben wohl die Güte, mit mir nach dem Dorfe zurückzukehren!«

»Warum?«

»Sie kommen mir verdächtig vor.«

»Verdächtig? Anstaltsaufseher? Das ist denn doch im höchsten Grade spaßhaft!«

»Nicht ganz so spaßhaft wie die Maskerade, welche Sie treiben, trotzdem wir nicht in der Fastenzeit leben. Bitte, drehen Sie sich um; Sie begleiten mich!«

»Meinetwegen!« antwortete Raumburg gleichmüthig. »Wir wollen den Spaß mitmachen und haben keineswegs etwas dagegen, wenn ein Gensdarm Lust hat, sich da von den Bauern auslachen zu lassen.«

»Das mit dem Auslachen wird sich wohl finden! Ah, was ist denn das?«

Ein dumpfer, weithin dröhnender Ton war von der Stadt her erschollen. Der Sicherheitsbeamte blieb horchend stehen und ließ dann den Karabiner von der Schulter schlüpfen.

»Ein Kanonenschuß – – noch einer – – – und jetzt ein dritter! Holla, es sind drei Züchtlinge entsprungen, und die seid Ihr. Vorwärts marsch, zurück!«

»Herzlich gern, Herr Wachtmeister!« antwortete Raumburg.

Er hatte seinen Wagen kommen sehen, der mit zwei ausgezeichneten Braunen bespannt war. Der Schloßvogt saß auf dem Bocke. Er sah den Gensdarm, welcher die Drei geführt brachte, und ließ sofort die Pferde halten. Absteigen, den einen Wagenschlag öffnen und wieder aufspringen war bei ihm das Werk eines Augenblicks. Er wußte, daß jetzt alles auf ihn ankam.

»Herr Wachtmeister,« rief er, als dieser mit seiner Begleitung herangekommen war; »haben Sie die Schüsse gehört? Es sind drei Züchtlinge entsprungen.«

»Habe sie bereits erwischt. Hier sind sie!«

»Donnerwetter! Dachte mir gleich so etwas, als ich Sie sah. Aber besser ist besser: ich habe schon aufgemacht; wollen Sie nicht meinen Wagen nehmen? Da haben Sie die Hallunken sicherer.«

»Ists Ihr Ernst?«

»Freilich! Ich versäume höchstens eine halbe Stunde Zeit, und die bringe ich schnell wieder ein. Ein Glas Bier fällt wohl auch ab?«

»Das und noch mehr. Ich nehme Ihr Anerbieten an.«

»Wo lade ich ab?«

»Vor dem Anstaltsthore. Lenken Sie um!«

»Ist auch Zeit, wenn Sie drinnen sind. Man darf solche Schlingels nicht so lange auf der Straße stehen lassen.«

»Gut! Vorwärts, eingestiegen!«

Der Vogt hielt die Peitsche hiebgerecht, nahm die Pferde hoch in die Zügel und wartete auf den entscheidenden Augenblick, der ja gleich kommen mußte. Erst stiegen die beiden Schreiber ein, dann folgte Raumburg. Jetzt legte der Gensdarm die Hand an den Schlag.

»Herr Wachtmeister!« rief der Kutscher.

»Was?«

»Sie haben am Ende doch die Unrechten! Sind das nicht Züchtlinge, die drei Männer, welche dort über die Wiese gesprungen kommen?«

»Wo?«

»Rechts da drüben!«

Die Kutsche stand zwischen dem Gensdarm und der Gegend, nach welcher der Schloßvogt zeigte. Darum nahm der Beamte die Hand vom Schlage und trat nach hinten, um besser sehen zu können. Da sauste die Peitsche auf die Pferde nieder; diese stiegen in die Höhe und zogen mit einem schnellen Rucke an.

»Adieu, Herr Wachtmeister; es sind doch die Richtigen!« klang es lachend vom Bocke hernieder.

Der Geprellte faßte sich schnell. Er hob den Karabiner in die Höhe und rief:

»Halt, oder ich schieße!«

Das Gebot wurde nicht beachtet. Der Schuß krachte und noch einer – die Kugeln schlugen beide in den Wagen ein;

dieser jedoch flog in sausendem Galoppe weiter. Die Vögel waren zum zweiten Male entwischt. – –

Am späten Nachmittage des folgenden Tages ritten auf der Gebirgsstraße ein Knabe und ein Mädchen auf kleinen schottischen Ponnys dahin. Der Knabe mochte etwas über vierzehn und das Mädchen ungefähr zehn Jahre zählen, doch war das letztere im Reiten sichtlich bewanderter als der erstere.

»Das ist eigentlich sonderbar bei Dir,« meinte das Mädchen. »Du hast drei Väter.«

»Wieso, Magda?«

»Nun, Du hast einen Vater, den hast Du gar niemals gesehen, dann hast Du einen Vater, der ist Dein Stiefvater, und endlich hast Du noch einen Vater, der ist auch mein Papa.«

»Ja, ich muß Papa zu ihm sagen, aber hat er mich denn auch wirklich so lieb, wie ein Vater gewöhnlich seine Kinder liebt?«

»Der Papa? Der hat Dich sehr lieb, das kannst Du mir glauben. Ich war dabei, als er mit Herrn Walther von Dir sprach.«

»Was hat er da gesagt?«

»Ja, das darf ich Dir eigentlich gar nicht verrathen, Kurt; denn sonst wirst Du mir am Ende gar stolz, und Du weißt doch, daß ich dies niemals gern leiden mag.«

»Ich verspreche Dir, daß ich nicht stolz werde. Ich habe übrigens auch gar keine Anlagen dazu.«

»Er sagte nämlich so:« Dabei setzte sich das hübsche Kind auf ihrem Ponny in eine sehr würdevolle Positur zurecht, um die Haltung und Miene nachzuahmen, welche ihr Vater bei den betreffenden Worten gezeigt hatte. »Mein lieber Herr Walther, Sie sind der Erzieher meiner Tochter, und ich freue mich Ihnen sagen zu können, daß ich mit Ihnen sehr zufrieden bin. Ich habe Ihnen jetzt auch meinen Pflegesohn übergeben. Er ist ein armer Schifferknabe und hat nur einen solchen Unterricht genossen, wie er in einer gewöhnlichen Volksschule ertheilt wird; aber er besitzt ausgezeichnete Anlagen und eine Lust zum Lernen, die ihm helfen wird auch größere Schwierigkeiten zu überwinden. Er hat ein sehr gutes Herz, ist offen und ehrlich in allen Fällen; man muß ihm herzlich gut sein, und ich wünsche, daß auch Sie ihm Ihre Liebe widmen. Er soll Marineoffizier werden, haben Sie die Güte, Ihren Unterricht nach diesem Plane zu arrangiren! Siehst Du, so hat Papa gesagt, und noch vieles Andere dazu, was Alles sehr gut und schön geklungen hat.«

»Das freut mich sehr. Das hätte meine Mutter hören sollen, die wäre recht glücklich darüber gewesen. Sie hat mir geboten, Alles zu thun um die Zufriedenheit Deines Papa zu erlangen.«

»Ich habe es ihr bereits erzählt. Aber, Kurt, Du sollst nicht sagen »Deines« Papa; er ist ja auch Dein Vater, und ich bin also Deine Schwester. Ich freue mich unendlich, daß ich einen Bruder habe, denn das ist viel besser als vorher. Auch die Tanten haben Dich sehr gern. Sie gewinnen nicht gleich Jemanden lieb, aber Du, weißt Du, wodurch Du ihre Zuneigung sogleich erobert hast?«

»Nun?«

»Dadurch, daß Du so muthig und klug gegen den tollen Prinzen gewesen bist, und dann auch ganz besonders damit, daß Du damals die Frösche und Krebse entfernt hast. Auch unser alter guter Kunz ist Dir sehr gut. Wenn er von Dir spricht, so wirst Du gar nicht anders als »unser Junge« oder »unser Kurt« von ihm genannt.«

»Ja, wir haben es gegen früher wie im Himmel bei Euch, und das gönne ich meiner armen guten Mutter von ganzem Herzen. Sie grämt sich gar sehr darüber, daß mein Stiefvater jetzt in das – das – – das – – –«

»Sage nur das Wort, lieber Kurt; Du bist doch nicht schuld daran!«

»In das – Zuchthaus gekommen ist, wollte ich sagen.«

»O, wie schrecklich muß es dort sein! Man kann sich gar nicht wundern, wenn einmal Einer zu fliehen versucht, wie der Kutscher gestern erzählte. Wie war denn das eigentlich? Du bist ja mit dabei gewesen.«

»Nun, ich mußte den Papa und Kunz, als sie abreisten, mit zur Station begleiten, und da trafen wir im Wartesaale einen Herrn in Uniform. Der war, wie er Papa erzählte, Arbeitsinspektor im Zuchthause und mit dem letzten Zuge gekommen, um mit einem Geschäftsmanne zu verhandeln, der in der Strafanstalt sehr viel arbeiten läßt. Während dieser Mittheilung hörten wir, daß die Bahnbeamten sich etwas zuriefen. Es war soeben eine Depesche gekommen, welche an alle Stationen des Landes gerichtet ist. Sie lautete, daß drei sehr vornehme, sehr wichtige und auch sehr gefährliche Gefangene entsprungen seien, nämlich der Prinz von Raumburg und zwei Aerzte, von denen der eine Direktor und der andere Oberarzt im Irrenhause gewesen sind. Du kannst Dir denken, wie der Arbeitsinspektor erschrocken ist. Der frühere Oberarzt war sein Schreiber im Zuchthause; er gab die vorgenommene Besprechung auf und kehrte gleich mit dem nächsten Zuge, welchen auch Papa benutzte, in die Anstalt zurück.«

»Das sind allerdings drei sehr gefährliche Leute. Der Prinz hat mit seinem Vater, der nun todt ist, eine Verschwörung gegen unsern guten König angezettelt und das Land um ungeheure Summen betrogen, wie sich nachher herausstellte. Auch gemordet haben sie, heimlich und öffentlich, und viele Leute, die ihnen im Wege waren, als Wahnsinnige in das Irrenhaus gebracht, wo sie so gemartert wurden, daß sie wirklich wahnsinnig werden oder sterben mußten.«

»Das ist ja ganz und gar entsetzlich! Woher hast Du es denn erfahren?«

»Papa und die Tanten haben sehr oft davon gesprochen. Der alte Herzog hatte auch den Krieg angestiftet und das Land an den König von Süderland verrathen, das Volk sollte Revolution machen und er wollte dabei König werden. Aber es ist ihm nicht geglückt. Der tolle Prinz kam zwar mit seinen Soldaten in das Land; aber der General von Sternburg hat ihn umzingelt, und Papa ist mit seinem Heere ganz unvermuthet in Süderland eingefallen und hat die Hauptstadt erobert. Deshalb kann ihn der tolle Prinz nicht leiden. Die beiden Aerzte, welche mit entsprungen sind, sind ganz gewiß dieselben, von denen Papa erzählt hat. Sie haben dem alten Raumburg geholfen die Feinde desselben wahnsinnig zu machen. Ich wollte, sie würden wieder erwischt und in das Zuchthaus zurückgeschafft!«

»Man wird sie schon ertappen. Die ganze Polizei ist auf den Beinen, und alle Straßen sind besetzt um sie abzufangen. Die Depesche lautete nämlich, daß sie in einem Wagen, der mit zwei Braunen bespannt ist, die Straße nach dem Gebirge zu eingeschlagen haben.«

»Schrecklich! Wenn wir ihnen hier begegneten!«

»Oh, die sollten uns nur etwas thun! Ich habe mich vor dem tollen Prinzen nicht gefürchtet, und nun vor ihnen erst recht nicht. Ich könnte sie nicht aufhalten, denn ich bin zu klein dazu; aber Dir sollten sie kein böses Auge machen; das wollte ich mir sehr verbitten!«

»Oder wenn sie nach Helbigsdorf kämen! Der Papa ist mit Kunz verreist, und die Tanten sind auf Besuch hinüber zu Barons. Die kommen ja erst morgen wieder.«

»Nach Helbigsdorf sollen sie erst recht nicht kommen.«

»Und unser Herr Walther ist auch fort, auf Ferien zu seiner Braut nach Himmelstein!«

»Schadet nichts. Papa hat in seinem Waffenschranke eine ganze Menge von Degen und Pistolen, ich würde alle drei todtstechen oder niederschießen. Ich lerne das ja jetzt!«

»Ich habe dennoch Angst. Sie könnten Dich ja auch todt machen. Aber schau, wer sitzt dort unter dem Baume? Ich fürchte mich. Komm herüber auf die andere Seite!«

Die Straße führte durch den Wald. An dem einen Saume desselben lehnte unter einer knorrigen Fichte eine alte Frau. Sie war vollständig barfuß, trug einen einzigen Rock von grellrother Farbe, um die Schultern einen gelben, arg beschmutzten Ueberwurf und hatte ein blaues Tuch turbanartig um den Kopf geschlungen. Ihr Teint war tiefbraun; zahlreiche Runzeln durchfurchten ihr Gesicht, in welchem eine scharfe Nase über einem spitzigen Kinne thronte, und ihre Gestalt lag gebeugt auf dem Stocke, auf den sie die beiden Hände stützte. Mit ihren tiefliegenden schwarzdunklen Augen musterte sie aufmerksam die von ihrem Spazierritte heimkehrenden Kinder. Als diese herangekommen waren, streckte sie die Rechte bittend aus und trat unter dem Baume hervor.

»Gebt einer armen Zigeunerin etwas, Ihr blanken Kinder!«

Magda wollte ängstlich weiter reiten, aber Kurt hielt ihr Pferd und das seinige an.

»Eine Zigeunerin bist Du? Da habe ich ja noch gar keine gesehen!«

Sein offenes Angesicht und seine ehrlichen freundlichen Augen mochten der Alten gefallen.

»So sieh mich einmal ganz genau an,« meinte sie lächelnd, und ihre Augen zeigten dabei einen Ausdruck, wie man ihnen denselben so freundlich gar nicht zugetraut hätte. Dadurch und in Folge von Kurts Muthe wurde Magda auch beherzter.

»Du bist heute wohl schon sehr weit gegangen?« fragte sie.

»Nein; aber ich bin alt, und da wird man leichter müde als in der Jugend.«

»Also müde bist Du? Und wohl auch hungrig und durstig?«

»Beides ein wenig.«

»Da bist Du ja recht schlimm daran. Kurt, ich habe meinen Beutel vergessen. Bitte, gib ihr auch für mich etwas, damit sie zu Essen und zu Trinken kaufen kann!«

»Ja,« erwiderte dieser verlegen, »ich habe auch kein Geld mit. Was thun wir da?«

Das Mädchen blickte überlegend vor sich nieder. Die Zigeunerin nickte freundlich.

»Wenn Ihr nichts bei Euch habt, so könnt Ihr mir ja auch nichts geben. Es ist so gut, als hättet Ihr es gethan. Ihr seid gute Kinder. Gott segne Euch!«

Da hob Magda sehr entschlossen das Köpfchen.

»Nein, Du mußt etwas von uns haben. Aber sage mir vorher, ob es wahr ist, daß die Zigeuner so schlimme Leute sind. Die Tanten sagen, daß sie sogar Kinder stehlen.«

»Nein, das ist nicht wahr. Die Zigeuner sind so arm, daß sie froh sind, wenn sie gar keine Kinder haben. Und wenn einmal Einer etwas Böses thut, so sind die Andern doch nicht schuld daran.«

»Ja, das will ich auch gern glauben. Du siehst gar so mild

und gut mit Deinen großen Augen und kannst sicherlich nur Gutes thun. Ich möchte gern, daß Du zu essen und zu trinken bekommst und Dich recht schön ausruhen kannst. Willst Du mit uns kommen?«

»Wohin?«

»Nach Helbigsdorf. Wir haben nur noch eine Viertelstunde bis dahin.«

»Ihr seid von Helbigsdorf?«

»Ja. Helbigsdorf ist unser,« antwortete Magda mit einem gewissen Selbstbewußtsein.

»Es gehört doch dem General von Helbig.«

»Das ist unser Papa. Willst Du mit? Du kannst bei uns essen und trinken so viel Du willst, und auch in einem schönen Bette schlafen. Wir geben Dir das ganz gern!«

Die Alte nickte zustimmend und kam über den Straßengraben herüber.

»Ja, ich gehe mit Euch, Ihr guten Kinder.«

Kurt sah ihren Bewegungen mit einigem Bedenken zu.

»Du bist sehr müde, wie es scheint, und wirst mit unsern Pferden gar nicht fortkommen.«

»So reitet Ihr voraus oder macht ein wenig langsamer.«

»Das geht nicht. Die Ponnys laufen nicht langsam, und zurücklassen wollen wir Dich auch nicht. Wenn Du Dich doch auf mein Pferdchen setzen könntest. Ich würde gern absteigen und es so führen, daß Du nicht fällst.«

»Wolltest Du das wirklich, mein guter Knabe?«

»Ja, sonst würde ich es Dir doch gar nicht anbieten. Willst Du es versuchen?«

»Ja, wenn Du es mir wirklich erlaubst.«

»So komm!«

Er stieg ab und wollte ihr behilflich sein. Zu seinem Erstaunen aber schwang sie sich mit einer Gewandtheit auf das Pferdchen, die er selbst noch gar nicht besaß.

»Ah, ging das schnell! Das sieht ja aus, als ob Du schon sehr viel geritten seist.«

»Das ist auch wirklich der Fall, mein Kind.«

Sie nahm ihm die Zügel aus der Hand, und es ging im

raschen Schritte vorwärts. Die Zigeunerin ergriff zuerst das Wort:

»Also Ihr seid die Kinder des Herrn Generals von Helbig? Ich dachte, er hätte nur eine Tochter.«

»Das ist auch eigentlich richtig,« antwortete Magda, die jetzt ganz zutraulich geworden war. »Ich habe Kurt erst ganz kürzlich zum Bruder erhalten.«

»Wie so?«

»Wir waren im Seebad Fallum; da haben wir ihn kennen gelernt und ihn mit nach Helbigsdorf genommen, ihn und seine Mutter. Er hat mir das Leben gerettet und den tollen Prinzen mit sammt seinem Kahne umgefahren; darum ist er nun mein Bruder geworden.«

»Den tollen Prinzen, ah!«

»Kennst Du ihn?«

»Ja.«

»Du scheinst überhaupt recht sehr bekannt zu sein. Daß Papa eine Tochter habe, wußtest Du ja auch. Ist es wahr, daß die Zigeuner weissagen können und Dinge wissen, die sonst niemand weiß?«

»Es gibt welche unter ihnen, denen die Gabe verliehen ist, von der Du redest.«

»O, dann hast Du sie wohl auch?«

»Ja,« antwortete die Alte einfach.

»Dann bitte, weissage mir doch einmal!«

»Dazu bist Du noch zu jung, mein Kind. Die Züge Deines Gesichtes und die Linien Deiner Hand sind noch nicht genug entwickelt und ausgebildet. Später werde ich Dir weissagen.«

»Kannst Du mir nicht wenigstens etwas sagen?«

»Vielleicht,« lächelte die Zigeunerin. »Wie heißt Dein Brüderchen hier?«

»Kurt.«

»Nun gut: Kurt ist jetzt nur Dein Bruder, aber einst wird er Dein Mann sein.«

Magda schlug fröhlich die Hände zusammen und rief:

»Das ist prächtig. Ich möchte auch gar keinen Andern zum

Manne haben! Aber ist es auch wahr, ist es auch wirklich sicher und gewiß?«

»Es ist wahr,« bestätigte die Alte halb scherzend, halb ernsthaft. »Aber er heißt doch wohl nicht Kurt allein, sondern er muß auch noch einen andern Namen besitzen!«

»Kurt Schubert.«

»Schubert? Was ist denn Dein eigentlicher Vater?«

Magda antwortete auch jetzt an des Knaben Statt:

»Ja, das ist etwas, wo Du zeigen könntest, daß Du mehr weißt als andere Leute. Er hat seinen Vater gar niemals gesehen, und das ist eine sehr traurige Geschichte. Sein Vater war Steuermann und ist mit seinem Schiffe in alle Welt gefahren, aber nicht wiedergekommen. Dann hat seine Mutter einen bösen Stiefvater heirathen müssen, der stets betrunken gewesen ist und jetzt nun gar im Zuchthause steckt.«

»Steuermann war er, und Schubert hieß er?« frug die Zigeunerin nachdenklich. »Balduin Schubert vielleicht?«

»Ja, Balduin!« rief Kurt schnell. »O, Du kennst seinen Namen?«

»Was weißt Du noch von ihm?«

»Nichts, als daß er einen Bruder hat, der Thomas hieß und Geselle in einer Hofschmiede war. Das hat mir meine Mutter erzählt.«

»Ich werde Euch doch beweisen, daß ich mehr weiß als andere Leute. Ich werde Deiner Mutter von Deinem Vater erzählen, den ich kenne, und mit dem ich kürzlich noch gesprochen habe.«

»Ist es möglich? Ist es wahr?«

»Ja, Dein Vater ist jetzt Obersteuermann auf dem berühmten Kriegsschiffe »Tiger«. Ich habe einen Bruder, der auf demselben Schiffe Hochbootsmann ist.«

»O welch ein Glück; wie wird Mutter sich freuen. Komm, wir wollen schneller reiten!«

»Die Zigeuner sind wirklich klüger als wir,« meinte Magda nachdenklich. »Wie heißt Du denn eigentlich? Du mußt doch auch einen Namen haben.«

»Ich heiße Zarba.«

»Zarba?« rief das Mädchen ganz erstaunt. »Papa hat uns sehr viel erzählt von einer Zigeunerkönigin, welche Zarba heißt. Sie ist die Freundin des Königs und des Kronprinzen, den sie erst zum Kronprinzen gemacht hat. Sie ist auch die Freundin des Generals und des Kommodores von Sternburg und sogar die Verwandte der beiden jetzigen Herzoge von Raumburg. Den früheren Herzog hat nur sie allein gestürzt. Sie muß eine ganz außerordentliche Macht besitzen. Bist Du etwa diese Zarba?«

»Ich bin es.«

»Wirklich? O wie gut, daß wir Dich zu uns geladen haben, und wie schade, daß Papa nicht zu Hause ist! Aber Du sollst dennoch gerade so aufgenommen werden, als ob er da wäre. Darauf kannst Du Dich verlassen!«

»Ja, meine Mutter ist nämlich Wirthschafterin auf Helbigsdorf,« meinte Kurt altklug, »und da kannst Du Dir denken, daß Du sehr gut empfangen wirst.«

Nach kurzer Zeit erreichten sie ein größeres Dorf, an dessen Ende sich die stattlichen Gebäude eines Herrensitzes präsentirten. Als sie zwischen den sehr gut aussehenden Häusern dahinritten, sahen ihnen die Bewohner verwundert nach. Die Reiterin kam ihnen gar so sonderbar vor.

Als sie durch das Thor kamen, empfing sie der Verwalter, um ihnen die Pferde abzunehmen. Er warf einen erstaunten mißmuthigen Blick auf die Zigeunerin.

»Was ist denn das für eine Gesellschaft? Eine Zigeunerin! Das sollte der Herr wissen!«

»Warum?« frug Magda.

»Weil dies keine Begleitung für Sie ist, gnädiges Fräulein.«

Die kleine zehnjährige Generalstochter blitzte ihn mit zornigen Augen an.

»Welche Begleitung passend für mich ist, muß ich selbst wissen, Herr Verwalter. Sie haben sich nur um das zu bekümmern, was Ihres Amtes ist!«

»Aber jetzt ist weder Ihr Herr Papa, noch eines der gnädigen Fräuleins, noch der Herr Erzieher da, und da habe ich als Verwalter die Aufsicht über Sie zu übernehmen!«

»Wer hat Ihnen gesagt, daß wir Beide der Aufsicht, und noch dazu der Ihrigen bedürfen? Doch nicht etwa Papa! Wenn ich ihm Ihre Worte erzählte, wäre Ihnen ein Verweis sicher. Aber ich will Ihnen verzeihen. Sie haben die Oekonomie zu leiten, so viel ich aber weiß, gehören wir Beide weder zum Gesinde noch zu den Thieren. Führen Sie die Pferde in den Stall. Komm, Zarba!«

Sie nahm die Zigeunerin bei der Hand und führte sie nach dem Portale des Wohnhauses. Kurt folgte ihnen. Der Verwalter blickte ihnen erschrocken nach.

»Zarba? Alle Wetter, da habe ich einen ganz gewaltigen Bock geschossen! Das also war Zarba, die berühmte Vajdzina* aller Zigeuner von Nor- und Süderland! Wer konnte das denken? Sie verkehrt mit Fürsten und Königen und kommt hierher barfuß und in Lumpen. Diesen Fehler muß ich schleunigst wieder gut machen. Und das kleine Fräulein, wie *à propos* das thut! In der steckt bereits ganz und gar der Alte, dem man auch nicht in die Quere kommen darf, sie kann die Reden setzen wie ein Professor. Wie gut und nobel sie das zum Vorschein brachte, daß sie so gnädig sein und mir verzeihen wolle. Ich werde mir sicher nicht wieder beikommen lassen sie beaufsichtigen zu wollen.«

Während dieses auf dem Herrensitze geschah, kam von der anderen Seite her ein Mann in das Dorf gegangen, welcher im Gasthofe einkehrte und sich ein Glas Bier geben ließ.

»Nicht wahr, dieser Ort hier heißt Helpigsdorf?« frug er den Wirth.

»Ja.«

»Und der Pesitzer des Schlosses da open ist der Herr General von Helpig?«

»Ja.«

»Er ist nicht zu Hause?«

»Nein, er ist verreist.«

»Aper seine drei Damen sind da?«

»Auch nicht. Sie sind auf Besuch in die Nachbarschaft.«

---

* Führerin, Königin.

»So. Wer ist denn da anzutreffen?«

»Der Verwalter und die neue Wirthschafterin.«

»Die Wirthschafterin? Was ist denn das für eine Madame? Wie heißt sie?«

»Ihr Name ist Hartig.«

»Hartig? Hm. Sie ist wohl noch nicht längst in Helpigsdorf?«

»Erst seit kurzer Zeit. Der Herr General hat sie mit ihrem Sohne aus dem Seebade mitgebracht, wo er Beide kennen gelernt hat.«

»Aus dem Seepade; das stimmt; ich pin also am richtigen Orte angekommen.«

Er bezahlte sein Bier und ging nach dem Schlosse zu.

Die Sonne hatte sich gesenkt und war im Scheiden begriffen. Sie vergoldete die Giebel, Zinnen und Fenster des Schlosses und hüllte den gegenüberliegenden Waldesrand bereits in halbe Schatten. Dort standen drei Männer, welche die vor ihnen liegende Gegend musterten.

»Dem Wegweiser nach muß dies Helbigsdorf sein, eine Besitzung des Generals von Helbig, wenn ich mich recht erinnere. Im Walde schlafe ich nicht, Helbig kennt mich. Wir müssen also weiter, aber es fragt sich, in welche Richtung wir uns wenden.«

Der Sprecher war der Jüngste von den Dreien. Der Zweite, ein sehr dicker Mann, meinte:

»Ich habe auch keine Lust, im Walde zu schlafen und mir einen Rheumatismus zuzuziehen, aber ebensowenig habe ich Lust weiter zu gehen. Seit wir den Wagen verlassen haben, bin ich ermüdet zum Umfallen.«

»Ich auch,« stimmte der Dritte bei. »Diese Waldwege sind verteufelt anstrengend.«

»Hm,« machte der erste Sprecher. »Helbig ist sehr reich und hat viele Besitzungen, warum soll er gerade hier anwesend sein? Könnte ich erfahren, daß er nicht hier ist, so würde ich mich entschließen auf dem Schlosse zu bleiben; ein Gasthof ist mir zu gefährlich.«

»Das können wir ja gleich erfahren. Dort den Hohlweg

kommt ein Briefträger herauf. Diese Leute wissen gewöhnlich Alles, und er hat sicher auf dem Schlosse zu thun gehabt.«

»Er kommt nach hier. Treten Sie zurück, daß er Sie nicht bemerkt. Ich werde so thun, als ob ich ihn begegnete, und ihn fragen.«

Die beiden Andern steckten sich in das Strauchwerk, er aber schritt in den Wald hinein und kehrte dann wieder um. Er richtete dies so ein, daß er gerade am Saume des Holzes auf den Briefboten stieß, der ihn höflich grüßte.

»Guten Abend,« antwortete er. »Ist dieses Schloß hier Schloß Helbigsdorf?«

»Ja.«

»Es gehört dem General von Helbig?«

»Allerdings.«

»Wissen Sie nicht, ob er anwesend ist?«

»Er ist nach der Residenz verreist.«

»Sind seine Schwestern hier?«

»Eigentlich, ja. Aber sie sind auch fort, auf Besuch bis morgen.«

»Wissen Sie dies gewiß?«

»Ich hatte an jede von ihnen einen Brief und erhielt diesen Bescheid.«

»Wer ist denn da zu treffen?«

»Der Verwalter und die Wirthschafterin, wenn man das kleine Fräulein nicht rechnet.«

»Wie alt ist dieses?«

»Zehn Jahre vielleicht.«

»Ich danke Ihnen!«

Der Briefträger verfolgte seinen Weg weiter, der Andere suchte seine Genossen auf.

Diese drei Männer waren die entsprungenen Züchtlinge, deren Aeußeres sich allerdings bedeutend verändert hatte. Sie trugen feine Touristenanzüge, und jeder von ihnen hatte eine grüne Botanisirbüchse über die Achsel gehängt.

»Wir sind sicher,« meinte Raumburg. »Der General ist nicht anwesend und seine Schwestern ebensowenig. Die andern Personen kennen mich nicht. Ich werde mir das Vergnügen machen, hier zu übernachten und dann später dem General zu schreiben, daß ich auf meiner Flucht seine Gastfreundschaft in Anspruch genommen habe. Er wird außer sich gerathen vor Aerger. Kommen Sie, wir umgehen das Dorf. Wir sind Touristen, das heißt Botaniker und Geologen; da kann es nicht auffallen, wenn wir über die Felder kommen.«

»Wird man uns auch behalten?«

»Versteht sich. Lassen Sie dies nur meine Sorge sein, und richten Sie sich ganz nach mir!«

Auch sie schritten dem Schlosse zu, dessen Fenster nun bereits im halben Lichte lagen.

Dort war die Zigeunerin von der Wirthschafterin sehr freundlich aufgenommen worden. Die beiden Kinder konnten das was sie erfahren hatten, nicht einen Augenblick verschweigen.

»Wissen Sie, wen wir Ihnen gebracht haben, meine gute Frau Hartig?« frug Magda.

»Nun?«

»Das ist die berühmte Zarba, von der uns Papa so viel erzählt hat.«

»Wirklich?« rief die Frau mit einem ehrerbietigen Blicke auf die Vajdzina.

»Ja. Sie kann weissagen und ist allwissend. Sie hat auch mir bereits prophezeit.«

»So! Was denn, wenn ich es erfahren darf?«

»Daß Kurt einmal mein Mann wird.«

»Ah!« lächelte die Wirthschafterin. »Da würde ich doch Deine Schwiegermutter!«

»Allerdings. Und das freut mich sehr, denn eine bessere Schwiegermutter könnte ich im ganzen Leben niemals finden. Aber nun kommt die Hauptsache für Sie: Zarba kennt nämlich Ihren Bräutigam und weiß auch, wo er sich befindet.«

»Meinen Bräutigam? Ich habe ja keinen. Wen meinst Du, mein Kind?«

»Kurts Vater.«

»Ist es möglich? Nein, der ist todt, sonst wäre er gekommen.«

»Im Gegentheile, er lebt; nicht wahr, Zarba?«

»Ja, er lebt, und ich habe mit ihm gesprochen.«

Die Wirthschafterin erbleichte im freudigen Schrecke.

»Mein Gott, wenn dies wirklich wahr wäre! Schnell, schnell, sprechen Sie!«

»Sagen Sie mir erst alles, was Sie von ihm wissen!«

»Er hieß Balduin Schubert und war Steuermann auf einem Kauffahrer, als ich ihn kennen lernte. Verwandte hatte er nicht, als nur einen Bruder, von dem er mir erzählte, daß er bei dem Hofschmied Brandauer in der Residenz gelernt habe und jetzt dort Geselle sei. Dann ging er in See und ließ nichts wieder von sich hören. Oder ist er gekommen und hat mich nicht gefunden, denn ich wurde gezwungen, einen Andern zu heirathen und mußte mit diesem die Heimath verlassen.«

»Haben Sie sich nicht einmal an seinen Bruder gewendet?«

»Ich wollte ihm einmal schreiben, obgleich ich nicht wußte, ob er noch bei Brandauer sei; aber mein Mann kam dazu und las den Brief. Er behandelte mich darauf in der Weise, daß ich es nie wieder wagte, einen Brief zu verfassen. Er mochte meinen, Kurt zu verlieren, der fast ganz allein uns ernähren mußte. Also er lebt wirklich noch?«

»Ja. Er ist jetzt Obersteuermann auf dem »Tiger,« den der Kommodore Arthur von Sternburg befehligt. Dieser ist mehr sein Freund als sein Vorgesetzter, und ich kann versichern, daß es ihm sehr gut geht.«

»Wo haben Sie mit ihm gesprochen?«

»Droben in den Bergen, während des letzten Krieges.«

»Wie sah er aus? War er gesund?«

»O, man sah ihm keine Krankheit an.«

»Hat er von mir gesprochen?«

»Nein, denn dazu gab es weder Zeit noch Gelegenheit.«

»Er hat mich sicher nicht vergessen, das weiß ich ganz gewiß. Könnte ich ihn doch einmal sehen!«

»Das wird wohl geschehen, jetzt zwar nicht, aber später sicher!« meinte Zarba. »Aber wer kommt denn da über den Hof?«

Sie traten an das Fenster und sahen den Mann, welcher sich

im Gasthofe so genau erkundigt hatte. Ueber die Züge der Zigeunerin ging ein leises Lächeln. Sie mußte ihn kennen. Die Wirthschafterin bemerkte es und frug:

»Wer ist es?«

»Sie werden es gleich von ihm selbst erfahren. Ich werde mich einstweilen verbergen.«

Sie trat hinter das Kamin. Kaum war dies geschehen, so ging die Thüre auf. Der Eintretende grüßte und wandte sich an die Wirthschafterin.

»Entschuldigen Sie, Madame! Werden Sie pei dem Namen Hartig gerufen?«

»Ja.«

»So sind Sie die Frau Wirthschafterin des Herrn Generals von Helpig?«

»Allerdings.«

»So sind Sie diejenige Dame, mit der ich zu reden hape. Ich pin nämlich der Gastwirth und Schmiedemeister Schupert aus der Residenz.«

»Schubert? Ah! Wir haben soeben von Ihnen gesprochen. Seien Sie mir herzlich willkommen!«

»Freut mich sehr, daß ich Ihnen willkommen pin! Sie hapen soepen von mir gesprochen? Da muß ich Ihnen doch pereits ein Pischen pekannt sein.«

»O, ich kenne Ihren Namen schon fünfzehn Jahre lang.«

»Mein Pruder Palduin hat Ihnen denselben wohl gesagt?«

»Ja. Aber bitte, setzen Sie sich!«

»Ja, ich will Platz nehmen, denn wir werden wohl viel zu sprechen hapen.«

»Kann ich erfahren, wie Sie zu meiner Adresse gelangt sind?«

»Ich hape sie von Herrn General von Helpig pekommen. Sie müssen nämlich wissen: Der Hofschmied Prandauer, mein früherer Meister, gipt sein Geschäft auf, und der König Seine Majestät will mich zum Hofschmied machen. Die peiden Gesellen, nämlich der Heinrich und der Paldrian, werden da pei mir arpeiten, opgleich ich Ihnen unsere Gastwirthin und Kartoffelhändlerin Parpara Seidenmüller weggefischt hape, die nun meine Frau ist. Alle hohen Herrschaften, welche pei dem Meister arpeiten ließen, kommen nun zu mir, und auch der Herr General von Helpig kam gestern mit dem Kronprinzen Max. Wir hapen von Ihnen und meinem Pruder gesprochen; ich erfuhr, daß der alte Schwede einen Sohn hat, und hape mich sofort aufgemacht, um Sie und ihn aufzusuchen. Kann ich den Jungen einmal zu sehen pekommen?«

»Hier ist er!«

»Das? Dieser da? Sapperlot, ist das ein Prachtkerl! Junge, ich pin Dein Onkel und Du pist mein Neffe. Komm an mein Herz und giep mir einen tüchtigen Schmatz!«

»Da ist er!« jubelte Kurt, der ganz glücklich war, so plötzlich einen Oheim zu bekommen.

»So! Junge, Du gefällst mir ganz ausgezeichnet. Willst Du Schmied werden? Ich nehme Dich in die Lehre, und Du sollst es pei uns gut hapen!«

»Das geht nicht, Onkel, denn ich soll Marineoffizier werden.«

»Was? Marineoffizier? Das ist verteufelt hoch hinaus. Aper ich hape nichts dagegen, opgleich ich Dir sagen muß, daß es nach Offizier nichts Pesseres gipt, als ein tüchtiger Schmied zu sein. Was wird sich meine Parpara freuen, wenn sie erfährt, daß sie einen so schmucken Neffen hat! Junge, Du mußt mit mir nach der Residenz, damit sie Dich zu sehen pekommt.«

»Ich gehe mit, denn ich habe Ferien, weil unser Hauslehrer verreist ist; nicht wahr, Mutter?«

»Ich weiß nicht, ob es der Herr General erlauben wird.«

»Op der? Natürlich erlaupt er es; das versteht sich ja ganz von selper!«

»Ja, Papa erlaubt es,« stimmte Magda bei. »Ich fahre auch mit.«

»Du? Wer pist denn Du, Du kleines Mamsellchen?«

»Ich bin die Tochter von meinem Papa, dem General.«

»Vom Herrn General? Alle Wetter, da pist Du ja ein ganz vornehmes Fräulein. Na, das wird meine Parpara pei der Ehre jucken, wenn eine Paronesse mitkommt. Macht Euch fertig,

Ihr kleines Volk; wenn wir uns peeilen, kommen wir noch mit dem Nachtzuge fort!«

»Nein, so schnell geht das nicht,« lachte die Wirthschafterin. »Heut bleiben Sie natürlich hier bei uns. Sie werden mir sehr viel von Ihrem Bruder zu erzählen haben.«

»Von Palduin? Da werde ich nicht viel erzählen können, denn ich hape lange Jahre selpst nicht viel von ihm erfahren.«

»Aber jetzt wissen Sie doch von ihm.«

»Allerdings. Er hat mir auch von Ihnen erzählt; aper daß er einen Jungen hat, das weiß er nicht. Er hat Sie sehr liep gehapt und pis heute noch nicht vergessen; aper er redet nicht gern davon. Der Kauffahrer, auf welchem er damals gewesen ist, verunglückte in der Südsee, und Palduin hat auf einem Walfischfänger Aufnahme gefunden, auf dem er drei volle Jahre gewesen ist. Er konnte also nicht zurück, und als er wiederkehrte, hörte er, daß Sie einen Mann genommen hatten und fortgezogen waren.«

»Ich wurde gezwungen.«

»Davon hörte er nichts. Er ging sofort wieder in See und ist pis vor kurzer Zeit in der Fremde geplieben. Jetzt ist er wieder fort, und zwar auf dem perühmten »Tiger,« der früher ein Seeräuperschiff gewesen ist und das peste Fahrzeug in allen Meeren sein soll.«

»Wenn kommt er wieder?«

»Das weiß ich nicht, da er mir noch nicht geschrieben hat; aper wenn sein Prief kommt, werde ich es erfahren, und da wird auch der Ort genannt sein, wohin wir das Schreipen zu richten hapen, wenn wir ihn penachrichtigen wollen. Er hat versprochen, mich sofort zu pesuchen, sopald er zurückkehrt, und dann wird er seinen Freund, den Hochpootsmann Karavey mitpringen. Rathen Sie einmal, wer das ist!«

»Der Bruder von Zarba, der Zigeunerkönigin.«

»Wahrhaftig, Sie wissen es! Kennen Sie denn diese verteufelte Zarpa auch?«

»Ja.«

»Wo hapen Sie dieselpe kennen gelernt?«

»Hier. Sie war einmal auf Schloß Helbigsdorf.«

»Ah! Was wollte sie denn hier?«

»Sie wollte mir sagen, daß Ihr Bruder noch am Leben ist.«

»Ah! Sie ist allwissend. Was kein Mensch sonst erfährt, das weiß sie Alles. Wie hat sie Ihnen denn gefallen?«

»Gut, sehr gut.«

»Mir auch. Ich hape sie zuerst für eine Hexe gehalten, die dem Teufel ihre Seele verschriepen hat; später aber hape ich eingesehen, daß sie ein ganz ordentliches und tüchtiges Frauenzimmer ist, vor der man alle möglichen Sorten von Respekt hapen muß. Ich pin pegierig, op ich sie noch einmal zu sehen pekommen werde. Es sollte mich freuen.«

»Das kann sogleich geschehen!« ertönte eine Stimme hinter dem Kamin hervor.

Thomas drehte sich um und erblickte diejenige, von der er soeben gesprochen hatte. Er fuhr zurück und schlug die Hände zusammen.

»Da ist sie; wahrhaftig, da ist sie, wie sie leipt und lept! Das schlechte Weipsen hat sich versteckt, weil sie mich pelauschen wollte. Wo kommst Du denn her, Zarpa?«

»Ich komme von überall.«

»So, nun weiß ich es ganz genau! Und wo willst Du hin?«

»Ueberall.«

»Das ist noch pestimmter und eingehender gesprochen! Hast Du einen Prief von Deinem Pruder Karavey erhalten?«

»Nein. Der »Tiger« ist wahrscheinlich nach Amerika hinüber. Da kann noch keine Nachricht von ihm gekommen sein.«

»Sein Prief kann Dich doch auch gar nicht treffen, wenn Du von Ueperall kommst und nach Ueperall gehst!«

»Es ist dafür gesorgt, daß ich Alles bekomme, was ich zu bekommen habe.«

»Heut pleipst Du hier?«

»Ja.«

»Das ist gut! Da können wir schön peisammen sitzen und erzählen, was wir auf dem Herzen hapen. Hier, Madame Hartig, hapen Sie meinen Hut und meinen Regenschirm. Hepen Sie mir die Sachen auf; aper nehmen Sie pesonders den

Regenschirm in Acht; er ist ein Erpstück von meiner Parpara ihrer Großmutter, und diese rothen Paraplues mit plaugelper Kante sind jetzt eine seltene Rarität geworden.«

»Wir bleiben nicht hier, sondern gehen hinauf in mein Zimmer,« meinte die Wirthschafterin. »Da ist es gemüthlicher als im Salon. Wir nehmen dort das Abendbrod, und später weise ich Ihnen dann Ihre Zimmer an.«

Sie gingen nach einem Seitenflügel des Herrenhauses, wo Frau Hartig ihre Wohnung hatte, und waren eben daran es sich bequem zu machen, als der Verwalter erschien.

»Frau Hartig, kommen Sie schnell herüber!«

»Weshalb?«

»Es ist Besuch hier.«

»Für mich?«

»Nein, für den Herrn General. Drei vornehme Herren, welche sich auf der Reise befinden und mit Seiner Excellenz sprechen wollten.«

»Sapperlot!« fluchte Thomas Schubert. »Nun verlieren wir unsere Frau Hartig, denn nun wird sie um diese vornehmen Leute herumzuspringen hapen!«

»Sorgen Sie sich nicht. Sie sind mir lieber als alle vornehmen Herren, welche kommen, um den Herrn General zu besuchen. Ich werde möglichst kurz mit ihnen sein. Im Nothfalle kann ich sie ja dem Herrn Verwalter übergeben. Nicht?«

»Ja wohl,« antwortete dieser, der froh war eine Gelegenheit zu finden, welche ihm gestattete seinen Fehler wieder gut zu machen. »Ich werde Ihnen gern behilflich sein, so daß Sie sich ausschließlich Ihren Freunden widmen können.«

Er führte die Wirthschafterin in das Empfangszimmer, wo Raumburg mit seinen zwei Gefährten auf sie warteten.

»Ihre Dienerin, meine Herren! Wer gibt mir die Ehre –?«

Raumburg ergriff das Wort:

»Mein Name ist von Hellmann; ich bin Oberstlieutenant bei den Husaren und ein Freund des Generals von Helbig. Diese beiden Herren sind Verwandte von mir – hier der Herr Präsident und hier der Herr Kanzleirath von Hellmann. Wir sind auf einem Ausfluge begriffen, kamen in diese Gegend und beschlossen, unsern Freund zu besuchen. Leider ist er nicht anwesend, wie wir hören?«

»Er befindet sich in der Residenz.«

»Aber die drei gnädigen Fräulein Schwestern?«

»Sind zu Besuch in die Nachbarschaft.«

Die Wirthschafterin antwortete so kurz, weil diese drei Herren etwas an sich zu haben schienen, was ihr nicht gefiel. Was es eigentlich war, das konnte sie sich nicht sagen; aber sie fühlte, daß sie kein Vertrauen zu diesen Männern haben könnte.

»Das ist wirklich unangenehm,« fuhr Raumburg fort. »Wollen Sie uns nicht wenigstens den Herrschaften bei deren Rückkehr empfehlen?«

»Gewiß! Es wird ihnen sicher sehr leid thun, daß es ihnen nicht vergönnt war Sie zu empfangen.«

»So erlauben Sie uns, bevor wir gehen, eine Erkundigung. Es ist bereits spät, und wir sind zu ermüdet, als daß wir unsere Fußtour noch sehr weit fortsetzen möchten. Gibt es hier im Dorfe einen Gasthof, in welchem man findet, was man zu beanspruchen gewöhnt ist?«

Jetzt sah sich die Wirthschafterin doch von derjenigen Seite angegriffen, auf welcher sie aus Höflichkeit an ihre Verpflichtung denken mußte.

»Einen Gasthof gibt es allerdings hier, doch werden Ihnen dort die gewohnten Bequemlichkeiten nicht geboten. Es ist jedoch meine Pflicht, Sie an Stelle des Herrn Generals darauf aufmerksam zu machen, daß Ihnen unsere Zimmer ja gern zur Verfügung stehen. Ich sprach dies nur noch nicht aus, weil ich glaubte, daß Sie Ihre Wagen in der Nähe und sich ein weiteres Ziel vorgesteckt hätten. Darf ich annehmen, daß Sie meine Bitte nicht zurückweisen?«

»Falls wir Ihnen keine Unruhe verursachen.«

»Nicht im mindesten!«

»Wohl, so nehmen wir an. Aber ich bemerke Ihnen, daß wir heut keinerlei Ansprüche machen. Wir reisen so zu sagen inkognito; verstehen Sie wohl. Ein kleines Abendbrod und ein einfaches Bette zum Ausruhen, das ist Alles, um was wir Sie ersuchen.«

»Ich werde Ihren Anordnungen gern nachkommen. Wünschen die Herren noch in Gesellschaft zu bleiben, oder soll ich Ihnen Ihre Zimmer sogleich anweisen?«

»Wir bleiben noch.«

»So erlauben Sie, Ihnen den Herrn Verwalter zu empfehlen. Es wird ihm eine Ehre sein, Ihnen zu Diensten stehen zu dürfen.«

Sie ertheilte in der Küche ihre Befehle und kehrte dann zu Thomas und Zarba zurück.

Die beiden Kinder waren in den Garten gegangen. Jetzt kehrten sie wieder, und Magda meinte altklug:

»Frau Hartig, ich habe unsern Besuch gesehen.«

»Wo denn?«

»Im Garten, wo der Verwalter sie herumführt. Der Eine ist mir bekannt, doch komme ich nicht sogleich auf seinen Namen. Ich muß ihn bei Papa gesehen haben. Er ist ein Offizier.«

»Das stimmt auch. Ich will Dir den Namen sagen: Es ist der Oberstlieutenant von Hellmann, mein Kind. Die andern Herren sind Verwandte von ihm.«

»Von Hellmann? Nein. Dieser Herr muß anders heißen. Den Herrn Oberstlieutenant von Hellmann kenne ich sehr genau. Er ist ein kleiner hagerer Herr mit einem sehr gewaltigen Barte im ganzen Gesichte. Nein. Es kommt mir vor, als ob der Herr im Garten etwas viel Höheres gewesen sei, nicht blos Oberstlieutenant. Er muß General oder so etwas sein.«

»Du irrst Dich, mein Kind. Siehe ihn Dir noch einmal genau an. Da kommen sie eben über den Hof.«

»Ich sehe es ja, es ist der Oberstlieutenant von Hellmann nicht!«

Auch Thomas war aufgestanden und an das Fenster getreten. Er fuhr erschrocken einige Schritte zurück.

»Alle Teufel! Nein, das ist der Hellmann nicht. Das ist – hm, es ist doch wahrhaftig gar kein Irrthum möglich!«

»Wer ist es denn?« frug die Wirthschafterin.

»Hm, und drei sind es auch; das stimmt!«

»So sagen Sie aber doch, wer es ist!« bat sie.

Sie war bei dem Tone, welchen Thomas hatte, wirklich ängstlich geworden.

»Zarpa!« rief dieser. »Komme einmal herüper an das Fenster und siehe Dir den grauen Kerl an, der soepen in den Stall guckt!«

Sie folgte seiner Aufforderung.

»Raumburg!« meinte sie überrascht.

»Ja, Prinz Raumpurg, den ich damals mit gefangen hape!«

»Mein Gott, ist das möglich!« rief die erschrockene Wirthschafterin. »Er soll aus dem Gefängnisse entsprungen sein.«

»Das ist er auch, meine liepe Frau Hartig, und diese peiden andern Vagapunden mit ihm. Sie werden verfolgt und können nicht gut in einem Gasthofe pleipen; darum sind sie zu Ihnen gekommen.«

»Was thun wir?«

»Natürlich unsere Pflicht. Wir fangen sie.«

»Aber wie? Sie sind ja höchst gefährlich und werden sich zur Wehre stellen.«

Thomas warf ihr einen sehr überlegenen Blick zu.

»Hapen Sie keine Angst. Der Thomas Schupert wird mit solchen Hallunken ganz alleine fertig!«

»Sie gegen Drei!«

»Nöthigenfalls. Aper eine solche Anstrengung ist ja gar nicht einmal nothwendig. Hapen Sie den Schlingels schon ihre Zimmer und Schlafstupen angewiesen?«

»Noch nicht. Das werde ich erst dann thun, wenn sie gegessen haben.«

»Gut. Dann suchen Sie es so einzurichten, daß sie sich nicht zu Hilfe kommen können.«

»Ich werde weit auseinander liegende Zimmer wählen.«

»Ja. Und wenn sie dort sind, dann spiele ich den Hausknecht oder den Zimmerkellner und nehme sie pei dieser Gelegenheit gefangen.«

Magda war bei dem Gehörten natürlich sehr erschrocken und hatte sich ängstlich in die Ecke des Sophas geschmiegt. Kurt aber hatte aufmerksam zugehört und schlich sich jetzt zur Thüre hinaus nach seinem Stübchen. Dort hatte er seine beiden Pistolen, welche er beim Schießunterrichte zu gebrauchen pflegte. Er lud sie und steckte sie zu sich. Dann ging er in den Hof hinunter. Auf der Treppe begegnete ihm der Verwalter mit den beiden einstigen Irrenärzten. Raumburg war zurückgeblieben, um den Pferdestall einer Besichtigung zu unterwerfen. Kurt trat zu ihm.

»Wie gefallen Ihnen unsere Ponnys?« frug er treuherzig.

»Sie sind ausgezeichnet, mein Knabe,« antwortete Raumburg.

»Und der Rapphengst da?«

»Ein sehr edles Pferd. Ich kenne es. Der Herr General pflegt es zu reiten, wenn es gilt, ungewöhnliche Anstrengungen auszuhalten.«

»Ja, es wird auch höchst aufmerksam gepflegt. Sind Sie auch ein Freund von guten Hunden, Herr Oberstlieutenant?«

»Natürlich!«

»Hat Ihnen der Verwalter unsern Hundezwinger gezeigt?«

»Nein.«

»Bitte, den müssen Sie sehen. Wollen Sie mitkommen?«

»Gern.«

Kurt führte ihn zu einer Thür, hinter welcher bei ihrer Annäherung ein freudiges Gewinsel zu hören war.

»Nur still da drin. Ich komme!«

Er öffnete und war augenblicklich von einer Menge von Thieren umringt und umsprungen, von denen jedes einzelne ein Muster seiner Rasse war. Der Prinz von Raumburg fühlte sein Interesse steigen und trat tiefer in den Stall.

»Bitte, nicht zu weit hinter, Herr Oberstlieutenant. Das ist gefährlich! Da hinten liegt einer, der ist schlimmer als ein Tiger.«

»Ah, ein Wolfshund!«

»Das wäre weiter nichts; aber ein sibirischer. Wollen Sie ihn genau sehen?«

»Wenn es ohne Gefahr möglich ist.«

»So treten Sie an die Seite.«

Kurt ging nach dem hintersten Winkel.

»Wjuga, steh auf!«

Auf diesen Ruf erhob sich langsam ein mächtiges weißzottiges Geschöpf, welches einem Eisbären bei weitem ähnlicher sah als einem Hunde. Kurt kettete ihn los und führte ihn bis vor an die Thür. Raumburg stand im Innern des Stalles.

»Sehen Sie, Herr Oberstlieutenant, diese Fänge! Ein Kampf mit ihm ist unmöglich. Ich brauche gar nichts zu sagen, sondern nur mit der Zunge zu schnalzen und mit dem Finger auf Sie zu zeigen, so liegen Sie an der Erde. Wollen Sie dann wenigstens Ihr Leben retten, so dürfen Sie sich nicht im mindesten bewegen und nur ganz leise sprechen. Das erste überlaute Wort würde Ihnen das Leben kosten; er würde Sie zerfleischen.«

»Das traue ich ihm allerdings zu.«

»Nicht wahr! Ich werde es Ihnen zeigen. Passen Sie auf, jetzt schnalze ich mit der Zunge. Sehen Sie, da steht er schon vor Ihnen, weil Sie der Einzige sind, auf den sich dieses Zeichen beziehen kann. Erhebe ich den Finger, so liegen Sie augenblicklich an der Erde. Soll ich?«

»Das wollte ich mir allerdings verbitten,« antwortete Raumburg.

Das Gebahren des Knaben kam ihm nicht ganz geheuer vor.

»Und dennoch werde ich es thun, sobald Sie von jetzt an lauter sprechen als ich es wünsche!«

Raumburg sah ihn mehr erschrocken als überrascht an.

»Warum? Ich befehle die Unterbrechung dieses gefährlichen Scherzes!«

»Es ist kein Scherz, sondern es ist mein Ernst. Ich gebe Ihnen nochmals meine Versicherung, daß Sie beim ersten überlauten Worte niedergerissen werden.«

»Aber warum?«

»Weil ich Sie dahin senden werde, wohin Sie gehören.«

»Ah! Wohin?«

»Zurück in das Zuchthaus, Herr von Raumburg.«

»Alle Teu – –!«

Das Wort blieb ihm in der Kehle stecken. Sein Ton war ein zorniger gewesen, und sofort fletschte der Eishund die fürch-

terlichen Zähne und machte Miene sich auf ihn zu stürzen.

»Sehen Sie, mein Herr, daß Wjuga nicht mit sich spassen
läßt? Sie sind unser Gefangener. Ich werde jetzt die Thüre
verschließen und Sie unter der Obhut meiner Hunde lassen.
Da sind Sie sicher. Wenn ich zurückkomme, so stehen Sie
entweder noch genau so wie jetzt, oder Ihr Körper liegt in
Stücken hier am Boden.«

»Mensch – Junge – Kerl, Du bist verrückt; Du bist wahnsinnig!«

Kurt antwortete gar nicht. Er trat aus dem Zwinger und
warf die Thüre zu. Er ging nach dem Empfangszimmer,
wo er die beiden andern Entsprungenen mit dem Verwalter
fand.

»Meine Herren, Mutter läßt Sie ersuchen, doch einmal zu
ihr zu kommen.«

»Wer ist das?«

»Die Frau Wirthschafterin,« antwortete der Verwalter.

»Schön, mein Knabe. Führe uns zu ihr.«

»Kommen Sie. Der Herr Verwalter wird auch folgen.«

Er ging voran nach dem Zimmer seiner Mutter und ließ,
dort vor der Thür angekommen, die Beiden zuerst eintreten.
Der Verwalter folgte ihnen, und dann zog Kurt die Thür
hinter sich zu.

Die Ueberraschung der zwei Männer war unbeschreiblich.
Sie erkannten Zarba und wollten sich umwenden. Da aber
stand Kurt mit einer gespannten Pistole in jeder Hand. Er
blitzte sie mit seinen schwarzen Augen an und meinte:

»Meine Herren, wenn Sie nur ein Glied bewegen, so er-
schieße ich Sie! Onkel, binde sie.«

Der dicke Krankenschreiber schwitzte plötzlich vor unge-
heurem Schrecke.

»Aber, meine Herren und Damen, was wollen Sie? Sie irren
sich!«

»Nein,« sprach Zarba. »Wir irren uns nicht. Ihr seid die
entsprungenen Tiger, welche man jetzt im ganzen Lande
verfolgt. Ich habe in Eurer Höhle gesteckt, wo Ihr mich

wahnsinnig machen wolltet, und kenne Euch genau. Versucht keinen Widerstand, denn er ist umsonst!«

»Aber ich versichere, daß Sie uns wirklich verkennen. Unser Cousin, der Herr Oberstlieutenant, wird dies bestätigen.«

»Ihr Cousin, der Herr von Raumburg, braucht nichts zu bestätigen,« lachte Kurt. »Wir sind auch ohne ihn unserer Sache gewiß. Uebrigens ist er bereits mein Gefangener.«

»Was!« rief Thomas. »Wo denn?«

»Im Hundezwinger.«

»Er kann doch nicht fliehen?«

»Das ist unmöglich. Der Eishund würde ihn in Stücke reißen.«

»Gut. Also her mit den Händen, meine liepen Spitzpupen! Werde Euch so pinden, daß Ihr mit mir zufrieden sein könnt.«

Sie sahen, daß ein Widerstand unmöglich war. Zwar wollten sie noch allerhand Einsprüche und Vorstellungen versuchen, doch da es ihnen nichts half, sahen sie sich endlich gezwungen, sich in ihr Schicksal zu ergeben. Kurz vor dem Antritte ihrer Flucht hatten beide versichert, daß sie lieber sterben als sich fangen lassen möchten und ihr Leben theuer verkaufen würden. Es kam weder zum Sterben noch zu einer Vertheidigung.

Die beiden Aerzte wurden gefesselt und in sicheren Gewahrsam gebracht. Dann begab man sich nach dem Hundezwinger. Als dieser geöffnet wurde, stand Raumburg noch gerade so, wie er vorhin gestanden hatte. Er mußte eine fürchterliche Angst ausgestanden haben, erbleichte aber noch tiefer, als er Thomas und Zarba erblickte.

»Ah, guten Tag, Herr General!« grüßte der erstere. »Wir pegegnen uns da auf einer Sommerpromenade. Wie pekommt Ihnen die frische Luft?«

Raumburg knirschte mit den Zähnen, antwortete aber kein Wort. Auch Zarba sprach nicht. Sie begnügte sich damit, den Vorgang einfach zu beobachten.

»Er erkennt uns und redet nicht, weil er einsieht, daß aller Widerstand vergeplich ist. Hm, ein Prinz und General läßt sich von einem vierzehnjährigen Jungen fangen! Kurt, läßt mich der Hund hinan?«

»Ja. Binde den Mann.«

Raumburg wurde gefesselt und zu den zwei Andern gebracht, die man in ein sicheres Gewölbe eingeschlossen und so angebunden hatte, daß eine Flucht ganz unmöglich war. Als sie sich allein befanden, nahm nach einer langen lautlosen Weile der Arbeitsschreiber das Wort.

»Was nun!«

»Entsetzlich!« keuchte der Krankenschreiber. »Wer hätte dies gedacht!«

»Daß Ihr Beide so feige Tölpel wäret? Ja, das hätte ich nicht gedacht!«

»Feig? In wie fern?«

»Laßt Euch aus frischer freier Hand wegfangen, und habt die Revolver bei Euch!«

»Haben Sie es besser gemacht?«

»Konnte ich mich vertheidigen? Dieser Junge, den der Teufel holen mag, lockte mich in den Hundezwinger, wo ich bei der geringsten Bewegung zerrissen worden wäre!«

»Konnten wir uns vertheidigen? Uns lockte er in ein stark besetztes Zimmer, wo er uns bei der geringsten Bewegung erschossen hätte. Also, was nun?«

»Was nun? Albernheit! Eingeliefert werden wir wieder. Prügel bekommen wir und Fußeisen oder Klötze an die Beine; Kostentziehung und strengen Arrest. Herrgott, ich wollte, die ganze Menschheit hätte nur einen einzigen Kopf, und ich könnte ihn herunterhauen!«

»Würde Ihnen auch nichts nutzen! Wollen lieber unsere Lage überlegen, ob nicht doch vielleicht die Flucht noch möglich ist.«

»Tölpel!« meinte Raumburg verächtlich. »Diese Zarba, welche Ihr besser kennt als ich, wird schon dafür sorgen, daß wir fest sitzen. Wir kommen in das Zuchthaus zurück, daran gibt es gar keinen Zweifel, und so wie wir es dort jetzt hatten, bekommen wir es niemals wieder.«

»Ich tödte mich!« meinte der Krankenschreiber.

»Ich auch!« stimmte sein Gefährte bei.

»Ich nicht!« knirschte Raumburg. »Ich bleibe leben, um mich zu rächen.«

»Aber wenn! Für uns gibt es keine Hoffnung, daß wir jemals entlassen werden.«

»Nein; aber Hoffnung gibt es, daß man doch einmal fliehen kann. Und dann, das schwöre ich bei allen Teufeln, wird man mich nicht wieder ergreifen!«

»Hm, aber lange werden wir aushalten müssen, ehe sich uns eine Gelegenheit bieten wird. Man wird uns trennen; eine Verständigung ist also unmöglich.«

»Pah! Wir sind doch jetzt noch beisammen. Wir kennen alle Räume und die ganze Einrichtung des Zuchthauses. Wir können uns ja jetzt verständigen.«

»Recht so! Benützen wir diese letzte Gelegenheit, um einen Plan zur Flucht bis in das Eingehendste zu entwerfen!«

Während sie diese Berathung pflogen, hatte droben im Salon Thomas Schubert seinen Neffen beim Kopfe.

»Kerl, ich küsse Dir die Packen herunter. Ist erst vierzehn Jahre alt und fängt drei entsprungene Züchtlinge auf eigene Rechnung. – Wie wird meine Parpara den Mund vor lauter Erstaunen aufsperren, wenn ich ihr das erzähle. – Aper nun sagt einmal, wem üpergepen wir unsere Gefangenen?«

»Dem nächsten Militärkommando entweder, oder wir telegraphiren an die Anstaltsdirektion, die sie abholen lassen wird.«

»Das letztere ist das Peste. Aper nicht plos an die Direktion hapen wir zu telegraphiren, sondern noch an andere Leute.«

»An wen?«

»Zuerst an den König und dann noch an den Kronprinzen Max. Diese Peiden hapen das größeste Interesse daran, daß Raumpurg jetzt sicher sitzt.«

»Und an Papa,« meinte Magda.

»Natürlich. Und wer pesorgt die Depeschen? In der Schreiperei und mit der Feder pin ich nicht ganz so pewandert wie mit dem Hammer und der Zange.«

»Der Herr Verwalter wird sie abfassen und auch zur Station bringen.«

»Gut. Und pis die Gefangenen apgeholt werden, muß vor der Thür zum Gewölpe und auch vor dem Fenster desselpen Tag und Nacht ein Posten stehen!«

»Den ersten mache ich!« rief Kurt und verließ den Salon.

Nach einiger Zeit kam Magda herunter und sah ihn vor der Thür des Gewölbes hin und her patroulliren.

»Siehst Du jetzt, Magda, daß sie doch gekommen sind und ich sie gefangen habe!«

»Ja, Du hast noch niemals Angst oder Furcht gehabt und wirst einst ein großer Held werden.«

»Und Du meine Frau, meine Heldin!«

»Natürlich. Und weil eine Frau ihrem Mann Alles belohnen muß, so darf ich Dir jetzt für Deine Tapferkeit einen Kuß geben. Nicht wahr?«

»Ja. Komm schnell!«

VIERTES KAPITEL

Der Schatz der Begum.

Es war vor langen langen Jahren, und zwar im Wunderlande von Indien. Ein von vierzehn Kulis gerudertes Boot fuhr den Ganges hinauf, dessen Wasser bei den Indiern so heilig gilt, daß sie es weithin versenden und sogar den Glauben hegen, daß Derjenige, welcher in den Fluthen des berühmten Stromes den Tod sucht oder sich von den darin befindlichen Krokodilen auffressen läßt, sofort von Brahma in den herrlichsten seiner Himmel aufgenommen wird.

Das Boot war mit zwei Mattensegeln und einem Zelte versehen, unter welchem ein Mann lag, der hier Schutz vor den glühenden Strahlen der Sonne suchte. Er hatte seine lange hagere Gestalt auf einem rothseidenen Divan ausgestreckt und sog den Duft eines köstlichen Tabakes aus einer persischen Hukah*, welche mit prächtigen Edelsteinen ausgelegt war. In der Linken hielt er die neueste aus London nach Indien gekommene Nummer der Times, welche bereits seit einer vollen Stunde seine ganze Aufmerksamkeit in Anspruch genommen hatte.

Jetzt legte er sie von sich.

»Raadi!«

»Sihdi!« ertönte eine sanfte Stimme von außen.

Der Musquitovorhang, welcher den Eingang des Zeltes verhüllte, wurde bei Seite geschoben, und der Kopf eines indischen Dieners erschien.

»Was befiehlst Du?«

»Frage den Steuermann, wie lange es noch dauert, bis wir nach Augh kommen!«

Der Kopf verschwand und kehrte nach wenigen Augenblicken wieder.

»In einer Stunde werden wir die Stadt des Rajah erreichen.«

---

* Wasserpfeife.

»Dann wecke mich!«

Er schob sich ein Kissen unter den Kopf und plazirte den letzteren so, daß seine dünnen Bartkoteletten unmöglich in Unordnung gerathen konnten. Noch waren nicht zwei Minuten vergangen, so schlief er fest, wie die schnarchenden Töne bezeugten, welche er hören ließ.

Genau zu der angegebenen Zeit erschien der Diener wieder.

»Sihdi!«

Ein leises Klatschen seiner hellbraunen Hände begleitete diesen halblauten Ruf. Der Engländer erwachte.

»Die Stadt ist da. Willst Du Dich erheben, Sahib?«

»Yes!«

Der Diener kam vollends in das Zelt und war seinem Herrn behilflich, sich von dem Divan zu erheben.

»Befiehlst Du Deine Waffen?«

»Yes!«

Raadi brachte einen krummen Säbel, einen malayischen Kais und zwei kostbar ausgelegte Pistolen herbei, band dem Gebieter einen persischen Shawl um die Hüften und befestigte die Waffen an und in demselben. Nun trat der Engländer aus dem Zelte.

Der heilige Strom erglänzte im Lichte der strahlenden Sonne wie feuerflüssiges Silber. Zahlreiche Boote durchkreuzten seine Fluthen und dazwischen bewegten sich die schwimmenden Fischer, nach indischer Sitte auf zwei mit einander verbundenen irdenen Töpfen liegend, während sie mit den Händen das Netz regieren. Am Landeplatze hielt ein Zug von englischen und eingeborenen Offizieren, vor welchen ein Sipoy ein köstlich aufgeschirrtes Pferd hielt, welches für einen Fürsten bestimmt zu sein schien.

Der Engländer verließ, während zwei Kulis einen breiten Sonnenschirm über ihn hielten, das Boot. Kaum berührte sein Fuß den festen Boden, so ertönten von der Stadt her Flintensalven und Kanonenschüsse, und sämmtliche anwesende Indier beugten sich demüthig zur Erde. Auch die englischen Offiziere begrüßten ihn in einer Weise, welche vermuthen ließ, daß sie ihn an Rang bedeutend überrage.

Dieser Mann war General Lord Haftley, der gegenwärtige Bevollmächtigte der englisch-ostindischen Regierung. Er kam nach Augh, um mit dem Fürsten dieses Landes zu verhandeln, und hatte seine Equipage nebst den Offizieren, welche ihn jetzt empfingen, voraus gesandt, um ihm seine Wohnung zu bereiten. Ein reich bewaffneter Indier trat auf ihn zu.

»Sahib, mein Herr, der Rajah Madpur Sing, dem Alles gehört, was dieses Land bedeckt, hat mir befohlen, Dich willkommen zu heißen.«

»Yes!«

Er begrüßte mit einer leichten Handbewegung die ihn erwartenden Offiziere und ließ sich von den Kulis auf das Pferd heben. Der Indier hielt sich an seine Seite. Die Augenbrauen des Lords hatten sich zusammengezogen. Er schien nicht sehr guter Laune zu sein.

»Rittmeister Mericourt!«

Auf diesen Ruf drängte einer der ihm folgenden Offiziere sein Pferd an die rechte Seite des Generals, da der Indier auf der Linken ritt.

»General!«

»Sie sind ein Franzose!«

»Zu dienen.«

»Die Franzosen sind das höflichste Volk der Erde.«

»Wie man sagt.«

»Sie wissen also, was höflich ist?«

»Ich denke es zu wissen.«

»Ist dieser Empfang von Seiten des Rajah höflich?«

»Es scheint mir nicht so!«

»Yes!«

»Er schickt seinen Hausmeister und eine handvoll Soldaten, um den Vertreter und Gesandten des allmächtigen Albion zu empfangen. Das ist Alles.«

»Yes!«

»Wo bleibt das Aufsehen, der großartige Pomp, den diese Rajahs bei andern Gelegenheiten entwickeln? Wo bleibt die Schaar der Reitelephanten, der Leoparden- und Tigerkäfige und tausend andere Dinge, mit denen die indischen Fürsten zu prahlen pflegen? Der Empfang entspricht nicht der Würde dessen, der empfangen wird.«

»Yes!«

»Man muß diesen Leuten zeigen wer wir sind. Man möchte sich wundern, daß man die Güte gehabt hat, uns in dem Palaste des Radjah einzuquartiren.«

»Yes!«

Der Indier hatte bisher seinen Blick kaum von dem Kopfe seines Pferdes erhoben. Er verstand jedenfalls kein Wort von ihrer Unterhaltung, wie die Beiden annahmen.

»Sie werden, Excellenz, während den Verhandlungen dieselbe Höflichkeit zeigen müssen, die man Ihnen jetzt entgegenbringt.«

»Yes!«

»Und streng auf die Erfüllung unserer Forderungen dringen, General.«

»Yes!«

Das hinterste Paar des kleinen Zuges bildeten zwei Lieutenants. Der Eine war auf alle Fälle ein Engländer; der Andere schien von südlicherer Abstammung zu sein. Er mochte ungefähr zweiundzwanzig Jahre zählen und zeigte neben der Gestalt eines Adonis das offene, Vertrauen erweckende Gesicht eines Kindes.

»Der Alte macht ein sehr schlechtes Gesicht,« meinte der Erstere.

»Der einfache Empfang wird ihm nicht gefallen, und dieser Mericourt, von dem er sich so auffällig bevormunden und beeinflussen läßt, thut das Seine, um Oel in die Flamme zu gießen.«

»Du liebst den Rittmeister nicht, obgleich Ihr Landsleute seid.«

»Pah! Er ist ein Pariser, und ich bin ein Korse; wir gehen einander nichts an.«

»Noch mehr, Ihr haßt einander.«

»Meinetwegen!«

»Der Rittmeister kann Dir schaden.«

»Pah! Er ist ein Feigling, der seinen Rang nur seiner Schlauheit, nicht aber seiner Tapferkeit verdankt. Er war früher vielleicht Gamin, Flaneur oder Kommis voyageur und ist nach Indien gegangen, weil er es daheim zu nichts bringen konnte. Ich sage Dir, Harry, daß ich ihn noch einmal vor den Degen bekommen und dann sicherlich nicht schonen werde!«

»Er muß Dich wirklich ganz außerordentlich beleidigt haben!«

»Allerdings.«

»Darf man das Nähere erfahren?«

»Gern. Du weißt, daß ich in Kalkutta sehr viel im Hause des Majors Wilson verkehrte. Die Majorin sah mich gern bei sich, weil unsere Unterhaltung ihr Gelegenheit gab, sich im Französischen zu vervollkommnen. Sie ist eine Schönheit, aber wie ich bestätigen muß, eine Dame von der strengsten reinsten Moralität, und es ist zwischen uns nie ein Wort gefallen, welches ihr Gemahl nicht hätte hören dürfen; das darfst Du mir glauben.«

»Ich glaube es, denn ich kenne Dich,« bestätigte Harry im Tone der Ueberzeugung.

»Auch der Rittmeister kam. Er fand die Majorin schön, reizend, entzückend und suchte sich ihr zu nähern. Sie behandelte ihn kalt, zurückhaltend. Er wurde eifersüchtig auf mich und handelte, wie ein Mann von seinem Charakter zu handeln pflegt.«

»Mit Hinterlist?«

»Ja. Eines Tages fragte mich der Major nach der Ursache meines intimen Verkehres mit seiner Gemahlin. Ich war erstaunt. Es kam zum Wortwechsel, und er forderte mich. Mir war es nicht um den Hieb, welchen ich empfangen konnte, mir war es nur um die Ehre seines braven unschuldigen Weibes. Ich suchte ihn also zu beruhigen und von ihrer Unschuld zu überzeugen; es half nichts; ich mußte mich mit ihm schlagen. Er stach mir ein Loch in den Rockärmel, und ich zeichnete ihm einen Cirkumflex in das Gesicht. Dann vermied ich sein Haus. Auch der Rittmeister durfte sich dort nicht mehr sehen lassen. Das ist die Kugel, welche er sich gegossen hat; es wird die Zeit kommen, in welcher ich sie ihm

vorschießen werde, und dann soll es ihm schwer werden sie zu
verdauen.«

»Dann laß nur mich mit dabei sein; auch ich gönne ihm alles
Gute. Doch, hier sind wir am Palais des Rajah, und noch
immer will sich kein Würdenträger sehen lassen!«

Der Andere lächelte fein.

»Der höchste Würdenträger hat sich bereits sehen lassen.«

»Du meinst den Haushofmeister?«

»Ja, oder vielmehr den Rajah selbst.«

»Ah, Du willst doch nicht etwa sagen, daß –«

»Natürlich! Ich will sagen, daß dieser Indier, welcher so
still neben dem General reitet, kein Anderer ist als Madpur
Sing selbst. Er ist ein Anderer als sein Vater war. Dieser hat
sein Land durch seine Prunksucht beinahe aufgezehrt. Madpur Sing aber sucht es durch weise Sparsamkeit und Einfach-
heit wieder empor zu bringen. Wir finden keinen pompösen
Empfang, weil er ein guter Fürst ist, nicht weil er uns nicht
achtete. Die Ehre, daß er uns in eigener Person empfängt, ist
größer als alles Andere.«

»So kennst Du ihn?«

»Ich habe mit ihm in Kalkutta gesprochen.«

»Ah, und dies erfahre ich erst jetzt?«

»Muß man mit seinen Bekanntschaften prahlen?«

»Er war in Kalkutta! So spricht er wohl auch etwas Englisch?«

»Er versteht und spricht es vollkommen.«

»O weh! Er hört ja jedes Wort, welches der General mit
dem Rittmeister spricht.«

»Mir sehr gleichgiltig. Sie mögen die Augen auf- und den
Mund zumachen, dann kommen sie nicht in solche Verlegen-
heiten!«

Der kleine Zug hielt vor dem Portale des Schlosses. Die
Wachen, welche hier standen, warfen sich zur Erde nieder.
Der General lächelte verächtlich; er glaubte, diese Ehren-
bezeugung gelte ihm.

»Erlaube, daß ich Dich in das Zimmer des Rajah bringe,«
meinte der Indier in der Sprache seines Landes.

»Mich und mein Gefolge.«

»Er wünscht Dich allein bei sich zu sehen.«

»Ich bin kein Paria, der allein gehen muß. Warum empfängt mich Dein Herr wie einen Teppichhändler?«

»Und wenn die Königin Deines Landes, wenn alle Könige der Erde kämen, er würde sie nicht anders empfangen. Er ist in Euren Ländern gewesen und hat sich gar nicht empfangen lassen. Komme allein zu ihm!«

»Ich komme mit meinem Gefolge oder gar nicht. Melde es ihm!«

»Er hat diesen Wunsch nur um Deinetwillen ausgesprochen. Doch, da Dein Wille nicht anders ist, so komm!«

Er führte den General und seine Begleiter durch mehrere prachtvolle Höfe nach einer breiten Granittreppe, die zu einer Säulenhalle von jener Architektonik führte, wie sie vor zwei Jahrtausenden in Indien zu finden war. Die zahlreichen Personen, denen sie begegneten, warfen sich alle schweigsam zu Boden und blieben liegen, bis sie vorüber waren.

»Hat ihnen Dein Gebieter befohlen, sich vor uns auf die Erde zu legen?«

»Das würde er ihnen nie befehlen. Sie fallen nieder aus Ehrfurcht nur für ihn.«

Der Engländer schien nicht begreifen zu können, daß diese Ehrenerweisung auch in der Abwesenheit des Fürsten vorgenommen werde. Er lächelte abermals verächtlich.

Die Säulenhalle war mit kostbaren Teppichen belegt. In ihrem Hintergrunde stand ein ganz aus Elfenbein gefertigter Thron, welcher einen liegenden Elephanten vorstellte. Zu beiden Seiten desselben standen vier Sklaven, welche aus Pfauenfedern gefertigte und mit kostbaren Perlen besetzte Wedel trugen, um dem Fürsten Kühlung zuzufächeln.

»Wie wünscht Dein Gebieter, daß wir uns stellen?«

»Stellt Euch, wie Ihr wollt, und thut ganz nach den Sitten Eures Landes!«

»Sage ihm, daß wir nicht vor ihm niederfallen werden, wie seine Sklaven.«

»Das fordert er auch gar nicht von Euch. Wie wollt Ihr mit ihm reden, in seiner oder in Eurer Sprache?«

»Spricht er denn Englisch?«

»Er spricht Englisch und auch Französisch.«

»So wird er aus Höflichkeit gegen seine Gäste Englisch mit uns sprechen.«

»Ebenso könntet Ihr aus Höflichkeit gegen ihn in seiner Sprache mit ihm reden. Doch wird er sich freuen, höflicher sein zu dürfen als Ihr. Ihr könnt beginnen!«

»Wie? Beginnen? Er ist ja noch nicht da!«

»Er ist längst schon da und wird seinen Platz jetzt einnehmen.«

Der Sprecher bestieg den Thron und ließ sich auf demselben nieder. Die Engländer waren einigermaßen überrascht oder sogar verblüfft darüber, und nur Lieutenant Alphons sah, daß die Reihe zu lächeln jetzt an ihn gekommen sei. Der General sowohl als auch der Rittmeister erkannten jetzt, weshalb der Rajah den ersteren allein hatte empfangen wollen. Er hatte jedes ihrer Worte verstanden und sie vor den Ihrigen schonen wollen.

Die gegenwärtige Audienz war nur der allgemeinen Begrüssung gewidmet und nahm nicht lange Zeit in Anspruch. Die eigentlichen Verhandlungen sollten später gepflogen werden. Schon erhob sich der General von dem Divan, auf welchem er gesessen hatte, um anzudeuten, daß er nichts mehr zu sagen habe, als ihm der Rajah winkte.

»Ich werde noch eine Frage an Dich richten. Darf ich einen Offizier begrüßen, den ich kenne und welcher bei Dir ist?«

»Ich erlaube es ihm mit Dir zu sprechen.«

»Ah! Bin ich ein Gefangener, oder ist er Dein Gefangener, daß es erst Deiner Erlaubniß bedarf, wenn Madpur Sing, der König von Augh mit ihm reden will?«

Der General sah ein, welche Beleidigung er ausgesprochen hatte.

»Du verstehst mich falsch. Den Sinn, den Du aussprichst, haben meine Worte nicht gehabt. Welcher ist es, mit dem Du sprechen willst?«

»Du sagst, ich habe Deine Worte nicht verstanden; Du sprichst also, daß ich Deine Sprache nicht verstehe. Ich werde versuchen sie besser zu lernen und bitte Dich, mir Den, welchen ich sprechen will, zum Lehrmeister zu geben. Es ist der Lieutenant Alphons Maletti.«

»Maletti!« rief der General überrascht. Und dann gebot er mit scharfer, beinahe drohender Stimme: »Treten Sie vor!«

Alphons gehorchte. Er näherte sich dem Rajah, welcher ihm freundlich die Hand reichte.

»Wir haben uns in Kalkutta gesehen; ich liebe Dich und habe Dich nicht vergessen. Du sollst in meinen Gemächern wohnen und prüfen, ob ich Eure Sprache rede oder nicht. Erlaubst Du dies?« frug er, zum General gewendet.

»Ich erlaube es!«

»So kannst Du jetzt mit Deinen Leuten gehen. Eure Wohnungen sind bereit. Meine Diener werden euch führen!«

Er stieg vom Throne, ergriff den Lieutenant bei der Hand und verschwand mit ihm hinter einem Vorhange.

Am Abende desselben Tages wurde Maletti zum General befohlen. Dieser saß bei seiner Hukah, und neben ihm stand der Rittmeister Mericourt, als Alphons eintrat. Der General gab dem Rittmeister einen Wink, worauf dieser begann:

»Herr Lieutenant, Sie kannten den Rajah?«

»Ja.«

»Wo lernten Sie ihn kennen?«

»In Kalkutta. Ich glaube, daß er dies in Ihrer Gegenwart bemerkte.«

»Wie oft verkehrten Sie mit ihm?«

»Einen Monat lang fast täglich.«

»Sie sprachen doch nicht von dieser für uns so wichtigen Bekanntschaft?«

»Madpur Sing war nach Kalkutta gekommen, um Studien zu machen. Er hielt sich deshalb inkognito, und ich mußte ihm mein Ehrenwort geben, dieses nicht zu verrathen.«

»Aber dann, als Ihnen das Ziel unserer Reise bekannt wurde, erforderte es Ihre Pflicht, den Schleier zu lüften.«

»Wie Sie es mit Ihrer Ehre halten, das ist Ihre Sache; meine

Pflicht aber gebietet mir, niemals ein gegebenes Ehrenwort zu brechen.«

»Herr Lieutenant!«

»Herr Rittmeister!«

»Sie stehen vor Ihrem Vorgesetzten!«

»Allerdings, und dieser Vorgesetzte sitzt vor mir. Sie aber sind es nicht!«

»Was soll das heißen?«

»Das soll heißen, daß ich mit dem Herrn General, nicht aber mit Ihnen zu sprechen wünsche.«

»Der Herr General haben mich beauftragt, das Gespräch zu übernehmen. Ist dies nicht so, Excellenz?«

»Yes!« antwortete der Gefragte mit einem finstern Blick auf Maletti.

»Sie hören es!«

»Ich höre es. Da aber der Herr General sicherlich nicht unter Kuratel gestellt sind und auch jeder Untergebene das Recht hat, direkt mit seinem Vorgesetzten zu verkehren, falls derselbe gegenwärtig ist, so werde ich jetzt sprechen und antworten, um nur den allgemeinen Pflichten der Höflichkeit zu genügen, nicht aber, weil ich von dienstlichen Erfordernissen dazu gezwungen bin.«

»Alle Teufel, sprechen Sie kühn! Eine solche Rede verdient der Züchtigung. Nicht wahr, Herr General?«

»Yes!«

Malettis Augen leuchteten auf.

»Der Züchtigung? Wie meinen Sie das? Wer wird gezüchtigt? Sagen Sie das!«

»Wer es verdient hat!«

»So bin von uns Beiden ich dies jedenfalls nicht; dieser Gedanke beruhigt mich.«

»Herr Lieutenant!«

»Herr Rittmeister!«

»Der Herr General hat Sie rufen lassen, um Sie zur Rechenschaft darüber zu ziehen, daß Sie Ihre Bekanntschaft mit dem Rajah verschwiegen haben. Sie tragen die Schuld, daß uns ein so demüthigender Empfang geworden ist!«

»Ich! Pah! Ich habe keinem Menschen geboten, eine Unterhaltung in Gegenwart eines Mannes zu führen, welcher jedes Wort hören mußte und möglichen Falles auch jedes Wort verstehen konnte.«

»Mäßigen Sie sich! Sie hatten zu melden, wer der Mann sei, der uns empfing.«

»Ich kann meine Verpflichtung zu dieser Meldung nicht ersehen und bitte, die gegenwärtige Konferenz möglichst abzukürzen. Ich wurde für die jetzige Zeit zu dem Rajah gewünscht, dem ich leider den schwierigen Beweis zu liefern habe, daß er nicht englisch sprechen kann.«

»Sie haben zuvörderst zu bedenken, daß jetzt wir es sind, bei denen Sie gebraucht werden! Nicht wahr, Herr General?«

»Yes!«

»Ihre Verschwiegenheit ist ein Vergehen von solcher Tragweite, daß wir noch gar nicht im Stande sind, die Strafe zu bemessen, welche mit diesem Vergehen kongruent ist. Wir befinden uns jetzt, so zu sagen, nicht im Dienste, weshalb wir Sie gegenwärtig noch nicht bestrafen können, müssen uns aber doch Ihren Degen ausbitten, Herr Lieutenant. Nicht wahr, Herr General?«

»Yes!«

Maletti fuhr wirklich mit der Hand nach dem Degen, nicht aber um denselben abzugeben, sondern instinktiv, wie um den Beleidiger damit zu züchtigen. Das Blut fließt dem Korsen heiß und glühend durch die Adern, und er hat eine größere Empfindlichkeit und ein unendlicheres Gedächtniß für Beleidigungen, als mancher Andere. Man sah es ihm an, daß er seinen Zorn mit aller Gewalt niederkämpfte.

»Sind Sie damit fertig, mit dem was Sie mir zu sagen hatten, Herr Rittmeister?«

»Ja.«

»So werde auch ich gleich fertig sein! Ich soll Ihnen meinen Degen abgeben, weil ich mein Ehrenwort nicht brach. Ein solches Urtheil kann nur die Ehrlosigkeit selbst fällen –«

»Lieutenant!«

»Pah, spielen wir nicht Komödie! Sie können wohl Andere

in einen Zweikampf verwickeln, besitzen aber nicht den Muth sich selbst zu schlagen. Sie verlangen meinen Degen. Wohlan, Sie sollen ihn haben, doch nicht so, wie Sie ihn wünschen, sondern wie ich Ihnen denselben geben will, nämlich mit dem Griffe in das Gesicht!«

»Das ist eine Beleidigung, welche bestraft werden muß, nicht wahr, Herr General?«

»Yes.«

»Bestraft? Sie verwechseln die Begriffe. Ein Vergehen wird bestraft, eine Beleidigung aber wird geahndet, mein Herr. Ihre Feigheit allerdings brächte es zu Stande, meinen Worten den Stempel eines dienstlichen Vergehens zu ertheilen, um nur nicht in die Lage zu kommen, sich mir bewaffnet entgegenstellen zu müssen. Doch das kann Ihnen leider nicht gelingen, da Sie soeben selbst gesagt haben, daß wir uns hier nicht im Dienste befinden. Sie betragen sich nicht nur rücksichtslos, ungerecht und feig, sondern auch unklug. Der Herr General ist mit Vollmachten versehen, gewisse schwierige Verhandlungen mit dem Maharajah von Augh anzuknüpfen; der Herr General weiß, daß der Rittmeister Mericourt den Rajah heut beleidigt hat; der Herr General hat gehört, daß der Rajah zu dem Lieutenant Maletti gesagt hat »ich habe Dich lieb!« Der Herr General bestraft aber den Lieutenant wegen dieser Liebe. Der Herr General mag nachdenken, wie ein solches Verfahren genannt werden muß und welches die geeignetste Person wäre, den Rajah seinen Plänen geneigt zu machen. Ich habe gesagt, was ich zu sagen hatte, und bitte mich zu verabschieden.«

»Sie sollen einstweilen gehen, müssen aber Ihren Degen zurücklassen! Nicht wahr, Herr General?«

»Yes!«

»Gut, meine Herren. Dieser Degen ist mein Privateigenthum, das ich nur dann von mir gebe, wenn ich es verkaufe oder verschenke. Ich bin Ihnen, Herr General, als Volontair beigegeben, und bitte, mich zu entlassen. Ich ersuche um meinen Abschied!«

»Den bekommen Sie nicht.«

»So nehme ich ihn mir.«

»Merken Sie wohl, das wird Desertion genannt; nicht wahr, Herr General?«

»Yes!«

»Wohlan, so lasse ich mich lieber als Deserteur erschießen, als daß ich mich für einen Wortbruch belohnen lasse. Ich erkläre, daß Ihnen meine Person in keiner Beziehung mehr zur Verfügung steht. Gute Nacht!«

Maletti ging. Das hatten die beiden Andern nicht gedacht. Der Lieutenant war trotz seiner Jugend ein kenntnißvoller, muthiger und sehr brauchbarer Offizier. War es ihm wirklich gelungen, sich die Freundschaft des Rajah zu erwerben, so stand ihm eine glänzende Karrière bevor und er konnte den Engländern ganz außerordentlich hinderlich werden. Das sagte sich auch der General, und darum meinte er:

»War dies nicht zu scharf, Rittmeister?«

»Nein. Dieser Mensch hat uns ungeheuren Schaden gemacht. Denken Sie sich, welche Avantagen wir hatten, wenn wir gewußt hätten, daß der Rajah in Kalkutta sei. Wir konnten in Güte und mit List auf ihn einwirken, wir konnten ihn andernfalls in Angelegenheiten verwickeln, welche uns das Recht gaben, ihn festzuhalten; wir konnten – soll ich wirklich Alles herzählen, was wir konnten? Ich bin überzeugt, daß ich gegen den Lieutenant vollständig gerecht gehandelt habe. Nicht wahr, Herr General?«

»Yes!«

»Aber was nun thun? Er wird den Rajah bearbeiten und ihn bestimmen, unsere Vorschläge zurückzuweisen!«

Jetzt bequemte sich der General endlich zu einer längeren Rede.

»Das ist es ja, was wir wünschen!«

»Ah! Ist es möglich?«

»Ich kenne meine Instruktionen. Das Königreich Augh wird unser.«

»Alle Teufel, also darum die heimlichen Rüstungen; darum diese hastige Konzentration des verfügbaren Militärs an die

Gangesstationen, und darum diese Anhäufung von Transport-material am untern Flusse?«

»Yes!«

»Sie sollen verhandeln, um nachweisen zu können, daß nur der Rajah es ist, der den Krieg heraufbeschworen hat, aber Sie sollen so verhandeln, daß man ein Resultat erzielt, welches zum Kriege ermächtigt.«

»Yes!«

»Höchst interessant! Dieser Lieutenant Maletti dient also zur Förderung unserer Interessen, anstatt dieselben zu schädi-gen. Ich werde ihn noch ein wenig beleidigen, aber nicht in dienstlicher Weise, sondern auf meine Privatrechnung hin. Geben Sie mir die Erlaubniß dazu, Herr General?«

»Yes!«

»So bin ich im Stande, Ihnen die glückliche Lösung unserer Aufgabe zu garantiren.«

Vor Freude darüber ließ sich der wortkarge General zu einer weiteren rednerischen Anstrengung hinreißen:

»Haben Sie das im Auge, daß unsere Abreise gleich einer Kriegserklärung gilt. Der Maharajah ist auf Feindseligkeiten keineswegs vorbereitet, er kann uns keinen nennenswerthen Widerstand leisten, und wenn drei oder vier Tage nach unse-rem Aufbruche von hier unsere Truppen in sein Gebiet ein-rücken, so muß er fliehen oder untergehen. Weitere andere Wege sind nicht denkbar.«

»Wer wird den Oberbefehl über die Okkupationsarmee erhalten? Ich vermuthe, daß man Sie selbst dabei in das Auge genommen hat. Nicht, Herr General?«

»Yes!«

»Darf ich dann bitten, eine Schwadron übernehmen zu dürfen?«

»Yes!«

»Ich danke! Es soll mein Bestreben sein, mir Ruhm und Ihre Anerkennung zu erwerben.«

»Und schwere Beute!« meinte der General mit sarkasti-schem Lächeln. »Jetzt aber will ich zur Ruhe gehen. Gute Nacht, Rittmeister!«

»Gute Nacht, Herr General!«

Der Rittmeister ging, er trug in seinem Herzen das stolze Bewußtsein, ein Mann zu sein, der seinen höchsten Vorgesetzten zu lenken und zu regieren verstehe. Und der General suchte sein reiches üppiges Lager auf mit der Ueberzeugung, daß der Abenteurer ein sehr selbstbewußtes aber gerade deshalb brauchbares Werkzeug für ihn sei, welches man abnutzen und dann fallen lassen werde.

Hinter dem Palaste des Maharajah dehnte sich ein ungeheurer Garten, welcher mit seiner hinteren Seite an den Ganges stieß. Er war in zwei ungleiche Hälften geteilt, deren kleinere für die Frauen des königlichen Harems bestimmt war.

Kurz nach der bei dem General stattgefundenen Unterredung gingen zwei Männer in der größeren Hälfte des Gartens spazieren. Es war der Rajah und sein oberster Minister.

»Du irrst, Tamu,« meinte der erstere. »Diese Engländer kommen nicht in friedlicher Absicht. Was wollen sie in Gibraltar, auf Malta, auf dem Kap, in Amerika, China und Japan? Was wollen sie in Indien? Brauchen wir sie? Wenn wir sie brauchten, würden wir sie rufen. Aber, haben wir sie gerufen? Wo sie hinkamen, flossen Ströme von Blut. Es wird auch hier fließen.«

»Nein, es wird keines fließen. Sie kommen, um ein Bündniß mit Dir abzuschließen gegen Deine Feinde und die ihrigen.«

»Ich brauche dieses Bündniß nicht. Ich bin mächtig genug, um meine Feinde zu besiegen, wenn ich welche hätte; aber ich habe keine. Ich regiere mein Volk in Liebe, und ich bin freundlich und gerecht mit meinen Nachbarn.«

»Die Engländer werden Dir beweisen, daß Du Feinde hast.«

»Sie können es nicht beweisen.«

»Sie werden Dir sagen, was ihnen Deine Nachbarn für Vorschläge gemacht und für Rathschläge gegeben haben.«

»Das werden sie lügen.«

»Sie werden Dich überzeugen.«

»Haben Sie Dich schon überzeugt?«

»Ja.«

»Mit ihrem Golde.«

»Sahib, Du weißt, daß ich der treuste Deiner Diener bin!«

»Ich weiß, daß Du ein Mensch bist, und daß Du in Deinem Hause viel brauchst.«

»Sahib, nimm Deinen Dolch und stoße ihn mir in das Herz; ich werde unschuldig sterben.«

»Unschuldig sollst Du nicht sterben. Dieser Dolch ist nur dann für Dich, wenn Du schuldig bist, dann aber, Tamu, wird er Dich so sicher treffen, wie er hier diesen Farren trifft!«

Er durchfuhr mit seinem haarscharfen Kris die Luft und fällte mit demselben einen Baumfarren, dessen Schaft die Stärke eines Armes hatte. Dann fuhr er fort:

»Du hast mit dem General gesprochen?«

»Nicht mit ihm, sondern mit dem Franzosen.«

»Aber der General war dabei?«

»Nein. Der Franzose war allein bei mir.«

»Der General ist ein listiger Schakal. Er spricht nicht selbst, um alle Folgen auf seinen Diener zu werfen. Und dieser kennt die Gefahr nicht, die ihm droht. Warum verhandelt er nicht selbst mit Dir?«

»Du verhandelst auch nicht selbst mit ihm, Sahib. Ich spreche für Dich, und sein Diener spricht für ihn.«

»Das ist falsch, Tamu. Ich habe zu verhandeln mit der Regierung dieser Engländer. Der General spricht für diese Regierung, und Du sprichst für mich. So ist es richtig. Wenn Dir der General den Franken schickt, so beleidigt er mich. Du sollst nie wieder mit dem Franken reden. Sage das dem Generale. Ich gebiete Dir dieses ganz ausdrücklich!«

Der Minister blickte vor sich nieder.

»Sihdi, einst besaß ich Dein ganzes Vertrauen, jetzt aber besitze ich es nicht mehr!«

»Tamu, einst besaß ich Deine ganze Treue, jetzt besitze ich sie nicht mehr! Ich sage Dir dies weil ich Dich liebe. Du dientest meinem Vater und solltest auch mir dienen bis an meinen oder Deinen Tod. Wenn ich Dich nicht liebte, würde ich schweigen; ich zeige Dir aber meine Trauer um Dich, damit Du umkehrest und wieder mein Freund werdest. Gehe jetzt heim und sprich mit Deinem Gewissen. Es wird Dir den rechten Rath ertheilen!«

Der Minister verbeugte sich und ging. Eben als er in den Palast treten wollte, tauchte eine Gestalt vor ihm auf. Es war der Rittmeister.

»Nun, Du hast mit dem Rajah gesprochen?«

»Ja.«

»Was sagte er?«

»Er trauert.«

»Warum?«

»Weil er ahnt, daß ich Euer Freund geworden bin.«

»Und Du trauerst mit?«

»Nein. Ich habe seinem Vater treu gedient, denn er wußte meine Treue zu belohnen. Dieser aber mästet seine Unterthanen und läßt seine Minister hungern. Verdopple die Summe, welche Du mir geboten hast, und das Königreich Augh ist Euer!«

»Darüber muß man noch sprechen. Doch jetzt komm, es ist hier nicht der geeignete Ort zu solchen Geschäften. Diese Muskatbäume könnten Ohren beherbergen, die uns gefährlich sind.«

Sie verschwanden unter den Säulen.

Der Maharajah war tiefer in den Garten hineingegangen und hatte sich dann hinüber nach der für die Frauen bestimmten Abtheilung gewendet. Er erreichte einen in arabischem Stile erbauten Kiosk, welchen ein aus dem Ganges abgeleiteter kleiner Kanal von drei Seiten umfloß, um Denen, welche darin Ruhe und Erholung suchten, die Gluth der indischen Sonne durch die Verdampfung des Wassers zu kühlen. Einige Stufen führten zum Eingange empor. Er stieg hinan, bis er einen Vorhang erreichte, welcher aus den feinsten Kaschmirgespinnsten bestand. Hier schlug er leicht die Hände zusammen.

»Rabbadah!«

»Wer ist es?« frug eine weibliche Stimme von innen.

»Dein Bruder. Darf ich eintreten?«

»Komm herein, mein Lieber!«

Er schob den Vorhang zur Seite und trat ein. Er befand sich in einem kleinen, achteckigen Gemache, welches mit einem Luxus ausgestattet war, den nur ein orientalischer Fürst erdenken und bestreiten kann. Auf dem reichen schwellenden Sammetpolster ruhte ein Wesen, welches aus dem Himmel Muhammeds herniedergestiegen zu sein schien, um die süßesten und entzückendsten Begriffe und Vorstellungen der Schönheit und Liebe zu verkörpern. Auch ein Meister aller Meister unter den Malern hätte nicht vermocht, diese Schönheit auf die Leinwand zu zaubern, und kein Dichter, selbst kein Hafis hätte vermocht, dieses Götterbild gebührend zu besingen, und wäre der Rajah nicht ihr Bruder gewesen, er wäre vor ihr niedergesunken, um ihr sein Königreich für ihre Liebe anzubieten.

Sie empfing ihn mit einem holdseligen Lächeln und reichte ihm die Hand entgegen.

»Willkommen, mein Freund. Schon wieder sehe ich Wolken auf Deiner Stirn.«

»Sie werden wohl niemals wieder vergehen!«

»Hat die Hand Deiner Schwester ihre Macht verloren? Hat sie Dir nicht stets geholfen?«

»Ja. Wenn mein Herz bekümmert war, kam ich zu Dir, und Du machtest mich wieder fröhlich, fröhlicher, als es eine meiner Frauen vermocht hätte; denn Du gabst mir nicht nur Liebe, sondern auch den Rath, der mir immer der Beste war.«

»So ist mein Rath jetzt nicht mehr so gut und heilsam wie vorher, mein Bruder?«

»Er ist noch so, Rabbadah, aber die Gefahren, welche mich umschweben, sind größer als die früheren.«

»Welche sind es? Theile sie mir mit, ich werde Dir überlegen helfen!«

»Du weißt, daß die Engländer gekommen sind – – –«

»Ah, von daher droht Dir Gefahr? Sagtest Du mir nicht, daß sie als Deine Freunde kämen, um ein Bündniß mit Dir abzuschließen, welches Dir viele Vortheile bringt?«

»Ich sagte es, denn ich glaubte es nicht anders. Heute aber bin ich vom Gegentheile überzeugt.«

»Wer gab Dir diese Ueberzeugung?«

»Ein Dragoman*, den ich miethen wollte, damit meine Diener mit den Engländern sprechen können.«

»Was sagte er?«

»Er erzählte mir, daß er noch vor kurzem in Lada gewohnt habe. Da ist ein Indier zu ihm gekommen und hat ihm viel Geld zu einer Unterredung mit einem Engländer gegeben. Auch dieser hat ihn außerordentlich gut bezahlt. Die Unterredung hat im Geheimen stattgefunden und sich auf eine Summe bezogen, welche mein Minister Tamu von dem englischen General Haftley erhalten soll. Wofür diese Zahlung erfolgen solle, ist nicht erwähnt worden. Sie sind nicht einig geworden. In dem Indier hat der Dragoman einen Schreiber meines Ministers und in dem Engländer heut einen Offizier erkannt, der mit dem General gekommen ist. Vorhin ging ich mit Tamu nach dem Garten und erblickte im Vorübergehen die Gestalt des Franken, welcher Rittmeister ist und Mericourt heißt. Er hat unter den Muskatbäumen auf die Rückkehr des Ministers gewartet, um unser Gespräch von ihm zu erfahren. Beide ahnen nicht, daß ich ihn gesehen habe.«

»Was haben Dir die Engländer für Vorschläge gemacht?«

»Noch kenne ich sie nicht. Ich werde sie erst morgen erfahren.«

»Durch Tamu?«

»Durch ihn.«

»Entziehe ihm die Verhandlung oder tödte ihn sofort.«

»Er hat meinem Vater treu gedient, und so will ich sein Leben schonen, so lange nicht die Beweise seiner Untreue offen liegen. Aber ich werde ihm verbieten, ferner mit den Engländern zu verhandeln. Auch ich dachte daran, was Du mir räthst, doch habe ich es ihn nicht merken lassen.«

»Wen wirst Du an seine Stelle setzen?«

»Keinen Eingeborenen.«

»Keinen Indier? Wen sonst?«

»Einen Franken.«

---

* Dolmetscher.

»Einen Franken? Bruder, das wirst Du nicht thun. Die Franken sind falsch!«

»Die Indier auch, ganz ebenso. Es gibt überall fromme und gottlose, treue und untreue, gute und böse Menschen. Dieser Franke ist treu.«

»Wer ist es? Hat er Dir bereits gedient und seine Treue bewiesen?«

»In dem Sinne, in welchem Du es meinest, noch nicht. Aber wenn ich Dir seinen Namen sage, so wirst Du glauben, daß ich ihm vertrauen kann.«

»Sage ihn!«

»Alphons Maletti.«

»O, der tapfere und starke Lieutenant, welcher Dir das Leben rettete, als Dich die Thugs* überfielen?«

»Derselbe.«

»Wo ist er?«

»Er ist mit dem General gekommen und wohnt mit in meinen Gemächern.«

»Darf ich ihn einmal sehen?«

»Du sollst ihn sehen. Ich werde den Gästen zu Ehren ein Kampfspiel veranstalten, bei welchem auch meine Frauen in ihren vergitterten Logen anwesend sein werden. Da kannst Du ihn sehen.«

»Du wirst mir sagen, wo er sitzt!«

»Ja. Glaubst Du nun, daß mir dieser Franke treu sein wird?«

»Ich glaube es. Er hat Dein Geheimniß treu bewahrt, obgleich er großen Nutzen hätte davon haben können. Er ist nicht nur stark und tapfer, sondern auch verschwiegen, edel und uneigennützig.«

»Er hat auch später nichts erzählt, als ich bereits Kalkutta verlassen hatte. Ein Anderer hätte wenigstens damit geprahlt, daß er einem mächtigen Könige das Leben gerettet habe.«

»Sollte er wirklich auch dann noch geschwiegen haben?«

»Ja, ich habe heute den Beweis erhalten. Als ich ihn zu mir

---

* Eine religiöse Mördersekte in Indien.

rief, um ihn auszuzeichnen, staunten alle seine Begleiter darüber, daß ich ihn kannte. Der General warf ihm, als ich sagte,
daß wir uns in Kalkutta gesehen hätten, einen sehr bösen Blick
zu, der mich vermuthen läßt, daß er ihn bestrafen wird.«

»Dann nimmst Du ihn in Deinen Schutz!«

»Ich schütze ihn. Vorhin wurde er zum General gerufen,
wo er wohl erfahren wird, was über ihn beschlossen wurde.
Er wird es mir mittheilen.«

»Wenn?«

»Noch heute. Er wird in den Garten kommen.«

»Wohin hast Du ihn bestellt?«

»Nach der Bank unter den Drachenbäumen.«

»Hast Du ihm bereits gesagt, daß er in Deine Dienste treten
soll?«

»Er ahnt von diesem Entschlusse nicht das mindeste.«

»So bist Du mit Deinen Mittheilungen jetzt wohl zu
Ende?«

»Du möchtest gern, daß ich mich entferne?«

»Nein, mein Bruder; aber ich möchte nicht, daß dieser
Mann allzulange auf Dich wartet. Vielleicht ist der General
sehr zornig gewesen und hat ihm gedroht. Da sollst Du ihn
schnell zu erheitern suchen.«

Der Maharajah lächelte.

»Meine Schwester scheint diesem Franken sehr gewogen zu
sein.«

»Soll ich nicht? Muß ich nicht gern eines Mannes denken,
der meinem Bruder das Leben rettete, welches mir so unendlich theuer ist?«

»Glaube nicht, daß ich Dir darüber zürnte. Wohl, ich habe
Dir jetzt nichts mehr mitzutheilen. Doch morgen sollst Du
mehr erfahren. Ich gehe!«

Er küßte sie auf die lilienweiße Stirn und verschwand hinter
dem Vorhange. Sie wartete eine kleine Weile, dann erhob sie
sich. Ihr Gewand war blau; es konnte nicht durch das nächtliche Dunkel schimmern. Sie hüllte sich in einen Shawl, der
ihre ganze Gestalt bedeckte, verlöschte das Licht und verließ
das Gartenhaus auch.

Ihre Schritte brachten sie nach der größeren Abtheilung des Gartens. Es war das erstemal in ihrem Leben, daß sie eines Mannes wegen eines ihrer kleinen Füßchen rührte. Ihr Herz klopfte so eigenthümlich, wie es noch niemals geklopft hatte, ihre Wangen brannten, und ihre Stirne glühte. Es war ihr, als ob sie im Begriffe stehe, ein schweres Verbrechen zu begehen.

Jetzt erblickte sie die dichte Gruppe der Drachenbäume, von welcher der Rajah gesprochen hatte. Leise, ganz leise schlich sie sich im Schutze der Ingwer- und Pfeffersträucher heran. Sie war vollständig überzeugt, daß man sie nicht gesehen habe und ließ sich hinter einem der Bäume so nieder, daß sie die Bank überblicken konnte. Nur der Rajah war da. Der Franke fehlte noch.

Eine Weile verging in lautloser Stille, dann aber machte der Rajah eine plötzliche Bewegung.

»Rabbadah!«

Sie erschrak und zuckte zusammen, als ob sie einen Schlag erhalten habe.

»Rabbadah, bist Du da?«

Sie schwieg und wagte nicht sich zu bewegen. Ihr Puls klopfte, daß sie seine Hammerschläge deutlich vernahm. Der Rajah ließ ein leises Lachen hören. Ohne daß er sich umwandte, sagte er mit halblauter Stimme:

»Warum frugst Du, wohin ich ihn bestellt habe, und warum wolltest Du so gern, daß er nicht auf mich warten solle. Nun muß ich selbst auf ihn warten.«

Sie war halb todt. Wie konnte sie den Bruder jemals wieder anblicken!

Da nahten sich Schritte. Eine hohe Gestalt erschien und blieb vor dem Rajah stehen.

»Maletti!«

»Sahib!«

»Du kommst sehr spät. Setze Dich!«

»Ich komme sehr spät, weil ich zwei Schlangen beobachtete, welche ihr Gift nach Deinem Glücke spritzen wollen.«

»Wer ist es?«

»Wirst Du mir glauben?«

»Ich glaube Dir.«

»Und wirst Du mich nicht für einen Schleicher, für einen Spionen halten, der Andere ertappt, weil er selbst das Dunkel liebt?«

»Ich selbst habe Dich in das Dunkel bestellt.«

»Nun wohl, so sollst Du es erfahren. Die eine der Schlangen ist Tamu, Dein Minister, dessen Worte ich gehört habe.«

»Ich weiß es.«

»Ah, Du weißt es bereits?«

»Ich kenne auch die andere Schlange. Es ist der Rittmeister Mericourt.«

»Wahrhaftig!«

»Aber ihre Worte kenne ich nicht. Willst Du sie mir sagen?«

»Ich kam vom General und wollte in den Garten zu Dir. Meine Schritte waren auf den Decken zwischen den Säulen unhörbar. Eben wollte ich meinen Fuß hinter der letzten Säule hervorsetzen, als ich einen Mann sah, welcher aus dem Garten kam. Es war der Minister. Aus den Muskatbäumen vor der Säule tauchte eine Gestalt auf, in welcher ich den Rittmeister Mericourt erkannte. »Nun, hast Du mit dem Rajah gesprochen?« frug der Rittmeister. – »Ja,« antwortete der Minister. – »Was sagte er?« lautete die weitere Frage. – »Er trauert.« – »Warum?« – »Weil er ahnt, daß ich Euer Freund geworden bin.« – »Und Du trauerst mit?« – Da antwortete Tamu: »Nein. Ich habe seinem Vater treu gedient, denn er wußte meine Treue zu belohnen, dieser aber mästet seine Unterthanen und läßt seine Minister hungern. Verdoppele die Summe, welche Du mir geboten hast, und das Königreich Augh ist Euer.«

Der Rajah war aufgesprungen und ballte die Fäuste.

»Und was gab darauf der Rittmeister zur Antwort?«

»Er sagte, daß man darüber noch zu sprechen habe. Dann traten sie in den Palast. Ich ließ sie an mir vorüber und folgte ihnen dann, ohne daß sie mich bemerkten. Sie gingen durch den Palast hindurch und dann durch den Garten des Ministers nach dessen Wohnung. Ich blieb eine Zeit lang stehen, aber der Rittmeister kam noch immer nicht, und da ich wußte, daß

Du auf mich wartest, durfte ich Deine Geduld nicht länger ermüden.«

»Der Rittmeister ist ein Franke wie sein Name sagt?«

»Ja.«

»Und dennoch stellst Du Dich auf meine Seite anstatt auf die seinige?«

»Dich liebe ich, ihn aber verachte ich. Er ist wie das Gewürm, welches man zertritt ohne es anzugreifen. Uns hat ein gleiches Land geboren ebenso, wie der Giftstrauch neben dem nützlichen Bambus wächst. Mir ahnt, daß er einst von meiner Hand sterben wird.«

»Er muß Dich sehr beleidigt haben.«

»Ich würde ihn verachten auch ohne diese Beleidigung. Er hat einst ein edles Weib gekränkt, die meine mütterliche Freundin war. Ich habe sie an ihm zu rächen.«

»Vielleicht will er auch Dich verderben.«

»Das hat er längst gewollt. Heute aber hat er mir den offenen Fehdehandschuh hingeworfen; ich habe ihn aufgehoben und werde diesen Menschen unschädlich machen.«

»Er war wohl beim Generale zugegen, als Du zu diesem gerufen wurdest?«

»Ja. Er empfing mich an Stelle des Generales.«

»Was wollte er von Dir?«

»Er forderte Rechenschaft von mir, daß ich Deine Anwesenheit in Kalkutta nicht verraten hatte. Er stellte mich ferner zur Rede darüber, daß ich auch heut nicht gesagt hatte, daß Du es seist, der den General empfing. Er erklärte mich meiner Freiheit verlustig, indem er mir den Degen abforderte, und versprach mir nach unserer Rückkehr strenge Bestrafung meiner verbrecherischen Verschwiegenheit.«

»Du hattest wirklich zu keinem Menschen jemals von mir gesprochen?«

»Wie sollte ich?« frug er einfach. »Ich hatte Dir ja mein Wort gegeben! Und dieses breche ich niemals, selbst wenn es mich mehr als Alles kosten sollte. Das thut jeder Ehrenmann.«

»Aber Du trägst Deinen Degen noch, wie ich bemerke. Du gabst ihn also nicht ab?«

»Meinen Degen gebe ich nur mit meinem Leben von mir.«

»Aber Dein Vorgesetzter verlangte ihn von Dir! Was hast Du ihm geantwortet?«

»Ich sagte ihm, daß er den Degen bekommen solle, jedoch nur mit dem Griffe in das Gesicht. Statt aber sofort blank zu ziehen, wie jeder wackere Mann gethan hätte, ignorirte er meine Worte. Er ist ein Feigling, der nur im Dunkeln handelt.«

»Und welches war das Endresultat Eurer Unterhaltung?«

»Ich habe um meinen Abschied gebeten.«

»Und ihn auch erhalten!«

»Nein; sie verweigerten mir ihn. Da erklärte ich kategorisch, daß ich ihn mir selbst geben werde, wenn ich ihn nicht erhalte.«

»Dann wärest Du in ihren Augen und nach Euren Gebräuchen ein Deserteur.«

»Pah, ich fürchte diese Gebräuche nicht! Sie sagten mir dies ebenso wie Du; ich aber erklärte, daß ich lieber als Deserteur sterben, als mich wegen eines Wortbruches belohnen lassen werde. Die beiden Memmen verwehrten es mir nicht, sie ungehindert zu verlassen.«

»Und nun, was wirst Du beginnen?«

»Ich werde Beide fordern, erst den Rittmeister und dann den General.«

»Du kannst fallen!«

»Das ist möglich aber nicht wahrscheinlich. Wahrscheinlicher noch ist es, daß ich sie beide niederschlage. Sie sind Offiziere und können mir die Genugthuung nicht verweigern.«

»Und dann, selbst wenn Du sie besiegt hast, was thust Du dann?«

»Ich würde, wenn man mich ergreift, als Deserteur behandelt werden, aber ich glaube nicht, daß es ihnen gelingt. Ich gehe nach Batavia in holländische Dienste.«

»Warum willst Du nicht in Indien bleiben?«

»Wo fände ich einen Fürsten, der mir eine Zukunft böte!«

»Hier in Augh.«

»Hier? Inwiefern?«

»Du bleibst bei mir.«

»Bei Dir? Ich würde Dir nur Schaden bringen.«

»Nein. Deine Anwesenheit würde mir von großem Nutzen sein.«

»Auf welche Weise?«

»Was ist Deine Waffe?«

»Meine Lieblingswaffe ist die Artillerie.«

»Das ist mir lieb. Du wirst in meine Dienste treten, mir Kanonen versorgen und meine Artillerie nach abendländischer Weise organisiren. Willst Du?«

»Ist es Dein Ernst?«

»Ja. Du sollst mein Kriegsminister, Du sollst mein Bruder sein. Sage ja!«

»Wohlan, so nimm mich hin, und ich schwöre Dir, daß Dir von diesem Augenblicke an mein Blut, mein Leben und alle meine Kräfte gehören werden, denn ich weiß, daß Du nicht zu jenen Tyrannen gehörst, welche um einer Laune willen ihre treuesten Diener von sich werfen oder sie noch schlimmer als mit bloßem Undanke belohnen.«

»Ich werde Deine Kräfte schon morgen gleich in Anspruch nehmen.«

»Thue es. Ich werde gehorchen!«

»Ich werde Tamu, meinen Minister entfernen. Du sollst an seiner Stelle für mich mit den Engländern unterhandeln.«

»Sahib, das wirst Du mir nicht gebieten!«

»Warum nicht? Willst Du mein Vertrauen dadurch verdienen, daß Du mir gleich bei dem ersten Auftrage den Gehorsam verweigerst?«

»Ja. Schau, Sahib, für einen kleinlichen ehrsüchtigen Charakter würde es die größte Genugthuung sein, wenn er morgen vor den General hintreten und sagen könnte: »Ihr habt mich gestern zum Verbrecher gemacht und mir meinen Degen abgefordert, und heute bin ich Kriegsminister des Maharajah von Augh und stehe als sein Bevollmächtigter vor Euch um Euch die Bedingungen vorzuschreiben, unter denen er bereit ist, Eure Vorschläge anzuhören!«

»Diese Genugthuung will ich Dir ja geben.«

»Aber sie würde Dein Verderben sein. Man würde sagen, daß man mit einem ehrlosen Ueberläufer nicht verhandeln könne; man würde Dein Verfahren für eine Majestätsbeleidigung, für eine gräßliche Verletzung des Völkerrechtes erklären; man würde sich von Dir zurückziehen und diese Beleidigung durch eine sofortige Kriegserklärung rächen. Du siehst, daß ich nur an Dich, an Dein Wohl und an dasjenige Deines Landes denke!«

»Ich sehe es und danke Dir. Ich werde die Verhandlung einem Andern übergeben, aber sie soll in meiner Wohnung geführt werden, wo wir Beide jedes Wort hören können, und Dein Rath soll ebenso gehört und berücksichtigt werden wie der meinige. Hast Du vielleicht erfahren, welche Vorschläge mir die Engländer zu machen haben?«

»Nein. Nur der General kennt sie und vielleicht der Rittmeister, wenn der erstere ihm Einiges davon mitgetheilt haben sollte.«

»Er wird ihm Alles gesagt haben, denn der Rittmeister ist seine rechte Hand.«

»Du irrst. Der Rittmeister gilt weniger bei ihm als jeder andere seiner Untergebenen. Der General weiß, daß Mericourt ein Abenteurer und ein hinterlistiger Feigling ist. Er thut, als ob er sich von ihm lenken lasse, und benutzt ihn doch nur wie das Wasser, welches das Rad zu treiben hat und dann weiter fließen muß.«

Der Rajah hatte sich während dieser Worte seines neuen Kriegsministers erhoben.

»So thun es die Engländer,« meinte er. »Sie werfen ihre Werkzeuge undankbar von sich, wenn sie dieselben ausgenutzt haben. Und ganz dieselbe Undankbarkeit zeigen sie auch gegen uns. Dieser Lord Haftley kommt zu mir und sagt, daß er das Wohl meines Landes im Auge habe, aber er trägt die Falschheit und den Verrath in seiner Hand. Er will den Inglis mein Land öffnen, und dann, wenn ich ihnen dies gestattet habe, werden sie es mir nehmen.«

»Was wirst Du ihm antworten?«

»Ich kenne die Engländer. Sie haben sehr Vieles, was wir

gebrauchen können, und wir haben gar Manches, was ihnen unentbehrlich ist. Ein Handel mit ihnen wird beiden Theilen Nutzen bringen, und ich habe also nichts dagegen, daß sie zu mir und auch meine Unterthanen zu ihnen kommen, um ihre Waaren auszutauschen. Aber ich werde meine Bedingungen so stellen, daß mir kein Schaden daraus erwachsen kann.«

»Welches sind diese Bedingungen, Sahib?«

»Darf bei Euch ein Staat ohne Erlaubniß der andern Nationen ein Land erwerben?«

»Nein. Er muß sich erst im Stillen und dann auch öffentlich ihrer Zustimmung versichern.«

»Nun gut. Ich werde den Engländern mein Land öffnen, wenn sie mir nachweisen, daß die Frankhi, die Italini, die Nemßi*, die Russi, die Spani und Portugi ihnen die Erlaubniß geben. Und diese Nationen müssen mir versprechen mich zu vertheidigen, wenn die Ingli mir mein Land nehmen wollen.«

»Auf diese Bedingungen werden die Engländer nicht eingehen.«

»So mögen sie von Augh fortbleiben und wieder dahin zurückkehren, woher sie gekommen sind!«

»Sie werden gehen, aber dann wiederkommen, doch nicht so wie jetzt, sondern mit ihrer bewaffneten Macht, um Dich zu zwingen.«

»Dann werde ich kämpfen. Ich habe Dich ja zu meinem Bruder gemacht, damit Du mir helfen sollst sie gerüstet zu empfangen. Doch jetzt laß uns die Ruhe suchen! Morgen ist ein Tag, welcher uns wach und kräftig sehen muß. Die Inglis sind ein mächtiges Volk; ich muß ihre Gesandten würdig behandeln und werde ihnen morgen ein Schauspiel geben.«

»Welches?«

»Einen Kampf zwischen Elephanten, Bär und Panther. Hast Du so etwas bereits einmal gesehen?«

Der Lieutenant lächelte und antwortete einfach:

»Ich bin ein Jäger.«

»So wird dieses Schauspiel Deine Aufmerksamkeit erwek-

* Deutschen.

ken. Ich habe einen wilden Bär vom Himalaja, der größer ist als alle, die ich bisher gesehen habe. Und den Panther erhielt ich vom Maharajah von Singha zum Geschenke. Er ist dem Bären gewachsen. Doch jetzt komm.«

Sie verließen den Ort und schritten dem Palaste zu.

Kaum waren sie fort, so erhob sich Rabbadah aus ihrem Verstecke und trat zu dem Sitze, den sie verlassen hatten. Warum ließ sie sich gerade an der Stelle nieder, auf welcher Maletti gesessen hatte? Sie legte sich diese Frage gar nicht vor; sie hätte dieselbe gar nicht beantworten können. Sie folgte der plötzlichen Regung ihres Innern und handelte nicht anders als rein instinktiv.

Ueber ihr breitete sich der tiefdunkle Himmel des Südens mit seinen strahlenden Sternbildern aus. Wollte auch in dem Himmel ihres Herzens ein Stern aufgehen, strahlender noch vielleicht als all die glänzenden Welten am Firmamente? Um sie her träumte und duftete die tropisch üppige Natur, und die reiche Vegetation wiegte sich leise im Zephyre, der durch die Wipfel der Palmen strich. Auch im Herzen dieses herrlichen Weibes wollte es aufsteigen wie Träume und Düfte eines nahen Glückes, von dem sie bisher keine Ahnung gehabt hatte.

Da vernahm sie plötzlich nahende Schritte, und noch ehe sie sich erheben und entfernen konnte, stand eine männliche Gestalt vor ihr.

Es war Maletti.

Er hatte seine Wohnung wieder verlassen, weil er das Bedürfniß fühlte, die Ereignisse des heutigen Tages in seinem Innern zu verarbeiten, bevor es ihm möglich war, Schlaf und Ruhe zu finden. Es zog ihn nach dem Platze, an welchem sein Leben eine höchst bedeutungsvolle Wendung dadurch genommen hatte, daß er vom Rajah in einen so wichtigen Dienst genommen worden war. Mit gesenktem Kopfe und in tiefes Sinnen versunken war er durch den Garten gegangen, erst als er an dem vorhin verlassenen Platze anlangte, erhob er den Blick und gewahrte zu seiner Bestürzung, daß er sich vor einer weiblichen Gestalt befand, welche sich erschrocken von ihrem Sitze erhob.

Er kannte die strenge Sitte des Landes; er wußte vor allem, daß es hier im Palaste und Garten des Rajah bei hoher Strafe verboten war, die Begegnung mit irgend einem Weibe aufzusuchen, aber er befand sich ja in demjenigen Theile des Gartens, welcher von den Männern betreten werden durfte, und das gab ihm die Kraft, seiner Bestürzung Herr zu werden.

Auch sie war erschrocken; ihre ganze Haltung zeigte es, doch sie erkannte ihn, hüllte sich fester in ihr Gewand, machte aber keine Bewegung, welche die Absicht sich zu entfernen verrathen hätte.

»Verzeihe!« bat er nach einer kurzen Pause. »Ich dachte nicht, Jemand hier zu finden.«

Er wandte sich zur Rückkehr um.

»Bleibe!« gebot sie.

Der Ton dieser Stimme hatte etwas so Gebieterisches und doch so Liebliches, er drang durch das Ohr des Hörers bis in das tiefste Leben desselben hinab. Maletti gehorchte und drehte sich wieder um.

»Was befiehlst Du?« frug er.

»Setze Dich!«

Er ließ sich nieder und sie nahm in einer kleinen Entfernung neben ihm Platz.

»Wie ist Dein Name?« begann sie.

»Alphons Maletti.«

»Du gehörst zu den Inglis?«

»Ich bin ein Frankhi, ich gehörte bis heut zu ihnen, jetzt aber nicht mehr.«

»Warum nicht mehr?«

Er zögerte mit der Antwort.

»Wer bist Du?« erkundigte er sich dann.

»Mein Name ist Rabbadah. Hast Du noch nicht von mir gehört?«

Er machte eine Geste der höchsten Ueberraschung.

»Rabbadah, die Begum*, die Schwester des Maharajah, die Blume von Augh, die Königin der Schönheiten Indiens? O,

---

* Königin oder Prinzessin.

ich habe von Deinem Ruhme, von Deiner Herrlichkeit und von der Güte Deines Herzens, der Weisheit Deines Verstandes viel, sehr viel gehört, noch ehe ich dieses Land betrat.«

Sie zauderte einen Augenblick, dann sagte sie:

»Ja, ich bin die Begum, und Du kannst mir also sagen, warum Du nicht mehr zu den Inglis gehörst.«

»Weil ich ein Diener Deines Bruders, des Maharajah von Augh, geworden bin.«

»Auf welche Weise dienst Du ihm?«

»Er hat mir die Reorganisation seiner Truppen übergeben.«

»So muß er ein großes Vertrauen zu Dir haben.«

»Ich liebe ihn!«

»Ich danke Dir, denn auch ich liebe ihn. Aber laß Deine Liebe nicht sein wie diese Blume, welche nur kurze Zeit duftet und dann stirbt!«

Sie pflückte eine nahestehende Rose ab und enthüllte dabei einen Arm, dessen herrliche Formen ihm die Pulse schneller klopfen machten.

»Meine Liebe und Treue gleicht nicht der Blume, welche bald stirbt, sondern dem Eisenholzbaume, der sich von keinem Winter fällen läßt.«

»Dann segne ich den Tag, welcher Dich zu meinem Bruder führte.«

Sie reichte ihm die Rose dar; er nahm sie und berührte dabei ihr kleines, zartes, warmes Händchen. Diese Berührung elektrisirte ihn förmlich, so daß er es wagte, die duftende Blüthe an seine Lippen zu drücken.

»Ich danke Dir, Sahiba!* Diese Rose wird noch bei mir sein, wenn ich einst sterbe!«

»Du wirst dieser Rosen schon sehr viele erhalten haben!«

»Es ist die erste!«

»Du sagst die Wahrheit?«

»Ich lüge nie.«

»Das weiß ich. Du bist keiner Lüge und keines Verrathes fähig.«

* Herrin.

Er erstaunte.

»Woher weißt Du das?«

»Hast Du meinen Bruder verrathen?«

»Nein. Aber was weißt Du von mir und ihm?«

»Ich kannte Dich und Deinen Namen noch ehe Du nach Augh kamst. Er hat mir von Dir erzählt. Ich bin seine Vertraute, der er Alles mittheilt, was sein Herz bewegt. Du sollst seine Sorgen theilen. Darf ich auch Deine Vertraute sein?«

Bei dieser leise und zögernd ausgesprochenen Frage erbebte er bis in sein tiefstes Innere hinein.

»O wenn dies möglich wäre, Sahiba!«

»Es ist möglich, und ich bitte Dich darum,« antwortete sie. »Es gibt manches, was ein Diener aus Liebe seinem Herrn verschweigt, um ihm keine Sorgen zu machen, und dies Alles sollst Du mir anvertrauen. Willst Du?«

»Ich will es.«

»Schwöre es mir.«

»Ich schwöre es!«

»Doch darfst Du mir von jetzt an nichts verschweigen, bis ich Dich von Deinem Schwure entbinden werde.«

Sie reichte ihm ihre Hand entgegen; er nahm dieselbe in die seinige, und es war ihm dabei als ob sein Herz von einem Strom durchdrungen werde, der aus der Seligkeit der Götter herabgefluthet sei. Er vergaß, diese Hand wieder freizugeben, und sie vergaß, sie wieder an sich zu ziehen. In jenen tropischen Ländern tritt jedes Naturereigniß mit größerer Schnelligkeit ein als bei uns, der Sturm kommt unvorhergesehen; das Wetter umzieht ohne alle Vorbereitung den Horizont, die Sonne durchbricht die finstern Wolken ohne sich erst anzumelden; Tag und Nacht scheiden ohne Dämmerung, und auch die Gefühle des Menschen erobern sein Leben, Denken und Handeln ohne erst den kühlen berechnenden Verstand um die Erlaubniß zu befragen.

»Du sollst mich nie, niemals von diesem Schwure entbinden, Sahiba,« flüsterte er mit erregter zitternder Stimme. »Ich will Dir dienen und gehorchen, bis Gott mein Leben von mir fordert. Aber es ist hier verboten mit Frauen zu verkehren.«

»Ich bin die Begum, und ich darf gebieten. Die Gesetze werden von den Königen gemacht, und die Könige haben also auch das Recht, die Gesetze wieder aufzuheben oder zu verändern. Und wer soll es denn erfahren, das wir mit einander sprechen? Mein Bruder, der Rajah, nicht, und ein anderer noch viel weniger.«

»Und wo können wir sprechen, ohne daß es Jemand erfährt?«

»Komm; ich werde Dir es zeigen!«

Sie hielten sich noch immer bei der Hand und erhoben sich. Sie führte ihn vorsichtig nach der Frauenabtheilung des Gartens und dem Kiosk, in welchem sie vorher ihren Bruder empfangen hatte.

»Verstehst Du den Laut nachzuahmen, welchen der Bülbül* ausstößt, wenn er träumt?«

»Ich verstehe es.«

»Versuche es.«

Er legte die beiden Hände an den Mund und ahmte die abgerissenen Traumtöne der Nachtigall nach.

»Du kannst es,« meinte sie. »Wenn Du mit mir sprechen willst, so komme hierher, ohne Dich von Jemanden erblicken zu lassen und stoße diese Laute aus. Es wird stets vom Einbruche des Abends an eine treue Sklavin auf Dich warten, bis ich selbst erscheine. Sie führt Dich in das Innere des Häuschens und wird Dich dort bis zu meiner Ankunft verbergen. Bin ich selbst da, so hörst Du von mir das Girren einer Turteltaube und kannst sogleich eintreten. Hörst Du aber dieses Zeichen nicht und komme ich auch nicht, so ist das ein Zeichen, daß mein Bruder bei mir ist. Dann mußt Du Dich verbergen bis er geht.«

Diese Auseinandersetzung erfüllte ihn mit einem unnennbaren Glücke. Die Hülle hatte sich von ihrem Gesichte verschoben; er fühlte sich von der unbeschreiblichen Schönheit

---

* Nachtigall.

desselben bezaubert und hätte in diesem Augenblicke tausend Leben für dieses herrliche unvergleichliche Wesen lassen können.

»Ich werde kommen, Sahiba!«

Das war alles, was er zu sagen vermochte.

»Und Du wirst mir nie etwas verheimlichen?«

»Nie.«

»Nichts von Eurer Politik und Euren Kriegsgeschäften und auch nichts von – – von – –«

Sie stockte. Er sah, daß ihr Auge sich größer auf ihn richtete, und glaubte trotz des unzureichenden Sternenlichtes eine Röthe zu bemerken, welche ihre Wangen färbte. Er frug:

»Von was noch?«

»Von – von Dir selbst?«

»Auch nichts von mir selbst!« gelobte er.

Er hätte noch viel mehr, er hätte Alles versprechen können, was sie von ihm forderte.

»Ich glaube Dir. Jetzt gehe. Leïlkum saaide!«*

»Leïlkum saaide!« antwortete er.

Er ergriff nochmals ihr Händchen und zog es an seine Lippen. Sie fühlte das Beben seiner Hand und die Gluth seines Mundes, seines Athems.

»Sei treu nur meinem Bruder und mir; keinem Andern und auch – keiner Andern!«

Diese Worte flüsterte sie noch in bittendem Tone, dann wandte sie sich dem Kiosk zu.

Er begab sich nach dem Palaste und den Gemächern zurück, welche ihm angewiesen worden waren. Er befand sich wie in tiefem Traume, konnte aber doch keine Ruhe finden, bis endlich erst mit dem Anbruch des Tages der Schlaf sich über ihn neigte und die Gestalten verscheuchte, welche die geschäftige und gefällige Phantasie herbeigezaubert und mit den glühendsten Farben ausgestattet hatte, mit Farben, die nur der Süden kennt und die nur ein südliches Auge zu ertragen vermag.

---

* Gesegnete Nacht.

Während er schlief herrschte auf dem weiten Hofe des Palastes ein reges nächtliches Leben. Man war beschäftigt, Bauten zu errichten, welche sich rings an der Mauer herumzogen und deren Beschaffenheit man bei dem unzulänglichen Fackellichte nur schwer zu erkennen vermochte. Erst als der Morgen graute und die Fackeln ausgelöscht wurden, erkannte man eine kreisrunde Arena, um welche breite Zuschauerräume errichtet waren.

Gerade über dem Hofeingange erhob sich eine Loge, welche allem Anscheine nach für den König von Augh bestimmt war. Ihr gegenüber, so daß man von dem Palaste aus Zutritt zu ihr nehmen konnte, war eine zweite zu erblicken, deren hölzernes Gitterwerk vermuthen ließ, daß sie die Damen des Maharajah aufnehmen werde. Dann war noch hüben und drüben zu beiden Seiten des Hofes je eine Loge angebracht, jedenfalls die eine für die Engländer und die andere für die Großen des Reiches Augh.

Seitwärts befand sich ein doppelter, aus starken Eisenholzbohlen gefertigter Käfig, dessen Seiten so mit Matten verhängt waren, daß man die Insassen desselben nicht wahrnehmen konnte. Es befand sich wohl der Panther nebst dem Bär aus dem Himalaya darin.

Maletti hatte nicht lange geschlafen. Jede große Seelenerregung läßt spät zur Ruhe kommen und weckt früh wieder auf. Da der Morgen noch nicht heiß war, beschloß er, zumal seine Zeit jetzt noch nicht von Geschäften in Anspruch genommen war, einen Spaziergang in die Umgebung der Stadt zu machen.

Er kannte bereits denjenigen Theil dieser Umgebung, welcher an den Fluß stieß, und wandte sich daher der andern Seite zu.

Nachdem er die Grenze der Stadt überschritten hatte, gelangte er zwischen ausgedehnten Reis-, Maniok- und Pisangpflanzungen in einen Palmenwald, welcher nach einiger Zeit in einen dichten Teakforst überging. Aus Scheu vor den wilden Thieren, denen er beinahe unbewaffnet gegenübergestanden wäre, war er eben zur Umkehr bereit, als es neben ihm in den Büschen raschelte. Er zog seinen Handjar, kam aber nicht zum Streiche, denn noch ehe er irgend ein menschliches Wesen erblickt hatte, sauste ihm ein lederner Riemen um den Leib, zog ihm die Arme zusammen, und dann wurde er in fürchterlicher Eile durch die Büsche gerissen, so daß er die Besinnung verlor.

Als er erwachte, befand er sich auf einer engen Lichtung, welche rings von dichten baumhohen Farren umgeben war. Er lag noch immer gebunden am Boden, und um ihn herum hockten einige zwanzig wilde Gestalten, deren verwegenes Aussehen ihn nichts Gutes vermuthen ließ. Sie waren bis unter die Zähne bewaffnet, trugen lange, gekrümmte, absonderlich gestaltete Messer im Gürtel und lauschten auf die Worte eines Mannes, welcher auf einem Steine einen etwas erhöhten Standpunkt genommen hatte und in fürchterlicher Begeisterung zu den Andern redete.

Alphons schauderte. Das ganze Aeußere und besonders die Schlingen, welche sie trugen, belehrten ihn, daß er einer Bande jener berüchtigten Thugs in die Hände gefallen sei, bei denen der Mord zur Religion geworden ist, und welche dieser Religion mit der entsetzlichsten Energie huldigen.

Diese Thugs sind durch ganz Indien verbreitet, zu ihnen gehört nicht etwa der Auswurf der Bevölkerung, nein, sondern sie rekrutiren sich aus allen Kasten und Ständen, von dem verachteten Paria bis hinauf zum weiß gekleideten Priester und Brahmanen, oder gar dem Scepter tragenden Fürsten.

Der Thug ist der fürchterlichste Mensch, den es auf Erden gibt. Er überfällt Dich in der Einsamkeit des Waldes oder der Dschungel, er mordet Dich mitten in der Stadt, mitten in einer Versammlung, welche ihm ein Entkommen zur Unmöglichkeit macht. Du trittst aus dem Schiffe an das Land, und sein Dolch fährt Dir in das Herz; er begleitet Dich als treuer sorgsamer Diener Jahre lang durch Indien, und in der letzten Nacht vor Deiner Abreise stößt er Dir das Messer in die Kehle. Vor ihm ist keiner sicher, weder der In- noch der Ausländer, obgleich er es allerdings zumeist auf die letzteren abgesehen hat. Keiner der zu dieser furchtbaren Sekte Gehörigen verräth den Andern; selbst die größte Marter vermag nicht, ihm ein einziges Wörtchen oder auch nur die kleinste Mittheilung über seine infamen höllischen Satzungen zu entlocken, und nur so viel ist gewiß, daß es in diesem weit verbreiteten Henkerbunde verschiedene Grade und Stufen gibt, welche von den Angehörigen nach und nach erstiegen werden. Die Angehörigen des einen Grades morden nur mit der Schlinge, die Andern mit Gift, die Dritten mit dem Ersäufen, die Vierten mit dem Verbrennen, die Fünften mit der Keule und die Uebrigen mit andern Instrumenten oder Todesarten.

Der fürchterlichste Angehörige der Thugs aber ist der Phansegar, dessen Mordwaffe in einem haarscharfen, sichelförmig gebogenen Messer besteht, welches so giftig schneidend und dabei so schwer ist, daß es nur einer geringen Bewegung der geübten Hand bedarf, um ein Menschenhaupt in einem einzigen Augenblicke vom Rumpfe zu trennen. Einem solchen Phansegar entgeht sicher kein Opfer, welches er sich einmal ausgelesen hat, und so kann man sich den tödtlichen Schreck Maletti's denken, als er an den furchtbaren Messern erkannte, in welche Hände er gefallen war.

Der Sprecher war ein alter, vielleicht bereits siebenzigjähriger Mann, dessen Gestikulationen bei seiner Rede aber trotz dieses Alters von einer solchen Energie und Wildheit waren, daß sein kaftanartiges Gewand seinen hagern braunen Körper immer wie eine vom Winde gepeitschte Wolke umflatterte.

Maletti vernahm ganz deutlich jedes Wort, welches er sprach. Dieser Mensch hatte sicher nicht die mindeste Bildung genossen, aber seine Improvisation, durch welche er die Gefährten zu begeistern versuchte, zeigten eine Art diabolischer Poesie, welche ebenso staunenswerth wie beängstigend war.

Nach einem ihm laut zugebrüllten Beifallssturme begann er die Fortsetzung seiner Rede, welche zu deutsch ungefähr gelautet hätte:

> »Da draußen, in dem finstern, wirren
> Gedschungel, wo der Panther schleicht,
> Der Schlangen gift'ge Zungen schwirren,
> Der Suacrong nach Beute streicht,

Liegt Bhowannie*, die Allmachtsreiche,
  Versunken unterm Wunderbaum;
Ihr Angesicht, das nächtlich bleiche,
  Umspielt des Glückes goldner Traum.
Sie träumt von Lambadans Gefilden,
  Wo einst ihr heil'ger Tempel stand,
Eh' noch ihr Volk den ungestillten
  Geheimen Wandertrieb gekannt.
Wo sie beim Schein der Hekatomben
  Ihr großes Reich sich aufgebaut,
Bis auf verfall'ne Katakomben
  Ihr letztgebornes Kind geschaut,
Da sind die Säulen eingefallen,
  An denen sich die Wolke brach,
Versunken die geweihten Hallen
  In denen sie zum Volke sprach.
Als sie zum letzten Mal die Stimme
  Erhob am blutgetränkten Thron,
Warf sie im ungezähmten Grimme
  Der Knechtschaft Fluch auf ihren Sohn – –«

Mehr bekam Maletti jetzt nicht zu hören. Der ihm zunächst sitzende Indier hatte bemerkt, daß ihm das Bewußtsein zurückgekehrt sei, und band ihm ein altes zerfetztes Tuch um die Ohren, so daß das Blut in denselben zu summen begann und ein Hören zur Unmöglichkeit wurde.

Doch konnte der Gefangene genug sehen, um mit der größten Sorge für sein Leben erfüllt zu werden, denn es wurden während der Fortdauer der Rede die Messer auf ihn gezückt, und eine Menge der scheußlichsten Geberden sagten ihm diejenigen Glieder seines Leibes, welche man der Reihe nach abschneiden werde.

Da gab das alte Tuch nach, und es wurde ihm möglich, den Schluß der Rede zu verstehen:

* Bhowannie ist die Göttin der Nacht und des Todes.

»Nahm sie im Westen scheinbar nieder
    Am Abend ihren Tageslauf,
So steigt sie doch im Osten wieder
    Am Morgen sieggekrönt herauf.
Im Westen ist Dein Volk gesunken,
    Fern von der Lambadana Höhn,
Im Osten wird es siegestrunken
    Aus seiner Asche auferstehn.
Dann muß die Nacht zum Tage werden,
    Die Finsterniß zum Sonnenschein,
Und der Phansegar wird auf Erden
    Ein Herrscher aller Herren sein!«

Der Sprecher sprang von dem Steine herab. Seine Augen
waren mit Blut unterlaufen, und während er sich in rasender
Eile auf einem Fuße im Kreise drehte, erhoben sich die
Andern, machten ihm die gleiche Bewegung nach und
schwangen dabei ihre Messer, bis sie vor Ermüdung zu Boden
stürzten.

Dann folgte eine Pause des Verschnaufens, nach welcher
der Sprecher, der jedenfalls der Anführer der Bande war, zu
dem Gefangenen trat und ihm die Binde von den Ohren
nahm.

»Du bist ein Fremder?«

»Ja,« antwortete Alphons.

»Aus welchem Lande?«

»Aus Frankhistan.«

»Nein, Du lügst. Du bist mit den Inglis gekommen?«

»Ja.«

»So bist Du also aus Inglistan!«

»Nein. Ich bin aus Frankhistan, obgleich ich mit den Inglis
gekommen bin.«

»Aber Du hast zu den Inglis gehört.«

»Ja. Aber ich gehöre jetzt nicht mehr zu ihnen.«

»Du lügest wieder! Du trägst ja ihre Kleidung und Uniform.«

»Ich bin erst gestern Abend in den Dienst des Maharajah

von Augh getreten und hatte keine Zeit, mir bereits jetzt andere Kleidung zu verschaffen.«

»Du lügst wieder. Der Maharajah von Augh nimmt keinen Ingli in seinen Dienst. Du mußt sterben!«

»So tödte mich! aber schnell!«

Der Andere ließ ein haarsträubendes Lachen hören.

»Schnell? Ein schneller Tod ist die herrlichste Gabe, welche Bhowannie ihren Söhnen spendet. Wie kann ein Ingli nach dieser Gabe verlangen? Meine Schüler hier werden sich an Deinem Körper üben.«

Er wandte sich im Kreise herum.

»Tretet näher! Ein Jeder nehme sich seinen Theil. Erst die Zunge, dann die Nase, dann die Lippen, nachher die Ohren, das eine Auge, die rechte Hand, das andere Auge, die linke Hand, die beiden Waden, die Muskeln am Arme – –«

Während er jeden einzelnen dieser Körpertheile her nannte, deutete er mit dem Zeigefinger auf denjenigen Phansegar, welcher den betreffenden Schnitt ausführen sollte. Dann fuhr er, als jedes Glied und jede Muskel erwähnt worden war, fort:

»Aber, daß mir Keiner eine große Ader verletzt! Dieser Ingli muß leben, bis ich Euch mein Meisterstück an ihm zeige: Ich werde ihm die Brust öffnen, und er soll sein eigenes Herz pulsiren sehen, ehe er stirbt.«

Dem Gefangenen schwanden vor Entsetzen beinahe die Sinne. Er hatte dem Löwen und dem Tiger gegenüber nicht die mindeste Furcht gezeigt, hier aber war es etwas anderes. Es wirbelte ihm vor den Augen, es brandete ihm vor den Ohren, er machte eine Bewegung, um sich mit Gewalt von seinen Banden zu befreien – es half nichts.

»Sei still, Fremdling!« grinste der Anführer. »Ihr seid aus Inglistan gekommen, um von unserem Vaterlande ein Stück nach dem andern abzuschneiden. Wir werden Vergeltung üben. Jetzt bist Du das Land Indien, von welchem wir mit unsern Messern eine Provinz nach der andern abtrennen, und Du wirst nichts Anderes fühlen und leiden, als was Indien gefühlt und gelitten hat. Beginne, mein Sohn!«

Der Phansegar, an welchen diese Worte gerichtet waren, zog sein Messer aus dem Shawl, welcher seine Hüften umwand.

»Hilfe!« rief Alphons mit aller Kraft seiner Stimme.

»Still!« gebot der Mörder, auf seinen Leib niederkniend. »Es kann Dir Niemand helfen, denn wir sind allein. Und selbst wenn Hunderte in der Nähe wären, sie würden es nicht wagen uns zu stören. Gib mir Deine Zunge freiwillig heraus, sonst muß ich Dir den Mund mit dem Messer aufreißen!«

Es war keine Hoffnung mehr. Alphons schloß die Augen. Ein einziges Wort nur wollte er noch sprechen; es drängte sich wie das inbrünstige Gebet eines Sterbenden über seine Lippen:

»Rabbadah – – –!«

Der Phansegar hatte bereits das Messer dem Munde des Opfers genähert, fühlte aber in diesem Augenblicke seinen Arm zurückgehalten.

»Halt!« gebot der Anführer.

»Warum?« frug ganz erstaunt der Andere.

An diesem Erstaunen war wohl zu erkennen, daß der Anführer noch niemals einen solchen Befehl gegeben hatte.

»Frage nicht!«

Nach dieser Abweisung wandte er sich zu den Andern:

»Tretet zurück, bis ich mit diesem Ingli gesprochen habe.«

Sie gehorchten augenblicklich seinem Gebote. Maletti fühlte sein Herz mit ängstlicher Hoffnung belebt.

»Wie ist Dein Name?« frug der Phansegar.

»Alphons Maletti.«

»Du bist wirklich aus Frankhistan?«

»Ja.«

»Du mußt trotzdem sterben, wenn ich mich irre. Du sagtest jetzt ein Wort. Warum dieses?«

»Rabbadah?« frug der Gefangene.

»Ja. Warum?«

»Das kann ich Dir nicht sagen.«

Der Phansegar bohrte seine Augen tief in diejenigen seines Opfers.

»Du kannst es nicht sagen? Und wenn Du wegen dieser Schweigsamkeit sterben mußt?«

»Auch dann nicht!«

»Du bist fest und muthig. Doch ich weiß, warum Du es nicht sagen willst. Wo warst Du gestern um Mitternacht?«

»Beim Rajah.«

»Wo?«

»Im Garten.«

»Und dann?«

»In meiner Wohnung.«

»Du lügst! Du warst noch an einem andern Orte.«

Alphons erstaunte.

»Wo soll ich noch gewesen sein?« frug er.

»Wo der Bülbül seufzt und die Turteltaube girrt.«

Jetzt erschrak Maletti nicht um seinet-, sondern um Rhabbadahs willen. Dieser Mensch hatte sich im Garten befunden und gelauscht.

»Wie meinst Du dies?« frug er mit verstellter Verwunderung.

»Fürchte nichts! Ich konnte Dein Angesicht nicht sehen und habe Dich heut also nicht erkannt. Aber als Du den Namen der Begum nanntest, ahnte ich, daß Du es seist. Du sollst dem Rajah Kanonen geben, um die Inglis zu vertreiben?«

»Ja.«

»Und Du wirst ihm und der Begum treu dienen?«

»Ja.«

»So bist Du frei. Aber Eins mußt Du mir bei Deinen Göttern schwören.«

»Was?«

»Daß Du weder dem Rajah und der Begum, noch einem andern Menschen erzählen willst, daß der Phansegar im Garten lauscht, um seinen König zu beschützen.«

»Vielleicht beschwöre ich es, wenn Du mir sagst, warum Du, der Mörder, den König und seine Schwester beschützen willst.«

»Ich werde Dir es sagen, denn ich habe gestern Abend vernommen, daß Du schweigen kannst.«

»Wo hast Du dies vernommen?«

»Am Kiosk der Begum, in welchem der Rajah mit ihr sprach. Ich hörte da, daß Du ihm das Leben gerettet und ihn mit Deinem Schweigen beschützt und behütet hast. Ich bin unter die Phansegars gegangen, weil Tamu, der Minister, mir Alles nahm, was ich besaß. Ich ging zum Könige, dem Vater des jetzigen Rajah, und wurde nicht nur abgewiesen, sondern gepeitscht und in das Gefängniß geworfen, wo ich gestorben wäre, wenn ich nicht zu entkommen vermocht hätte. Der König starb, und am Tage, als der jetzige Rajah König wurde, gab er meinem Sohn Alles wieder, was man mir genommen hatte. Darum beschütze ich ihn, die Begum und Dich, denn Ihr werdet nie etwas thun, was dem Volke Schmerzen macht. Tamu aber muß sterben, muß sterben den langsamen Tod, den Du vorhin sterben solltest.«

»Er ist nicht mehr Minister.«

»Ich weiß es. Ich hörte es, denn ich lag hinter Euch auf der Erde, als der Rajah mit Dir sprach.«

»Du hast gehört, was gesprochen wurde?«

»Ja. Ich und noch eine andere Person.«

»Wer?«

»Die Begum.«

»Die Begum hat uns auch belauscht?« frug Alphons überrascht.

»Ja. Sie saß neben mir, aber sie hat mich nicht gesehen.«

»Und dann – – warst Du noch da, als ich zurückkehrte?«

»Ich war da und habe jedes Wort vernommen. Doch fürchte Dich nicht. Ich werde Dich nicht verrathen, sondern Dich beschützen.«

»Was thatest Du eigentlich in dem Garten?«

»Die Inglis sind hier, und ich bin der Freund des Rajah. Soll ich Dir einen bessern Grund sagen?«

»Nein. Ich vertraue Dir.«

»So schwöre, daß auch Du nicht von mir erzählen willst!«

»Ich schwöre es.«

»Bei allen Deinen Göttern?«

»Ich habe nur einen einzigen.«

»So bist Du ein sehr armer Mann. Bei ihm also schwörst Du es?«

»Bei ihm!«

»So bist Du frei. Du hast schon von den Thugs gehört?«

»Ja.«

»Und fürchtetest sie?«

»Allerdings.«

»Sie sind nur ihren Feinden furchtbar, furchtbarer noch als die wilden Thiere der Dschungel; ihren Freunden aber sind sie wie die Sonne der Erde und wie der Thau dem Grase. Hier, nimm diesen Zahn, trage ihn auf der Brust und zeige ihn vor, wenn Du wieder einmal in die Hände der Brüder fallen solltest. Du wirst wie ein Freund entlassen werden.«

Maletti betrachtete das werthvolle Geschenk. Es war der Zahn eines jungen Krokodils. Er hing an einer einfachen Schnur, und seine Spitze war auf eine ganz eigenthümliche Weise angeschliffen, welche jedenfalls dazu bestimmt war, als Erkennungszeichen zu dienen.

»Ich danke Dir! Wirst Du öfters in dem Garten des Rajah sein?«

»Ich weiß es nicht. Warum?«

»Ich könnte Dich vielleicht einmal sprechen wollen.«

»So gehe von der Stadt aus gerade nach Ost bis an den großen Wald, den Du in sechs Stunden erreichen kannst. Es ist der Wald von Kolnah. Grade in der Mitte desselben befindet sich die Ruine eines Tempels. Nimm einen spitzen Stein oder Messer und zeichne auf die Mitte der untersten Tempelstufe einen Krokodilszahn, so werde ich kommen.«

»Wohnest Du dort?«

»Ich wohne sehr oft dort. Jetzt weißt Du viel. Du bist mein Bruder geworden. Schweigest Du, so werde ich Dich beschützen; sprichst Du aber, so mußt Du sterben.«

»Ich werde schweigen!«

»Ich glaube Dir. Komm. Ich werde Dich zur Stadt geleiten!«

Sie durchschritten den Palmenwald und die Felder. An der Grenze der letzteren blieb der Phansegar stehen.

»Hat Dein Vaterland auch Sterne?« frug er.

»Es hat welche.«

»Sind sie so schön und hell wie die unsrigen?«

»Nein.«

»So kehre nie zurück, und erlabe Dich vielmehr an den Wundernächten dieses Landes. Hat Dein Land auch Frauen?«

»Ja.«

»Sind sie so schön wie die unsrigen?«

»Ja.«

»Auch so schön wie die Begum?«

»Nein.«

»So kehre nicht zurück in die Ferne, sondern bleibe hier, um den Stern, welcher Dir in der letzten Nacht aufgegangen ist, festzuhalten, damit er Dir nie wieder untergeht!«

Mit diesen Worten gab er ihm die Hand und verschwand zwischen den Feldern.

Alphons Maletti athmete tief auf, nicht allein wegen der Wendung, welche der Abschied von diesem Manne genommen hatte, sondern vor allen Dingen wegen der so unerwarteten und sonderbaren Rettung aus der fürchterlichsten Todesgefahr, welche nur jemals einem Menschenkinde drohen kann.

Er stand da, als sei er soeben aus einem wüsten Traume erwacht; aber er hatte ja die Ueberzeugung, daß es kein Traum, sondern Wirklichkeit gewesen war. Und wem hatte er sein Leben zu verdanken? Jedenfalls dem Phansegar, eigentlich aber doch der Begum, denn nur der Name der Prinzessin hatte die Hand des Mörders von ihm zurückgehalten.

Er kam sich wie ein Neugeborener vor, als er durch die Stadt schritt, um das Schloß zu erreichen. Dort angekommen, vernahm er, daß der Rajah bereits nach ihm geschickt habe. Er begab sich sofort zu ihm und wurde im ersten Augenblicke mit herzlicher Freundlichkeit, dann aber mit lebhaftem Erstaunen empfangen.

»Du warst fort, als ich Dich rufen ließ?«

»Ja, Sahib. Ich war vor die Stadt gegangen.«

»Du dachtest nicht, daß ich Dich rufen würde?«

»Doch! Aber ich dachte nicht, daß ich so spät zurückkehren würde.«

»Du hast ein Abenteuer erlebt?«

»Woher vermuthest Du dies, Sahib?«

»Deine Kleider sind zerrissen.«

Erst jetzt gewahrte Maletti, daß sein Anzug allerdings beträchtlich gelitten hatte. Das gewaltsame Zerren durch das harte Buschwerk trug die Schuld daran.

»Ja. Ich hatte ein Abenteuer.«

»Welches?«

»Ich darf es nicht erzählen.«

»Auch mir nicht?«

»Hm! Mißtrauest Du mir wenn ich schweige, Sahib?«

»Nein. Aber sage mir, ob Du vielleicht Dein Wort gegeben hast zu schweigen?«

»Ja.«

»So werde ich Dich nicht weiter fragen. Ich sehe, daß man Dich angefallen hat, vielleicht weil man Dich für einen Engländer hielt. Ich kann leider die Schuldigen nicht bestrafen, weil Du sie mir nicht nennen willst.«

»Verzeihe Ihnen, Sahib, so wie ich ihnen verziehen habe. Unser Glaube sagt, daß man feurige Kohlen auf das Haupt des Feindes sammele, wenn man ihm vergibt.«

»So sagt Dein Glaube etwas sehr Gutes. Befolge ihn, wenn es Deine Ehre zuläßt. Jetzt aber komme mit mir. Die Verhandlung mit den Engländern wird beginnen, und ich muß Dir zuvor Kleider geben, die Du in Zukunft tragen sollst.«

Nach einer Viertelstunde saß Maletti mit dem Rajah in einem Zimmer, welches in seiner Mitte mit einem Teppiche belegt und an den Wänden mit Divans versehen war. Sonst aber befand sich nicht das geringste Möbel oder Geräth in dem Raume, wenn man nicht einigen thönernen Kühlgefäßen diesen Namen geben wollte.

Diese porösen und aus Thon gebrannten Töpfe werden mit Wasser gefüllt, welches durch die Poren sehr leicht und schnell verdunstet und in Folge dessen eine angenehme Kühle in dem Zimmer verbreitet. Damit nun diese Kühlung nicht nur einem Raume zu Gute komme, sind oft die Zwischen-wände zweier Zimmer durchbrochen, so daß Nischen entste-hen, in denen diese Gefässe aufgestellt werden.

Auch das Zimmer, in welchem sich der Rajah mit seinem neuen Minister befand, hatte zwei solche Nischen, und durch diese Oeffnungen hindurch konnte man jedes Wort hören, welches im Nebenzimmer gesprochen wurde. Dort saß Lord Haftley und der Rittmeister Mericourt, um mit dem Bevoll-mächtigten des Rajah zu verhandeln. Der stolze Engländer hatte sich also doch herbeigelassen zu erscheinen, sah aber dieses Opfer nicht von Erfolg gekrönt, denn die Zugeständ-nisse, welche ihm gemacht wurden, geschahen nur unter derjenigen Bedingung, welche Madpur Sing gestern mit Ma-letti besprochen hatte.

Der Lord war natürlich innerlich entschlossen, keinesfalls auf diese Bedingung einzugehen, hielt aber mit dieser Mei-nung zurück und gab vor, sich die Sache erst noch reiflich überlegen zu müssen. Er erhob sich und ertheilte dem Ritt-meister mit der Hand ein Zeichen, zu sprechen.

Dieser erhob sich ebenso und meinte, wie so nebenbei im Gehen:

»Ah, da muß ich noch eine Frage aussprechen, die ich beinahe vergessen hätte!«

»Welche?«

»Wo wohnt der Lieutenant Alphons Maletti?«

Der Bevollmächtigte des Rajah war von diesem bereits instruirt worden.

»Bei meinem Herrn,« antwortete er. »Ihr wißt dies ja.«

»Wir wissen es,« meinte der Rittmeister. »Aber der Lieute-nant ist mein Untergebener, und ich wünsche, daß er bei mir wohne.«

»Hat seine Lordschaft nicht die Erlaubniß ertheilt, daß der Lieutenant bei meinem Herrn, dem Rajah sein könne?«

»Er hat sie ertheilt, doch er sieht sich veranlaßt sie wieder zurückzuziehen.«

»Das würde meinen Herrn, der den Lieutenant außeror-dentlich liebt und achtet, kränken. Will seine Lordschaft meinen Herrn, den Maharajah Madpur Sing von Augh beleidigen?«

»Er hat diese Absicht nicht.«

»Aber es würde eine Beleidigung sein, wenn der Lieutenant zurückgefordert würde.«

»Der Maharajah wird mit dem Lieutenant gesprochen haben, was er mit ihm zu reden hat, und so kann er ihn also entlassen, ohne sich beleidigt zu fühlen.«

»Der Maharajah hat nicht allein mit ihm sprechen, sondern ihn bei sich haben wollen als einen Freund, dem er Gastfreundschaft erweisen will.«

»Aber der Lieutenant ist dieser Gastfreundschaft nicht würdig.«

»Warum?«

»Er ist ein Verräther.«

»Gegen wen?«

»Gegen seine Vorgesetzten.«

»Auch gegen den Rajah?«

»Auch gegen ihn.«

»Wenn er Euch verrathen hat, so geht dies den Rajah ja gar nichts an, und wenn er den Rajah verräth, so bitte ich Dich, es zu beweisen!«

»Das habe ich nicht nothwendig!«

»Das hast Du sehr nothwendig! Du bist ein Mann, und was ein Mann sagt, das muß er auch beweisen können. Erlaube mir, Deine Worte dem Lieutenant zu sagen.«

»Ich erlaube Dir es nicht!«

»Aber meinem Herrn darf ich sie sagen?«

»Ja. Er wird uns dann den Lieutenant sofort senden.«

»Nein, das wird er nicht thun.«

»Was sonst?«

»Er wird Dich durch mich fragen lassen, inwiefern der Lieutenant ihn verrathen hat, und wenn Du ihm keine Antwort gibst, so wird er Dich für einen Verleumder, den Lieutenant aber für einen braven Mann halten, der stets die Wahrheit sagt. Thue, was Du willst.«

»Ich verlange, daß mir der Lieutenant ausgeliefert wird.«

»Du sagst, daß Du sein Vorgesetzter bist?«

»Ja.«

»Er trägt eine andere Uniform wie Du. Du bist Rittmeister?«

»Ja.«

»Ist er Lieutenant in Deiner Schwadron?«

»Nein.«

»So bist Du ja auch nicht sein Vorgesetzter. Er ist Artillerist, während Du ja Kavallerist bist!«

»Ich bin Rittmeister und er ist Lieutenant; er steht unter mir und ich bin also sein Vorgesetzter.«

»Du hast einen höhern Rang, und er muß Dir also das Honneur erweisen, aber zu befehlen hast Du ihm nichts. Ist es nicht so?«

»Es ist nicht so. Seine Lordschaft hier befeligen die Division, bei welcher der Lieutenant steht. Haben seine Lordschaft ihm dann zu befehlen?«

»Ja.«

»Nun wohlan! Seine Lordschaft befehlen, daß der Lieutenant ausgeliefert werde.«

»Ah, das ist nicht klar. Bisher hast nur Du befohlen; seine Lordschaft aber haben noch kein Wort gesagt.«

»Sie befehlen durch mich.«

»Davon weiß ich nichts. Ich muß erst die Vollmacht seiner Lordschaft sehen und hören.«

Jetzt beliebte es endlich dem Lord ein Wort zu sprechen:

»Ich befehle es!«

»Was?«

»Den Lieutenant auszuliefern!«

»Ausliefern könnte doch wohl nur der Maharajah; also wollen Eure Lordschaft meinem Herrn, dem Könige von Augh einen Befehl ertheilen?«

Haftley befand sich bei dieser Wendung in einiger Verlegenheit.

»No!« antwortete er mit Nachdruck.

Der Rittmeister ergriff wieder das Wort:

»Seine Lordschaft befehlen dem Lieutenant zu mir zu kommen!«

»Ist dies so?« frug der Bevollmächtigte.

»Yes!« antwortete der Lord.

»Dagegen hat mein Herr nicht das mindeste. Seine Lordschaft mögen dem Lieutenant diesen Befehl ertheilen.«

»Das ist nicht so. Seine Lordschaft ertheilen diesen Befehl hiermit?«

»Yes, hiermit!« bekräftigte Haftley.

»Hiermit? Meinen Seine Lordschaft vielleicht, daß ich ein Diener von Euch bin, der diesen Befehl zu überbringen habe? Erst befehlt Ihr dem Maharajah, und jetzt befehlt Ihr mir!«

»Wir befehlen wem wir wollen!« meinte der Rittmeister. »Nicht wahr, Exzellenz?«

»Yes!«

»So seht einmal zu, wie Eure Befehle erfüllt werden!«

»Sie müssen erfüllt werden. Nicht wahr, Exzellenz?«

»Yes!«

Mit diesem Kraftworte schritt der Lord dem Ausgange zu, und der Rittmeister folgte ihm in der Ueberzeugung, der Würde und Größe Altenglands nicht das mindeste vergeben zu haben.

Kurz nach dieser eigenthümlichen Konferenz wurden die Hofthore des Palastes geöffnet, und die männlichen Bewohner strömten herein, um dem Schauspiele des Thierkampfes beizuwohnen. Die unteren Plätze waren sehr bald gefüllt, länger jedoch dauerte es, ehe die andern besetzt wurden.

Da endlich traten die höheren Beamten von Augh aus dem Palaste und schritten nach der einen Seitentribüne. Zu gleicher Zeit erschienen die Offiziere der englischen Gesandtschaft und nahmen in der gegenüberliegenden Platz. Jetzt konnte man auch trotz der Gitter erkennen, daß sich die Frauenloge belebte, und nur wenige Augenblicke später kam der Maharajah aus dem Palaste, um sich in die seinige zu begeben.

Ein Jubelruf seiner anwesenden Unterthanen begrüßte ihn. Er dankte durch ein freundliches Nicken seines Kopfes, ging über die Arena und stieg die Logentreppe empor. Fast noch mehr als auf ihm, ruhten Aller Augen auf dem Manne, der an seiner Linken schritt. Er bildete die einzige Begleitung des

Königs, trug die kleidsame Tracht der Krieger von Augh und – mit dieser gar nicht harmonirend, einen englischen Stoßdegen an seiner Linken. Es war der Lieutenant Alphons Maletti, welchem die noch nie dagewesene Ehre zu Theil wurde, sich ganz allein an der Seite des Maharajah zu befinden.

»Alle Teufel,« meinte der Rittmeister, welcher neben dem Lord saß, zu diesem letzteren. »Ist das nicht der Maletti?«

»Yes!«

»In Augh'scher Uniform?«

»Yes!«

»Also Ueberläufer?«

»Yes!«

Lieutenant Harry wagte eine Bemerkung.

»Belieben der Herr Rittmeister zu sehen, daß er seinen Degen trägt! Kann da von Desertion die Rede sein?«

Der Rittmeister nickte nachdenklich.

»Ein ebenso außerordentlicher wie zweifelhafter Fall! Nicht wahr, Exzellenz?«

»Yes!«

»Und ganz allein mit dem Rajah! Es ist das eine ganz sicher noch niemals dagewesene Auszeichnung!«

»Yes!«

»Er wird sich darüber zu verantworten haben.«

»Yes!«

»Ich meine, daß es uns zusteht, ihn gleich jetzt von seinem Sitze – – Ah!«

Er unterbrach seine Rede mit diesem Ausrufe, dem alle Andern beistimmten. Von einigen auf dem Käfige sitzenden Eingeborenen waren nämlich die Matten von der einen Thür entfernt und diese letztere geöffnet worden. Mit einem einzigen Satze sprang ein riesiger schwarzer Panther bis auf die Mitte der Arena, sah sich im Kreise um, stieß ein zorniges Brüllen aus und legte sich dann in den Sand nieder.

»Ein prächtiges Thier, Exzellenz! Nicht?«

»Yes!«

»Ich glaube kaum, daß ihm ein Himalayabär Stand halten wird. Dazu gehörte schon mehr ein grauer Bär, ein Grizzly aus den amerikanischen Felsengebirgen. Nicht wahr, Exzellenz?«

»Yes!«

Jetzt wurden die Matten von der zweiten Thür beseitigt. Sie öffnete sich, und man erblickte einen Bären, welcher ruhig liegen blieb und nicht die mindeste Anstalt machte, seinen Aufenthalt zu verändern. Man stieß von oben mit Bambusstangen nach ihm; er schien es gar nicht zu fühlen. Man brannte einige Feuerwerkskörper auf ihn ab; er kam in einige Bewegung: er wälzte sich, um die auf seinem Pelze haftenden Funken zu ersticken.

»Ein fauler feiger Kerl!« bemerkte der Rittmeister. »Nicht wahr, Exzellenz?«

»Yes!«

»Er wird sich von dem Panther skalpiren lassen, ohne nur an eine reelle Gegenwehr zu denken.«

»Yes!«

Jetzt griffen die auf dem Käfige befindlichen Männer zu dem sichersten Mittel: Sie gossen ein Gefäß mit Reisbranntwein über den Bären aus und warfen dann einige »Frösche« herab. Sobald diese letzteren ihre Funken auf ihn sprühten, gerieth der Pelz in Brand, und der Bär trollte sich im Trabe und brummend aus dem Käfige heraus, welcher sich sofort hinter ihm schloß.

Das Thier war ebenso wie der Panther von ungewöhnlicher Größe und erstickte das Feuer, indem es sich im Sande wälzte.

»Endlich haben wir ihn!« jubelte der Rittmeister. »Jetzt wird es ihm schlecht ergehen, nicht wahr, Mylord?«

»Yes! Wetten!«

Haftley war ein Engländer. Es wäre für ihn eine Schande gewesen, eine so günstige Gelegenheit zu einem Einsatze ungenützt vorübergehen zu lassen. Der Rittmeister zog sich scheu zurück; Lieutenant Harry aber erhob sich.

»Erlauben Exzellenz?«

»Yes!«

»Wie viel? Vielleicht hundert Pfund?«

»Yes!«

»Auf wen? Auf den Panther?«

»Yes!«

»So erlaube ich mir, auf den Bären zu setzen. Angenommen, Exzellenz?«

»Yes!«

Harry setzte sich wieder und zwar mit einer Miene, in welcher die Erwartung des Sieges deutlich zu lesen war. Er schien auf den Bären mehr Vertrauen zu setzen als auf den Panther.

Dieser letztere hatte seinen Gegner wohl bemerkt, mit seinem Angriffe aber wegen des Feuers noch gezögert. Als dieses gelöscht war, erhob er sich und schlich in katzenhaft geduckter Haltung einige Male um den Bären herum.

Dieser zog eine halb erstaunte halb dumme Physiognomie, erhob sich auf die Hinterfüße und focht mit den Vordertatzen behaglich in der Luft herum. Da plötzlich that der Panther einen Seitensprung auf ihn zu – Alles war gespannt – ein Ah der Ueberraschung ging durch die ganze Versammlung: Der Bär war schlauer als sein Gegner gewesen; er hatte sich nur dumm und unbesorgt gestellt. In dem Augenblicke, als der Panther auf ihn einsprang, ließ er sich zur Erde fallen; dadurch gerieth der Sprung zu hoch, und indem die gewandte Katze über ihn hinwegflog, that er mit seiner Tatze einen gedankenschnellen Griff – ein heißeres entsetzliches Brüllen erscholl, ein tiefes befriedigtes Brummen mischte sich darein: der Bär hatte dem Panther den Leib aufgerissen, so daß der Verwundete die Gedärme nach der Ecke schleppte, in welche er sich schleunigst retirirte.

»Alle Teufel, das konnte man nicht erwarten!« rief der Rittmeister. »Nicht wahr, Exzellenz?«

»Yes!«

»Das geschah nur ganz aus Zufall von diesem Tölpel von Bären. Nicht wahr, Mylord?«

»Yes!«

»Aber noch ist es nicht aus. Der Panther leckt sich und bringt seine Plessur in Ordnung. Er wird den Angriff wiederholen und dann unbedingt siegen!«

»Yes!«

Es war wirklich so, wie der Rittmeister sagte. Der Panther erhob sich bereits nach kurzer Zeit und näherte sich schnaubend und pustend dem Bären. Dieser öffnete den blutrothen Rachen, drehte die kleinen Augen im Kopfe herum und retirirte sich vorsichtig gegen die Wand der Arena. Er wollte sich jedenfalls rückenfrei machen.

»Er reißt aus!« jubelte der Rittmeister. »Exzellenz werden Ihre Wette unbedingt gewinnen!«

»Yes!«

Lieutenant Harry hörte dies.

»Es stehen hundert Pfund, Exzellenz?«

»Yes!«

»Sagen wir zweihundert?«

»Yes!«

»Exzellenz auf den Panther und ich auf den Bären?«

»Yes, yes!«

»Mylord müssen gewinnen!« versicherte der Rittmeister.

In diesem Augenblicke schnellte sich der Panther trotz seiner Wunde auf den Bären. Dieser lehnte mit dem Rücken an der Wand und empfing den Feind mit offenen Pranken. Es erfolgte nun ein höchst interessantes Schauspiel. Die beiden mächtigen Thiere hielten sich mit den Tatzen und Zähnen gepackt; sie fielen zur Erde und wälzten sich in dem Sande umher, daß der Staub eine dichte Wolke bildete. Das Fell des Panthers bildete für den Bären eine angreifbarere Fläche als der Zottelpelz des letzteren, welcher vortheilhafter Weise seine hintere Pranke in die Bauchwunde des Feindes gebracht hatte und nun in den Eingeweiden desselben wühlte. Der Panther stieß ein schreckliches und ununterbrochenes Brüllen aus, während man von dem Bären nicht einen einzigen Laut, nicht das geringste Brummen vernahm. Da krümmte sich der Panther zusammen, ein weithin brüllender entsetzlicher Schrei erscholl; ein dumpfes, gurgelndes, wimmerndes Röcheln folgte, dann trat eine Stille ein, die nur durch das knirschende Knacken und Krachen von Knochen unterbrochen wurde: der Bär hatte den Schädel seines besiegten Gegners zermalmt, um das Hirn desselben zu verzehren.

Laute Zurufe belohnten den Sieger für seine Tapferkeit. Man hatte ihm im Vorherein den Sieg nicht zugesprochen. Er kümmerte sich nicht um den Applaus, sondern zog sich, nachdem er das Gehirn verzehrt hatte, in die neben dem Käfige befindliche Ecke zurück.

»Schauderhaft!« bemerkte der Rittmeister. »So etwas konnte kein Mensch vermuthen. Nicht wahr, Mylord?«

»Yes!«

»Die Wette ist zum Teufel!«

»Yes!«

»Zweihundert Pfund.«

»Yes!«

»Pah! Es wird sich Gelegenheit finden sie zurück zu gewinnen. Nicht wahr, Exzellenz?«

»Yes!«

Während der eingetretenen Pause gab es in der vergitterten Loge ein leises Gespräch.

Es waren nur zwei Frauen zugegen: die Frau und die Schwester des Maharajah, welcher sein Weib so liebte, daß er keine zweite Frau an ihre Seite setzen wollte, sondern es nur liebte, einige Sklavinnen bewundern zu dürfen.

Die Königin von Augh war eine zart gebaute Indierin von außerordentlich sanften Gesichtszügen, die nur von Güte und Milde sprachen.

»Wie gefällt er Dir?« frug sie.

»Wer?« klang es ganz erstaunt.

»Nun, wer anders als dieser Franke?«

»Der Lord da drüben?«

»Oh! Der Frankhi bei Deinem Bruder!«

»Dieser?«

»Ja. Nun?«

»Was?«

»Wie er Dir gefällt?«

»Ja, dürfte er mir denn gefallen?«

»Warum nicht? Darf Dir nicht eine Blume, ein Thier, ein Haus, eine Gegend gefallen?«

»Also auch ein Mensch?«

»Natürlich. Also sage es!«

»Als ein Mensch gefällt er mir.«

Die Königin zuckte mit der zarten, in kostbaren durchsichtigen Mousselin gehüllten Schulter.

»Weiter nicht?«

»Warum weiter?«

»Rabbadah! Willst Du mich kränken?«

Bei diesen Worten kam Leben in die bisher kalten Züge der Begum. Sie legte die Arme um die Schwägerin, zog sie an sich und küßte sie innig.

»Er ist so schön, so stolz, so treu,« flüsterte sie ihr leise in das Ohr. »Aber vergiß nicht, daß sich über uns die Punkah* bewegt und also die Diener nicht weit von uns sind!«

»Du liebst ihn?« frug die Königin ebenso leise.

»Ich liebe ihn.«

»Arme Rabbadah!«

»Warum arm?«

»Er ist kein Maharajah!«

»Aber er ist wie ein Maharajah und soll Augh von seinen Feinden retten.«

»Möchtest Du sein Weib werden?«

»Ich liebe ihn um meines Bruders und um seinetwillen; aber sein Weib – –? Ich habe ihn noch nicht geprüft.«

»Wie wolltest Du ihn prüfen?«

Die Begum lächelte ein wenig versteckt.

»Weiß ich es, wie man dies zu machen hätte?«

»Nein, denn Du bist noch ein Mädchen; aber ich werde Dir helfen!«

»Thue es!«

Diese Bitte klang beinahe ein Bischen nach Ironie, doch die Königin bemerkte dies nicht. Sie antwortete in wohlwollendem Eifer:

---

* Ein breiter, an die Decke befestigter Fächer, welcher mittelst einer Schnur bewegt wird, um Kühlung zu fächeln.

»Ich werde es thun, doch erlaube mir, zuvor sehr reiflich darüber nachzudenken.«

»Denke nach! Du wirst sicher das Beste entdecken!«

Jetzt öffnete sich das vom Hofe aus nach der Straße führende Außenthor, und unter der Loge des Maharajah weg wurde ein männlicher Elephant hereingeführt. Er war bestimmt gewesen, mit dem Panther zu kämpfen, von welchem man angenommen hatte, daß er den Bären besiegen werde.

»Wie gefällt Dir der neue Held?« frug der Rajah seinen Nachbar.

»Ein prächtiges Thier!« antwortete Maletti. »Aber es wäre besser, wenn es eine Heldin wäre.«

»Warum?«

»Sind nicht die weiblichen Elephanten gewöhnlich tapferer als die männlichen?«

»Ja. Aber dieser ist dennoch mein bester Jagdelephant.«

»Auf Tiger?«

»Auf Tiger, Panther und Leoparden.«

»Hat er bereits mit einem Bären gekämpft?«

»Nein.«

»Dann ist der Ausgang zweifelhaft.«

»Warum?«

»Weil er die Art und Weise des Bären noch nicht kennt. Man muß den Gegner vollständig kennen, um ihn besiegen zu können. Das gilt nicht nur bei den Menschen, sondern auch im Reiche der Thiere.«

»O, dieses Thier ist nicht nur tapfer, sondern auch klug und vorsichtig!«

»Der Bär ebenfalls, wie er ja bereits zur Genüge bewiesen hat!«

»Ein Elephant, ah!« meinte drüben der Rittmeister. »Ein prächtiger Kerl, nicht wahr, Exzellenz?«

»Yes!«

»Gegen diesen kann der Bär unmöglich aufkommen. Nicht wahr, Mylord?«

»Yes!«

»Der Bär ist zu langsam und unbeholfen und von seinem vorigen Feinde bereits zu sehr geschwächt. Er wird besiegt.«

»Yes! Wetten!«

Wieder hatte nur der Lieutenant Harry den Muth, auf diese Aufforderung einzugehen.

»Hundert Pfund, Mylord?«

»Yes!«

»Oder vielleicht zweihundert, um Excellenz Gelegenheit zu geben, quitt zu werden?«

»Yes!«

»Mylord auf den Elephanten und ich auf den Bären?«

»Yes, yes!«

Der Elephant hatte keinen Kornak* auf seinem Nacken sitzen, und war sich also selbst überlassen, was bei einer solchen Gelegenheit wohl auch das Beste war. Er erblickte den Bären, stieß einen herausfordernden Trompetenruf aus und warf mit seinen Stoßzähnen den Sand empor.

»Ah, er beginnt!« meinte der Rittmeister. »Der Bär ist auf jeden Fall verloren!«

»Yes!«

»Der Elephant ist nur durch ein Raubthier zu besiegen, welches ihn im Sprunge zu nehmen vermag. Der Bär aber kann nicht springen.«

»Yes!«

»Exzellenz gewinnen die Zweihundert zurück!«

»Yes!«

Da ließ sich der unternehmende Lieutenant vernehmen:

»Wollen wir dreihundert sagen, Mylord?«

»Yes!«

»Excellenz noch immer den Elephanten und ich den Bären?«

»Yes, yes!«

Diese Zustimmung klang so zuversichtlich, daß der Lord das allergrößte Vertrauen auf den Elephanten haben mußte.

Dieser schritt langsam und vorsichtig auf den Bären zu.

* Treiber oder Führer.

Meister Petz schien keine rechte Lust an diesem zweiten Kampfe zu haben; er trollte im Trabe rund in der Arena herum, und dabei zeigte es sich, daß er auf dem Rücken und der rechten Flanke je eine nicht unbedeutende Wunde erhalten hatte. Der Elephant behielt ihn scharf im Auge.

Jetzt plötzlich blieb der Bär stehen; er hatte auch noch nie mit einem solchen Gegner gekämpft und seinen Rundgang nur deshalb unternommen, um ihn von allen Seiten gehörig betrachten und kennen zu lernen. Bei einem menschlichen Kämpfer hätte man diese Thätigkeit rekognosciren genannt. Jetzt nun war er mit seiner Beobachtung fertig und mit seinem Plane im Reinen. Er hatte beschlossen, die vorige Taktik nur theilweise zu wiederholen. Er richtete sich auf die hintern Pranken empor.

Der Elephant erkannte dies als eine Herausforderung und stürmte auf ihn zu. Den Rüssel, welcher leicht verletzt werden konnte, hielt er hoch empor, während er die Stoßzähne senkte, um den Feind sofort aufzuspießen. Kaum aber waren diese gefährlichen Waffen noch einen Fuß von dem Leibe des Bären entfernt, so warf sich dieser, ganz wie vorhin zur Erde nieder, so daß der Elephant über ihn hinwegstürmte, und ehe dieser im Laufe innehalten und sich wenden konnte, hatte der Bär bereits das eine hintere Bein des Kolosses erfaßt, schlug seine Krallen in das Fleisch und begann, an dem Beine emporzuklettern.

Der Elephant stieß einen Schrei des Schmerzes aus und rannte stöhnend und vor Wut trompetend in der Arena umher. Durch diese Bewegung wollte er den Feind, den er mit dem Rüssel nicht zu erreichen vermochte, von sich abschleudern. Es gelang ihm nicht. Die Krallen des Bären waren zu lang und scharf, sie fanden in dem Fleischklumpen einen zu festen sichern Anhalt.

Da kam das schmerzerfüllte Thier auf einen Gedanken, der ihm Rettung bringen konnte. Der Bär hatte mit seinen Vorderfüßen bereits den hintern Theil des Rückens erreicht, und es war also die höchste Zeit, sich seiner zu entledigen. Der Elephant trat von hinten an die Brüstung der Arena und versuchte, den Gegner durch einen Druck gegen dieselbe zu zerquetschen.

Dieser Druck war ein gewaltiger; der ganze Bau erzitterte; die Holzsäulen, welche die vergitterte Frauenloge trugen, gaben nach – ein einziger Schrei des Entsetzens ertönte aus vielen hundert Kehlen – die Loge mit den beiden Frauen senkte sich herab und brach dann zusammen.

Die Absicht des Elephanten war erreicht, er hatte den Gegner abgestreift, war aber dabei so verwundet und zerfleischt worden, daß er wie rasend und von Sinnen in der Arena herumstürmte. Der Bär hatte jedenfalls bedeutende Quetschungen erlitten, stand aber wohlgemuth auf allen Vieren und betrachtete sich gemächlich die Trümmer der Tribüne, unter denen die beiden Damen fast begraben lagen.

Ein vielstimmiger Schrei des Entsetzens war ausgestoßen worden, Alle aber, außer Zweien, saßen wie gelähmt vor Schreck. Diese Beiden waren der Maharajah und Alphons Maletti. Sie stürmten die zu ihrer Loge führenden Stufen herab auf die Arena. Der wüthende Elephant bemerkte sie zuerst und wandte sich mit feindseligen Tönen gegen sie. Er erhob den Rüssel zum tödtlichen Schlage gegen den Rajah; dieser that einen Sprung zur Seite, der ihn rettete, und mußte dann zurückweichen.

Maletti war es gelungen, an dem Thiere vorüberzukommen.

»Tödte ihn,« rief der Maharajah, »und das Königreich ist Dein!«

Man wagte kaum Athem zu holen, und es herrschte eine Stille, welche das allergeringste Geräusch vernehmen ließ. Hinter sich den aufgebrachten Elephanten und vor sich den unbesieglichen Bären, eilte Maletti, nur mit seinem Degen bewaffnet, auf diesen letzteren zu. Er zog sich dabei den Turban vom Kopfe, riß den feinen Kaschmirshawl von der Kopfbedeckung los, wickelte sich denselben um den Arm und zog mit der Rechten den Degen.

Der Bär richtete sich zu seinem Empfange in die Höhe, öffnete den Rachen und breitete, als die Degenspitze bereits seine Brust rührte, die Vorderpranken zur tödtlichen Umarmung aus. In dem gleichen Augenblicke stieß ihm der verwegene Lieutenant den Stahl in das Herz und den durch den Kaschmir geschützten Arm in den Schlund; dann stürzten Beide nieder und wälzten sich für einige Augenblicke im Sande.

Der Elephant hatte den einen Mann zurückgetrieben und kam jetzt herbei, den andern zu suchen; er fand ihn, sich mühsam aus der Umschlingung des todten Bären windend; schon wollte er ihn mit dem Rüssel niederschmettern, da brachte ihn der Anblick des Bären zur Besinnung. Der drohende Rüssel senkte sich langsam nieder, um den Bären zu untersuchen, und da er ihn todt, mit dem Degen im Leibe fand, erkannte das von der Natur mit so viel Klugheit begabte Thier, daß dieser Mensch ja sein Freund, vielleicht gar sein Retter sei. Es stieß einen triumphirenden Schrei aus, faßte den Lieutenant sanft mit dem Rüssel, hob ihn auf den Rücken empor, spießte den Bären an die gewaltigen Zähne und trug so beide, den Sieger und den Besiegten, einige Male in der Arena herum.

Ein lauter Jubel erschallte von den Zuschauersitzen, und allen Anderen voran eilte nun der Maharajah zu den beiden Frauen, die er glücklicher Weise unversehrt, aber außerordentlich erschrocken und beängstigt fand. Er ließ sie durch die herbeikommenden Dienerinnen nach ihren Gemächern bringen und näherte sich dann dem Elephanten, der jetzt in ihm seinen Herrn erkannte und sich von ihm liebkosen ließ.

»Du bist verwundet?« frug er Maletti.

»An der linken Schulter,« antwortete dieser lächelnd von oben herab, »und ein wenig strapaziert in den Rippen, was aber nichts zu bedeuten hat, wenn man bedenkt, aus welcher Umarmung ich komme.«

»Verdammter Zufall!« meinte der Rittmeister drüben auf der Tribüne. »Konnten wir nicht unten sein? Wir hätten noch viel weniger Umstände mit diesem Bären gemacht. Nicht wahr, Mylord?«

»Yes!«

»Aber wer hat nun die Wette gewonnen? Wer war der Sieger von den beiden Thieren? Der Bär?«

»Yes!«

»Oder der Elephant?«

»Yes!«

»Oder keiner von Beiden?«

»Yes!«

»Lieutenant Harry, was meinen Sie?«

»Bis zu der Katastrophe war der Bär entschieden im Vortheile, ich meine also nicht egoistisch zu sein, wenn ich annehme, daß die Sache unentschieden geblieben und die Wette also zu anulliren ist. Was sagen Mylord dazu?«

»Yes!«

»So handelt es sich also nur um die ersten Zweihundert!«

»Yes!«

Der Rittmeister unterbrach diese geschäftlichen Interjektionen.

»Der Lieutenant Maletti steigt ab. Er blutet an der Schulter und geht verteufelt krumm. Das Embrassement wird ihm wohl nicht ganz bekommen sein. Aber man wird ihn trotzdem im Triumph nach dem Palaste führen, ihn den Ueberläufer, der eigentlich unser Gefangener ist. Nicht wahr, Mylord?«

»Yes!«

»Wollen wir gegen diesen Triumphzug unser Veto einlegen?«

»Yes!«

»So gehen wir hinab in die Arena und benutzen die Gelegenheit, uns unseres Gefangenen zu bemächtigen!«

»Yes!«

»Wer wird das Wort führen, Mylord? Ich?«

»Yes!«

»So wollen wir aufbrechen!«

»Yes!«

Während Alles dem Helden zujubelte, machten sich diese Beiden auf, ihn gefangen zu nehmen. Zu Ehren der andern Offiziere jedoch mußte es gesagt sein, daß sie sich ihnen nicht anschlossen.

Unten angekommen, trat Mericourt auf Maletti zu.

»Herr Lieutenant, ich ersuche Sie mir zu folgen!«

»Wohin?«

»Zunächst nach der Wohnung Seiner Exzellenz.«

»Und dann?«

»Das wird sich finden!«

»Der Ausdruck »das wird sich finden« ist bei einem braven Offiziere eine Unmöglichkeit, Herr Rittmeister, wie Sie sicher zugeben werden.«

»Wie so?«

»Ein guter Taktiker und Stratege darf nur mit bekannten, nie aber mit unbekannten Größen rechnen. Ich bin Artillerist und werde meine Distanzen stets gut berechnen, nicht aber zu jeder Kugel sagen: fliege fort, und ob Du etwas triffst, das wird sich finden. Erklären Sie sich also offen über die Absicht, mit welcher Sie mich einladen mit Ihnen zu gehen.«

»Besitzen Sie so wenig Scharfsinn, daß Sie nicht einsehen, daß ich Sie arretiren will?«

»Arretiren? Sie? Mich?«

»Ja!«

»Dazu sind Sie der Mann doch nicht. Es ist Ihnen bereits wiederholt erklärt worden, daß ich Ihnen keine Subordination zu leisten habe. Wollen Sie sich das nun endlich einmal merken!«

»Mäßigen Sie Ihren Ton, Herr Lieutenant, sonst – –«

»Sonst – –! Was denn?«

»Sonst werde ich Ihnen zeigen, wie man mit mir zu sprechen hat! Nicht wahr, Mylord?«

»Yes!«

»Und wie man sich zu Verräthern und Ueberläufern verhalten wird! Nicht wahr, Mylord?«

»Yes!«

Alphons lächelte, aber hinter diesem Lächeln lauerte der Sturm.

»Dann werden Sie mir wohl auch mit zeigen, wie man sich einem ehrlosen Verleumder gegenüber verhält?«

»Wie meinen Sie das?«

»Sie haben heute behauptet, daß ich den Maharajah verrathe.«

»Nun? weiter!«

»Ich ersuche Sie, die Wahrheit dieser Behauptung zu beweisen!«

»Ihnen gegenüber bedarf es weiter keines Beweises. Nicht wahr, Mylord?«

»Yes!«

»Ach so! Dann entbinde ich Sie davon, mir zu zeigen, wie man mit Ihnen zu sprechen hat, denn ich kenne diese Art und Weise ganz genau. Man spricht mit Ihnen nämlich gerade so, wie mit jedem andern gemeinen Schurken, nämlich so!«

Er holte aus und schlug dem Rittmeister die geballte Faust mit solcher Wucht in das Gesicht, daß dieser zurücktaumelte. Dann fügte er, sich an den Lord wendend, hinzu:

»Nicht wahr, Exzellenz?«

Es erfolgte keine Antwort.

»Warum bleiben Sie denn gerade dieses Mal mit Ihrem berühmten Yes zurück?«

»Mensch!« brüllte der Rittmeister. »Was hast Du gewagt!«

»Nichts! Einen Feigling zu brandmarken ist kein Wagniß.«

»Ich werde Dir zeigen, daß es sehr wohl ein Wagniß ist!«

Der Rittmeister schäumte. Er zog blank.

»Ah, endlich habe ich diesen Menschen einmal bis vor die Klinge!«

Mit diesen Worten riß Maletti dem nebenan liegenden Bären den Degen aus dem Leibe und wandte sich damit seinem Gegner zu. Dieser machte ein eigenthümliches Gesicht.

»Nicht wahr, Mylord, der Lieutenant Maletti ist ein Verräther?«

»Yes!«

»Und mit einem Verräther darf sich kein braver Offizier und Edelmann schlagen?«

»Yes!«

»Ich würde meinen Degen entweihen durch seine Berührung mit diesem Menschen?«

»Yes!«

»So arretiren wir ihn, Exzellenz!«

»Yes!«

»Sie haben es gehört. Folgen Sie uns!«

»Feige Buben, Einer wie der Andere! Rittmeister, Mylord, ich sage Ihnen: Wenn Sie in anderthalb Minuten noch in meiner Nähe stehen, werde ich es Ihnen machen, wie ich es mit dem Bären gethan habe, mein Ehrenwort darauf.«

Er zog die Uhr aus der Tasche.

»Mylord, er ist rasend!« meinte der Rittmeister.

»Yes!«

»Arretiren wir ihn ein anderes Mal!«

»Yes!«

Sie wandten sich und schritten ihrer Wohnung zu.

»Was sagst Du zu diesen Leuten, Sahib?« frug Maletti den Maharajah.

»Wenn sie nicht Gesandte Englands wären,« antwortete dieser, »so würde ich sie aus meinem Lande peitschen lassen. Komm aber herauf! Dein Angesicht wird bleich. Das Blut rinnt Dir aus der Schulter, und Dein Leben kann mit ihm entrinnen.«

Sie begaben sich in das Palais. Alphons biß die Zähne zusammen, erst jetzt fühlte er die Schwäche, welche eine Folge des Blutverlustes war, und die Schmerzen seiner Brust, welche unter der gewaltigen Umarmung des Bären jedenfalls sehr schwer gelitten hatte. Als er mit dem Rajah, der nicht an seine Frauen dachte, sondern erst seinen treuen Diener in Sicherheit wissen wollte, in sein Gemach trat, fiel er ohnmächtig auf den Divan nieder.

Sofort ließ der König seinen Arzt rufen. Dieser untersuchte den Verletzten auf das Sorgfältigste.

»Nun?«

»Er wird nicht heut und auch morgen nicht erwachen.«

»Er stirbt?«

»Nein. Es sind ihm zwei Rippen eingedrückt, und er hat viel Blut verloren, aber er wird bald wieder gesund werden.«

»Pflege sein, als ob ich es selber wäre!«

Kaum hatte Madpur Singh seinem Weibe und seiner Schwester einen Besuch abgestattet und sich überzeugt, daß sie keinen Schaden gelitten hatten, so wurde ihm der Lord und der Rittmeister gemeldet. Unter den gegebenen Umständen entschloß er sich sie selbst zu empfangen.

»Was willst Du?« frug er den General mit einer Miene, welche nichts weniger als freundlich genannt werden konnte.

»Unsern Gefangenen,« antwortete der Rittmeister an Stelle seines Vorgesetzten. »Nicht wahr, Mylord?«

»Yes!«

»Welchen Gefangenen?«

»Den Lieutenant Alphons Maletti.«

»Weshalb ist er Euer Gefangener?«

»Er ist ein Verräther. Nicht wahr, Exzellenz?«

»Yes!«

»Welchen Verrath hat er begangen?«

Der Rittmeister schwieg und blickte den General fragend an. Das Gesicht desselben sagte sehr deutlich, daß er diese Frage nicht beantworten möge.

»Den Verrath gegen seine Pflicht,« antwortete daher endlich Mericourt.

»Dein Wort sagt mir nichts. Erzähle mir, was der Lieutenant gethan hat!«

»Das ist eine Dienstsache, die ich nicht mittheilen darf.«

»Du brauchst sie nicht mitzutheilen, denn ich kenne sie bereits. Ihr nennt den Lieutenant einen Verräther, weil er mich nicht verrathen hat. Habe ich recht gesagt?«

Beide schwiegen.

»Ihr seid die Gesandten einer großen und berühmten Nation, aber Ihr macht auch große und berühmte Fehler.«

»Sage sie uns!« meinte der Rittmeister. »Nicht wahr, Mylord?«

»Yes!«

»Ihr kommt, um einen Vertrag mit mir abzuschließen. Ist dies wirklich Eure ehrliche und alleinige Absicht, so müßt Ihr Euch hüten mich zu beleidigen. Ihr beleidigt mich jedoch mit allem Wissen und Willen, und so muß ich erkennen, daß Euch andere Absichten, welche feindlich sind, zu mir hergeführt haben.«

»Inwiefern beleidigen wir Dich?«

»Ihr wollt einem Manne, den ich liebe, seine Freundschaft zu mir entgelten lassen. Ihr wollt mich zwingen, die Gastfreundschaft zu verletzen, die uns heiliger ist als Euch. Ist das nicht eine große Beleidigung?«

»Wir thun unsere Pflicht. Nicht wahr, Mylord?«

»Yes!«

»Eure Pflicht war einen Vertrag mit mir abzuschließen, und indem Ihr mich beleidigt, handelt Ihr gegen diese Pflicht. Ihr habt erfahren, daß der Lieutenant Maletti mein Freund ist, den ich wie einen Bruder achte. Ihr hättet klug sein und ihm die Verhandlung mit mir anvertrauen sollen, dann wäre Eure Aufgabe sehr leicht zu erfüllen gewesen.«

»Wir werden sie dennoch lösen. Nicht wahr, Exzellenz?«

»Yes!«

»Auf solche Weise nicht!«

»Und gerade auf solche Weise! Nicht wahr, Exzellenz?«

»Yes!«

»So versucht es!«

»Ich habe Dich zu fragen, ob Du dem Volke der Engländer dein Land öffnen willst.«

»Ich will es öffnen, wenn die sämmtlichen Mächte von Europa mir den Besitz dieses Landes garantiren.«

»Eine solche Garantie zu erlangen ist unmöglich.«

»Es ist möglich.«

»Bleibst Du bei dieser Forderung?«

»Ich bleibe dabei.«

»So ist unser Geschäft hier zu Ende und wir werden noch heute Augh verlassen. Nicht wahr, Mylord?«

»Yes!«

»Eure Reise sei glücklich!«

»Wir dürfen keinen unserer Leute hier zurücklassen. Gib uns den Lieutenant heraus.«

»Er kann nicht mit Euch gehen, denn er liegt todtkrank darnieder.«

»Laß ihn uns sehen!«

Die Augen des Herrschers blitzten zornig auf und seine Hand fuhr nach dem Griffe seines Dolches.

»Was wagt Ihr! Wollt Ihr mich zum Lügner erklären?«

»Wir wollen Dich nicht beleidigen, aber wir müssen den Lieutenant sehen. Nicht wahr, Exzellenz?«

»Yes!«

»So kommt!«

In stolzer Haltung und ohne sich nach ihnen umzusehen, schritt er ihnen voran aus dem Zimmer und nach der Wohnung Malettis. Dort angekommen fanden sie den Verletzten ohne Besinnung noch in den Händen des Arztes, welcher bemüht war, die von der Tatze des Bären zerrissene Schulter zu verbinden.

»Hier ist er. Seht ihn Euch an!«

»Wir sehen ihn! Wir müssen ihn mitnehmen, todt oder lebendig. Nicht wahr, Mylord?«

»Yes!«

»Er ist mein Gast und sein Leben liegt auf meiner Seele. Ich muß ihn bei mir behalten.«

»Bedenke, daß es gegen das Völkerrecht ist, uns einen Verräther vorzuenthalten! Nicht wahr, Exzellenz?«

»Yes!«

»Bedenkt hingegen Ihr, daß das erste Völkerrecht das Gastrecht ist! Ich verletze dieses Völkerrecht indem ich ihn Euch ausliefere. Bei mir wird er genesen, bei Euch aber müßte er unterwegs sterben.«

»Ist das Dein letztes Wort?«

»Mein letztes!«

»So müssen wir Dich beklagen, daß Du nicht erkennen willst was zu Deinem Besten dient! Nicht wahr, Mylord?«

»Yes!«

»Und ich beklage Eure Nation, weil sie keine Männer zu haben scheint, welche sich zu einer friedlichen Gesandtschaft nach Augh geeignet hätten!«

»Du willst uns beleidigen?«

»Nein. Ich kann keine Nation beleidigen, die ich beklage.«

»Wir gehen. Es wäre gut für Dich gewesen, wenn Du unsere Vorschläge angenommen hättest! Nicht wahr, Mylord?«

»Yes!«

»Geht! Euer Gott lenke Eure Pfade zum Frieden.«

Sie verließen das Zimmer und noch an demselben Tage mit ihrer ganzen Begleitung die Hauptstadt. Maletti blieb zurück.

Als dieser zum ersten Male erwachte, war es Nacht. Er schien sich allein im Zimmer zu befinden. Die Vorhänge seines Bettes waren zugezogen und durch sie fiel der Schein einer Lampe auf sein Lager. Er mußte sich erst besinnen, was mit ihm geschehen war. Ein heftiger Schmerz auf der Brust und der Schulter half ihm sich zu orientiren.

Da bewegte sich ein Schatten zwischen ihm und dem Lichte hindurch. Der Vorhang theilte sich, ein kleines weißes Händchen erschien und dann ein Angesicht, dessen Schönheit ihn blendete, so daß er die müden Lider auf die Augen sinken ließ.

Sie hatte nicht bemerkt, daß seine Augen geöffnet gewesen waren; sie hielt ihn noch für besinnungslos und flößte ihm einen stärkenden Trank ein. Dann trocknete sie ihm den Schweiß von der Stirn und den Wangen, und er fühlte dabei den Hauch ihres Mundes. Ihr Gesicht mußte dem seinigen nahe sein. Er konnte sich nicht enthalten, er mußte die Augen aufschlagen.

Sie bemerkte es und fuhr mit einem Ausrufe zurück, welcher halb dem Schrecke und halb der Freude galt.

»Rabbadah!«

»Du erwachst, Du sprichst wieder!«

»Wie lange habe ich geschlafen?«

»Fünf Tage.«

»Fünf – Tage –!«

Es erschien ihm unglaublich, eine so lange Zeit nicht bei sich gewesen zu sein; es war ihm, als ob er vor kaum einer Stunde die Augen geschlossen habe.

»Ja, fünf Tage. Du warst sehr krank.«

»Und – Du bist bei mir!«

Sie erröthete.

»Es darf Niemand etwas wissen. Nur der Arzt, Dein Diener und Aimala wissen es.«

»Aimala! Wer ist das?«

»Das Weib meines Bruders.«

»Die mit – ah, die mit Dir herunterstürzte?«

»Ja, die. Sie war auch bereits bei Dir. Du hast uns das Leben gerettet, und wir wollten Dich des Nachts gern pflegen. Sprich zum Rajah nicht davon.«

Er bemerkte durch die Spalte des Vorhanges, daß ihre obere Hülle auf dem Divan lag. Sie war nur mit einem leichten Gewande bekleidet, welches sich so eng an ihre vollen herrlichen Formen schmiegte, daß er deutlich das Klopfen an seinen Schläfen hören konnte. Er schloß die Augen.

»Du bist wieder müde?« frug sie.

»Nein.«

»Du hast großen Schmerz?«

»Nein. Jetzt nicht. Wo ist der General Haftley?«

»Er ist fort.«

»Seit wann?«

»Seit dem Tage, an welchem Du uns rettetest.«

»O, er wird wiederkommen.«

»Denkst Du es?«

»Ja. Er wird wiederkommen mit einem Heere, und Augh wird unbewaffnet sein. Mein Gott, gib mir meine Gesundheit und meine Kraft zurück!«

»Sei ruhig! Du darfst Dich nicht aufregen. O, es war uns ja doch verboten mit Dir zu sprechen, wenn Du erwachen würdest. Ich muß den Arzt um Verzeihung bitten und ihn Dir sofort senden.«

»O bleibe!« bat er mit flehender Stimme.

Sie sah ihm in das Auge und bemerkte nun erst den Mangel ihrer Verhüllung. Tief erglühend trat sie schnell zurück, warf das Oberkleid über sich und eilte aus der Stube.

Am andern Morgen trat der Rajah bei ihm ein.

»Du bist erwacht, wie ich höre!«

»Ja, und ich fühle mich bereits besser als in der Nacht. Ich werde bald das Lager verlassen.«

»Du wirst es noch lange hüten müssen, wenn Du vollkommen hergestellt sein willst, sagt der Arzt. Deine Brust hat schwer gelitten. Du bist ein Held, ich muß Dich mir erhalten.«

»Ich werde bis zu meinem Ende bei Dir sein!«

»Und ich werde Dir dafür danken, denn ich kann Dich brauchen, selbst wenn Du krank auf dem Lager liegest.«

Es war diesen Worten anzuhören, daß sie nicht ohne Grund ausgesprochen wurden.

»Wie könnte ich Dir jetzt dienen?«

»Durch Deinen Rath. Wirst Du nicht erschrecken?«

»Ich erschrecke nie.«

»Die Engländer nähern sich unserer Grenze!«

»Ah! Schon jetzt!«

»Fluch ihnen! Es war Alles auf den Krieg vorbereitet, noch ehe dieser elende Lord Haftley zu mir kam. Diese Gesandtschaft wurde nur zu dem Zwecke abgesendet, mir einen offiziellen Grund zur Feindseligkeit abzuzwingen. Es ist ihnen gelungen, denn es mußte ihnen gelingen.«

»Sind sie stark?«

»So stark, daß ich ihnen nur mit Hilfe meiner Nachbarn gewachsen bin. Ich habe schleunigst meine Boten zu ihnen gesandt.«

»Und Deine Krieger?«

»Sind sämmtliche unter die Waffen gerufen.«

»Ah! Und hiervon vernahm ich nichts!«

»Der Arzt gebot, es Dir zu verschweigen. O, hätte ich Artillerie!«

»Du sollst welche haben!«

Der Rajah fuhr erstaunt empor.

»Ich? Woher?«

»Ich nehme sie den Engländern ab und bringe sie.«

Es kam das Feuer des Krieges über ihn. Er erhob sich auf dem Lager und griff nach den Kleidern.

»Gieb mir so viele Krieger, als ich brauche, und ich werfe die Engländer mit ihren eigenen Geschützen über den Haufen!«

»Wie viele brauchst Du?«

»Das kann ich jetzt nicht wissen. Aber ich werde mich orientiren. Erlaube, daß ich mich ankleide! Ich darf nicht mehr ruhen; ich darf nicht mehr krank sein; ich muß kämpfen, kämpfen für Dich, mich und – Augh!«

Anstatt des letzteren Wortes wäre ihm beinahe ein anderer Name entfahren.

»Aber Du bist noch zu schwach!«

»Nein, ich bin nicht mehr schwach. Siehe mich an; blicke her! Bin ich krank?«

Er hatte seinen Degen von der Wand genommen und wirbelte ihn mit solcher Kraft und Behendigkeit um den Kopf, daß man in ihm allerdings keinen soeben erst vom Tode Erstandenen vermuthen konnte.

»Nun gut,« meinte der Rajah. »Ich brauche Dich, und will daher die Befehle des Arztes übertreten. Komme zu mir, um an unsern Berathungen theilzunehmen!«

Als Maletti in den Divan des Rajah trat, sah er alle Räthe des Herrschers versammelt. Er wurde mit größter Hochachtung von Allen begrüßt und mußte bald bemerken, daß der Palast bereits ein Hauptquartier bildete, in welchem fast von Minute zu Minute Berichte anlangten und Befehle ausgingen.

Alle verfügbaren Krieger waren bereits dem nahenden Feinde entgegengeschoben worden. Maletti erkannte die bisherigen Vorbereitungen, falls auf die Hilfe der Nachbarstaaten zu rechnen sei, als praktisch an und bat, ihn sofort zur Armee gehen zu lassen, um eine größere Rekognition vorzunehmen, von deren Ergebnissen das Weitere abhängig zu machen war.

Sein Wunsch wurde bewilligt. Der Maharajah wollte dann selbst zu seinen Truppen stoßen, um die Oberleitung zu übernehmen.

Während diesen Berathungen und so vielen andern nothwendigen Arbeiten war es Abend geworden. Um Mitternacht sollte Maletti mit zweihundert neu eingetroffenen Reitern die Hauptstadt verlassen. Als er sich auf diesen Ritt vorbereitet hatte, beschloß er, zum ersten Male von der Erlaubniß Rabbadahs, sie aufzusuchen, Gebrauch zu machen.

Nachdem er sich vergewissert hatte, daß er jetzt von dem Rajah gewiß nicht gesucht werde, schlich er sich nach dem Garten und gelangte glücklich bis vor das Kiosk in der Frauenabtheilung. Er gab das Zeichen. Drinnen ertönte sofort das Girren der Turteltaube.

Er stieg mit hoch klopfendem Herzen die wenigen Stufen empor, schob den Vorhang zur Seite und trat ein.

Da lag sie, so herrlich und prächtig, wie er trotz ihrer Schönheit sie sich niemals hätte ausmalen können. Sie streckte ihm die Hand entgegen.

»Ich wußte, daß Du kommen werdest.«

»Woher?«

»Ich hörte durch das Gitter Euren sämmtlichen Berathungen zu. Setze Dich!«

Er nahm an ihrer Seite Platz, und sie duldete es, daß er ihre Hand in der seinigen behielt.

»Werden wir hier nicht überrascht werden?« frug er.

»Nein. Ich habe meine Dienerin aufgestellt, welche mir ein Zeichen gibt, wenn Jemand kommen sollte.«

»Ist es dann für mich noch rechtzeitig, das Kiosk zu verlassen?«

»Nein. Du müßtest hier bleiben.«

»Um ertappt zu werden?«

»Wieder nein. Dieses Kiosk hat nur diesen einzigen Raum, aber es birgt dennoch gar sichere Verstecke. Es ist gebaut worden, um für den Herrscher und seine Familie zu allen Zeiten und in jeder Gefahr einen sichern Zufluchtsort zu bilden, wo man wenigstens eine augenblickliche Sicherheit erlangen kann. Du gehst zum Heere?«

»Um Mitternacht.«

»Aber Du bist krank!«

»Ich bin gesund!«

Sie schüttelte mit dem Kopfe.

»Du täuschest Dich. Dein Muth und Deine Kampfbegier lassen Dich nicht auf die Schmerzen achten. Und dennoch solltest Du Dich – dem Rajah erhalten!«

»Ich erhalte mich ihm, indem ich für ihn handele.«

»Du hast mir gelobt, aufrichtig und ohne Falsch mit mir zu sein!«

»Ja.«

»So sage mir ohne Hehl, ob Du für Augh befürchtest oder hoffst.«

»Noch keines von Beiden. Wenn meine Rekognition beendet ist, werde ich Dir antworten können. Werden wir uns in den Nachbarn nicht vielleicht irren?«

»Ich denke es nicht.«

»O, die Engländer sind schlau und wissen mit Geld und glänzenden Versprechungen auch einen sonst standhaften Verbündeten zu bethören. Es wäre fürchterlich, wenn, während wir ihnen entgegengehen, Augh von einer der anderen Seiten angegriffen würde!«

»Wir würden uns vertheidigen!«

»Womit?«

»Mit unsern eigenen Händen!«

»Ich glaube es Dir. Aber Ihr würdet sterben müssen, ehe wir Hilfe bringen könnten.«

»Sterben?« Sie schüttelte den Kopf. »Nein. Dieses Kiosk würde uns eine sichere Zuflucht bieten.«

Er warf einen scharf forschenden Blick in dem Raume umher und konnte doch nichts entdecken, was im Stande war, diese Behauptung zu bestätigen.

Sie lächelte und meinte beinahe scherzend:

»Und wenn ganz Augh verwüstet und geplündert würde, Du würdest dennoch uns und unsere Schätze hier finden, selbst wenn das Kiosk verbrannt oder zertrümmert wäre. Du brauchtest nur meinen Namen zu rufen und das Zeichen des Bülbül zu geben.«

»Wohlan, das beruhigt mich, obgleich es nicht so weit kommen wird. Jetzt aber muß ich gehen, die Mitternacht ist nahe.«

Sie erhob sich ebenfalls wie er und wand sich den Gürtel von den schwellenden Hüften.

»Du kämpfest für uns und – auch für mich. Nimm diesen Shawl von mir; er mag Deine Waffen tragen und Dir ein Talisman sein in jeder Gefahr, welche Dir droht!«

»Wird er uns dem Rajah nicht verrathen?«

»Der Rajah kennt ihn nicht; trage ihn getrost!«

Sie schlang ihm das kostbare Geschenk mit eigener Hand um die Hüften und reichte ihm dann die Rechte zum Abschiede.

»Ziehe hin und kehre siegreich wieder!«

Er vermochte nicht zu sprechen. Sie stand vor ihm, so herrlich, so entzückend und doch so rein, so hehr und hoch, daß er um keinen Preis zu der geringsten Profanation dieses Augenblickes befähigt gewesen wäre. Er drückte nur ihre Hand an sein Herz und stammelte dann:

»Lebe wohl!«

Das Kiosk lag hinter ihm und eine halbe Stunde später, als er Abschied von dem Rajah genommen hatte, die Stadt. Er ritt an der Spitze seiner kleinen Truppe neben dem Führer dem Osten entgegen.

Es waren halb selige und halb bange Gefühle, welche sich in seinem Busen theilten. Die kräftigen Pferde flogen im Trabe über die weite Ebene dahin; es wurde kein lautes Wort gesprochen, und nur zuweilen ließ sich in den hinteren Gliedern ein flüsternder Ton vernehmen.

Da kam ihnen rascher Hufschlag entgegen. Drei Reiter wollten an ihnen vorüber.

»Halt!« rief Maletti. »Wohin?«

»Nach Augh,« lautete die Antwort.

Die drei Reiter erkannten jetzt, daß sie es mit einer ganzen Truppe zu thun hatten, und parirten ihre Pferde.

»Zu wem?«

»Zum Maharajah.«

»Woher?«

»Vom Schlachtfelde.«

»Vom Schlachtfelde? Ah! Es ist bereits eine Schlacht geschlagen? Du meinst wohl ein Treffen, ein kleines Gefecht!«

»Nein, eine Schlacht.«

»Welchen Ausgang hatte sie?«

»Die Inglis haben gesiegt. Sie kamen schneller, als wir dachten; sie kamen von allen Seiten, und wir hatten nur

Reiterei, keine Kanonen und keinen Anführer. Die Truppen von Augh sind geschlagen, sind vernichtet, sind zerstreut in alle Winde. Wer seid Ihr?«

»Ich bin der Musteschar des Maharajah und wollte zu Euch.«

»O, Sahib, denke nicht, daß wir Feiglinge waren! Siehe unsere Wunden hier! Wir haben tapfer gekämpft, aber wir konnten ihnen nicht widerstehen.«

»Ich glaube Euch. Diese Inglis haben uns verrätherischer Weise überfallen, ehe wir uns für den Kampf zu rüsten vermochten. Wo wurde die Schlacht geschlagen?«

»Bei Hobrah.«

»Wie weit ist dies von hier?«

»Du reitest in acht Stunden dahin. Wir aber sind, um die Kunde schnell zu bringen, nur fünf Stunden geritten.«

»Wann begann der Kampf?«

»Heute am Nachmittage.«

»So sind die Inglis also nur ungefähr neun Stunden von der Hauptstadt entfernt. Eilt dorthin und sagt dem Rajah, daß ich versuchen werde, die in der Umgegend des Schlachtfeldes Zerstreuten schleunigst an mich zu ziehen, um mit ihnen die Hauptstadt zu decken. Ha, ein feiger Einfall ohne Kriegserklärung! Lebt wohl!«

Schon wollte er den Ritt in beschleunigter Eile fortsetzen, als er von einem Ausrufe des Schreckes zurückgehalten wurde.

»Was ist es?«

»Siehe das Feuer dort im Westen, Sahib!«

Er blickte zurück. Gerade in der Gegend, aus welcher sie kamen, zeigte sich der Horizont geröthet; erst ein schmaler Streifen nur, dann aber mit jedem Augenblicke höher und höher steigend, nahm das Phänomen eine Dimension an, welche zum Erschrecken war.

»Das ist kein Meteor; das ist ein richtiges, ein entsetzliches Feuer!«

»Das ist der Brand nicht eines Dorfes, sondern einer ganzen großen Stadt!«

In dem Innern des Franzosen kochte es. Vor sich eine verlorene Schlacht mit einem zerstreuten Heere in den Feldern, und hinter sich – Herrgott, ja, das konnte nichts Anderes sein als die Hauptstadt Augh, welche brannte. Und wie allein nur konnte dieser Brand entstanden sein? Er gab seinem Pferde die Sporen, daß es wiehernd hoch aufstieg.

»Umgekehrt, zurück! Augh ist überfallen und in Brand gesteckt worden. Reitet, was die Pferde laufen können, und haltet Euch zuammmen!«

Das gab einen Ritt, als ob eine entfesselte Hölle hinter ihnen herfege. Es bedurfte kaum einer Viertelstunde, um die beinahe zwei Stunden weite Strecke zurückzulegen. Je näher sie kamen, desto deutlicher sahen sie, daß sie sich nicht geirrt hatten. Der größte Theil der Stadt stand in Flammen; das konnte unmöglich die Folge eines einzeln in der Stadt ausgebrochenen Feuerschadens sein. Bald kamen ihnen einzelne flüchtige Reiter entgegen.

»Was ist geschehen?« frug Alphons den erstern.

»Der Sultan von Symoore hat Augh überfallen, und vom Westen ist auch schon der Rajah von Kamooh im Anzuge.«

Maletti knirschte mit den Zähnen.

»Ein längst vorbereitetes und sorgfältig geheim gehaltenes Bubenstück! Wo ist Madpur Sing, der Maharajah?«

»Niemand weiß es; Niemand hat ihn gesehen.«

»Ist der Feind stark?«

»Viele tausend Mann.«

»Wohlan! Wer geht mit mir, um den Rajah zu retten?«

»Wir Alle!«

»Bravo! Nehmt breite Linie! Jeder Reiter, welcher uns begegnet um zu fliehen, wird angehalten und muß uns folgen!«

Der Trupp donnerte weiter, und als er sich in unmittelbarer Nähe befand, bestand er aus gegen vierhundert muthigen, wohlbewaffneten Männern.

»Jetzt gerade zum Palaste des Rajah hin. Vorwärts!«

Er voran, die Andern hinter ihm drein, brausten sie wie ein Sturmwind in die Stadt hinein.

Der Feind bestand glücklicher Weise nicht mehr aus fest geschlossenen Truppenkörpern; er hatte sich zerstreut um zu plündern. Nur hier oder da fiel ein Schuß oder stellte sich ein kleinerer Trupp den todesmuthigen Reitern entgegen; aber solche Hindernisse wurden einfach überritten. Maletti hatte das beste Pferd aus dem Stalle des Rajah empfangen. Erst hatte er dies bezweifeln wollen, jetzt aber, da er die Leistung dieses Thieres sah, glaubte er daran.

Je näher sie dem Schlosse kamen, desto dichter wurde der Feind, und vor dem Palaste selbst wogte noch ein außerordentlich erbitterter Einzelkampf.

»Hurrah, drauf und hinein!« rief Alphons, sein Pferd in die Höhe nehmend und den Säbel schwingend.

Der Feind stutzte erst überrascht; als er aber erkannte, mit welch kleiner Anzahl Gegner er es zu thun hatte, begann er ein mörderisches Kugelfeuer, welches sofort die Reihen der Helden zu lichten begann. Auf den durcheilten Straßen waren ihrer bereits eine Anzahl gefallen; jetzt schien es, als ob sie der Vernichtung geweiht seien.

Maletti sah einige der Diener, welche sich zusammengerottet hatten, im Hofe kämpfen. Er fuhr wie ein Wind zum Thore hinein, auf ihre Gegner zu und ritt sie auseinander.

»O, Sahib, Du wieder hier!« scholl es ihm entgegen.

»Wo ist der Rajah?«

»Nach dem Garten.«

»Und das Harem?«

»Ist mit ihm.«

»Flieht auch dorthin. Anderswo ist keine Rettung!«

Ohne abzusteigen sprengte er die Treppe empor, durch den weiten Flur des Palastes, wo er mehrere Feinde niederstreckte, hindurch und dann hinaus in den Garten. Auch hier wogte der Kampf und tönte gellendes Wuth- oder Siegesgeschrei. Rabbadah hatte von einer Zuflucht im Kiosk gesprochen. Der Maharajah, wenn er noch lebte, mußte dort zu finden sein.

Die einzelnen Feinde theils niederschlagend, theils niederreitend, gewann er die Frauenabtheilung des Gartens. Da ertönte hinter ihm das Schnauben von Pferden. Er blickte sich um. Fünf von seinen Wackern waren ihm gefolgt und holten ihn ein. Die köstlichen Anlagen und Blumen nicht achtend, ging es beim Scheine des brennenden Palastes gerade auf das Kiosk los. Da plötzlich riß er sein Pferd zurück. Vor ihm lagen zwei Leichen, die eines Mannes und eines Weibes, welche sich umschlungen hielten. Es war der Maharajah und sein Weib, der Leib des ersteren von Kugeln und Stichen ganz durchlöchert. Was war aus der Begum geworden?

»Rettet diese Leichen. Nehmt sie auf!«

Nach diesem Befehle setzte er zwischen einige Hecken hindurch und erreichte den kleinen freien Platz, auf welchem das Kiosk errichtet war. Was er da erblickte, ließ ihm die Haare zu Berge steigen.

Auf einer der Stufen zum Kiosk hatte Rabbadah gestanden und sich mit einem krummen Scirimar nach Kräften vertheidigt. Sie war unverwundet. Man hatte sie geschont; zu welchem Zwecke, das sollte sie gleich sehen. Zwei Feinde zugleich faßten sie und entrangen ihr die Waffe.

»Wo ist der Schatz des Maharajah?« brüllten sie.

»Sucht ihn!« antwortete sie.

Aus dreißig Kehlen antwortete ein Schrei der Wuth und der Drohung.

»Du bist die Begum; Du weißt, wo der Schatz sich befindet. Sage es, sonst stirbst Du unter tausend Qualen!«

»Martert mich!«

»Wohlan, brennt ihr zunächst den Turban an!«

Sie wurde von Vier oder Fünf festgehalten, und ein Sechster brachte einen schnell herbeigeholten Brand, um die grauenhafte Drohung wahr zu machen.

Dies war der Augenblick, an welchem Malettis Rappe die Hecke durchbrach.

»Rabbadah!«

Nur diesen einen Ruf stieß er aus, dann war er auch schon mitten zwischen den Feinden, welche überrascht zurückwichen. Er benutzte diesen Augenblick sofort.

»Herauf zu mir!«

Zwei scharfe Säbelhiebe, das Pferd auf den Hinterhufen

herumgerissen, ein rascher energischer Griff – die Geliebte lag vor ihm auf dem Pferde. Zugleich erschienen seine fünf Begleiter, zwei von ihnen mit den Leichen vor sich.

»Mir nach, über die Mauer in den Fluß. Vorwärts!«

Wie die wilde Jagd ging es weiter. Alphons kannte eine niedrige Stelle der Mauer, welche ein guter Reiter wohl zu überfliegen vermochte. Er sprengte zunächst in die Männerabtheilung des Gartens zurück und dann gerade auf diese Stelle zu. Die Andern folgten.

»Rabbadah, erschrick nicht. Wir stürzen in den Fluß!«

»Ich erschrecke nicht!«

»Aufgepaßt! Hurrah!«

Er nahm den Rappen empor, und das gewandte sprungkräftige Thier flog wie ein Pfeil hinüber, mitten in die Fluthen des unmittelbar hinter der Gartenmauer dahinrauschenden Stromes hinein. Noch fünf ebenso glückliche Sprünge, und die sechs Reiter hielten auf das gegenüberliegende Ufer zu, welches sie glücklich erreichten, obgleich drei der Pferde doppelte Lasten zu tragen hatten.

»Wohin jetzt, Sahib?« frug einer der Männer.

»Steigt ab und laßt Eure Pferde erst verschnaufen. Wenigstens für kurze Zeit sind wir hier jetzt sicher. Wir haben noch einen guten Ritt und müssen dann noch einmal über das Wasser.«

Er stieg mit Rabbadah ab, und die Andern folgten ihm, sich in respektvoller Entfernung von Beiden haltend. Die Begum war zwar vollständig durchnäßt, bei dem Klima Indiens aber war dies nicht gefährlich. Sie achtete nicht der triefenden Kleidungsstücke, die sich eng an ihre Gestalt anlegten; sie warf sich auf die Leichen des Bruders und der Schwägerin und benetzte sie mit heißen wortlosen Thränen.

Dann trat sie zu Maletti und reichte ihm die Hand.

»Du warst fort. Wie kamst Du als Retter zurück in diese gräßliche Noth?«

»Ich sah den Schein des Feuers und ahnte was geschehen war. Darum kehrte ich um.«

»Ich danke Dir! Weniger für meine Rettung als vielmehr

dafür, daß Du mir hier diese Beiden erhalten hast. Ist Alles verloren?«

»Alles! Die Inglis haben uns am Nachmittage vollständig geschlagen; der Sultan von Symoore hat Augh genommen, und von Westen her stürmt der Rajah von Kamooh heran.«

Sie faltete die Hände und schwieg. Dann aber hob sie die Rechte zum Himmel empor. Sie stand da gleich einem überirdischen Wesen, von den Flammen der brennenden Stadt und den blutigen Reflexen des Stromes beleuchtet.

»Fluch, dreifacher Fluch diesen Inglis! Sie schimpfen und höhnen, sie treiben und hetzen, sie lügen und betrügen, sie sengen und brennen, sie plündern und morden; Fluch ihnen, tausendfacher Fluch!«

Das war ein fürchterliches Wort, und Maletti wußte nur zu gut, ob es Wahrheit oder Unwahrheit enthalte.

»Wie ist das heut nach meinem Scheiden so gekommen?« frug er. »Erzähle es mir!«

»Jetzt nicht. Ich kann nicht denken, ich kann nicht erzählen, ich kann nur fluchen, fluchen diesen Inglis und diesen Teufeln aus Symoore und Kamooh, welche uns Freundschaft heuchelten und doch mit dem Feinde buhlten, um unsere Schätze zu erhalten. Kein Mogul, kein Schah, kein Sultan und kein Maharajah hat solche Schätze wie der Maharajah von Augh, und das wußten sie. Sie wollten diese Schätze haben, aber sie sollen sie nicht erhalten. Der Maharajah von Augh, der edelste und gerechteste der Könige ist todt, verrathen von den Inglis und treulos gemordet von seinen Freunden. Seine Schätze gehören der Begum und sollen nie in ihre Hände fallen; das schwöre ich bei den Geistern der beiden Gemordeten hier zu meinen Füßen!«

FÜNFTES KAPITEL

Nach der Juweleninsel.

Der in neuerer Zeit so berühmt gewordene Wald von Koleah bestand damals aus einem einzigen großen Dickicht von Ebenholz-, Teak- und Drachenbäumen, untermischt mit riesigen Farren und hohen Schirm-, Kohl-, Areka- und Sagopalmen. Diese baumartigen Gewächse wurden umschlungen, überstrickt und verbunden von einem beinahe unzerstörbaren Netzwerke von Schling- und Lianengewächsen, welche desto üppiger wucherten und blühten, je mehr sie den Stämmen, an denen sie schmarotzend emporkletterten, den Nahrungs- und Lebenssaft raubten.

Nur einige schmale Pfade führten durch diesen Wald auf die Mitte desselben zu, wo die Ruinen eines jener indischen Tempel liegen, mit deren Großartigkeit sich nur die Ueberreste jener cyklopischen Tempelbauten auf Java zu messen vermögen.

Es war am frühen Morgen nach dem Ueberfalle von Augh, als sechs Reiter und eine Reiterin dem schmalen Schlangenpfade folgten, welcher von Augh her in den Wald von Koleah führt.

Voran ritt Alphons Maletti, der einstige Lieutenant in englischen Diensten und nachherige kurzzeitige Kriegsminister des Maharajah Madpur Sing. Ihm folgte auf einem für sie eingefangenen Pferde Rabbadah, die Begum von Augh, und dann kamen fünf Reiter, von denen zwei je eine Leiche vor sich auf dem Pferde hielten.

»Kennst Du diesen Weg auch ganz genau?« frug die Begum.

»Nein,« antwortete der Offizier.

»Und Du willst unser Führer sein!«

»Ja,« lächelte er.

»Warst Du bereits einmal hier?«

»Noch nie.«

Sie wurde ängstlich, das war ihr anzusehen.

»Und Du willst uns hier eine sichere Zufluchtsstätte verschaffen?«

»Wie es sicherer keine zweite gibt. Ich habe einen mächtigen Freund in diesem Walde und in dieser Ruine.«

»Ob er aber auch der meinige ist!«

»Er wurde der meinige nur deshalb, weil er der Deinige ist.«

»Wo ist er zu finden?«

»Das weiß ich nicht; ich werde es aber bald sehen.«

Das Gespräch stockte wieder, bis sie an eine Stelle kamen, von welcher ein zweiter Pfad auf den ersten mündete und dieser nun eine beinahe doppelte Breite gewann. Eben als sie diese Stelle erreichten, traten wohl an die zwanzig wild aussehende Männer aus dem Dickicht hervor. Rabbadah stieß einen Ruf des Schreckes aus.

»Phansegars!« brüllte entsetzt der ihr folgende Reiter.

Er glitt sofort vom Pferde und verschwand in dem wuchernden Gewirre der Schlingpflanzen; die andern Vier folgten schleunigst seinem Beispiele und ließen die Pferde im Stich, um sich nur verbergen zu können. Sie konnten wegen der engen Passage ihre Pferde nicht umwenden, sonst wären sie sicher, anstatt zu laufen, davongeritten.

»Halt!« rief der Vorderste der Männer. »Wer seid Ihr?«

»Freunde,« antwortete Maletti ruhig.

»Beweise es!«

»Hier!«

Er zog den Zahn hervor und zeigte denselben hin.

»Du bist ein Freund. Wer ist dieses Weib?«

»Das kann ich nur Dem sagen, welcher mir dieses Zeichen gab, und zu dem ich jetzt will.«

»Wie heißt er?«

»Er hat mir seinen Namen nicht genannt.«

»Das macht Dich verdächtig. Steigt ab und folgt uns! Ah, zwei Leichen! Was sollen die Kadaver hier?«

»Wir wollen sie hier begraben.«

»Es gibt dazu andere Orte. Uebrigens bist Du ein Ingli oder ein Frankhi, denn bei uns werden die Leichen nicht begraben, sondern verbrannt. Du wirst mir immer verdächtiger. Vorwärts mit Euch!«

Sie wurden von den Phansegars in die Mitte genommen und verfolgten nun den Weg zu Fuße weiter, bis sie an einen von hohem Baumwuchse freien Platz kamen, auf welchem die selbst in ihren Trümmern noch gigantischen Steinkolosse des einstigen Tempels zu erblicken waren.

Man hatte ihnen die Pferde nachgebracht; sie wurden angebunden.

»Kommt weiter!« befahl der Führer.

Er führte sie zwischen riesigen Felsenstücken und Mauerüberresten hindurch nach einem engen Gange, welcher sich unter der Erde fortsetzte. Sie mußten im Dunkeln tappen, bis er halten blieb.

»Wartet hier! Ich weiß nicht ob ich schnell wiederkommen kann!«

Höchstens drei seiner Schritte waren zu hören, dann blieb es still.

»Wenn er uns hier verlassen hat, um nie zurückzukehren!« flüsterte Rabbadah.

»Sorge Dich nicht! Wir sind in guten Händen.«

»Weißt Du dies gewiß?«

»So gewiß, als ich mein Leben tausendmal hergeben würde, ehe ich Dir ein Haar nur krümmen ließe.«

»Aber es sind Phansegars!«

»Ich weiß es.«

»Woher bekamst Du ihr Zeichen?«

»Das darf ich Dir nicht sagen, weil ich geschworen habe zu schweigen. Horch!«

Die Mauer, an welcher sie lehnten, konnte nicht sehr stark sein, denn man vernahm jetzt die Schritte vieler Personen und das Summen ihrer unterdrückten Stimmen. Zugleich ward ein Geruch bemerkbar, welcher demjenigen des Harzes oder des Peches glich. Da erhob sich plötzlich eine laute deutliche Stimme:

»Steig nieder, von den heil'gen Höhen,
  Wo in Verborgenheit Du thronst;
Laß uns, o Siwa, laß uns sehen,
  Daß Du noch immer bei uns wohnst!
Soll Deines Lichtes Sonne weichen,
  Jetzt von Tscholamandelas[1] Höhn,
In Dschahlawan[2] Dein Stern erbleichen
  Und im Verschwinden untergehn?«

Maletti erkannte sofort diese Stimme; es war diejenige des Phansegars, welcher ihm das Zeichen gegeben hatte.

»Das ist der Freund, der Dich und mich beschützen wird,« tröstete er Rabbadah.

Die Stimme fuhr unterdessen fort:

»Spreng Deines Grabes Felsenhülle,
  O Kalidah, steig aus der Gruft
Und komm in alter Macht und Fülle
  Zum Thuda, der Dich sehnend ruft!
Soll der Brahmane schlafen gehen,
  Die Sakundala in der Hand,
Soll er den Zauber nicht verstehen,
  Der ihn an Deine Schöpfung band?
Des Himalaya mächt'ger Rücken
  Steigt aus dem Wolkenkreis hervor,
Und der Giganten Häupter blicken
  Zum Ew'gen demuthsvoll empor.
Ihn preist des Meers gewaltge Woge,
  Die an Kuratschis Strand sich bricht,
Und in des Kieles lautem Soge[3]
  Von ihm erzählt beim Sternenlicht.
Ihn preiset des Suacrong[4] Stimme,
  Die donnernd aus der Dschungel schallt,

1 So wird in Indien die Küste Koromandel genannt.
2 So nennt der Indier die Küste Malabar.
3 So wird das Geräusch genannt, welches das Kielwasser am Schiffe hervorbringt.
4 Der indische Tiger.

Wenn er im wilden Siegesgrimme
  Die Pranken um die Beute krallt.
Ihn preist des Feuerberges Tosen,
  Das jedes Herz mit Graun erfüllt,
Wenn aus dem Schlund, dem bodenlosen,
  Das Flammenmeer der Tiefe quillt!«

»Ist dies auch ein Phansegar, ein Mörder?« frug die Begum.
»Er spricht wie ein Dichter.«

»Es ist ein Phansegar; er kann wohl weder lesen noch
schreiben, und dennoch könnte ein Dichter des Morgen- oder
Abendlandes ihn wohl in Beziehung auf die Sprache kaum
übertreffen. Horch!«

Es klang weiter:

»Und Herr ist er, vom Eiseslande,
  Wo träg zum Meer die Lena zieht,
Bis weithin, wo am Felsenstrande
  Der Wilde dem Yahu[1] entflieht.
Und Herr bleibt er. Im Sternenheere
  Erblickst Du seiner Größe Spur;
Sein Fuß ruht in dem Weltenmeere,
  Und sein Gesetz ist die Natur.
Naht auch mit unheilvollen Stürmen
  Vom Westen her die Wettersnacht,
Mag immer sich die Wolke thürmen.
  Der Hindukoh bricht ihre Macht:
Die matt geword'nen Stürme kräuseln
  Mit kühlem Hauch als Abendwind
Des Persermeeres Fluth und säuseln
  Durch Pendschabs Fluren sanft und lind.
Wo die Almeah[2] kaum die Lieder
  Der nächtlichen Bhowannie sang,
Tönt in die stillen Ghauts[3] hernieder
  Der Kriegstrompete heller Klang.

1 Yahu ist der Teufel der Neuseeländer.
2 Tänzerin.
3 Thäler.

Die duftenden Thanakafelder
  Zerstampft der Rosse Eisenhuf;
Der Phansegar flieht in die Wälder
  Vor seiner Feinde Siegesruf.
Des Ganges Welle muß sie tragen
  Bis hin zu Siwas heil'gem Ort,*
Und ihre Feuerboote jagen
  Die Gott geweihten Thiere fort.
Dann wird mit festlichem Gepränge
  Von einem andern Gott gelehrt,
Und von der leicht bethörten Menge
  Der Mann aus Falesthin** verehrt. –«

Sie konnten nicht weiter hören, denn der Phansegar, welcher sie hier gelassen hatte, kehrte zurück, jedoch aus einer anderen Richtung, als er vorhin eingeschlagen hatte.

»Folgt mir weiter!«

Sie schritten langsam hinter ihm her, bis sie zu einer steinernen Treppe kamen, welche zu einem ähnlichen Gange emporführte. Dieser nahm einen krummen Verlauf und war an seiner Mündung von Rauch erfüllt. Sie traten jetzt in eine bogenartige Erweiterung, von welcher aus, als sich erst das Auge an den Rauch gewöhnt hatte, sie über eine steinerne Brüstung hinweg in eine sehr bedeutende Tiefe zu blicken vermochten.

»Setzt Euch hier. Und wenn Ihr bei dem was Ihr seht einen Laut ausstoßt, so werdet Ihr hinabgestürzt!« drohte der Führer.

An der Rückwand der Loge zog sich eine lange Steinbank hin, auf welcher etwa zwölf bis fünfzehn Thugs Platz genommen hatten, die jedenfalls sehr bereit waren, dieser Drohung augenblicklich Folge zu leisten.

»Dürfen wir leise mit einander sprechen?«

»Ja.«

»Dürfen wir auch an die Brüstung treten, um zu sehen, was da unten vorgenommen wird?«

---

  * Benares.
 ** Palästina (Christus gemeint).

»Das sollt Ihr sogar, damit Ihr erkennt, wie es Euch geht, wenn Ihr nicht unsere Freunde seid, sondern zu den Inglis gehört!«

Maletti trat vor und die Begum folgte seinem Beispiele.

Beide erblickten vor sich einen hohen, weiten, von riesenhaften Steinmauern begrenzten domartigen Raum, an dessen hinterer Decke sich ihr gegenwärtiger Aufenthaltsort befand. Unten im Schiffe dieses kirchenähnlichen Raumes knieten vor einem steinernen Altare wohl an die zweihundert Männer, von denen jeder eine Fackel trug. Daher der Harzgeruch und Rauch. Diese Männer waren an ihren Waffen sehr leicht als Thugs und meist als Phansegars zu erkennen, denn in ihrer Armirung herrschte das krumme fürchterliche Messer vor.

Zwischen ihnen und dem Altare kauerten vielleicht zwanzig gefesselte Personen, welche alle die englische Uniform trugen. Maletti blickte genauer hin und hätte beinahe vor Ueberraschung den so streng verbotenen Schrei ausgestoßen.

»Siehst Du die Gefangenen?« frug er leise die Begum.

»Ja. Es sind Inglis.«

»Kennst Du sie?«

»Nein.«

»Blicke die Beiden rechts in der vorderen Reihe an, aber – sei vorsichtig und bleibe still!«

Sie machte die Geberde des Erkennens.

»Lord Haftley!«

»Und Rittmeister Mericourt!«

Da trat der Phansegar herbei, welcher sie geführt hatte.

»Ich sehe es Euch an, Ihr habt Gefangene erkannt!«

»Ja.«

»So seid Ihr verloren, denn Ihr gehört zu ihnen.«

»Es sind unsere Feinde!«

»Wohl Euch, wenn es so ist!«

»Wie könnte ich als Euer Feind zu Eurem Zeichen kommen?«

»Du könntest es gestohlen oder geraubt haben.«

»Wäre ich dann zu Euch gekommen?«

Der Mann nickte.

»Aber warum flohen Deine Begleiter, als sie uns erblickten?«

»Sie wußten nicht, was ich hier wollte. Oder willst Du, daß ich Euer Geheimniß einem Jeden mittheile?«

»Du hast Recht.«

Er zog sich sichtlich zufriedengestellt wieder zurück.

Drunten auf dem Altare stand der Phansegar, von welchem Maletti das Zeichen erhalten hatte. Seine Rede war nun beendet. Die Beiden hatten sie jedenfalls deshalb so genau vernommen, weil sie gerade jenseits der hinter ihm gelegenen Wand gesessen hatten.

Er gab ein Zeichen mit der Hand, und alle Thugs erhoben sich.

»Die Lehrlinge vor!« gebot er.

Drei Männer traten bis an den Altar heran.

»Ihr sollt heut Euren ersten richtigen Streich vollführen. Habt Ihr Euch fleißig an Puppen geübt?«

»Ja!« erscholl es aus drei Kehlen.

»So zeigt, was Ihr gelernt habt!«

Einer der Gefangenen wurde ergriffen und vor den Altar geführt. Der erste Neuling trat zu dem von drei Thugs festgehaltenen Mann heran und that, als wolle er ihm in das Gesicht blicken. Im Nu aber blitzte das verborgen gehaltene Messer, und der Kopf des Opfers rollte zu Boden.

Im Augenblicke des tödtlichen Streiches faßte Alphons die Begum am Arme, und das war sehr wohl berechnet, denn sie hätte bei dem Anblicke dieses Mordes sicher einen Schrei nicht unterdrücken können.

»Ich muß mich setzen,« flüsterte sie.

»Und ich halte hier aus,« antwortete Maletti. »Es ist wohl das erste Mal, daß es einem Europäer vergönnt ist, einem solchen Opfer der Thugs zuzuschauen, und ich bin es der Civilisation schuldig, daß ich mir die Fähigkeit erwerbe, ein vollgiltiger Zeuge dieser höllischen Schauspiele zu sein.«

Und er hielt aus!

Es dauerte wohl an zwei Stunden, ehe er zum Sitz zurücktrat, und während dieser Zeit hatte mancher gräßliche

Schmerzensschrei und manches entsetzliche Todesröcheln den Weg zu der hohen Loge gefunden. Es gehörte dies nur zu hören die muthige Seele der Begum dazu.

Da endlich erhob sich ihr Führer wieder.

»Jetzt hat der Meister Zeit. Kommt!«

Er führte sie einen Gang entlang, welcher immer bergab zu gehen schien und sie endlich wieder in das Freie führte. Auf einem sich ähnlich wie vorhin zwischen Felsenstücken durchwindenden Pfade gelangten sie von der andern Seite des Tempels wieder zu den Pferden.

»Warum hast Du uns nicht hier gelassen? Warum mußten wir Dir in den Tempel folgen?« frug Alphons.

»Weil ich dachte, der Meister würde noch nicht begonnen haben, und weil ich Euch zugleich prüfen wollte. Doch da kommt er!«

Der Meister kam in Begleitung von wohl zwanzig seiner Untergebenen. Er erkannte den Lieutenant genau.

»Du hier? Ich hörte, daß ein Mann und ein Weib mich zu sprechen begehrten, aber daß Du es seist, dachte ich nicht, da das Zeichen nicht auf der Stufe gefunden wurde.«

»Deine Leute nahmen uns gefangen, noch ehe wir den Tempel erreichten.«

»Kommst Du in einer Absicht?«

»Ja. Ich möchte Dir eine Bitte vorlegen.«

»Eine Bitte? Dem Phansegar? Sprich!«

»Siehe Dir einmal diese Todten an!«

Er nahm dem Leichnam das Tuch vom Gesichte. Der Phansegar trat hinzu, fuhr aber sofort zurück.

»Madpur Singh, der Maharajah! Wer hat ihn getödtet? Du kommst, um Rache zu verlangen, und ich schwöre Dir, daß Du sie erhalten sollst!«

»Siehe Dir diese Leiche an!«

»Wer ist diese schöne Frau?«

»Das Weib, das Glück des Maharajah. Man hat sie an seiner Seite ermordet.«

»Das soll zehnfach gerochen werden! Und wer ist das Weib hier an Deiner Seite?«

Die Prinzessin lüftete den Shawl, welcher ihr Gesicht verhüllte, ein wenig.

»Ich bin Rabbadah, die Begum von Augh.«

»Die Begum! Männer, schnell, kniet nieder und küßt den Saum ihres Gewandes! So! Und nun sage, wer hat den Maharajah und sein Weib erschlagen?«

»Wir kennen den Mörder nicht,« antwortete Rabbadah. »Es geschah gestern Abend während der Eroberung von Augh.«

»Der – Eroberung – von – Augh?«

Er sprach jedes nachfolgende Wort mit größerer Verwunderung als das vorhergehende.

»Ja.«

»Träume ich denn? Ist Augh erobert worden?«

»Ja.«

»Und wenn?«

»Gestern oder vielmehr heut kurz nach Mitternacht.«

»Unmöglich! Am Nachmittage war die Schlacht bei Hobrah, und die Inglis können unmöglich am Abende in Augh gewesen sein, zumal ich ihre Anführer gefangen nahm, um sie für den Verrath an dem Maharajah zu züchtigen!«

»Die Inglis waren es nicht; es war der Sultan von Symoore.«

»Dieser hat Augh überfallen?« frug der Meister erstaunt.

»Ja.«

»So ist er der Mörder des Maharajah, gleichviel, wer den Streich geführt hat! Ich habe am Abende die Inglis gefangen und während der Nacht hierher transportirt. Ich glaubte dem Maharajah durch den Schreck zu nützen, welcher in ihrem Lager ausgebrochen ist, sobald sie ihre Anführer vermißt haben. Und nun steht es so! Augh gehört dem Sultan von Symoore!«

»Und wohl auch dem Rajah von Kamooh, welcher gestern Abend bereits im Anzuge war.«

»Auch dieser! So ist auch er der Mörder unseres Maharajah. Sie sollen es büßen! Welche Bitte hast Du nun?« frug er den Offizier, und dann setzte er, sich an die Begum wendend, hinzu: »Was Du befiehlst, Sahiba, das wird geschehen!«

»Ich bitte Dich zunächst um Aufbewahrung dieser beiden Todten.«

»Willst Du sie nicht verbrennen?«

»Kann ich sie jetzt verbrennen in der Art und Weise, wie es dem Maharajah von Augh geziemt!«

»Du kannst es, jetzt noch besser als früher oder später.«

»Wie? An welchem Orte und zu welcher Zeit?«

»Das überlasse mir, Sahiba! Und was befiehlst Du noch?«

»Weißt Du nicht einen Ort, an welchem ich und dieser treue Beamte meines Bruders einige Zeit uns verbergen könnten? Man trachtet ihm und mir nach dem Leben.«

»Kommt!« antwortete er ohne sich zu besinnen.

Er führte Beide um den Tempel herum und mitten in den Wald hinein. Nach ungefähr zehn Minuten standen sie vor einer zweiten, aber ungleich besser erhaltenen Ruine.

»Du warst bisher nur im Vorhause, Sahiba,« erklärte er. »Hier ist der eigentliche Tempel. Meine Leute kennen Einzelnes von ihm, ganz aber ist er nur mir und meinem Sohne in Augh bekannt. Dieser war gestern nicht bei mir. Wenn er nicht mehr lebt, dann wehe seinen Mördern!«

Sie stiegen zu einem wohl hundert Ellen breiten Portikus hinan und traten ein in das kolossale Denkmal der Baukunst einer Zeit, welche um Jahrtausende hinter der Gegenwart liegt. In diesen mächtigen Räumen mußten sie sich wie Ameisen vorkommen, welche sich in den Kölner Dom verirren.

Der Meister hatte keine Zeit, sich mit Erklärungen aufzuhalten. Er ging im schnellen Schritte voran, die Beiden folgten ihm bis zum Hauptaltar. Hier stampfte er mit dem Fuße, und es öffnete sich gleich einer Thüre eine Steinplatte, hinter welcher eine Treppe sichtbar wurde.

»Dort oben wird Eure Wohnung sein. Merkt Euch also diese Mechanik. Hier stampfe ich zum Oeffnen und hier zum Schließen, und hinter der Thür auf der ersten Stufe zum Oeffnen und auf der zweiten zum Schließen. Nun folgt mir hinauf!«

Als sie die Treppe betreten hatten, stampfte er auf die zweite Stufe, und sofort schloß sich die Thür hinter ihnen. Sie stiegen eine ganze Flucht von Treppen empor und traten dann in einen hell erleuchteten Gang, in welchen der Reihe nach zwölf Thüren mündeten, deren Oeffnungen durch Matten gleich Portièren verschlossen waren.

»Das sind jedenfalls die Wohnungen der Priester gewesen,« erklärte er. »Befiehl, Sahiba, wie viele Räume Du haben willst. Die andern gehören Deinem Musteschar.«

»Laß erst sehen!« bat sie.

Sie traten ein und hatten nun zwölf Zimmer zu bewundern, von denen jedes einzelne nach chinesischer, malayischer, indischer oder europäischer Weise so eingerichtet war, daß sich kein Fürst zu bedenken brauchte, darin zu wohnen.

Die Begum schlug die Hände zusammen.

»Welche Pracht! Wer hat diese Räume ausgestattet?«

»Ich,« antwortete der Meister mit Selbstgefühl.

»Aber für wen?«

Er lächelte.

»Es kommt mich zuweilen auch der Wunsch an, wie ein Sahib zu wohnen. Ich bin der Maharajah der Thugs von Augh! Es kommen nicht selten sehr vornehme Sihdis und Sahibas zu mir, theils in Geschäften, theils um sich, wie Ihr, ein wenig zu verbergen. Da muß ich Wohnungen haben, welche für solche Leute geeignet sind.«

»Dann mußt Du auch wohl für Bedienung sorgen?«

Er lächelte wieder sehr selbstbewußt und zeigte auf ein kleines Metallbecken, welches mit seinem Hammer neben dem Eingange hing.

»Sahib, gib einmal ein Zeichen!«

Maletti ließ den Hammer einmal auf das Metall fallen, und im nächsten Augenblicke trat ein sehr reinlich gekleideter Knabe ein, der sich mit gekreuzten Armen bis fast zum Erdboden verbeugte.

»Gib zwei Zeichen, Sahib!«

Maletti that es, und augenblicklich erschien ein ungefähr zwölfjähriges Mädchen, welches ganz in derselben Weise grüßte.

»Gib drei Zeichen!«

Jetzt erschien ein Weib in den mittleren Jahren, deren rundes Gesicht ein recht Vertrauen erweckendes genannt werden mußte.

»Gib vier Zeichen, Sahib!«

Dieses Mal trat ein Mann von eben demselben Alter ein und grüßte. Sein Gesicht hatte einen recht freundlich-pfiffigen Ausdruck. Man sah es ihm an, daß er auch schwierige Aufträge gern und mit Gewissenhaftigkeit auszuführen bereit sei.

»Das ist die Bedienung,« erklärte der Meister, auf dessen Wink sich die Vier wieder entfernten. »Ihr kennt die Zeichen und werdet Euch ihrer nach Belieben bedienen. In jedem Zimmer ist Schreibzeug. Braucht Ihr etwas Besonderes, so ist es gut, dies immer aufzuschreiben und den Zettel am Abende zu übergeben.«

»Wann bist Du gewöhnlich zu sprechen?«

»Das kannst Du jeden Tag von der Bedienung erfahren, Sahiba. Mein Tag verläuft nicht ganz so regelmäßig wie der Tag eines Brahmanen, und jetzt, während das Land dem Feinde gehört, wird das noch ein wenig schlimmer werden. Welche Zimmer nimmst Du?«

»Wir werden uns theilen: ich sechs und der Sahib sechs.«

»Ich brauche nur ein einziges,« warf Maletti ein.

»Ich auch nicht mehr,« antwortete sie lächelnd; »aber da zwölf da sind, so wollen wir thun, als ob wir auch Sihdis seien.«

»Und mein Pferd?« frug Alphons.

»Deine sieben Pferde stehen unten im Stalle und werden gute Pflege finden, Sahib.«

»Hast Du nach den Namen der Inglis gefragt, welche ich vorhin im Tempel gesehen habe?«

»Ja.«

»War ein Lieutenant Harry dabei?«

»Nein.«

»Das beruhigt mich. Er war ein braver Kamerad und hätte mich gedauert. Wird heut einer von Deinen Leuten nach Augh gehen?«

»Sehr viele.«

»So laß nach Allem forschen, was zu erfahren uns lieb sein könnte!«

»Und,« fügte die Begum hinzu, »laß im Frauengarten des Palastes nachsehen, ob das Kiosk noch steht. Was Du für uns thust, werde ich Dir reichlich lohnen.«

Er wehrte mit der Hand ab.

»Sprich nicht von Lohn! Eine That, die um des Lohnes willen geschieht, ist nur eine Arbeit, aber keine gute That. Ich werde Deinen Befehlen gehorchen und auch nach dem Kiosk sehen; denn« – fügte er mit Bedeutung hinzu – »was er verbirgt, darf nicht in die Hände des Feindes fallen.«

Sie blickte ihn überrascht an.

»Was er verbirgt –? Was meinst Du?«

Ein leises aber stolzes Lächeln ging über sein Gesicht.

»Der Phansegar weiß mehr als Andere. Er erkundet das Verborgene und enthüllt die Geheimnisse seiner Feinde und seiner Freunde. Die Ersteren müssen fallen, das Eigenthum der Letzteren aber behütet er mit seiner Hand, und sein Auge wacht über ihrem Leben. Und wenn der Kiosk zerstört wäre, Du würdest dennoch wieder bekommen, was Dir gehört.«

Er verließ den Raum und begab sich auf dem bereits bekannten Wege nach der vorderen Ruine zurück. Dort lag Madpur Sings Leiche im Schatten einer Mauer. Bei ihr hielten etliche Thugs die Wache. Er redete den einen von ihnen an:

»Lubah, Du warst in Symoore?«

»Ja.«

»Kennst Du den Sultan?«

»Ich war unter seinen Reitern und kenne ihn genau.«

Er wandte sich an den andern:

»Du warst in Kamooh?«

»Viele Jahre.«

»Und kennst den Rajah, der jetzt in Augh eingefallen ist?«

»Ich kenne ihn.«

»So hört, was ich Euch sage: Hier liegt der Fürst unseres Landes. Er war weise, gütig und gerecht; er wurde von seinen Feinden verrathen und starb unter ihren Streichen. Seine Seele soll aufsteigen zu dem Gotte des Lebens und des Todes, und dort sollen ihm dienen die Geister seiner Feinde von Ewigkeit zu Ewigkeit. Morgen, wenn die Sonne aufsteigt aus dem Schooße der Nacht, soll das heilige Feuer zusammenschlagen über seinem Leibe, und mit ihm wird es verzehren die Körper der Verräther, der Inglis, welche wir heute richteten, des Sultans von Symoore und des Rajah von Kamooh. Wißt Ihr nun, was ich Euch befehlen werde?«

»Wir wissen es,« antworteten die Beiden mit einem Gleichmuthe, als ob es sich um eine leichte gewöhnliche Handlung, und nicht um eine lebensgefährliche verwegene That handele.

»Ihr sollt den Sultan und den Rajah zu mir bringen, todt oder lebendig.«

»Wir werden es!«

»Der Phansegar scheut weder Qual noch Tod; aber ihr seid meine beste Söhne, die ich nicht gern verlieren mag. Nehmt Euch also so viele Brüder mit, als Ihr bedürft, um Eure Aufgabe zu lösen, ohne daß es Euer Leben kostet.«

Die Augen dessen, den er Lubah genannt hatte, blitzten muthig auf.

»Ich brauche keinen Bruder!«

»So gehe! Ich weiß, Du wirst den Sultan bringen.«

»Gib mir ein Pferd.«

»Nimm das beste, welches Du findest.«

»Ich kann nur das Schlechteste gebrauchen, denn ich werde es verlieren.«

Lubah wandte sich ab und suchte das Innere des einstigen Tempels auf. In einem niedrigen aber weiten Raume stand eine beträchtliche Anzahl von Pferden, von denen einige bereits gesattelt waren. Er wählte sich ein ungesatteltes, führte es in das Freie, setzte sich auf und ritt davon.

Die Art und Weise, wie er auf das Pferd gesprungen war und jetzt ohne Zaum und Zügel das Thier nur durch den Schenkeldruck regierte, ließ in ihm einen ausgezeichneten Reiter vermuthen. Der alte Fuchs unter ihm schien mit einem Male wieder jung geworden zu sein, und der Reiter zeigte eine solche freie leichte Haltung, als ob es ein so schwieriges

Terrain, wie der schmale, viel gewundene Waldpfad bot, gar nicht gebe.

In kurzer Zeit lag der Wald hinter ihm, und nun auf dem freien Felde kam er noch bedeutend schneller vorwärts als zuvor. Wenn er so fortritt, mußte er Augh sehr bald erreichen. Doch er hielt nicht in gerader Linie auf diese Stadt zu, sondern er schlug einen Bogen ein, der ihn um dieselbe herum bringen mußte. Jedenfalls beabsichtigte er vorher zu rekognosziren, ehe er einen entscheidenden Schritt unternahm.

Es war gegen Abend desselben Tages. Der Sultan von Symoore hatte sein Hauptquartier in der immer noch rauchenden Stadt aufgeschlagen und für sich und seine nächste Umgebung fürs Erste den vom Feuer beinahe zerstörten Palast des getödteten Maharajah eingenommen. Er saß auf dem unversehrt gebliebenen Throne, auf welchem Madpur Singh die Engländer empfangen hatte, und um ihn her standen oder lagerten die Großen seines Reiches, dessen Verwaltung er in die Hände seines Veziers gelegt hatte, und die Obersten seines Kriegsheeres.

Zahlreiche Boten kamen und gingen, ihm Nachricht zu bringen oder seine Befehle zu vollziehen, und für diejenigen, welche sich der Pferde bedienen sollten, stand eine Anzahl dieser Thiere im Hofe des Palastes bereit.

Durch das Thor trat ein Mann, der sich langsam dem Throne näherte. Es war Lubah, der Phansegar. Schon machte er eine Wendung, um zu dem Sultan zu gelangen, als eine kleine Truppe von Reitern in den Hof einbog und vor den Stufen der Säulenhalle hielt, in welcher der Thron stand. Ihre Uniform kennzeichnete sie sofort als Engländer. Ihr Anführer, ein Colonel*, stieg ab und näherte sich dem Sultan in jener selbstbewußten Haltung, welche der britische Offizier selbst den höchsten indischen Fürsten gegenüber einzuhalten pflegt.

Der Sultan runzelte die Brauen.

»Wer bist Du?« frug er in halb zornigem Tone.

---

* Oberst.

»Mein Name ist Brighton, Colonel Brighton vom Heere Ihrer Majestät von England und Indien.«

»Was willst Du hier?«

»Ich bringe Dir zwei wichtige Botschaften.«

»Sage sie.«

»Der Oberstkommandirende unserer Armee, General Lord Haftley, ist nebst mehreren der wichtigsten Offiziere seit dem Kampfe bei Hobrah spurlos verschwunden, und unsere Nachforschungen haben ergeben, daß er einer Bande Thugs in die Hände gefallen sein muß – –«

Er wollte weiter sprechen, doch der Sultan, dessen Stirn sich plötzlich glättete, unterbrach ihn:

»Und die zweite Botschaft?«

»Ich war im Lager des Maharajah von Kamooh, wo große Aufregung herrschte. Der Rajah ritt mit seinem Sirdar* aus dem Lager, um einen kurzen Ritt um dasselbe zu unternehmen. Nach einiger Zeit fand man den Sirdar todt am Boden liegen, der Rajah aber ist nicht wieder zurückgekehrt.«

Die Züge des Sultans nahmen beinahe den Ausdruck der Freude an. Es wurde ihm schwer die Gefühle zu verbergen, welche er bei der Nachricht empfand, daß diese zwei gefährlichen Rivalen verschwunden seien.

»Allah ist groß!« rief er: »Er sendet Tod und Leben nach seinem Wohlgefallen. Was hast Du mir noch zu sagen?«

»Ich komme im Auftrage des Nächstkommandirenden. Du mußt uns helfen, die Thugs zu ergreifen und sie zu bestrafen!«

Der Sultan lächelte überlegen.

»Ich muß?« frug er, das letzte der beiden Wörter scharf betonend. »Du bist ein Christ und kennst unsern heiligen Kuran nicht. Der Prophet sagt: »Des Menschen Wille ist seine Seele, und wer seinen Willen dahingibt, der hat seine Seele verloren.« Der Sultan von Symoore hat noch niemals gemußt, er hat stets nur das gethan, was im beliebte. Aber Ihr seid meine Freunde, und ich werde Euch daher freiwillig helfen die Thugs zu ergreifen. Doch sage mir vorher wo sie sich befinden.«

* General.

»Das wissen wir nicht, und das sollst Du uns eben auskundschaften.«

»So hält mich Dein General für seinen Spion und Polizisten? Ihr seid sehr fremd in diesem Lande, und daher will ich thun, als ob ich diese Beleidigung gar nicht gehört hätte. Aber sage sie nicht noch einmal, sonst lasse ich Dich von meinen Dienern niederschlagen!«

Der Oberst legte die Hand an den Degengriff.

»Ich bin als Abgesandter meiner Königin unverletzlich und stehe unter dem Schutze des Völkerrechtes.«

»Du irrst. Du bist nur Abgesandter Deines Generales und stehest nur so lange unter dem Schutze Eures Völkerrechtes, als Du mich nicht beleidigst. Merke Dir das! Der Maharajah von Kamooh ist verschwunden. Weißt Du, wohin?«

»Nein.«

»Ich ahne es.«

»Sage es!«

»Das werde ich nicht thun, sonst beleidige ich Euch und entferne mich auch aus dem Schutze Eures Völkerrechtes.«

Diese Worte waren in einem Tone gesprochen, aus welchem deutlich zu hören war, daß der Sultan die Vermuthung hege, die Engländer hätten den Maharajah verschwinden lassen. Der Oberst legte die Hand zum zweiten Male an den Degen.

»Die Beleidigung ist bereits geschehen, denn Du hast deutlich genug gesprochen!«

»Du irrst wieder, denn ich habe nichts gesagt, aber man hat mir erzählt von mehreren Fürsten, die bei Euch und in Eurer Nähe verschwunden sind. Daher scheint es mir nicht gut zu sein, in Eure Nähe zu kommen.«

»Damit sind wir gern einverstanden, und ich ziehe daraus die Ueberzeugung, daß Du dem Befehle, welchen ich Dir zu überbringen habe, Folge leisten wirst.«

»Befehl? Wer könnte es wagen, dem Sultan von Symoore einen Befehl zu ertheilen?«

»Ich!«

»Du?« Der Sultan überflog die Gestalt des Engländers mit

einem Blicke, in welchem ebensoviel Verachtung wie Mitleid zu erkennen war.

»Ja, ich! Und zwar im Auftrage meines Generales.«

»So hat die Sonne Dein Gehirn und auch das seinige verbrannt. Ihr seid Beide wahnsinnig geworden!«

»Du bist ein Anhänger der Lehre Muhammeds, und ich weiß, daß diese Lehre den Wahnsinnigen nicht verachtet, sondern ihn selig preist. Wäre dies nicht der Fall, so würde ich Dir meine Antwort in der That und nicht in Worten geben!«

»Ich fürchte weder Deine Worte noch Deine Thaten. Welches ist der Befehl, den ich so glücklich bin von Dir empfangen zu sollen?«

»Du sollst Augh räumen, weil wir unser Hauptquartier hier aufschlagen werden.«

»Gott ist groß, und die Welt ist weit. Sie hat Platz für uns und Euch. Schlagt Euer Hauptquartier auf wo Ihr wollt; in Augh aber bin ich und werde es nicht eher verlassen, als bis es mir beliebt.«

»Ist dies Deine feste Entscheidung?«

»Sie ist es.«

»Du willst also dem Befehle des Generals den Gehorsam versagen?«

»Ich habe ihm keinen zu leisten.«

»Denke an Deine Unterschrift!«

»Denkt Ihr an die Eurige. Ich bleibe.«

»Du sündigest gegen die Bedingungen, welche Du eingegangen bist.«

»Ihr selbst habt diese Bedingungen nicht erfüllt, denn nicht Ihr habt Augh erobert, sondern ich habe es gethan.«

»Weißt Du, welche Folgen Deine Weigerung für Dich und die Deinigen haben wird?«

»Ich werde sie ruhig abwarten.«

»Und Du willst uns nicht helfen, die Thugs aufzusuchen?«

»Sage mir, wo sie sind, dann werde ich Euch beistehen, sie zu fangen und zu bestrafen.«

»So bin ich fertig und kann gehen.«

»Du kannst gehen. Allah lenke Dich und Deine Schritte, damit Du nicht strauchelst!«

Der Offizier stieg zu Pferde und verließ mit seinen Begleitern in möglichst stolzer Haltung den Hof.

Lubah hatte Wort für Wort der Unterhaltung gehört. Der Vezier des Maharajah von Kamooh war getödtet und der Rajah selbst verschwunden. Der andere Phansegar hatte also bereits seinen Streich glücklich ausgeführt. Jetzt gab es kein Zögern mehr. Lubah schritt die Stufen zur Halle empor und warf sich dann auf den Boden nieder.

»Wer bist Du?« frug streng der Sultan.

»Herr, laß Deine Augen auf mich leuchten, so wirst Du den gehorsamsten und treuesten Deiner Diener erkennen!«

Er erhob den Kopf ein wenig, so daß ihm der Sultan in das Gesicht zu blicken vermochte. Der Herrscher erkannte ihn jetzt.

»Lubah, der beste meiner Suwars!«* rief er. »Ich hielt Dich für todt. Warum hast Du mich verlassen?«

»Ich habe Dich nicht verlassen, Herr. Ich wurde von Deinen Feinden gefangen genommen und in das Land der Usufzeys** geführt. Dort hielt man mich fest; bis ich den Seyud*** tödtete und entkam.«

»Ich glaube Dir. Aber warum kehrtest Du nicht zu mir zurück?«

»Um nach Symoore zu kommen, mußte ich durch Augh. Hier wurde ich krank, denn ich hatte wärend der Gefangenschaft sehr viel gelitten, und konnte also nicht weiter. Aber mein Herz ist Dir treu geblieben, meine Augen sind auch hier für Dich offen gewesen, und da Du nach Augh gekommen bist, nahe ich mich Dir, o Herr, um Dir zu beweisen, daß ich Dir stets treu ergeben war.«

»Du willst mir Deine Treue beweisen? Deine Augen sind für mich offen gewesen? Wenn ich Dich recht verstehe, so willst Du mir etwas mittheilen, was Du gesehen oder erfahren hast?«

* Reiter.
** Führerin, Königin.
*** Afghanenhäuptling.

»Herr, Du bist groß, Du erräthst die Gedanken meiner Seele.«

»So sprich!«

»Ich darf nur dann sprechen, wenn allein Deine Ohren mich hören.«

»Stehe auf und tritt näher zu mir heran!«

Lubah gehorchte und begann mit so gedämpfter Stimme, daß nur der Sultan seine Worte verstehen konnte:

»Herr, Du bist mächtig und reich, aber der Maharajah von Augh war noch reicher als Du – –«

Augenblicklich nahm das Gesicht des Sultans den Ausdruck der höchsten Spannung an.

»Rede weiter!« gebot er mit einer Stimme, die so freundlich klang, als ob er mit dem vertrautesten seiner Freunde rede.

Lubah fuhr fort:

»Wie reich der Maharajah war, weiß nur ich genau.«

»Warst Du sein Schatzmeister?« frug der Sultan mit wohlberechnetem Spotte.

»Nein. Er hatte keinen Schatzmeister, denn er brauchte keinen solchen.«

»Warum?«

»Seine Schätze bedurften nicht der Bewachung, denn kein Mensch außer ihm und der Begum wußte, wo sie sich befanden.«

»Allah ist groß, und Du sprichst die Wahrheit. Ich habe überall gesucht und nichts gefunden. Aber rede weiter!«

Seine Augen blitzten und seine Lippen bebten bei dem Gedanken an den unermeßlichen Reichthum, den man Madpur Singh zugeschrieben hatte, und der doch nicht aufzufinden gewesen war. Er begriff, daß sich die Mittheilungen Lubahs auf das Versteck dieser Schätze bezogen, und bebte vor Begierde, Aufklärung zu erhalten.

»Muß ich Alles sagen?« frug der Phansegar, welcher sich Mühe gab, den habsüchtigen Sultan auf die Folter zu spannen.

»Alles. Ich gebiete es Dir.«

»Ich war krank und mußte, um meine Glieder zu stärken,

viel im Flusse baden. Ich that dies am Liebsten am Abende, weil am heißen Tage das Licht meinem Auge und die Wärme meinem Kopfe Schmerzen bereitete. Einst lag ich spät um Mitternacht am Ufer, um vom Schwimmen auszuruhen. Da kam ein großes Boot den Fluß herab und legte ganz in meiner Nähe an. Zuerst stieg ein Naib* mit mehreren Dschuwans** aus und dann ein Sahib mit einem verschleierten Weibe. Der Sahib war Madpur Singh, der Maharajah von Augh, und das Weib war Rabbadah, die Begum – – –«

»Allah il Allah,« unterbrach ihn der Sultan; »Du hast die Begum gesehen, das schönste Weib der Erde, welches kostbarer noch ist als alle Schätze des Rajah?«

»Ich habe sie gesehen, erst verschleiert und dann auch ohne Hülle, wie der Selige im Paradiese die Houris der sieben Himmel erblickt.«

»Und sie war wirklich so schön, wie man sich erzählt?« frug der Sultan begierig.

»Noch tausendmal schöner! Als ich ihr Angesicht erblickte, war es mir trotz der Nacht, als ob ich in die helle strahlende Sonne schaute.«

»Und diese Sonne ist verschwunden!«

»Ich weiß, wohin.«

»Ha, ist es wahr, daß Du dieses weißt?«

»Ich rede die Wahrheit, o Herr.«

»Wo ist sie? Wenn Du es mir sagen kannst, will ich Dich belohnen, daß Du reich wirst für Dein ganzes Leben. Aber in meine Hände, in mein Harem muß sie kommen; verstehst Du?«

»Ich verstehe es, und Du sollst sie haben auch ohne daß Du mir Reichthümer gibst.«

»Ich gebe sie Dir, das schwöre ich Dir bei Allah und dem Barte des Propheten.«

»Ich brauche sie nicht, denn –« und die folgenden Worte stieß er mit wichtiger selbstbewußter Miene, aber nur ganz leise flüsternd hervor – »denn wenn ich nur will, so sind die

* Lieutenant.
** Diener.

ganzen Schätze des Maharajah Madpur Singh sofort mein Eigenthum.«

»Wie? Dein Eigenthum?« frug der Sultan mit nicht beherrschter Hastigkeit.

»Ja.«

»So kennst Du den Ort, an welchem sie der Maharajah verborgen hat?«

»Ich kenne ihn; ich kenne ihn so genau wie die Stelle, an welcher ich jetzt stehe.«

»Wo ist er? Diese Schätze gehören nicht Dir, sondern mir. Ich habe Augh erobert, und Alles, was sich in diesem Lande befindet, ist mein rechtmäßiges Eigenthum.«

»Bedenke, Herr, daß Du nicht allein nach Augh gekommen bist! Die Leute von Kamooh sind da und auch die Inglis. Wer nun ist der Besitzer des Landes Augh?«

»Ich, denn die Hauptstadt befindet sich in meinen Händen.«

»Die Hauptstadt, aber nicht der Schatz, denn dieser befindet sich außerhalb der Stadt.«

»Wie? Außerhalb der Stadt? Das wäre ja ein großes Wagniß, eine große Unvorsichtigkeit von dem Maharajah gewesen. Hast Du die Wahrheit gesprochen?«

»Die volle Wahrheit, Herr. Soll ich Dir meine Geschichte noch weiter erzählen?«

»Thue es!«

»Als der Rajah ausgestiegen war, begab er sich mit der Begum nach einem Orte, den ich Dir vielleicht noch zeigen werde, und die Andern folgten ihm. Sie hatten Hacken und Spaten bei sich; sie gruben und bauten ein Versteck und verbargen dort viele Kisten und andere Dinge, welche sich in dem Boote befunden hatten.

Es war der Schatz des Königs von Augh. Sie verwischten sorgfältig alle Spuren und warfen alles übrig gebliebene Land in den Fluß. Während dieser Arbeit begab sich der Rajah allein in das Boot; ich lag ganz in der Nähe und konnte ihn deutlich beobachten. Ich bemerkte einen Feuerfunken, welcher nur für einen Augenblick blitzschnell in seinen Händen aufleuchtete; dann kehrte er wieder zu den Leuten zurück. Ich ahnte, was er gethan hatte. Der Naib und die Dschuwans wußten wo der Schatz lag, und sollten deshalb sterben, um nichts verrathen zu können. Er wollte sie mit dem Boote in die Luft sprengen. Sage mir, Herr, ob es meine Pflicht gewesen wäre, sie zu warnen!«

»Nein. Du hättest Dich verrathen und wärest selbst in große Gefahr gekommen.«

»So dachte ich auch, und darum blieb ich ruhig an meinem Orte liegen.

»Steigt ein, und fahrt zurück!« gebot der Maharajah. Sie gehorchten, und er blieb mit der Begum am Ufer stehen. Kaum hatte sich das Boot eine Strecke weit entfernt, so blitzte es an seinem Borde auf, ein heftiger Knall ertönte, eine Feuersäule stieg empor und ich hörte die Trümmer des Bootes und der zerrissenen Leichen in das Wasser schlagen. Die That war geglückt, und der Maharajah glaubte, daß das Geheimniß ihm und der Begum von jetzt an allein gehöre.«

»Hast Du es treu bewahrt?«

»Du bist der Erste, zu dem ich davon rede.«

»Was willst Du dafür haben, daß Du mir das Versteck der Schätze zeigest?«

»Herr, ich bin Dein Diener und will nur von Deiner Gnade leben. Gib mir was Du willst. Ich fordere nichts, wenn nur Dein Auge freundlich auf mir ruht.«

»Lubah, Du bist der treueste und der beste unter Allen, die mir dienen. Du sollst groß sein in den Ländern Augh und Symoore. Aber sage mir, wo ist die Begum? Sie ist meinen Kriegern entkommen. Ein kühner Mann hat sie entführt.«

»Du sollst sie sehen und in Deinen Harem bringen. Sie ist versteckt bei einem Gurkha,* der zu meinen Freunden gehört und bei dem ich sie bereits heimlich beobachtet habe. Befiehl, o Herr, wann ich Dir den Ort des Schatzes zeigen soll!«

»Morgen, denn heut ist es zu spät dazu.«

»Und die Inglis –«

_____
* Hirte.

»Was meinest Du?«

»Waren sie nicht soeben hier, um die Hauptstadt von Dir zu fordern? Sie stellen dieses Verlangen nur deshalb, weil sie wissen, daß der Maharajah unermeßliche Reichthümer besessen hat, von denen sie denken, daß sie sich in Augh befinden. Ihre Gesandten sind zornig von Dir gegangen, und ich glaube, morgen werden ihre Krieger hier sein, um Dir Augh zu nehmen.«

»Sie mögen kommen und es versuchen!«

»Aber bei diesem Versuche kann Dir, selbst wenn Du siegest, der Schatz verloren gehen. Im Frieden bleibt er sicher unentdeckt, aber wenn diese Gegend zum Schlachtfelde wird, so kann ich dann für mein kostbares Geheimniß nicht mehr Bürgschaft leisten.«

Der Sultan mußte diesen Grund anerkennen; er neigte zustimmend seinen Kopf. »Du hast Recht, ich muß den Ort noch heute sehen. Befindet er sich weit von hier?«

»Von diesem Palaste aus erreichst Du ihn auf einem schnellen Pferde in einer Viertelstunde. Der Abend bricht bereits herein, Du mußt Dich schnell entschließen.«

»Was räthst Du mir? Soll ich den Schatz sofort holen oder liegen lassen?«

»Denkst Du, daß er hier im Lager sicher ist?«

»Nein.«

»So laß ihn noch liegen. Es genügt, den Ort zu kennen, um im Falle eines Kampfes Deine Maßregeln so zu treffen, daß der Feind von ihm abgehalten wird.«

»Ich stimme Dir bei. Nimm Dir dort ein Pferd, wir brechen sofort auf.«

Lubah wandte sich ab und begab sich zu den Pferden. Keine Miene seines Gesichtes verrieth seine große Freude über das Glück, welches ihn bei seinem gefährlichen Vorhaben bisher begleitet hatte. Wie treulos, verbrecherisch und furchtbar dieses Vorhaben war, das ließ ihn gleichgiltig. Er war ein Phansegar, ein Todesfanatiker, dessen Glaube ihm gebietet, durch möglichst viele Mordthaten sich die Seligkeit des Himmels zu erringen, und nach seiner Meinung war das Attentat auf den Sultan nichts weiter als ein großer Fortschritt auf dem schrecklichen Wege zu dieser Seligkeit.

Nach einiger Zeit und nachdem er für die Zeit seiner Abwesenheit die nöthigen Befehle ertheilt hatte, bestieg der Sultan ein kostbar aufgezäumtes Roß, welches ihm vorgeführt wurde, winkte Lubah an seine Seite und verließ mit ihm den Hof. Ein kleiner Trupp Suwars* folgte als Bedeckung, hielt sich aber eine ziemliche Strecke hinter dem Gebieter zurück.

Der Weg führte zunächst durch einige Straßen der Stadt und dann durch verschiedene Haufen von Reiterei und Fußvolk über das freie Feld hinweg. Alle Leute, an denen der Ritt vorüberging, warfen sich demüthig zur Erde. Unterdessen senkte sich der Abend mit der jenen Gegenden eigenthümlichen Schnelligkeit zur Erde nieder, so daß die Suwars die Entfernung zwischen sich und dem Sultan verminderten, um ihn nicht aus den Augen zu verlieren und jedem seiner Befehle oder Winke sofort gehorsam sein zu können.

Lubah hatte einen spitzen Winkel auf den Fluß zu eingeschlagen, und als eine Viertelstunde vergangen war, hielt er sein Roß an. Einige hundert Schritte vor ihnen rauschten die majestätischen Fluthen vorüber; man konnte ihr phosphorescirendes Geflimmer deutlich erkennen und die Kühle empfinden, welche von der Feuchtigkeit hier verbreitet wurde.

»Wir sind beinahe am Ziele, Herr,« bemerkte der Phansegar.

»Warum hältst Du an?«

»Ist es Dein Wille, daß die Suwars hinter uns das Geheimniß errathen, Herr?«

»Nein. Du bist sehr vorsichtig, Lubah, und ich muß Deinen Gedanken beistimmen.«

Er wandte sich um, gebot seinem Gefolge zu halten und seine Rückkehr hier zu erwarten, und setzte dann, von jetzt an ein langsameres Tempo einhaltend, seinen Weg weiter fort.

Lubah that, als suche er nach den Kennzeichen des Verstek-

* Reiter.

kes, bis er eine gehörige Entfernung zwischen sich und die Suwars gelegt hatte. Nun aber war seine Zeit gekommen.

»Es scheint beinahe, als hättest Du den Ort vergessen,« bemerkte der Sultan.

»Ich kenne ihn so genau, daß ich ihn selbst im tiefsten Dunkel zu finden vermag.«

»So finde ihn!« gebot der Herrscher. »Es ist Nacht, und die Inglis sind vielleicht in der Nähe. Ich darf mich nicht weiter von Augh entfernen, wenn ich nicht in ihre Hände fallen will.«

»Allah il Allah! Wir sind am Ziele!«

»Ah! Wo ist der Ort?«

Lubah streckte seinen Arm nach seitwärts aus.

»Siehst Du die Felsen, Herr, welche dort so weiß vom Ufer herüber schimmern?«

»Ich sehe sie nicht.«

»Deine Augen blicken zu weit nach rechts. Erlaube, daß ich Dir es genau zeige!«

Er drängte sein Pferd ganz an dasjenige des Sultans heran, legte die Linke auf den Hintersattel des letzteren und streckte die Rechte aus, so daß seine Hand beinahe das Gesicht des Herrschers berührte, welcher sich alle Mühe gab, die gar nicht vorhandenen Felsen zu erkennen.

»Dort sind sie.«

»Ich sehe sie immer noch nicht.«

»Noch ein wenig mehr nach rechts.«

»Bin ich denn mit Blindheit geschlagen! Ist das Versteck in der Nähe dieser Steine?«

»Ja.«

»Was halten wir dann hier? Vorwärts, laß uns doch hinüberreiten, Lubah!«

»Ich komme hinüber, Du aber nicht!«

Er erklärte den Doppelsinn dieser im drohenden Tone ausgesprochenen Worte sofort durch die That: Der Sultan kam nicht hinüber, nämlich zu den Felsen, und der Phansegar kam hinüber, nämlich von seinem Pferde auf dasjenige des Fürsten. Er hatte sich während seiner Worte im Sattel erhoben und hinüber geschwungen so daß er hinter den Sultan zu sitzen kam, dem er die beiden Hände um den Hals schlug, daß es dem also Ueberfallenen ganz unmöglich war, einen Laut auszustoßen. Er stieß ein kurzes Röcheln aus, fuhr mit den Händen und Füßen konvulsivisch durch die Luft und sank dann schlaff zusammen. Die Besinnung war ihm mit dem Athem verloren gegangen.

»Gut gemacht!« murmelte Lubah. »Er ist nicht todt, und ich mache mein Meisterstück, indem ich ihn lebendig nach der Ruine bringe. Sein Allah kann ihn nicht erretten.«

Er nahm alle Waffen des Bewußtlosen an sich, riß ihm den Turban vom Kopfe, rollte denselben auf und band ihn damit so auf das Pferd, daß er weder Arme noch Beine zu rühren vermochte und eine Flucht also unmöglich war. Dann steckte er ihm einen Knebel in den Mund, bestieg sein Pferd wieder, nahm dasjenige des Sultans beim Zügel und ritt im schnellsten Galopp von dannen.

Die Eskorte des Sultans wartete lange und natürlich vergeblich. Es verging eine halbe Stunde, noch mehr, sogar eine ganze Stunde, ohne daß der Herrscher zurückkehrte. Die Leute wurden je länger desto mehr besorgt und unruhig. Endlich beschloß der Anführer, dem letzten Befehle des Sultans zum Trotze, mit seinen Leuten in der von dem Herrscher eingeschlagenen Richtung langsam vorzureiten. Dabei nahmen die Suwars unter einander Distanz, so daß sie eine gerade Linie bildeten, die in ihrem Vorrücken sich auf der einen Flanke an das Ufer des Flusses stützte.

So verfolgten sie die Richtung mit scharf umherspähenden Augen, aber es bot sich ihnen nicht der kleinste Gegenstand dar, welcher ihnen einen Anhalt hätte geben können.

Da plötzlich erschollen Huftritte gerade vor ihnen. Das waren nicht zwei, sondern mehr, viel mehr Reiter. Die Suwars zogen sich schnell zusammen. Es konnte eine Streifpatrouille der Engländer sein, denen nicht zu trauen war, obgleich man den Feldzug in gegenseitigem freundlichen Einvernehmen begonnen hatte. Weiße Mäntel glänzten durch die Nacht und über ihnen war eine Reihe weißer Turbans zu erkennen.

»Es sind keine Ferenghis,* es sind Freunde,« meinte der Anführer der Suwars. »Kommt, wir werden den Sultan bei ihnen finden!«

Sie ritten den Ankommenden entgegen. Diese stutzten erst und blieben halten, schienen aber ihre Besorgniß aufzugeben, als sie erkannten, daß sie nur eine geringe Anzahl Reiter sich gegenüber hatten. Einer löste sich aus ihrer Reihe und ritt vor.

»Halt! Wer seid Ihr?«

»Suwars des Sultans von Symoore, den Allah mit Ruhm und Ehre segnet.«

»Was thut Ihr hier?«

»Sage zuvor, wer Ihr seid?«

»Suwars des Maharajah von Kamooh, den Allah nach Augh führte.«

»Augh gehört bereits unserem Sultan.«

»Wir wissen es. Also, was thut Ihr hier?«

»Wir warten auf unsern Gebieter.«

»Auf den Sultan?«

»Ja.«

»Ah! Er hat einen nächtlichen Ritt unternommen?«

»Ja. Habt Ihr nicht zwei Reiter gesehen?«

»Zwei Reiter? Ja. Wie waren sie gekleidet?«

Der Suwar beschrieb die Kleidung des Sultans und des Phansegars deutlich.

»Merkwürdig!« meinte der Andere. »Ritt der Sultan einen Schimmel?«

»Ja.«

»Und der Begleiter desselben ein etwas kleineres dunkles Thier.«

»Ja.«

»Hm! Wir sind zwei Reitern begegnet, von denen der eine gefesselt war. Er war, wie es mir schien, mit seinem eigenen Turban angebunden und ritt einen Schimmel, den der andere Reiter am Zügel führte. Wir begegneten diesem und hielten

---

* Fremde.

ihn an, aber er riß seine Pferde plötzlich herum und sprang mit ihnen in den Strom.«

»Allah akbar, es ist der Sultan gewesen, und der Andere war sicher ein Thug.«

Diese Worte wurden mit dem größesten Schrecken ausgerufen.

»Ein Thug? Woraus schließest Du das?«

»Nur ein Thug wagt es, einen Sultan mitten aus den Seinen heraus lebendig zu entführen. Ein gewöhnlicher Feind hätte den Sultan getödtet und wäre dann entflohen.«

»Das ist richtig. Ha, welch eine Nachricht: der Sultan von Symoore in den Händen der Thugs, und der Rajah von Kamooh verschwunden!«

»Wie? Euer Maharajah ist auch verschwunden?« frug der Suwar verwundert.

»Ja. Jedenfalls ist er ebenso wie Euer Sultan in die Hände der Thugs gefallen. Kannst Du mir sagen, ob der Maharajah von Augh entkommen oder gefangen worden ist?«

»Er wurde getödtet; aber seine Leiche ist entführt worden.«

»Getödtet? Ha, dieser Ritt hat guten Lohn getragen, wie mir scheinen will!«

Er gab seinen Leuten ein Zeichen. Sie zogen ihre Säbel, und im Nu sahen sich die Suwars von Symoore umzingelt. Der Sprecher zog auch den Degen und fuhr fort:

»Laßt Euch sagen, daß wir nicht zum Rajah von Kamooh gehören. Wir sind Engländer, ich spreche Eure Sprache so gut wie Ihr und konnte Euch leicht täuschen. Ihr seid meine Gefangenen. Gebt Eure Waffen ab, sonst hauen wir Euch zusammen!«

Der Suwar sah, daß Gegenwehr vollständig fruchtlos sein würde, da er mit den Seinen einer zehnfachen Uebermacht gegenüberstand. Er versuchte zu unterhandeln:

»Ihr gehört zu den Inglis? Was greift Ihr uns an? Wir sind ja Freunde!«

»Wir waren Freunde bis heut. Da Ihr aber Augh nicht räumt, so ist der Vertrag zwischen uns und Euch außer Kraft getreten. Wir sind aus Freunden Gegner geworden.«

»Augh gehörte doch Dem, der es zuerst eroberte.«

»Ich kenne die Bedingungen des Vertrages nicht; ich habe nicht darüber zu entscheiden, sondern ich muß Euch einfach gefangen nehmen und bei uns abliefern. Also die Waffen her, sonst zwingt Ihr mich, den Befehl zu geben, Euch niederzuschlagen.«

»Wohl! Wir sind in Deiner Hand. Allah mag entscheiden zwischen uns und Euch.«

Er gab sich gefangen. Seine Leute folgten seinem Beispiele. Der kühne nächtliche Ritt der Engländer hatte einen reichen Erfolg gebracht. Sie hatten nicht nur Gefangene, sondern auch Nachrichten gefunden, welche, wenn sie sich bestätigten, von ganz außerordentlicher Wichtigkeit waren. Bewährte sich das Verschwinden des Sultans und des Maharajah, so war vorauszusehen, daß die Engländer für ihre Intentionen freie Hand behalten würden.

Unterdessen war man auch in der Stadt um den Sultan besorgt geworden. Es wurden Boten und Patrouillen nach ihm ausgeschickt. Die ersten kamen zurück, ohne eine Spur von ihm und seiner Begleitung gefunden zu haben, und die später ausgesandten kehrten gar nicht wieder. Dieser letztere Umstand hatte einen ganz besonderen Grund.

Derjenige Offizier nämlich, welcher die Suwars gefangen genommen hatte, war bemüht gewesen, schleunigst in das Hauptquartier zurückzukehren. Die von ihm überbrachte Kunde hatte den Oberstkommandirenden vermocht, die Verwirrung, welche das Verschwinden des Sultans hervorrufen mußte, zu benutzen und sich Aughs zu bemächtigen.

Die englischen Streitkräfte setzten sich trotz der Dunkelheit gegen die Hauptstadt des Landes in Bewegung. Die Vorhut bestand aus lauter Sepoys*, welche der Feind sehr leicht mit seinen eigenen Leuten verwechseln konnte, und diese Sepoys hatten an ihrer Spitze wieder zahlreiche inländische Spione, welche das Terrain ausgezeichnet kannten, vereinzelt vor-

---

* Eingeborene Soldaten im Dienste der Engländer.

schwärmten und das geringste Verdächtige sofort nach hinten meldeten.

Auf diese Weise war es gelungen, diejenigen Patrouillen, welche sich zu weit von der Stadt fortgewagt hatten, ohne allen Lärm aufzuheben. Im weiteren Verlaufe des Vorrückens wurden sogar größere Truppenkörper heimlich umzingelt und unschädlich gemacht, und als der Morgen zu grauen begann, standen die Engländer so nahe und so zahlreich vor der Stadt, daß sie den Angriff augenblicklich unternehmen konnten.

Die nur um ihren Sultan besorgten Krieger von Symoore, welche diesen letzteren Umstand nicht im entferntesten vermutheten, erstaunten nicht wenig, als plötzlich mehrere englische Batterien auf Augh ein Feuer eröffneten, unter dessen Schutze sich die Kolonnen zum Angriffe formirten. Eine schreckliche Verwirrung brach herein. Jeder wollte befehlen, und Keiner wußte, wem er zu gehorchen habe. Der Brand hatte die Stadt bereits verzehrt; die Straßen waren durch Schutt und Ruinen schwer passirbar gemacht, und die Geschosse des bisherigen Freundes, der so plötzlich zum Gegner geworden war, trugen nicht dazu bei, das Chaos zu entwirren. Da stürmten die Engländer mit einer Wucht heran, welcher nichts zu widerstehen vermochte. Sie warfen Alles, was sich etwa halten wollte, über den Haufen; die Eingeborenen flohen und ließen Alles zurück, was geeignet gewesen wäre, ihre Flucht zu hemmen, und noch war der Morgen nicht weit vorgeschritten, so waren die verhaßten Inglis Herren von Augh und ihre Reiterei verfolgte die Geschlagenen mit solchem Nachdrucke, daß es ihnen unmöglich war, sich wieder zu sammeln.

Der englische Obergeneral hielt mit seinem Stabe vor der Stadt, da die letztere nochmals in Brand gerathen und nun so in Trümmern lag, daß es unmöglich war, innerhalb ihrer Mauern Aufenthalt zu nehmen. Von seinem Standorte aus konnte man den Fluß übersehen, und so bemerkte auch einer der Adjutanten ein höchst sonderbares Fahrzeug, welches ungewöhnlich langsam den Strom herabgetrieben kam.

Von dem Baue seines Bootes war nichts zu sehen. Man erkannte über dem Wasser ein eigenthümliches Gerüst, an welchem eine Anzahl menschlicher Gestalten hingen, und zwar über einem aus Reisholz und starken Aesten gebildeten Scheiterhaufen, auf dem allem Anscheine nach ein Leichnam lag. Dieses sonderbare Fahrzeug drehte sich im Vorwärtsschwimmen immer um seine eigene Achse, und bei jeder dieser Umdrehungen war ein Mann zu bemerken, welcher mit einer brennenden Fackel am Rande des Scheiterhaufens stand, jedenfalls bereit, denselben in Brand zu stekken.

Diese Erscheinung mußte die Aufmerksamkeit des Generales allerdings im höchsten Grade erregen. Er winkte einen der eingeborenen Kundschafter herbei und frug ihn:

»Was ist das für ein Schiff?«

»Ich weiß es nicht, Sahib.«

»Ich denke, Du bist hier zu Lande bekannt!«

»Ich bin es; aber verzeihe, Sahib, ein solches Schiff habe ich noch niemals gesehen.«

»Hast Du keine Vermuthung?«

»Ich habe sie.«

»So sprich sie aus!«

»Dieses Fahrzeug ist kein Kahn, sondern ein Dschola*, auf welcher die Leiche eines vornehmen Mannes verbrannt werden soll.«

»Das denke ich mir auch. Aber die Leichen dort am Galgen, was sollen sie?«

»Sie sollen jedenfalls mitverbrannt werden, wie ich mir denke, Sahib.«

»Natürlich; aber wer sind sie, und wie kommt man auf die eigenthümliche Idee, diese Leichen mittelst eines Flosses gerade hier auf diesem Strome zu verbrennen?«

»Ich weiß es nicht. Befiehlst Du, Herr, daß ich mich erkundige?«

»Wie?«

* Floß.

»Ich schwimme hinüber und frage den Mann, welcher die Fackel hält.«

»Begibst Du Dich dabei nicht in Gefahr?«

»Nein. Beim Todtenopfer herrscht Friede; ich habe nicht das Mindeste zu befürchten.«

»So eile, damit ich erfahre, ob nicht irgend ein Verrath hinter dieser Sache steckt!«

Der Kundschafter sprang von dannen, warf am Ufer seine Kleidung ab, tauchte in die Fluthen und hielt auf das Floß zu. Er hatte es bald erreicht und schwang sich an dem Rande desselben empor. In diesem Augenblicke warf der Mann, welcher ihn erwartet zu haben schien, die Fackel in das Reisig, welches sofort Feuer fing.

»Von wem bist Du gesendet?« frug er den Kundschafter mit finsterer Stirn.

»Von dem General der Inglis.«

»So stehest Du in seinem Dienste?«

»Ja.«

»Als was?«

»Als Kundschafter.«

»Das heißt als Spion.« Er machte eine Bewegung mit der Hand, welche die größte Verachtung ausdrückte. »Du ver-räthst also Dein Land, Dein Volk, Dein Weib und Kind, Deinen Gott! Wisse, Verruchter, die Götter werden Dich strafen durch die Hand des Phansegars!«

Der Andere lachte überlegen.

»Ich fürchte weder den Thug noch den Phansegar. Aber sage mir, was diese Dschola zu bedeuten hat! Wer ist der Verstorbene, den Du dem Gotte des Todes opfern willst?«

»Sage mir vorher, warum Du weder den Thug noch den Phansegar fürchtest!«

»Ich stehe unter einem Schutze, der mächtiger ist als die Gewalt aller Phansegars.«

»Welchen Schutz meinest Du?«

»Den der Inglis.«

»Thor! Blicke hier empor zu diesem Holze! Der Mann mit den lichten Haaren und dem Schnitte in der Kehle war Lord

Haftley, der mächtige Sirdar-i-Sirdar* der Engländer; der neben ihm hängt hieß Mericourt und war sein Subadar**, und die Andern rechts von ihm waren alle Offiziere der Inglis. Die Phansegars aber haben diese Mächtigen mitten aus dem Lager des Feindes herausgeholt und gerichtet. Siehst Du nicht, daß ein Jeder den bekannten Schnitt des Phansegar am Halse trägt?«

»Mensch, so bist Du selbst ein Phansegar!«

»Ja. Und ich wage mich ganz allein hier unter die Inglis. Bin ich nicht mächtiger als sie, deren höchste Männer ich verbrenne?«

»Man wird Dich fangen und tödten!«

»Sorge Dich um Dich und nicht um mich! Siehst Du den Todten auf dem Holze? Das ist der edle Madpur Singh, Maharajah von Augh, den die Verräther getödtet haben. Ich übergebe seine Seele dem Gotte des Himmels. Und siehst Du die beiden Männer neben dem fremden Sirdar links? Das ist der Sultan von Symoore und der Rajah von Kamooh. Wir haben Beide aus der Mitte der Ihrigen herausgelockt. Sie leben noch, aber sie sind gefesselt, daß sie steif sind wie die Leichen. Der gütige und gerechte Madpur Singh ward durch Verrath überfallen und getödtet; die Phansegars werden ihn rächen. Sie fangen die obersten seiner Feinde und verbrennen sie bei getödtetem und bei lebendigem Leibe über seiner Leiche. Und damit alle Welt erkenne, wie kühn und mächtig der Phansegar ist, bringt er den Scheiterhaufen hierher, mitten unter Euch hinein. Siehe dieses Messer! Ich würde Dich tödten, denn Du bist ein Verräther; aber der General hat Dich gesandt, und ich will, daß Du ihm erzählst, was ich Dir gesagt habe. Ich gebe Dir die Erlaubniß zurückzukehren, aber ich verspreche Dir bei unseren heiligen geheimen Gesetzen, daß Du binnen dreien Tagen dieses Messer gekostet haben wirst, magst Du Dich nun in den Himmel oder in die Hölle verkriechen.«

Bei dieser Drohung sprang er in die Fluth und tauchte unter. Erst eine große Strecke weiter fort kam er wieder

* Chef der Generale, Generalissimus.
** Kapitän, Hauptmann, Rittmeister.

empor und strebte mit kräftigen Streichen dem gegenseitigen Ufer zu. Der Kundschafter war ganz erstarrt von dem, was er vernommen hatte, er raffte sich zusammen und ließ sich in die Fluthen nieder, um zum Generale zurückzukehren und der Gluth zu entgehen, welche die Flamme jetzt verbreitete.

»Nun?« frug der General, als er bei demselben angekommen war.

»Schnell, Sahib, laß auf diesen Menschen schießen, damit er nicht entkommt!«

»Warum?«

»Er ist ein Phansegar.«

»Alle Teufel! Aber – er ist schon hinüber und aus der Schußweite unserer Gewehre.«

»So laß ihm schleunigst nachsetzen!«

»Geht nicht. Dies müßte durch Reiter geschehen, und ehe Einer hinüberkommt, ist er längst in Sicherheit. Was hatte es mit dem Floße für eine Bewandtniß?«

»Eine fürchterliche. Ich zittere, Sahib!«

»Du sollst nicht zittern, sondern reden. Zittere, wenn Du gesprochen hast; dann hast Du Zeit genug dazu! Also, wer sollte auf dem Floße verbrannt werden? Ah, da prasselt das Gerüste zusammen, und die Gehängten stürzen in die Gluth!«

»Weißt Du, wer sie sind?«

»Ich will es von Dir erfahren. Rede endlich!«

»Du weißt, daß der General Haftley, der Rittmeister Mericourt und mehrere Offiziers von den Thugs ergriffen und gefangen genommen worden sind – – –«

»Natürlich. Weiter!«

»Sie hingen dort an dem Galgen.«

Der General fuhr erschrocken zusammen.

»Kerl, Du lügst.«

»Sahib, ich lüge nicht. Ich habe die Herren oft gesehen und sie wieder erkannt.«

»Ah, also gemordet!«

»Ja, gemordet von den Phansegars zu Ehren des Maharajah Madpur Singh.«

»Wie so?«

»Die Leiche auf dem Scheiterhaufen war die Leiche des todten Königs von Augh.«

»Fürchterlich! Und Du hast diesen Menschen nicht auf der Stelle getödtet?«

»Ich war ohne Waffen, denn ich mußte sie am Ufer lassen; er aber hatte das entsetzliche Messer des Phansegars, gegen welches es weder Wehr noch Hilfe gibt.«

»Was sagte er?«

»Zwei von denen, welche an dem Balken hingen, waren noch lebendig. Es war der Sultan von Symoore und der Maharajah von Kamooh. Die Phansegars haben sie gefangen und der Seele Madpur Singhs geopfert. Sie sind lebendig verbrannt.«

Der General drehte die Spitzen seines Bartes. Ihm als Engländer mußte der Tod dieser beiden Männer sehr willkommen sein. Dennoch aber meinte er:

»Außerordentlich! Aber das soll schnell anders werden. Jetzt bin ich Herr von Augh, und ich werde diese Mörder meine Faust so fühlen lassen, daß sie verschwinden.«

»Sahib, vielleicht wirst Du ihre Faust eher fühlen, als sie die Deinige.«

»Schweige!« herrschte ihn der Brite an, sich wieder nach dem Flusse wendend.

Das Floß, jetzt nicht mehr von der Hand des Phansegars in der Mitte des Stromes gehalten, hatte sich dem Ufer genähert und an dasselbe angelegt. Der General trabte der Stelle zu, und die Andern folgten ihm. Das Opfer war vollständig beendet. Die aus Stämmen gebildete Unterlage war durch das Wasser beschützt worden und also nicht verbrannt, das übrige Holzwerk aber hatten die Flammen in Asche verwandelt, unter welcher verschiedene halb verkohlte Knochenreste zu erblicken waren. Der General wandte sich schaudernd ab.

»Lieutenant Barrow, ich übergebe Ihnen dieses Floß. Sorgen Sie dafür, daß diese menschlichen Ueberreste mit Ehren begraben werden. Das Uebrige werde ich noch anordnen.«

Er ritt hinweg. Seine Pflicht als Oberbefehlshaber gab ihm so viel zu thun, daß er sich mit dieser Angelegenheit für jetzt nicht eingehender befassen konnte. Der Lieutenant ließ durch einige Sepoys die Knochen sammeln und verließ dann auch das Floß, welches während des ganzen übrigen Tages unbeachtet am Ufer liegen blieb.

Am Abende aber änderte sich dies.

Augh lag verwüstet. Nur einzelne der geflüchteten Bewohner waren zurückgekehrt und irrten wie Schatten heimlich zwischen den Trümmern umher. Die Engländer hatten die Gegend verlassen und waren unter Zurücklassung einer nur geringen Anzahl von Kriegern dem flüchtigen Heere von Symoore gefolgt. Die Sterne leuchteten hernieder auf die noch immer rauchende Verwüstung, und in weiter Ferne war der Flammenschein eines brennenden Dorfes zu bemerken. Da tauchte plötzlich am Strome eine Gestalt vom Boden empor und nach einiger Zeit eine zweite, welche sich der ersten näherte.

»Alles sicher?«

»Wie es scheint.«

»Keine Wache auf dem Flusse?«

»Wir wollen sehen.«

Sie krochen neben einander langsam auf das Floß zu und fanden dasselbe verlassen.

»Hinauf?« frug der Eine.

»Nein,« antwortete der Andere. »Wir müssen erst sehen, ob die Umgebung sicher ist.«

Sie verschwanden wieder, kehrten aber bald von verschiedenen Seiten wieder zurück.

»Hast Du etwas Verdächtiges bemerkt?«

»Nein.«

»Ich auch nicht. Nun laß uns sehen, ob die Bänder des Flosses noch halten!«

Sie bestiegen das Letztere und untersuchten sehr sorgfältig die gedrehten starken Ruthen, durch welche die doppelt übereinander liegenden Stämme verbunden waren.

»Alles noch fest?«

»Ja.«

»Ich denke es auch. Jetzt wollen wir das Zeichen geben.«

Er ahmte den Ton nach, welchen der zur Ruhe gehende

Krokodilreiher auszustoßen pflegt, und nach kurzer Zeit waren wohl an die fünfzig Gestalten beisammen. Eine derselben stand in der Mitte des Kreises, welchen sie bildeten, und begann halblaut:

»Nun sollt Ihr erfahren, weshalb ich Euch hier herführte. Ihr wißt, welch ein guter Herrscher unser Maharajah war –«

»Wir wissen es,« antwortete Einer für Alle.

»Er war gerecht und gut; er war auch klug und hat nie einen Thug getödtet.«

»Niemals.«

»Darum haben wir ihn gerächt und werden auch noch viele seiner Feinde tödten. Sein Körper wurde aus ihren Händen gerettet, aber nicht sein Eigenthum und seine Schätze. Wollt Ihr mir einmal sagen, wem sie von jetzt an gehören?«

»Der Begum.«

»Du hast recht gesprochen, und Ihr sollt mir helfen sie ihr zu bringen. Wer nicht bereit dazu ist, der mag sich melden und uns dann verlassen.«

Es meldete sich Keiner und der Sprecher fuhr fort:

»Ich wollte die Begum und ihren Fremdling lange bei uns in der Ruine von Koleah behalten, aber die Inglis werden ihre Hand auf das Land legen und uns verfolgen. Das wird uns Kämpfe bringen, welche die Sicherheit der Begum gefährden, und daher soll sie dieses Land verlassen, bis es ihr möglich ist, zurückzukehren und den Thron ihrer Väter einzunehmen. Sie hat die Ruine bereits verlassen und wird sich auf ein Schiff begeben, welches ich für sie bestellte. Als ich den Scheiterhaufen errichtete, wußte ich, daß das Floß nicht verbrennen würde. Ich ließ erkunden, wo es liegt, und nun soll es die Schätze aufnehmen und der Begum zuführen. Ihr sollt als Schutz und Wache dienen. Seid Ihr bereit dazu?«

»Wir sind bereit. Befiehl nur, was wir thun sollen.«

»Ihr werdet es sogleich hören, denn da sehe ich Lubah zurückkehren.«

Es war wirklich der Phansegar, welcher jetzt herbeitrat. Der Anführer frug ihn:

»Was hast Du zu berichten?«

»Meister, es ist kein Mensch im Garten, und das Kiosk steht noch wie vorher.«

»So gehe voraus, damit wir nicht überrascht werden. Ihr Andern folgt mir!«

Sie bildeten eine lange Reihe, welche sich am Ufer des Flusses hin bewegte bis an die Mauer, welche den Garten des Maharajah begrenzte. Die Zerstörung hatte auch hier gewüthet, denn die Mauer war an mehreren Stellen eingerissen worden. Die Thugs gelangten durch eine dieser Breschen sehr leicht in den Garten und wurden von ihrem Anführer nach dem Kiosk geführt.

Hier stellte er einige Wachen aus und betrat dann mit Lubah das Gartenhaus. Nach wenigen Augenblicken ließ sich ein leises schleifendes Geräusch vernehmen, und die Außenstehenden bemerkten zu ihrem Erstaunen, daß sich das Häuschen auf seinem Fundamente drehte. Einige Zeit darauf erschien Lubah am Eingange.

»Herbei jetzt! Ein Jeder erhält ein Paket und trägt dasselbe nach dem Flosse.«

Nun begann ein eifriges und geräuschloses Hin- und Herwandern zwischen dem Kiosk und dem Flosse, bis sich später das Häuschen wieder drehte und der König der Phansegars mit Lubah heraustrat.

»Fertig. Jetzt kommt zurück!«

Auf dem Flosse wurden nun alle Gegenstände in gute Lage und Ordnung gebracht, und dann entfernten sich die Thugs, während der Anführer mit Lubah zurückblieb. Keiner von Beiden sprach ein Wort. So verging wohl eine halbe Stunde, bis sich wieder leise Schritte vernehmen ließen. Die Leute kehrten zurück. Ein Jeder von ihnen trug auf der Schulter einen starken aber leichten Bambusstab, an dessen beiden Enden hohle Tongefäße befestigt waren.

Von dieser einfachen aber sehr praktischen Beschaffenheit sind die Vorrichtungen, mit deren Hilfe die Anwohner des Indus, Ganges und anderer ostindischer Flüsse ohne große Anstrengung weite Strecken zu Wasser zurücklegen. Der Schwimmer legt sich mit seinem Vorderkörper auf den Querstab und wird von den Thongefäßen so bequem über Wasser gehalten, daß es ihm leicht wird, auch größere Entfernungen ohne bedeutende Ermüdung zurückzulegen.

Einer von ihnen brachte auch zwei lange Ruder mit, mit deren Hilfe das Floß gelenkt werden konnte. Es stieß vom Lande und suchte, begleitet von den Thugs, welche Jeder mit Säbel und Messer bewaffnet waren, die Mitte des Stromes auf. Diese fünfzig Schwimmer, welche gewohnt waren mit dem Tode zu spielen, bildeten für das Floß eine Bedeckung, die sich unter keinem Umstande gescheut hätte, es mit einem weit zahlreicheren Feinde aufzunehmen. Der Schatz der Begum war ihnen und dem Elemente anvertraut, in welchem sie beinahe ebenso zu Hause waren wie auf dem Lande. Die Hauptmacht der Engländer war landeinwärts gerückt, das Heer von Kamooh stand führer- und in Folge dessen thatenlos weit von der Residenz entfernt, und die Begleitung des Flosses hatte also nur die kleinen detachirten Trupps der Feinde zu fürchten, welche zur Erkundigung der Gegend ausgeschickt waren. Furcht aber kannten doch die Männer nicht, deren bluttriefender Glaube es ihnen als das höchste Ziel vorsteckte, als Mörder ergriffen zu werden, um eines qualvollen Todes zu sterben. –

Es war am vorhergehenden Morgen, als Alphons Maletti vom Schlafe erwachte. Es hatte ihm geträumt, daß er sich in einer ihn blutig umwogenden Schlacht befinde, unter deren Kanonendonner die Erde erbebte. Noch im Erwachen glaubte er, den dumpfen rollenden Ton der Geschütze zu vernehmen, und sogar als er die Augen bereits geöffnet hatte, hörte er noch das tiefe Grollen einer entfernten Kanonade.

Er erhob sich von seinem Lager und trat zum Fenster. Am westlichen Himmel zuckten die ersten Streifen des Tages, während im Osten die Morgenröthe den Horizont bereits zu färben begann. Er lauschte. Ja, wahrhaftig, das war Kanonendonner. Er kannte denselben zu genau, als daß ein Irrthum möglich gewesen wäre.

Der Schall kam aus der Gegend von Augh. Was gab es dort noch zu kämpfen? Der Maharajah war ja besiegt und todt:

drei mächtige Feinde standen mit ihren Heeren im Lande, und es war also gar nicht denkbar, daß die Bevölkerung von Augh nach dem Falle ihres Herrschers es gewagt hätte, diesem dreifachen Gegner noch immer Widerstand zu leisten. Aber Maletti kannte die Politik der Briten, und daher vermuthete er sofort das Richtige: die Engländer hatten sich gegen ihre Verbündeten gewandt, um alleinige Herren des eroberten Landes zu bleiben. Er knirschte mit den Zähnen und murmelte:

»Nur einige Monate später! Hätte ich nur drei Monate lang mein Amt verwalten können, so wären diese Krämer so empfangen worden, daß sie das Wiederkommen für immer vergessen hätten. Nun aber ist an keine Rettung mehr zu denken.«

Er hörte draußen halblaute Schritte und öffnete die Thür. Er erkannte das Oberhaupt der Thugs.

»Komm herein!«

»Ich wollte lauschen, ob Dich der Kanonendonner vielleicht aufgeweckt hätte.«

»Er hat es. Man schießt in der Gegend von Augh. Weißt Du etwas Näheres?«

»Es geschieht hier im Lande nichts, wovon ich nicht von meinen Leuten benachrichtigt würde.«

»Wem gilt diese Kanonade?«

»Die Inglis haben wieder einmal ihre Treue gebrochen und greifen das Heer von Symoore an.«

»Sie werden siegen, wenn der Maharajah von Kamooh nicht augenblicklich dem Sultan zu Hilfe eilt.«

»Das wird er nicht thun. Glaube mir, das Gold der Inglis ist noch mächtiger als ihre Waffen. Sie haben doch sogar die Thugs erkaufen wollen, aber der Tod eines einzigen Engländers ist uns kostbarer als ganze Tonnen des schimmernden Metalles.«

Da ließen sich leise Schritte vernehmen, und Rabbadah erschien unter der Thür.

»Ich höre schießen. Was geht vor? Wer liefert diese Schlacht?«

»Die Inglis greifen die Leute von Symoore an,« antwortete der Phansegar.

»Was sagst Du? Sind die Engländer nicht Verbündete des Sultans von Symoore?«

»Sie waren es, aber sie kennen keine Treue und keinen Glauben, sobald es ihr Vortheil erheischt. Sie wollen Augh allein besitzen und haben es sich von dem Sultan erobern lassen, um es ihm sogleich wieder abzunehmen.«

»Wird es Ihnen gelingen?«

»Ja.«

»Aber der Sultan von Symoore ist berühmt als ein großer und tapferer Feldherr.«

»Er ist nicht bei seinem Heere und wird in weniger als zwei Stunden todt sein.«

Die beiden Andern blickten bei dieser Prophezeiung überrascht auf.

»Er wird sterben?« frug die Begum. »Wer sagt es Dir?«

»Ich selbst. Er stirbt gleichzeitig mit dem Maharajah von Kamooh.«

»Mit dem Maharajah? Unmöglich! Und wie wolltest Du das voraus wissen?«

»Weil ich es bin, der ihnen den Tod gibt. Sie sterben von der Hand des Phansegars.«

»Unbegreiflicher Mensch! So willst Du sie also überfallen und tödten lassen?«

»Nein. Sie befinden sich bereits in meinen Händen. Du weißt nicht, wie kühn und mächtig der Phansegar ist. Ein einziger meiner Leute hat den Sultan von Symoore mitten aus Augh herausgeholt, und ein einziger meiner Männer hat genügt, den Maharajah von Kamooh gefangen zu nehmen und seinen Sirdar zu tödten.«

»So hast Du den Sultan und den Maharajah hier in der Ruine bei Dir?«

»Jetzt nicht mehr. Sie sind bereits auf dem Wege zum Tode.«

»Wo sterben sie?«

»Du bist meine Herrscherin, und ich befolge Deine Befehle,

noch ehe Du sie mir gegeben hast. Was soll mit der Leiche Deines Bruders Madpur Singh geschehen?«

»Ich werde Dich bitten sie heute verbrennen zu lassen.«

»So laß Dir sagen, daß ich ein Floß gebaut habe, auf welchem ein Scheiterhaufen errichtet ist. Auf demselben liegt der Todte und über ihm hängen seine Feinde, der Sultan, der Rajah, und die Engländer, welche wir tödteten. Das Floß wird von dem besten meiner Leute nach Augh geleitet und dort in Brand gesteckt, und die Inglis sollen erfahren, daß der Maharajah von Augh nicht ungerächt ermordet worden ist.«

»Das wolltest Du thun?«

»Ich habe es bereits gethan; das Floß ist schon längst abgegangen und wird nun bald in Augh ankommen.«

»Wird das Alles auch wirklich glücken?«

»Es glückt, dafür bürgt mir der Mann, welcher das Floß führt. Er wird sogar die Inglis auf dasselbe aufmerksam zu machen wissen, ehe er es verbrennt.«

»Ich danke Dir für diese Rache und für die Treue, die Du mir bewahrst. Ich möchte niemals Deine Feindin sein, denn Du gebietest über Leben und Tod, ohne einem Volke oder der öffentlichen Stimme Rechenschaft geben zu müssen.«

»Ich bin mächtiger als ein Fürst, aber meine Macht will ich Dir leihen, bis Du den Engländern entronnen bist und Dich in Sicherheit befindest.«

»So meinest Du, daß ich Augh verlassen und mich vor den Inglis flüchten soll?«

»Ja.«

»Warum?«

»Weil ihnen Augh gehören wird. Auch Symoore und Kamooh werden sie erobern.«

»Weißt Du dies gewiß?«

»Ich weiß es. Sie haben Gold genug, um Länder zu erkaufen, und auch Menschen genug, um das Leben derselben ihren Eroberungen zu opfern. Was sie heute nicht erhalten, das werden sie sich morgen nehmen. Augh ist für Dich für immer verloren.«

»Und ich?«

»Sie werden darnach trachten, Dich in ihre Hände zu bekommen.«

»Das wird ihnen, so lange ich lebe, nimmermehr gelingen!« betheuerte Maletti.

Der Thug lächelte leise, ja beinahe ein wenig geringschätzend.

»Du würdest für Deine Herrin sterben, ohne ihr nützen zu können,« antwortete er. »Was wolltest Du thun, um sie vor Gefangenschaft und Schande zu bewahren?«

»Ich thue Alles, was sie mir gebietet.«

»Das kann jeder Diener und jeder Sklave thun; jetzt aber ist ihr ein Mann von Nöthen, der selbstständig zu handeln weiß und nicht blos tapfer, sondern auch klug genug ist, ihre Feinde von ihr fern zu halten. Wie wolltest Du dies beginnen?«

»Ich fliehe mit ihr.«

»Wohin?«

»Fort aus diesem Lande, nach irgend einer Besitzung der Holländer.«

»Das ist gut, denn die Hollandi sind Feinde der Ingli. Aber Du hast einen sehr weiten Weg zu machen, der Dich durch sämmtliche Provinzen führt, in denen sich die Ingli festgesetzt haben. Du würdest mit der Begum bald in ihre Hände fallen.«

»So rathe uns!«

»Ihr werdet noch heute fliehen. Der Wald von Koleah, in dem wir uns befinden, liegt so nahe an Augh, daß die Engländer bald hier sein werden. Es werden Viele von ihnen fallen, denn der Phansegar wird in ihren Reihen wüthen, ehe er ihnen die Ruinen der Tempel übergibt: aber wenn der Kampf beginnt, müßt Ihr bereits fort von hier sein. Darf ich meinen Vorschlag aussprechen?«

»Sprich!« gebot die Begum.

»Meine Verbindungen gehen durch das ganze Land. Es kostet mich nur einen Wink, so steht ein Gangesschiff für Euch bereit, welches Euch sicher nach Kalkutta bringen wird. Die Schiffer sind treue Leute, auf die Ihr Euch verlassen könnt, und werden Euch in Kalkutta zu einem Manne bringen, welcher bereit ist, mir mit seinem Leben dafür zu bürgen, daß Ihr sicher aus dem Lande und auf ein Schiff kommt, welches Euch zu den Hollandi bringen wird. Soll ich diesen Wink geben?«

Die Begum blickte Maletti fragend an, und da sie seine zustimmende Miene bemerkte, antwortete sie:

»Thue es. Aber sage mir vorher, wenn das Schiff bereit sein wird?«

»Heute in der Nacht.«

»Das ist zu früh.«

»Das ist eher zu spät als zu früh, denn Du bist auf dem Schiffe sicherer als hier.«

»Aber ich muß zuvor nach Augh.«

»Was willst Du dort?«

»Es befindet sich dort etwas, was ich lieber verderben als zurücklassen werde.«

Er nickte lächelnd.

»Ich weiß, was Du meinst.«

»Was vermuthest Du?«

»Habe ich Dir nicht bereits gesagt, daß der Phansegar Alles weiß? Was Du mitnehmen willst, liegt unter Deinem Kiosk verborgen, nach dem ich sehen lassen sollte.«

»Wahrhaftig, Du weißt Alles! Ist der Kiosk zerstört?«

»Nein.«

»So wirst Du zugeben, daß ich heut noch nicht zu Schiffe gehen kann. Soll ich dem Feinde die Schätze lassen, die so groß sind, daß er sich Königreiche kaufen könnte?«

»Du wirst sie mitnehmen und trotzdem heute Nacht noch aufbrechen.«

»Wie soll dies zugehen?«

»Laß mich nur sorgen! Das Floß, welches jetzt in Augh angekommen sein wird, ist so gearbeitet, daß es nicht mit verbrennen kann; das habe ich mit Absicht gethan, denn auf ihm sollen die Schätze nach dem Schiffe gebracht werden, auf welchem Du mich mit ihnen erwarten wirst.«

Sie blickte vor sich hin und schüttelte dann nachdenklich mit dem Kopfe.

»Du wirst sie nicht finden, und ich muß also bei Dir sein, wenn Du sie holst.«

Er lächelte wieder.

»Soll ich Dir noch einmal sagen, daß der Phansegar Alles weiß? Ich vermag Deinen Kiosk ebenso zu drehen wie Du. Ich bin öfters in dem Gewölbe gewesen, wo das Gold wie Feuer glänzt und die Diamanten wie Sterne flimmern.«

»Wie? Du hättest es gewagt, unser Geheimniß zu belauschen und in den Kiosk einzudringen? Hätte dies Madpur Singh gewußt, so wärest Du verloren gewesen!«

»Er hätte mir nichts gethan,« antwortete der Phansegar stolz. »Nun aber sage, wie wollt ihr Beide allein den Schatz heben um ihn vor den Inglis zu verbergen?«

»Wir hätten treue Leute gesucht, die uns dabei geholfen hätten.«

»Das wäre gefährlich gewesen, denn das Gold ist mächtiger als die Treue. Doch habt ihr diese Leute nicht bereits gefunden? Vertraue mir Deine Reichthümer an, und ich verspreche Dir bei meinem Messer, daß Dir nicht das Geringste verloren gehen soll!«

»Ich weiß es; aber ich glaubte, daß Du den Ort nicht finden würdest. Bestimme Du, was wir thun sollen, und wir werden in allen Stücken Deinen Rath befolgen.«

»So macht Euch zur Abreise bereit. Ihr müßt die Kühle des Morgens und des Abends benutzen, um während der Hitze des Nachmittags rasten zu können. Meine Reiter werden Euch begleiten und Euch vor aller Fährlichkeit und Noth zu behüten wissen.«

»Wohin werden wir gehen?«

»Der Ganges macht hier einen Bogen nach der Gegend Ralaak. Ihr werdet diesen Bogen abschneiden und an der Grenze des Landes auf mich und das Floß warten, auf welchem ich Euch den Schatz des Maharajah Madpur Singh zuführen werde.«

»Es sei, wie du sagest. Aber wie nun, wenn die Inglis Augh nicht festhalten können?«

»Sie werden es nicht wieder verlieren. Sollte dies aber

dennoch geschehen, so wirst Du unsere Königin sein, die wir zurückrufen und der wir gehorchen werden.«

»Du weißt dann nicht, wo wir sind. Wie sollen wir Dich davon benachrichtigen?«

»Laßt es dem Manne in Kalkutta wissen, der Euch das Seeschiff besorgt. Von ihm werde ich es bald erfahren, und dann kann ich Euch von Allem und zu jeder Zeit Nachricht geben.«

Während dieses Gespräches war der Donner der Kanonen verstummt, und es ließ sich annehmen, daß der Kampf sich von der Hauptstadt fort und in das Land hineingezogen hatte. Der Handstreich der Engländer war gelungen; sie hatten sich durch die Wegnahme der Hauptstadt zu Herren des ganzen Landes von Augh gemacht. –

Als dann später am Abende die Thugs den Schatz aus dem Kiosk holten und zu ihrer Sicherheit Wachen ausstellten, glaubten sie vollständig unbeobachtet zu sein.

Dem war aber nicht so.

Zwischen den rauchenden Trümmern des Palastes hindurch schlichen zwei Männer. Der Eine derselben war der Kundschafter, welcher heut von dem Generale nach dem Floße geschickt worden war. Wäre es heller gewesen, so daß man die Züge des Andern hätte erkennen können, so wäre eine Aehnlichkeit aufgefallen, der zu Folge man die Beiden sicher für Brüder gehalten hätte.

Sie kamen an die Grenze zwischen dem Garten und dem Palaste und blieben hier stehen.

»Nichts,« meinte der Eine.

»Nichts,« wiederholte der Andere.

»Und doch muß er vorhanden sein!«

»Er ist vorhanden,« meinte der Kundschafter mit sehr bestimmtem Tone.

»Woher willst Du dies so genau wissen?«

»Weißt Du nicht, daß ich Tamu, den Minister, überall hinbegleiten mußte, als ich noch in seinen Diensten war? Damals regierte der Vater von Madpur Singh noch, der nicht das Geringste that, ohne Tamu vorher um Rath gefragt zu haben. Einst mußte ich sehr spät des Abends den Minister nach dem Palaste des Maharajah begleiten. Ich blieb im Hofe halten, um die Rückkehr meines Herrn dort zu erwarten; er aber kam nicht; die Zeit wurde mir lang, und so trat ich zwischen die Säulen des Palastes, um mich dort auf eine der Matten niederzulassen. Kaum hatte ich dies gethan, so vernahm ich Schritte, und es kamen zwei Männer.«

»Der Minister und der Maharajah?«

»Ja.«

»Und sie sahen Dich nicht?«

»Nein. Sie gingen hart an mir vorüber, blieben aber bereits nach einigen Schritten halten. Ich bemerkte, daß der Rajah Tamu beim Arme ergriff und hörte die leise Frage:

»Du hast immer einen Diener bei Dir. Ist dies auch heut Abend der Fall?«

»Ja, Sahib.«

»Wo ist er?«

»Draußen im Hof.«

»Weißt Du das gewiß?«

»Ganz sicher.«

»Er wird uns doch nicht bemerken?«

»Nein, Sahib.«

»Ich habe meine Diener so beschäftigt, daß sie uns nicht beobachten können.«

»Der meinige wird nicht wagen den Palast zu betreten; das weiß ich genau.«

»So komm!«

Sie gingen weiter. Hier mußte etwas Wichtiges und Geheimnißvolles vorliegen, und ich beschloß ihnen auf alle Gefahr hin zu folgen. Sie stiegen die Treppe zu dem Gewölbe hinab, in welchem wir vorhin vergebens gesucht haben, und der Rajah brannte dort eine bereit liegende Fackel an. Dann drückte er an eine der großen Steinplatten, die die Mauer bilden; sie wich zur Seite und ließ ein kleineres Gewölbe sehen, in dem ich so viele goldene und silberne Gefäße, Münzen und Edelsteine erblickte, daß mir von all dem Glanze die Augen geblendet wurden.«

»Es war die Schatzkammer?«

»Ja. Ganz derselbe Raum, den ich vorhin öffnete und den wir leer gefunden haben.«

»Wo ist der Schatz hin?«

»Weiß ich es? Hätte ich ihn hier gesucht, wenn ich ihn anderswo vermuthete?«

»Verschwunden kann er nicht sein, wenn er nicht von dem Sultan gefunden wurde.«

»Der Sultan hat ihn nicht gefunden. Seit ich den Schatz erblickte, hat die Sehnsucht, ihn zu besitzen in mir gebrannt wie eine Flamme, die zu den Wolken steigt. Nicht durch Gewalt, sondern nur durch List konnte ich zu ihm gelangen. Ich setzte mich daher in dem Vertrauen des Ministers fest; ich trieb ihn zum Verrathe; ich schürte und schürte, bis das Feuer des Krieges ausbrach; ich sorgte, daß der Sultan von Symoore den Maharajah von Augh so schnell überfiel, daß dieser nicht Zeit fand, seine Kostbarkeiten zu entfernen; dann trieb ich die Engländer herbei, um zu verhüten, daß der Sultan in das Gewölbe gelange, und nun mir dies Alles so gut gelungen ist, finde ich den Schatz verschwunden!«

»Wo ist er hin?«

»Das weiß Allah und der Teufel, ich aber nicht! Madpur Singh muß ihn während seiner Regierung an einen Ort gebracht haben, wo er ihn für sicherer gehalten hat.«

»Nun ist er todt!«

»Und sein Geheimniß starb mit ihm.«

»Nein. Es lebt noch.«

»Wer sollte es kennen?«

»Die Begum. Sie war seine Vertraute in allen Stücken, und es ist daher als unumstößlich anzunehmen, daß sie genau weiß, wo der Schatz verborgen ist.«

»Aber wo ist sie?«

»Der Maharajah wurde ermordet; sie aber ist entkommen. Ein Krieger hat sie auf das Pferd genommen und ist mit ihr durch den Fluß geritten. Niemand aber kann sagen, wer er gewesen ist und wohin er sie gebracht hat.«

»Denkst Du, Lidrah, daß der Schatz außerhalb Aughs verborgen worden ist?«

»Nein,« antwortete der Kundschafter, welcher also Lidrah hieß. »Er ist ganz sicher in dem Palaste oder in der Nähe desselben versteckt worden; davon bin ich überzeugt.«

»Vielleicht im Garten.«

»Wahrscheinlich.«

»Aber an welchem Orte?«

»Das wäre vielleicht zu erfahren.«

»Wie so?«

»Die Begum wird bei Nacht kommen, um ihn zu holen. Wenn wir uns also täglich hier auf den Posten stellen, ist es recht gut möglich, das Geheimniß zu entdecken.«

»Aber wenn wir es entdecken, wird es bereits zu spät sein, der Schatz wird ja dann gehoben, und wir können dies nicht verhindern, sondern haben das Nachsehen.«

»Verhindern könnten wir es schon. Die Engländer sind da, und die Begum müßte also heimlich kommen. So bald wir Lärm machten, wäre sie verloren.«

»Und der Schatz mit ihr.«

»Wir müßten sie ruhig gewähren lassen und ihr dann folgen. Aber, horch!«

»Schritte!«

»Ja. Komm schnell hinter dieses Zimmetgesträuch!«

Sie verbargen sich und erkannten einen Mann, aus dessen leisen, vorsichtigen und spähenden Bewegungen zu ersehen war, daß er nachsuchen wolle, ob irgend Jemand hier vorhanden sei. Er schlich sich vor dem Gesträuch vorüber, ohne die hinter demselben Versteckten zu bemerken.

»Ein Späher,« flüsterte Lidrah. »Komm und folge mir! Ich muß sehen, was er will.«

Sie schlichen, jede Deckung geschickt benutzend, dem Manne nach und gelangten so in die Nähe des Kiosk. Hier ergriff der Kundschafter seinen Bruder schnell am Arme.

»Halt, Kaldi! Dort steht ein Posten und hier auch. Siehst Du die Männer beim Kiosk?«

»Ich sehe sie.«

»Weißt Du, was sie sind?«

»Wie sollte ich!«

»Es sind Thugs, ja, es sind sogar Phansegars. Nimm Dich in Acht, Bruder, denn wenn sie uns bemerken, so sind wir ohne alle Gnade und Barmherzigkeit Beide verloren!«

»Woran erkennst Du sie als Phansegars?«

»Ich sah eines ihrer krummen Messer blitzen, und, ja, blicke einmal dort hinüber!«

»Wohin?«

»Nach den beiden Männern, welche jetzt die Stufen des Kiosk betreten.«

»Ich sehe sie.«

»Der Zweite von ihnen ist der Phansegar, welchen ich heute auf dem Flosse traf.«

»Unmöglich! Wie sollte sich dieser Mörder wieder mitten in die Stadt herein wagen!«

»In so zahlreicher Gesellschaft? Sei vorsichtig; er hat mir mit dem Tode gedroht.«

»Lidrah, komm und laß uns schnell Leute holen, sie zu fangen.«

»Bist du toll?«

»Nein, aber man muß den Tiger und die Schlange ausrotten so viel man kann.«

»Kaldi, Du bist sehr voreilig!«

»Willst Du Dich in Stücke hacken lassen, wenn sie Dich hier finden?«

»Nein. Aber Du, willst Du den Schatz verloren geben, den wir suchen?«

»Den Schatz? Wie so?«

»Schau, der Kiosk dreht sich!«

»Wahrhaftig! Das ist sonderbar. Was müssen diese Mörder hier vorhaben?«

»Das werden wir ganz sicher noch sehen, ich aber glaube es bereits zu wissen.«

»Was?«

»Sie holen den Schatz.«

»Unmöglich! Wie sollten sie wissen, wo ihn der Maharajah verborgen hat?«

»Das wissen sie, wie ich vermuthe, jedenfalls aus zwei Quellen, statt aus einer.«

»Wie so?« frug der Bruder des Kundschafters begierig.

»Die Thugs haben überall ihre Spione; sie sehen und hören, wo Andere blind und taub bleiben; sie erfahren und wissen Alles, und nichts bleibt ihnen verborgen, weil sie mit dem Auge des Todes sehen, der allwissend, allmächtig und allgegenwärtig ist. Sie sind ganz gewiß heimlich dabei gewesen, als Madpur Singh seinen Schatz verbarg.«

»Dann hätten sie ihn wohl jedenfalls gestohlen?«

»Nein; sie brauchen ihn nicht, denn sie sind auch ohne ihn reich genug. Und weißt Du nicht, daß der Maharajah niemals einen Thug verfolgte? Er war klug gegen sie, nun sind sie seine Freunde gewesen und würden ihn niemals bestohlen haben.«

»Und die zweite Quelle?«

»Ist die Begum. Sie wurde mit einer ganz beispiellosen Kühnheit gerettet, und der sie rettete, ist also wohl ein Phansegar gewesen. Ihr Königreich ist verloren, und da hat sie wenigstens ihre Schätze retten wollen. Um dies zu können, hat sie sich den Thugs anvertraut, und diese kommen jetzt, das große Erbe des Rajah zu holen.«

»Wenn dies wäre, so – –«

Er stockte, denn soeben trat der Phansegar Lubah aus dem Kiosk und gebot:

»Herbei jetzt! Ein Jeder erhält ein Paket und trägt dasselbe nach dem Flosse!«

Die beiden Lauscher beobachteten mit zitternder Spannung das geschäftige aber lautlose Treiben, welches nun begann, bis sich das Gartenhäuschen wieder drehte und Lubah mit dem Obersten der Phansegars wieder aus dem Kiosk trat.

»Fertig; jetzt kommt zurück!« gebot die halblaute Stimme des Anführers.

Die geheimnißvollen Männer verschwanden einer nach dem andern durch die Mauerlücke.

»Wahrhaftig, das ist der Schatz gewesen,« meinte der Bruder des Kundschafters.

»Er war es. Siehst Du nun, daß ich Recht hatte?«

Es hatte sich Beider eine unbeschreibliche Erregung bemächtigt, welche sie nicht zu beherrschen vermochten. Es galt ja, sich einen Reichthum nicht entschlüpfen zu lassen, welcher beinahe beispiellos zu nennen war und der sich jetzt in Händen befand, die nicht gewohnt waren, etwas herauszugeben, was sie einmal angefaßt hatten.

»Was thun wir?« frug Kaldi.

»Wir können jetzt nichts Anderes thun, als ihnen folgen, um zu sehen, wohin sie gehen.«

»So komm schnell!«

Sie traten durch die Mauerbresche und schlichen sich nach der Gegend zu, in welcher soeben das Geräusch der letzten Schritte der Phansegars verstummte.

»Langsam!« gebot Lidrah dem Bruder. »Wir haben es mit lauter Teufeln zu thun und müssen im höchsten Grade vorsichtig sein. Lege Dich zur Erde. Wir müssen auf dem Leibe vorwärts kriechen, wenn sie uns nicht bemerken sollen.«

Sie thaten dies und gelangten dadurch so nahe an das Floß heran, daß sie die beiden auf demselben befindlichen Gestalten deutlich erkennen konnten.

»Wo mögen die Andern sein?« frug Kaldi.

»Ich errathe es,« antwortete Lidrah, welcher jedenfalls scharfsinniger als sein Bruder war.

»Nun?«

»Sie holen Ruder für das Floß und Schwimmtöpfe für sich selbst.«

»Wohl nicht. Wozu Schwimmtöpfe, da sie auf dem Flosse sein können?«

»Die Fracht ist zu schwer, als daß dasselbe noch viele Menschen tragen könnte.«

»Dann genügen ja diese Beiden!«

»Meinest Du? Dürfen zwei Männer es wagen, während der Feind im Lande ist, einen solchen Reichthum ohne alle weitere Begleitung und Bedeckung fortzuschaffen?«

»Wohin?«

»Wer kann das sagen? Die Begum steht unter dem mächtigen Schutze der Thugs, und diese werden ihr ganz gewiß ein

Schiff versorgen, auf welchem sie mit sammt ihren Schätzen zu fliehen vermag. Vielleicht steht dieses Schiff schon bereit sie aufzunehmen.«

»So ist der Schatz für uns verloren!«

»Noch nicht; ich gebe niemals auf.«

»So ist es nöthig, daß wir schnell handeln. Du hast Dein Messer, und ich habe das meinige. Wir schleichen uns vorwärts, tödten die zwei Thugs und entfliehen mit dem Flosse.«

»Und werden bereits nach einer Viertelstunde von den Phansegars eingeholt und ermordet. Bist Du bei Sinnen? Und selbst dann, wenn sie uns nicht verfolgten, würden wir mit dem Flosse nicht weit kommen. Wir müssen jedenfalls anders handeln.«

»Aber wie?«

»Wir folgen dem Flosse. Weiter läßt sich jetzt nichts sagen.«

»Gibt es hier ein Boot?«

»Ich habe keines gesehen. Es würde uns auch gar nichts nützen. Aber ich bemerkte während des Plünderns in einem Hause hier in der Nähe mehrere Fischertöpfe. Wenn wir sie holen, kommen wir leichter und freier vorwärts, als in dem Boote.«

»So komm!«

Sie entfernten sich langsam von dem Strande und nahmen dann einen eiligeren Lauf, bis sie an ein kleines Häuschen gelangten, in welchem der Kundschafter verschwand. Bereits nach kurzer Zeit kam er mit Schwimmtöpfen zurück, welche zugleich eingerichtet waren, Fische aufzunehmen. Er war so vorsichtig, sie seinem Bruder zu übergeben, und meinte:

»Mit diesen großen Töpfen würden wir sehr leicht bemerkt; ich will also vorangehen und die Thugs beobachten. Du wartest an der Mauer des Palastgartens, und wenn die geeignete Zeit gekommen ist, werde ich Dich holen.«

Er kehrte nach dem Flusse zurück; Kaldi aber begab sich langsamen und vorsichtigen Schrittes um den königlichen Palast herum nach der Gartenmauer, wo er seine Schwimmapparate ablegte und sich selbst hinter einen Strauch setzte, um zu warten.

Nach einiger Zeit vernahm er ein leichtes Rauschen der Fluthen, von denen sein Standort nur wenige Schritte entfernt war. Das Floß erschien. Es wurde von zwei Männern geführt, welche ihre Ruder handhabten, während mehrere andere, zwischen ihren Schwimmtöpfen liegend, durch kräftiges Schieben seinen langsamen Gang beschleunigten. Rechts und links von dem Flosse waren andere Schwimmer zu sehen, welche jedenfalls die Bestimmung hatten, die Schätze der Begum zu behüten.

Das Floß verschwand nach einigen Augenblicken aus dem Gesichtskreise Kaldi's, und dann hörte er langsame Schritte längs der Mauer nahen. Es war sein Bruder.

»Kaldi?« klang es halblaut.

»Hier.«

Der Rufer trat herbei.

»Hast Du sie gesehen?«

»Ja.«

»Und gezählt?«

»Nein.«

»Du vergissest stets die Hauptsache. Man muß doch wissen, mit wie vielen Gegnern man zu kämpfen hat. Es schwimmen Achtundvierzig, und Zwei sind auf dem Flosse.«

»Das sind Fünfzig. Es ist also sicher, daß wir ihnen nichts anhaben können.«

»Durch Gewalt nicht, vielleicht aber durch List.«

»Inwiefern?«

»Das kann ich jetzt noch nicht sagen, sondern es muß sich aus den Umständen ergeben. Wir folgen ihnen, und das Uebrige wird sich finden aus dem, was wir sehen.«

»So komm!«

»Wir haben noch Zeit. Wir schwimmen Beide sehr gut, und das Floß kommt nicht so schnell vorwärts wie ein einzelner Mensch. Auch müssen wir uns sehr hüten, ihnen so nahe zu kommen, daß sie uns vielleicht gar bemerken können. Bleibe also sitzen!« Er nahm neben dem Bruder Platz.

»Wie viel gibst Du mir, wenn wir die Schätze bekommen?« frug dieser.

»So viel, daß Du für alle Zeiten genug hast.«

»Ich bin zufrieden und werde also Alles thun, was Du von mir verlangst. Ich würde sogar das Floß mit überfallen, wenn Du es für nothwendig hältst.«

»Das würde nur unser Verderben sein. Was wollen wir Zwei gegen fünfzig Phansegars beginnen?«

»Sie werden das Floß doch wohl nur heute Nacht begleiten und dann zurückkehren.«

»Sie werden das Floß begleiten, bis es das Schiff erreicht, welches die Begum fortbringen soll. In Allem, was wir beobachtet haben, liegt ein fester und gewisser Plan; das mußt Du ja auch erkannt haben. Das Floß wurde nicht nur gefertigt um den Scheiterhaufen aufzunehmen, sondern es wurde zugleich so gebaut, daß es nicht mit verbrennen konnte, und so geleitet, daß es in der Nähe des Königlichen Gartens anlegen mußte. Nun konnte es zur Fortführung der Schätze benutzt werden, und wer dies so schlau ersonnen hat, der wird wohl auch seine Maßregeln darnach getroffen haben, daß es noch vor dem Morgen ein Fahrzeug erreicht, auf dem die Begum mit ihren Reichthümern besser aufgehoben ist, als auf einem offenen Flosse.«

»Dann können wir zurückbleiben, denn alle unsere Mühe wird umsonst sein.«

»Geduld ist ein sehr heilsames Kraut, und Ausdauer überwindet Vieles. Ich werde Ihnen folgen, und wenn ich auch bis an das Ende der Erde gehen müßte!«

Nach diesem entschiedenen Ausspruche trat eine Stille ein. Jeder der zwei Männer dachte an das Ziel, welches sie sich gesteckt hatten, und an die Mittel, zu demselben zu gelangen. Endlich erhob sich der Kundschafter und griff zu einem der Apparate.

»Jetzt ist es Zeit. Wir werden sterben oder unendlich reich werden. Vorwärts!«

Sie gingen in das Wasser, nachdem sie sich ihre leichte Kleidung turbanähnlich um den Kopf geschlungen oder sie in die hohlen Gefässe verborgen hatten.

Von den Töpfen getragen, brauchten sie sich nicht sehr

anzustrengen. Ihre Schnelligkeit übertraf noch diejenige eines gut geruderten Bootes, und bereits als sie kaum eine Stunde sich im Wasser befanden, verminderte Lidrah diese Raschheit und hob von Zeit zu Zeit den Kopf empor und hielt lauschend an, um zu sehen oder zu hören, ob er dem Flosse vielleicht zu nahe gekommen sei.

Zuweilen klang es wie ein leises Plätschern oder Rauschen von vorn her durch die stille Nacht herüber. Dann hielten die beiden Schwimmer an, um einige Zeit vergehen zu lassen.

So verging die Nacht, und die Zeit, in welcher sich der Morgen zu röthen beginnt, brach heran. Der Nebel lag auf dem Wasser; es war unmöglich, vorwärts zu blicken, aber die durch die Feuchtigkeit der Dünste verdichtete Luft trug dem Ohre jeden Laut mit doppelter Deutlichkeit zu.

Plötzlich hielt Lidrah inne.

»Hörtest Du etwas?« frug er den dicht neben ihm schwimmenden Bruder.

»Ja.«

»Was?«

»Den Ruf, welchen die Schiffer ausstoßen, wenn etwas an Bord gehoben wird.«

»Richtig. Wir haben ein Schiff vor uns. Vielleicht ist es dasjenige, welches die Phansegars suchen. Rudere hinüber nach jener Landzunge und warte, bis ich wiederkehre. Ich werde einmal sehen, wen wir vor uns haben.«

Kaldi folgte diesem Gebote. Es ragte in das Wasser ein schmaler Landstreifen herein, dem er zusteuerte, um sich dort im hohen Grase niederzuwerfen. Er hatte nicht allzulange gewartet, als sein Bruder bereits wieder zurückkehrte.

»Trafst Du etwas?« frug er ihn.

»Ja. Wir haben sie erreicht und sind ganz nahe bei ihnen. Hier hüben auf unserer Seite liegt ein langes schmales Gangesschiff mit einem Maste und drei Segeln.«

»Und das Floß?«

»Hat bei ihm angelegt und gibt Alles an Bord, was sich auf ihm befindet.«

»Verloren also!«

»Was?«

»Der Schatz.«

»Noch nicht. Es bleibt uns nichts anderes übrig, als auch an Bord zu gehen.«

»Ah so! Aber wenn? Jetzt?«

»Nein. Der Phansegar kennt mich ja sehr genau und hat mir sogar mit dem Tode gedroht. Uebrigens würde es sehr auffallen, wenn wir jetzt zwischen Nacht und Morgen und an einem von Menschen unbewohnten Orte ein Schiff anfragen wollten, ob es uns mitnehmen will.«

»Es fragt sich, ob es uns überhaupt aufnehmen wird.«

»Es gibt ein sicheres Mittel.«

»Welches?«

»Einem Pilger wird niemals von einem Schiffe die Aufnahme verweigert.«

»So wollen wir uns für Pilger ausgeben?«

»Ja.«

»Wohin?«

»Das Schiff will jedenfalls bis hinunter nach Kalkutta, denn die Begum ist nur dann sicher, wenn sie Indien ganz verläßt, daher müssen wir es so einzurichten suchen, daß wir bis dorthin mitfahren können, ohne aussteigen zu müssen. Wir gehen also nicht nach einem heiligen Orte, sondern wir kommen von einem solchen.«

»Von welchem?«

»Von Ahabar, droben in den Bergen des Himalaya, wo wir den Stier besuchten.«

»Und wo sind wir her?«

»Wir sind Laskaren*und haben keine andere Heimath als die hohe See.«

»Ah! Warum?«

»Dann wird es uns gelingen, mit der Begum und ihren Schätzen in See zu gehen, wenn wir unsern Zweck nicht bereits vorher auf dem Ganges erreichen konnten.«

---

* Indische Matrosen.

»Du bist schlau. Wie gut ist es, daß wir bereits einmal zur See gewesen sind!«

»Wir müssen Alles thun, um jeden Verdacht zu vermeiden, und uns ganz besonders das Vertrauen der Begum und Derer zu erwerben, die bei ihr sind.«

»Aber wann gehen wir zu Schiffe?«

»Heute noch nicht. Ich kenne den Lauf des Flusses sehr genau. Er macht hier viele und bedeutende Krümmungen, und wenn wir von hier aus den Landweg einschlagen, so sind wir dem Schiffe morgen früh eine Strecke zuvorgekommen.«

»Aber dieser Phansegar, welcher Dich kennt und Dir gedroht hat?«

»Was ist mit ihm?«

»Er wird Dich sofort erkennen, so bald wir das Fahrzeug betreten werden.«

»Er wird sich nicht auf demselben befinden.«

»Wie willst Du das so genau wissen?«

»Er hat mir gedroht, daß ich binnen dreien Tagen sein Messer gekostet haben werde, er muß sich also während dieser Zeit in der Gegend von Augh befinden und kann unmöglich mit dem Schiffe der Prinzessin weiterfahren wollen.«

»Das ist richtig. Aber wirst Du das Fahrzeug auch richtig wieder erkennen?«

»Der Nebel ist dicht; ich habe es mir aber trotzdem so genau betrachtet, daß ich mich nicht irren würde, selbst wenn ich den Namen nicht gelesen hätte.«

»Wie lautet er?«

»Die Badaya.«*

»Und was thun wir jetzt?«

»Wir treten unsern Weg an, ohne uns weiter um das Schiff, das Floß und die Phansegars zu bekümmern. Hier erwartet uns nur Unheil, wenn wir gesehen werden, und je weiter wir fort sind, desto näher sind wir am Ziele.«

»Doch unsere Schwimmtöpfe?«

»Dürfen wir weder liegen noch fortschwimmen lassen, da

---

* Indischer Ausdruck für Bajadere.

sie uns dann leicht verrathen könnten. Wir nehmen sie eine Strecke mit in das Land hinein und werfen sie dann von uns. Lege jetzt nun Deine Kleider an!«

Kaldi gehorchte, und dann begannen sie ihre Wanderung.

Sie kamen durch zahlreiche Dörfer, welche je entfernter von Augh, desto weiter vom Kriegsschauplatze lagen und ein ruhiges Leben zeigten. Die beiden Pilger erhielten überall einen Trunk Wasser und eine Handvoll Reis, und ein reicher Brahmane gab ihnen sogar neue Sandalen an die Füße, als er entdeckte, daß Lidrah musikalisch war und zur Raflah* zu singen verstehe.

Als sich dieser erste Tag zum Abende neigte, machten sie Halt auf einer Anhöhe, wo sie unter dem Schutze dicht belaubter Bäume sich ein Nachtlager herrichteten. Die Dunkelheit brach herein, und schon wollten sie die Ruhe suchen, als plötzlich gerade vor ihnen ein Feuer aufleuchtete, welches die Nähe von Menschen bekundete.

»Schau!« meinte Kaldi. »Was muß dies für ein Feuer sein?«

»Ein Wachtfeuer nicht, denn hier gibt es keine Krieger und auch keine Jäger.«

»Es sieht beinahe wie ein Schiffsfeuer aus.«

»Warum?«

»Weil es vom Nebel umgeben ist.«

»Wirklich!«

»Es muß ein Flüßchen in der Nähe sein.«

»Oder gar der Ganges.«

»Den hätten wir bemerkt.«

»Es war bereits ziemlich düster, als wir hier anlangten, und der Hügel kann so vor dem Wasser liegen, daß man den Fluß gar nicht sehen kann.«

»Wir wollten ihn aber doch erst morgen erreichen.«

»Ich glaube, daß wir uns zu weit nach Mittag hielten. Uebrigens, wo ein Feuer ist, da sind auch Leute, und da ist es mir lieber als hier in der Einsamkeit. Wir wollen uns erheben und sehen, wer dort zu finden ist. Komm!«

---

* Indische Laute mit drei Saiten.

Sie standen wieder auf und schritten auf das Feuer zu.

Je mehr sie sich demselben näherten, desto größer und heller wurde es, und endlich erkannten sie in seinem flackernden Scheine die breite glänzende Fläche des Ganges, an dessen diesseitigem Ufer ein Fahrzeug vor Anker lag.

Jetzt blieb Lidrah überrascht halten.

»Kaldi, wir sind wirklich zu weit nach Mittag gegangen, viel zu weit.«

»Woraus erkennst Du das?«

»Weil wir sonst dieses Schiff nicht hier an dieser Stelle treffen könnten.«

»Welches ist es?«

»Die Badaya.«

»Wirklich?«

»Wirklich! Ich erkenne den Bau sehr genau, und siehst Du an der Seite seines Schnabels die weibliche Figur, welche tanzend den Schleier schwingt? Das Licht des Feuers fällt hell darauf. Es ist kein anderes Fahrzeug als die Badaya.«

»Desto besser. So brauchen wir nicht länger zu suchen.«

»Komm näher. Das Schiffsvolk hat sich an das Land gemacht und bereitet sich das Nachtmahl. Wollen einmal erst sehen, was es für Leute sind.«

Sie schlichen sich heimlich hinzu und betrachteten die vor ihnen liegende Gruppe.

»Es sind Schiffer und verschiedene Passagiere,« meinte der Kundschafter. »Vielleicht befinden sich unter den letzteren einige Thugs und Phansegars, welche die Begum begleiten und beschützen sollen. Der aber, den ich zu fürchten habe, der ist nicht dabei. Komm ein Stück wieder zurück, und dann lassen wir uns sehen.«

Sie schritten leise retour und traten dann laut auf das Feuer zu.

Die um dasselbe Versammelten vernahmen ihr Nahen und blickten sich um. Als sie zwei Männer erkannten, die eine ernste ehrwürdige Pilgermiene machten, grüßten sie:

»Ihr kommt ganz gewiß weit her. Wie schwitzet Ihr?«

Dieser Gruß ist der unter den Indiern allgemein übliche, da

in diesem heißen Lande die Transpiration ein Zeichen der Gesundheit ist, während das Ausbleiben des Schweißes auf eine nahende und jedenfalls gefährliche Krankheit deutet.

»Wir danken Euch, Ihr Brüder,« antwortete der Kundschafter. »Wir schwitzen gut, und dafür ist Gott zu danken, da wir eine weite Reise hinter uns haben.«

»Wo kommt Ihr her?«

»Von den heiligen Bergen da oben, wo die Sonne kein Eis verzehren kann.«

»Was habt Ihr dort gethan?«

»Wir waren an der berühmten Quelle von Ahabar, aus welcher der heilige Stier der Berge trinkt. Wer von ihrem Wasser kostet, dem sind alle Sünden vergeben und er hat sogar auch noch Vergebung übrig für Alle, die ihr Lager und ihren Reis mit ihm theilen. Wie schwitzet Ihr?«

»Wir schwitzen sehr, denn wir haben dieses große Schiff zu regieren.«

»Wo wollt Ihr hin?«

»Hinunter nach Kalkutta. Und Ihr, meine frommen Brüder?«

»Auch nach Kalkutta.«

»So weit?«

»Das ist nicht weit. Das Reich der Laskaren ist größer und weiter als von Kalkutta nach Ahabar und von da wieder zurück nach der Stadt des Stromes.«

»Wie, Ihr seid Laskaren?« frug der Mann, der jedenfalls der Führer der Badaya war.

»Ja.«

»So seid uns willkommen! Setzt Euch nieder und esset und trinket mit uns. Dann sollt Ihr uns von Eurer frommen Reise erzählen.«

Das ließen sie sich nicht zweimal sagen. Sie setzten sich und erhielten ihren Reis. Dann bereitete sich ein Jeder nach indischer Sitte sein Essen abgesondert von jedem Andern und verzehrte es, nachdem er sich so plazirt hatte, daß er von niemand beobachtet werden konnte.

Einer der Schiffer, welcher mit seinem Male zuerst fertig

geworden war, griff an den Stamm eines Pfefferstrauches, an welchem seine Raflah hing. Er stimmte die Saiten und sang ein Lied, welches er mit einförmigen Griffen begleitete.

»Nun erzählt uns von Dem, was Ihr gesehen habt,« meinte der Schiffer.

»Laß diesen Mann erst noch sein Lied singen,« bat Lidrah. »Ich liebe die Raflah und das Lied und habe seit langer Zeit keines gehört.«

»So spielest Du die Saiten wohl auch selbst?«

»Ja, Sahib.«

»Und singest dazu?«

»Ja.«

»So sollst Du uns ein Lied singen. Nimm die Raflah, und wenn mir Dein Lied gefällt, dann nehme ich Euch umsonst bis nach Kalkutta mit.«

»Deine Seele ist voller Güte und Dein Herz voller Barmherzigkeit, Sahib,« antwortete Lidrah, im höchsten Grade erfreut über das glückliche Gelingen seiner Absichten. »Ich werde mir Mühe geben, Dir und den Deinen zu gefallen.«

Er nahm die Raflah, gab den Saiten eine andere Stimmung und begann:

> »Es treibt die Fanna heimathslos
>   Auf der bewegten Fluth,
> Wenn auf dem See gigantisch groß
>   Der Talha Schatten ruht.«

Alle Anwesenden horchten auf. Das waren ganz andere Klänge, als sie zu hören gewohnt waren. Lidrah bemerkte es und fuhr fort:

> »Er breitete die Netze aus
>   Im klaren Mondesschein,
> Sang in die stille Nacht hinaus
>   Und träumte sich allein.«

Jetzt erschien über dem Borde des Fahrzeuges ein Männerkopf, der seine dunklen Augen auf den Sänger richtete, welcher weiter sang:

>Da rauscht' es aus den Fluthen auf,
  So geisterbleich und schön;
  Er hielt den Kahn in seinem Lauf
  Und ward nicht mehr gesehn.«

Da war neben dem Männerkopfe ein wunderbar schönes Frauenantlitz zu erblicken. Kein Schleier deckte es, kein vorgehaltenes Tuch verbarg es vor dem Auge des Kundschafters, welcher jetzt das Lied beendete:

>Nun treibt die Fanna heimathslos
  Auf der bewegten Fluth,
  Wenn auf dem See gigantisch groß
  Der Talha Schatten ruht.«

Die Männer schlugen zum Zeichen ihres Beifalles mit den Händen auf ihre Knie. Lidrah achtete gar nicht darauf. Sein Auge war auf den schönen Mann gerichtet, welcher jetzt an einer von Palmenfasern gedrehten Strickleiter vom Schiffe an das Ufer stieg und zum Feuer trat. Es war Maletti.

»Wer bist Du?« frug er den Kundschafter.

»Ein Laskar, Namens Lidrah, Sahib.«

»Ein Laskar? Wie kommst Du hierher?«

»Ich und mein Bruder Kaldi hier kehren von einer Pilgerschaft zurück.«

»Du singst und spielst, wie ich es von einem Indier noch nie gehört habe.«

»Ich habe es von einem Manne gelernt, der aus dem Lande der Franken kam.«

»Dachte es. Kannst Du noch mehrere solcher Lieder?«

»Ja, Sahib.«

»Die Sahiba dort oben will gern noch eines hören.«

»Wenn sie es befiehlt, so werde ich ihr sehr gern gehorsam sein, Sahib.«

Er nahm das Instrument wieder zur Hand und begann mit einigen einleitenden Griffen in die Saiten. Er sah die prächtigen Augen Rabbadah's auf sich gerichtet; er fühlte sich wie getroffen von einem Strahle, den er so heiß noch niemals gefühlt hatte, und begann sein Lied mit einer Stimme, die allerdings nicht unschön genannt werden konnte:

>»Die Lotosblume blühet
So einsam auf dem See;
In stiller Sehnsucht siehet
Verlangend sie zur Höh.

Des Ufers Schatten ruhten,
Ach lange schon so kalt,
Rings auf den tiefen Fluthen,
Die sie so kühl umwallt.

Nun möchte sie gar balde
Den Strahl der Sonne sehn,
Vor dem zum dunklen Walde
Die finstern Schatten gehn.

Und sinnend durch die Fluthen
Fahr ich mit meinem Kahn;
Es hats mit ihren Gluthen
Die Lieb' mir angethan.

Ich bin mit meinem Leide
So einsam und allein,
Und möcht an ihrer Seite
Doch gerne glücklich sein.

Und doch in ihren Blicken,
Die nimmer mich verstehn,
Will es mir niemals glücken,
Der Liebe Strahl zu sehn.«

Das Lied war zu Ende und erhielt ganz denselben Beifall wie das vorige.

»Ich bin zufrieden mit Dir,« meinte der Führer des Schiffes.

»Ihr sollt Beide mit uns nach Kalkutta gehen. Ihr seid Laskaren und kennt also die Schifffahrt?«

»Ja, Sahib.«

»Erlaubt Euch Eure fromme Pilgerschaft, auf einem Schiffe zu arbeiten?«

»Ja, wenn wir die Zahl der Gebete einhalten, welche wir gelobt haben.«

»Ihr sollt sie einhalten und dennoch einen guten Lohn erhalten, wenn Ihr mir bis Kalkutta zuweilen mithelfen wollt, die Segel zu richten oder etwas Anderes zu thun.«

»Wir wollen Dir gerne helfen, Sahib. Laß uns nur Deine Befehle wissen.«

Maletti stieg auf das Deck der Badaya zurück. Er war die einzige Person, die sich jetzt mit Rabbadah dort befand. Sie hatte sich am Steven niedergesetzt und erwartete ihn.

»War dieser Mann ein Eingeborener?«

»Ja.«

»Aber er sang so fremd und schön, wie ich mir nach der Beschreibung meines Bruders die Lieder der Franken vorgestellt habe.«

»Er hat die seinigen allerdings auch von einem Franken gelehrt bekommen.«

»Wunderbar, daß Ihr Franken alles besser wißt und besser könnt als wir!«

»Das hat zwei sehr wichtige Gründe, Sahiba.«

»Hast Du schon wieder vergessen, daß Du mich nicht mit diesem Titel nennen sollst!«

»Verzeihe mir! Ich bin ein armer Krieger, Du aber bist eine reiche Fürstin.«

»Die Fürsten stammen aus der Kriegerkaste, und mein Reichthum ist mir nicht so werth wie der Deinige. Der Geist und die Seele stehen höher als Gold und Silber. Aber sage mir, welche Gründe Du meintest!«

»Bei uns gibt es keine Kasten; ein Jeder kann werden, was er will, und die Gaben ausbilden und gebrauchen, welche er von Gott geschenkt erhalten hat.«

»So könnte bei Euch ein Paria ein Priester, ein Brahmane werden?«

»Ja, denn Gott schuf Beide zu seinem Bilde. Nicht die Geburt gibt dem Menschen seinen Werth, sondern der Mensch ist gerade so hoch oder so niedrig wie seine Gedanken, welche er denkt, seine Gefühle, welche er empfindet, und seine Thaten, welche er thut.«

»Das klingt so schön und richtig, aber ich kann es nicht verstehen. Vielleicht kommt die Zeit, in welcher ich weiß, was Du sagen willst. Und der zweite Grund?«

»Bei uns hat das Weib dieselben Rechte, wie der Mann sie hat.«

»Erkläre mir dies!«

»Das Mädchen wird so frei geboren wie der Knabe; es wird ihm Alles gelehrt, was es lernen will; es kann sich seinen Gatten wählen und ist nicht die Sklavin desselben. Es nimmt Theil an seinen Freuden und seinen Leiden und hat über die Kinder ganz dieselbe Gewalt wie der Mann. Gott ist die Allmacht und die Liebe, der Mensch aber ist sein Ebenbild; da nun aber der Mensch aus Mann und Frau besteht, so soll der Mann ein Ebenbild der göttlichen Allmacht und das Weib ein Ebenbild der göttlichen Liebe sein. Und wo Allmacht und Liebe auf Erden so innig zusammenwirken, da wird der Mensch seinem Gotte immer ähnlicher, da steigt die Weisheit und Gerechtigkeit vom Himmel hernieder, und die Völker nähern sich immer mehr der Erhabenheit und Herrlichkeit Dessen, der ihnen das Leben und das Dasein gab.«

»Auch dies verstehe ich nicht,« meinte sie, »aber ich wünsche, daß ich es begreifen könnte.« Dann fügte sie nachdenklich hinzu: »Das Weib soll ein Ebenbild der göttlichen Liebe sein – – –«

Der Blick ihres wunderbaren Auges war gegen die Sterne gerichtet; ihr Angesicht war ganz dasjenige eines Engels, welcher aus jenen Höhen hernieder gestiegen ist. Alphons konnte seinen Blick nicht von ihr wenden und wagte es, hingerissen von dem Zauber, den sie auf ihn ausübte, seine Hand auf die ihrige zu legen.

»Kennst Du die Liebe?« frug er mit leiser zitternder Stimme.

»Ich weiß es nicht.«

»So hast Du nie geliebt!«

»Vielleicht doch. Oder ist das keine Liebe, die man zur Mutter und zum Bruder hat?«

»Ja. Aber es gibt noch eine andere Liebe, die unendlich reicher, entzückender und beseligender ist und diese arme Erde zum Himmel, zur Wohnung der Seligen macht.«

»Welche meinest Du?«

»Die Liebe im Herzen des Mannes und des Weibes. Hast Du sie gekannt?«

»Nein. Ich kannte keinen Mann, ich wollte keinen Mann, ich liebte keinen Mann.«

»Und kennst und willst und liebst auch jetzt noch keinen Mann?«

»Darf nach Eurer Sitte ein Weib dies sagen?«

»Ja.«

»Wem darf sie es sagen?«

»Dem, den sie liebt.«

»Dann weiß er ja, daß sie ihn liebt!«

»Warum sollte er es nicht wissen dürfen?«

»Wenn er sie nun nicht wieder liebt?«

»O, die Liebe ist allmächtig, und kein Herz kann ihr widerstehen. Wer aus dem tiefsten Grunde seines Herzens liebt, der wird ganz sicher wieder Liebe finden.«

»Wenn dies doch wahr wäre!« flüsterte sie.

Er zog ihre Hand an sein Herz und neigte sich näher zu ihr hernieder.

»Weißt Du noch, was Du mir vorhin gebotest?«

»Was?«

»Ich soll Dich nicht mehr Sahiba nennen.«

»Ja. Nenne mich Rabbadah, wie mich die Mutter und der Bruder nannte.«

»Das darf ich nicht.«

»Warum?«

»Die Sitten und Gebräuche meiner Heimath gebieten,

daß nur der Mann sein Weib bei diesem Namen nennen darf.«

Sie schwieg; aber sie ließ ihre Hand in der seinigen, und dies gab ihm den Muth, den Gefühlen Raum zu geben, welche die tiefste Tiefe seines Herzens durchflutheten.

»Nicht wahr, nun muß ich Dich dennoch Sahiba nennen?«

»Nenne mich, wie Du willst!« antwortete sie nach einigem Zögern.

»Und wenn ich nun dennoch jetzt Rabbadah zu Dir sagen wollte – – –?«

»Du darfst es.«

»Ich darf! Ist dies wahr, ist dies möglich, ist dies kein Traum, keine Täuschung?«

»Nein.«

Er hörte das Zittern ihrer flüsternden Stimme; er fühlte das Beben ihres kleinen Händchens; er konnte nicht anders, er mußte den Arm um sie legen und sie an sich ziehen.

»Rabbadah,« frug er mit stockender Stimme, »weißt Du, was Du jetzt gesagt hast?«

»Ich weiß es.«

»Genau?«

»Genau! Ich habe weder Vater noch Mutter, ich habe weder Bruder noch Schwester, ich habe keinen Freund und keinen Menschen als Dich allein. Du hast mich aus den Krallen des Panthers errettet, Du hast mir das Leben erhalten, als es bereits verloren war; es ist Dein, es gehört Dir, ich weiß nun, welche Liebe Du vorhin meintest, denn ich habe sie kennen gelernt und in meinem Herzen getragen seit dem Augenblicke, an welchem mir der Bruder von Dir erzählte. Nenne mich Rabbadah!«

»Rabbadah!« jubelte er.

Aber es war kein lauter, sondern ein leiser, tief innerlicher Jubel, der aus seiner Stimme klang. Er schlang die Arme um das herrliche Wesen und zog es fest und innig an seine vor unendlicher Seligkeit hochklopfende Brust.

»Meine Seele, mein Engel, meine Göttin, so willst Du mein

Weib sein, willst bei mir sein und mit mir, jetzt und immerdar?«

»Jetzt und immerdar!« hauchte sie, den Kuß erwidernd, den er auf ihre Lippen drückte.

»So schwöre ich Dir, daß jeder Augenblick meines Lebens, jeder Athem meiner Brust und jeder Pulsschlag meines Herzens nur Dir, Dir allein gehören soll, Rabbadah!«

Sie saßen eng umschlungen neben einander; die Sterne funkelten wie Diamanten, das Kreuz des Südens leuchtete glänzend auf sie hernieder, doch die Sterne, welche in den Herzen dieser beiden Glücklichen aufgegangen waren, strahlten heller, viel heller noch als alle die Brillanten des tropischen Firmamentes.

Drunten am Feuer hatte unterdessen die Unterhaltung ihr Ende erreicht, und man traf Anstalten, sich zur Ruhe zu begeben. Lidrah trat zum Schiffsführer.

»Sahib, erfülle mir und meinem Bruder eine Bitte.«

»Welche?«

»Wir sind Laskaren und haben das Gelübde gethan, niemals auf der Erde zu schlafen, wenn es möglich ist, auf einem Schiffe Ruhe zu finden.«

»Ihr scheint begeisterte Matrosen zu sein! Ihr wollt auf der Badaya schlafen?«

»Ja. Unser Gelübde gebietet es uns.«

»Dann muß ich Euch Eure Bitte gewähren. Aber stört den Sihdi und die Sahiba nicht, welche sich in die Kajüten des Hinterdecks zurückgezogen haben werden!«

Die beiden Männer stiegen, Lidrah voran, an der Strickleiter empor. Sie erreichten das Verdeck, ohne von den beiden Liebenden bemerkt zu werden.

»Kaldi!« flüsterte der Kundschafter.

»Was?«

»Siehst Du dieses herrliche Weib?«

»Sie ist schöner noch als die Sonne, schöner als die Morgen- und Abendröthe!«

»Es ist die Begum.«

»Ist dies wahr?«

»Ja. Komm leise. Sie haben geglaubt, allein auf dem Schiffe zurückzubleiben, und darum ihre Kajüten noch nicht aufgesucht. Wir legen uns unter das Segel, wo sie uns nicht bemerken können.«

Sie schlichen sich an der Schanzverkleidung hin und krochen unter die dicke Matte, welche der Badaya als zweites Segel diente und von wo aus sie Maletti und Rabbadah ganz genau beobachten konnten, ohne von ihnen gesehen zu werden.

»Weißt Du, Kaldi, wie viel dieses Weib werth ist?« frug Lidrah.

»Wie viel?«

»Mehr, tausendmal mehr als alle ihre Schätze, als all ihr Gold und ihre Diamanten.«

»Hm! Ich ziehe mir vielleicht doch ihre Diamanten vor.«

»Ich folgte ihr um ihrer Schätze willen, nun aber steht es fest, daß auch sie mein werden muß. Hast Du mich verstanden, Kaldi? Mein muß sie werden!«

»Du bist von Sinnen!«

»Ja, denn alle meine Sinne sind bei ihr.«

»Du und eine Prinzessin! Du und die Schwester des Maharajah von Augh!«

»Ja, ich und sie! Sie muß mein Weib werden, wenn ich nicht vorher sterbe.«

»Und dieser Mann, der bei ihr sitzt?«

»Ich kenne ihn nicht, ich frage nicht nach ihm, obgleich er sie umschlungen hält. Vielleicht ist es der Phansegar, der mit ihr aus dem Garten des Rajah geflohen ist.«

»Sie lieben sich!«

»Es wird nicht lange währen, so ist er todt und sie liebt mich!«

»Du willst das Weib haben und wirst Dich dadurch um ihre Schätze bringen!«

»Nein, denn ich werde nicht unklug, sondern nur mit der allergrößesten Vorsicht und Schlauheit handeln; darauf kannst Du Dich verlassen. Wir werden alle Abende, wenn das Schiff an das Ufer anlegt, auf dem Decke bleiben und jede Gelegenheit erspähen, nach dem Schatze der Begum forschen zu können. Mein wird er und sie dazu, das schwöre ich bei allen Göttern und Geistern des Himmels und der Erde!« – – –

Mehrere Wochen später langte die Badaya in Kalkutta an. Es war am Abende, als sie vor Anker ging. Der Kapitän gab Befehl, daß keiner der Leute das Schiff verlassen dürfe, er selbst aber bestieg das kleine Boot und ruderte sich mit eigener Hand vorwärts, bis er an eine breite Treppe gelangte, welche vom Wasser aus zum hohen Ufer führte. Hier befestigte er das Boot an einem eisernen Ring und stieg die Treppe empor.

Er gelangte auf der letzten Stufe an ein hohes breites Thor, welches verschlossen war. Er schien öfters hier gewesen zu sein, denn schon bei dem ersten Griffe fand er den Knopf, welcher eine Klingel in Bewegung setzte. Schnelle Schritte ertönten hinter dem Thore, und eine Stimme gebot:

»Es ist zu spät zum Oeffnen. Geht wieder fort, und kommt morgen wieder!«

»Ali, öffne!« antwortete der Kapitän einfach.

Dieser Ruf mußte doch eine gewisse Wirkung ausüben, denn die Stimme frug:

»Wer ist draußen?«

»Ein Freund der Freunde.«

»Das ist etwas anderes. Wartet. Ich werde sofort öffnen!«

Ein Schlüssel wurde angesteckt, ein Riegel zurückgeschoben und ein Flügel des Thores aufgezogen.

»Wer da!«

»Namen werden nicht genannt. Kennst Du mich nicht, Ali?«

Der Diener blickte dem Kapitän in das Gesicht und beugte sich dann zur Erde nieder.

»Sahib, Euer Eingang sei gesegnet jetzt und in Ewigkeit. Tretet näher!«

Er verschloß das Thor wieder und schritt dann voran, über den Hof hinweg.

»Ist Dein Herr zu Hause?«

»Ja. Er sitzt über seinen Büchern.«

»Und zu sprechen?«

»Für Euch immer, wie Ihr wißt.«

»So melde mich ihm!«

Sie betraten ein großes palastähnliches Gebäude, schritten durch mehrere breite, lange und sparsam erleuchtete Korridore und hielten endlich vor einer Thür an.

»Tretet ein, Sahib! Euch brauche ich nicht anzumelden,« meinte der Diener.

Der Kapitän trat ein.

Er stand in einem hohen Raume, dessen vier Wände ganz von Büchergestellen eingenommen wurden, welche von grünen Vorhängen verdeckt waren. An einem alterthümlichen Schreibtische saß ein hoch und kräftig gebauter Mann, den man an seiner eigenthümlichen Kleidung gleich als einen jener Parsi erkannte, welche in ganz Indien wegen ihrer Reichthümer und strengen Rechtlichkeit bekannt sind. Der Mann warf einen Blick nach der Thür, erkannte den Eintretenden und erhob sich sofort.

»Kapitän! Du hier! Es muß eine wichtige Botschaft sein, die Dich zu so später Stunde zu mir führt.«

»Das ist sie, Samdhadscha.«

»So setze Dich und sprich! Wo kommst Du her?«

»Aus Augh,« antwortete der Gefragte, indem er ungenirt Platz nahm.

»Aus Augh? Die Engländer haben dort gesiegt, wie man hörte?«

»Durch Verrath!«

»Ich glaube es. Der Maharajah soll todt sein.«

»So ist es.«

»Der Sultan von Symoore und der Rajah von Kamooh desgleichen?«

»Desgleichen.«

»Es liegt ein Fluch auf diesem Lande, welches in die Hände der Franken gelegt wurde, um seinen letzten Lebenstropfen zu verbluten. Welche Ladung hast Du?«

»Eine geheimnißvolle.«

»Ah!«

»Daher komme ich so spät zu Dir. Ich habe Dir eine Botschaft zu überbringen.«

»Welche?«

»Keinen Brief, kein Wort, sondern nur dieses einfache Zeichen hier.«

Er zog aus seiner Tasche ein kleines Lederetui und öffnete es. Es enthielt ein winziges, in Silber gearbeitetes Messer, welches ganz genau dieselbe Form wie ein Phansegarmesser hatte. Der Parsi griff mit sichtbarer Ueberraschung nach demselben.

»Das geheime Zeichen! Gib her, gib schnell her; kein Mensch darf es sehen!«

»Weißt Du, was es bedeutet?«

»Es bedeutet, daß ich Alles thun werde, was Du jetzt von mir verlangst.«

»Es ist nicht viel.«

»Sag es!«

»Mich nach meinem Schiffe zu begleiten.«

»Was gibt es dort?«

»Das wirst Du sehen und erfahren.«

»So komme!«

Samdhadscha setzte seine hohe Mütze auf, theilte seinen langen Bart auf die beiden Seiten der breiten Brust und schritt mit dem Kapitän dann denselben Weg zurück, den dieser gekommen war. Ali schloß das Thor hinter ihnen.

»Keine Ruderer?« frug der Parsi verwundert, als sie bei dem Boote anlangten.

»Ich rudere selbst. Es darf niemand erfahren, wen ich an Bord habe, und darum soll auch keiner meiner Leute das Schiff verlassen bis Alles in Ordnung ist.«

»Du sprichst in Räthseln!«

»Die Dir bald klar sein werden.«

Sie langten bei der Badaya an und stiegen an Bord. Dann führte der Kapitän den Parsi nach dem Hinterdecke und öffnete die Thür einer Kajüte.

»Tritt hier hinein!«

Samdhadscha trat ein und zog die Thür hinter sich zu. Der

Raum war klein und enthielt nur einen einzelnen Menschen, der sich jetzt erhob. Es war Maletti.

»Friede und Heil sei mit Dir!« grüßte der Parsi. »Bist Du es, der mich rufen ließ?«

»Ich bin es. Setze Dich!«

Er bot dem Gaste Platz neben sich auf dem Divan und eine persische Hukah*, zu welcher er ihm das Feuer reichte.

»Erlaube, daß ich Dich bediene. Wir brauchen keinen Tschibuktschi** hier.«

Der Parsi brannte an und lehnte sich dann gemächlich in das Polster, die Rede erwartend, die ihm erklären sollte, weshalb er an Bord gerufen sei.

»Du hast das Zeichen erhalten?« frug Maletti.

»Ja.«

»Es wurde mir gesagt, daß Du es beachten würdest.«

»Es gilt mir als die beste Empfehlung, vielleicht sogar als ein Befehl. Wer hat es dem Kapitän übergeben, Du oder ein Anderer?«

»Ich.«

»So sprich, was Du von mir verlangest.«

»Ein Schiff.«

»Wohin?«

»Nach Batavia!«

»Es geht bereits morgen eines dorthin ab. Du sollst den besten Platz erhalten.«

»Ich muß es allein haben.«

»Allein, das geht nicht.«

»Warum?«

»Weil es Dich zu viel kosten würde.«

»Ich bezahle es.«

»Ich müßte die Passagiere fortjagen, die sich bereits an Bord befinden.«

»So gib mir ein anderes Schiff.«

»Du sprichst, als besäßest Du Millionen!«

»Ich besitze sie.«

* Tabakspfeife.
** Diener, welcher den Tabak anzündet.

»Ah? Du kennst meinen Namen?«

»Ja. Ich habe ihn vom Kapitän erfahren.«

»So ist es wohl billig, daß ich auch den Deinigen erfahre?«

»Gewiß. – Ich heiße Alphons Maletti – –«

»Weiter!«

»War Volontär-Lieutenant in englischen Diensten – –«

»Also kein Engländer?«

»Nein. Und ging mit General Lord Haftley nach Augh –«

»Um dem Maharajah durch Verrath sein Land zu stehlen!« meinte der Parsi mit zornig blitzenden Augen, indem sich seine Stirne in finstere Falten legte.

»Ich konnte kein Verräther sein, weil ich ein Freund des Maharajah war.«

»Du?«

»Ich lernte ihn hier kennen, als er sich inkognito hier befand.«

»Ah, so bist Du jener Lieutenant, von dem er mir erzählte! Sei mir gegrüßt, denn es ist ganz unmöglich, daß Du sein Gegner geworden sein kannst!«

»Er sprach zu Dir von mir? Er hat bei Dir verkehrt? Ich weiß nichts davon.«

»Es gab wichtige Gründe, unsere Zusammenkünfte geheim zu halten. Er ist todt!«

»Ich war dabei,« antwortete Maletti düster. »Ich rettete seine Leiche.«

»Das thatest Du? Und doch zogst Du mit diesem Haftley gegen ihn!«

»Haftley wollte mich bestrafen, weil ich das Inkognito des Maharajah nicht verrathen hatte. Ich ging zu dem Könige von Augh über.«

»Das war gut, das war brav, das war edel von Dir!«

»Der Sultan von Symoore eroberte die Stadt Augh; die Engländer vergalten ihm den Undank und vertrieben die Leute von Symoore und Kamooh aus Augh. Das Land gehört den Engländern. Die Thugs verbrannten die Leiche von Madpur Singh und mit ihr den Sultan von Symoore, den Rajah von

Kamooh, den General Haftley, den Rittmeister Mericourt und mehrere britische Offiziere.«

»Das hätten sie gethan? Eine solche Rache hätten sie genommen?«

»Ich erzähle es, und also ist es wahr.«

»Ich glaube es Dir, und darum will ich den Thugs so Vieles vergeben, was sie auf ihrem Gewissen haben. Aber der Maharajah hatte eine Schwester, die ihm noch lieber als sein Leben war. Was ist aus der Begum geworden? Wurde sie auch getödtet?«

Maletti erhob sich und öffnete die Thüre zu einer Nebenkajüte.

»Hier ist sie.«

Rabbadah stand unter der Thür. Kein Diamant, kein Ring, keine Spange glänzte in ihrem Haare oder an ihrem Gewande; sie trug nur den einzigen Schmuck ihrer Schönheit, aber dieser war so groß, so bezaubernd und überwältigend, daß der Parsi, welcher sich ebenso erhoben hatte, sich ganz verwirrt niederbeugte, um den Saum ihres Kleides zu küssen.

»Fürstin,« rief er, »gebiete über mich und mein Leben; es gehört nur Dir!«

»Dein Name ist Samhadscha, der Aelteste der Parsi in Kalkutta?«

»Ich bin es.«

»Madpur Singh liebte dich. Du warst sein Freund. Willst Du auch der meinige sein?«

»Ich will Dein Freund, Dein Diener und Dein Sklave sein.«

»Eine Flüchtige braucht Freunde, Sklaven kann sie sich kaufen. Dieser Mann wird mein Gemahl sein. Willst Du uns im Geheimen nach Batavia bringen?«

»Ich werde es thun. Noch mit dem frühesten Morgen soll ein Schiff abgehen, und es soll Euch keine Rupie kosten. Sage es mir, ob Du Geld bedarfst. Ich gebe es Dir.«

»Ich brauche es nicht, denn ich habe den ganzen Schatz von Augh bei mir. Doch setze Dich, und laß uns erzählen von dem, was wir so Trauriges erfahren haben!«

»Verzeihe, Fürstin, daß ich dazu keine Zeit jetzt habe. Du

bist in Kalkutta keinen Augenblick in Sicherheit, und daher muß ich schleunigst eines meiner Fahrzeuge fertig machen und bei der Hafenbehörde jedes Hinderniß beseitigen, welches das in See stechen desselben verzögern könnte. Du sollst mein bestes Schiff und meinen besten Kapitän haben; nur glaube ich, daß es mir bei solcher Eile an guten Matrosen fehlen wird. Selbst wenn ich alle Leute zusammensuche, fehlen noch ihrer Zwei.«

»Wir haben zwei an Bord bei uns,« fiel die Prinzessin ein.

»Welche mitfahren würden?«

»Ja.«

»Was für Leute?«

»Laskaren.«

»Das sind gewöhnlich wackere und brauchbare Matrosen, aber auch sehr zank- und händelsüchtige Menschen.«

»Diese Beiden sind außerordentlich friedfertige und sanfte Männer.«

»Abgerechnet,« fiel hier Maletti ein, »daß mir ihre Augen nicht gefallen.«

»An den Augen kann man sich irren,« antwortete der Parsi, »und bei einem Matrosen ist der Blick Nebensache. Wann kamen sie auf die Badaya?«

»An der Grenze von Augh.«

»Wo kamen sie her?«

»Von einer Pilgerfahrt.«

»Haben sie an Bord gearbeitet?«

»Mehr als die Andern alle.«

»So sind es nicht blos fromme, sondern auch fleißige Männer, die man gebrauchen kann. Haltet sie bereit, wenn ich Euch abhole! Jetzt aber, Fürstin, muß ich mich entfernen. Erzählen können wir, wenn wir uns an Bord des Dreimasters befinden.« – –

Es war ungefähr eine Woche später. Der Schnellsegler Bahadur* hatte die Adamanen und Nikolaren douplirt und hielt sich im Westen von Sumatra gerade nach Süden, um dann

* Der Held

mit dem Passat gerade Ost auf Java zu gehen. An Bord stand Alles wohl, das mußte man dem fröhlichen Gesichte des Kapitäns ansehen, welcher mit Maletti auf dem Hinterdecke hin und her spazierte. Er war ein Franzose, gerade wie der Lieutenant, und daher war es nicht verwunderlich, daß Beide während der Fahrt sehr viel und gern mit einander verkehrten.

»Ein Roman, ein völliger wirklicher Roman ist es, den Sie durchlebt haben,« meinte soeben der Kapitän. »Ich wollte, daß ich der Held desselben wäre!«

»Noch ist der Schluß desselben nicht im Druck erschienen!«

»Pah! Der Schluß läßt sich aus der ganzen Anlage des Opus leicht vermuthen.«

»Und dennoch muß ich gestehen, daß ich seit einiger Zeit von finsteren Gedanken geplagt werde, die ich trotz aller Mühe nicht von mir weisen kann.«

»Finstere Gedanken?« lachte der Kapitän. »Sie sehen am hellen lichten Tage Eulen fliegen. Unsere Fahrt ist eine außerordentlich gute und schnelle, und wird voraussichtlich bis Batavia nur eine ganz kurze Unterbrechung erleiden.«

»Welche?«

»Ich habe stets das seltene Glück gehabt, mit meinen Leuten zufrieden sein zu können, bekam aber vor meiner letzten Fahrt doch einen Kerl an Bord, der mir ein Weniges zu schaffen machte. Damit er die Andern nicht anstecken sollte, kam ich auf den Gedanken ihn auszusetzen – – –«

»War das nicht ein wenig grausam?«

»Gar nicht. Ich gab ihm Proviant die Menge und setzte ihn auf eine kleine Insel, die ihm mehr Früchte und Wasser liefert, als zehn Männer brauchen.«

»Also eine kleine Robinsonade?«

»Klein und kurz, denn er sollte dort bleiben nur bis ich wieder vorüberkommen würde.«

»Das werden Sie jetzt?«

»Ja. Das Eiland liegt zwar ein wenig außer der Route, aber gerade deshalb paßte es mir zu dem angegebenen Zwecke.

Ich wußte, daß es nur allein mir bekannt sei und also kein anderes Schiff die Einsamkeit meines Büßers verkürzen werde.«

»Sie wird ihn gebessert haben.«

»Ich hoffe es; er war nur leichtsinnig, nicht aber boshaft.«

»Wann werden wir dort anlegen?«

Der Kapitän prüfte das Segelwerk.

»Ich halte bereits etwas außer der Route nach Süd, und bei dieser Luft ist vorauszusehen, daß wir das improvisirte Gefängniß noch heute Nacht erreichen werden. Wo nicht, so werde ich bis zum Morgen vor demselben kreuzen.«

Während dieses Gespräches saß der Schiffszimmermann mit den beiden Laskaren vorn im Quartier. Es war ein alter holländischer Seebär, hatte sich aber so viel und lange in diesen Gewässern herumgetrieben, daß es ihm nicht schwer wurde sich mit einem Malayen, einem Singhalesen oder einem Indier verständlich zu machen.

»Also Du sagst, daß wir nicht den rechten Kurs einhalten?« frug Lidrah.

»Ich? Hm! Meinst Du? Hm, ja, so etwas habe ich gesagt.«

»Welche Seite sollten wir denn eigentlich halten?«

»Welche Seite? Hm! Ich glaube, der eigentliche Kurs liegt mehr nach Lee.«

»Aber warum lassen wir ihn denn fallen?«

»Wen? Hm! Den richtigen Kurs? Hm, das wird wohl wegen Hilbers sein.«

»Hilbers? Wer ist das?«

»Wer das ist? Hm! Das ist nicht, sondern das war. Nämlich das war der Segelmacher hier an Bord.«

»Wegen was ist es denn wegen ihm?«

»Wegen was? Wegen ihm? Hm, weil er da gerade vor unserem Bug wohnt.«

»Das verstehe ich nicht!«

»Glaube es. Hm! Erst wohnte er allerdings nicht dort, sondern in seiner guten Koje auf dem Bahadur; dann aber macht er das Ding zu stark.«

»Welches Ding?«

»Welches? Hm! Ich denke, es wird entweder seine Segelnadel oder sein Maul gewesen sein. Das eine war nämlich so spitz und scharf wie das andere.«

»So erzähle doch weiter!«

»Erzählen? Hm! Kann man denn erzählen, wenn man nicht gefragt wird?«

»Allerdings!«

»Glaube es nicht, denn aus Wind und Segel wird eine Fahrt, und aus Rede und Antwort wird eine Geschichte. Oder meint Ihr, daß ich nicht Recht habe?«

»Also was war es denn mit diesem Segelmacher?«

»Was? Hm! Ihr wißt doch, daß die Subordination allerorts die Hauptsache ist!«

»Das wissen wir.«

»Schön! Hm! Und gerade von dieser Hauptsache wollte der Hilbers nichts wissen.«

»Wie so?«

»Wie so? Hm! Weil er lieber machte, was er wollte, statt zu thun, was ihm der Kapitän befahl. Und kam dann der Verweis, so gebrauchte er die Zunge in einer Art und Weise, die sich kein braver Kapitän gefallen lassen kann.«

»Und dann?«

»Dann? Hm, dann kam natürlich die Zeit, in welcher es dem Kapitän zu toll wurde; das könnt Ihr Euch als Seeleute und Laskaren doch wohl denken!«

»Da bekam er wohl die Katze?«

»Katze? Hm! Hatte sie schon sehr oft bekommen, es half aber nichts.«

»Oder halbe Ration?«

»Half nichts.«

»Ins Tau gehängt?«

»Half nichts.«

»Spießruthen?«

»Half nichts.«

»Gekielholt?«

»Gekielholt? Hm! Das wäre doch vielleicht etwas zu stark gewesen!«

»Nun, was that der Kapitän denn?«

»Der Kapitän? Hm! Der nahm ihn und setzte ihn gemüthlich auf die Insel.«

»Auf welche Insel?«

»Habe nicht nach dem Namen gefragt; soll auch gar nicht auf der Karte stehen.«

»Also ausgesetzt ist er worden? Und auf der Insel ist er wohl noch?«

»Noch? Hm! Freilich ist er noch dort, und daher eben fallen wir vom gewöhnlichen Kurse ab, denn der Kerl wird wieder an Bord genommen.«

»Wann kommen wir an diese Insel?«

»Wann? Hm! Vielleicht noch heute, wie der Steuermann gestern sagte.«

»Ist diese Insel groß?«

»Diese Insel? Ich denke, sie wird vielleicht ein wenig größer sein als meine Hand hier; so groß aber wie China und beide Indien scheint sie nicht zu sein.«

Lidrah blickte sehr nachdenklich vor sich hin; fast schien es, als ob er im Begriffe stehe, einen Gedanken zu verarbeiten, der ihm selbst noch nicht ganz klar sei.

»Waren Bäume auf der Insel?«

»Bäume? Hm! Ja, es wird wohl sein, daß ich welche darauf gesehen habe.«

»Was für welche?«

»Was? Hm! Ihr thut ja gar, als ob es ebenso viele Arten von Bäumen gäbe, als es Arten von Schiffen gibt. Baum ist Baum, das könnt Ihr Euch nur merken.«

»Und gab es Wasser da?«

»Wasser? Natürlich! Genug und satt, besonders um die Insel herum.«

»Sahst Du Berge dort?«

»Berge? Hole Euch der Teufel! Was gehen einem Seemanne die Berge an!«

»Oder Thiere?«

»Thiere? Hm! Ich glaube, der Hilbers wird das einzige Viehzeug auf der Insel sein, wenn es nicht unterdessen einem

Walfisch eingefallen ist, dort an Land zu segeln, um Eure vielen Arten von Bäumen zu studiren.«

»Ist ein Hafen da?«

»Hafen? Hm! Ja, gerade so groß, daß Du Dich lang hinein-legen kannst.«

»Gibt es Gras und andere Pflanzen dort?«

»Gras und Pflanzen? Hm! Hört einmal, Ihr Männer, haltet Ihr mich etwa für eine Kuh oder für einen Ziegenbock, daß Ihr mir zumuthet, mich um Gras und Grummet zu beküm-mern? Hole Euch der Teufel! Zuletzt fragt Ihr mich auch noch ob es Hühnernester dort gibt, weil Ihr meint, ich solle Euch einige Dutzend Eier legen. Bleibt mir vom Leibe, Ihr neugierigen Bengels, Ihr!«

Er warf seine Priese Kautabak aus dem linken in den rechten Backen und schob sich höchst verdrießlich über das verunglückte Examen von dannen.

Die beiden Laskaren blieben zurück.

»Warum frugst Du ihn in dieser Weise aus, Lidrah?« meinte Kaldi.

»Weil ich denke, daß nun endlich die Zeit gekommen ist.«

»Ah!«

»Ja.«

»In wie fern?«

»Weil wir auf Java oder gar in Batavia nichts mehr zu thun vermögen.«

»Das ist sehr richtig.«

»Auch in der Nähe von Java, auf dem befahrenen Seewege ist es bereits zu spät.«

»Allerdings.«

»Also müssen wir unsern Plan unbedingt vorher ausfüh-ren.«

»Unsern Plan? Hast Du denn endlich einen Plan?«

»Ich habe ihn. Ich dachte ihn mir während der Erzählung des Zimmermanns aus.«

»So laßt ihn hören.«

»Der Schatz wird unser; die Begum wird mein, und die Andern müssen sterben.«

»Wie willst Du dies anfangen? Das ist ja doch die Hauptsache!«

»Es soll einer auf einer wüsten Insel aufgenommen werden. Auf dieser Insel werden wir den Schatz verstecken und warten, bis uns ein Schiff aufnimmt.«

»Wie kommen wir mit dem Schatze auf die Insel?«

»Der Kapitän muß entweder vor ihr halten oder vor ihr kreuzen oder mit eingerefften Segeln an ihr vorübertreiben, indem er ein Boot absendet, den Matrosen zu holen. Das gibt uns Zeit und Gelegenheit, Alles auf dem Schiffe zu tödten.«

»Ich stimme bei. Aber warum den Schatz auf der Insel verbergen?«

»Was denn sonst?«

»Wir segeln mit dem Schiffe weiter.«

»Und werden ergriffen und gehängt, wenn uns nicht vorher die See verschlungen hat! Wir Zwei können das Fahrzeug doch unmöglich bedienen, und selbst wenn wir dies könnten, würden uns die Spuren bei der ersten Begegnung oder im ersten Hafen verrathen. Wir schaffen den Schatz mit der Begum an das Land und bohren dann das Schiff an, daß es mit Mann und Maus auf offener See versinkt.«

»Aber auch dann wird uns der Schatz verrathen.«

»Thor! Sobald ein Schiff erscheint, geben wir uns für Schiffbrüchige aus und nehmen von dem Schatze nur so viel mit, als wir an unserm Leibe verbergen können. Das Uebrige holen wir später nach, indem wir uns eine Praue miethen.«

»Und die Begum?«

»Bleibt auf der Insel dann zurück.«

»Sie wird sich dagegen wehren und uns verrathen.«

»Wer todt ist, wehrt sich nicht mehr. Jetzt aber treffen wir bis zum Abende nicht mehr zusammen, damit nicht unsere Unterredungen Verdacht erregen.«

Am Nachmittage starb der Wind langsam ab, und selbst als er sich gegen Abend ein wenig erholte, war er so schwach, daß kaum ein Vorwärtskommen zu bemerken war. Dennoch bemerkte man noch vor Hereinbrechen der Dunkelheit ein kleines Eiland, welches sich in nicht zu großer Ferne aus den Fluthen des Meeres erhob.

»Werden Sie ein Boot aussetzen, um den Mann abholen zu lassen?« frug Maletti den Kapitän, an dessen Seite er die Insel durch das Glas betrachtete.

»Nein.«

»Warum nicht?«

»In diesen Breiten bricht die Dunkelheit so schnell herein, daß das Boot vorher die Insel nicht erreichte und sich also leicht von uns verlieren könnte. Die Schiffslaterne leuchtet nicht bis dort hinüber. Und selbst wenn es das Eiland erreichte, muß es den Mann vielleicht erst suchen, und dann können wir nicht wissen, welche Abtrifft wir haben und welche unvorhergesehene Ereignisse eintreten können.«

»Was werden Sie also thun?«

»Ich lasse das Steuer so halten, daß wir bei dieser flauen Luft auf die Insel zu und in einiger Entfernung während der Nacht an ihr vorübertreiben, am Morgen ist der Mann dann leicht gefunden und schnell eingeholt. Bemerken Sie, wie schnell es bereits dunkelt? Das Abendbrod steht bereit. Lassen Sie uns zur Kajüte gehen.«

Nach dem Abendessen wurden die Glasen* abgerufen, und die erste Nachtwache trat an. Bei ihr befand sich der Laskare Lidrah, welcher sich mit seinem scharfen Dolche bewaffnet hatte.

Der Steuermann hatte den Befehl auf Deck; der Kapitän war schlafen gegangen und ebenso alle übrigen Mannen. Nur der Lieutenant lehnte neben der verschleierten Begum noch einige Zeit an der Reiling, bald aber begaben sich Beide auch zur Ruhe.

Lidrah wartete noch eine Weile und trat dann zum Steuermann.

»Sehr langsame Fahrt, Herr!«

»Sehr!« antwortete der Mann kurz.

»Werden wir heute Nacht bis an die Insel kommen?«

---

* Schiffszeit.

»Meine es!«

»Wo mag sie jetzt wohl liegen?«

»Dort!«

Es war das letzte Wort, welches er aussprach, denn indem er den Arm in der Richtung nach dem Eilande ausstreckte, fuhr ihm der Dolch mit solcher Sicherheit in das Herz, daß er nur noch einen leise pfeifenden Seufzer ausstieß. Der Laskare fing den Körper auf und ließ ihn geräuschlos niedergleiten. Dann suchte er sich unbefangen sein zweites Opfer aus. Es war dies ein Matrose, welcher behaglich am Besaanmast lehnte.

Nur fünf Minuten später ließ er sich durch die vordere Luke zu den Schlafkojen hinab, wo eine Oellampe ihren trüben, täuschenden Schein verbreitete. Nur Kaldi hatte sich wach erhalten; die Andern schliefen alle den festen Schlaf, der solchen kräftigen Naturen eigen zu sein pflegt. Ein Wink genügte, und der Bruder erhob sich vorsichtig aus seiner Hängematte, um ihm in seinem blutigen Werke beizustehen.

Fast zu derselben Zeit war es dem Kapitäne trotz des Schlummers, in welchem er lag, als habe er ein ordnungswidriges Geräusch vernommen. Er wachte sofort vollends auf und lauschte. Es nahten Schritte seiner von innen verriegelten Thür, und dann klopfte es respektvoll an dieselbe an.

»Wer draußen?«

»Matrose Lidrah!«

»Was gibt es?«

»Der Steuermann schickt mich. Es ist so etwas wie ein Feuerschein am Horizonte zu sehen, Sahib.«

»Pah! Der ausgesetzte Mann hat unser Schiff gegen Abend bemerkt und ein Feuer angebrannt, um uns auf die Insel aufmerksam zu machen.«

»Das ist es nicht, Sahib, denn der Schein ist Nord bei West zu sehen.«

»Dann brennt ein Fahrzeug. Ich komme gleich; laßt aber noch nicht wecken!«

Die Schritte draußen entfernten sich, und der unglückliche Kapitän konnte nicht hören, daß sie leise wieder zurückkehrten. Er warf schnell die nothwendigsten Kleidungsstücke über, öffnete die Thür und trat hinaus. In demselben Augenblicke erhielt er einen Dolchstoß in die Brust. Der Stich war nicht sofort tödtlich.

»Hilfe! Mörder! Alle Mannen zum Kapitän!« rief er mit dröhnender Stimme.

Auch er sprach nicht weiter. Indem er zufassen wollte, erhielt er einen zweiten Stich, der so sicher gezielt war, daß er seinem Leben ein Ende machte.

Der Hilferuf des Kapitäns war so laut gewesen, daß ihn Maletti ganz nothwendiger Weise hören mußte, selbst wenn er auch bereits geschlafen hätte. Das war aber nicht der Fall; vielmehr saß er an seinem Tische und arbeitete an einem Tagebuche, welches er sich seit seiner Abreise von Kalkutta angelegt hatte. Weil seine Thür sehr dicht schloß, hatte der Laskare den Schein des Lichtes nicht bemerken können, und dieses stand zufälliger Weise so, daß auch kein Strahl davon durch das kleine runde Fensterchen hinaus auf die See fallen konnte. Als Maletti den Hilferuf vernahm, warf er die Feder von sich, riß den Degen und den stets geladenen Revolver von der Wand, stieß die Thür auf und sprang empor zum Verdecke. In demselben Augenblicke kamen die beiden Laskaren aus der Kapitänskajüte.

»Was ist los beim Kapitän?« frug er sie.

Lidrah kam langsam schleichend auf ihn zu und antwortete mit unterwürfiger Stimme:

»Der Kapitän muß geträumt haben, Sahib, denn – –«

»Halt!« unterbrach ihn Maletti. »Bleib stehen, sonst schieße ich.«

Er hatte den Beiden schon längst nicht getraut und ahnte jetzt augenblicklich, daß der Kerl sich ihm nur nähern wolle, um sich dann plötzlich auf ihn zu werfen. Lidrah sah den Lauf des Revolvers blitzen und blieb unwillkürlich halten.

»Steuermann!« rief Maletti.

Keine Antwort ertönte, aber unweit von sich sah er den bewegungslosen Körper eines Menschen liegen.

»Alle Mann an Deck!« donnerte er jetzt.

Auch das war vergebens. Nur eine einzige Bewegung gab es: Lidrah erhob den Arm; sein Dolch sauste herbei und fuhr Maletti in den linken Arm; da aber erscholl der erste Schuß, und der Mörder stürzte, von der Kugel durch den Kopf getroffen, zu Boden. Im nächsten Momente stand der Lieutenant vor Kaldi; sein Degen blitzte und der Hieb traf den Laskaren so tief in die Schulter, daß auch dieser augenblicklich niedersank.

Da öffnete sich eine andere Thür, und Rabbadah erschien.

»Man schießt! Was gibt es hier?« frug sie mit ängstlicher Stimme.

»Erschrick nicht, Rabbadah; es muß ein Unglück geschehen sein!«

»Welches?«

»Ich habe hier die beiden Laskaren getödtet, weil sie mich ermorden wollten.«

»Ist es möglich! Rufe sofort die Leute herbei!«

»Ich habe bereits gerufen, aber es kommt Niemand. Kehre in Deine Kajüte zurück. Entweder sind Alle ermordet, oder es ist eine Meuterei an Bord und man wartet nur, bis ich mir eine Blöße gebe.«

»In die Kajüte? Dich verlassen? Niemals. Ich bleibe bei Dir!«

»So warte einen Augenblick!«

Er trat in seinen Raum zurück und holte die Lampe, mit welcher er zunächst vorsichtig in die Kajüte des Kapitäns leuchtete. Dieser lag todt am Boden.

»Mein Gott, so habe ich mich also nicht geirrt; er ist erstochen worden!«

Da faßte ihn die Begum bei dem Arme.

»Welch eine Gefahr für Dich! Komm schnell herein zu mir, bis es Tag ist!«

»Nein; dies darf ich nicht, denn vielleicht ist noch Jemand zu retten.«

Er machte, während Rabbadah entschlossen nicht von seiner Seite wich, muthig die Runde auf dem Decke und fand Alle todt, die sich auf demselben befunden hatten. Auch die

Kojen der Matrosen waren nur mit Leichen gefüllt, und schon glaubte er, daß er und Rabbadah die einzigen lebenden Wesen an Bord seien, als vom Hinterdecke her ein lautes Röcheln erscholl. Es kam von Kaldi, welcher aus der Bewußtlosigkeit zur Besinnung zurückkehrte. Maletti eilte zu ihm hin.

»Unglückseliger, was habt Ihr gethan!«

Der Laskare hatte einen fürchterlichen Hieb erhalten; die ganze Schulter klaffte auseinander, und so kurze Zeit er erst hier lag, sein Blutverlust war jedenfalls ein so bedeutender, daß eine Hilfe nicht mehr möglich war. Er stierte mit gläsernen Augen dem Lieutenant in das Gesicht. Dann lallte er:

»Den Schatz will ich – und Lidrah will die Begum.«

»Also das ist es! Und deshalb habt Ihr Alles umgebracht.«

»Auf die Insel mit dem Schatz!« fibrirte der Verwundete. »Ha, sie holen ihn im Kiosk, die Phansegars! Ruhig, Lidrah, daß sie uns nicht sehen! Wir schwimmen dem Flosse nach! Wir gehen dann als Pilger auf die Badaya!« Er richtete sich in halb sitzende Stellung auf und rief: »Du hast Tamu gedient, den Maharajah und den Sultan verrathen; die Begum sei Dein. Der Schatz aber wird getheilt, denn – denn – denn – – –«

Er sank todt zusammen.

Rabbadah stand nicht mehr dabei. Der Anblick so vieler Ermordeten hatte das muthige Weib so ergriffen, daß sie jetzt mit verhüllten Augen in ihrer Kajüte kniete. Maletti trat zu ihr herein und zog ihren Kopf zu sich empor.

»Rabbadah!«

»Mein Geliebter! O, wenn sie auch Dich getödtet hätten!«

»Gott hat mich beschützt! Aber es ist schrecklich, fürchterlich, entsetzlich!«

»Allein unter Leichen, hier auf der einsamen weiten See!«

»Fürchte Dich nicht, mein – – –«

Er wurde während der Rede zu Boden geschleudert, und zugleich vernahm man ein knirschendes, bohrendes und sägendes Geräusch, als wenn tausend Hände beschäftigt seien, den Rumpf des Schiffes zu zerstören. Die Begum stieß einen Ruf des Entsetzens aus, und Maletti erhob sich, um auf das Deck zu eilen.

Hier bot sich ihm ein trostloser Anblick dar. Gerade vor dem Buge des Schiffes erhob sich eine dunkle drohende Felsenmasse, und zu beiden Seiten zogen sich Steinbänke dahin, welche einen engen Kanal bildeten, durch welchen das Schiff auf die Insel gerannt war. An ein Wenden desselben, an eine Rettung war gar nicht zu denken, und es mußte nur ein Glück genannt werden, daß die Lüfte nur leise gingen, sonst wäre das Fahrzeug bei dem Anstoße sofort zerschellt worden.

Es war übrigens gar kein Wunder, daß der Bahadur auf die Insel gelaufen war, denn die Nacht war während der letzten Scenen fast vergangen und Maletti hatte nicht daran denken können, auf den Lauf des Schiffes zu achten.

Er eilte hinab in den Raum und fand einen Leck, durch welchen das Wasser in Strömen drang; er vermochte es unmöglich zu verstopfen. Nach einer schnellen ungefähren Berechnung blieb ihm kaum eine Stunde Frist, sich nebst Rabbadah zu retten und Einiges von der Ladung des Schiffes zu bergen.

Er brachte mit Mühe hinten am Stern ein Boot in das Wasser. Zunächst mußte die Geliebte und ihr Eigenthum gerettet werden. Während Rabbadah behilflich war Alles herbei zu schaffen, ließ er so viel wie möglich von dem Schatze in das Boot hernieder und stieg mit der Geliebten nach, um diese an Land zu rudern. Dieses stieg schroff und steil aus den Fluthen empor, doch gelang es ihm mit Hilfe des beginnenden Tageslichtes eine Stelle zu entdecken, an welcher er bequem zu landen vermochte. Dann kehrte er zu dem Schiffe zurück, um die Bergung des Schatzes zu beenden und demselben noch einige Lebensmittel und anderes Nöthige hinzuzufügen.

Als er zum vierten Male landete, war der Morgen so weit vorgeschritten, daß man die einzelnen Gegenstände zu unterscheiden vermochte. Rabbadah stand am Ufer und deutete nach einem nahen Gebüsche hin.

»Siehe einmal, was ist das?«

»An jenem Baume?«

»Ja.«

Er trat zögernden Fußes auf den Ort zu. An dem Aste des

Baumes hing ein Menschenkopf an einem aufgedrehten Tauende, und der halbverweste Körper lag am Boden. Daneben war ein Messer, ein Südwester und nebst verschiedenen Kleinigkeiten ein Heuerbuch zu bemerken. Maletti öffnete es und las den darin verzeichneten Namen. Er stand vor der Leiche des auf die Insel ausgesetzten Matrosen, der seiner Einsamkeit dadurch ein Ende gemacht hatte, daß er sich an dem Baume erhing. Dort das Schiff mit den Leichen, hier die Ueberreste des Selbstmörders – es schauderte den tapfern Offizier, wenn er an das unvergleichliche Wesen dachte, welches neben ihm diesen Schrecknissen ausgesetzt war. – –

SECHSTES KAPITEL

Der Seekadett.

Es war am frühen Morgen. Zwar hatte es noch nicht vier Uhr geschlagen, doch machte sich bereits das rege Leben einer Residenzstadt bemerklich. Die letzten Nachtschwärmer taumelten bleichen Angesichtes nach Hause und gaben sich Mühe, sich nicht vor den Milch- und Gemüsefrauen zu schämen, welche bereits vom Lande hereingekommen waren, um ihre täglichen und frühen Käufer und Kunden zu befriedigen. Hier und da öffnete sich eine Hausthür, aus welcher ein bereits munteres oder auch noch ziemlich verschlafen aussehendes Dienstmädchen trat, und hier und da konnte man wohl auch einen Arbeiter bemerken, welcher den Weg nach einer entfernten Fabrik einschlug.

In dem Gasthofe der früheren Wittfrau und Kartoffelhändlerin Barbara Seidenmüller herrschte auch schon einiges Leben. Wenigstens hörte man ein Paar Holzpantoffeln kräftig durch die Hausflur traben, und dann rief eine dröhnende Baßstimme:

»Parpara!«

Keine Antwort erfolgte.

»Liepe Parpara!«

Es blieb so stumm wie vorher.

»Meine herzliepe Parpara!!!«

Auch jetzt war nichts zu hören.

»Donnerwetter! Parpara, mein Taupchen!!!!«

Es schien gar keine Barbara mehr zu geben.

»Na, Himmelpataillon, Parpara, Du alte Schlafmütze, kommst Du denn eigentlich oder kommst Du nicht, mein gutes Weipchen!«

Als auch dieser Ruf vergeblich war, lief dem guten Gastwirth und Schmiedemeister Thomas Schubert denn doch die Galle über.

»Kreuz-Mohren-Schock-Granaten-Hagel- und Graupelwetter, ist das eine Zucht und eine Supordnung in diesem Hause! Warte, ich werde Dir gleich einmal die Reveille trommeln, Du alte Nachthaupe Du!«

Er nahm die beiden Holzpantoffeln von den Füßen und begann mit ihnen auf der Treppenstufe einen solchen Sturmmarsch zu schlagen, daß das ganze Haus zu wackeln schien. Da aber wurde ganz plötzlich die Küchenthür geöffnet, und wer stand da, die weiße Schürze vorgebunden, ein nettes Häubchen auf dem Kopfe und die beiden dicken Arme drohend in die Hüften gestemmt? Die leibhaftige Frau Barbara, die von ihrem Eheliebling aus dem Bette getrommelt werden sollte.

»Was ist mir denn das, Thomas, he?«

Bei dieser Stimme fuhr der Wirth erschrocken herum und ließ vor hellem lichtem Erstaunen beide Pantoffeln aus den Händen fallen.

»Parpara – – –!«

Er machte dazu ein Gesicht, als ob er ein Gespenst vor sich sehe.

»Thomas – – –!« antwortete sie in der gleichen Weise.

»Pist Du es denn wirklich, oder pist Du es denn wirklich nicht?«

»Ich bin es wirklich noch nicht,« antwortete sie, das Lachen verbeißend.

»Aper, liepe Parpara – –«

»Aber, lieber Thomas – –«

»Ja, aper meine peste liepste Parpara, ich denke daß – –«

»Aber mein bester liebster Thomas, was denkst Du denn eigentlich?«

»Ich denke, Du liegst noch dropen im Pette!«

»Und wozu denn eigentlich der Heidenspektakel hier im Hause!«

»Ich wollte Dich soepen heruntertrommeln!«

»So! Du konntest wohl nicht erst in der Küche nachsehen?«

»In der Küche? Donnerwetter, daran hape ich vor lauter Eile und Arpeit gar nicht denken können; das kannst Du mir glaupen!«

»Was hast Du denn für so eilige Arbeit?«

»Das kannst Du Dir doch denken, meine gute Parpara.«

»Nein, das kann ich mir gar nicht denken, das mußt Du mir sagen.«

»Nun, Du weißt doch, daß morgen der Kurt – wollte sagen, der Herr Seekadett kommen will, und da – da – –«

»Nun! Und da – – –?«

»Und da – – – da pin ich heut Etwas pei zeitener aufgestanden.«

»Zu welchem Zwecke denn eigentlich, mein bester Thomas?«

»Ich wollte – –«

»Du wolltest – –«

»Den Riegel an der Gartenthüre – –«

»Du wolltest den Riegel an der Gartenthüre – –«

»Ich wollte den Riegel an der Gartenthüre repariren – –«

»Warum denn das heute so früh?«

»Na, Parpara, siehst Du denn nicht ein, daß es dem Kurt, Donnerwetter, dem Herrn Seekadett auch einfallen könnte hinten herein zu kommen, statt vorne durch die Hausthür! Und da muß doch unpedingt der Riegel reparirt worden sein. Was soll der junge Herr denn sonst von mir denken!«

Da konnte sich die gute Barbara nicht länger halten; sie brach in ein schallendes Gelächter aus, welches beinahe denselben Eindruck machte wie vorhin die Pantoffelreveille ihres Herrn Gemahles.

»Also, weil morgen der Kurt kommen will, steht dieser Mann heut bei nachtschlafender Zeit schon auf, um einen Nagel in der Gartenthür festzuschlagen. Und dann trommelt er mich aus dem Schlafe, während ich doch bereits eine ganze Stunde lang in der Küche stehe! Thomas, Thomas, ich weiß wahrhaftig gar nicht, was ich heut von Dir denken soll!«

»Eine ganze Stunde in der Küche?«

»Ja.«

»Aper weshalp denn nur? Was hast Du denn gemacht?«

»Ich? Hm! Ich habe – –«

»Du hast – –?«

»Gekocht – –«

»Gekocht? Was denn?«

»Oder vielmehr, gebraten.«

»Gepraten also! Was denn?«

»Nein, ich habe gesotten.«

»Gesotten? Gut! Aper was hast Du gesotten?«

»Das kannst Du Dir doch denken!«

»Ich kann mir nichts denken. Vielleicht Karpfen?«

»Ist lange fertig!« antwortete sie stolz.

»Schleie?«

»Mag Kurt keine, weil sie zu sehr nach Schlamm schmek-
ken.«

»Krepse?«

»Lange fertig!«

»Eier?«

»Auch fertig!«

»Donnerwetter, was denn, he, Parpara?«

»Muß denn blos etwas zum Essen gesotten werden?«

»Was denn sonst?«

»Nun, zum Beispiel, Schmiere!«

»Schmiere? Was denn für Schmiere?«

»Stiefelschmiere!«

»Stiefelschmiere? Aper die hast Du doch nicht gesotten?«

»Und doch!«

»Nicht möglich! Früh um drei Uhr!«

»Aus Fischthran und Talglichtstummeln, das wird die beste
Stiefelschmiere.«

»Aus Thran und Stummeln? Für wen denn eigentlich,
meine Parpara?«

»Nun, für – –«

»Nun, für? – –«

»Für den jungen Herrn Seekadett Kurt Schubert.«

Jetzt war die Reihe den Mund aufzusperren an dem Gastwirth.

»Für den Herrn Seekadett – – –!«

»Ja.«

»Stiefelschmiere?«

»Ja.«

»Aus Fischthran und Inseltstummeln?«

»Ja.«

»Na, Parpara, nun hört mir aper doch Alles und Verschiedenes auf! So etwas ist noch gar nicht da gewesen! Steht diese Madame Parpara Schupert früh Punkt drei Viertel auf drei Uhr auf, um Stiefelschmiere zu sieden, Stiefelschmiere aus Talg und Fischthran, weil morgen der Kurt zum Pesuche kommen will! Was will denn der damit?«

»Kannst Du Dir denn nicht denken, daß er auch einmal geschmierte Stiefel verlangen könnte anstatt gewichste?«

»Heiliges Pech! Ein Seekadett und geschmierte Stiefel!«

»Heiliges Pech! Ein Seekadett und durch die Gartenpforte Einzug halten!«

»Parpara, ärgere mich nicht!«

»Thomas, bringe mich nicht in Harnisch!«

»Mach keinen Spaß; Du pist ja gar nicht in Harnisch zu pringen!«

»Und Du, Alter, müßtest Dich recht possirlich ausnehmen, wenn Du einmal thun wolltest, als ob Du Dich ärgertest! Ich glaube, daß Du gar keine Galle hast.«

»Glaupst Du? Hm, wenn ich einmal hinein komme, so hape ich sogar sehr viele Gallen; aper ich hape ein gutes Weipchen, eine Frau, die meine Galle nicht in Aufregung pringt.«

»Und ich ein liebes Männchen, das mich gewiß niemals in Harnisch versetzen wird.«

»Ja, Parpara, als wir uns heiratheten, hapen wir alle Peide in einen großen Glückstopf gegriffen. Aper, was ich sagen wollte, wenn dieser Kurt, oder vielmehr unser Herr Seekadett, morgen kommt, so müssen wir Alles aufpieten, um ihm zu zeigen, daß er uns – – –«

Er hielt inne. Sein Auge war nach dem Hofe hingerichtet; er sperrte den Mund mit einer Miene auf, in welcher sich die allergrößeste Ueberraschung ausdrückte.

»Parpara, da ist er!«

Sie wandte sich um und schlug dann, vor Freude am ganzen Gesichte glänzend, die Hände zusammen.

»Kurt!« rief sie.

»Kurt!« rief nun auch der Gastwirth.

»Herr Kadett!« verbesserte sie sich sofort.

»Herr Kadett!« verbesserte sich auch Schubert.

Draußen im Hofe stand er, strahlend vor Jugend und Kraft, und die schmucke Uniform, welche er trug, war ganz geeignet, die Formen seines kräftigen Körpers hervorzuheben.

»Onkel! Tante!«

Mit diesem Rufe kam er herbeigesprungen und schloß Beide zugleich in seine Arme.

»Willkommen, Herr – – –«

»Papperlapapp, liebe Tante, laß nur das Tituliren! Ich heiße Kurt, verstehst Du?«

»Gut, wie Du willst. – Also, willkommen lieber Kurt! Ich denke, daß Du – –«

»Ja, willkommen lieper Kurt!« meinte, sie unterbrechend, auch der Schmied.

»Ich denke,« fuhr Frau Barbara fort, »daß Du erst morgen kommen willst.«

»So schrieb ich Euch, weil ich Euch gern überraschen wollte. Ist es mir gelungen?«

»Sehr!«

»Sehr!« bekräftigte der Schmied. »Aper, Kerl, was Du hüpsch und sauper geworden pist in der Zeit, die wir einander nicht gesehen hapen!«

»Ja,« stimmte Barbara bei, »zum Anbeißen.«

»So beiße an, liebe Tante!«

Er umschlang sie wieder und drückte einen herzhaften Kuß auf ihre Lippen.

»Aber,« frug sie, »wie kommt es denn, daß Du so zeitig kommst?«

»Ich bin mit dem Nachtzuge gefahren.«

»Und durch den Garten – –!«

»Geradewegs über den Zaun!« lachte er.

»Hape ich also nicht Recht gehapt, Parpara?« frug der Schmied mit wichtiger Miene.

»Ja,« antwortete sie lachend; »ich gönne Dir es gern. Doch wer ist denn – – –?«

Im Hofe erschien nämlich ein zweiter junger Mann in ganz derselben Kleidung wie Kurt Schubert, der ihm ein Zeichen gab, herbei zu treten.

»Da kommt noch ein Freund und Kamerad von mir, der mir zu Gefallen mit über den Zaun gesprungen ist und sich dann ein wenig versteckte, weil er uns nicht stören wollte.«

»Her mit ihm!« kommandirte Thomas. »Ist uns herzlich willkommen.«

»Ja, kommen Sie nur näher, junger Herr!« knixte Barbara. »Große Ehre für uns.«

»Graf Karl von Mylungen,« stellte Kurt den Kameraden vor.

Thomas riskirte zunächst eine tiefe Verbeugung; da diese aber nicht ganz gelingen wollte, so richtete er sich stramm empor, hielt die linke Hand an die Hosennaht und die Rechte an den Mützenschild, ein Honneur, welches ihm von seiner Dienstzeit her geläufig war.

»Zu Pefehl, Herr Graf, hapen Sie die Güte, sich in die Stupe zu verfügen!«

Barbara riß die Thür auf und ließ die beiden Gäste eintreten, dann eilte sie zur Küche, um den ersten Pflichten der Gastfreundschaft obzuliegen.

»Wo sind die Gesellen?« frug Kurt.

»Die schlafen noch, weil sie gestern bis zum späten Apend arpeiten mußten.«

»Hast sie alle noch?«

»Alle.«

»Wirst originelle Leute kennen lernen,« erklärte Kurt dem Freunde. »Von dem früheren Hofschmied Brandauer habe ich Dir erzählt. Der Onkel war Obergeselle bei ihm und hatte zwei Mitgesellen, den Baldrian und den Heinrich; sie sind jetzt hier beim Onkel, seit dieser Hofschmied geworden ist, und mit ihnen der frühere Lehrjunge Fritz, ein sehr gelungener Kerl, der nur den Fehler hat, daß er die beiden Andern gern ein wenig ärgert. Vom Baldrian hörest Du den ganzen

Tag kein anderes Wort als »das ist an Dem«, oder wie er sich ausdrückt »das ist am Den«, und der Heinrich, welcher früher Artillerist gewesen ist, erzählt Schießabenteuer, in denen er das Blaue vom Himmel herunter lügt.«

»Ja,« fiel der Wirth ein, »lügen kann er wie gedruckt, das ist wahr. Aper, es ist doch gewiß, wenn man den Teufel an die Wand malt, da kommt er sicher!«

Die Thür war nämlich aufgegangen, und die drei Genannten erschienen auf der Schwelle.

»Was, der Herr Seekadett!« rief Heinrich. »Ists möglich? Guten Morgen und Willkommen! Das ist eine Ueberraschung! Wir dachten, Sie kämen erst morgen.«

Er gab Kurt die Hand.

»Das ist am Den!« meinte Baldrian und reichte seine Hand auch her.

Auch Fritz brachte seinen Gruß an; dann frug Heinrich mit unternehmender Miene:

»Herr Kadett, nicht wahr, nun haben Sie es auch mit Kanonen zu thun?«

»Freilich!«

»Schön! Die Artillerie ist die allerbeste und interessanteste Waffe, nicht wahr?«

»Vielleicht.«

»Nicht nur vielleicht, sondern ganz gewiß! Allerdings ist ein großer Unterschied zwischen der Marineartillerie und der Feldartillerie, den man beherzigen muß.«

»Welcher?«

»Nun das ist doch sehr einfach: Die Marineartillerie wird auf dem Schiffe, und die Feldartillerie wird auf dem festen Lande gebraucht; das ist leicht zu begreifen.«

Kurt lachte.

»Schau, was Du klug und weise bist!«

»Nicht wahr? Aber das war nur die Einleitung, denn nun kommt die Folge, daß die Feldartillerie viel sicherer schießen muß als die Marineartillerie.«

»Möchte es doch nicht ganz zugeben.«

»Nicht? Das Schiff schaukelt; wer soll da sicher schießen?

Zu Lande ist das etwas ganz Anderes; da schießt man auf fünftausend Schritte einem die Pfeife aus dem Maule.«

»Oho!«

»Oho? Einmal bei der Feldübung springt ein Hase auf. Da kommt der Hauptmann schnell zu mir herübergelaufen und fragt: »Heinrich, getraust Du Dir, ihn zu treffen?«

»Allemal, Herr Hauptmann.«

»Zwanzig Groschen kriegst Du; aber das Fell muß ganz bleiben.«

»Zu Befehl, Herr Hauptmann.«

Ich ziele, drücke ab, und die Kugel nimmt ihm die beiden Vorderbeine weg, so daß er nicht mehr laufen kann. Der Hauptmann läßt ihn holen und todtschlagen, und ich habe meine zwanzig Groschen. Ist so etwas auf der See möglich, Herr Seekadett?«

»Ich glaube nicht,« lachte dieser.

»Nicht?« frug da Fritz, der vormalige Lehrjunge. »Warum nicht? Ich kann das Gegentheil beweisen. Wir fuhren von Amerika über den großen Ozean nach Australien. Da plötzlich springt eine alte Häsin vor uns auf, und weil das Schiff zu langsam fuhr, nahm ich die Kanone unter den linken Arm, die Kugel in die rechte Hand und sprang zu gleichen Beinen hinter dem Viehzeuge her. Als ich im Laufen geladen hatte, drückte ich ab und schoß dem Thiere die beiden rechten Läufe weg. Es war wirklich eine Häsin, und als ich ihr den Gnadenstoß versetzte, meinte sie: »Fritz, richte mir ein Kompliment aus an den Heinrich; ich bin die Wittwe von dem Hasen, den er damals geschossen hat!«

Baldrian nickte bedächtig.

»Das ist am Den!« meinte er zustimmend.

Alle lachten von ganzem Herzen. Heinrich aber fuhr zornig empor.

»Dummer Junge!«

Mit diesem gefühlvollen Worte und einem niederschmetternden Blicke auf Fritz verließ er den Schauplatz seiner moralischen Niederlage.

Bald darauf erschien Frau Barbara mit dem Morgenkaffee,

bei welchem alle Neuigkeiten gegenseitig ausgetauscht wurden. Man war damit noch lange nicht fertig, als sich die Thür öffnete und eine Person eintrat, bei deren Anblick sich Alle sofort erhoben.

Es war Max, der Kronprinz.

»Guten Morgen,« grüßte er freundlich. »Frau Barbara, mir auch eine Tasse!«

»Augenblicklich!« knixte sie und verschwand in der Küche.

»Thomas, hast Du heute Zeit zum Beschlagen?«

»Zu Pefehl, Königliche Hoheit!«

»So komme auf das Schloß. Ah, da ist der Besuch wohl bereits eingetroffen?«

»Zu Pefehl, Königliche Hoheit! Sie hapen meinen Neffen noch nicht gesehen?«

»Nein.«

»Der da ist es, mit dem plonden Haare und den schwarzen Augen.«

Der Kronprinz reichte Kurt die Hand.

»Willkommen in der Heimath, Herr Schubert! Sie tragen einen Namen, den ich gern nennen höre. Ich hoffe, daß er mir öfters genannt werde. Und dieser Herr? Ein Kamerad von Ihnen, der sich Ihnen angeschlossen hat?«

»Graf Karl von Mylungen, Königliche Hoheit.«

»Mylungen? Ein Süderländer? Ah, ich erinnere mich. Sie wurden bei uns naturalisirt, damit Sie nicht in die Dienste Süderlands zu treten brauchten?«

»So ist es, Königliche Hoheit,« antwortete der junge Graf.

»Diese interessante Angelegenheit kam auch mir in die Hand, und ich gab meine Unterschrift und mein Fürwort, ohne den Grund zu kennen, der Sie veranlaßte, norländische Dienste zu nehmen. Darf man ihn erfahren?«

»Königliche Hoheit, Familienangelegenheiten – –«

»Ah, so – –! Man darf nicht allzu wißbegierig sein, aber es ist mir doch, als ob ein Weniges von diesen Familienangelegenheiten auch vor mir zur Sprache gekommen sei. Erscheint Ihr Herr Vater bei Hofe?«

»Nein.«

»Ich höre, der König von Süderland schenke ihm seine Achtung.«

»So ist es, Papa aber zieht sich zurück, um Begegnungen zu vermeiden, welche sehr im Stande sein dürften, unangenehme Gefühle in ihm zu erwecken.«

»Ich verstehe das, und da ich die betreffende Person genau kenne, so sagen Sie Ihrem Vater, dem Grafen, daß ich ihm gern zur Verfügung stehe, wenn es einmal gelten sollte, die betreffenden Angelegenheiten zu entwickeln.«

Hierauf wandte er sich wieder an Kurt:

»Wie lange bleiben Sie hier?«

»Nur einige Stunden, Hoheit.«

»Oho!« fiel Schubert ein. »Ich glaupe gar, heute schon wieder fortgehen!«

»Allerdings, Onkel; aber ich komme sehr bald wieder.«

»Wo willst Du denn hin?«

»Das ist sehr leicht zu errathen: zum General. Ich bin sein Pflegesohn, und da versteht es sich von selbst, daß ich mich ihm noch heute vorstelle.«

»Weiß er wann Du kommst?«

»Ich habe geschrieben, daß ich morgen komme; ich will ihn überraschen, gerade wie Euch.«

»Aper Du mußt sehr pald wiederkommen, das sage ich Dir sehr ernstlich!«

»Gewiß, Onkel; Du kannst darauf rechnen.«

»Und wenn Du nach Helpigsdorf kommst, so grüße mir Deine Mutter.«

»Versteht sich!«

»Und die kleine Magda, und den Herrn General und die drei Jungfern.«

»Natürlich Alle!«

»Und – ja, was ich sagen wollte, ich hape einen Prief pekommen. Rathe einmal, von wem er ist!«

Ueber das Gesicht Kurts fuhr die Röthe der Freude.

»Von – von meinem Vater?«

»Ja.«

»Wo hast Du ihn?«

»Dropen in der Kommode.«

»Hole ihn, lieber Onkel, hole ihn! Ach, Entschuldigung, Königliche Hoheit!«

»Geniren Sie sich nicht! Es ist leicht begreiflich, daß der Sohn sich sehnt eine Nachricht vom Vater zu erhalten. Apropos, Sie haben ihn noch gar nicht gesehen?«

»Noch niemals.«

»Seltsame Umstände! Die Verhältnisse haben es so gefügt, daß sein Schiff sehr lange Zeit die Heimath nicht angelaufen hat. Aber geschrieben haben Sie?«

»Oefters; doch ist es unsicher, ob er meine Briefe erhalten hat.«

»Er mag Urlaub nehmen!«

Jetzt kam der Wirth, welcher sich entfernt hatte, wieder zurück und brachte einen Brief, der allem Anscheine nach sehr oft durchgelesen worden war. Kurt nahm ihn in Empfang und blickte auf den Kronprinzen.

»Lesen Sie immerhin,« meinte dieser. »Ich bitte sogar ihn vorzulesen, denn ich möchte selbst gern wissen, was der alte ehrliche Steuermann schreibt.«

Kurts Augen hafteten mit sichtbarer Rührung an dem höchst sonderbar stilisirten Brief, dessen Orthographie eine ebenso eigenthümliche war wie die Schrift, welche dem Schreiber sicher manchen Tropfen Schweißes gekostet hatten. Er lautete:

»Lieber Bruhder.

Hier lügen Wir vor Badafia, der Teifel hole die Hizze und die Langeweule! Ich schreiwe Dihr, aber ich mache es kurzz, denn ich habe kein Geschihke dazuh.

Wie? Einen Jungen häte Ich? Heiliche Kreuzstänge! Ich weis kein Wort von! Awer Ich glauwe es. Und die Gußtel läbt noch? Donerwätter! Juchhee! Ich komme, awer noch nigt gleuch, denn Ich und der Boodsmann, Wir haben Etwaß vor, was ärst färtig seyn muss.

Gott sei Dank, dießer Brief ißt alle. Wihr gehen von hür

326

nach Pompei. Schreiwe auch an Mich, awer Meer als Ich.
Daußend Grieße an alle von Mier und dem Boodsmann.

Dein Bruhder Steuermann.« –

Am Nachmittage saßen die beiden Kadetten im Koupee. Sie
befanden sich allein darin und waren also ungestört.

»Wie gefallen dir meine Verwandten?«

»Außerordentlich.«

»Das konnte ich nicht vermuthen.«

»Weil es so einfache Leute sind? Pah, ich gebe den Teufel
auf Aeußerlichkeiten! Diese Leute sind herzensbrav. Der
Edelstein hat auch ungeschliffen seinen Werth; durch den
Schliff verliert er an Volumen. Und verkehrt nicht sogar der
König und der Kronprinz bei Deinem Onkel! Eigentlich sind
dies recht interessante Verhältnisse.«

»Allerdings. Der Kronprinz war selbst Schmiedesohn. Er
wurde seinen Eltern durch den Herzog von Raumburg geraubt, welcher nach der Krone trachtete, und kam durch eine
Zigeunerin Namens Zarba in das Haus des Hofschmieds
Brandauer. Dessen Sohn wurde mit ihm verwechselt und als
ein Prinz von Sternburg erzogen. Es ist der jetzige Admiral.
An diese Begebenheiten knüpfen sich noch Dinge und Ver-
wickelungen, welche Stoff zu vielen Romanbänden geben
würden.«

»Von dem Romantischen hast Du auch ein kleines Quan-
tum erhalten.«

»Allerdings, und hoffentlich zu meinem Glücke.«

»Ich bin begierig, die Familie Deines Pflegevaters kennen
zu lernen.«

»Sie ist interessant. Der General selbst ist ein alter wackerer
Degenknopf, der sich in der Gesellschaft seiner zwölf Hunde
am wohlsten befindet, und die Damen sind auch ganz gut,
wenn man ihre kleinen Eigenheiten zu berücksichtigen versteht. Ich habe Dir alle Personen genau beschrieben, so daß
Du Dich genau darnach richten kannst.«

»Ich interessire mich für den General, weil er für den
größten Feind Süderlands gilt.«

»Du hast eine tiefe Aversion gegen Dein Vaterland. Mir unbegreiflich!«

»Und doch sehr natürlich, wenn Du mir die Bemerkung gestattest, daß ich nicht mein Vaterland, sondern gewisse Personen und Zustände hasse, welche für meine Familie verhängnißvoll geworden sind.«

»Der Kronprinz frug Dich heute darnach, und Du wichest ihm aus. Wäre ich ein so mächtiger Mann, ich würde mich ebenso darnach erkundigen, um Dir meine Hilfe anzubieten.«

»Das sind Dinge, über welche man am liebsten schweigt. Doch mit einem vertrauten Freunde kann man vielleicht eher darüber sprechen, als mit einem Andern, selbst wenn dieser Andere ein Kronprinz oder ein König wäre. Ich weiß, daß Du schweigen kannst.«

»Natürlich!«

»Ich bin der einzige Sohn meiner Eltern, hatte aber eine Schwester, welche älter war als ich.«

»Ah! Von ihr hast du mir noch gar nichts gesagt. Sie ist todt?«

»Wir wissen es nicht.«

»Wissen es nicht? Du sprichst in Räthseln. Man weiß von einer Schwester doch, ob sie lebt oder gestorben ist!«

»Unter gewöhnlichen Umständen, ja.«

»So hast Du es mit ungewöhnlichen Umständen zu thun? Du machst mich neugierig.«

»Meine Schwester hieß Toska. Ich verstand nichts davon, aber ich hörte sagen, daß sie die schönste und umworbenste Dame unseres Hofes sei.«

»Das will viel heißen!«

»Muß aber doch wahr gewesen sein, da sogar der Prinz sie sehr beachtete.«

»Der Kronprinz?«

»Nein, Prinz Hugo.«

»Der tolle Prinz?«

»Ja. Er zeichnete sie vor den übrigen Damen auf eine Weise aus, welche auffällig erscheinen mußte, leider aber Toskas Herz gefangen nahm. Sie liebte ihn.«

»Den Alle hassen!«

»Man sagt ja, daß die Liebe blind sei, bei meiner Schwester war sie es. Aber wie ich Toska kannte, muß der Prinz eine ganz außerordentliche Verstellungsgabe besitzen. Sie konnte nur einen Mann lieben, den sie für ihrer würdig hielt.«

»Wurde sie nicht gewarnt?«

»Oft; natürlich nur seitens der Eltern. Doch alle Vorstellungen blieben fruchtlos, und – plötzlich war sie verschwunden.«

»Verstehe ich recht? Wer war verschwunden? Deine Schwester?«

»Ja. Sie gab vor, zu einer entfernten Verwandten auf Besuch zu gehen, ist aber dort weder eingetroffen noch zu uns zurückgekehrt.«

»Es ist ihr ein Unglück widerfahren!«

»Natürlich!«

»Sie wurde unterwegs überfallen, beraubt und ermordet!«

»Nein.«

»Nein? Du sagst dies mit solcher Sicherheit? Habt Ihr eine Spur gefunden?«

»Ja. Sie wurde mit einem Manne gesehen, der kein Anderer als der tolle Prinz sein kann, welcher gerade zu jener Zeit verreist war. Seitdem ist sie verschwunden.«

»Und Ihr habt kein Lebenszeichen von ihr erhalten?«

»Nicht das mindeste. Vater hat sich alle mögliche Mühe gegeben, das Dunkel aufzuklären, aber vergeblich. Er mußte dabei alles vermeiden, was uns kompromittiren konnte, und das ist der Grund, weshalb unsere mehrjährigen Nachforschungen keinen Erfolg hatten. Jetzt nagt der Gram an dem Herzen und dem Leben der Eltern, das Faktum läßt sich kaum mehr verbergen, und dennoch bleibt der Prinz frech und undurchsichtig wie zuvor. Ich bin zwar noch ein halber Knabe, aber er mag sich hüten, zwischen meine Hände zu gerathen!«

»Und dies ist also der Grund, wegen dessen Du in norländische Dienste tratest?«

»Ja. Ich mag einem Lande nicht dienen, in dessen Herrscherfamilie der raffinirteste Satan lebt, der jemals unter Menschen gewandelt hat. Seine Thaten, welche oft dem Verbrechen so ähnlich sehen wie ein Ei dem andern, sind offenkundig, man erzählt sie sich laut und ohne alle Scheu, ohne daß bei Hofe dadurch der geringste Eindruck hervorgebracht würde. Eine einzige seiner Handlungen hätte einen gewöhnlichen Mann in das Zuchthaus gebracht; e r aber ist Prinz des königlichen Hauses und darf sündigen nach Wohlgefallen.«

»Ich hätte den Kerl ersäufen sollen!«

»Du? Wann und wo?«

»Und dennoch bin ich ihm eigentlich Dank schuldig, denn er ist die eigentliche Ursache, daß ich in das Haus des Generals von Helbig gekommen bin.«

»Er? Das mußt Du mir erzählen!«

»Gern.«

Er berichtete von jener Wasserfahrt im Seebade Fallum, und als er geendet hatte, hielt der Zug an der Station, wo Beide aussteigen mußten. Kurze Zeit später fuhren sie in einem Miethswagen Schloß Helbigsdorf entgegen.

Dort saß der General in seinem Arbeitszimmer, welches von einem dichten Tabaksqualm erfüllt war. Auf der Diele, dem Sopha und den Stühlen lagen seine zwölf Hunde; er selbst las in einem Buche, welchem er seine vollste Aufmerksamkeit zu widmen schien. Eben hatte er sich eine neue Pfeife angesteckt, als er eine Miene zog, als ob der Geruch des Tabaks ihm die Nase zerreißen wolle. Er zog die Glocke, und gleich darauf trat der Diener ein.

»Kunz!«

»Herr General!«

»Was ist das hier?«

»Eine Tabakspfeife.«

»Wem gehört sie?«

»Natürlich dem Herrn General. Verstanden?«

»Aber nicht Dir!«

»Nein.«

»Und doch hast Du sie für Dich gestopft!«

»Für mich?«

»Ja, und sie nachher hierher gehängt, ohne sie vorher auszurauchen.«

»Donnerwetter, Exzellenz, das ist die größte Lüge, die es nur geben kann! Verstanden?«

»Mensch, werde nicht grob! Hier hast Du die Pfeife; ziehe einmal!«

Kunz führte die Pfeife zum Munde und that ein paar gehörige Züge, wobei er dem General die dichten Tabakswolken ganz ungenirt in das Gesicht blies.

»Hm!« knurrte er.

»Nun?«

»Hm!«

»Was ist das für Tabak?«

»Rollenknaster mit etwas Portoriko vermischt, Exzellenz. Verstanden?«

»Und wer raucht diesen famosen Rollenknaster, mit etwas Portoriko vermischt?«

»Ich.«

»Und was rauche ich für Tabak, he?«

»Den reinen Varinas.«

»Nun, alter Schwindelmeier, da hast Du also Dir den Varinas eingestopft, und ich soll Deinen Rollentabak rauchen!«

»Schwindelmeier? Donnerwetter Exzellenz, das leide ich nicht! Verstanden?«

»Maul halten! Sind Deine Pfeifen gestopft?«

»Ja.«

»Hole sie!«

Kunz entfernte sich und kam gleich darauf wieder zurück.

»Hier sind die Pfeifen, Herr General. Und hier sind auch die beiden Tabaksbüchsen, nämlich die meinige und die Ihrige. Verstanden? Wollen doch sehen, ob ich ein Schwindelmeier bin.«

»Stecke eine davon an!«

»Zu Befehl!«

Er setzte eine von seinen Pfeifen in Brand, und Beide steckten ihre Nasen prüfend in die Rauchwolke, welche er mit einer Miene von sich paffte, als ob er den General verschlingen wolle. Doch bereits im nächsten Augenblicke bekam sein Gesicht einen ganz andern Ausdruck, er zog eine höchst bedenkliche und dann sehr verlegene Grimasse.

»Nun,« frug der General, »was für Tabak ist das da in Deiner Pfeife?«

»Weiß Gott, der reine Varinas! Verstanden, Exzellenz?«

»Und wie kommt er hinein?«

»Das weiß der Teufel! Aber der Herr General können mir glauben, daß ich an dieser verteufelten Geschichte nicht die mindeste Schuld trage. Ich verwechsle weder die Pfeifen noch die Tabaksbüchsen. Da hat irgendwer eine ganz heillose Luderei getrieben, um mich in Verlegenheit zu bringen. Das ist entweder die Schreia oder die Zanka oder die Brülla gewesen; denn wo es einen Streich gegen mich gibt, da sind sie sicher dabei!«

»Wird ihnen gar nicht einfallen, sich an den Pfeifen zu vergreifen!«

»Fällt ihnen schon ein, Exzellenz! Verstanden? Die Tabaksbüchsen haben sie mir nicht verwechselt; das hätte mich nicht irre gemacht, denn ich weiß den Varinas von dem Rollenknaster mit ein wenig Portoriko ganz genau zu unterscheiden, ich glaube vielmehr, daß man mir in meiner Abwesenheit die Pfeifen umgestopft hat. Wollen diesen Tabak doch gleich wieder herausthun. Ich mag keinen Varinas; er ist mir zu stark. Verstanden?«

Er klopfte ohne Umstände sämmtliche Pfeifenköpfe auf den Schreibtisch des Generals aus und war damit beinahe fertig, als er einen Ruf der Ueberraschung hören ließ.

»Was gibt es?« frug Helbig.

Kunz griff in den Tabak und hielt ihm einen Gegenstand entgegen, den er in demselben gefunden hatte. Dann frug er mit triumphirender Miene:

»Was ist das, Exzellenz?«

»Ein Ring.«

»Und wem gehört er?«

»Ich weiß nicht; ich kenne ihn nicht.«

»Aber ich kenne ihn. Er gehört der Jungfer. Verstanden, Exzellenz?«

»Der Jungfer? Wie sollte der Ring des Mädchens in meine Pfeife kommen?«

»O, das ist sehr einfach; das ist sehr leicht zu begreifen. Sie ist es gewesen, welche die Pfeifen umgestopft hat, und dabei ist ihr der Ring im Pfeifenkopfe stecken geblieben, ohne daß sie etwas davon gemerkt hat. Verstanden, Herr General?«

»Ja. Gieb den Ring her, Kunz! Ich werde ein Exempel statuiren.«

»Nein, das werde ich statuiren, denn für den Herrn General paßt es sich nicht, sich mit einem solchen dummen Geschöpfe herumzuzanken. Verstanden?«

»Gut. Aber was wirst Du machen?«

»Weiß es noch nicht, muß es mir erst vorher reiflich überlegen.«

Dabei aber zog er ein Gesicht, welches sehr verrieth, daß er bereits mit sich eines sei.

»Nur keine Dummheiten, Kunz! Uebrigens gehen wir heute nicht spazieren.«

»Warum?«

»Ich bin hier über einer sehr interessanten Lektüre.«

»Was ist es?«

»Brand, die Taktik der drei Waffen.«

»Ein ausgezeichnetes Buch, Herr General!«

»Ah, Du kennst es?«

»Nein.«

»Aber wie kannst Du dann sagen, daß dieses Buch ein ausgezeichnetes sei?«

»Weil Exzellenz es lesen, was nicht geschehen würde, wenn es nicht gut wäre.«

»Schön! Kannst jetzt gehen; aber nimm die Pfeifen und den Tabak mit!«

»Zu Befehl, Exzellenz! Den Tabak muß ich nun wegwerfen. Er schmeckt nicht, da er so in den Köpfen herumgemanscht wurde. Verstanden?«

Er trug die Pfeifen in seine Stube; den Tabak aber schlug er in ein Papier, welches er zu sich steckte. Dann schlenderte er den Korridor entlang und lugte durch die angelegte Küchenthür. Die Küche war leer, und die Nachmittagschokolade stand auf dem Herde.

»Paßt!«

Schnell trat er hinzu, warf den Tabak in das Getränke und quirlte ihn gehörig um; dann schlich er sich davon, ohne von irgend Jemand gesehen zu werden.

Unweit des Schlosses gingen die drei Schwestern im Walde spazieren.

»Wollen wir ihn morgen persönlich von der Station abholen?« frug die Lange.

»Nein, meine liebe Freya,« antwortete die Dünne. »Das schickt sich nicht.«

»Warum nicht?«

»Weil er eigentlich gar nicht zur Familie gehört, sondern nur in Pflege genommen ist.«

»Aber er ist so brav. Was meinst denn Du dazu, meine gute Zilla?«

Die Dicke drückte ihr Eichhörnchen an den Busen und antwortete zärtlich:

»Ich hole ihn ab, denn ich liebe ihn.«

»Gut. So fahren wir also.«

»Das geht nicht,« warf Wanka ein.

»Warum nicht?«

»Weil er schreibt, daß er einen Kameraden mitbringen werde.«

»Ist das ein Grund ihn nicht abzuholen?«

»Ja.«

»Warum?«

»Wie wollen wir uns setzen? Der Wagen faßt nur vier Personen, wir allein sind drei, die beiden Kadetten zwei, macht zusammen fünf.«

»So bleibt eine von uns zu Hause!«

»Aber wer?«

»Ich nicht!«

»Ich auch nicht!«

»Ich vollends gar nicht!«

»Streitet Euch nicht! Auch wenn Eine von uns daheim bliebe, würde es immer noch am Platze fehlen. Die beiden Kadetten haben jedenfalls noch Koffer bei sich.«

»So kann blos Eine von uns mitfahren, und Zwei müssen zurückbleiben.«

»Aber welche fährt mit?«

»Ich!«

»Ich!«

»Ich!«

Diese drei »Ichs« waren in dem entschiedensten Tone ausgesprochen, und dabei blitzten sich die drei Schwestern mit Augen an, welche nicht sehr freundlich genannt werden konnten.

»Ich werde fahren,« meinte die Blaue; »ich habe das Vorrecht, denn ich bin die Aeltere.«

»Nein,« entgegnete die Purpurne, »dieses Vorrecht gebührt mir; ich bin die Jüngere.«

»Entscheide Du, liebe Wanka, Du bist hier nicht Partei!«

»Dies Recht gebührt weder der Aelteren noch der Jüngeren, sondern ich werde fahren, denn ich bin die Mittlere!«

»Du? Was fällt Dir ein!«

»Ja, was fällt Dir ein!«

»Wenn der Herr Lieutenant von Wolff da wäre, würde er Euch beweisen, daß ich Recht habe,« erklärte die Grüne, indem sie ihr Meerschweinchen liebkoste.

»Er würde vielmehr meine Partei ergreifen!« behauptete Freya.

»O nein, sondern die meinige!« rief Zilla.

Da ließ sich plötzlich eine laute jubelnde Stimme vernehmen, und durch das seitwärts stehende Gebüsch brach Magda. Sie eilte auf die kämpfenden Schwestern zu.

»Er kommt!« rief sie.

»Wer?«

»Kurt!«

»Kurt? Nicht möglich!«

»Und doch!«

»Er kommt erst morgen!«

»Er kommt heute, er kommt jetzt; ich habe ihn gesehen.«

»Wo?«

»Er kommt die Straße heraufgefahren, und es sitzt noch einer bei ihm.«

»Wie sind sie gekleidet?«

»In Uniform.«

»In Uniform? Mein Gott, wenn der Andere nun gar kein Kadett wäre!«

»Sondern ein Lieutenant!«

»Ein Kapitän!«

»Ein Kommodore!«

»Ein Admiral!«

»Schnell nach Hause. Wir müssen Toilette machen und fertig sein, ehe sie kommen!«

Sie flogen davon. Magda blieb stehen. Sie stand jetzt in dem Uebergangsalter zwischen Mädchen und Jungfrau; sie war ein reizendes Wesen, und es ließ sich mit großer Bestimmtheit sagen, daß sie einst eine vollendete Schönheit sein werde.

»Gehe ich ihm entgegen?« frug sie sich. »Ja! – Aber der Andere? Pah, der geht mich nichts an. Ich habe Kurt drei Jahre lang nicht gesehen und muß die Erste sein, die ihm Willkommen sagt.«

Sie eilte zwischen den Bäumen dahin, bis sie an die Straße gelangte. Der Wagen war ihr bereits ganz nahe, als sie ihn erblickte. Sie schritt ihm schnell entgegen und rief, vor Freude die kleinen Händchen zusammenschlagend:

»Kurt! Willkommen, lieber Kurt!«

Dann aber blieb sie plötzlich stehen, während tiefe Röthe ihr Angesicht überflog. Der da während des Fahrens aus dem Wagen sprang und auf sie zueilte, war nicht der Knabe, wie sie ihn vor drei Jahren gekannt hatte; er war ein Jüngling geworden, den die Uniform tausendmal schöner ließ, als den alten dürren Lieutenant von Wolff, der immer kam, um den drei Tanten Artigkeiten zu sagen.

»Magda!«

Er sprang auf sie zu, umarmte sie und küßte sie herzlich auf die Lippen. Sie erglühte womöglich noch mehr als vorher.

»Ist Alles wohl daheim?«

»Ja.«

»Papa zu Hause?«

»Ja.«

»Die Fräuleins?«

»Ja.«

»Meine Mutter?«

»Ja.«

»Kunz und alle Andern?«

»Ja.«

Sie gab so kurze einsilbige Antworten, weil sie ihre Verlegenheit noch immer nicht überwinden konnte. Er mußte es endlich bemerken.

»Was ist mit Dir, Magda?«

»Nichts. Ich bin so sehr gelaufen.«

»Um mir entgegen zu kommen? Da muß ich Dich nochmals küssen!«

Er that es und vermehrte dadurch nur ihre Befangenheit.

»Hier bringe ich Dir einen Freund mit!« Und dann fügte er vorstellend die Namen hinzu: »Graf Karl von Mylungen – Magda von Helbig, lieber Karl!«

Der Andere war auch ausgestiegen und verbeugte sich grüßend.

»Gib mir Deinen Arm, Magda! Wir werden bis zum Schlosse gehen.«

Er nahm ihren linken Arm in den seinigen und Mylungen bat sich den rechten aus. So schritt sie zwischen den Beiden auf der Straße dahin wie eine richtige große erwachsene Dame zwischen zwei Rittern, die für sie kämpfen und sterben wollen. So hatte sie zuweilen in einem Buche gelesen, und als noch einige freundliche oder erkundigende Worte gefallen waren, erhielt sie ihre Fassung zurück und wagte es nun, die beiden jungen Herren ganz verstohlen ein wenig mit einander zu vergleichen.

Der Graf war schön, das schien ihr unumstößlich; Kurt

aber war noch schöner. Er sah zwar nicht so vornehm aber doch viel kräftiger, frischer und zutraulicher aus. Es war wirklich schade, daß sie nicht ganz und gar allein mit ihm war!

Als sie das Schloß erreichten, war die ganze Bewohnerschaft desselben bereits versammelt, um die Ankömmlinge zu empfangen. Kurt wurde wie ein Kind des Hauses willkommen geheißen, und Mylungen erhielt ganz dieselbe Herzlichkeit entgegengebracht. Beide küßten den drei Damen die Hände und erhielten von Allen freundliche Vorwürfe darüber, daß sie den Tag ihrer Ankunft falsch angegeben und dadurch einen andern Empfang unmöglich gemacht hatten. Dann bemächtigte sich Kunz ihrer, um ihnen ihre Zimmer anzuweisen.

Die drei Schwestern saßen dann im Salon beisammen.

»Also kein Admiral!«

»Und kein Kapitän!«

»Auch kein Lieutenant!«

»Aber ein Graf!«

»Und was für Einer!«

»Dieser Wuchs!«

»Diese Augen!«

»Diese Stimme! Schade, daß er nicht einige Jahre älter ist!«

»Wie müßte er sich ausnehmen, wenn er in den Jahren des Herrn Lieutenant von Wolff stände.«

»Besser noch als der Lieutenant.«

»Natürlich! Er scheint jetzt noch etwas schüchtern zu sein; wenigstens war der Handkuß kaum zu fühlen.«

»Vielleicht haben wir einen imponirenden Eindruck auf ihn gemacht!«

»Oder ihn gar zurückgestoßen und beleidigt. Dein Auge war so streng, liebe Wanka.«

»Blos prüfend, liebe Freya; aber Deine Haltung war etwas sehr reservirt.«

»Das scheint blos so, weil ich länger bin als Ihr. Den größten Fehler hat Zilla gemacht.«

»Ich? Welchen?« frug die Purpurne.

»Du blicktest auf Kurt, als der Graf Dich begrüßte.«

»Davon ist mir nichts bewußt. Aber sollten wir je einen üblen Eindruck auf ihn hervorgebracht haben, so ist es unsere Pflicht, denselben sofort wieder zu verwischen.«

»Wodurch?«

»Wir bemächtigen uns seiner und geben ihn nicht eher wieder frei, als bis er zeigt, daß er vollständig ausgesöhnt ist.«

»Aber auf welche Weise soll diese Bemächtigung vorgenommen werden?«

»Nur keine Gewaltmaßregeln, liebe Schwestern!«

»Nein; die Liebe allein soll siegen. Wir laden ihn zu einem Spaziergange ein.«

»Nicht interessant genug,« erklärte Freya. »Wir lassen satteln, liebe Wanka.«

»Satteln?« rief die dicke Zilla. »Ausreiten wollt Ihr? Bewahre! Ihr wißt ja, daß ich nicht reite. Uebrigens könnt Ihr dem Grafen ja gar nicht zumuthen, nach einer Reise, wo er der Ruhe bedarf, sogleich wieder zu reiten.«

»Das ist wahr! Aber wie bemächtigen wir uns denn sonst noch seiner?«

»Ich weiß es!« erklärte Zilla.

»Nun?«

»Wir laden ihn zur Chokolade.«

»Richtig! Auf diesen Gedanken konnten wir ja sofort gleich kommen!«

»Aber wer bringt ihm die Einladung?«

»Ich!«

»Nein, ich!«

»Ich!« meinte Zilla. »Der Gedanke ist von mir, folglich habe ich den Vorzug vor Euch.«

Freya handelte diplomatisch:

»Schickt es sich überhaupt, daß wir die Einladung selbst überbringen?«

»Eigentlich nicht!«

»Unverheirathete Damen! Denkt Euch! Man müßte doch auf sein Zimmer gehen!«

»Allerdings. Das geht nicht. Das Mädchen mag es besorgen.«

»Von einem Dienstmädchen eingeladen werden? Könnte ihn dies nicht beleidigen?«

»Wahrhaftig! Aber wie denn anders? Wir nicht und das Mädchen auch nicht.«

»Ich hab's!« meinte Zilla.

»Was?«

»Wir sagen es Kurt, der mag ihn mitbringen.«

»Richtig. Laßt uns sofort zu Kurt schicken!«

Nach einigen Minuten stand dieser im Salon vor den Schwestern. Freya bemächtigte sich des Wortes:

»Lieber Kurt, willst Du uns wohl einen Gefallen thun?«

»Jeden, liebe Tante.«

»Ich glaube, daß wir Drei Deinen Freund recht sehr beleidigt haben.«

»Ah? Wodurch?«

»Wanka hat ihn jedenfalls ein wenig zu finster angesehen.«

»Habe nichts davon bemerkt.«

»Ich selbst habe meine Stellung vielleicht etwas zu stolz gehalten.«

»Habe nichts bemerkt.«

»Und Zilla hat gar auf Dich gesehen, während er sie so höflich begrüßte.«

»Nichts bemerkt.«

»Aus dem Allen geht hervor, daß wir ihm eine Satisfaktion zu geben haben.«

»Ah, schön! Aber welche?«

»Wir müssen uns seiner bemächtigen – –«

»Vortrefflich!«

»Um allen Groll und alle Feindseligkeit aus seinem Herzen zu verscheuchen.«

»Welch gute liebe Tanten ich habe!«

»Ja, das soll auch der Graf erfahren. Du sollst ihn in unserem Namen einladen.«

»Wozu?«

»Zu einer Tasse Chokolade.«

»Wo und wenn?«

»In unserem Damensalon, und zwar jetzt gleich. Die Chokolade muß fertig sein.«

»Ich werde ihn Euch sofort schicken.«

»Schicken? Und Du?«

»Es war bisher ja nur von ihm die Rede!«

»Du kommst natürlich mit; es würde ja auffällig sein ihn allein zu laden.«

»So komme ich also mit. Ich eile, liebe Tanten, und werde ihn sogleich bringen.«

Er hielt sein Wort mit solcher Geschwindigkeit, daß die beiden Kadetten den Damensalon betraten, noch ehe das Service aufgetragen war. Freya hatte ihr Kätzchen auf die Chaise-longue gelegt, um die Chokolade mit eigener Hand zu besorgen. Mylungen war so aufmerksam es zu streicheln.

»Sie lieben die Katzen?« frug Zilla in ihrem freundlichsten Tone.

»Ja, wenn sie eine gute Erziehung genossen haben, gnädiges Fräulein.«

»Und wohl auch die Hunde?«

»Ein Seemann hat weder Zeit noch Raum für diese Thiere.«

»So begegnen wir uns in unserer Aversion gegen diese rüden Thiere. Sehen Sie dagegen meine Mimi! Wie nett, wie sauber, wie niedlich und zärtlich.«

»Einer solchen Herrin gegenüber möchte man zärtlich werden, auch ohne ein Eichkätzchen zu sein.«

Dies war gewiß die erste Galanterie des jungen Mannes einer solchen Dame gegenüber. Kaum waren ihm die Worte entfahren, so fühlte er auch, wie dumm er gesprochen habe. Glücklicher Weise aber wurde sein Kompliment im höchsten Grade gnädig aufgenommen; denn Zilla nickte ihm freundlich zu und Wanka beeilte sich, womöglich auch eine solche Höflichkeit gesagt zu erhalten. Sie reckte ihm ihr Meerschweinchen über die Tafel hinüber entgegen.

»Nehmen Sie einmal dieses Thierchen in die Hand, lieber Graf!«

Er griff zu.

»Wie weich!«

»Sehr!« stimmte er bei.

»Und bescheiden!«

»Sehr!«

»Anspruchslos!«

»Sehr!«

»Demüthig.«

»Sehr!«

»Bitte, streicheln Sie es einmal! Wie elektrisch es einen dabei durchzuckt.«

»Höchst elektro-magnetisch!«

»Diesem Thierchen gehört eigentlich Ihre höchste Sympathie!«

»Ganz natürlich.«

»Sie sind Seemann – –«

»Erst Kadett, meine Gnädige.«

»Wenn auch. Aber Sie geben zu, daß zwischen einem Seemanne und einem Meerschweinchen stets ein zärtliches Verhältniß obwalten sollte. See und Meer ist doch ganz ein und dasselbe.«

»Versteht sich! Daher liebe ich diese Thiere auch ganz außerordentlich.«

»Wirklich, mein lieber Graf?«

»Ja, und noch mehr: Ich habe diese Thierchen sogar eingehend studirt. Der Zoolog nennt sie Cavia oder auch Anoema nach dem großen Cuvier. Es gibt mehrere Untergattungen, nämlich Cavia cobaya oder Cavia porcellus, Cavia aperea und Cavia rupestris.«

»Hörst Du, Zilla, der Graf liebt die Meerschweinchen und nennt sie sogar griechisch und hebräisch. Zu welcher Gattung gehört denn dieses hier, mein lieber Herr?«

»Ihr Name ist Wanka, mein gnädiges Fräulein?«

»Ja.«

»So würde ich, wenn ich Naturforscher wäre, diese Gattung Cavia Wankalis nennen oder Cavia Cupida, das heißt nämlich Liebesschweinchen.«

»Liebesschweinchen, Cavia Cupida! Ja, Cupido war ja der Gott der Liebe. Hörst Du, Zilla, welche Sorte von Schweinchen ich habe. Graf, behalten Sie es immerhin auf Ihrem Schooße. Ich gebe es sonst niemals aus der Hand, Ihnen aber will ich es gern anvertrauen.«

Jetzt kehrte Freya aus der Küche zurück. Ihr folgte die Zofe, welche die Chokolade trug. Es wurden die Tassen gefüllt und Biskuits herumgereicht.

»Graf, trinken Sie überhaupt Chokolade?« frug Freya. »Die Herren lieben gewöhnlich die Süßigkeiten nicht.«

»Ich trinke sogar den Wein nicht so gern wie die Chokolade, mein Fräulein.«

»Sagen Sie das nicht aus Höflichkeit?«

»Nein; das werde ich Ihnen beweisen, indem ich die Tasse zuerst ergreife.«

Er nahm die Tasse, brachte sie an die Lippen und that einen Schluck, zog sie aber sogleich mit einem sehr erstaunten Gesichte vom Munde wieder fort.

»Was ist Ihnen, Graf? Schmeckt die Chokolade nicht?«

»Im Gegentheile, ganz vorzüglich; aber sie ist denn doch etwas zu heiß.«

Da tauchte Freya ihr Biskuit ein und führte es zum Munde. Beim ersten Biß zog sie die Zähne auseinander, als hätte sie in eine Kreuzspinne gebissen.

»Was ist das mit den Biskuits? Wanka, Zilla, versucht sie doch einmal!«

Die Beiden tauchten ein und kosteten.

»Abscheulich! Was hat da der Bäcker hineingebacken?«

Kurt, der auch hatte trinken wollen, lächelte höchst vergnügt und stieß den Grafen an.

»Tantchen, das ist nicht das Biskuit, sondern die Chokolade. Kostet sie doch einmal!«

In höchster Eile fuhren die Tassen an die verschiedenen Lippen.

»Brrr!« machte Freya.

»Fi!« kreischte Wanka.

»Abscheulich!« rief Zilla.

»Was ist das für ein Geschmack?« frug Freya. »Gerade wie Theer!«

»Nein, gerade wie scharfe Seife!« entgegnete Wanka.

»Nein,« entschied Zilla, »gerade wie – wie – wie – –«

»Tabak!« fiel Kurt ein.

»Ja, wie Tabak!« stimmte das Damenterzett bei.

Es wurde gekostet und wieder gekostet, und das Resultat blieb, daß sich Tabak in der Chokolade befinde. Aber wie war derselbe hineingekommen? Die drei Schwestern befanden sich dem Grafen gegenüber in einer schauderhaften Verlegenheit und riefen die Köchin herbei, mit welcher allsogleich ein sehr strenges Verhör angestellt wurde. Dieses letztere blieb leider ohne Erfolg, bis Freya den Inhalt der Kanne untersuchte und eine Chokoladenhaut hervorzog, welche man als Papier erkannte. Es war von Holzstoff gefertigt und hatte also der Flüssigkeit leidlich widerstanden.

Die beiden Kadetten belustigten sich über das Vorkommniß und beruhigten die Damen.

»Laß mich das Papier näher untersuchen,« meinte Kurt. »Vielleicht entdecke ich etwas, was mich auf die Fährte bringt, liebe Tante.«

Er legte das Corpus delicti auf einen Teller und wandte es herum und hinum.

»Diese Sorte Papier und diese Form kenne ich sehr genau. Wenn die Flüssigkeit die Schrift nicht ausgesogen hätte, könnten wir hier ganz sicher lesen: »Aechter reiner Portorikoschnitt.« Und wer solchen hat, das wissen wir Alle.«

»Wer?« frug Freya.

»Kunz.«

»Der, ja der ist es gewesen. Kein Anderer hätte so etwas gethan. Anna – – ah, jetzt fällt mir ein – wie steht es mit den Pfeifen?«

»Sie sind umgewechselt,« antwortete das Mädchen.

»Ob er etwas bemerkt hat?«

»Nicht das mindeste.«

»So ist es nicht Rache, sondern die reinste Gottlosigkeit, uns Tabak in die Chokolade zu thun, während wir so liebe Gäste bei uns haben. Hole den Menschen gleich herbei, Anna!«

Das Mädchen entfernte sich und brachte nach wenigen Augenblicken Kunz getrieben. Dieser trat mit der unbefangensten Miene ein, nachdem er den Lieblingshund Hektor, welcher mit herein wollte, zurückgewiesen hatte. Freya stand wie eine Rachegöttin vor ihm. Mit gebieterischer Miene reichte sie ihm die gefüllte Tasse hin.

»Trinke Er das hier einmal!«

»Was ist es denn?«

»Chokolade.«

»Schön! Prosit!«

Er führte die Tasse zum Munde und that einen tüchtigen Schluck aus derselben.

»Schmeckt es?«

»Sehr gut, gnädiges Fräulein. Verstanden?«

»Und Er merkt nichts?«

»Was soll ich merken? Hat die Chokolade einen Fehler?«

»Und was für einen! Koste Er noch einmal!«

Er that einen zweiten Zug und schüttelte dann mit dem Kopfe.

»Bin kein großer Feinschmecker. Es wird wohl zu viel Zucker daran sein.«

»Zu viel Zucker? Mein Gott, hat dieser Mann eine Zunge! Er schmeckt wirklich nichts?«

»O ja.«

»Was denn?«

»Die Chokolade. Verstanden?«

»Aber es ist noch etwas Anderes daran!«

»Was denn?«

»Tabak!«

»Tabak? Hm! Sonderbare Leute! Tabak an die Chokolade! Das ist doch gerade so ein Unsinn, als wenn ich Chokolade an meinen Tabak thun wollte!«

»Was raucht Er denn für eine Sorte?«

»Rollenknaster mit ein wenig Portoriko. Verstanden?«

»Und wie bekommt Er den Portoriko?«

»In Päckchen.«

»Von Papier?«

»Von Papier.«

»Wohl in solchem Papiere, he?«

Sie hob das Corpus delicti empor und hielt es ihm vor die Nase.

»Hm, ja, in solchem Papier, nur daß es da nicht von Chokolade trieft. Verstanden?«

»Und warum trieft es jetzt, he? Kann Er mir das wohl sagen?«

»Ich denke.«

»Nun?«

»Weil es voll Chokolade ist.«

»Und warum ist es voll? Wer hat es in die Chokolade geworfen, he?«

»Nun, wer denn?«

»Er! Kein anderer als Er!«

»Ich! Wie käme ich dazu?«

»Aus Schlechtigkeit!«

»Ich? Wunderbar! Ich denke, Sie haben den Tabak an die Chokolade gemacht, damit sie nach ihm schmecken soll, und nun wirft man mir mit Schlechtigkeiten in das Gesicht!«

»Ja, schlecht ist Er und boshaft dazu! Er raucht Portoriko, Portoriko ist in der Chokolade, folglich hat Er sie hineingeworfen. Ich werde mit dem General darüber reden.«

»Thun Sie das, mein gnädiges Fräulein. Verstanden? Der Herr General weiß ganz genau, daß ich eine alte gute Seele bin, die kein Wässerchen trübt.«

»Kein Wässerchen? Nein, aber die Chokolade trübt Er, und noch dazu heut!«

»Hören Sie, Fräulein, wenn Sie vernünftig mit mir sprächen, könnte ich Ihnen vielleicht den Thäter bezeichnen. Ich habe ihn gleich nach vollbrachter That entdeckt.«

»Nun, wer ist es?«

»Die That ist jedenfalls nur geschehen, um mich in ein schlimmes Licht zu stellen.«

»Wer ist der Thäter?«

»Ich weiß es noch nicht, aber ich habe ein Zeichen, an welchem man ihn leicht erkennen kann.«

»Erkläre Er sich deutlicher!«

»Als ich heute für Exzellenz die Pfeifen stopfte, schüttete ich mir den Portoriko für mich in die Büchse. Als ich nach einiger Zeit in die Stube zurückkehrte, war der Portoriko mit sammt dem Papiere fort, und jetzt finde ich es hier wieder.«

»Ausrede!«

»Ausrede? Das ist keine Ausrede, sondern die reine Wahrheit. Verstanden?«

»Lüge ist es!«

»Ich kann es beweisen!«

»Nun, so thue Er es!«

»Ich untersuchte die Büchse, aus welcher der Tabak gestohlen war, ganz genau und fand diesen Ring, den sich der Dieb abgestreift hatte, ohne es zu bemerken.«

»Zeige Er her!«

»Den behalte ich als Beweismittel, wenn ich den Diebstahl beim Herrn General melde. Verstanden? Aber ansehen können Sie ihn. Hier ist er, meine Damen! Wem gehört er?«

Er hielt ihn so, daß ihn Alle sehen konnten.

»Er gehört Anna!« meinte Freya sogleich.

Das Mädchen gerieth in die ärgste Verlegenheit. Kunz trat auf sie zu.

»Der Ring gehört wirklich Ihr?« frug er.

»Ja.«

»Wie kömmt er in meinen Tabak?«

»Das weiß ich nicht.«

»Sie war in meiner Stube?«

»Nein.«

»Lüge Sie nicht! Daß ich eine alte gute Seele bin, will ich Ihr beweisen, indem ich Ihr den Ring wieder gebe. Hier ist er. Ich werde dem Herrn General keine weitere Mittheilung machen und hoffe, daß Sie sich nicht zu ähnlichen Thorheiten verführen läßt; denn von wem das Ding ausgeht, das weiß ich recht gut. Wer mir eine Tabakssuppe einbrocken will, der kann leicht eine Tabakschokolade zu trinken bekommen. Verstanden? Abgemacht nun, und damit Sie sich nicht weiter vermaulirt, will ich Ihr ein Pflaster vor das Schlabberwerk legen. Komm Sie her, mein liebes Tabaksännchen!«

Er fuhr mit dem Papiere in die Chokolade und klebte es ihr vor den Mund. Das sah so possirlich aus, daß die beiden Kadetten in ein schallendes Gelächter ausbrachen. Das Mädchen floh vor Scham zur Thüre hinaus, und diesen Augenblick benutzte Hektor, um herein zu gelangen. Mit einem langen Satze fuhr er auf die Chaise-longue, wo Bibi der süßen Ruhe pflegte. Das Kätzchen sah den Feind erscheinen und sprang Zilla in die Frisur. Der Hund wollte auch empor, wodurch Mimi im höchsten Grade gefährdet wurde. Die Dicke retirirte also mit solchem Nachdrucke, daß sie rückwärts wie ein Sturmbock an den Tisch rannte und diesen mit Allem, was darauf stand, zum Falle brachte. Sie selbst kam in das Wanken und wollte sich an Wanka halten. Beide stürzten und zogen auch die jammernde Freya mit nieder. Es war ein fürchterlicher Augenblick, ein Anblick, welchen Niemand beschreiben konnte, weil, als sich die Schwestern endlich aus den Geschirrtrümmern aufgerichtet hatten, kein weiterer Mensch mehr im Salon zu sehen war. Kunz und die beiden Kadetten hatten die Unglücksstätte sofort verlassen. –

Ungefähr vierzehn Tage später wanderte ein junger Mann rüstig auf der Straße dahin, welche nach Himmelstein in Süderland führte. Er trug die enge kleidsame Tracht der Bewohner jener Gegend, schien aber doch nicht ganz in dieselbe eingewohnt zu sein.

Er mochte sich nicht mehr weit vom Städtchen Himmelstein befinden, als er an ein an der Straße liegendes Wirthshaus gelangte. Er beschloß, hier einzukehren und ein Bier zu trinken.

Er grüßte freundlich, als er eingetreten war, und wunderte sich daher über den mürrischen argwöhnischen Blick, den ihm der Wirth zuwarf. Auch einige anwesende Gäste betrachteten ihn mit finstern Mienen, so daß es ihm beinahe unheimlich zu werden begann.

»Wie weit ist es noch bis Himmelstein?« frug er den Wirth, als dieser ihm das Bier auf den Tisch stellte.

»So weit wie von Himmelstein bis hier,« lautete die Antwort.

»Richtig; aber Sie könnten mir doch wohl eine gewisse Zeit angeben!«

»Narren Sie wen Sie wollen, nur mich nicht!«

»Narren? Fällt mir gar nicht ein. Ich bin hier fremd und will nach Himmelstein. Und weil ich nicht weiß, wie lange ich noch zu gehen habe, frage ich Sie. Ist das genarrt?«

»Sie fremd?« Er lachte. »Fragen Sie diese Leute, die kennen Sie wohl auch?«

Der Jüngling wandte sich verwundert zu den Andern:
»Sie wollten mich wirklich kennen?«

Die Leute würdigten ihn gar keiner Antwort; Einer jedoch erhob sich von seinem Sitze und trat näher. Er hatte einen Stelzfuß und im Gesichte fehlte ihm die Nase.

»Hm,« brummte er, den Fremden betrachtend. »Wirth, Du hast da wohl einen Bock geschossen!«

»Ich? Warum?«

»Dieser junge Herr ist gar nicht Der, für den Ihr ihn haltet.«

»Nicht?« frug der Wirth erstaunt.

Er trat näher und betrachtete den Fremden genauer.

»Richtig! Aber so eine Aehnlichkeit ist mir doch noch niemals vorgekommen.«

»Mir auch nicht, denn in wie fern denn und in wie so denn, es hat noch gar keine solche Aehnlichkeit gegeben. Aber die Sprache machte mich aufmerksam. Dieser junge Herr spricht wie ein Norländer, und diesen Dialekt kenne ich genau. Und nun, paß auf, Wirth! Dieser junge Herr hat kein Mal auf der Stirn, ist stärker gebaut und hat auch bessere Zähne als der Geißler, den Du meinst.«

»Hast recht, Alter; nun sehe ich es selbst. Aber, wie gesagt, ich habe nicht gedacht, daß zwei Menschen sich in dieser Weise ähnlich sein können.«

»Wer ist es, dem ich so ähnlich sehe?« frug der Fremde.

»Dem Neffen des Schloßvogtes auf Burg Himmelstein.«

»So! Dieser Mann scheint nicht sehr beliebt zu sein.«

»Woher wissen Sie das?«

»Aus der Art und Weise, wie Sie mich behandelt haben.«

»Verzeihen Sie mir. Geißler wird von Jedermann gemieden, und ich hielt Sie wirklich für ihn.«

»Nun werden Sie mir wohl auch sagen, wie weit ich noch bis Himmelstein habe.«

»Eine gute halbe Stunde.«

»Die Burg gehört dem Prinzen Hugo?«

»Ja.«

»Ist er anwesend?«

»Nein, doch ist es möglich, daß er bald kommt. Nächster Tage ist eine große Wallfahrt mit Messe, und da pflegt er hier zu sein, um – –«

»Um – – –?«

»Um sich einen Spaß zu machen.«

»Diese Messe ist berühmt. Ich komme ihretwegen nach Himmelstein.«

»Sie wollen sie mitmachen?«

»Ja.«

»Dann sorgen Sie nur ja für ein Logis, denn es werden so viele Leute kommen, daß es schließlich kein Unterkommen mehr geben wird. Haben Sie es bereits auf einen Gasthof abgesehen?«

»Nein.«

»So bleiben Sie doch bei mir! Sie finden hier Alles, was Sie brauchen werden!«

»Danke! Ich habe mich deshalb nach keinem Gasthofe umgesehen, weil ich vielleicht einen Privatmann finde, der mich für die Zeit der Wallfahrt bei sich behält.«

»So haben Sie Verwandte hier?«

»Nein.«

»Hm. Sie sind Norländer?«

»Ja.«

»Also gar nicht katholisch?«

»Nein.«

»So dürfen Sie sich in Acht nehmen. Der Katholik hier bei uns zu Lande sieht es nicht gern, wenn Protestanten bei seinen Wallfahrten erscheinen. Es gibt dann oft Spektakel.«

»Fürchte mich nicht!«

»Oho! Was sind Sie denn?«

»Noch gar nichts.«

»Das ist verteufelt wenig. Aber irgend etwas müssen Sie doch in Aussicht haben?«

»Seemann.«

»Aha, Matrose! Sind zu fein dazu! Was sind denn eigentlich Ihre Eltern?«

»General.«

»General? Donnerwetter, das ist etwas Anderes. Wie heißt denn Ihr Herr Vater?«

»Helbig.«

»Der damals unsere Hauptstadt erobert hat?«

»Ja.«

»O, da müssen Sie erst recht hier bleiben, denn ich lasse Sie nun gar nicht fort.«

»Warum?«

»Weil wir unsere Konstitution und also unsere neuen Gesetze dem Kriege damals zu verdanken haben. Norland hat unsern König gezwungen uns bessere Gesetze zu geben als wir vorher hatten. Und daran hatte General Helbig auch sein gutes Theil.«

Da trat der mit dem Stelzfuße wieder näher.

»Wirst ihn aber doch nicht behalten dürfen, Wirth.«

»Warum nicht?«

»In wie fern denn und in wie so denn? Nun, weil ich ihn mit fortnehme.«

»Du?«

»Ja, ich. Wollen wir wetten?«

»Aha, Dein Herr ist ja auch ein Norländer.«

»Und ich auch.«

Er wandte sich zu Kurt:

»Wenn der General von Helbig Ihr Vater ist, so heißen Sie eigentlich Schubert?«

»Ja,« antwortete der Jüngling erstaunt. »Woher wissen Sie das?«

»Von dem Herrn Pastor Walther.«

»Meinem früheren Hauslehrer?«

»Ja.«

»Wie kamen Sie mit dem zusammen?«

»Bei meinem Herrn, dem Höllenmüller.«

»Ah, da sind Sie wohl der Brendel?«

»Der bin ich. Sie kennen mich?«

»Vom Herrn Pastor Walther. Ich stehe im Begriffe, nach der Mühle zu gehen.«

»So gehen Sie mit mir. Sie werden willkommen sein. Die beiden Pferde draußen gehören uns. Sie können also bis zur Mühle reiten. Von woher kommen Sie heute?«

»Von Tornegg. Ich mache eine Ferienreise zu Fuße, war einige Zeit bei einem Freunde und will nun nach Himmelstein, um den Müller zu besuchen und die Prozession mit anzusehen. Sie soll wohl die berühmteste in ganz Süderland sein.«

»Das ist sie. Sagen Sie, wenn Sie aufbrechen wollen. Dann trinke ich aus.«

»Also ich darf mich sogar aufsetzen?«

»Ja. Der Müller hat die beiden Gäule eingehandelt, und ich mußte sie holen.«

»Welchen überlassen Sie mir?«

»Welchen Sie wollen.«

»Auf welchem sind Sie geritten?«

»Ich laufe.«

»Warum? Zwei ledige Pferde und laufen, das fällt Niemanden ein zu thun.«

»Aber mir. Ich reite nie.«

»Ihres Beines wegen?«

»Nein. Meines Gelübdes wegen.«

»Sie haben ein Gelübde gethan, daß Sie niemals reiten wollen?«

»Ja.«

»Warum denn?«

»In wie fern denn und in wie so denn? Ja, das ist eine verfluchte Geschichte!«

»Darf man sie nicht hören?«

»Warum nicht! Soll ich sie Ihnen vielleicht erzählen?«

»Ich ersuche Sie darum.«

»Gut,« meinte Brendel, der ganz glücklich war, seine Erzählung wieder einmal an den Mann zu bringen. »Das war nämlich damals, als ich als Knappe in der Sonntagsmühle in Arbeit stand. Da kommt eines schönen Tages ein Roßkamm und bietet uns ein Pferd an.«

»Was für eines?«

»Einen Apfelschimmel, der aber keine Apfeln mehr hatte, denn in wie fern denn und in wie so denn, er hatte sie vor Alter schon längst wieder verloren. Das Viehzeug war nicht sehr hoch, aber kräftig gebaut und sehr gut erhalten, weil es in vortrefflicher Pflege gestanden hatte. Es trug das Militärzeichen und hatte bei den Husaren gedient. Dann hatte es ein Pferdeverleiher gekauft, und weil es gar so ein frommes und geduldiges Pferd gewesen war und einen Trompeter getragen hatte, kam es sogar zuweilen in das Theater, denn in wie so denn und in wie fern denn, es gibt doch Stücke, in denen ein Schauspieler zuweilen auf einem wirklichen lebendigen Pferde auf der Bühne erscheinen muß.«

»Ich kenne solche Stücke.«

»Na sehen Sie, junger Herr. Da wird dann allemal die hintere Treppe so vorgerichtet, daß das Pferd leicht in das Theater kann und gleich auf die Bühne kommt. Nachher war der Apfelschimmel älter geworden, und der Pferdeverleiher hatte ihn an den Roßkamm verhandelt, von dem wir ihn auch wirklich kauften.«

»War er denn noch zu gebrauchen?«

»Ja. Ein Bischen maulhart war er, denn in wie fern denn und in wie so denn, es geht den Pferden wie den Menschen; je älter man wird, desto mehr hört das zarte Gefühl im Maule auf, und wenn der Schimmel dann einmal den Rappel bekam, dann mußte man ihn gehen lassen, weil er dann partout nicht zu lenken war.«

»Sie haben ihn wohl nicht geritten?«

»O sehr oft.«

»Aber ich denke, daß Sie nie reiten!«

»Damals hatte ich doch mein Gelübde noch gar nicht gethan.«

»Ach so. Fahren Sie fort.«

»Eines schönen Nachmittages mußte ich in die Stadt. Ich setzte mich auf den Apfelschimmel, ritt fort und kam auch wohlbehalten dort an. Ich hatte aber ungewöhnlich viel zu besorgen und konnte daher erst spät an die Rückkehr denken.«

»Ist auch hübsch ausgefallen!« lachte der Wirth, der die Geschichte bereits kannte.

»Halte das Maul! Oder willst Du das Dings an meiner Stelle erzählen?«

»Fällt mir nicht ein. Erzähle nur weiter!«

»Ich mußte über den Theaterplatz, den mein Schimmel sehr gut kannte. Unglücklicher Weise nun wurde ein Stück gegeben, von dem ich noch niemals etwas gehört hatte, das ich mir aber nachher angesehen und genau gemerkt habe, denn in wie fern denn und in wie so denn, es hat mich in das Malheur gebracht und ist Schuld an dem Gelübde, welches ich gethan habe und auch halten werde, so lange ich lebe.«

»Was ist es für ein Stück?«

»Es kommt eine Stumme darin vor.«

»Ah, die Stumme von Portici!«

»Ja, so heißt das Stück, und es spielt von einem Kerl, der ein Fischer ist und Masaniello heißt, eine große Rebellion macht und mit einem lebendigen Pferde auf die Bühne geritten kommt. Dazu war früher mein Schimmel gebraucht worden, und er kannte nicht nur das Stück und die Musik ganz genau, sondern ebenso auch den Weg von dem Theaterplatze die Treppe hinauf bis hinter die Koulissen.«

»Aha, ich errathe!«

»Ja, nun kommt es, das Malheur! Also, ich reite über den Theaterplatz; da fangen auf einmal drinnen die Pauken, Trommeln, Trompeten und Klarinetten an, und es beginnt eine Musik, die meinem Schimmel bekannt vorkommen muß, denn in wie fern denn und in wie so denn, er spitzt die Ohren, fängt an zu schnauben, steigt in die Höhe und schüttelt ganz

bedenklich mit dem Kopfe. Wieder wirbelt, paukt und donnert es drinnen los, und das Volk von Neapel singt die Worte,
die ich nachher auswendig gelernt habe, weil sie schuld an
meinem ganzen Peche sind. Sie heißen:

>>Geehrt gepriesen
Sei der Held, den Ruhm bekränzt!
Frieden gab uns der Sieger,
Von Edelmuth umglänzt!<<

Es war gerade, als ob der Schimmel diese Worte auch
auswendig gelernt hätte. Er hatte oft da oben gestanden als
>>Held und Sieger<<, von >>Edelmuth und Ruhm umglänzt<<,
und nun ging es los, nun gab es kein Halten mehr. Ich konnte
schreien und fluchen, schimpfen und rufen, ziehen und zerren, mit den Händen und den Füßen strampeln und stampfen
wie ich wollte, es half nichts, denn in wie fern denn und in wie
so denn, wenn so eine Kreatur einmal infam werden will, so
wird sie infam.<<

>>Wurde es Dir da nicht angst?<< frug der Wirth.

>>Himmelangst, sage ich Dir!<<

>>Ich wäre abgesprungen.<<

>>Das kannst Du gut sagen!<<

>>Oder hätte mich abwerfen lassen.<<

>>Damit ich den Hals gebrochen hätte, nicht wahr! So
dumm war ich schon nicht! In drei Ellen langen Sätzen flog
der Schimmel auf das Theater zu. Ich stand noch im letzten
Lehrjungenjahre, obgleich ich mich vorhin Knappe genannt
habe, und hatte mir, um in der Stadt groß und dicke zu thun,
dem alten Müller seine Meerschaumpfeife wegstibitzt und
seine großen Kanonenstiefel dazu, die mir um die Beine
schlotterten, daß es krachte. Eine weiße Mehlhose, eine weiße
Jacke und eine weiße Zipfelmütze, so saß ich auf dem weißen
Gaule. Dieser kannte seinen Weg, wie gesagt, sehr genau. Wie
ein Affe kletterte er an der Treppe empor, die jetzt beinahe
wie eine Brücke aussah. Dann ging es einen engen Gang
hinter, auf dem nur eine einzige Lampe brannte und wo ich
mich auf allen Seiten stieß und quetschte. Nachher wurde es

lichter; ich sah die Koulissen und die strahlende Bühne. Dort war ein großer Haufe Volks versammelt; Masaniello wurde auf seinem Schimmel vorgeführt, der jetzt kein Apfelschimmel mehr, sondern ein Fliegenschimmel war, und der Triumphzug sollte beginnen. O weh!«

»Jetzt, hopp Dich!« fiel der Wirth ein.

»Freilich! Ich hatte mein Viehzeug nicht anhalten können, weil es ja hartmäulig war. Mit der Linken mußte ich die Meerschaumpfeife festhalten, und mit der Rechten hatte ich mich an das Pferd angeklammert, daß es nicht parterre mit mir gehen sollte. Da fängt drinnen der Chor der Rache nach derselben Melodie wie vorhin zu singen an. Auch diese Worte habe ich mir gemerkt. Sie heißen:

»Noch heute soll der Stolze büßen,
Ich schwörs, obgleich ihn Ruhm bekränzt!
Der feindliche Stahl trifft den Sieger,
Wenn auch Hoheit ihn umglänzt!«

In diesem Augenblicke macht mein Schimmel einen Riesensprung, den man eine Lançade nennt, und im nächsten Momente fliege ich mit ihm mitten in das Volk von Neapel hinein; meine Meerschaumpfeife klatscht dem Rebellen Masaniello in das Gesicht, mein rechter Stiefel wirbelt links und mein linker Stiefel wirbelt rechts von dem Beine herunter, der eine unter die Musikanten und der andere gar unter die Zuschauer hinein, denn in wie fern denn und in wie so denn, sie waren mir ja viel zu groß und weit. Nun geht ein Strampeln und Krampolen los; der Fliegenschimmel beißt nach dem Apfelschimmel, und der Apfelschimmel schlägt nach dem Fliegenschimmel, es wird ein Heidenspektakel, ein Mordskandal; das ganze Volk von Neapel mit sammt dem Chor der Rache stürzt über mich her und reißt mich vom Pferde herunter; der Vorhang fällt dem geehrten Publikum vor der Nase zu, und ich werde von sechzig Fäusten durchgeprügelt, daß mir die Schwarte knackt, und als ich wieder zur Besinnung komme, liege ich zerschunden und zerschlagen draussen vor dem Theater; die Kanonenstiefeln krümmen sich vor mir,

als ob sie Kolik und Leibschmerzen hätten; die Meerschaumpfeife hatten sie mir in die Zipfelmütze gewickelt, aber die
Spitze, der Kopf und die Stiefel waren nicht aufzufinden
gewesen; rechts vor mir steht der Schimmel und macht ein
Gesicht, als ob er das ganze Chor der Rache verschlungen
habe, und links steht ein Schutzmann, der nur darauf gewartet
hat, daß ich wieder zu Athem komme, um mich dann zu
arretiren.«

»Und er hat Sie auch wirklich mitgenommen?« frug Kurt
lachend.

»Natürlich; auch mit sammt dem ganzen Schimmel! Ich
mußte mit auf die Polizeiwache und bekam einen fürchterlichen Verweis, aus dem sich der Schimmel gar nichts, ich mir
aber sehr viel machte. Dann trollten wir Beide von dannen.«

»Nach Hause?«

»Ja. Draußen vor der Stadt hielten wir an; ich reckte alle
zehn Finger, die Kanonenstiefel und die Zipfelmütze mit dem
übrig gebliebenen Pfeifenrohre zu den Sternen empor und
that den grimmigen Schwur, in meinem ganzen Leben niemals
wieder eine solche Bestie zu besteigen, denn in wie fern denn
und in wie so denn, ich hatte mit diesem einen Male mehr als
genug.«

»Und Sie haben Ihren Schwur stets gehalten?«

»Stets.«

»Wenn Sie nun gesund gewesen und zum Militär gekommen wären?«

»Ich war ja gesund und kam dazu. Das Bein und die Nase
verlor ich erst später.«

»Ach so! Wenn man Sie unter die Kavallerie gesteckt hätte,
wären Sie jedenfalls gezwungen gewesen, Ihren Schwur zu
brechen.«

»Fällt mir nicht ein!«

»Und doch!«

»Ich kam ja zur Kavallerie und zwar zu den Husaren.«

»Und Sie ritten nicht?«

»Nein. Ich erzählte dem Rittmeister meine Geschichte; aber
mein Gelübde sollte nichts gelten. Das war eine schlimme

Zeit, die ich niemals vergessen werde. Ich war nicht auf das Pferd zu bringen, und schafften sie mich je einmal gewaltsam links hinauf, so rutschte ich sicher sofort auf der rechten Seite wieder hinunter. Dem Pferde ging es dabei ganz gut, mir aber desto schlimmer, denn in wie fern denn und in wie so denn, mein Rücken sah stets himmelblau und im Arrestlokale hatte ich mein immerwährendes Standquartier nebst Wasser mit trockenem Kommisbrode.«

»Das konnte doch nicht immer so fortgehen!«

»Es ging auch nicht so fort. Als man sah, daß mit meinem Gelübde nicht zu spassen sei, wurde ich endlich doch noch zur Infanterie versetzt.«

»Und wie ging es dort?«

»Im Frieden sehr gut, denn ich begriff nicht schwer und that meine Schuldigkeit.«

»Aber im Kriege?«

»That ich meine Schuldigkeit auch. In der Bibel steht: Du sollst nicht tödten, und wer Menschenblut vergießt, deß Blut soll wieder durch Menschen vergossen werden. Der Bibel habe ich gehorcht und habe also meine Schuldigkeit gethan. Warum soll ich einen Menschen erschießen, den ich gar nicht kenne, oder einem Andern das Bajonnet durch den Leib rennen, obgleich er mir noch nie etwas zu Leide gethan hat? Als daher die Kanonen zu brummen anfingen und ich auch mit schießen, hauen und stechen sollte, da that ich, als sei ich von einer Kugel getroffen worden, und ließ mich in einen trockenen Graben fallen. Ich dachte, hier wäre ich sicher; aber prosit die Mahlzeit! Die Kavallerie kam herangesaust; es waren Kürassiere, und das Pferd eines Wachtmeisters trat mir auf das Knie, habs der Teufel, nämlich das Pferd und nicht das Knie, obgleich er es auch geholt hat. Die Unsrigen wurden zurückgeworfen, und als ich mich auch davonmachen wollte, fielen ein paar feindliche Hallunken über mich her, um mich gefangen zu nehmen. Ich sollte mit und wollte nicht und wehrte mich also meiner Haut. Der Eine holte mit dem Säbel aus, und weil ich mich in diesem Augenblicke umdrehte, fuhr mir der Hieb nicht in die Schulter, sondern er blitzte mir an dem Gesichte vorbei und nahm mir die Nase weg. Ich habe sie gar nicht wiedergefunden; obgleich ich die beiden Strolche los wurde. Nachher aber kam mir der Brand in das Knie, und das Bein wurde mir abgeschnitten. Wäre ich ein Krebs, so wäre es mir sammt der Nase wieder gewachsen. Manch Viehzeug hat es besser als der Mensch!«

Kurt bezahlte.

»Wollen wir fort?«

»Ja.«

Sie verließen die Schenke und schritten neben einander her. Brendel frug:

»Sie steigen nicht auf?«

»Nein, da Sie nicht reiten. Wir können uns so besser unterhalten, und ich bin ja nicht müde. Wissen Sie nicht, ob der Herr Pastor Walther Ihrem Herrn zuweilen schreibt?«

»Wir erhalten von ihm in jeder Woche einen Brief.«

»Er war früher Erzieher in Helbigsdorf, wo er jetzt Pastor ist.«

»Das weiß ich. Und die Anna, die könnte jetzt Frau Pastorin sein.«

»Ich habe davon gehört.«

»Hat er selbst zu Ihnen davon gesprochen?«

»Nein. Zu einem Knaben spricht man nicht von solchen Dingen, und seit ich kein Knabe mehr bin, war ich erst einmal daheim in Helbigsdorf. Er soll stets sehr trüb und traurig sein und sich vollständig einsam halten, während er früher das gerade Gegentheil war. Was ist da schuld? Ist die Anna ihm untreu geworden?«

»Wer weiß das?«

»Ich dachte, das müßten Sie doch wissen!«

»Woher denn! Man hat darüber gar nichts erfahren können, denn in wie fern denn und in wie so denn, sie hat auch nicht das kleinste Wörtchen darüber gesprochen.«

»Gegen Sie wohl nicht, jedenfalls aber doch gegen ihre Eltern?«

»Auch nicht.«

»Aber sie muß doch reden?«

»Hm! Kann ich zum Beispiel mit Ihnen reden, mein junger Herr?«

»Ja.«

»Aber kann der Sultan oder der Kaiser von Marokko jetzt mit Ihnen reden?«

»Natürlich nicht.«

»In wie fern denn und in wie so denn?«

»Weil keiner von den Beiden da ist.«

»Richtig! Und aus ganz demselben Grunde hat auch die Anna kein Wort gesprochen.«

»Sie ist nicht auf der Mühle?«

»Nein.«

»Wo denn sonst?«

»Das weiß man nicht.«

»Nicht? Ihre Eltern müssen doch wissen, wo sich ihre Tochter befindet!«

»Nein, sie wissen es nicht. Die Anna ist nämlich ganz spurlos verschwunden.«

»Unmöglich! Ist sie verunglückt, oder hat sie die Mühle heimlich verlassen?«

»Verunglückt kann sie unmöglich sein, denn in wie fern denn und in wie so denn, wenn ihr etwas Menschliches widerfahren wäre, so hätte man eine Spur davon gefunden.«

»Also heimlich davongegangen!«

»Vielleicht, vielleicht auch nicht.«

»Es bleibt doch gar nichts Anderes zu denken übrig!«

»So scheint es. Warum aber sollte die Anna die Mühle heimlich verlassen haben?«

»Vielleicht war sie mit den Eltern in Konflikt gerathen.«

»Konflikt? Dieses Zeug ist in der Höllenmühle niemals zu finden. Im Gegentheile, die Anna hat an ihren Eltern gehangen, wie selten ein anderes Kind.«

»Hatte sie eine heimliche Liebe, die von den Eltern nicht gebilligt worden ist?«

»O nein! Ihre Liebe war sehr öffentlich und wurde von dem Müller und seiner Frau im hohen Grade gebilligt. Der Herr Pastor Walther ist ein Mann, dem ein Jeder seine Tochter zur

Frau geben kann, das werden Sie wohl zugeben, denn Sie kennen ihn ja ganz genau.«

»So begreife ich nicht – –!«

»Wir auch nicht. Das Verschwinden der Anna hat ungemeines Aufsehen erregt, und es ist in jeder Weise nach ihr geforscht worden, aber vergeblich. Der Müller hat sich alle Mühe gegeben, der Herr Pastor, der öfters zum Besuch kam, ebenso, und auch die Polizei hat Alles aufgeboten, um nur einen kleinen Anhalt zu entdecken. Alles umsonst!«

»Sonderbar. Es ist doch kein Fluß in der Nähe, der ihre Leiche hätte fortschwemmen können, wenn sie je darin verunglückt wäre. Nicht wahr, ein Bach treibt die Mühle?«

»Ja. Der schwemmt keine Leiche so weit fort, daß sie nicht wieder gefunden oder rekognoszirt werden könnte. Und Menschenfresser gibt es auch nicht in der Gegend.«

»Was sagt der Müller dazu?«

»Gar nichts mehr. Aber lachen, so wie früher, habe ich ihn nie wieder sehen.«

»Und die Müllerin?«

»Die weint und jammert. Was soll eine Frau in solcher Lage anders thun? Aber da haben wir Himmelstein, sehen Sie? Wie prächtig sich das von hier ausnimmt!«

Sie hatten eine Krümmung des Weges, durch welche Stadt und Burg Himmelstein verdeckt worden war, hinter sich und sahen nun beide vor sich liegen.

»Herrlich!« rief Kurt, den Schritt anhaltend. »Die Burg schaut so weit in das Land hinein, daß ich sie bereits einige Stunden lang vor mir hatte. So aber wie jetzt wurde sie mir noch nicht präsentirt. Ich möchte sie von dieser Stelle aus zeichnen.«

»Dazu haben Sie später noch Zeit, junger Herr. Jetzt wollen wir aber zur Mühle.«

»Wo liegt sie?«

»Da hinter der Stadt.«

»Gehen wir durch die Stadt?«

»Nein. Wir gehen um dieselbe herum, und zwar nach der Schlucht da drüben.«

Die Schlucht war bald erreicht. Ihre wilde Romantik wurde von Kurt bewundert.

»Jetzt begreife ich, warum dieser Ort die Hölle genannt wird. Es ist wirklich schauerlich hier. Ich würde mich gar nicht wundern, wenn ich Teufel oder Dämonen in diesem finstern Gewirre von Felsen und Trümmern herumhuschen sähe.«

»Kommen Sie in der Dämmerung hierher, junger Herr. Dann wird es finster und furchtsam hier, während da droben die Fenster goldig leuchten und die Burg eine Krone von Strahlen trägt. Dann ist es einem wirklich, als ob man aus der Hölle tief unten empor blicke, mitten in die Herrlichkeiten des Himmels hinein. Das ist die richtige Zeit, Burg Himmelstein zu sehen und abzuzeichnen. Wenn es doch auch Himmel wäre da droben!«

»Was ist es sonst?«

»Hm, man darf nicht wohl davon sprechen, denn in wie fern denn und in wie so denn, man ist kein Katholik und muß sich darum in allen Stücken sehr in Acht nehmen. Das werden Sie sehr deutlich bei der Wallfahrt zu sehen bekommen, mein lieber junger Herr.«

»Wo liegt der Wallfahrtsort?«

»Die kleine Kapelle ist es, dort über dem Mönchskloster.«

»Das andere ist ein Nonnenkloster?«

»Ja. Die Väter da drüben und die Mütter hier hüben sollen sehr fromm sein.«

»Das ist ja ihr Beruf!«

»Und sich gegenseitig auf dem schweren Wege zum Himmel hinauf unterstützen.«

»Ah! Sie verkehren mit einander?«

»Es wird sehr viel und sehr sonderbar davon gemunkelt. Es ist wirklich eigenthümlich, daß es Geheimnisse gibt, die man kennt, ohne sie wirklich entdeckt zu haben.«

»Durch die Vermuthung?«

»Vielleicht ist es mehr als Vermuthung.«

»Wer haust jetzt auf der Burg Himmelstein?«

»Der alte Schloßvogt Geißler.«

»Habe von ihm gehört!«

»So? Jedenfalls nicht viel Gutes, nicht wahr, mein liebes, junges Herrchen?«

»Sie errathen es. Es waren nämlich aus dem Zuchthause von Hochberg einige sehr wichtige Gefangene entsprungen, welche glücklicher Weise in Helbigsdorf wieder eingefangen wurden. Bei dieser Flucht soll dieser Geißler betheiligt gewesen sein. Es wurde davon gesprochen, ohne daß man etwas Gewisses herausbekommen hätte.«

»Ich kenne diese Geschichte, denn der Herr Pastor Walther hat sie uns erzählt, als er kurze Zeit darauf hier auf Besuch war. Er war damals noch Ihr Lehrer und sagte, daß Sie die Kerls ganz allein gefangen hätten, obgleich Sie nur ein Knabe waren.«

»Es ist mir leicht genug geworden,« lächelte Kurt.

»Sie mögen daraus ersehen, daß Sie in gutem Ansehen in der Mühle stehen. Uebrigens ist es sonderbar, daß zur Zeit, als jene Flucht stattfand, der Schloßvogt wirklich auf mehrere Tage hier abwesend war. Wir haben das genau gemerkt.«

»Was ist er für ein Mann?«

»Er ist ein strenger finsterer Geselle, dem man Alles zutrauen kann. Wenn der Prinz auf Himmelstein verweilt, was jährlich einige Male geschieht, so gibt es ein Treiben, als ob Geister und Gespenster zwischen der Burg und den Klöstern hin und her flögen. Man darf sich dann da oben gar nicht gern sehen lassen.«

»Zur Wallfahrt kommt er also auch, wie Sie mir vorhin mittheilten?«

»Ganz sicher. Da wimmelt der Berg von fremden Leuten, und die Stadt mit der ganzen Umgegend dazu. Ein Jeder bringt der wunderthätigen Mutter Gottes da oben ein Geschenk und erhält dafür Vergebung seiner Sünden oder Heilung irgend eines Verbrechens, denn in wie fern denn und in wie so denn, die frommen Väter da oben haben auch ihr Ehrgefühl und mögen nichts umsonst haben. Dabei wird ein Jahrmarkt gehalten, und es geht hier zu wie bei dem Thurmbau zu Babel. Erst betet man, und wann das vorüber ist, macht man sich ganz gehörig lustig. Und bei dem letzteren, nämlich bei dem Vergnügen, soll sich der Prinz allemal am meisten betheiligen.«

»Trotz seines hohen Standes?«

»Hoher Stand? Den läßt er auf dem Schlosse. Er soll sich nämlich verkleiden, und dann gibt es immer eine Menge toller Streiche, bei denen ihm sein Leibdiener, der Franz, hilft, mit dem man Sie vorhin in der Schenke so verwechselt hat.«

»Dieser kommt auch mit?«

»Stets.«

»Kommt er auch in die Mühle?«

»Nein, denn dort haben wir ihn ausgemerzt.«

»Hm! Da kommt mir ein eigenthümlicher, ein sehr interessanter Gedanke!«

»Welcher?«

»Sehe ich diesem Franz wirklich so sehr ähnlich?«

»Im höchsten Grade! Wie ein Zwillingsbruder oder gar ein Ei dem andern.«

»Man könnte mich also sehr leicht mit ihm verwechseln?«

»Außerordentlich leicht, besonders wenn Sie den hiesigen Dialekt sprechen wollten.«

»Gut. Dann thun Sie mir doch den Gefallen und sagen Sie Niemandem, daß Jemand auf der Mühle anwesend ist, der dem Diener auf solche Weise ähnlich sieht.«

»Soll richtig besorgt werden, mein lieber junger Herr.«

»Der Wirth und die dortigen Gäste werden wohl nicht darüber sprechen.«

»Vielleicht doch. Würde Ihnen das vielleicht irgend welchen Schaden machen?«

»Möglich. Aber verbieten läßt es sich nicht, das würde erst recht auffallen.«

»Hängt viel davon ab?«

»O nein. Ich habe nur die Absicht, den Prinzen ein wenig zum Narren zu halten, wenn er mich je sehen und mit seinem Diener verwechseln sollte.«

»Dann nehmen Sie sich aber ja in Acht, daß Sie keinen

Schaden davon haben, denn in wie fern denn und in wie so denn, der Prinz ist kein Guter!«

»Kenne ihn schon.«

»Hier ist die Mühle, junger Herr. Und da können Sie gleich eine Probe halten, ob Sie dem Geißler ähnlich sehen oder nicht. Ganz sicher wird man Sie mit ihm verwechseln.«

»Wollen sehen!«

»Ich muß gleich in den Stall. Gehen Sie in die Wohnstube, mein lieber junger Herr.«

Kurt folgte diese Aufmunterung. Er schritt durch den Flur, klopfte an und trat ein.

»Guten Tag!«

Bei diesem einfachen Gruße drehte sich der Müller, welcher am Tische saß, um.

»Guh – – – ah, wer ist denn das? Der saubere Herr Franz! Hinaus mit ihm!«

»Herr Uhlig, ich komme, um Sie – – –«

»Hinaus!«

»Ich komme, um – – –«

»Hinaus!!«

»Ich komme – – –«

»Hinaus!!!«

»Ich – – –«

»Ich – – ich fliege hinaus! Nicht wahr, das wollen Sie sagen. Und das geschieht ja auch.«

Er erhob sich, trat auf Kurt zu und faßte denselben mit seinen Fäusten beim Arme.

»Vorwärts, Bürschchen! Du hast in der Höllenmühle den Teufel zu suchen.«

»Ich suche aber – – –«

»Nun ab! Hinaus!«

Er packte Kurt jetzt am Leibe und wollte ihn zur Thüre hinausstoßen, machte aber ein höchst erstauntes Gesicht, als es ihm nicht gelang, den jungen Menschen, welcher keines seiner Glieder rührte, auch nur einen Zoll weit von der Stelle zu bringen.

»Geben Sie sich keine Mühe, Herr Uhlig,« meinte Kurt

treuherzig. »Wenn ich nicht freiwillig gehe, so bringen Sie mich um kein Haar breit von dem Orte fort, wo ich stehe.«

»Mensch, solche Stärke besitzt Er jetzt? Aber das hilft Ihm nichts; hinaus muß Er doch!«

»Warten Sie zunächst, bis ich Ihnen meine Grüße ausgerichtet habe!«

»Grüße? Ich möchte auch wissen, von wem Er mir diese Grüße zu bringen hätte!«

»Von dem Herrn Pastor Walther von Helbigsdorf.«

»Von dem? Flunkere Er nicht, sonst setzt es Ohrfeigen! Der Herr Pastor Walther wird sich hüten, einen solchen Urian, wie Er ist, zu mir zu schicken!«

»Auch der Herr General von Helbig läßt Sie grüßen.«

»Der Herr General – – –?«

»Und die drei Fräuleins Freya, Wanka und Zilla von Helbig.«

»Kerl!«

»Und die Wirthschafterin von Helbigsdorf, Frau Hartig.«

»Mensch!«

»Und der alte Leibdiener Kunz, dem der Pastor von Ihnen erzählt hat.«

»Schwindel! Nichts als Schwindel! Hat Er mich nicht auch von dem jungen Herrn zu grüßen?«

»Von welchem jungen Herrn?«

»Sieht Er, den kennt Er gar nicht, den Herrn Seekadett Kurt Schubert.«

»Den kenne ich sehr wohl, aber ich kann Sie gerade von dem nicht grüßen.«

»Nicht? Warum?«

»Weil ich dieser Kurt ja selber bin.«

»Er? Verrückter Kerl! Hinaus, sage ich Ihm nun zum letzten Male!«

»Und hier ist ein Brief von dem Herrn Pastor Walther, den er mir mitgab.«

Er zog einen Brief aus der Tasche und gab ihn dem Müller, welcher die Adresse betrachtete.

»Wahrhaftig, das ist die Hand des Herrn Pastors!«

»Lesen Sie den Brief, Herr Uhlig. Der Inhalt wird Sie aufklären.«

Der Müller öffnete das Kouvert, und jetzt trat auch die Müllerin neugierig herbei. In der Ecke saß Klaus, der Knappe. Seine lange Nase schnüffelte höchst verdächtig in der Luft herum, dann legte sie sich bald rechts bald links hinüber, als ob sie sich in einer höchst fatalen unsichern Sache Gewißheit holen müsse, und dann wippte sie sehr energisch von oben nach unten, bei welcher Bewegung sich der Knappe erhob.

»Meister!« meinte er, den Leser unterbrechend.

»Was?«

»Dieser junge Mann hier ist nicht der Franz Geißler.«

»Ah!«

»Aber ganz verteufelt ähnlich ist er ihm, das versteht sich ja von selber, Meister.«

»Du willst wohl auch – – –«

Der Knappe unterbrach ihn, indem er ihn beim Arme faßte und zu Kurt hinzog.

»Sehen Sie sich Den einmal an! Der hat schwarze Augen und blondes Haar, der Franz aber hat braune Augen und braunes Haar und sieht auch nicht so stark und vornehm aus wie Dieser hier. Das versteht sich ja ganz von selber, Meister!«

Kurt lächelte vergnügt; der Meister und die Meisterin wurden ungewiß und verlegen. Der erstere las den Brief schnell zu Ende und meinte dann erstaunt:

»Wahrhaftig, es ist nicht der Franz, sondern der Herr Kurt von Helbigsdorf.«

»Na!« brummte Klaus, indem seine Nase sich vergnügt emporrichtete.

»Ists möglich!« rief die Müllerin. »Der Herr Kurt, und diesem Franz so ähnlich!«

»Ja; der Pastor, der den Franz doch kennt, schreibt mir, daß wir uns über eine so frappante Aehnlichkeit sehr wundern würden. Verzeihen Sie mir, junger Herr, und seien Sie mir und uns Allen von ganzem Herzen willkommen!«

Die Müllerin schlug die Hände zusammen und streckte ihm dann beide entgegen.

»Ja wohl, willkommen, Herr Kurt! Nein, ist das eine Ueberraschung und eine Freude!«

»Ja wohl, willkommen. Das versteht sich ja ganz von selber!« meinte auch Klaus.

Während er dem Gaste die Hand entgegenstreckte, machte seine Nase eine so deutliche Bewegung, daß man einsehen mußte, sie wolle auch mit einschlagen.

»Ja wohl, willkommen!« rief es da von der Thür her. »Denn in wie fern denn und in wie so denn, es ist ja der junge Herr Seekadett, den ich Euch bringe.«

»Du bringst ihn?«

»Ja,« antwortete Brendel, indem er stolz herbeigehumpelt kam. »Ich traf ihn in der Wiesenschenke vor der Stadt und hätte ihn beinahe auch für den Luftibus Franz gehalten, wenn mir nicht seine Sprache aufgefallen wäre.«

»Wie es scheint,« meinte Kurt, »darf ich mir auf meine Aehnlichkeit mit diesem Menschen nicht viel einbilden.«

»Er ist gehaßt und geflohen von allen Bewohnern dieser Gegend,« antwortete der Müller; »und wenn Sie ausgehen, werden Sie so lange finstere Gesichter zu sehen und böse Worte zu hören bekommen, bis man Sie vollständig kennen gelernt hat.«

»Ich glaube nicht, daß ich mich viel sehen lassen werde, denn ich beabsichtige nicht, jetzt sofort bekannt zu werden.«

»Warum?«

»Ich will aufrichtig bekennen, daß ich diesem Franz und noch viel mehr seinem Herrn gern einen kleinen Streich spielen möchte.«

»Aha? Sie wollen sich mit ihm verwechseln lassen?«

»Ja. Darum werde ich mich nicht eher sehen lassen, als bis Beide angekommen sind.«

»Ich möchte Sie davon abzuhalten suchen. Mit dem Prinzen ist nicht leicht zu spassen.«

»Ich fürchte ihn nicht.«

»Das weiß ich. Walther hat mir von Ihrem Zusammentreffen mit ihm erzählt.«

»Welchen Tag wird die Wallfahrt sein?«

»Nächsten Sonntag; doch werden sich bereits morgen schon Fremde dazu einfinden, und es steht zu erwarten, daß auch der Prinz schon morgen kommen wird.«

Die Müllerin begann jetzt, für ihren Gast Alles, was das Haus nur bieten konnte, aufzutragen, und bat ihn nach dem Mahle, sich in das ihm bereitete Zimmer zu verfügen, um sich von seiner anstrengenden Fußwanderung zunächst erst gehörig auszuruhen.

»Ich bin nicht müde,« lächelte er, »und möchte gern die Burg im Sonnenuntergange glänzen sehen. Brendel hat mich darauf aufmerksam gemacht, daß der Anblick ein sehr schöner sei.«

»Das ist wahr,« meinte der Müller. »Die Zeit dazu ist übrigens nahe. Kommen Sie heraus in die Laube, von da aus können Sie den Genuß am besten haben.«

Bald saßen sie mit einander allein draußen unter dem grünen Dache. Der Abend senkte sich langsam in das Thal hernieder, und je tiefer sich die Sonne neigte, desto heller erglänzte die Burg da droben im goldenen Scheine ihres scheidenden Strahles.

»Schön, wunderbar schön! Das sind Farben und Tinten, die kein Maler wiederzugeben vermag.«

»Ich habe sehr oft hier gesessen,« antwortete der Müller, »und diesen Anblick genossen. Jetzt aber möchte ich entweder weinen oder fluchen, wenn ich hinauf zur Burg blicke.«

»Ist Ihnen Uebles von da oben widerfahren?«

»Ich muß es behaupten, ohne sichere Beweise dafür bringen zu können.«

»Geschäftlich?«

»O nein; in dieser Beziehung kann ich nicht klagen, man bezahlt Alles pünktlich, was man von mir kauft. Aber – Sie wissen jedenfalls, daß ich eine Tochter hatte?«

»Die Verlobte des Pfarrers von Helbigsdorf.«

»Ja.«

»Sie ist verschwunden, wie mir Brendel am Nachmittage erzählte.«

»Spurlos, auf eine unbegreifliche Weise, wenn ich nicht

369

Vermuthungen hegen will, die entsetzlich sind. Hier in dieser Laube hat das Unglück begonnen.«

»Ah!«

»Der tolle Prinz trank hier ein Glas Milch, ohne daß wir ihn kannten. Er betrug sich dabei so zudringlich gegen meine Tochter, daß ich gezwungen war, ihn energisch fort zu weisen. Er warf mir dafür eine Drohung entgegen, deren Erfüllung vielleicht mit dem Verschwinden des Mädchens zusammenhängt.«

»Sie wollen doch nicht sagen, daß er sie überredet hat, ihm heimlich zu folgen!«

»Das zu thun wäre Wahnsinn. Anna verabscheute ihn von ganzem Herzen.«

»So vermuthen Sie wohl gar eine Gewaltthat?«

»Aufrichtig gestanden, ja.«

»Das wäre ja eine fürchterliche Niederträchtigkeit von ihm. Haben Sie Gründe?«

»Gründe, leider aber keine Beweise. Einige Tage nach jenem Zusammentreffen mit dem Prinzen ging Anna hierher. Sie saß des Abends gern in der Laube. Kaum war sie eingetreten, so wurde sie von hinten gepackt und erhielt, ehe sie um Hilfe rufen konnte, ein Pflaster vor das Gesicht, welches ihr unmöglich machte, einen Laut auszustoßen. Das Pflaster deckte auch ihre Augen, so daß sie die beiden Männer nicht sehen konnte, welche sie gewaltsam fortschleppten.«

»Alle Teufel, das ist ja Menschenraub!«

»Zufälliger und glücklicher Weise war ich noch spät nach der Stadt gegangen. Als ich auf dem Rückwege durch die Schlucht kam, hörte ich schwere Schritte, welche mir entgegenkamen. Ich trat auf die Seite um auszuweichen, und erkannte zwei Männer, welche einen lichten Gegenstand trugen. Erst glaubte ich, es mit Mehldieben zu thun zu haben, aber als sie näher kamen, sah ich, daß es nicht ein Sack, sondern eine weibliche Person war, was sie trugen. Ihre Gesichter waren schwarz gefärbt, und ihre Kleidung war nicht eine solche, daß ich sie an derselben hätte erkennen können. Ich trat vor, erhob den Stock und rief ihnen zu, zu halten.

»Der Müller!« rief der Eine, ließ die Last fahren und sprang davon. Er mochte wissen, daß ich so stark bin, es mit Zweien aufzunehmen, obgleich ich –« fügte er lächelnd hinzu – »Ihnen, Herr Kurt, nicht gewachsen zu sein scheine.«

»Die See macht stark, mein Lieber, daran ist nichts zu bewundern. Aber bitte, fahren Sie fort. Ich bin mit dem größten Interesse bei Ihrer Erzählung.«

»Der Andere getraute sich nun auch nicht, einen Kampf mit mir allein zu bestehen; er warf seine Bürde ab und rannte dem Ersteren eiligst nach. Ich erkannte zu meinem größten Schrekken meine Tochter, welcher sie die Füße zusammengebunden und die Arme an den Leib gefesselt hatten.«

»Sie verfolgten die Flüchtlinge nicht?«

»Nein, ich hatte keine Zeit dazu, denn es war ja zunächst nothwendig, Anna von dem Pflaster und den Fesseln zu befreien, und als dies geschehen war, hätte ich die Schurken sicherlich nicht mehr erreichen können.«

»Kam Ihnen die Stimme nicht bekannt vor?«

»Gehört hatte ich sie bereits, aber den Besitzer zu bestimmen war mir nicht möglich.«

»Sie machten doch Anzeige über diesen Fall?«

»Das versteht sich. Er erregte allgemeines Aufsehen, doch blieb die Anzeige ohne weitere Folgen. Von da an unterließ es meine Tochter, des Abends aus der Mühle zu gehen, und entfernte sich selbst des Tages nicht weit von derselben. Kurze Zeit später wollte sie einen Korb Klee vom Felde holen. Es war um die Mittagszeit, und das Feld liegt in nur geringer Entfernung von der Mühle. Es schien also gar kein Grund zu irgend einer Befürchtung vorhanden zu sein, zumal das Mädchen kräftig genug war, es mit einem nicht gar zu starken Manne aufzunehmen. Da aber wurde plötzlich von hinten ihr Korb gefaßt, und ehe sie die Arme aus den Tragebändern bringen konnte, lag sie am Boden. Zwei verlarvte Männer warfen sich auf sie, von denen der eine sie festhielt, während der andere den Korb zu entfernen suchte. Dabei fiel die Sichel, welche in demselben gelegen hatte, heraus und zwar gerade so, daß es Anna gelang, sie zu erfassen. Das resolute Mädchen nahm jetzt alle ihre Kräfte zusammen und hieb mit dem schneidigen Instrumente so wacker um sich, daß sie beide Kerls verwundete und von ihnen freigegeben werden mußte.«

»Sie rief nicht um Hilfe?«

»O doch. Wir hörten es, und ich kam gerade noch zeitig genug, um die Fliehenden hinter den Felsen verschwinden zu sehen.«

»Und sie wurden nicht erkannt?«

»Leider nicht!«

»Solche Dinge sind beinahe unglaublich, wenn man bedenkt, daß die Zeiten der Raubritter und der Rinaldo's vorüber sind. Zeigten sie auch dieses Mal an?«

»Versteht sich. Man hielt Recherchen – das war Alles, was ich erreichte.«

»Und dann?«

»Es vergingen viele Monate, und wir dachten gar nicht mehr an diese beiden Begebenheiten. Walther war Pastor geworden und schrieb uns, daß er nun heirathen werde. Anna und die Mutter arbeiteten fleißig an der Ausstattung. Eines Abends saßen Beide nähend in der Oberstube. Wir hatten nichts zu mahlen und daher war ich mit den Knappen und dem übrigen Gesinde bereits zu Bette gegangen. Da ruft es unten vor der Mühle mit gedämpfter Stimme. Die beiden Frauen horchen auf.

»Anna!« klingt es deutlich zu ihnen empor.

Das Mädchen öffnet das Fenster.

»Wer ist unten?«

»Ich!«

»Wer?«

»Walther!«

»Du? Ists möglich!«

»Ich wollte Euch überraschen. Bitte, mach auf, Anna!«

In ihrer Herzensfreude eilt sie ohne Licht hinab. Die Mutter hört, daß die Hausthür geöffnet wird und vernimmt einen leichten Schrei, den sie der Freude über das Wiedersehen zuschreibt. Sie ergreift die Lampe, um den Beiden die Treppe zu erleuchten. Sie wartet draußen, niemand kommt. Sie ruft;

niemand antwortet. Sie geht endlich hinunter; die Thür steht offen, aber kein Mensch ist zu sehen. Sie ruft Annas Namen laut in die dunkle Nacht hinein – vergeblich. Da wird es ihr angst. Sie weckt uns Alle und erzählt uns, was geschehen ist. Wir bewaffnen uns, ergreifen die Laternen, lassen die Hunde los und suchen nach beiden Seiten von der Mühle aus die Schlucht ab – – ich habe Anna nie wieder gesehen!«

»Mein Gott, ist so etwas möglich?«

»Nicht nur möglich, sondern sogar wirklich. Die ganze Gegend wurde allarmirt; die Polizei gab sich alle erdenkliche Mühe; es wurde jeder Zoll breit der Umgebung meiner Mühle nach Spuren abgesucht, es wurde in jeder nur erdenklichen Weise nach der Verschwundenen geforscht und gefahndet – sie ist nicht gefunden worden, sie ist verloren geblieben.«

»Aber Ihre Vermuthungen – –?«

»Konnten zu nichts führen, da ich nicht einmal Namen nennen durfte.«

»Warum nicht?«

»Was hätten mir die Herren geantwortet, wenn ich behauptet hätte, daß der tolle Prinz meine Tochter geraubt habe?«

»Der tolle Prinz? Ah, er ist wirklich der Einzige, dem ein solcher Streich zuzutrauen ist. Aber gegen solche Herren läßt sich nur dann vorgehen, wenn die klarsten Beweise oder die unumstößlichsten Verdachtsgründe vorliegen. War er zur Zeit, als Ihre Tochter verschwand, auf Himmelstein anwesend?«

»Nein. Das war auch nicht nothwendig. Sie ist ihm nachgeschafft worden.«

»War er während der ersten beiden Versuche auf Himmelstein?«

»Ja.«

»Haben Sie Forschungen angestellt nach der Richtung Ihres Verdachtes hin?«

»Die erdenklichsten. Auch Walther hat Alles aufgeboten, leider aber scheint er im Stillen seine Meinung über diese traurige Begegenheit vollständig geändert zu haben.«

»Was sollte er meinen?«

»Daß Anna mit einem heimlichen Anbeter ganz freiwillig davongegangen ist. Es gibt ja für die Wahrheit meiner Angaben keine anderen Beweise als allein mein Wort.«

»Und dem ist natürlich unbedingter Glauben zu schenken. Wäre ich ein Kriminalist, so würde ich der Aufklärung dieses Geheimnisses sicherlich meine ganze Zeit widmen.«

»Würde wohl ebenso vergeblich sein wie Alles, was bisher geschehen ist. Lassen Sie uns also davon abbrechen. Es ist nicht gut, in solchen Wunden herum zu wühlen!«

Er erhob sich und verließ die Laube, um in den Gängen des Gartens zu verschwinden. Kurt blieb noch lange sitzen. Er mußte bei dem Allen unwillkürlich an die Schwester seines Freundes Karl von Mylungen denken, welche auch verschwunden war, allerdings höchst wahrscheinlich in Uebereinstimmung mit dem Prinzen. Dieser Gedanke blieb ihm während des ganzen Abends treu und begleitete ihn auch bis in das Zimmer, welches er später aufsuchte, als Alle außer den beiden Knappen den Schlaf gesucht hatten.

Es war ein wunderbar schöner Sommerabend. Der Mond, welcher bereits während des Tages seinen Lauf begonnen hatte, neigte sich zum Horizonte nieder und überschüttete die einstige Raubveste mit seinem magischen Lichte; das Heer der Sterne flimmerte an dem tiefblauen Himmelszelte, und aus dem Garten drang der süße Duft der Reseda herauf zum geöffneten Fenster, an welchem Kurt lehnte, um die Wunder der Nacht zu genießen.

Unten rauschte das Wasser und klapperten die Räder so ruhelos, wie die Gedanken im Kopfe des Jünglings, welchen es nicht gelingen wollte, von den beiden verschwundenen Mädchen loszukommen. Er war so munter, als sei er erst aus dem stärkenden Schlafe erwacht, die Schönheit des Abends zog ihn hinaus, und so beschloß er, die Mühle zu verlassen und einen Spaziergang nach dem Berge zu unternehmen.

Er stieg wieder zur Treppe hinab und trat zunächst in die Mühle, in welcher Klaus und Brendel soeben neues Getreide aufgeschüttet hatten.

»Noch nicht schlafen, junger Herr?« frug Klaus, indem seine Nase eine Bewegung machte, die ihre sehr große Verwunderung andeutete darüber, daß man so lange wach bleiben könne, ohne eine nothwendige Beschäftigung zu haben.

»Noch nicht; die Nacht ist ja zu schön, als daß man schlafen könnte.«

»Hm, ich meine aber, daß die Nacht gerade sehr schön zum Schlafen sei, denn dazu ist sie ja da, das versteht sich ja ganz von selber!«

»Eine so poetische Nacht muß man genießen, lieber Klaus.«

»Und zwar im poetischen Bette, mein lieber junger Herr. Nicht wahr, Brendel?«

»Natürlich! Ich wollte, ich könnte schlafen, denn in wie fern denn und in wie so denn, weil es in der ganzen Welt nichts Besseres gibt als das Bischen Ruhe, welches man braucht, wenn sie einem ein Bein heruntergeschnitten haben.«

»Glücklicher Weise habe ich meine beiden Beine noch und werde diesen Umstand benutzen, um jetzt noch einen Spaziergang zu machen.«

»Spaziergang? Jetzt? Bei Nacht?« frug Klaus, wobei sich seine Nase ganz entrüstet emporrichtete.

»Ja.«

»Wohin denn, wenn man fragen darf?«

»Auf den Berg.«

»Hm! Den ganzen Tag gelaufen und während nachtschlafender Zeit noch Berge steigen, das ist niemals meine Leidenschaft gewesen. Das versteht sich ja ganz von selber.«

»Steigen Sie morgen hinauf, Herr Schubert,« meinte Brendel. »Folgen Sie meinem Rathe, denn in wie fern denn und in wie so denn, am hellen Tage läuft es sich besser.«

»Es ist hell genug, um den Weg zu sehen.«

»Aber der Mond wird bald untergehen.«

»Dann leuchten mir die Sterne zum Heimwege. Schließen Sie die Thür hinter mir ab. Sie arbeiten doch die ganze Nacht hindurch?«

»Ja. Wir lösen einander ab.«

»So werde ich klopfen, wenn ich zurückkehre.«

Er ging. Die Schlucht war finster, aber über derselben flimmerten die Sterne, so daß er ungefährdet die Straße erreichte, welche empor zur Burg führte. Er schlug sie ein und schritt nun langsam den Berg empor. Hier und da zirpte eine wachende Grille im Grase oder ein träumender Vogel gab einen kurzen abgerissenen Laut von sich; sonst aber war Alles still und ruhig, und obgleich die Mitternacht noch nicht heran gekommen war, begegnete ihm kein Mensch auf seinem einsamen Wege.

Er langte bei dem Nonnenkloster an und schritt an den dunklen Massen desselben vorüber, ohne das mindeste Lebenszeichen entdecken zu können. Die frommen Schwestern waren wohl längst schlafen gegangen oder knieten in ihren Zellen, um im Stillen mit Dem zu verkehren, dessen Bräute sie geworden waren.

Dann kam er an den Mauern des Mönchsklosters vorüber, die ebenso düster und todt da lagen, wie diejenigen des anderen. Er verfolgte seinen Weg ohne alle nähere Absicht und gelangte an dem Kapellchen vorüber nach dem Schlosse, vor dessen Thore die breite Straße ihr Ende erreichte. Von ihr ab aber zweigte sich ein schmaler Pfad, der längs der äußeren Burgmauer, die von einem breiten Graben geschützt wurde, nach einer Felsenmasse führte, welche den höchsten Punkt des Berges bildete und mit den Zinnen des Schlosses in gleicher Höhe lag.

War dieser glatte, vielfach zerschlitzte und zerspaltene Steinkegel bereits einmal erstiegen worden? Möglich, aber nicht wahrscheinlich, denn es gehörte jedenfalls ein kühner Muth und ein sicherer Fuß zu diesem Unternehmen. Und doch kam Kurt die eigenthümliche Lust an, dieses Wagniß zu versuchen, obgleich es Nacht war. Es war gewiß ein willkommener Lohn, von dieser hohen einsamen Spitze tief unten die weithin sich dehnende Mondscheinlandschaft zu überblicken, und Kurt war als der beste Kletterer auf dem Schulschiffe bekannt gewesen. Es ist jedenfalls die Besteigung eines Berges bei nächtlicher Beleuchtung bei weitem nicht so gefährlich, wie das Klettern in die Wanten und auf die Raaen eines

Fahrzeuges, welches in schwarzer stürmischer Nacht von dem Sturme auf den Wogen herumgeworfen wird.

Er umging den Felsen bis zu der Seite hin, wo er von dem Monde beschienen wurde, und begann dann den Aufstieg. Dieser war bedeutend schwieriger, als er anfangs gedacht hatte; er kam nur bis ungefähr auf drei Viertel der Höhe und mußte dann von seinem Vorhaben abstehen. Er blickte sich um.

Neben ihm lag die Burgmauer, über welche er hinwegblicken konnte. Er sah den hintern Hof und dann ein kleines Gärtchen, welches vom Monde so deutlich beleuchtet wurde, daß er eine weibliche Gestalt bemerken konnte, welche auf einer Bank saß, die von einem leichten Pflanzengewinde, jedenfalls Epheu, laubenartig überwölbt wurde. Sie war ganz in Weiß gekleidet und schien durch eine in der hintern Mauer angebrachte schießschartenähnliche Oeffnung hinaus in das weite Land zu blicken.

Wer war diese Frau oder dieses Mädchen? Die Anwesenheit derselben war keineswegs unerklärlich oder gar darnach angethan, irgend einen Argwohn, einen Verdacht zu begründen, aber Kurt hatte während mehrerer Stunden an nichts Anderes gedacht als an den Mädchenraub, und daher war es gar nicht zu verwundern, daß seine Phantasie sogleich thätig war, diesen Raub mit dem unbekannten Wesen in Verbindung zu bringen, welches dort so sehnsüchtig durch die Schießscharte blickte.

Die Mauer war gar nicht sehr weit entfernt von dem Felsenvorsprunge, auf welchem er lag. Wäre ein guter Anlauf möglich gewesen, so hätte er den Graben überspringen und sie sicher erreichen können, und dann wäre es ein Leichtes gewesen, auf ihrem oberen, mit breiten Platten belegten Rande rings um den Hof herum nach dem Gärtchen zu gelangen, welches so nahe lag, daß er ganz deutlich ein leises Räuspern hörte, nach welchem die Unbekannte eine Melodie halblaut vor sich hinsummte.

Die Weise kam ihm bekannt vor. Er lauschte. Bereits beim zweiten Verse verstand er die Worte, welche der Melodie untergelegt waren:

>Da ich zuerst empfunden,
    Daß Liebe brechen mag,
War mirs als sei verschwunden
    Die Sonn' am hellen Tag.
Es klang das Wort so traurig gar,
    Fahr wohl, fahr wohl auf immerdar,
Da ich zuerst empfunden
    Daß Liebe brechen mag.«

Dieser Text und die furchtsame vorsichtige Art und Weise, in welcher er mehr gesummt als gesungen wurde, machten in Kurt die Vorstellung lebendig, daß er es hier wirklich mit einer Person zu thun habe, die sich in irgend einer hilfsbedürftigen Lage befinde. Er hörte weiter:

>Mein Frühling ging zur Rüste,
    Ich weiß gar wohl warum:
Die Lippe, die mich küßte,
    Ist worden für mich stumm.
Das eine Wort nur sprach sie klar:
    »Fahr wohl, fahr wohl auf immerdar!«
Mein Frühling ging zur Rüste,
    Ich weiß gar wohl, warum.«

Im Gärtchen war sie allein; das sah Kurt; aber befand sich nicht vielleicht Jemand in der Nähe? Er wagte es. Ohne seine Gestalt zu zeigen, sang er halblaut, so daß sie es nur eben verstehen konnte, die erste Strophe dieses Liedes, welches ihm schon längst bekannt war:

>Wenn sich zwei Herzen scheiden,
    Die sich dereinst geliebt,
Das ist ein großes Leiden,
    Wies größer keines gibt.
Es klingt das Wort so traurig gar:
    Fahr wohl, fahr wohl auf immerdar!
Wenn sich zwei Herzen scheiden,
    Die sich dereinst geliebt.«

Gleich als er begonnen hatte, war sie von der Bank empor gesprungen und hatte sich nach dem Orte umgesehen, von welchem die Töne kamen. Jetzt erhob er sich aus seiner liegenden Stellung.

Der Mond beleuchtete ihn, sie konnte ihn sehen.

Da legte sie beide Hände zusammen und hob sie bittend über den Kopf empor.

»Hilfe!«

Es war kein Ruf, denn sie durfte nicht laut sprechen; daher war dieses Wort mehr ein Flüstern in die Ferne, als ein Schrei, aber Kurt verstand es ganz deutlich. Aus Sorge, er möchte laut antworten, winkte sie warnend nach dem Burggebäude zu. Er wußte, was sie meinte, aber er mußte ihr wenigstens ein Wort sagen:

»Morgen!«

Er raunte es zu ihr hinüber. Sie nickte; sie hatte ihn verstanden. Nur noch einige Augenblicke blieb sie stehen; dann verschwand sie aus dem Garten, und er sah sie über den hintern Hof nach dem Gebäude gehen.

»Sollte dies Anna sein?« frug er sich. »Unmöglich. Das wäre ja längst verrathen. Es ist eine Andere, die hier aus irgend einem Grunde festgehalten wird. Ich werde ihr helfen, ohne daß der Müller etwas davon erfährt.«

Er machte sich zum Rückzuge bereit. Da fiel sein Blick hinab auf das Mönchskloster. Im Garten des Klosters hart an der oberen Mauer desselben, da wo die Gräber lagen, standen zwei Mönche. Der eine hackte und der andere trug etwas im Arme. Das sah so verdächtig, so sonderbar aus, oder kam dem Kadetten so interessant und romantisch vor, daß er so schnell wie möglich an dem gefährlichen Felsen herabstieg, und zwar an der dunklen Seite desselben, und dann über das wild liegende Land und durch allerlei Gestrüpp gerade auf die Stelle der Klostermauer zueilte, hinter welcher sich die Mönche befanden. Diese wußten sich ganz unbeobachtet und allein. Sie hatten also auch keine Veranlassung, ihre Stimmen übermäßig zu dämpfen, und sprachen daher so laut mit einander, daß Kurt jedes ihrer Worte zu verstehen vermochte.

»Das wievielte?«

»Das fünfte in diesem Jahre.«

»Fruchtbares Land.«

»Hahaha! Wenn es gut bebaut wird. Ist das tief genug?«

»Nein. Zwei Ellen müssen es sein. Man muß auch mit solchen Kleinigkeiten so sicher wie möglich gehen. Es können leicht Umstände eintreten, die es – –«

»Pah, welche Umstände sollen dies sein? Es handelt sich hier nur um die überflüssige Arbeit, welche man uns verursacht. Die frommen Mütter könnten doch darauf bedacht sein, solche Ueberflüssigkeiten möglichst selbst zu beseitigen.«

»Sie haben ja keinen Kirchhof!«

»Muß es ein Kirchhof sein? Eine Grube, ein Feuer thut es ebenso. Möchte aber doch wissen, welcher von den Schwestern wir diese Beschäftigung zu verdanken haben.«

»Das werden wir beim nächsten Besuche leicht erfahren. Jedenfalls von der, welche unten im geheimen Gange steckt, sicherlich nicht.«

»Allerdings. Bei dieser kann so eine Liebenswürdigkeit sicherlich nicht vorkommen. Pater Bernardus hat sich alle Mühe gegeben, sie zu bekehren, und es ist ihm nicht gelungen, trotzdem er der schönste und gewandteste Mann des ganzen Klosters ist.«

»Möchte wissen, ob sie eine Schwester oder ein Gast ist.«

»Ein Gast.«

»Wirklich?«

»Ja.«

»Woher weißt Du es?«

»Der Küchemeister sagte es mir im Vertrauen. Sein Bruder, der Schloßvogt hat sie eingeliefert.«

»Heimlich?«

»Versteht sich! Während der Nacht durch seine Frau.«

»Aha, da ist es der Herr, der sie in Pflege gibt!«

»Jedenfalls.«

»Wie lange ist sie da?«

»Bereits einige Jahre.«

»Teufel! So lange hat die Verstocktheit bei Keiner angehalten. Höchstens einige Wochen! Warum hat man die Zwangszelle noch nicht gebraucht?«

»Aus zwei Gründen. Erstens fürchtet man sich vor ihr, denn sie hat ein Messer bei sich und würde jede Schwester, die sich ihr im Bösen nähern wollte, niederstechen, und zweitens scheint sie von vornehmer Abkunft zu sein und also einige Berücksichtigung zu verdienen.«

»Pah! Wir haben Schwestern, die Komtessen waren, und doch gehorsam sind.«

»Sie soll auch eine Komtesse gewesen sein.«

»Warum fürchtet man sich vor ihrem Messer? Sie würde höchstens nur eine einzige Person verwunden und dann gefesselt werden.«

»Der Herr will dies nicht. Er will sie durch die Langeweile dahin bringen, daß sie ihm freiwillig gehorcht. Eine freiwillige Gabe ist mehr werth, als ein erzwungenes Gut.«

»Hat man sie nicht in die »Aussicht« gebracht?«

»Auch. Man hat ihr Bücher gegeben, deren Inhalt und Abbildungen sie fügsam machen sollten, man hat sie in die »Aussicht« gesteckt, wo sie unsern Zusammenkünften zusehen muß, selbst wenn sie nicht will – es hat nichts geholfen. Schwester Klara sollte noch hier sein.«

»Habe keine Schwester Klara gekannt.«

»Du warst noch nicht von Kloster Neustadt nach hier versetzt, als sie in Himmelstein war. Sie war eine Venus und eine Furie zugleich, bis sie plötzlich verschwand.«

»Wohin?«

»Niemand hat etwas darüber erfahren. Ihr konnte keine Novize und kein Gast widerstehen, sie hatte ein paar Augen, aus denen der Himmel strahlte und auch die Hölle leuchtete, je nachdem sie es wollte. – Fertig! Laß uns ein Paternoster beten!«

Kurt vernahm das einförmige Herplappern des Vaterunsers, dann hörte er, daß sie sich entfernten.

Was hatten diese beiden Männer hier gethan? Einen Gegenstand vergraben? Jedenfalls. Aber welcher Gegenstand war das gewesen? Er war zu jung und unerfahren, um das Gehörte in seinem ganzen Umfange und seiner ganzen Bedeutung verstehen zu können, aber er beschloß, sich den Ort zu merken, zog das Messer hervor und machte ein Zeichen an die Mauer.

Was war das für ein Gast, von dem die Mönche gesprochen hatten? Es sollte eine Komtesse sein. Doch nicht etwa gar die Komtesse Toska von Mylungen? Und wer war der »Herr,« der diesen Gast des Nachts durch die Frau des Schloßvogtes geschickt hatte? Weshalb und wozu sollte dieser Gast bekehrt werden, der sich mit einem Messer vertheidigte? Warum steckte man eine Komtesse in die »Aussicht,« und was war unter diesem Worte zu verstehen?

Er hätte sich noch mehr Fragen vorlegen können, aber der Mond war verschwunden, und der Weg bis hinunter zur Mühle nahm keine kurze Zeit in Anspruch.

Als er dort ankam, öffnete ihm Brendel.

»Sie sind sehr lange gewesen, Herr Schubert. Waren Sie auf dem Berge?«

»Ja.«

»Und haben sich nicht gefürchtet?«

»Vor wem oder was?«

»Vor Gespenstern. Es soll da oben während der Nächte schrecklich umgehen.«

»Aberglaube!«

»Nein, kein Aberglaube, sondern Wahrheit. Es geht wirklich um, nämlich die Mönche zu den Nonnen. Denn in wie fern denn und in wie so denn, warum sollen denn Brüder und Schwestern sich nicht ein klein wenig lieb haben?«

»Das versteht sich ganz von selber!« meinte Klaus, welcher herzugetreten war, und dabei machte seine Nase eine Bewegung, welche die stärkste Bekräftigung ausdrücken sollte. »Aber nun werden Sie ganz und gar ermüdet sein, junger Herr.«

»Es ist nicht sehr schlimm. Gute Nacht!«

»Gute Nacht!«

Er suchte die Ruhe und fand sie lange nicht. Das Erlebte

nahm seine Sinne und Gefühle gefangen, und selbst als er endlich eingeschlafen war, lebten die Gestalten des heutigen Tages in seinem Traume fort.

Als er erwachte, stand die Sonne bereits hoch am Himmel. Der Müller begrüßte ihn:

»Guten Morgen, lieber Herr! Ausgeschlafen?«

»Mehr als gut ist. Ein zu langer Schlaf macht müde.«

»Das ist richtig. Aber wie ich von meinen Knappen hörte, sind Sie während der Nacht spazieren gewesen?«

»Ein wenig. Der Abend war zu schön, als daß ich ihn hätte verschlafen mögen.«

»Wird auch noch anders werden, wenn Sie einmal in meine Jahre kommen.«

»Frühstück, Frühstück!« rief ihnen die Müllerin freundlich zu. »Die Jugend muß immer Hunger haben, sonst kann nichts Gescheidtes aus ihr werden.«

»Ich habe auch Appetit, das will ich Ihnen gestehen,« lachte Kurt. »Also folglich wird auch einmal etwas Gescheidtes aus mir. Aber was, das ist die Frage!«

»Ein Admiral!«

»Nicht übel!«

»Und Schwiegersohn.«

»Schwiegersohn? Wessen?«

»Hm, Schwiegersohn eines Generales.«

Kurt erröthete wie ein junges Mädchen, zu dem man von einem Bräutigam gesprochen hatte. Dies war das allererste Mal, daß ein Gedanke ausgesprochen wurde, der ihm jetzt unmöglich zu denken gewesen wäre. Er konnte kaum eine Antwort finden.

»Welches Generales?« frug er endlich ziemlich verlegen.

»Das muß ich Ihnen überlassen. Es gibt der Generale sehr viele, welche Töchter besitzen. Suchen Sie sich denjenigen selbst aus, der Ihnen am geeignetsten erscheint!«

Nach dem Frühstücke ging Kurt in dem Mühlegarten spazieren. Er hatte bemerkt, daß Brendel sich dort in den Beeten zu schaffen machte, und that, als wolle er ihm zusehen. Klaus war auch dabei, da der Müller die Mühle jetzt selbst bediente.

Der junge Mann wußte gar nicht recht, in welcher Weise er sein Anliegen an den Mann bringen solle.

»War der Salat heuer gerathen?« frug er.

»Das versteht sich ganz von selber,« meinte Klaus, und seine Nase nickte zustimmend.

»Und die Gurken?«

»Auch.«

»Bohnen und Erbsen?«

»Werden noch.«

»Zuckerkürbis?«

»Ausgezeichnet.«

»Zwiebeln, Petersilie, Blumenkohl, Radieschen, Kerbel und Rettige?«

»Mit Allem sehr zufrieden.«

Der alte Knappe machte ein Gesicht, als habe er nicht die mindeste Ahnung, daß diese Fragen jedenfalls nur etwas Anderes einleiten sollten, was noch kommen mußte.

»Und die Beete haben Sie bearbeitet?«

»Ja.«

»Trotzdem Sie des Nachts in der Mühle sein müssen und also des Tages schlafen sollten?«

»Hm, wir wechseln ab, und wer Zeit hat, kann im Garten nachsehen. Das versteht sich ja ganz von selber! Nicht wahr, Brendel?«

»Ja, mein lieber Herr Schubert. Wir arbeiten auch im Garten, denn in wie fern denn und in wie so denn, die Anna ist fort, da muß die Lücke von den Andern mit ausgefüllt werden.«

»Wer hat heute Nacht die Mühle zu besorgen?«

»Der Meister und ich.«

»So sind Sie also frei, Klaus?«

»Ja. Ich schlafe.«

Das war es, was Kurt wissen wollte. Brendel fügte erklärend hinzu:

»Und weil ich die Mühle habe, werde ich am Nachmittage schlafen, während Klaus aufschüttet.«

Da richtete sich Klaus vom Beete empor.

»Mein lieber junger Herr, ich möchte Sie einmal nach etwas fragen!«

»Fragen Sie nur zu. Ich werde gern antworten.«

»Sie heißen Schubert und Ihr Vater war Seemann? wie der Herr Pastor erzählte.«

»Ja.«

»Ich habe einen gewissen Schubert gekannt, der einen Bruder hatte, welcher Seemann geworden war. Dieser Schubert war ein Schmied.«

»Ein Schmied? Ich habe einen Onkel, welcher allerdings Schmied ist.«

»Der, den ich meine, war Obergeselle bei dem Hofschmied Brandauer. Er sprach das weiche B wie ein hartes P.«

»Das ist mein Onkel, der Onkel Thomas!«

»Wirklich? Alle Wetter, trifft sich das! Der Thomas und ich sind die besten Kameraden, die es nur geben kann. Wir haben mehrere Feldzüge mit einander gemacht und uns auch später nicht mehr aus den Augen verloren. Nur seit einigen Jahren haben die Grüße aufgehört, die wir uns gegenseitig immer zu senden pflegten. Was macht denn der alte Kumpan jetzt?«

»O, der steht sich gut. Er hat geheirathet.«

»Geheirathet? Donnerwetter!«

Die Nase des Knappen fuhr empor, als ob sich eine Wespe angesetzt hätte.

»Wen denn?«

»Die Gastwirthin Barbara Seidenmüller, eine reiche Wittfrau.«

»Aha, das ist die »Parpara«, von der er mir erzählt hat! Sie waren alle Drei in sie verliebt, nämlich der Thomas, der Baldrian und auch der Heinrich, und Ihr Onkel hat also den Sieg davon getragen!«

»Ja. Aber das ist noch nicht Alles.«

»Was noch?«

»Er ist Hofschmied geworden, und der Baldrian und der Heinrich arbeiten bei ihm.«

»Ein wahrer Glückspilz! Na, da Sie der Neffe von einem

alten Spezial sind, so habe ich Sie gleich noch einmal so lieb, als ich Sie vorher schon hatte. Wenn ich Ihnen einen Gefallen thun kann, so sagen Sie es nur, ich laufe für Sie durch das Feuer; das versteht sich ja ganz von selber!«

Dabei nickte seine Nase in einer Weise, welche man als die größeste Betheuerung gelten lassen konnte.

Am Nachmittage war Klaus allein in der Mühle. Kurt suchte ihn auf.

»War das heute Morgen Ihr Ernst, Klaus?«

»Was?«

»Daß Sie für mich durch das Feuer gehen wollen?«

»Das versteht sich ja ganz von selber!«

»So viel würde ich niemals von Ihnen verlangen; aber eine Bitte habe ich doch.«

»Heraus damit!«

»Sie haben heute Nacht frei?«

»Ja.«

»Wollen Sie mir einige Stunden Schlaf opfern?«

»Das versteht sich ja ganz von selber! Sagen Sie nur was ich machen soll!«

»Sie sollen mit mir spazieren gehen.«

»Spazieren? Gut! Schön! Ist sonst meine Leidenschaft nicht, werde es aber thun.«

»Aber es darf kein Mensch etwas davon wissen.«

»Werde keiner Seele etwas merken lassen. Wohin soll es denn gehen?«

»Das werden Sie später erfahren. Können wir unbemerkt fortkommen?«

»Ja. Wir gehen durch die hintere Thüre. Welche Zeit geht es fort?«

»Ganz zu derselben Zeit, in welcher ich gestern ging.«

»Werde mich bereit halten.«

»Und noch Eins: Haben Sie vielleicht einige lange feste Stricke?«

»Viele.«

»Besorgen Sie welche!«

»Wie lang und wie fest müssen sie sein?«

»Zwölf Ellen, und so fest, daß sie einen Menschen halten können.«

»Donnerwetter, wollen Sie sich zwölf Ellen hoch aufhängen?«

»Nein!« lachte Kurt.

»So gibt es wohl ein Abenteuer?«

»Ja, wenn Sie es mitmachen wollen.«

»Das versteht sich ja ganz von selber! Ist sonst noch etwas nöthig?«

»Eigentlich eine Leiter; eine Stange aber thut es auch und ist leichter zu transportiren.«

»Wie lang?«

»Wenigstens so lang wie die Stricke.«

»Und wie stark?«

»Ich muß an derselben emporklettern können.«

»Schön. Wird auch mit besorgt. Sonst noch etwas?«

»Nein. Aber sorgen Sie dafür, daß wir die Sachen bereits draußen vor der Mühle finden. Sonst möchten wir bemerkt werden.«

»Das versteht sich ja ganz von selber!«

Dabei machte seine Nase eine Schwenkung, der man es anmerkte, daß sie mit Allem, was besprochen worden war, vollständig einverstanden sei.

Im Laufe des späteren Nachmittags erfuhr man in der Mühle, daß Prinz Hugo wirklich mit seinem Diener eingetroffen sei und daß in den Gasthöfen des Städtchens bereits ein reger Fremdenverkehr herrsche. Die Ankunft des Prinzen machte Kurt einigermaßen um sein Vorhaben besorgt, doch fiel es ihm nicht ein, dasselbe aufzugeben.

Es war um die vereinbarte Zeit, als sich die Thür zu seinem Zimmer öffnete und Klaus eintrat.

»Da bin ich, Herr Schubert. Kann es losgehen?«

»Ja.«

»Die Luft ist rein und die Hinterthür nur angelehnt. Kommen Sie also!«

Sie schlichen sich hinab und gelangten ungesehen zur Mühle hinaus.

»Wo haben Sie die Sachen?«

»Dort im Busche. Aber nun kann ich wohl erfahren, wohin es gehen soll?«

»Ja. Hinauf zur Burg.«

»Sapperlot! Wollen Sie die Burg erobern?«

»Es ist so etwas Aehnliches.«

»So erobere ich mit; das versteht sich ja ganz von selber! Aber sagen Sie mir doch einmal, ob die Sache da oben heimlich gehen soll!«

»Natürlich!«

»So darf uns also unterwegs auch Niemand sehen?«

»Nein.«

»Gut! Dann vermeiden wir also die Straße. Ich werde Sie führen.«

Er nahm die Stange, während Kurt die Stricke trug, dann verließen sie die Höllenschlucht und stiegen seitwärts an dem Berge empor.

Ohne daß ein Wort zwischen ihnen gewechselt wurde, kamen sie nach allerdings mühseligem Steigen in der Höhe des Mönchklosters an, ohne von irgend einem Auge bemerkt zu werden, und dann benutzten sie das von zerstreuten Felsen und Büschen besetzte Terrain, um sich bis an die Kegelspitze zu schleichen, welche Kurt gestern erklettert hatte. Dort blieben sie halten.

»Was nun?« frug Klaus.

Kurt befand sich in einer kleinen Aufregung, deren er nicht ganz Meister zu werden vermochte. Er trat nahe zu Klaus heran und flüsterte:

»Wissen Sie, was ich machen will?«

»Woher soll ich das wissen?«

»Ich will ein Mädchen oder eine Frau aus dem Schlosse entführen.«

»Alle guten Geister! Menschenraub! Da ist Zuchthaus darauf.«

»Sie will aber mit!«

»Das wäre freilich etwas Anderes! Wer ist es denn?«

»Ich weiß es nicht.«

»Sie wollen sie entführen und wissen nicht, wer sie ist? Das begreife ich nicht!«

Kurt erzählte ihm kurz sein gestriges Abenteuer.

»Also Hilfe hat sie gerufen?« frug Klaus.

»Ja.«

»Donnerwetter, so holen wir sie; das versteht sich ja ganz von selber! Und wenn wir sie haben, so werden wir wohl auch erfahren, wer sie ist.«

»Natürlich. Gefahr ist nicht dabei, sonst würde ich die Sache allein machen.«

»Nun also heraus damit. Was habe ich zu thun?«

»Wir klettern jetzt in den Graben hinab und drüben legen wir die Stange an, welche Sie festhalten müssen. An ihr steige ich in die Höhe und nehme die Stricke mit. Das Uebrige wird sich finden.«

»Und ich habe weiter dann nichts zu thun, als zu warten bis Sie zurückkommen?«

»Weiter nichts.«

»Gut, vorwärts; das versteht sich ja ganz von selber!«

Unter dem Schutze des Schattens, welchen der Felsen warf, huschten sie in den Graben hinab und stiegen drüben wieder bis zur Mauer empor. Dort legten sie die Stange an, mit deren Hilfe Kurt auf die Mauer gelangte. Sie war so breit, daß er in liegender Stellung von unten gar nicht bemerkt werden konnte. Links hatte er den Graben und rechts den hintern Burghof unter sich, aus welchem man in das kleine Gärtchen gelangte, in welchem er die Gestalt von gestern sitzen sah.

Er konnte auf zwei verschiedenen Wegen zu ihr gelangen. Entweder er rutschte auf der Mauer hin, dann durfte er aber nicht den mindesten Schwindel besitzen, denn dort ging es in den gähnenden Abgrund hinab – oder er stieg gleich hier in den Schloßhof nieder und versuchte, ob die Gartenthüre geöffnet sei. Das letztere war jedenfalls das Beste. Er band also den Strick an denjenigen Theil der Stange, welcher drüben ein wenig über die Mauer emporragte, und ließ das andere Ende hüben in den Hof hinabfallen.

»Halten Sie fest, Klaus!« flüsterte er.

»Das versteht sich ja ganz von selber!« klang die Antwort von unten empor.

Jetzt ließ er sich an dem Stricke nieder und stand in dem engen Hofe, gehüllt in den Schatten, den die Mauer verbreitete. Er sah die Gartenthür von hier aus offen stehen, und schon wollte er sich hinschleichen, als plötzlich die zu der Burg führende zweite Thüre geöffnet wurde. Ein Mann trat heraus und verschloß sie wieder. Das Licht des Mondes fiel auf seine Gestalt. Kurt erkannte ihn sofort.

»Der Prinz!« murmelte er. »Jetzt gilt es vorsichtig zu sein!«

Er hörte eine männliche und eine weibliche Stimme draußen im Garten und schlich sich bis an die Pforte. Dort konnte er sehen und auch hören. Er sah auf den ersten Blick, daß er es mit keiner Frau, sondern mit einem Mädchen zu thun hatte. Sie hatte sich von der Bank erhoben, der Prinz stand vor ihr, doch immerhin in einer Entfernung, daß es ihm unmöglich war, sie mit der Hand zu erlangen.

»Keinen Schritt näher!« gebot sie. »Es geht Ihnen sonst wie das letzte Mal!«

»Dirne! Ich werde Dich doch noch mürbe machen, ich habe die Macht dazu!«

»Meinen Sie? Hat diese Macht Ihnen bisher etwas geholfen?« Ihre Stimme nahm einen verächtlichen Ton an. »Ich habe die Knechte geohrfeigt, den Vogt geohrfeigt und auch Sie geohrfeigt, ich werde ohrfeigen, bis ich entweder todt oder frei bin; darauf können Sie sich sicher verlassen!«

»Frei wirst Du nun nie!«

»Wollen sehen!«

»Es gibt nur einen Weg zur Freiheit, und dieser heißt Gehorsam. Nimm doch einmal Verstand an, Mädchen! Seit ich Dich damals in der Laube bei Euch sah, stand es fest, daß ich Dich besitzen müsse. Du wurdest grob und Dein Vater renitent, aber was kann ein Müller gegen einen Prinzen schaffen – –«

Kurt hörte die Fortsetzung dieser Worte gar nicht, so überrascht war er. Also dieses Mädchen war die Müllerstochter, war die Anna! Sie mußte fort um jeden Preis. Ohne sich nur einen Augenblick zu besinnen, that er einige Schritte vorwärts, stand hinter dem Prinzen und schlug ihm die geballte Faust mit solcher Gewalt auf die Schläfe, daß er zusammensank.

»Geißler!« rief das Mädchen.

»Still, um Gotteswillen still! Ich bin nicht Geißler; ich bin ihm nur ähnlich.«

»Wer sind Sie denn?«

»Ich bin derselbe, welcher gestern da drüben auf dem Felsen stand. Sie wollen frei sein?«

»O mein Gott, ja! Aber Sie belügen mich: ich sehe ja, daß Sie Geißler sind!«

»Wäre ich dieser Mensch, würde ich da den Prinzen niederschlagen?«

»Das macht mich irre. O, er ist todt!«

»Das würde gar nichts schaden! Ist eine Möglichkeit vorhanden, durch die Höfe zu entkommen?«

»Nein. Ich kann nicht weiter als in dieses Gärtchen und auf mein Zimmer, alles Andere ist verschlossen und verriegelt.«

»Wollen Sie sich mir anvertrauen?«

»Ist es Ihr Ernst?«

»Natürlich! Draußen wartet Klaus. Kommen Sie schnell!«

Er zog sie aus dem Gärtchen nach dem Hofe und verriegelte die Pforte. Jetzt war der Prinz eingesperrt. Dennoch zögerte Anna, immer noch irgend einen Verrath befürchtend.

»Sie können unmöglich klettern?« frug er.

»Nein.«

»So binden Sie sich diesen Strick unter den Armen hindurch um den Leib. Ich werde Sie emporziehen, und Sie helfen mit Händen und Füßen nach.«

Er schwang sich an dem Stricke empor. Anna war ein starkes dralles Mädchen, es kostete ihn keine kleine Anstrengung, sie auf die Mauer empor zu bringen. Endlich langte sie oben an.

»Sehen Sie hier hinab!« bat er sie. »Kennen Sie den Mann?«

»Klaus!« rief sie.

»Donnerwetter, Anna!« erscholl es von unten herauf.

»Leise, leise!« bat Kurt. »Wenn wir Lärm machen, ist Alles verloren. Getrauen Sie sich, an dieser Stange hinabzurutschen, wenn ich Sie mit am Seile halte?«

»Ich will es versuchen.«

»Es wird gehen. Kommen Sie!«

Nach einigen vergeblichen Versuchen gelang es, und bald standen die Drei da unten im Graben zusammen.

»Oh, ach, Fräulein Anna,« jubelte Klaus, indem er das Mädchen vor lauter Freude an sich drückte. »Wer hätte das gedacht! Wie sind Sie nur herauf gekommen in diese Burg, in dieses Nest, in diese Räuberhöhle?«

»Fragen Sie später,« drängte Kurt. »Jetzt müssen wir fort, sonst wissen wir nicht was passiren kann.«

»Die Straße hinab?«

»Nein; denselben Weg, den wir vorhin gegangen sind. Man könnte uns verfolgen.«

Sie stiegen aus dem Graben empor und eilten dann ungesäumt weiter. Sie waren noch gar nicht weit gekommen, als sie laute Rufe hörten. Es war die Stimme des Prinzen, welcher aus seiner Ohnmacht erwacht war und nun nach Beistand rief.

»Kann rufen, der Kerl!« meinte Klaus. »Und wenn er uns noch zeitig genug erreichte, so wäre er hinüber. Ich schlüge den Kerl todt; das versteht sich ja ganz von selber, nicht wahr, mein lieber Herr Schubert?«

»Er hätte nichts Anderes verdient. Aber wollen Sie die Stange nicht fortwerfen? Sie ist zu beschwerlich beim Niedersteigen.«

»Ich behalte sie, und wer uns etwa nachkommt und uns anhalten will, dem renne ich sie in den Leib. Das versteht sich ganz von selber!« – –

SIEBENTES KAPITEL

Der Bowie-Pater.

*D*amn! Wenn das so fortgeht, so soll mich der Teufel holen, wenn wir nur die Schwanzhaare eines einzigen Komanchengaules zu sehen bekommen!«

Der Mann, welcher diese Worte sprach, war eine breite herkulische Gestalt, aus welcher, wenn sie von Holz gewesen wäre, man füglich zwei lebensgroße menschliche Figuren hätte schnitzen können. Seine gewaltigen Beine staken in einem Paar langer Wasserstiefel, die er bis an den Leib herangezogen hatte, der von einer hirschledernen Weste bedeckt wurde, über welcher eine aus starker Büffelhaut gefertigte Jacke hing. Auf dem Kopfe trug er eine hohe Mütze, welche von einer ganzen Menge von Klapperschlangenhäuten umwunden war. Sein Gesicht sah ganz so aus wie die Gegend, in der er sich befand: es war so dicht bewaldet, daß man nur die Nase und die beiden Augen zu unterscheiden vermochte. In der Hand trug er eine doppelläufige Kentuckybüchse, und in dem alten Shawle, den er sich um die Hüfte geschlungen hatte, stak neben einer alten Drehpistole ein Jagdmesser, welches mehr einem Hirschfänger als einem Messer glich.

Er wühlte in einem Haufen von Holzasche herum, welcher den Boden bedeckte und den unumstößlichen Beweis führte, daß hier ein ungewöhnlich großes Feuer gebrannt habe.

»Sage einmal, Fred,« fuhr er verdrießlich fort, »wie lange es wohl her ist, daß diese Asche heiß gewesen ist?«

»Das Feuer ist gestern früh verlöscht,« lautete die schnelle entschiedene Antwort.

Der Mann, welcher sie gab, war bedeutend jünger als der vorige. Er mochte höchstens fünfundzwanzig Jahre zählen und war ganz in einen jener indianischen Anzüge gekleidet, welche die Savannenstutzer zu tragen pflegen, und an denen die Verfertigerinnen Jahre lang zu arbeiten haben. Trotz dieses sauberen Anzuges aber hatte er nicht das Aussehen eines Sonntagsjägers. Man erkannte an seinem starken Nacken die Narbe eines tiefen Messerschnittes, und über die eine Wange zog sich die Spur eines Hiebes, welcher jedenfalls von einem Tomahawk herrührte. Seine Waffen bestanden aus einem Henrystutzen, aus dem man, ohne wieder laden zu müssen, fünfundzwanzig Schüsse thun kann, einem Bowiemesser und zwei Revolvern.

»Richtig!« stimmte der Riese bei. »Man sieht, daß Du kein Neuling mehr bist, wie vor zwei Jahren, als ich Dich in die Schule nahm. Aber was hilft uns das jetzt? Die Kameraden sind todt, die Pferde gestohlen und die Nuggets geraubt, die wir uns da drüben in Kalifornien zusammengesucht haben, um auch einmal im Osten den Gentleman spielen zu können. Nun rennen wir hinter diesen verdammten Komanchen her und können sie zu Fuße doch nicht einholen. Aber wehe den Hallunken, wenn ich, Bill Holmers, über sie komme!«

Er erhob die Faust und schüttelte sie drohend nach Süden hin.

»Ich denke, wir werden schon noch zu dem unsrigen kommen,« meinte der, welchen er Fred genannt hatte.

»Denkst Du? Ah?«

»Ja.«

»Nun?«

»Die Spur, welche wir verfolgen, führt nach dem Rio Pecos, der durch die Sierra Rianca führt, und diese ist ja gegenwärtig die Grenze zwischen dem Gebiete der Komanchen und Apachen.«

»Was hat das mit unsern Pferden und Nuggets zu thun?«

»Sehr viel! Die Komanchen, welche uns bestohlen haben, können von jetzt an zu jeder Zeit einer Truppe Apachen begegnen und dürfen also nicht mehr ohne Kundschafter vorwärts gehen. Was folgt daraus, Bill?«

»Hm, daß sie gezwungen sein werden, langsamer zu reiten. Deine Ansicht ist nicht übel! Man sieht es, daß Du bei mir in die Schule gegangen bist, und darum will ich es Dir nicht übel nehmen, daß Du diesen tröstlichen Gedanken eher gehabt hast als ich. Die Apachen fürchtest Du also nicht?«

»Nein. Sie sind jetzt den Bleichgesichtern freundlich gesinnt. Sie sind überhaupt edler und tapferer als die Komanchen, und besonders seit die meisten ihrer Stämme dem großen Rimatta gehorchen, kann sich ein Jäger mit Vertrauen zu ihnen wagen.«

Da raschelte es hinter ihnen. Beide fuhren blitzschnell herum und erhoben ihre Büchsen. Vor ihnen stand ein Indianer, beinahe so gekleidet wie Fred, nur daß sein eigenes Haar die einzige Kopfbedeckung bildete, welche er trug, und in seinem Gürtel ein Tomahawk von sehr kostbarer Arbeit blitzte. Seine großen dunklen Augen blickten sehr zuversichtlich auf die beiden Jäger, und die Rechte leicht zum Gruße erhebend, sprach er mit freundlicher Stimme:

»Die Bleichgesichter mögen ruhig sein; der rothe Mann wird sie nicht tödten.«

»Oho!« antwortete Bill Holmers, »das wollten wir uns auch verbitten!«

Der Indianer lächelte.

»Haben meine weißen Brüder den Schritt des rothen Mannes gehört? Seine Büchse konnte sie tödten, ehe sie ihn bemerkten.«

»Das ist wahr!« gestand Holmers.

»Aber der rothe Mann hat die Worte seiner weißen Brüder vernommen; sie sind Feinde der Komanchen und Freunde der Kinder der Apachen; er wird sich zu ihnen setzen und die Pfeife des Friedens mit ihnen rauchen.«

Er setzte sich ohne Umstände da, wo er stand, auf den Boden nieder, nahm das mit Federn geschmückte Kalumet von der Halsschnur, stopfte es aus dem Beutel, welcher an seinem Gürtel hing, und steckte den Tabak mit Hilfe seines Punks* in Brand.

Die beiden Jäger nahmen ihm gegenüber Platz.

Er sog den Rauch seiner Pfeife sechsmal ein, stieß ihn nach den vier Himmelsrichtungen, dann empor zur Sonne und endlich nieder zur Erde von sich und gab nachher das Kalumet an Holmers.

---

* Prairiefeuerzeug.

»Der große Geist ist mit den Apachen und mit den weißen Männern. Ihre Feinde seien wie die Fliegen, welche vor dem Rauche unserer Feuer fliehen!«

Die Jäger wiederholten die Ceremonie, und Holmers antwortete:

»Mein rother Bruder ist ein Häuptling der Apachen; ich sehe es an seinem Haare. Wird er uns seinen Namen nennen?«

»Meine Brüder haben vorher gesprochen von Rimatta, dem Sohn der Apachen.«

»Rimatta? Führt mein Bruder wirklich diesen Namen?«

»Der Apache lügt niemals!« lautete seine einfache Antwort.

Das war ein Zusammentreffen, wie sie es sich gar nicht glücklicher wünschen konnten. Darum frug Bill:

»Ist mein Bruder allein in dieser Gegend?«

»Rimatta ist allein; er hat nicht zu fürchten tausend seiner Feinde.«

»Wo hat er sein Pferd?«

»Es steht dort unter den Bäumen. Wo haben meine Brüder ihre Thiere?«

»Wir haben keine.«

Er blickte sie ungläubig an.

»Sie haben keine? Der Jäger ohne Pferd ist wie der Arm ohne Hand!«

»Wir hatten sehr gute Thiere; sie sind uns von den Komanchen geraubt worden.«

»Hatten die weißen Männer keine Augen um zu sehen, und keine Ohren um zu hören? Warum haben sie die Hunde der Komanchen nicht getödtet?«

»Wir waren nicht da als die Komanchen kamen.«

»Mein Bruder erzähle!«

»Wir waren zwölf Männer und kamen aus Kalifornien über die Savannen und Berge herüber, um nach Osten zu gehen. Wir lagerten an den Ufern des Rio Mala und hatten noch nichts geschossen. Da erhielten wir Beide den Auftrag Fleisch zu machen. Wir gingen fort, und als wir nach einer Stunde zurückkehrten, lagen unsere Gefährten todt und skalpirt an der Erde, die Pferde waren alle fort und die Nuggets mit ihnen.«

»Hörten meine Brüder das Schießen nicht?«

»Nein; es ging ein großer Wind, der den Schall von uns trieb.«

»Was thaten meine Brüder als sie zurückgekehrt waren?«

»Wir zählten die Spuren der Komanchen; es waren ihrer hundert und noch ein halbes hundert. Wir folgten ihnen, um unsere Todten zu rächen und unser Eigenthum wieder zu nehmen.«

»Und meine Brüder waren zwei und die Komanchen so Viele.«

»Ja.«

»Meine Brüder sind wackere Krieger; die Komanchen aber sind wie die Kojoten*, die keinen Verstand haben. Sie mußten sehen, daß zwei Bleichgesichter fehlten, und meine Brüder erwarten und tödten. Woher werden die Bleichgesichter neue Pferde nehmen?«

»Wir werden sie den Komanchen nehmen.«

»Sie sollen eher welche haben, denn sonst können sie die Komanchen gar nicht erreichen. Die Bleichgesichter mögen warten, bis Rimatta zurückkehrt.«

Er erhob sich, hing sich das Kalumet wieder um den Hals, ergriff seine Büchse und verschwand zwischen den Bäumen.

Die beiden Jäger blickten einander mit eigenthümlichen Augen an.

»Was meinst Du, Fred?« frug Bill.

»Was meinst Du, Bill?« antwortete Fred.

»Hm, ein netter Kerl!«

»Sehr!«

»Konnte uns wegputzen ohne alle Gefahr!«

»Sehr!«

»Bin dem Kerl gut!«

»Sehr!«

»Gehe zum Teufel mit Deinem »Sehr!« Ich will von Dir wissen, was wir jetzt zu thun haben!«

»Bestimme Du es. Du bist der Aeltere.«

---

* Savannenwölfe.

»*Well!* Ich hätte Lust zu bleiben.«

»Ich auch. Er sieht mir ganz so aus, als ob er Wort halten werde.«

»Er ist beritten und wird uns Pferde fangen.«

»Wird schwer gehen!«

»Ist Alles möglich. Ein verteufelt günstiges Zusammentreffen, das mit diesem Apachen! Das kann zu unserem Glücke sein.«

»Denke es auch. Aber, hm, es möchte mir nachträglich beinahe noch angst werden.«

»Warum?«

»Wir hatten von ihm gesprochen.«

»Ja, ja. Das Sprechen in der Prairie oder im Walde ist eigentlich eine sehr große Dummheit. Man kann sich dadurch ganz gründlich verrathen.«

»Hätten wir nicht so gut von ihm gesprochen, so wette ich Hundert gegen Eins, daß wir von ihm weggeblasen worden wären.«

»Ganz sicher. Wollen wenigstens jetzt das Maul halten und uns einen Platz suchen, an dem wir auf ihn warten können, ohne von Andern bemerkt zu werden.«

Sie verließen den offenen Platz und verschwanden unter den Büschen.

Es mochten etwas über zwei Stunden vergangen sein, da stand, ohne daß das allergeringste Geräusch zu vernehmen gewesen wäre, der Apache wieder an derselben Stelle, wo die Friedenspfeife geraucht worden war.

»Uff!«

Auf diesen halblauten Ruf kamen die Jäger aus ihren Verstecken hervor.

»Meine Brüder mögen Rimatta folgen!«

Er drehte sich um und schritt davon, ohne sich scheinbar darum zu bekümmern, ob die Beiden auch wirklich hinter ihm drein kämen. Er führte sie durch den weiten hochstämmigen Urwald, bis sie eine helle Einbuchtung der Prairie erreichten. Auf derselben lag ein Mustang, an allen Vieren mit jenen unzerreißbaren Riemen gefesselt, welche man zur Anfertigung der Lassos und Reserveleinen verwendet. Der Schweiß perlte von dem Thiere herab, und große dicke Schaumflocken lagen weit umher, so hatte es sich abgearbeitet um loszukommen.

»Können meine Brüder einen wilden Mustang reiten?«

Statt aller Antwort warf Fred die Büchse über den Rücken, stellte sich mit weit gespreizten Beinen über das Pferd und löste mit zwei raschen Messerschnitten die Fesseln, welche es hielten. Im Nu sprang es auf. Der Reiter saß oben, ohne Sattel und Zaum, frank und frei auf dem bloßen Thiere. Es stutzte und wieherte erschrocken, ging bald vorn und bald hinten in die Höhe, bockte zur Seite und flog dann, als es den Reiter nicht los werden konnte, in gewaltigen Sätzen in die Prairie hinaus.

»Mein junger Bruder ist ein guter Reiter!« meinte der Indianer beifällig; dann schritt er weiter.

Ein großes Stück draußen in der Savanne lag ein zweites Pferd, ganz in derselben Weise gefesselt wie das vorige.

»Mein Bruder nehme es und kehre dann zurück!«

Er schritt einem Gebüsche zu, in welchem er jedenfalls sein eigenes Pferd angehobbelt hatte. Bill Holmers dagegen trat zu dem Mustang, that mit demselben ganz wie vorhin Fred, und flog bereits nach einer Minute auf seinem wilden unbändigen Thiere in die Prairie hinaus.

Erst nach Verlauf von einer vollen Stunde ließ sich ganz draußen am Horizonte ein dunkler Punkt und dann ein zweiter erkennen. Sie näherten sich schnell. Es waren die beiden Jäger, welche auf ihren Pferden zurückkehrten. Als sie die kleine Savannenbucht erreichten, trat Rimatta zwischen den Sträuchern hervor und führte sein Pferd am Zügel nach.

»Meine weißen Brüder haben nun Thiere, um ihre Feinde zu erreichen, und können sich die Sättel holen, und Alles, was sie brauchen.«

Der Ort, an welchem sie hielten, war von vielfältigen Hufspuren gezeichnet. Hier hatte der Indianer die wilden Pferde angeschlichen und überfallen. Wie es ihm möglich gewesen war zwei derselben zu fangen, darüber verlor er kein Wort.

»Wohin wird unser rother Bruder gehen?« frug Bill Holmers.

»Er wird folgen den Spuren der Komanchen, um zu sehen, wohin sie gehen.«

»Will Rimatta nicht mit uns gehen?«

»Der Apache ist der Bruder der weißen Männer, er wird an ihrer Seite bleiben, wenn sie ihm ihr Vertrauen schenken wollen.«

»Wir vertrauen Dir!«

»Ugh!«

Auf diese kurze einfache Weise war das Bündniß geschlossen, welches nach dem Gebrauche der Savanne Jeden verpflichtete, gegebenen Falles selbst das Leben für die Sicherheit und das Wohlergehen der Andern zu lassen.

Die beiden Weißen lösten die Lasso's, welche sie um ihre Hüften geschlungen trugen, ab und banden sie den Pferden so um Kopf und Maul, daß eine Art Zügel entstand, mit dessen Hilfe man die Thiere besser regieren konnte, als mit dem bloßen Schenkeldrucke.

»Jetzt wieder zurück an den Lagerplatz?« frug Bill Holmers.

»Warum?« frug der Apache kurz.

»Zu den Spuren der Komanchen.«

»Meine weißen Brüder werden nicht wieder zurückkehren, sondern mir folgen.«

»Weiß Rimatta einen bessern Weg die Räuber zu ereilen?«

»Die Hunde der Komanchen werden folgen dem Thale des Flusses Rio Pecos, weil sie sonst nicht Wasser genug haben für so viele Pferde. Dieser Fluß aber läuft in einem großen Bogen, der beinahe ein Kreis ist, und wenn meine Brüder mir folgen wollen, so sollen sie bei den Komanchen sein viel eher als sie es denken.«

»Wir folgen!« erklärte Holmers.

Hierauf setzten sich die drei Reiter in Bewegung. Die beiden neuen Pferde machten den Ritt anfangs etwas schwierig; nach und nach aber richteten sie sich ein, und als der Abend herein dunkelte und man an ein Nachtlager denken mußte, konnten sie angehobbelt* werden ohne alle Besorgniß, daß man sie verlieren würde. Hat das Pferd die Macht des Menschen einmal anerkannt, so bleibt es ihm auch fort ein treuer und gehorsamer Begleiter.

Am andern Morgen wurde der Ritt sehr früh schon fortgesetzt. Im Laufe des Vormittags kamen sie an den Lauf eines kleinen Flüßchens, welches sein Wasser in die Fluthen des Rio Pecos schickte. Sein Ufer bildete einen schmalen Savannenstreifen.

Da, wo die Gebiete von Texas, Arizona und Neumexiko zusammenstoßen, also an den Zuflüssen des Rio grande del Norte, erheben sich die Berge der Sierren de los Organos, Rianca und Guadelupo und bilden ein Gebiet von wilden, wirr durcheinander laufenden Höhenzügen. Diese Züge zeigen sich bald als riesige und nackte Bastionen, bald sind sie von dichtem dunklen Urwalde bestanden und werden hier durch tiefe, fast senkrecht abfallende Kanons und dort durch sanft absteigende Thalrinnen getrennt, welche seit ihrer Entstehung von der Außenwelt abgesondert zu sein scheinen.

Und dennoch trägt der Wind Blüthenstaub und Samen über die hohen Zinnen und Grate, daß sich eine Vegetation entwickeln kann; dennoch klimmt der schwarze und der graue Bär an dem Felsen empor, um in die jenseits herrschende Einsamkeit hinabzusteigen; dennoch findet der wilde Bison hier einzelne Pässe, durch welche oder über welche er auf seinen Herbst- und Frühjahrswanderungen in Heerden zu Tausenden von Exemplaren sich zu drängen vermag; dennoch tauchen hier bald weiße, bald kupferfarbige Gestalten auf, so wild wie die Gegend selbst, und wenn sie wieder abgezogen und verschwunden sind, weiß Niemand, was geschehen ist, denn die schroffen Steinriesen sind stumm, der Urwald schweigt, und noch kein Mensch hat die Sprache der Thiere zu verstehen gelernt.

Hier herauf kommt der kühne Jäger, nur allein auf sich und seine Büchse angewiesen; hier herauf steigt der Flüchtling,

* An den Füßen gefesselt.

welcher mit der Civilisation zerfallen ist, hier herauf schleicht sich der Indsman, der aller Welt den Krieg erklärt, weil alle Welt ihn vernichten will. Da taucht bald die Pelzmütze eines kräftigen Trappers, bald der breitrandige Sombrero* eines Mexikaners, bald der Haarschopf eines Wilden zwischen den Zweigen auf. Was wollen sie hier? Was treibt sie herauf in diese abgeschlossenen Höhen? Es gibt nur eine Antwort: die Feindschaft gegen Mensch und Thier, der Kampf um ein Dasein, welches dieses Kampfes nicht immer werth zu nennen ist.

Drunten auf der Ebene stoßen die Jagdgründe der Apachen mit denen der Komanchen zusammen, an diesen Grenzen geschehen Heldenthaten, von denen keine Geschichte etwas meldet. Durch die Zusammenstöße dieser reckenhaften Völkerschaften wird mancher Einzelne oder mancher versprengte Trupp hinauf gedrängt in die Berge und hat dort von Fuß- zu Fußbreit mit dem Tode oder mit Gewalten zu kämpfen, deren Besiegung durch Menschenkraft eine Unmöglichkeit zu sein scheint.

Der Rio Pecos entspringt auf der Sierra Jumanes, hält erst eine südöstliche Richtung ein und wendet sich dann, in die Sierra Rianca tretend, gerade nach Süden. Nahe am Austritte aus derselben schlägt er nach West einen gewaltigen Bogen, den rechts und links Berge einfassen. Diese weichen zu beiden Seiten seiner Ufer doch so weit zurück, daß hüben und drüben ein bald schmaler, bald breiterer Prairiestreifen Platz findet, der eine üppig grüne Grasvegetation zeigt, welche sich in dem von den Höhen bis zu dem Fuße des Gebirges niedersteigenden Urwald verliert.

So sind auch die meisten seiner Nebenflüsse beschaffen.

Das ist ein höchst gefährliches Terrain. Die Berge sind langgestreckt, so daß es nur selten eine Spalte oder eine Schlucht gibt, welche zur Seite führt, und wer hier einem Feinde begegnet, der vermag nicht auszuweichen, wenn er nicht sein Pferd im Stiche lassen will, ohne welches er vielleicht doch auch verloren sein würde.

* Deutsch: »Schattenmacher.«

Das Flußthal, in welches die Drei einritten, war ganz von der angegebenen Beschaffenheit; zu beiden Seiten des Wassers ein Prairiestreifen, an welchen der dichte dunkle Urwald grenzte.

Rimatta eilte voran. Kaum war er in das Thal eingebogen, so stutzte er.

»Uff!«

Er sprang zur Erde und untersuchte das Gras. Auch sein kluges Thier senkte den Kopf zu Boden, als wolle es die Spuren betrachten, welche sein Herr bemerkt hatte. Natürlich stiegen auch die beiden Weißen sofort ab und betrachteten die breite Fährte, welche längs des Flusses herab kam und in der Richtung nach dem Rio Pecos weiter führte.

»Zwölf Reiter!« meinte Bill Holmers.

»Bleichgesichter!« setzte der Indianer hinzu.

»Kommt uns gelegen! Wohl eine Gesellschaft von Trappern oder Büffeljägern?«

»Mein Bruder irrt!«

»Ah! Wer sollte es sonst sein? Spazieren reitet Niemand in der Rianca.«

»Mein Bruder sehe diese Spur an!«

Holmers bückte sich zur Erde und betrachtete den Fußeindruck eines Pferdes.

»Was ist damit?« frug er.

»Dieses Pferd hatte einst einen kranken Fuß.«

»Das sieht man.«

»Der Huf hat geschworen und sich nach dieser Seite krumm gezogen.«

»Das kann vorkommen.«

»Der Häuptling der Apachen kennt dieses Thier.«

»Ah! Wem gehört es?«

»Dem größten Feinde der rothen Männer. Seine weißen Brüder nennen ihn nicht anders als den Bowie-Pater.«

»Alle Teufel, der Pater hier! Ist es wirklich sein Pferd?«

»Rimatta irrt sich nie,« antwortete der Indianer in stolzem Tone.

»So weiß man allerdings nicht, ob man Freude oder Sorge

haben soll. Der Pater ist ein Satan, der sich niemals beurtheilen und berechnen läßt.«

»Was denkt unser rother Bruder?« frug Fred.

»Rimatta fürchtet nicht den Indianermörder.«

»Wir fürchten ihn auch nicht. Ist er ein Feind auch der Krieger der Apachen?«

»Er ist ein Feind aller rothen Männer. Er hat eine Perlenschnur bei sich, die gibt er seinen Gefangenen in die Hand, und wer dann nicht zu Eurer Jungfrau betet, den tödtet er mit seinem Bowiemesser. Die weißen Männer nennen die Schnur ein Paternoster.«

»Muß ein fürchterlicher Kerl sein, dieser Mensch,« brummte Bill, »auf diese Weise Christen machen zu wollen! Und also Elf hat er bei sich? Wenn wir ihnen nicht willkommen sind, wird es einen Kampf geben. Vorwärts, ihnen nach!«

Eine Strecke weiter unten war der Bowie-Pater mit seinen Leuten über das Flüßchen gesetzt. Der Indianer that mit den beiden Weißen ganz dasselbe.

Da wo das Thal in dasjenige des Rio Pecos mündete, harrte ihrer eine neue Ueberraschung. Längs des Pecos führte eine Fährte, welche von dem linken nach dem rechten Ufer des Zuflusses übersprang und sichtlich von einer sehr zahlreichen Reiterschaar herrührte. Die drei Männer stiegen abermals von den Pferden, um die Spuren genau betrachten zu können. Der Indianer war am schnellsten damit fertig.

»Komanchen!« meinte er.

»Das sind die, welche wir suchen. Wann sind sie hier vorübergekommen?« frug Bill Holmers.

»Vor kaum einer halben Stunde,« antwortete Fred.

»Mein junger Bruder hat Recht,« stimmte der Apache bei. »Die Halme, welche sie niedertraten, haben sich noch nicht wieder emporgerichtet.«

»Diese Leute reiten auf der Fährte des Bowie-Paters. Sie werden ihn einholen und überfallen.«

»Sie werden so reiten, daß sie des Nachts bei ihm sind,« sprach der Apache.

»Das ist richtig; denn die rothen Krieger pflegen einen

Ueberfall lieber des Nachts als am Tage vorzunehmen, selbst wenn sie eine bedeutende Ueberzahl haben.«

»Der Bowie-Pater,« meinte Fred, »ist ihnen um einige Stunden voraus.«

»Sie werden ihn dennoch ereilen, denn die weißen Männer sind langsam geritten, während die Komanchen ihre Thiere schnell gehen lassen werden. Meine Brüder mögen hierher sehen. Hier haben die Komanchen Berathung gehalten, und von da an sind sie im Galopp geritten.«

Man sah an den Spuren, daß die Wilden einen Kreis gebildet hatten, und dann war die Erde von den Hufen der Pferde in einer Weise aufgerissen worden, daß sehr leicht zu schließen war, daß sie den Weißen im vollen Laufe gefolgt seien.

»Was thun wir?« frug Bill Holmers. »Es scheint unmöglich ihnen zuvorzukommen, um die Weißen zu warnen. Was sagt mein rother Bruder dazu?«

Der Indianer blickte finster vor sich nieder.

»Das Bleichgesicht, welches sich Bowie-Pater nennt, ist ein Feind aller rothen Männer, auch der Apachen, denn viele von ihnen sind von seiner Hand gefallen.«

»Aber heut ist der Pater ein Freund, ein Verbündeter der Apachen, denn er wird mit ihren größten Feinden, den Komanchen zu kämpfen haben.«

»Mein Bruder sagt die Wahrheit, und darum möchte Rimatta ihn warnen.«

»Aber wie? Gibt es keinen Weg, zwischen ihn und die Komanchen zu kommen?«

»Hier nicht. Aber weiter unten geht ein Paß rechts in die Berge hinein, und wenn wir ihm folgen und im Galoppe reiten, so ist es möglich, dann wieder links nach dem Flusse einzulenken und den Hunden der Komanchen zuvor zu kommen.«

»Wie weit haben wir von hier bis hinunter zu dem Passe?«

»Eine Zeit, welche die Bleichgesichter, wenn sie schnell reiten, zwei Stunden nennen.«

»Dann vorwärts. Unsere Pferde mögen ausgreifen!«

Die drei Pferde fegten jetzt über den weichen Boden dahin,

daß die aufgerissene Erde hinter ihnen emporflog. In der angegebenen Zeit erreichte man wirklich eine Stelle, wo sich die
Berge öffneten und eine Schlucht nach rechts hinein führte.

Rimatta hielt an und betrachtete die Spuren.

»Wir sind den Komanchen sehr nahe gekommen.«

»Sie sind vor kaum zehn Minuten an dieser Stelle gewesen,«
meinte Fred.

»Meine Brüder mögen mir jetzt in die Schlucht folgen!«

Er wollte ihnen voran in dieselbe einbiegen, hielt aber ganz
erstaunt inne.

»Uff!«

Bei diesem Worte der Ueberraschung riß er die Büchse
empor und drängte zu gleicher Zeit sein Pferd hinter den
Felsen, welcher die Ecke der Schlucht bildete, zurück.

»Was gibt es?« frug Bill, ebenfalls sofort nach seiner Büchse
greifend.

»Bleichgesichter!«

»Ah! Wie viele?«

»Zwölf; an ihrer Spitze der Bowie-Pater.«

»Alle Teufel! Wie kommen die hieher in die Schlucht? Aber
das werden sie uns ja sagen müssen, wenn wir sie jetzt darnach
fragen.«

Er ritt mit Fred vor, und der Apache folgte ihnen, doch mit
der Büchse in der Hand.

Die zwölf Weißen hielten in der Schlucht; es war ihnen
anzusehen, daß sie durch das Erscheinen des Indianers in
Ueberraschung und Besorgniß versetzt worden waren.

»Good day, Ihr Männer!« grüßte Bill. »Hollah, was thut
Ihr hier?«

»Good day, Master! Wollt Ihr uns nicht vorher sagen, was
Ihr hier thut?«

Der, welcher diese Worte sprach, war ein ungewöhnlich
kleiner und schmächtiger Mann, dessen von Sturm und Wetter gebräuntes Gesicht nicht die mindeste Spur von Bart
zeigte, gewiß eine ganz außerordentliche Erscheinung hier in
der Wildniß, wo es zum Rasiren weder das Werkzeug noch
die Gelegenheit gab.

»Was wir hier thun? Hm, wir suchen Euch!«

»Uns?« frug der Andere erstaunt.

»Ja, wenn Ihr nämlich Der seid, für den ich Euch halte.«

»Nun, für wen haltet Ihr mich?«

»Für Den, welchen man den Bowie-Pater zu nennen pflegt.«

Der Kleine lachte selbstgefällig, und zwar mit einer so hohen Stimme, daß sie mehr einem Weibe als einem Manne anzugehören schien.

»Da seid Ihr ganz auf der richtigen Fährte, Mann. Aber, warum sucht Ihr mich?«

»Um Euch zu warnen.«

»Ah! Vor wem oder was?«

»Vor den Komanchen, die hinter Euch her sind.«

»Hinter uns her? Mann, seht Ihr denn nicht, daß es gerade umgekehrt ist: wir sind hinter ihnen her.«

»Well, ich begreife das schon: Ihr seid einen Kreis geritten, um hinter sie zu kommen. Aber so habt Ihr also gewußt, daß sie Euch folgten?«

»Haltet Ihr den Bowie-Pater für so dumm, daß er nicht sieht, wen er vor sich oder hinter sich hat?«

»Aber einen Fehler habt Ihr dennoch gemacht.«

»Oho! Welchen?«

»Daß Ihr Euch zu zeitig nach hinten gewendet habt. Es ist jetzt Mittag. Sie werden in kurzer Zeit hinter Euern Streich kommen und Euch zwischen zwei Feuer nehmen.«

»Was Ihr doch klug seid! In wie fern denn zwischen zwei Feuer?«

»Sie werden sich theilen. Die eine Hälfte wird Euch durch die Berge folgen, und die andere Hälfte wird am Flusse umkehren um Euch zu erwarten.«

»Habt nicht so ganz Unrecht, Mann! Habe das, was Ihr mir sagt, aber ebenso gewußt und gerade mit Vorbedacht so gehandelt. Seht Ihr denn nicht ein, daß man mit siebzig Rothhäuten eher fertig wird als mit hundertundfünfzig?«

»Ah! Ihr wollt wirklich mit ihnen kämpfen?«

»Was anders?«

»Zwölf gegen siebzig!«

»Ihr scheint zu den schmackhaften Kreaturen zu gehören, die man Hasen nennt.«

»Möglich! Könnte Euch aber das Gegentheil beweisen! Ich habe mich schon sehr oft meiner Haut zu wehren gehabt, aber einen Angriff unternehme ich nur dann, wenn ich Gründe dafür und auch die Ueberzeugung habe, daß ich nicht unterliege.«

»Ist bei mir ebenso, und gerade heut habe ich die Ueberzeugung, daß ich siege.«

»Zwölf gegen zweimal Siebzig?«

»Zwölf Doppelbüchsen geben vierundzwanzig Todte, wenn man die Kerls überrascht; dann die Messer, Pistolen und Revolver, so werden von den rothen Hallunken nicht viele übrig bleiben.«

»Was haben sie Euch gethan, daß Ihr solche Liebe zu ihnen habt?«

»Was hat Euch der Floh gethan, daß Ihr ihn nicht leiden mögt? Ungeziefer! Aber Ihr wolltet uns ja warnen! Ihr habt also von uns gewußt?«

»Eure Fährte war ja deutlich genug!«

»Aber wie erfuhrt Ihr, daß ich es war?«

»Hier dieser rothe Master kennt die Spuren Eures Pferdes.«

»Glaube es! Kennen uns überhaupt ein wenig, er und ich. Ist der einzige Indianer, den man achten möchte! Seid Ihr zufällig hinter den Komanchen?«

»Nein. Wir folgen ihnen, um ein Wörtchen mit ihnen zu reden.«

»Heimlich oder laut?«

»Wie es kommt.«

»Alle Teufel, drei gegen hundertfünfzig! Und vorhin hattet Ihr Angst um mich! Dann seid Ihr ein sehr muthiger Hase. Wie ist Euer Name?«

»Meine Freunde nennen mich Bill Holmers.«

»Bill Holmers, der Kentuckymann?«

»Ja, wenn es Euch recht ist.«

»Das ist eine Ueberraschung! Habe viel von Euch gehört

und lange gewünscht, einmal mit Euch zusammen zu treffen. Ihr sollt einen Begleiter haben, den die Indianer »Feuertod« nennen?«

»Dieser ist es.«

Er deutete auf Fred, welcher schon während der ganzen Unterhaltung bemerkt hatte, daß ihn der Kleine mit außerordentlich forschenden Blicken betrachtete.

»Dann willkommen Beide, und auch Du, Rimatta! Heute soll Waffenstillstand sein zwischen mir und Dir.«

Er reichte allen Dreien die Hand entgegen, welche auch von ihnen angenommen wurde.

»Was habt Ihr mit den Komanchen zu reden?« frug er dann weiter.

»Wir gehörten zu einer Truppe von Jägern und Goldsuchern, die von ihnen überfallen und vollständig vernichtet wurde. Wir Beide allein entkamen, weil wir fortgegangen waren, um Fleisch zu machen. Nun wollen wir uns die Nuggets wieder holen, die sie uns abgenommen haben.«

»Dann passen wir zusammen. Wollt Ihr Euch uns anschliessen?«

»Gern.«

»Und wer soll der Führer sein?«

»Du, denn Deine Truppe ist größer als die unsrige.«

»Gut. Was aber sagt Rimatta dazu?«

Der Indianer lächelte stolz, als er antwortete:

»Rimatta ist der Häuptling der Apachen; er gehorcht nur sich selbst. Aber er wird thun, was seine weißen Brüder wünschen, wenn es gut und löblich ist.«

»So sind wir also nun fünfzehn Mann, das heißt, Einer gegen Zehn. Ihr werdet Alles wieder bekommen, was Euch die rothen Hallunken abgenommen haben.«

Rimatta schüttelte mit dem Kopfe.

»Mein Bruder rechnet nicht richtig, und meine weißen Freunde werden nicht wieder bekommen, was sie verloren haben.«

»Wie so?« frug der Pater, sichtlich überrascht, daß ihm widersprochen wurde.

»Es sind nicht hundert und noch fünfzig Komanchen; es sind nur so viele Pferde. Es sind die Thiere dabei, welche meinen Brüdern gestohlen wurden und die also keinen Reiter tragen.«

»Das ist richtig; also besser für uns. Weshalb also sollten wir ihnen den Raub nicht abnehmen können?«

»Du hast recht gesagt, daß die Komanchen sich theilen werden, sobald sie Deine List bemerken. Rimatta allerdings würde sich nicht so täuschen lassen. Der eine Theil von ihnen wird Dir durch die Berge folgen, und der andere Theil wird Dich am Flusse erwarten. Das Gold aber und der ganze Raub ist ihnen im Kampfe hinderlich und kann dabei in Gefahr kommen; sie werden also diese Sachen einigen Leuten geben, welche Alles, ohne sich aufzuhalten, nach den Dörfern der Komanchen schaffen werden.«

»Fast scheint es, als ob diese Vermuthung ihre Richtigkeit habe, aber es ist nun nichts mehr zu ändern. Dennoch halte ich noch nichts für verloren. Wenn Eure Sachen auch wirklich in Sicherheit geschafft werden sollten, so wird es uns doch später möglich sein, die Fährte aufzufinden und den Transportirenden zu folgen.«

»Und was beschließest Du für jetzt?«

»Ich bin bis hierher vorgedrungen, um zu sehen, ob die Komanchen bereits vorüber sind. Jetzt kehren wir zurück.«

»Auf Deiner eignen Spur?«

»Fällt mir nicht ein! Wir schlagen uns hier seitwärts in die Felsen. Der Ritt wird anstrengend sein, aber das müssen wir uns gefallen lassen. Ich habe mir bereits eine Stelle ausgewählt, welche gar nicht besser zu einem Angriffe passen kann.«

Er drehte sein Pferd um, die Andern folgten ihm.

Der Weg führte auf scharfem Gestein oder losem Geröll bald auf bald ab; die Pferde konnten ihn kaum überwinden. Sie mochten so beinahe eine Stunde geritten sein, als der Pater halten blieb und mit der Hand vorwärts deutete.

»Hier ist es. Wenn sie in diese Falle gehen, kann Keiner entkommen.«

Sie hielten auf einer hohen steilen Felsenwand, welcher eine zweite gleich hohe gegenüber lag. Zwischen beiden Wänden zog sich eine tiefe Thalschlucht dahin, an deren Ein- und Ausgange die Felsen so nahe zusammentraten, daß kaum zwei Reiter neben einander zu passiren vermochten. Zu Pferde waren die Wände nicht zu ersteigen, und das Thal bildete wirklich eine Falle, welche es wenig Männern möglich machte, eine ganze Truppe zu vernichten.

Der Pater las mit Genugthuung die Anerkennung seines Scharfsinns aus den Blicken Freds und Bills; nur der Apache musterte das Terrain mit sehr gleichgiltiger Miene.

»Ausgezeichnet!« rief Holmers. »Hier kann wirklich Keiner entkommen.«

»So wollen wir unsere Vorbereitungen schleunigst treffen, denn wir können die Ankunft der Rothen nun bald erwarten,« bemerkte der Bowie-Pater.

»Wie vertheilen wir uns?«

»Zunächst werden die Pferde angehobbelt, aber fest und so eng wie möglich. Dann gehen Drei nach links zum Eingange und Drei nach rechts zum Ausgange der Schlucht. Die andern Neun postiren sich in gewissen Zwischenräumen hier in der Mitte, und es müßte mit dem Teufel zugehen, wenn wir sie nicht Alle bekämen.«

»Wann wird geschossen?«

»Sobald sie in der Falle stecken. Ich werde den ersten Schuß thun.«

Er wandte sich jetzt ausschließlich an Bill und Fred:

»Wollt Ihr Euch über den Ausgang dort postiren? Ich gebe Euch noch einen Dritten mit. Es ist der schwierigste Posten.«

»Pah,« antwortete Bill. »Spart Eure Leute. Wir Zwei genügen. Ich gebe Euch mein Wort, daß wir Keinen durchlassen werden.«

»Aber es wird sich Alles hin nach Euch drängen. Ihr könnt unmöglich so schnell laden, wie es nöthig ist.«

»Seht Euch meinen Stutzen an,« meinte Fred. »Kennt Ihr diese Sorte?«

»Ah, ein Henrystutzen! Gut, das genügt! Wohin will sich Rimatta stellen?«

»Rimatta wird gehen weit über den Ausgang der Schlucht hinaus.«

»Ah! Warum? Will der Apache nicht mitkämpfen?«

»Er wird kämpfen. Der Indianertödter ist klug; die Söhne der Komanchen aber sind auch klug und weise.«

»Was will mein rother Bruder damit sagen?«

»Der Indianertödter hat gesehen, daß diese Schlucht eine gute Falle ist. Werden dies die Komanchen nicht auch bemerken?«

»Das wäre verdammt unbequem!«

»Sie werden am Eingange halten bleiben und einige tapfere und muthige Männer vorschicken um zu sehen, ob Gefahr vorhanden ist.«

»So müssen wir diese passiren und also entkommen lassen!«

»Sie sollen nicht entkommen, denn deshalb wird der Häuptling der Apachen weit über die Schlucht hinausreiten, um sie zu empfangen. Er wird sie angreifen, sobald der Indianertödter den ersten Schuß thut.«

Ohne eine Antwort abzuwarten, wandte er sein Pferd und sprengte davon.

Bill und Fred begaben sich an ihren Posten.

»Ein eigenthümlicher Kerl, dieser Bowie-Pater. Hast Du den Rosenkranz gesehen, den er umhangen hat?«

»Ja.«

»Man sagt, daß derselbe aus Indianerknochen gedrechselt worden sei. Er muß einen ganz besonderen Grund haben, die Wilden in dieser Weise zu hassen.«

Sie hobbelten ihre Thiere in der Nähe an und setzten sich dann so zu Boden, daß sie die ganze Schlucht überblicken konnten, ohne von unten gesehen zu werden. Sie mochten vielleicht eine Viertelstunde gewartet haben, als sich plötzlich ein ferner Ton hören ließ.

»Horch!« sagte Bill. »War das nicht ein Wiehern?«

»Es schien so.«

»So kommen sie jedenfalls.«

In demselben Augenblicke zeigte sich die Gestalt eines Indianers am Eingange der Schlucht. Es war ein Häuptling, wie man an den in seinen Schopf eingeflochtenen Adlerfedern erkennen konnte. Sein Auge durchmaß in einem einzigen Momente das Terrain, und sofort hielt er sein Thier an.

Die verborgenen Beobachter sahen, daß er einen Wink nach rückwärts gab, worauf zwei alte, jedenfalls erfahrene Krieger an seiner Seite erschienen. Mit ihnen pflog er einen kurzen Rath, dann kehrten sie zurück. Eine Minute verging, während er noch immer allein da hielt, dann erschienen drei junge Männer. Er richtete einige kurze Worte an sie, worauf sie im Galoppe vorwärts ritten, die Schlucht durcheilten und am Ausgange derselben verschwanden. Bald kehrte einer von ihnen zurück und gab ein aufmunterndes Zeichen mit der Hand, worauf nun erst der Häuptling sich wieder in Bewegung setzte, hinter ihm ein Trupp von zweiundsechzig Komanchen, wie Fred halblaut zählte.

Als sie sich inmitten der Schlucht befanden, zog der platt am Boden liegende Bowie-Pater die Büchse an die Wange; ein Schuß erschallte und noch einer – der Häuptling stürzte mit dem ihm Nächstfolgenden vom Pferde. Zu gleicher Zeit krachten die dreizehn Schüsse der Andern, noch dreizehn, und nun gab es da unten unter gellendem Heulen und Schreien ein Chaos von Todten, Verwundeten und noch Lebenden, das ganz entsetzlich war. Die letzteren suchten sich der Verwirrung zu entreißen und ergriffen in zwei verschiedenen Abtheilungen die Flucht. Die kleinere wandte sich nach dem Eingange zurück, wurde aber theils unterwegs theils von den drei dort postirten Jägern niedergeschossen, die größere sprengte dem Ausgange zu. Hier war es, wo Freds Stutzen seine Trefflichkeit bewährte. Ohne laden zu müssen hielt der junge Mann immer auf den vordersten Indianer, jagte Kugel um Kugel hinab, von denen eine jede ihren Mann vom Pferde warf, und eben stürzte der letzte zu Boden, als unten der Apache erschien, drei rauchende Skalpe am Gürtel und den blutigen Tomahawk in der Faust. Vor sich herein jagte er die drei Pferde der von ihm getödteten Vedetten. Er kam in die Schlucht galoppirt, um die Feinde mit der Hand zu erlegen, fand aber keinen Lebenden mehr vor.

Er blieb am Ausgange halten und winkte. Man verstand ihn hinten am Eingange und die drei dort oben postirten Jäger stiegen eiligst hinab, um denselben zu besetzen, damit keines der Pferde entkommen könne.

Das Alles war so schnell geschehen, daß seit dem Erscheinen der Komanchen bis jetzt höchstens drei Minuten vergangen waren und der so fürchterlich überraschte Feind nicht die mindeste Zeit gehabt hatte, an eine Gegenwehr zu denken.

Auch die Andern stiegen jetzt hinab, und nun war es grausig zu sehen, wie der Bowie-Pater Jedem, in dem er noch Leben verspürte, sein Messer in das Herz stieß, um ihn vollends zu tödten. Es war über den kleinen Mann eine Art wildes Fieber gekommen. Seine Augen funkelten wie diejenigen eines Panthers, seine Zähne knirschten, und bei jedem Stoße murmelte er eine Zahl, aus welcher seine Gefährten ersahen, daß er sich genau merkte, wie viele Indianer er in die ewigen Jagdgründe geschickt habe.

»Zweihundertundzwölf!« war die letzte Zahl, welche man hörte; dann gab er den Befehl, die Beute zusammen zu bringen. Sie bestand nur aus Pferden und Waffen, von denen sich Jeder aussuchen konnte, was er brauchte. Bill und Fred nahmen sich jeder ein prächtiges Pferd; die übrigen Waffen wurden fortgeworfen, die Pferde aber laufen gelassen.

»Das war ein Sieg, ohne daß uns nur die Haut geritzt worden wäre!« meinte der Pater. »Nun gilt es den Andern.«

»Wie greifen wir sie an?« frug Bill.

»Das muß sich aus den Umständen ergeben. Zunächst kehren wir an den Rio Pecos zurück bis dahin, wo ich Euch getroffen habe. Vorwärts!«

Jetzt ritten sie auf einem besseren Wege als vorhin herwärts, und daher erreichten sie den angegebenen Ort in kürzerer Zeit, als sie zu dem Herwege gebraucht hatten.

Nun wurde ein Rath gehalten, der aber zu keinem Ziele führen wollte, da ein Jeder seine eigene Meinung hatte. Nur der Apache verhielt sich schweigsam.

»Was sagt Rimatta?« frug ihn endlich der Bowie-Pater.

»Wenn meine weißen Brüder offen am Pecos hinreiten, um

die Komanchen zu suchen, die sich dort versteckt haben, so werden sie vernichtet. Sie mögen langsam folgen, der Häuptling der Apachen wird ihnen sein Pferd übergeben und ihnen vorangehen um zu sehen, wo die Hunde der Komanchen stecken.«

Er stieg ab, warf die Zügel seines Pferdes einem der Jäger zu und verschwand zwischen den Bäumen, welche das Thal des Pecos einsäumten.

»Eine schwere und gefährliche Aufgabe, die er sich stellt!« meinte Fred.

»Er ist aber der Mann dazu sie zu lösen,« antwortete der Pater. »Er ist der tapferste und klügste Indianer, der mir vorgekommen ist; hoffentlich wird es mir gelingen, ihn zum Christen zu machen, sonst muß ich ihn tödten, sobald er mir wieder einmal mit der Waffe gegenübersteht.«

Ohne sich um den Eindruck dieser sonderbaren Rede zu bekümmern, lenkte er sein Pferd aus dem Passe, in welchem sie noch gehalten hatten, hinaus in das offene Thal des Rio Pecos, dessen Laufe sie nun in langsamen Schritten folgten.

Sie mochten wohl drei Viertelstunden geritten sein, als Rimatta plötzlich zwischen den Bäumen hervortrat und ihnen schon von Weitem ein Zeichen gab zu halten.

»Nun?« frug ihn der Pater, als er herangekommen war.

»Der Häuptling der Apachen hat gesehen die Hunde der Komanchen.«

»Wo sind sie?«

»Hinter der Ecke des Waldes dort liegen sie unter den Bäumen und lauern, daß die weißen Männer kommen sollen.«

»Ah, so haben wir sie! Wir lassen unsere Pferde hier zurück, dringen hier in den Wald ein und fallen sie von hinten an. Steigt ab. Rimatta wird uns führen.«

»Rimatta wird die weißen Männer nicht führen,« antwortete der Apache.

»Warum?«

»Weil er die Komanchen führen wird.«

»Ah! Wohin?«

»Vor die Büchsen der weißen Männer, die sich hier im

Walde verstecken mögen, bis es Zeit ist, über die Feinde herzufallen.«

Ohne sich weiter zu erklären, nahm er die Zügel seines Pferdes zurück, setzte sich auf und ritt davon.

»Halt, wohin?« frug der Pater.

Der Apache hielt diese Frage keiner Antwort werth; er drehte sich nicht einmal um.

Allerdings schien eine solche Frage sehr gerechtfertigt. Rimatta nämlich wollte die Komanchen herbeibringen und ritt doch stromaufwärts statt abwärts, wo sie sich befanden. Das mußte Jeden befremden, der seinen Plan nicht kannte.

»Was muß er vorhaben?« frug Fred.

»Laßt ihn!« meinte Bill. »Er weiß jedenfalls ganz genau was er will, und wir werden es zur rechten Zeit schon noch erfahren. Macht, daß Ihr unter die Bäume kommt, sonst könnten wir vielleicht gar noch entdeckt werden!«

Sie stiegen ab und führten ihre Pferde in den Waldessaum, wo sie sich so lagerten, daß sie den Apachen gut beobachten konnten.

Dieser ritt eine ziemliche Strecke aufwärts und trieb sein Pferd dann in das Wasser des Flusses, über welchen er trotz dessen Breite glücklich setzte.

»Alle Teufel,« meinte der Pater, »jetzt errathe ich ihn. Das nenne ich klug gehandelt, und nun glaube ich selbst, daß er uns die Rothen vor die Büchsen bringt!«

»Er will thun, als ob er aus dem jenseitigen Gebirge komme?«

»Ja, und sie aus ihrem Verstecke locken. Es ist ganz sicher, daß sie den berühmtesten Häuptling ihrer Todfeinde erkennen, und so werden sie hinter ihm her sein wie die Hunde hinter dem Hasen.«

»Ist aber gefährlich für ihn. Er darf sich ihnen nicht auf Schußweite nähern.«

»Meint Ihr?«

»Ja.«

»Ich denke anders,« sprach Fred. »Einen solchen Mann schießt man nicht todt, sondern man sucht ihn lebendig zu fangen, was sehr leicht erscheint, wenn Siebzig gegen nur Einen sind.«

»Das ist auch meine Ansicht,« stimmte der Pater bei. »Das weiß der Apache auch sehr genau, sonst würde er sich wohl hüten, sich ihnen so nahe an das Messer zu liefern. Seht, jetzt ist er drüben am andern Ufer!«

»Und hält auf den Wald zu.«

»Er wird dort oben verschwinden, zwischen den Bäumen abwärts reiten und dann da unten vor den Augen der Komanchen erscheinen und wieder übersetzen. Sie werden bei seinem Anblicke jubeln, sich versteckt halten, bis er das Ufer erreicht, und dann auf ihn hereinbrechen.«

Diese Vermuthung zeigte sich als ganz richtig. Rimatta war im Walde verschwunden, und lange blickten die Jäger in reger Erwartung nach der untersten Stelle, die ihr Auge zu erreichen vermochte, bis er endlich wieder erschien.

Er kam im langsamen Schritte zwischen den Bäumen hervorgeritten und hielt dort sein Pferd an wie Einer, der sich vergewissern will, ob keine Gefahr vorhanden sei. Dann stieg er ab, nahm aus der Satteltasche ein Stück Dürrfleisch hervor, setzte sich und verzehrte es in aller Gemüthsruhe, während sein Pferd im Grase weidete. Nach vielleicht zehn Minuten stieg er wieder auf und ritt dem Ufer des Flusses zu, welches er untersuchte. Seine Blicke schienen die Gestalt des gegenüberliegenden Ufers und den Gang der Strömung zu beobachten, so daß sich sehr leicht errathen ließ, daß er übersetzen wolle. Dann ritt er in das Wasser. Die Büchse und den Pulver- und Kugelbeutel hoch empor haltend, überwand er in kluger Leitung seines Pferdes spielend die Strömung und erreichte das Ufer.

So weit konnten ihn aber die Jäger nicht beobachten, da dieser Theil des auf ihrer Seite liegenden Ufers, da der Fluß und mit ihm das Thal eine Biegung machte, ihren Augen durch die Waldspitze verdeckt wurde.

»Jetzt ein Jeder neben sein Pferd und die Büchse zur Hand!« gebot der Pater. »Es wird gleich Zeit sein.«

»Vor allen Dingen zunächst die Vordersten und Hintersten

nieder!« meinte Bill Holmers. »Und lieber noch einmal geladen, als vorschnell hinaus.«

Kaum waren diese Worte gesprochen, so erhob sich unten hinter der Ecke ein Jubelgeheul, als seien tausend Teufel losgelassen. Im nächsten Augenblicke kam Rimatta zum Vorscheine. Den Bauch fast an der Erde, jagte sein Pferd in tigergleichen Sätzen herbei. Hinter ihm her flogen die Komanchen. Es war keine Zeit, sie zu zählen. Keiner von ihnen hatte zur Büchse gegriffen. Sie wollten den Feind lebendig fangen, und daher schwangen sie nur die Lasso's über ihren Köpfen.

Jetzt war Rimatta bereits über die Stelle hinweg, an welcher sich die Jäger befanden. Diese standen hinter den Bäumen, die Büchsen zum Schusse bereit.

»Feuer!« rief da die gellende Stimme des Paters.

Vierzehn Büchsen krachten zweimal hinter einander, und das Jubelgeschrei der Komanchen verwandelte sich auf einmal in ein Wuthgeheul. Einige Augenblicke lang blitzte es nur aus Freds Henrystutzen fort, der längst wieder vollzählige Ladung erhalten hatte, dann ertönten die Büchsen der Andern von Neuem.

»Drauf!« erscholl jetzt das Kommando des Indianertödters.

Im Nu saßen die Jäger auf ihren Pferden und fuhren mitten unter die noch lebenden Feinde hinein. Jeder Einzelne hatte nun so viel zu thun, daß er das Ganze des Kampfes unmöglich beobachten konnte.

Gleich bei den ersten Schüssen hatte Rimatta sein Pferd herumgerissen. Es stand wie eine Mauer, bis er seine beiden Kugeln abgeschickt hatte. Dann warf er die Büchse fort, ergriff den Tomahawk und griff den Feind mit dieser fürchterlichen Waffe an.

Der Riese Bill arbeitete mit dem Kolben seiner Büchse wie ein Simson, und als die Komanchen sich zur Flucht zu wenden begannen, faßte er einen derselben, einen noch jungen Krieger, beim Leibe und zog ihn zu sich herüber.

»Komm, mein Junge! Es wäre jammerschade, Dich zu tödten, aber laufen lassen kann ich Dich auch nicht. Du bleibst bei mir!«

Fred war nicht mit auf sein Pferd gestiegen. Er stand noch an derselben Stelle wie zu Anfange des Kampfes und gab einen Schuß nach dem andern ab. Da stürzte eines der Komanchenpferde; der Reiter sprang behend zur Erde und versuchte sein Heil in der Flucht. Er sprang gerade auf den Baum zu, hinter welchem der Schütze stand. Dieser ließ seinen Stutzen sinken, drehte ihn um und versetzte dem Flüchtlinge einen Hieb über den Kopf, daß er niederstürzte.

Auch dieser Kampf dauerte nicht so lange, als man braucht, um ihn zu erzählen. Wem die Flucht nicht geglückt war, der lag todt am Boden, denn die Verwundeten wurden von dem Pater vollends erstochen. Nur Zwei waren diesem Schicksale entgangen, der Gefangene Bills und der, welchen Fred niedergeschlagen hatte, der aber nur bewußtlos geworden war.

Beide lagen gefesselt neben einander an der Erde.

Die Sieger verbanden die Wunden, von denen doch der Eine oder der Andere eine erhalten hatte, sammelten die Beute und traten dann zu einer Berathung zusammen.

»Das war ein Tag!« meinte der Pater, der bei dem letzten Stiche, den er abgegeben hatte, zweihunderteinundzwanzig gezählt hatte. »Nun fragt es sich vor allen Dingen, ob diese hier Euer Gold bei sich hatten.«

»Sie hatten es nicht,« erklärte der Apache. »Rimatta hätte es gesehen.«

»So ist es also doch vorausgeschickt worden, und wir müssen suchen, Diejenigen einzuholen, welche es transportiren. Suchen wir vorher die Gegend nach den Flüchtlingen ab?«

»Ich denke nicht,« meinte Bill. »Es geht dabei viel Zeit verloren, und es fragt sich sehr, ob wir einen derselben finden.«

»Was thun wir mit diesen Beiden?«

»Was meint Ihr dazu?«

Statt aller Antwort trat der Pater näher zu den Gefesselten heran.

»Sagt einmal, Ihr Hunde, ob Ihr an Euern Manitou glaubt!« Sie schwiegen.

»Ihr antwortet nicht? Gut! Euer Gott ist ein falscher Gott;

ich bringe Euch den richtigen, den wahren Gott. Wollt Ihr ihn anbeten?«

Sie schwiegen abermals.

»Ihr redet nicht? Gut! Ich bringe Euch ferner den Glauben an die heilige Jungfrau, die im Himmel ist und für uns arme Sünder bittet. Wollt Ihr zu ihr beten?«

Sie antworteten nicht. Jetzt nahm er den Rosenkranz in die Linke und das Bowiemesser in die Rechte.

»Hört, was ich Euch sage: Wollt Ihr diesen Rosenkranz in die Hand nehmen und zur heiligen Jungfrau beten? Ich zähle bis drei. Ist dann noch kein Ja erfolgt, so sterbt Ihr augenblicklich durch dieses Messer.«

Ihre Augen blickten trotzig zu ihm auf, aber es kam kein Wort über ihre Lippen.

»Eins – zwei – drei – Gut, dann fahrt zur Hölle!«

Er erhob die Hand zum Stoße, da aber ergriff Bill seinen Arm.

»Was solls?«

»Wollt Ihr mir einmal sagen, wer diese Beiden zu Gefangenen gemacht hat?«

»Ihr und Feuertod.«

»Schön, wem gehören sie also?«

»Euch!«

»Vortrefflich! So thut also auch Euern Kneif hinweg!«

»Wie? Ich bin Euer Anführer!«

»Richtig, aber hier in dieser Sache nicht. Ich weiß einen Rothen im ehrlichen Kampfe zu tödten, das werdet Ihr mir glauben, aber einen Gefangenen, der kein Glied rühren kann um sich zu vertheidigen, den ermorde ich nicht.«

»Das sollt Ihr ja nicht!«

»Und auch kein Anderer, so lange ich dabei stehe. Was meinst Du, Fred?«

»Die Indsmen sind unser!«

»Hört Ihr es, Pater?«

»Macht zu Christen wen Ihr wollt, nur die nicht, welche uns gehören.«

»Aber Ihr wißt ja gar nicht, weshalb ich es thue!«

»Mag es gar nicht wissen!«

»Was aber soll denn sonst mit ihnen geschehen?«

»Das berathen wir, und dann hat Jeder eine Stimme dabei. Sollen sie getödtet werden, so meinetwegen, doch dann wenigstens durch eine ehrliche Kugel; ich aber werde den Henker nicht machen. Es sind zwei junge Kerls, die sicherlich erst vor ganz Kurzem flügge geworden sind und noch keinem Weißen ein Leid gethan haben!«

Der Pater mußte sich fügen.

»So macht die Sache kurz,« meinte er. »Ich stimme für den Tod durch die Kugel.«

»Ich nicht,« meinte Bill.

»Ich auch nicht,« erklärte Fred. »Welche Ansicht hat der Häuptling der Apachen?«

Rimatta machte eine sehr nachdenkliche Miene.

»Sehen die weißen Männer die Figuren auf den Armen der Gefangenen?«

»Ja. Was bedeuten sie?«

»So darf der Medizinmann nur die Söhne eines großen Häuptlings tätowiren. Diese Komanchen sind Brüder.«

Der Pater steckte sein Messer ein und hing sich den Rosenkranz um.

»Wer ist Euer Vater?« frug er.

Sie antworteten ihm nicht.

»Du wirst kein Wort von ihrer Lippe vernehmen,« bemerkte Rimatta.

»Warum?«

»Sie sind gefangen, und Du hast sie Hunde genannt. Es ist nicht tapfer, weise und großmüthig, Wehrlose zu beschimpfen. Soll ich mit ihnen reden?«

»Thue es.«

Rimatta bückte sich nieder und löste die Fesseln ihrer Hände.

»Werden mir die Söhne der Komanchen antworten, wenn ich sie frage?«

»Ja,« antwortete der Eine.

»Weißt Du, wer ich bin?«

»Du bist Rimatta, der größte Krieger der Apachen. Du bist tapfer und gerecht, Du beleidigst nicht den Gefesselten; wir werden mit Dir reden.«

»Wie ist der Name Eures Vaters?«

»Falke.«

»Der Falke! Er ist der tapferste Häuptling der Komanchen. Was wird er sagen, wenn er hört, daß seine Söhne gefangen sind?«

»Er wird sie nicht verdammen, sondern sie loskaufen, denn sie wurden im Kampfe gefangen und haben sich wacker gewehrt.«

»Ihr werdet bei uns bleiben und nicht fliehen, wenn ich Eure Fesseln wegnehme?«

»Wir fliehen nicht.«

»Auch wenn wir von den Euern angegriffen werden sollten?«

»Wir bleiben bei Euch, bis Ihr uns frei gebt!«

»Der Häuptling der Apachen glaubt Euren Worten.«

Er löste ihnen nun auch die Bande an den Füßen. Sie erhoben sich und Rimatta wandte sich an Bill und Fred:

»Ihr wollt das wieder haben, was Euch geraubt wurde?«

»Ja.«

»Ihr werdet es erhalten, wenn Ihr diese Männer schont. Sie sind unsere Gefangenen und werden bei uns bleiben, bis wir sie entlassen. Ist dies auch Eure Meinung?«

Alle stimmten bei, nur der Bowie-Pater machte ein sehr verdrießliches Gesicht.

Der Apache drehte sich jetzt wieder zu den Komanchen.

»Ihr habt eine Schaar von Bleichgesichtern überfallen und ihnen Gold und Anderes abgenommen?«

»Ja.«

»Wo ist das Gold?«

»Auf dem Wege nach den Hütten der Komanchen.«

»Wie viele Männer sind dabei?«

»Acht.«

»Wo liegen die Hütten der Komanchen?«

»Vier Tagreisen von hier nach dem Mittag zu.«

»Die Bleichgesichter werden den acht Komanchen nachreiten. Wollt Ihr ihnen das Gold zurückgeben, wenn sie Euch dann die Freiheit schenken?«

»Die Beute gehört nicht uns allein. Was Du fragst, das muß berathen werden.«

»In den Hütten der Komanchen?«

»Ja.«

»Und wie sollen wir erfahren was geschehen soll?«

»Auch dort.«

»Ugh!« rief der Apache. »So sollen wir zu den Komanchen gehen?«

»Ihr sollt mitgehen und zurückkehren dürfen, ohne daß Euch ein Leid geschieht.«

»Der Häuptling der Apachen glaubt Euren Worten, denn er kennt die Gebräuche der rothen Männer. Aber er kann das Gold holen, auch ohne daß er nach den Jagdgründen der Komanchen geht. Er wird die acht Krieger ereilen, ehe sie die Ihrigen erreicht haben.«

»Thue, was Du willst!«

Der Bowie-Pater war dieser Unterhaltung sehr aufmerksam gefolgt. Sie schien für ihn vom allergrößten Interesse zu sein. Jetzt nahm er das Wort:

»Glaubt Rimatta wirklich, daß wir unter den Komanchen sicher wären?«

»Er glaubt es.«

»Trotzdem wir ihre größten Feinde sind und noch erst heute ihrer so viele getödtet haben?«

»Wir kommen zu ihnen um zu unterhandeln. Sie werden erst dann wieder unsere Feinde sein, wenn sie uns entlassen haben.«

»So ist meine Meinung, daß wir den Acht nachjagen. Ereilen wir sie wirklich, so zwingen wir sie den Raub herauszugeben, ereilen wir sie aber nicht, so reiten wir bis zum Falken, mit dem ich übrigens ein Wort zu reden habe.«

»Worüber?«

»Ueber etwas, was ich Euch heut am Lagerfeuer erzählen werde.«

So abenteuerlich und gefährlich dieser Plan klang, er wurde doch von Allen angenommen, und kurze Zeit darauf setzte sich der Trupp in Bewegung. Die beiden Komanchen ritten frei und ohne Fesseln. Sie hatten ihr Wort gegeben, und so konnte man sicher sein, daß sie keinen Fluchtversuch unternehmen würden.

Der Ritt ging immer am Flusse entlang, wo man nach einiger Zeit die Stelle traf, an welcher sich die Komanchen getheilt hatten. Die eine Abtheilung war stromaufwärts zurückgekehrt, und die andere hatte, den Bowie-Pater verfolgend, nach der Schlucht eingelenkt, welche für sie so außerordentlich verhängnißvoll geworden war. Eine dritte Spur führte in gerader Richtung am Flusse weiter fort.

Man sah die Fährte von zwölf Thieren, die acht Reiter, von denen der eine Komanche berichtet hatte, führten also vier Saumpferde mit sich, und man sah es den Hufeindrücken an, daß sie sich der größten Eile befleißigt hatten. Leider konnte man heut der Fährte nicht sehr weit folgen, da der Nachmittag bereits vergangen war und der Abend hereinzubrechen begann.

Es wurde eine passende Stelle zum Lagern gesucht und ein Feuer angebrannt, dessen Schein durch die umstehenden Büsche verhindert wurde, weit in die Ferne zu dringen. Die ausgestellten, einander in regelmäßigen Zwischenräumen abwechselnden Wachen sorgten für die Sicherheit der Gesellschaft, welche von den Strapazen des heutigen Tages ausruhete. Die in der Umgebung weidenden Pferde waren beinahe ebenso sichere Wächter wie die menschlichen Posten, da die Mustangs sich des Nachts über vollständig lautlos zu verhalten und nur bei Annäherung eines feindlichen Wesens zu schnauben pflegen.

Mitten in der allgemeinen Unterhaltung hatte der Bowie-Pater sein frugales Mahl sehr schweigsam verzehrt und dabei den Jäger Fred mit eigenthümlichen Blicken beobachtet. Dieser bemerkte es sehr wohl, bekümmerte sich aber nicht um diese Aufmerksamkeit, der er keinen sichtbaren Grund beizulegen vermochte. Endlich nahm der Pater das Wort:

»Ihr nennt Euch Fred. Jedenfalls habt Ihr noch einen andern Namen?«

»Denke es!«

»Darf man ihn wissen?«

»Würde keinen Nutzen haben. Nennt mich Fred; das genügt ja vollständig.«

»Ihr seid verdammt kurz angebunden! Habt wohl Gründe den Namen zu verschweigen?«

»Gründe oder nicht. Wenn Ihr Fred ruft, so wissen Alle wer gemeint ist.«

»Und wenn ich Euch nun bitte mir den Namen zu nennen?«

»Die Bitte versteht sich ganz von selbst, denn befehlen dürfte es mir Niemand.«

»Ihr seid Amerikaner?«

»Nicht ganz.«

»Sprecht aber ein sehr ächtes Amerikanisch.«

»Möglich!«

»Seid Ihr schon lange in diesem Lande?«

»Einige Jahre nur.«

»Und von woher kommt Ihr herüber?«

»Aus Süderland, wenn Ihr es nun einmal wissen müßt.«

»Aus Süderland? Alle Teufel, das stimmt!«

»Was?«

»Ihr habt eine außerordentliche Aehnlichkeit mit einem Manne, den ich sehr genau kannte und der auch aus Süderland stammte.«

»Möglich!«

Fred schien sich zugeknöpft verhalten zu wollen, der Bowie-Pater aber fuhr fort:

»Dieser Mann hieß Walmy, war vielleicht gar von Adel gewesen.«

»Walmy!«

Jetzt war es Fred, der Leben bekam; er richtete sich so schnell empor, daß man sah, daß dieser Name für ihn von großem Interesse sein müsse.

»Ja,« antwortete der Pater kalt.

»Wo habt Ihr ihn getroffen?«

»Hier und da.«

»Lebt er noch?«

»Hm, weiß nicht! Vielleicht, vielleicht auch nicht.«

»Mensch, heraus mit der Sprache! Dieser Mann ist mein Bruder!«

»Aha, jetzt endlich erfährt man den Namen, welcher nicht genannt werden sollte!«

»Ja; ich heiße Walmy, Friedrich von Walmy.«

»Und Euer Bruder war Theodor von Walmy, der um verschiedene Jahre älter gewesen sein muß als Ihr?«

»So ist es.«

»Bitte, erzählt mir doch einmal, wie er nach Amerika gekommen ist.«

»Ich weiß es nicht, ob er wirklich nach Amerika gekommen ist. Das ist eine Begebenheit, über welche heute noch das tiefste Dunkel schwebt.«

»Ihr wißt nur, daß er plötzlich verschwunden war?«

»Weiter nichts.«

»Erzählt!«

»Glaubt Ihr denn, daß es einem so wohl thut, dergleichen Familiensachen zu veröffentlichen? Ihr scheint von ihm zu wissen. Erzählt Ihr zuvor, dann werde ich sehen, was ich zufügen muß.«

»Das geht nicht. Das, was ich zu sagen habe, ist der Art, daß ich zuvor Euch hören muß.«

»Ihr seid ein Amerikaner?«

»Nein.«

»Was sonst?«

»Auch ein Süderländer. Ihr könnt getrost reden, denn die Prairie und der Urwald sind schweigsam, und was Ihr erzählt, bleibt in der Wildniß vergraben.«

»Ja, erzählt!« baten auch die Andern, in der Erwartung eine Geschichte zu hören, die ihnen die Zeit am Lagerfeuer verkürzen werde.

»Ich thue es nicht gern.«

»So will ich Euch noch etwas sagen,« meinte der Pater. »Ich

sagte heut am Nachmittage, daß ich mit dem »Falken« zu sprechen hätte – –«

»Ueber etwas, was Ihr uns am Lagerfeuer erzählen wolltet.«

»So ist es. Und das, was ich den Häuptling der Komanchen zu fragen habe, betrifft Euren Bruder.«

»Unmöglich!«

»Wirklich! Die Schicksale des Menschen sind wunderbar. Aber wenn ich überhaupt von dieser Sache reden soll, so müßt Ihr mir vorher erzählen Alles, was Ihr wißt.«

»Nun gut! Wenn Ihr ein Süderländer seid, so kennt Ihr auch meine Familie?«

»Die Familie der Walmy ist eine der ältesten und reinsten im ganzen Lande.«

Das Wort »reinsten« war mit einer Betonung gesprochen, welche Fred unwillkürlich aufblicken ließ.

»Was meint Ihr damit?« frug er.

»Sie hat stets großen Werth darauf gelegt, daß ihr Blut nicht mit niedrigem vermischt werde.«

»Richtig! Ich war noch ein Knabe, als mein Bruder bereits seine Karrière begonnen hatte. Es war ihm die diplomatische Laufbahn vorgeschrieben worden. Er besaß Talent, erwarb sich das Vertrauen seiner Oberen, und es stand zu erwarten, daß er von Stufe zu Stufe mit größerer Schnelligkeit steigen werde, als es sonst zu geschehen pflegt. Später noch hörte ich, daß er ein sehr schöner Mann gewesen sei.«

»Das war er!«

»Ihr habt ihn damals gekannt?«

»Ich hörte es.«

»Da er alle Eigenschaften besaß, welche dazu nöthig waren, hatte der Vater keine große Mühe aufzuwenden, eine glänzende Partie für ihn zu Stande zu bringen. Er wurde mit der Tochter eines seiner Vorgesetzten verlobt.«

»Und auch vermählt?«

»Nein.«

»Ah!«

»Es kam ein Cirkus nach der Hauptstadt, dessen Mitglieder Dinge leisteten, welche man bisher für unmöglich gehalten hatte. Besonders war es eine Reiterin, welche sich durch ihre Produktionen so hervorthat, daß ihr Auftreten stets den Glanzpunkt der Vorstellung bildete.«

»Wie hieß sie?«

»Man nannte sie Miß Ella; ihren eigentlichen Namen habe ich nie erfahren.«

»Auch woher sie stammte wißt Ihr nicht?«

»Nein; doch vermuthete man, daß sie ein ächtes Künstlerkind sei. Sie war im Ballete und auf dem Seile ebenso erfahren und fertig wie auf dem Pferde, und sprach eine Menge Sprachen in der Weise, daß man annehmen mußte, sie sei seit ihrer frühesten Jugend auf Kunstreisen stets unterwegs gewesen.«

»So war sie wohl nicht mehr jung?«

»O nein. Zwar ist die Schätzung des Alters bei einer Künstlerin, die doch in die Geheimnisse der Toilette eingeweiht sein muß, stets eine unsichere Sache, aber man nahm an, daß sie nicht über dreiundzwanzig Jahre zählen könne.«

»Sie war dreißig.«

»Ah, Ihr wißt das! Woher?«

»Man sprach davon.«

»Sie hatte Temperament, ja, eine körperliche und geistige Beweglichkeit, welche zwar beinahe wild genannt werden mußte und in allen Effekten glänzte, aber das Publikum hinriß und wohl auch mit Grund war, daß sie jünger erschien als sie eigentlich war. Dazu besaß sie eine Schönheit, welche zur Bewunderung aufforderte, und es läßt sich leicht denken, daß ein solches Wesen der Männerwelt nicht nur interessant erscheinen, sondern ihr auch gefährlich werden mußte.«

»Wohl auch Eurem Bruder, wie sich nun leicht ahnen läßt?«

»Auch ihm, und zwar vorzugsweise ihm.«

»War er denn darnach angelegt, sich für eine Kunstreiterin zu interessiren?«

»Wohl eigentlich nicht. Er war kühl und berechnend, sprach wenig aber gut, und hatte niemals die leiseste Schwärmerei an sich beobachten lassen. Aber er war ein passionirter, enragirter Reiter und ein Pferdeliebhaber *comme il faut*.«

»Da läßt sich sehr leicht denken, daß er den Cirkus fleißig besuchte.«

»Zuerst nur spärlich, dann mehr und mehr und endlich täglich. Ein solcher Besucher wird natürlich dem Künstlerpersonale bekannt, er kam mit verschiedenen hervorragenden Mitgliedern des Cirkus in Berührung, und da Miß Ella zu diesen gehörte, sah und sprach er sie öfter, als es den Eltern lieb war und sich für seine Stellung und seine Verhältnisse eigentlich schickte. Man sprach sogar sehr bald von einer so intimen Beziehung zwischen ihm und ihr, daß Vater sich veranlaßt sah ihn zur Rede zu stellen.«

»Mit welchem Erfolge?«

»Mit einem sehr negativen. Theodor lachte und gab keine Antwort. Aber seine Beziehungen zu ihr verinnigten sich bald in der Weise, daß er sich sogar öffentlich mit ihr sehen ließ. Er ritt und fuhr mit ihr spazieren und gestattete ihr im Theater sogar einmal Zutritt in unsere Familienloge.«

»Welch ein Horreur für eine so hohe, so alte und exklusive Familie!«

Diese Worte des Paters waren in einem Tone gesprochen, welcher für ein aufmerksames Ohr etwas Schadenfrohes, vielleicht sogar Triumphirendes an sich hatte. Aber dies entging dem erzählenden Jäger. Er fuhr fort:

»Damit war die Angelegenheit allerdings in ein Stadium getreten, welches zum energischen Einschreiten veranlaßte. Der Bruder mußte vor dem versammelten Familienrathe erscheinen und erklärte hier endlich unverholen, daß er die Kunstreiterin heirathen werde.«

»Worauf der ganze versammelte Familienrath theils in Revolution gerieth und theils sogar in Ohnmacht fiel?«

Diese Frage war ganz in dem vorhergehenden Tone gesprochen. Fred achtete es nicht.

»Die Mutter bat ihn mit Thränen, von diesem unglückseligen Vorhaben abzustehen; der Vater drohte ihm mit Verstossung und Enterbung – vergeblich.«

»Diese Miß Ella muß doch ein höchst bezauberndes Weib gewesen sein, da es ihr gelingen konnte, einen so kalten berechnenden Diplomaten in Flammen zu versetzen,« meinte der Pater. »Was sagtet denn Ihr als Bruder dazu?«

»Ich war zu jung, als daß ich ein Verständniß für das Alles gehabt hätte. Ueberdies liebte ich meinen Bruder so herzlich, daß ich sehr geneigt war, ihn mehr zu bedauern als ihm zu zürnen.«

»Und was würdet Ihr heute sagen, wenn Ihr in diesem Familienrathe stündet?«

»Ich würde schweigen. Theodor war alt genug um zu wissen, was er that, und heut weiß ich sehr genau, welche Macht eine wahre Liebe auf die Entschließungen eines Menschen auszuüben vermag.«

»Ah! Auch Ihr habt dies erfahren? Interessant!«

»Ich spreche jetzt nicht von mir, sondern von dem Bruder. Es spaltete sich eine tiefe Kluft zwischen ihn und seine Familie. Seine Braut trat in einer Weise zurück, welche uns in Affront bringen mußte, und seine Vorgesetzten nahmen eine so reservirte Haltung an, daß man erkennen mußte, es sei um seine Karrière, ja vielleicht sogar um seine Stellung überhaupt geschehen.«

»Das mußte ihm natürlich die Augen öffnen!«

»Im Gegentheile! Es erbitterte ihn. Er gab seine Stellung freiwillig auf. Er konnte dies, weil er durch den auf ihn entfallenen Theil der Erbschaft von einer jüngst verstorbenen Tante die Mittel in den Händen hatte, wenn auch nicht eben luxuriös, aber doch auskömmlich leben zu können. Bereits sprach man von der bevorstehenden Vermählung zwischen ihm und dem Mädchen, als ein Ereigniß eintrat, welches man unmöglich hatte vorhersehen können.«

»Ah!«

»Er hatte einen Nebenbuhler – –«

»Nur einen?«

»Wohl mehrere; aber unter ihnen befand sich einer, welcher beinahe ebenso begünstigt wurde wie Theodor selbst.«

»Alle Teufel; jetzt wird die Sache interessant!«

»Diese Begünstigung war jedenfalls weniger eine Folge seiner persönlichen Vorzüge, als vielmehr seiner hohen Stellung.«

»Er stand noch höher als die alte angesehene Familie der Walmy?«

»Bedeutend höher: es war ein königlicher Prinz, der Sohn des Königs selbst.«

»Der Kronprinz etwa?«

»Nein, sondern sein Bruder Hugo.«

»Was? Der tolle Prinz! Das ist allerdings ein Nebenbuhler, den man nicht übersehen kann. Und er wurde bevorzugt?«

»Ja, und zwar in einer solchen Weise, daß es zu einem öffentlichen Auftritte kam, der zwischen gleichgestellten Kavalieren nur durch die Waffen gesühnt werden konnte. Hier aber handelte es sich um einen einfachen Edelmann gegenüber einem königlichen Prinzen. Theodor befand sich sichtlich in großer Gefahr. Die Einen meinten, der Prinz werde sich zu einer Forderung verstehen, und dann war es sehr fraglich, ob mein Bruder dem tollen, in allen Waffen geübten Königssohne gewachsen sei. Die Anderen behaupteten, die Bestrafung einer solchen, einem Gliede des Herrscherhauses angethanen Beleidigung werde sicher der König selbst in die Hand nehmen, und von einem Duelle könne also gar keine Rede sein.«

»Wer hatte Recht?«

»Ich kann dies nicht entscheiden. Theodor verreiste und – kehrte nicht zurück. Am Abende seiner Abreise sollte Miß Ella auftreten – auch sie war verschwunden.«

»Und der tolle Prinz?«

»Hatte sich offiziell auf eines seiner Schlösser zurückgezogen.«

»Wußte man auf welches?«

»Man nannte Burg Himmelstein, welche noch heute sein Lieblingsaufenthalt ist, wenn er sich bei Hofe befindet. Nach längerer Zeit erhielten wir einen Brief des Bruders aus den Vereinigten Staaten. Er schrieb uns, daß er seine Existenz in Süderland unhaltbar gefunden habe und nach Amerika gegangen sei, er werde niemals zurückkehren, sondern seinen Namen ändern und kein Lebenszeichen von sich geben.«

»Hat er dies gehalten?«

»Ja.«

»War der Brief von seiner Hand geschrieben?«

»Ja.«

»Wißt Ihr dies gewiß?«

»Warum sollte er ihn von einem Andern schreiben lassen?«

»Hm! Er könnte ja eine kranke Hand gehabt haben!«

»Es ist seine Hand. Als ich die Heimath verließ, habe ich das Schreiben mitgenommen. Das Schicksal hat oft sonderbare Grillen, und es war doch vielleicht möglich, eine Spur von dem Verschollenen zu entdecken. Dann konnte mir der Brief einmal von Nutzen sein.«

»So habt Ihr das Schreiben bei Euch?«

»Ja.«

»Kann man es einmal zu sehen bekommen?«

»Warum?«

»Ich habe Euch ja gesagt, daß ich mich für Euren Bruder interessire, und werde Euch nachher auch noch weitere Mittheilungen machen. Zeigt mir den Brief!«

Fred öffnete sein Jagdhemd und zog ein Couvert von gegerbtem Hirschleder hervor, welches er auf der Brust getragen hatte. Es enthielt ein Papier, welches er auseinander schlug.

»Hier ist es.«

Der Bowie-Pater nahm das Schreiben in die Hand, hielt es möglichst nahe an die Flamme des Feuers und betrachtete die Schriftzüge lange, sehr lange Zeit mit der allergrößten Aufmerksamkeit. Es war wohl nur die Anstrengung des Lesens bei einer so flackernden Flamme schuld, daß ihm ein glänzender Tropfen im Auge stand, als er den Brief seinem Besitzer zurückgab.

»Nun?« frug dieser.

»Dieser Brief ist gefälscht!«

»Oho!«

»Ganz sicher!«

»Wie wolltet Ihr das beweisen? Oder hättet Ihr zufälliger Weise Theodors Hand einmal gesehen?«

»Das ist gar nicht nöthig. Schreibt ein Sohn und Bruder einen so kurzen kalten Abschied für die ganze Lebenszeit an die Seinigen?«

»Er war erzürnt und verbittert.«

»Er hätte eher gar nicht, als in dieser Weise geschrieben! Und seht Euch diese Handschrift an! Sie ist nicht fließend; sie ist gemalt, mit aller Mühe und Akkuratesse auf das Papier gebracht. Man sieht es jedem einzelnen Buchstaben an, daß er sorgfältig eingeübt und dann mit einer besonderen Ueberlegung hergeschrieben wurde.«

Fred prüfte jetzt die Schrift nach dieser Richtung hin, und seine Miene nahm einen Ausdruck an, dem man es ansah, daß die Worte des Paters ihre Wirkung thaten.

»Nun, was meint Ihr?« frug der Pater.

»Hm! Ihr habt sehr scharfe Augen, und Eure Ansicht scheint nicht ganz des Grundes zu entbehren. Allerdings fürchterlich wäre es, wenn dieses Schreiben gefälscht wäre!«

»Es ist gefälscht; darauf könnt Ihr Euch verlassen. Ich will doch einmal sehen, ob Eure Augen ebenso scharf sind wie die meinigen.«

Er langte in seinen Kugelbeutel und zog ein zusammengerolltes, sehr gut eingehülltes Papier hervor, welches er öffnete und Fred entgegenhielt.

»Da, nehmt einmal, um das hier zu lesen und zu prüfen!«

Fred näherte das Papier dem Feuer und las:

»Allerdurchlauchtigster Prinz!

Ich melde Ihnen meine Ankunft hier, und daß ich bereits den besprochenen Brief an die Familie Walmy abgesandt habe. Er ist genau mit der Handschrift Theodors geschrieben, die ich ja prächtig nachahmen kann. Nun bitte ich aber auch, mir die zweite Hälfte der stipulirten Summe nachzusenden. Meine Adresse ist: Lingston, Missouri, Wallstreet 23.

Georg.«

Fred ließ das Blatt mit der Hand, die es gehalten hatte, niedersinken.

»Georg? – –« frug er. »Wer ist dieser Georg?«

»Lest zunächst auch diesen zweiten Brief,« antwortete der Pater.

Er hielt ihm ein anderes Blatt entgegen, welches mit dem ersten in der gleichen Emballage gesteckt hatte. Fred ergriff es. Sein Inhalt lautete:

»Gnädigster Prinz.

Haben Sie Dank für die mir überwiesene Summe! Meine Aufgabe ist erfüllt, und ich werde wohl niemals wieder nach Süderland zurückkehren. Es gefällt mir hier so gut, daß ich dies gar nicht bedauere. Daher breche ich mit der Heimath vollständig und werde von hier nach Kuba oder Mexiko gehen. Sie dürfen also keine Sorge tragen, daß Ihr Geheimniß jemals verrathen werde. Theodor von Walmy ist gut aufgehoben, und daß auch Miß Ella niemals sprechen kann, dafür werden Sie wohl Sorge tragen. Das letzte Lebewohl von

Georg Sander.«

Fred machte eine höchst erstaunte und überraschte Miene.

»Georg Sander,« rief er; »das war der Reitknecht meines Bruders!«

»Richtig!« nickte der Bowie-Pater.

»Er verschwand zu derselben Zeit, in welcher wir den Bruder vermißten!«

»Stimmt, stimmt sehr!«

»Wir haben niemals wieder von ihm gehört!«

»Leicht erklärlich, da er ja mit der Heimath vollständig abgeschlossen hatte!«

»Und Ihr meint, daß er den Brief geschrieben habe, welchen wir von Theodor zu erhalten vermeinten?«

»So ist es! Vergleicht einmal diese Schriften! Trotzdem in der ersten die Hand Eures Bruders nachgeahmt ist, läßt sich ihre Aehnlichkeit mit den andern Briefen gar nicht verkennen.«

Fred verglich und meinte endlich:

»Ihr habt recht! Aber wie kommt Ihr zu diesen Zeilen?«

»Das sollt Ihr hören! Wer ich bin, oder vielmehr, wer ich war, das kann Euch sehr gleichgiltig sein; doch das muß ich sagen, daß ich Euern Bruder kannte und aus gewissen Gründen, die ich hier nicht zu erörtern brauche, sehr große Stücke auf ihn hielt.«

»Ihr habt ihn also wirklich gekannt?« frug Fred bewegt.

»Ja. Er verschwand, und es hieß, er sei nach Amerika gegangen, weil er sich unmöglich gemacht habe. Ich bin im Stande, diesem Gerüchte noch Einiges hinzuzufügen.«

»Ists möglich? O, thut es, thut es gleich!«

»Der wilde Prinz war ein Nebenbuhler Eures Bruders –?«

»Wie ich bereits erzählte.«

»Euer Bruder beleidigte ihn – öffentlich und tödtlich –«

»So ist es – –.«

»Und Ihr glaubt, daß der König ein daraus hervorzugehendes Duell verhindert habe?«

»Das war unsere Ansicht.«

»Sie ist falsch. Euer Bruder schlug sich mit dem Prinzen –«

»Ah – –«

»Auf Burg Himmelstein.«

»Wirklich? Warum dort?«

»Weil der Prinz es so wollte.«

»Wer siegte?«

»Ich weiß es nicht.«

»Und dann?«

»Verschwand Euer Bruder.«

»Nach Amerika?«

»Wie es allen Anschein hat.«

»Mit seiner – – mit Miß Ella?«

Der Bowie-Pater senkte den Kopf, so daß man das Spiel seiner Mienen nicht bemerken konnte, und erst nach einer Pause antwortete er mit einer hörbar belegten Stimme:

»Nein.«

»Nicht? Aber sie verschwand ja doch zu gleicher Zeit mit ihm.«

»Das ist richtig. Sie liebte die Person Eures Bruders und die glänzende Stellung des Prinzen zu gleicher Zeit. Sobald Euer Bruder in Folge des Ausganges des Duells zur Flucht gezwungen war und dadurch Alles verlor, was seine Zukunft gesichert hätte, wußte sie, daß sie für ihn verloren sei. Sie besaß nicht die Opferwilligkeit, ihm in die Ferne, in die Armuth zu folgen, sie blieb auf Burg Himmelstein bei dem Prinzen zurück.«

»Ah!« machte Fred verwundert. »Weiter, weiter!«

»Sie verlebte Tage, Wochen und Monate eines Rausches, der allerdings endlich einmal verfliegen mußte und sie zu einer Enttäuschung brachte, welche nicht größer und schlimmer sein konnte. Sie wüthete und tobte – der Prinz lachte; sie jammerte und weinte – der Prinz spottete; er ging auf neue Abenteuer aus, und sie ging auch, nämlich in das Kloster.«

»Nicht möglich! Sie, die Kunstreiterin, in das Kloster!«

»Ja. Wundert Ihr Euch darüber?«

»Sollte ich nicht?«

»Pah!«

Dieses Wort wurde in einem Tone ausgesprochen, welcher wohl verächtlich sein sollte, und doch klang es mehr wie der Schmerzensschrei eines tief gequälten und ungeheilten Herzens. Der Bowie-Pater legte das Gesicht in die beiden Hände und erhob es erst nach einer längeren Weile wieder. Es hatte jetzt ein erdfahles Aussehen und seine Augen funkelten in einer wilden unheimlichen Gluth.

»Denkt Ihr etwa, daß sie fromm geworden ist?« frug er beinahe höhnisch.

»Wenn sie in das Kloster gegangen ist – –«

»Pah; Ihr kennt die Klöster nicht! Sie blieb die Courtisane des Prinzen, trotzdem sie eine Nonne geworden war. Und als er nichts mehr von ihr wissen wollte, fand sie reichlichen Ersatz in den Herren Patres, welche heimlich das Frauenkloster besuchten, um die frommen Schwestern auf – den Weg zur Seligkeit zu bringen.«

Die Anderen lauschten gespannt den Worten, welche zwischen den halb geschlossenen Lippen und knirschenden Zähnen hervorgestoßen wurden.

»Woher wißt Ihr das Alles?« frug Fred.

»Ich – – ich – – ich verkehrte damals oft in dem Kloster und lernte da manches kennen, von dem sich sonst nicht gleich Jemand etwas träumen läßt. Ich kam mit ihr zu sprechen.

Trotz ihrer Wildheit war sie zu der Erkenntniß gekommen, daß sie Unrecht gehandelt habe an Eurem Bruder. Sie forschte nach ihm und bekam zufälliger Weise die Briefe in die Hand, welche sein Diener von Amerika aus an den Prinzen geschrieben hatte. Sie versah mich mit den nöthigen Mitteln und sandte mich herüber, um nach ihm zu forschen.«

Fred machte eine Bewegung der Ueberraschung und richtete sich in halbe Lage empor.

»Ah! Habt Ihr eine Spur entdeckt?«

»Von Eurem Bruder noch nicht, aber von Georg Sander.«

»Wo?«

»Zunächst ging ich natürlich nach Lingston in Missouri. Dort hörte ich, daß er nach New-Orleans gegangen sei. Hier hatte er den zweiten Brief geschrieben. Ich folgte seiner Spur hinüber nach der Habanah. Von da war er nach Mexiko gegangen. Ich langte dort an und blieb immer auf seiner Fährte, die mich nach Texas und von da in die Prairien am Red River führte.«

»Habt Ihr ihn da gefunden?«

»Nein. Ich war immer hinter ihm her, Jahre lang, aber gesehen habe ich ihn nicht, bis ich endlich erst kürzlich zu der Ueberzeugung gekommen bin, daß er bei den Indianern Aufnahme gefunden haben müsse. Ich werde ihn treffen, das schwöre ich Euch, und dann wird er mir auch sagen müssen, wo Euer Bruder zu finden ist.«

Fred erhob sich jetzt vollständig.

»Und ich werde mit Euch gehen, so weit, als wie die Erde reicht. Wollt Ihr mich als Begleiter haben?«

Der Pater blickte ihm mit funkelnden Augen entgegen, meinte dann aber ernst und langsam:

»Ich möchte wohl gern, aber ich bin kein Mann für Euch.«

»Warum?«

»Weil, weil – – pah, hier meine Hand. Schlagt ein; Ihr sollt mit mir gehen dürfen, doch nur unter einer Bedingung.«

»Welche ist es?«

»Ihr dürft niemals nach meiner Vergangenheit und nach meinen persönlichen Verhältnissen fragen.«

»Well, das verspreche ich Euch!«

»Abgemacht also! Geht Bill auch mit?«

»Natürlich!« antwortete dieser sofort. »Wo Fred ist, da bin ich auch, denn wo die Büchse des »Feuertod« blitzt, da muß auch Bill Holmers Flinte knallen.«

»Und Rimatta?«

Alle blickten den Häuptling an. Dieser ließ seine Augen langsam im Kreise herum schweifen und meinte dann:

»Der Häuptling der Apachen wird mit den Bleichgesichtern gehen, bis ihn seine rothen Brüder rufen. Er kennt alle Thiere und alle Männer des Waldes und der Prairie; er kennt vielleicht auch den Diener, den sie suchen.«

»Du?« frug der Bowie-Pater, indem er sich vor Ueberraschung erhob.

»Rimatta hat nicht gesagt, daß es dieser Mann wirklich ist, aber Rimatta kennt ein Bleichgesicht, welches schon lange Zeit bei den Hunden der Komanchen wohnt und mit ihnen die Apachen tödtet und bestiehlt.«

»Wo ist er? In dem Lager oder in dem Dorfe der Komanchen?«

»In ihrem Dorfe.«

»Und wo kam er her?«

»Aus dem Lande, welches der weiße Jäger vorher genannt hat.«

»Wie sieht er aus?«

»Er hat die Augen des Himmels und das Haar des Feuers.«

»Blaue Augen und rothes Haar? Das stimmt. Weiter! Hat Rimatta kein besonderes, kein auffälliges Kennzeichen an ihm bemerkt?«

»Das Bleichgesicht hat eine kleine Wunde an seiner Lippe.«

»Auch dies ist richtig; sie stammt von einer gut operirten Hasenscharte. Er ist es, und nun soll mich nichts abhalten, zu den Komanchen zu gehen. Weiß Rimatta, wo sich ihr festes Dorf befindet?«

»Er weiß es und wird seine weißen Brüder dorthin führen. Sie mögen doch einmal die Gefangenen fragen, welche wissen, wer das Bleichgesicht ist, das sich bei den Komanchen befindet.«

Der Bowie-Pater folgte diesem Rathe und wandte sich an die beiden Indianer, konnte aber nichts erfahren, da sie nicht zu bewegen waren, die erwünschte Mittheilung zu machen. Dadurch gerieth das Gespräch ins Stocken, bis es endlich ganz schwieg.

Die Nacht verging. Als der Tag sich zu lichten begann, erhob man sich, um die Spuren der Komanchen zu verfolgen. Diese führten immer an der rechten Seite des Rio Pekos hin bis an die Stelle, wo der Fluß zwischen die Berge der oberen Sierra Guadelupe tritt. Hier stiegen sie rechts in das Gebirge empor, dessen gegenseitigen Abhang man erst am andern Nachmittag erreichte. Am Abende war die Truppe bis zur offenen Prairie herabgestiegen, in deren Gras die Spur nun wieder leichter zu verfolgen war. Dies wurde jedoch bis zum nächsten Morgen aufgehoben. Die Transporteure der geraubten Nuggets hatten einen zu bedeutenden Vorsprung, als daß es hätte gelingen können, sie noch unterwegs zu erreichen. Es blieb also nichts übrig, als sich kühn mitten durch das Dorf der Komanchen zu wagen. In dem Besitze der beiden Gefangenen, welche ja ihr Versprechen gegeben hatten, war die Gefahr dieses Wagnisses jedenfalls nicht so groß, als es den Anschein hatte. Während des weiteren Rittes wurde wenig gesprochen; es hatte ein Jeder mit seinen eigenen Gedanken zu thun, welche auf die nächste Zukunft gerichtet waren.

Um Mittag wurde eine kurze Rast gemacht, und gegen Abend tauchten am Horizonte mehrere dunkle Linien auf, welche bei genauer Betrachtung als Zeltreihen zu erkennen waren. Dies war das große Zeltdorf der Komanchen, welches man hier zum Zwecke der Büffeljagd errichtet hatte.

Rimatta war immer vorangeritten. Er parirte jetzt sein Pferd.

»Wollen meine weißen Brüder wirklich noch die Komanchen besuchen?« frug er. »Noch ist es jetzt Zeit zum Umkehren.«

»Wir kehren nicht um,« entschied der Bowie-Pater. »Fürchtet sich der Häuptling der Apachen, weil er eine solche Frage ausspricht?«

Das Auge des Apachen blitzte ihn zornig an:

»Hat der Indianertödter jemals vernommen, daß Rimatta sich gefürchtet hat? Die Söhne der Apachen haben das Kriegsbeil ausgegraben gegen die Hunde der Komanchen, jeder Apache, der in die Hände der Komanchen fällt, ist verloren, dennoch aber wird Rimatta nicht umkehren, sondern seine weißen Brüder begleiten.«

Dies war allerdings ein stolzes Wort und ein ebenso kühner Entschluß, da er unter allen Umständen von den Todfeinden seines Volkes weniger Rücksicht und Erbarmen finden mußte als die Jäger. Doch ist die wahre Kühnheit stets mit vorsichtiger Klugheit gepaart: er griff im Reiten nach dem Kalumet, brannte es an und reichte es, nachdem er einige Züge gethan hatte, den beiden Komanchen.

»Wollt Ihr nicht sterben, so trinkt mit mir den Rauch des Friedens!« gebot er ihnen.

Sie folgten seinem Befehle, dann fügte er hinzu:

»Reitet hin zu den Eurigen, kündet ihnen unsere Gegenwart an und sagt ihnen, daß wir Eure Gäste sind!«

Sie sprengten davon, auf das Lager zu; die Jäger aber saßen ab und nahmen auf dem Boden Platz.

Sie brauchten gar nicht lange auf den Erfolg dieser Anmeldung zu warten, denn sehr bald kam ein zahlreicher Reitertrupp auf sie zu, welcher sich auflöste und einen Kreis bildete, in den sie eingeschlossen wurden. Dieser Kreis wurde dann plötzlich verengt, indem die Komanchen im Galopp und unter Heulen und Waffenschwenken auf sie von allen Seiten zukamen, daß es schien, als ob sie niedergeritten werden sollten. Eine Gruppe von vier Häuptlingen sprengte wirklich *ventre-à-terre* auf sie zu und setzte über sie hinweg. Die Jäger blieben dabei ruhig sitzen und bewegten den Kopf um keines Haares Breite nach der rechten oder linken Seite.

Jetzt stiegen die vier Häuptlinge ab, traten herzu, und der Aelteste von ihnen nahm das Wort:

»Warum erheben sich die weißen Männer nicht, wenn die Häuptlinge der Komanchen zu ihnen treten?«

Der Bowie-Pater übernahm es, die Antwort zu ertheilen:

»Wir wollen Euch damit sagen, daß Ihr uns willkommen seid und hier an unserer Seite Platz nehmen sollt.«

»Die Häuptlinge der Komanchen setzen sich nur an die Seite von Häuptlingen. Wer ist Euer Anführer, und wo sind Eure Wigwams und Eure Krieger?«

»Die weißen Männer haben keine Wigwams, sondern große steinerne Städte, in denen viele tausende von Kriegern wohnen. Meine rothen Brüder können sich ohne Sorge zu uns setzen, denn jeder von uns ist ein Häuptling.«

»Wie sind die Namen dieser Häuptlinge?«

Der Frager kannte die Namen bereits, denn die beiden Komanchen hatten sie ihm jedenfalls schon gesagt. Es war kein gutes Zeichen für die Jäger, daß er sich verstellte. Besonders auffallen mußten die finstern Blicke, welche von den Wilden auf Rimatta und den Pater geworfen wurden.

»Ich werde Euch unsere Namen sagen,« antwortete der Gefragte. »Dieser große Mann heißt Bill Holmers –«

»Holmers?« unterbrach ihn der Komanche, ganz gegen die sonstige Gewohnheit der Indianer. »Ich kenne diesen Namen. Der weiße Mann ist ein Feind der Indianer, aber er ist kein böser Mensch.«

»Dieser junge Mann wird von den rothen Kriegern Feuertod genannt.«

»Auch seinen Namen kenne ich; er ist unser Feind, aber tödtet die rothen Männer nur dann, wenn er dazu gezwungen ist.«

»Auch meinen Namen kennst Du. Man nennt mich Bowie-Pater, den Indianertödter.«

»So nennt man Dich; aber Du wirst keinen rothen Mann mehr tödten.«

»Ah? In wiefern?«

»Du wirst selbst sterben.«

»Ah! Weißt Du das so sicher?«

»Du wirst sterben von der Hand der Komanchen. Wer ist dieser rothe Mann?«

»Es ist Rimatta, der Häuptling der Apachen.«

»Er ist ein Hund, der bald verenden wird. Der Geier wird ihm die Augen aushacken, und sein Fleisch soll von den Wölfen wie Aas gefressen werden.«

»Auch das weißt Du so genau?«

»Ihr werdet heute noch sterben am Marterpfahle.«

»Wir? Die Gäste der Komanchen?«

»Ihr seid nicht unsere Gäste!«

»Wir sind es. Wir haben Eure jungen Häuptlinge nicht getödtet, sondern ihnen das Leben gelassen, und sie haben uns ihr Wort gegeben, daß wir friedlich einkehren dürfen in die Hütten der Komanchen.«

»Sie werden Euch ihr Wort halten; aber es wäre ihnen besser gewesen, wenn Ihr sie getödtet hättet. Ein tapferer Krieger stirbt lieber, als daß er sich von seinem Feinde das Leben schenken läßt. Ihr seid ihre Gäste und steht unter ihrem Schutze. Wir Andern aber haben Euch nichts versprochen, und darum werden wir Euch Eure Skalpe nehmen. Erhebt Euch und kommt in die Zelte Eurer Beschützer!«

Die Weißen sahen einander fragend an, Rimatta aber erhob sich ohne Zögern. Er hatte Recht. Sie waren von einer solchen Menge von Komanchen umgeben, daß es kein Entrinnen gab. Sie hatten sich in die Höhle des Löwen gewagt und mußten nun das Weitere abwarten. Man stieg zu Pferde; die Gefangenen wurden von den Wilden in die Mitte genommen, und fort ging es in sausendem Galoppe auf das Lagerdorf zu, in dasselbe hinein und zwischen den Zeltreihen hinauf, bis vor einem Zelte angehalten wurde.

Die Indianer stiegen ab und der alte Häuptling gebot:

»Die weißen Männer mögen hier eintreten!«

»Wem gehört diese Wohnung?« frug der Pater.

»Sie gehört Denen, welche Euch zu schützen haben. Gebt Eure Waffen ab!«

»Ein weißer Jäger trennt sich von seinen Waffen erst dann, wenn er gestorben ist.«

»Wissen die weißen Männer nicht, daß ein Gefangener keine Waffen haben darf?«

»Wir sind Gäste, aber keine Gefangenen.«

»Ihr seid Beides. Gebt die Waffen her!«

Da erhob Rimatta die Hand zum Zeichen, daß er sprechen wolle. Es war das erste Mal, daß er seit der Begegnung mit den Indianern den Mund öffnete.

»Die Söhne der Komanchen verlangen unsere Waffen, weil sie sich vor uns fürchten. Ihr Herz ist feig, und ihr Muth ist wie der des Prairiehuhnes, welches flieht vor jedem Tone, der sich hören läßt!«

Das war ebenso stolz wie schlau gesprochen, denn der Erfolg zeigte sich sofort. Der alte Häuptling maß ihn mit zornigem Auge und antwortete:

»Der Pimo* ist häßlich wie die Kröte des Sumpfes. Seine Zunge spricht die Lüge, und von seiner Lippe fließt die trübe Pfütze der Falschheit. Es gibt weder Mensch noch Thier, welches der Komanche fürchten möchte. Tretet ein in dieses Zelt und behaltet Eure Waffen!«

Jetzt erst stiegen die Jäger ab, banden ihre Pferde an und traten ein.

Das Zelt war ganz von der Art, wie man sie auch bei den nördlicher wohnenden Indianern findet. Die Arbeit ihrer Errichtung wird nur von den Frauen besorgt, wie denn der Indianer keine andere Beschäftigung kennt als den Krieg, die Jagd und den Fischfang. Alles Uebrige bleibt den Schultern der Frauen aufgebürdet.

Das Zelt war vollständig leer; es hatte Platz für die ganze Gesellschaft.

»Da sind wir!« meinte Holmers. »Wie wir aber fortkommen, das ist eine andere Frage.«

»Werden wohl sehen!« antwortet der Bowie-Pater einsilbig.

»Es kommt darauf an, ob man uns als Gäste oder als Gefangene betrachtet. Im letzteren Falle ist es um uns geschehen.«

* Spitzname für Apache.

»Wir werden Gefangene sein,« meinte Rimatta.

»Ist dies die feste Ansicht meines Bruders?«

»Sie ist es.«

»Und warum denkt er so?«

»Weil der Indianertödter und Rimatta zugegen sind. Wären es nur meine andern Brüder, so würden sie vielleicht Gäste sein, diese Beiden aber werden die Komanchen niemals gehen lassen wollen.«

»Glaubt Rimatta, daß wir verloren sind?«

»Der Häuptling der Apachen ist noch niemals verloren gewesen.«

»Was müssen wir thun, um uns zu retten?«

»Meine Brüder mögen ganz dasselbe thun, was Rimatta thun wird.«

»Was?«

»Mit den Komanchen das Kalumet rauchen.«

»Ah! Sie werden es nicht.«

»Sie werden es!«

»Ich glaube nicht, daß sie uns die Pfeife des Friedens geben werden.«

»Sie werden sie uns nicht geben.«

»Und dennoch sagest Du, daß wir sie mit ihnen rauchen werden.«

»Ich sage es. Wenn sie uns die Pfeife des Friedens nicht geben wollen, so werden wir sie uns nehmen.«

»Ah!« rief der Pater erstaunt. »Ein köstlicher Gedanke! Aber wird dann das Rauchen auch Geltung haben?«

»Es wird gelten. Rimatta wird die Pfeife rauben, und meine Brüder müssen dann sehr schnell Jeder einen Zug thun, ehe sie uns wieder entrissen werden kann.«

»Werden wir auch den Weißen sehen, welchen wir suchen?«

»Wenn er zugegen ist, werden wir ihn sehen. Rimatta wird es so einrichten, daß er sich nicht verbergen kann.«

Damit war die Unterredung zu Ende. Die Jäger schwiegen. Ihr Zelt war von Wächtern umgeben, und es lag ja die Möglichkeit vor, daß sie belauscht wurden. Nach einiger Zeit öffnete sich der Eingang, und es erschien einer der beiden Häuptlingssöhne.

»Meine Brüder sind in großer Gefahr,« begann er.

»Wie können wir in Gefahr sein, wenn wir uns unter Deinem Schutze befinden?« frug der Pater.

»Das Leben meiner Brüder ist sicher, so lange sie sich in meinem Zelte befinden. Sobald sie es aber verlassen, ist meine Bürgschaft zu Ende.«

»Was hat man mit uns vor?«

»Man wird die weißen Männer und den Häuptling der Apachen tödten, nachdem sie am Marterpfahle gestanden haben.«

»Gibt es kein Mittel uns zu retten?«

»Es gibt eines.«

»Welches?«

»Meine Brüder müssen Komanchen werden und sich ein Jeder eine Tochter der Komanchen zum Weibe nehmen.«

»Den Teufel werde ich!« antwortete Holmers. »Habe kein weißes Weib leiden mögen, viel weniger eine Kupferhaut. Damit erkaufe ich mir weder meine Freiheit noch mein Leben.«

»So sind meine Brüder verloren!«

»Ist das Bleichgesicht, von welchem wir bereits gesprochen haben, unter den Komanchen zu finden?« frug Walmy.

»Es ist da.«

»Werden wir mit ihm sprechen können?«

»Ich weiß es nicht. Aber sehen werden sie ihn.«

»Wo?«

»Das Bleichgesicht gehört mit zu den Häuptlingen der Komanchen; er wird sitzen mit den andern in dem Kreise der Berathung, wenn über das Schicksal meiner Brüder gesprochen wird. Also, die Bleichgesichter sind nicht bereit in den Stamm der Komanchen einzutreten um sich das Leben zu retten?«

»Nein.«

»So ist Alles für sie verloren, und ich kann nichts weiter für sie thun.«

Er entfernte sich wieder. Nach Verlauf von vielleicht einer Stunde trat ein finster blickender Indianer ein.

»Die weißen Männer und der Apache mögen mir folgen!« befahl er.

Sie steckten ihre Waffen zu sich und schritten hinter ihm her die Zeltgasse entlang bis vor das Lager. Dort hatten sich alle Krieger versammelt. Sie bildeten einen großen Kreis, in dessen Mittelpunkte die Häuptlinge Platz genommen hatten. Das Berathungsfeuer brannte, und das reich mit Perlen und Federn verzierte Kalumet lag zum Gebrauche bereit. Seitwärts von der Gruppe waren mehrere Pfähle in die Erde getrieben, ein sicheres Zeichen, daß die Gesinnung der Komanchen eine solche war, von der sich für die Jäger nichts Gutes erwarten ließ.

Zwischen den Häuptlingen saß ein Mann, dessen helle Farbe ihn von seiner Umgebung unterschied. Er war ein Weißer, trug sich aber vollständig so wie ein Indianer. Sogar einen langen Haarschopf hatte er sich stehen lassen, um durch ihn, der mit Adlerfedern durchflochten war, zu beweisen, daß er nicht unter die gewöhnlichen Krieger gerechnet werden dürfe.

Als die Gefangenen nahten, ergriff der alte Häuptling die Pfeife, steckte sie in Brand und führte das Rohr zum Munde. Er that sechs Züge, blies den Dampf nach Nord, Süd, Ost und West, dann gerade empor zum Himmel und abwärts zur Erde, und gab sie dann seinem Nebenmanne, welcher nur einen einzigen Zug zu thun hatte. Von diesem ging die Pfeife weiter. Der Vierte wollte sie eben dem Fünften geben, als Rimatta mit einem raschen Schritte hinzutrat und sie ihm entriß.

Das war eine That, die Niemand für möglich gehalten hatte, die auch noch niemals vorgekommen war. Die Indianer saßen starr von Erstaunen und geriethen erst dann in Bewegung, als es bereits zu spät geworden war. Rimatta hatte sofort die Pfeife weiter gegeben; sie war unter den Weißen herumgegangen und befand sich schon wieder in der Hand des Apachen, als der Häuptling sich wüthend erhob.

»Hund, was hast Du gethan!« schnob er Rimatta entgegen.

Dieser that ruhig noch einen Zug aus dem Kalumet und antwortete:

»Seit wann ist es unter den rothen Männern Sitte, ihre Freunde und Brüder Hunde zu nennen? Oder bedeutet dieses Wort bei den Söhnen der Komanchen eine Höflichkeit?«

»Bist Du unser Freund und Bruder?«

»Wir sind Eure Brüder und Eure Gäste, denn wir haben mit Euch aus dem Kalumet geraucht, welches vom heiligen Thone gefertigt wurde.«

»Ihr habt uns das Kalumet entrissen.«

»Das ist wahr; Rimatta sagt niemals eine Lüge. Aber es bleibt dennoch wahr, daß wir mit Euch die Pfeife des Friedens geraucht haben.«

»Dies gilt nichts; denn wir haben sie Euch nicht angeboten.«

»Wenn Rimatta jetzt seinen Tomahawk nimmt, um mit Dir zu kämpfen, so bist Du tapfer und lässest den Kampf gelten, trotzdem Du mir denselben nicht angeboten hast. Ihr habt uns Eure Gastfreundschaft nicht angeboten, wir haben sie uns geraubt; aber wir besitzen sie ebenso sicher, als wenn wir sie freiwillig erhalten hätten. Der große Geist sieht Alles, hört Alles; er wird sehen, ob die Krieger der Komanchen den Muth haben, sich an den Gesetzen der Pfeife des Friedens zu versündigen. Ich habe gesprochen!«

Der Komanche hatte der Beweisführung mit ganz verblüffter Miene zugehört. Er schwieg noch eine ganze Weile, dann meinte er, sich setzend:

»Die Häuptlinge der Komanchen werden über diesen Fall berathen. Tretet auf die Seite; wir werden Euch unsern Entschluß zu wissen thun!«

Die Weißen folgten diesem Gebote. Sie sahen, daß die Berathung eine ziemlich stürmische war, wie die lebhaften Gestikulationen der Komanchen bewiesen, und es verging wohl eine halbe Stunde, ehe sie zu Ende war. Dann winkte ihnen der Häuptling näher zu treten. Er erhob sich und gab das Zeichen, daß er sprechen werde.

»Die weißen Männer und der Apache mögen hören, denn die Häuptlinge der Komanchen werden sprechen.«

Nach dieser einleitenden Aufforderung begann er seine Rede:

»Es sind nun viele Sonnen her, da wohnten die rothen Männer ganz allein auf der Erde zwischen den beiden großen Wassern. Sie bauten Städte, sie pflanzten Bäume, sie jagten das Elenn, den Bär und den Bison. Ihnen gehörte der Sonnenschein und der Regen; ihnen gehörten die Flüsse und die Seen; ihnen gehörte der Wald, das Gebirge, die Thäler und alle Savannen des weiten Landes. Sie hatten ihre Brüder und Söhne, ihre Frauen und Töchter und waren glücklich. Da kamen die Bleichgesichter, deren Farbe ist wie der Schnee des Winters, deren Herz aber ist wie der Ruß, welcher aus dem Rauche fliegt. Es waren ihrer nur Wenige, und die rothen Männer nahmen sie auf in ihre Wigwams. Doch sie brachten mit die Feuerwaffe und das Feuerwasser; sie brachten mit andere Götter und andere Priester; sie brachten mit die Lüge und den Verrath, viele Krankheiten und den Tod. Es kamen immer mehr von ihnen über das große Wasser herüber; ihre Zungen waren falsch und ihre Messer spitz, die rothen Männer waren gut; sie glaubten ihnen und wurden betrogen. Sie mußten hergeben das Land, in welchem die Gräber ihrer Väter lagen; sie wurden mit List und Gewalt verdrängt aus ihren Wigwams und ihren Jagdgebieten, und wenn sie sich wehrten, so tödtete man sie. Um sie leichter zu besiegen, säeten die Bleichgesichter Zwietracht unter sie; die rothen Stämme wurden entzweit; sie begannen sich nun auch unter einander zu bekämpfen; sie müssen nun sterben wie die Koyoten in der Wüste. Fluch den Weißen; Fluch ihnen, so viele Sterne am Himmel sind und Blätter auf den Bäumen des Waldes!«

Er holte jetzt Athem und fuhr dann fort:

»Heut sind Bleichgesichter in die Wigwams der Komanchen gekommen. Sie haben die Farbe der Lügner und die Sprache der Verräther. Sie haben einen rothen Mann bethört, mit ihnen zu gehen und ihr Bruder zu sein, den Häuptling der

Apachen; er hat den Tod verdient, er und sie mit ihnen. Wir hätten sie langsam am Marterpfahle getödtet, um uns an ihren Qualen zu weiden und über das Geschrei ihrer Schmerzen zu lachen; aber es ist ihnen gelungen, den Rauch unseres Kalumets zu trinken, und so haben die Häuptlinge der Komanchen beschlossen, die Pfeife des Friedens zu ehren und ihnen Platz am Lagerfeuer zu geben, bis ihr Schicksal sich weiter entschieden hat. Ich habe gesprochen; meine Brüder mögen auch sprechen!«

Er setzte sich. Eigentlich wäre es hiermit genug gewesen; aber so schweigsam der Indianer sonst ist, die Gelegenheit eine Rede zu halten läßt er sich sicher nicht entgehen. Es gibt unter den Indianern Häuptlinge, die wegen ihrer Rednertalente weithin berühmt sind und ganz mit derselben rhetorischen Geschicklichkeit zu Werke gehen, wie die großen Redner der zivilisirten Staaten alter und neuer Zeit. Ihre blumen- und bilderreiche Sprache erinnert sehr an die Ausdrucksweise des Orientes.

Nach ihm erhoben sich die andern Häuptlinge einer nach dem andern, um in ihren Reden ganz dasselbe zu sagen, was bereits er gesagt hatte. Als der letzte geendet hatte, nahm der Bowie-Pater das Wort.

»Ich habe gehört, daß meine rothen Brüder an einen großen Geist glauben. Sie thun recht daran, denn ihr Manitou ist auch unser Manitou. Er ist der Herr des Himmels und der Erde, der Vater aller Völker; er will, daß alle Menschen ihn verehren sollen. Meine rothen Brüder aber verehren ihn auf eine falsche Weise, und ich bin über das große Wasser herübergekommen, um sie die richtige Weise zu lehren. Das haben mir viele rothe Männer übel genommen; sie haben mir nach dem Leben getrachtet, und ich mußte mich vertheidigen. Auf diese Weise bin ich der Indianertödter geworden. Aber ich kämpfe Auge in Auge mit meinen Feinden, ich habe niemals einen rothen Mann hinterrücks getödtet, und ich würde stets ein Freund der Komanchen gewesen sein, wenn sie sich nicht zu meinen Todfeinden gemacht hätten.«

Er hielt inne und blickte den Häuptling an. Dieser frug:

»Was haben sie gethan, daß sie Deine Todfeinde geworden sind?«

»Das will ich Dir und ihnen sagen. Da drüben über dem großen Wasser wohnte ein Mann, dessen Mund giftiger war als der Mund der Schlange; er war ein Lügner und Betrüger, ein Mörder; er mußte fliehen und ging über das Wasser herüber in dieses Land. Ich ging ihm nach, um ihn zu fassen, und hörte, daß die Söhne der Komanchen ihn bei sich aufgenommen hätten. Mußte ich nicht ein Feind der Komanchen werden?«

»Wer ist dieser Mann? Wir haben keinen weißen Lügner bei uns aufgenommen.«

»Sehe ich nicht ein Bleichgesicht in Eurer Mitte?«

»Dieses Bleichgesicht ist nicht über das Wasser herübergekommen.«

»Aus welchem Lande stammt dieser lichte Häuptling?«

»Aus dem Lande, welches gegen Mittag liegt. Er stieg von dem Gebirge herab, um den Komanchen viele gute Dinge zu zeigen.«

»Er hat Euch belogen!«

Der Betreffende fuhr mit der Hand nach seinem Tomahawk, sprach aber, da der Alte die Unterredung führte, kein Wort.

»So meinest Du, daß es Derjenige ist, den Du suchest?«

»Er ist es!«

»Du irrst!«

»Ich irre nicht. Erlaube, daß ich mit ihm selber rede!«

»Ich erlaube es.«

Jetzt wandte sich der Bowie-Pater direkt an den Weißen.

»Wie ist Dein Name unter diesen Leuten?«

»Mußt Du ihn wissen?«

»Muß man nicht den Namen wissen, wenn man mit einem Manne reden will?«

»Ich heiße Rikarroh.«

»Und wie nannte man Dich früher, ehe Du zu den Komanchen kamst?«

»Diese Frage ist sehr überflüssig.«

»Sie ist nicht überflüssig, sondern sie gehört ganz und gar zur Sache.«

»Ich bin zu den Kriegern der Komanchen gegangen, um die Welt zu vergessen. Mein Name lebt nicht mehr, er ist verschwunden; ich sage ihn nicht.«

»Weder Du bist vergessen, noch Dein Name. Verschwunden? Ja, verschwunden warest Du, aber ich habe Dich wiedergefunden, und wenn es Dir gefällt, Deinen Namen zu verschweigen, so werde ich ihn Dir nennen.«

Der Mann verfärbte sich.

»Sage ihn!«

»Du heißt Georg, Georg Sander!«

Das Auge des jetzigen Indianers blitzte erschrocken auf. Er antwortete:

»Georg Sander? Ich habe einen ähnlichen Namen nie gehört.«

»Nie?« lachte der Pater. »Hast Du auch nie den Namen Walmy gehört?«

»Nein.«

»Theodor von Walmy?«

»Nein.«

»Auch nicht den Namen des tollen Prinzen? Des Prinzen von Süderland?«

»Nein!«

»Hast Du auch nie gehört von einer Miß Ella, einer Dame, die in einem Cirkus arbeitete und dann ohne Spur verschwunden ist?«

»Nie.«

»Hm! Rikarroh, Du bist ein großer Lügner; Du hast sie alle gekannt.«

Der Beschuldigte erhob sich und griff zum Tomahawk.

»Mann, nenne mich nicht zum zweiten Male einen Lügner, wenn Du nicht willst, daß ich Dir augenblicklich den Schädel zerschmettere. Wie kannst Du es wagen, in dieser Weise mit einem tapfern Häuptling der Komanchen zu reden, dem noch kein Mensch ein solches Wort in das Gesicht gesagt hat?«

»Wagen? Pah! Ich bin der Bowie-Pater, und den kennt Ihr Alle. Dein Tomahawk thut mir nicht mehr als der Stachel einer Mücke, und damit Du siehst, daß ich mich nicht fürchte, nenne ich Dich nochmals einen Lügner!«

»Hund!«

»Lügner! Du bist Georg Sander! Wir kennen Dich. Siehe Dir einmal diesen Jäger an und sage, ob seine Züge Dir nicht bekannt vorkommen.«

Der Indianer machte eine Bewegung der Geringschätzung und meinte:

»Er ist ein Jäger wie so viele Andere, ich kenne ihn nicht; ich habe ihn niemals gesehen.«

»Und dennoch kennst Du ihn, dennoch hast Du ihn sehr oft gesehen, denn es ist Friedrich von Walmy, der Bruder Deines früheren Herrn.«

Wieder flog ein Blitz des Erschreckens über das Angesicht des Indianders.

»Du lügst!«

»Mensch, sage mir dies noch einmal, so schieße ich Dich nieder wie einen Hund. Du mußt dieses Wort anhören, ich aber leide es nicht, denn ich lüge nicht!«

Jetzt trat Fred hart an den jetzigen Wilden heran.

»Kennst Du diesen Brief?«

Er hielt ihm jenes Schreiben vor das Gesicht, welches er am Abend nach dem Kampfe mit den Komanchen dem Bowie-Pater gezeigt hatte. Der Mann warf einen Blick darauf, schüttelte seinen Kopf und antwortete:

»Ich kenne es nicht. Das hat ja ein gewisser Theodor von Walmy geschrieben, wie aus der Unterschrift zu sehen ist. Laßt mich in Ruhe!«

»Du kennst es, denn Du hast es geschrieben, Du hast es gefälscht, Schurke!«

Nun trat auch der Bowie-Pater noch näher.

»Vielleicht kennst Du aber diese beiden Briefe, welche mit Georg Sander unterschrieben sind. Willst Du sie einmal ansehen, mein lieber Schatz?«

Er hielt sie ihm entgegen; der Mann wollte nach ihnen

langen, sofort aber zog sie der Pater zurück und hielt sie außer dem Bereiche seiner Arme in die Höhe, so daß er sie zwar lesen aber nicht ergreifen konnte.

»Nein, nicht wegnehmen, sondern nur lesen sollst Du sie. Du hast sie an den tollen Prinzen geschrieben, an den Du vorher Deinen Herrn verkauftest.«

»Ich weiß nichts davon; ich weiß von gar nichts. Ihr seid wahnsinnig!«

Im nächsten Augenblicke stand der Pater hart vor ihm.

»Wahnsinnig? Das wagest Du, Mensch!«

Er holte aus und schlug ihm die Faust vor die Stirn, daß er erst wankte und dann niederstürzte. Er raffte sich aber sofort wieder in die Höhe, riß das Messer heraus und wollte sich auf seinen Gegner stürzen. Sofort flogen die Büchsen sämmtlicher Jäger an die Wangen, und auch Rimatta riß den Tomahawk aus seinem Gürtel. Auch die Häuptlinge waren aufgesprungen. Der Alte streckte seine Hand abwehrend aus und gebot:

»Laßt die Waffen ruhen! Ihr habt in einer Sprache geredet, welche wir nicht verstehen. Was habt Ihr mit unserem weißen Bruder?«

»Er ist es, den wir suchen, aber er will es nicht gestehen.«

»So ist er es nicht. Die weißen Männer irren sich.«

»Wir irren uns nicht.«

»Er hat Euch beleidigt, als er noch ein Weißer war?«

»Ja, und mehr, noch viel mehr als das!«

»Er ist kein Weißer mehr; er ist ein rother Mann geworden, er ist ein ganz Anderer; er hat Recht. Laßt ab von ihm; ich gebiete es Euch!«

»So werden wir ihn nicht anklagen, aber wir werden ihn tödten!« meinte der kleine Pater im höchsten Zorne.

»Wagt es!«

»Ich thue es, und zwar sofort!«

Er nahm die Büchse empor. Da zeigte der Häuptling im Kreise herum.

»Siehst Du, daß hunderte von Kriegern um Euch stehen? Wenn Du schießest, so seid Ihr Alle verloren!«

»Das fragt sich noch. Unsere Kugeln werden die Hälfte von Euch fressen!«

Da ertönte lauter Hufschlag die Reihe der Zelte herauf. Ein Reiter kam im Galoppe herbei, parirte seinen Mustang vor dem Kreise der Häuptlinge und sprang ab. Sie alle erhoben sich, und einer der Indianer eilte herbei, um sein Pferd zu halten.

»Was ist hier?« frug er in stolzem Tone.

Sein Auge blitzte im Kreise herum und blieb dann mit ernstem Ausdrucke auf Rimatta und dem Bowie-Pater haften. Der alte Häuptling erhob sich.

»Es ist viel geschehen, seit Du nicht hier warst.«

»Sage es!«

»Du hattest den Zug gegen die weißen Jäger anbefohlen.«

»So ist es.«

»Er gelang.«

»Ich wußte es vorher.«

»Sie wurden getödtet, und Alles, was sie bei sich führten, kam in unsere Hand.«

»Sind unsere Krieger zurück?«

»Nur vier von ihnen, Deine beiden Söhne und noch zwei Andere, o Häuptling.«

»Wo sind die übrigen?«

»Todt.«

»Wer hat sie getödtet?«

»Diese hier.«

Da wandte der Zuletztangekommene seine hohe stolze Gestalt nach ihnen.

»Du bist Rimatta, der Häuptling der Apachen?« frug er.

»Ich bin es.«

»Und Du? Ich habe Dich noch nicht gesehen, aber ich kenne Dich an Deiner Gestalt und an Deiner Kleidung. Du bist der Bowie-Pater, der Indianertödter?«

»Du hast richtig gerathen.«

Der Falke, denn dieser war es, wandte sich wieder zu den Seinigen zurück:

»Ich war weit da oben im Norden, um den heiligen Thon zu

unseren Pfeifen zu holen. Frieden sollte die heilige rothe Erde bringen, aber nun ich zu meinem Wigwam zurückgekehrt bin, ist Blut geflossen, und vielleicht wird noch weiter welches fließen. Wo sind meine Söhne?«

»In ihrer Hütte.«

»Warum sind sie nicht hier?«

»Sie haben diesen Männern das Gastrecht gegeben und können also nicht mit urtheilen über sie.«

»Wenn die Söhne des Falken ihrem Feinde die Hände reichen, so haben sie ihren Grund dazu. Man möge sie holen. Ihr aber sollt erzählen!«

Der alte Häuptling begann seinen Bericht, während der Falke sich zu ihm niedersetzte. Dieser war der Typus eines ächten Indianers, nicht hoch, aber breit und kräftig gebaut, und alles an ihm war Sehne, Muskel und Kraft.

Der Bericht klang nicht freundlich für die Jäger. Die Zwei, welche dem Blutbade am Rio Pekos entkommen waren, hatten sich alle Mühe gegeben, die Komanchen gegen die Weißen einzunehmen. Während des Vortrages erschienen die beiden Söhne des Falken. Ihr Vater hatte eine sehr lange und außerordentlich gefährliche Reise hinter sich; er war soeben erst eingetroffen, und sie erblickten ihn zum ersten Male, aber es gab keine Scene des Wiedersehens, der Rührung und der Freude; denn dies verbot die strenge indianische Sitte. Er wandte sich zu ihnen, als der Häuptling geendet hatte, und sprach:

»Diese Weißen haben Eure Brüder und Mitkrieger getödtet?«

Sie neigten ihre Häupter zum Zeichen der Bejahung.

»Ihr habt ihnen die Hände der Gastfreundschaft geboten?«

Es erfolgte dieselbe Antwort. Sein Auge richtete sich auf den Einen von ihnen.

»Erzähle!«

Der junge Mann stattete in kurzen wahrheitsgetreuen Worten seinen Bericht ab. Sein Vater hörte ihm aufmerksam zu und entschied sodann:

»Der Häuptling der Komanchen, den seine Freunde und

Feinde Falke nennen, freute sich in seinem Herzen, als er seine Wigwams wieder erblickte, nun aber wird diese Freude in Schmerz verwandelt, denn seine Söhne haben, um nicht sterben zu müssen, Freundschaft geschlossen mit den Feinden ihres Volkes. Ihr hättet den Tod vorziehen sollen, und ich hätte mit Wehmuth aber mit Stolz für Eure Seelen angestimmt den Schlachtgesang der Todten, denn drüben in den ewigen Jagdgründen hätte ich Euch wiedergesehen als Helden, denen die Geister der Bleichgesichter dienen müssen. Wäre ich nicht Euer Vater, so hätte ich Euch jetzt begnadigt, denn Ihr habt dennoch nichts Böses gethan, sondern nur gehandelt wie junge Männer handeln, welche das Leben lieb haben. Damit man aber im Lande und bei dem Volke der Komanchen sich nicht erzähle, daß der große Falke weich gegen seine Söhne, werde ich Euch Eure Strafe geben: Ihr verlaßt noch in diesem Augenblicke, ohne zu essen oder zu trinken, das Dorf der Euren und kommt nicht eher zurück, als bis jeder von Euch fünf Skalpe unserer Feinde bringt! Habt Ihr noch zu reden?«

»Was wird mit diesen Männern, für deren Sicherheit wir unser Wort gegeben haben?« frug der Eine, indem er auf die gefangenen Jäger deutete.

»Der Falke wird Euer Wort lösen, sie stehen unter seinem Schutze.«

»Wir gehen!«

Sie traten ab; ihre Mienen waren kalt, denn die Sitte verbot ihnen, die Gefühle, welche sie bei diesem strengen Urtheile bewegten, merken zu lassen.

Jetzt winkte der Falke Rimatta:

»Sprich!«

Der Angeredete bewegte stolz das Haupt.

»Rimatta, der Häuptling der Apachen, ist Gast seiner Feinde, der Komanchen. Er wird nicht sprechen, denn seine Rede ist unnöthig, wie er denken muß!«

»Du hast Recht. Draußen vor den Wigwams würde ich mit Dir kämpfen, um Dich zu tödten, hier aber bist Du so sicher wie im Schooße der Mutter. Aber die weißen Männer mögen reden, denn ich habe erfahren, daß sie eine Klage vorzubringen haben gegen einen der Krieger der Komanchen!«

Da nahm Fred das Wort:

»Wirst Du meine Klage hören?«

»Ich höre sie. Wer bist Du?«

»Du kennst meinen Namen. Man nennt mich Feuertod so weit die Prairie reicht.«

»Du bist ein tapferer Krieger, der noch keinen von uns getödtet hatte.«

»Ich hatte einen Bruder, den ich liebte; wir Beide waren Häuptlinge im Volke der Bleichgesichter, und dieser Mann, der jetzt einer der Eurigen ist, that uns die Dienste, welche bei Euch die Weiber verrichten.«

»Ist dies wahr?«

»Ich beschwöre es. Es gab einen Häuptling, der noch größer war als wir, und der meinen Bruder haßte; an ihn verkaufte und verrieth dieser Mann den Bruder, so daß wir ihn nie wiedersahen, dann entfloh der Verräther nach Amerika. Von hier aus schrieb er Briefe zurück, welche voller Trug und Lüge waren. Wir folgten ihm nach und haben ihn nun gefunden. Er soll uns sagen, wo unser Bruder ist, sonst tödten wir ihn.«

»Ihr habt gethan, wie tapfere Männer thun müssen. Hat er es eingestanden?«

»Nein; er leugnet.«

Da drehte sich der Falke zu Sander um.

»Bist Du der Mann, den diese suchen?«

»Nein, sie lügen.«

»Ihr hört es!«

»Er lügt, weil er die Strafe fürchtet.«

Der Häuptling sann einen Augenblick lang nach, dann meinte er lächelnd:

»Der Falke wird sogleich erfahren, wer die Unwahrheit redet, er oder Ihr. Der Häuptling der Komanchen läßt sich von Niemand bethören.«

Er wandte sich wieder an Sander.

»Wo hast Du Deinen Medizinbeutel?«

»In meinem Wigwam.«

»Ich kenne ihn; ich habe sehr oft gesehen, daß Du auch solche Dinge in ihm hast, welche die Bleichgesichter Briefe nennen. Wo befindet er sich?«

»Hinter dem Lager.«

Während dieser Antwort war es ihm anzusehen, daß er sich in einer außerordentlichen Verlegenheit befand. Sein Geheimniß war ernstlich in Gefahr.

»Ich werde ihn holen, ich selbst und kein Anderer.«

Mit diesen Worten erhob sich der Falke.

»Ich werde ihn Dir bringen,« rief Sander. »Du würdest ihn nicht finden.«

»Bleib; ich finde ihn!«

Da sprang der Renegat empor.

»Und dennoch werde nur ich ihn holen! Er gehört mir, und das Wigwam ist mein, es darf kein Anderer ohne Erlaubniß eintreten!«

»Auch ich nicht, der Falke, welcher der oberste Häuptling seines Volkes ist?«

»Auch Du nicht!«

»Wurm! Doch Du hast Recht, Du kannst es jedem Einzelnen, also auch mir verbieten, die Stelle Deines Feuers zu betreten, aber Deine Weigerung ist ein Beweis, daß Du der Lügner bist, und daß dieses Bleichgesicht die Wahrheit gesprochen hat. Du bist ein Feigling; Du wirst aus unserem Volke gestoßen! Morgen mag die Versammlung über Dich entscheiden!«

»Ich bin nicht feig!«

»Du bist es, sonst würdest Du nicht lügen, sondern Deinen Namen bekennen und dann nach Sitte der Komanchen mit diesen Männern kämpfen.«

»Ich werde Dir zeigen, daß ich kein Feigling bin!«

»Womit?«

»Ich werde mit ihnen kämpfen.«

»So bist Du der, welchen sie suchen?«

»Ja.«

»Du hast bei ihnen die Arbeit der Weiber verrichtet?«

»Ich war ihr Diener.«

»Willst Du ihnen die Briefe zeigen, von denen ich vorhin gesprochen habe?«

»Nein.«

»Wirst Du ihnen sagen, was sie von Dir zu wissen begehren?«

»Nein.«

»Auch mir, Deinem Häuptlinge nicht?«

»Nein. Ich bin in dieser Sache Niemand Rechnung schuldig, als nur mir selbst.«

»Es kann Dich Niemand zwingen. Aber Du wirst mit diesen Bleichgesichtern kämpfen, nachdem wir hier die Stunde des Kampfes bestimmt haben. Gehe!«

Sander erhob sich. Man sah es ihm an, daß er sich erleichtert fühlte.

»Halt!« rief da der Pater.

»Was willst Du?« frug der Falke.

»Dieser Mann darf nicht allein in sein Wigwam gehen!«

»Warum?«

»Er darf den Medizinbeutel nicht behalten.«

»Warum?«

»Der Beutel enthält Briefe, die für uns ganz außerordentlich wichtig sind.«

»Sie sind sein Eigenthum.«

»Nein; sie gehören uns!«

»Er hat sie empfangen; sie sind sein.«

»Das Papier gehört ihm, der Inhalt aber ist nicht sein, sondern unser Eigenthum, denn er enthält das, was wir von ihm wissen wollen!«

»Das Papier ist sein, und die Schrift ist Euer? Ihr werdet morgen mit ihm kämpfen, und der Medizinbeutel wird nach dem Kampfe dem Sieger gehören.«

»Aber wenn Du ihn jetzt gehen lässest, so wird er die Briefe vernichten.«

»Ich werde ihm zwei Männer mitgeben, denen er den Beutel geben soll.«

»Ich gebe ihn nicht her,« meinte Sander, »er ist mein Eigenthum.«

»Er wird Dir nicht genommen; er soll nur aufgehoben werden bis nach dem Kampfe; wenn Du tapfer bist, so erhältst Du ihn ja wieder zurück.«

»Gut, ich werde Dir ihn anvertrauen!«

Er ging und auf einen Wink des Falken schlossen sich ihm zwei Andere an.

Dies konnte den Jägern allerdings nicht lieb sein, aber sie waren gezwungen, sich darein zu fügen. Sie wurden nach ihrem Zelte geführt, wo man sie bewachte.

Der Tag verging, ohne daß sich etwas Nennenswerthes begeben hätte, und ebenso ging auch die Nacht zu Ende. Am andern Vormittage öffnete sich ihr Zelt, und es erschien ein Indianer, welcher ihnen befahl, ihm an den Berathungsplatz zu folgen.

Dort waren die Häuptlinge und Angesehensten des Stammes wieder versammelt. Man wies ihnen ihre Plätze an, und sie setzten sich voller Erwartung nieder.

Der Falke begann:

»Der große Geist zürnt den Kriegern der Komanchen, daß sie die Pfeife des Friedens geraucht haben mit den Bleichgesichtern, die eine weiße Farbe haben.«

Er hielt inne und blickte sie einen nach dem Andern an, als ob er eine Antwort erwarte, als aber keiner von ihnen das Schweigen brach, fuhr er fort:

»Es ist den Söhnen der Komanchen ein großes Unglück widerfahren.«

»Welches?« frug der Pater.

»Auch den Bleichgesichtern wird dies Unglück nicht gefallen.«

»So erzähle es!«

»Die Bleichgesichter wollten kämpfen mit Rikarroh –«

»Wir werden mit ihm kämpfen!«

»Sie können ihn nicht besiegen!«

»Warum?«

»Weil er sich nicht mehr im Lager der Komanchen befindet. Er ist fort.«

Die Weißen sprangen zornig auf.

»Du lügst!« rief der Pater.

»Wie dürfen die Weißen es wagen, den Häuptling der Komanchen einen Lügner zu nennen! Sie mögen dieses Wort bereuen und es wieder zurücknehmen.«

»Ich nehme es nicht zurück!«

»Ich habe die Wahrheit gesprochen!«

»Entweder lügst Du jetzt und verbirgst ihn, um ihn zu retten, oder Du hast gestern gelogen, als du versprachst, daß wir mit ihm kämpfen sollten!«

»Der Falke hat gestern die Wahrheit geredet, und er spricht sie auch heute.«

»Wo sind die Briefe, welche der Verräther Dir gestern geben sollte?«

Er langte in sein Jagdgewand und zog einen alten Medizinbeutel hervor.

»Hier ist der Medizinsack. Oeffnet ihn und nehmt die Papiere heraus!«

Fred griff zu und öffnete den Beutel. Er fand zwei Briefe, welche er aus einander schlug, um ihren Inhalt schnell zu überfliegen; dann rief er:

»Betrogen! Diese Briefe sind nicht diejenigen, welche wir suchen!«

»Der Beutel enthielt keine anderen,« antwortete ruhig der Häuptling.

»Ist das wahr?«

»Falke lügt nie!«

»Rufe die beiden Männer, denen er den Beutel übergeben sollte.«

Der Häuptling winkte, und einer der Komanchen erhob sich, um die Verlangten herbei zu holen. Sie kamen, und der Pater verhörte sie sofort:

»Ihr seid gestern mit dem, den ihr Rikarroh nanntet, in sein Zelt gegangen?«

»Ja.«

»Und Euch hat er diesen Medizinbeutel übergeben?«

»Ja.«

»Hat er ihn geöffnet, ehe er denselben in Eure Hände legte?«

»Wir wissen es nicht.«

»Ihr müßt es wissen! Ihr seid ja dabei gewesen!«

»Er hatte ihn in der Ecke des Zeltes stecken. Er kniete lange dort, ehe er sich erhob, und reckte uns seinen Rücken zu. Wir sahen nicht was er that.«

»Aber ich weiß es, was er that: er öffnete den Beutel, um die Briefe heraus und an sich zu nehmen, welche wir von ihm verlangt hatten. Wo ist er?«

»Wissen wir es?« frug der Häuptling.

»Ihr müßt es wissen!«

»Als die Sonne sich erhob, bemerkten die Söhne der Komanchen, daß er das Lager verlassen hatte.«

»Allein?«

»Es sind noch vier Krieger, welche fehlen. Vielleicht haben sie ihn begleitet.«

»Nach welcher Richtung?«

»Ihre Spuren führen nach Westen.«

In diesem Augenblicke nahte sich ein Komanche. Er trat zu dem Falken und erhob stumm die Hand zum Munde, zum Zeichen, daß er sprechen wolle.

»Was will der junge Krieger seinen Vätern sagen?« frug ihn der Häuptling.

Der Gefragte antwortete:

»Alle Männer der Komanchen wissen, daß den Bleichgesichtern von unsern Kriegern viele Lederbeutel abgenommen wurden, welche mit Gold gefüllt waren.«

»Wir wissen es.«

»Dieses Gold wurde aufbewahrt in der Erde jenseits unseres Lagers.«

»Da liegt es.«

»Da liegt es nicht mehr. Es ist verschwunden.«

Der Falke fuhr mit der Faust nach seinem Messer.

»Wer hat es genommen?«

»Ich weiß es nicht.«

»Wer hat es entdeckt, daß es fort ist?«

»Ich.«

»Erzähle!«

»Ich ging, um mir aus der Heerde ein Pferd zu holen. Der Weg führte mich an dem Orte vorüber, an welchem das Gold vergraben liegt. Ich sah, daß man das Versteck geöffnet und nicht wieder gut verschlossen hatte. Das Gold ist fort.«

»Der Falke wird selbst nachsehen. Ich kenne den Ort noch nicht. Führe mich.«

Er erhob sich und verschwand mit ihm hinter den Zelten. Nach einiger Zeit kehrte er allein zurück. Er nahm an seiner vorigen Stelle wieder Platz und berichtete:

»Das Gold ist fort. Rikarroh hat es mitgenommen. Die Söhne der Komanchen wissen viele Orte, wo Gold zu finden ist, aber sie verachten es. Sie bedauern es nicht, daß dieses Metall verschwunden ist!«

Da nahm Bill Holmers das Wort:

»Aber wir bedauern es. Wir haben gegraben im Schweiße unseres Angesichts, um es zu finden, und als wir es hatten, wurde es uns von den Kriegern der Komanchen geraubt. Wir kamen zu ihnen, um es uns wieder zu holen, und nun ist es wieder verschwunden. Wir werden Rikarroh verfolgen, um es ihm abzunehmen!«

»Können die Bleichgesichter fort von hier?«

»Wer will uns halten?«

»Sie sind unsere Gefangenen!«

»Wir? Wir haben die Pfeife des Friedens mit Euch geraucht, wir sind nicht die Gefangenen der Komanchen, sondern wir sind die Freunde und Gefährten derselben.«

»Ihr habt unsere Krieger getödtet.«

»Sie wollten uns angreifen und tödten. Wir haben uns nur gewehrt gegen sie!«

»Es ist Blut geflossen, und dies kann nur durch Blut wieder abgewaschen werden.«

»Wir sind freiwillig zu den Hütten der Komanchen gekommen, wir haben die Söhne des Falken verschont, und diese haben uns Eure Gastfreundschaft versprochen.«

»Kann dies mir meine verlorenen Krieger wiedergeben? Die Kinder der Komanchen haben die Pfeife nicht freiwillig mit Euch geraucht; Ihr habt sie gestohlen!«

»Und Du hast uns dann gesagt, daß wir nun Gäste von Euch geworden sind.«

»Ihr seid unsere Gäste aber blos so lange, als Ihr in unsern Hütten Euch befindet.«

»Und dann?«

»Dann seid Ihr wieder unsere Feinde, und wir werden Euch zu tödten wissen.«

»Und wir werden uns zu wehren wissen!« meinte der Pater. Rimatta erhob sich.

»Die Söhne der Komanchen haben Gift im Munde und Lüge in ihrem Herzen. Sie entweihen die heiligen Gebräuche der rothen Männer. Rimatta verachtet sie!«

Er drehte sich um und ging fort; die Andern folgten ihm nach, ihrem Zelte zu.

Nach Verlauf von einer Stunde öffnete sich dasselbe, und der Falke trat ein.

»Rimatta, der Häuptling der Apachen, hat uns beleidigt,« meinte er, »aber wir werden ihm zeigen, daß wir die heiligen Gebräuche nicht entweihen.«

»Willst Du uns dies zeigen?« frug der Pater mit gespannter Miene.

»Die Häuptlinge der Komanchen haben sich berathen, sie werden die Bleichgesichter und den Apachen entlassen.«

»Wann?«

»Heut.«

»Mit Allem, was wir bei uns haben?«

»Mit Allem.«

»Auch unsere Pferde bekommen wir?«

»Auch die Pferde. Die weißen Jäger werden den vierten Theil eines Tages Zeit erhalten, dann jagen ihnen die Komanchen nach, um sie zu tödten.«

»Ich danke Dir, Häuptling. Ihr werdet uns nicht tödten. Wann dürfen wir fort?«

»Wann es den weißen Jägern beliebt. Sie dürfen es nur ihrer Wache sagen.«

Er ging. Die Zurückbleibenden athmeten auf.

»Also eine Hetzjagd wie gewöhnlich!« meinte Fred.

»Die uns keinen Schaden macht,« setzte der Pater hinzu.

»Aber sie haben ausgezeichnete Pferde: sie werden uns vielleicht einholen!«

»Der vierte Theil eines Tages, also sechs Stunden Vorsprung, das ist genug!«

Bill Holmers lachte:

»Sechs Stunden? Es kommt nur auf uns an, daraus zwölf Stunden zu machen.«

»Wie so?«

»Jetzt ist es kurz vor Mittag. Warten wir noch drei oder vier Stunden!«

»Aha!«

»Ja. Sie werden sehr streng Wort halten und genau sechs Stunden warten; dann aber brechen sie mit der Sekunde auf. Wenn wir nun um vier Uhr aufbrechen, so läuft die Frist um Zehn ab, also wenn es dunkel ist. Dann aber sind sie, wenn sie unsere Fährte erkennen wollen, gezwungen, bis morgen früh zu warten, wenn es wieder hell geworden ist.«

»Ganz recht; so wird es gemacht. Und wohin wenden wir uns?«

»Natürlich nach Westen, um diesen Rikarroh zu verfolgen.«

»Wohin wird er sein?«

»Laßt uns überlegen! Vor den Komanchen darf er sich nicht wieder sehen lassen, weil er sie bestohlen hat.«

»Zu den Apachen kann er auch nicht, denn sie sind seine Feinde, besonders da er Komanchen bei sich hat.«

»Es bleibt allerdings dann nichts übrig, als daß er zu den Ravojes geht.«

»Wo lagern die Stämme derselben jetzt?«

»Jenseits des Rio Kolorado.«

»Dann müssen sie vorher durch das Gebiet der Pahuta. Vielleicht suchen sie bei diesen Schutz.«

Rimatta schüttelte mit dem Kopfe.

»Die Pahuta sind jetzt Freunde der Apachen, sie werden weder einen Komanchen noch ein Bleichgesicht bei sich behalten, sondern sie würden Beide tödten.«

»Aber wir?«

»Meine weißen Brüder haben von ihnen nichts zu befürchten, da ich bei ihnen bin. Die Krieger der Pahuta kennen Rimatta, den Häuptling der Apachen.«

»Die Hauptsache ist, wenn wir das Lager hier verlassen, daß wir Lebensmittel mitnehmen. Aber wie wollen wir diese bekommen?«

»Meine Brüder mögen keine Sorge haben. Die Heerden der Komanchen weiden draußen vor dem Lager. Wenn wir gehen, werden wir ein Rind tödten, und Jeder schneidet sich ein Stück von demselben ab. Das wird höchstens so viel Zeit erfordern, als die Weißen den vierten Theil einer Stunde nennen.«

»Haben die Komanchen zahme Rinder?«

»Sie haben einige gebändigte Kühe, um Milch trinken zu können.«

Jetzt nun sahen die Jäger darauf, daß ihre Kleider und Waffen sich in dem gehörigen Stande befanden, und als es ungefähr vier Uhr am Nachmittage war, ritten sie zum Lager hinaus. Kein Mensch begleitete sie, und kein Mensch folgte ihnen nach.

Westlich vom Rio grande schieben die Kordilleren von Sonora zahlreiche Höhenzüge nach Norden vor, über welche nur wenige Wege führen. Auf der Höhe eines dieser Pässe lagerten eines Tages mehrere weiße Jäger, bei denen sich auch ein Indianer befand. Es war Rimatta mit seinen Freunden.

Einer der Jäger stand auf einem hohen Felsen, von welchem aus er sowohl den vor- als auch den rückwärts liegenden Theil des Weges überblicken konnte. Er hatte die Aufgabe, für die Sicherheit seiner Gefährten zu sorgen, und eben jetzt schien er etwas Ueberraschendes bemerkt zu haben, denn er duckte sich nieder, blickte aufmerksam in das Thal hinunter und stieg dann eiligst herab.

»Halloh!«

»Was gibt es?«

»Rothe Männer.«

»Wie viele?«

»Fünf.«

»Beritten?«

»Ja.«

»Von welchem Stamme?«

»Konnte es nicht erkennen, sie tragen rothe und blaue Erde im Gesichte.«

»Dann befinden sie sich auf dem Kriegspfade. Welche Richtung haben sie?«

»Zu uns herauf.«

»Ah, dann gibt es vielleicht einen Kampf! Wie weit sind sie noch entfernt?«

»Sie werden in einer Viertelstunde hier oben anlangen.«

»Schön; werden sie gut empfangen! Schafft die Pferde fort. Wollen die Rothen einmal ein wenig zum Narren haben. Ich bleibe mit Rimatta hier, die Andern aber theilen sich, um den Platz vorn und hinten abzusperren. Laßt sie herein, aber nicht wieder hinaus, und schießt nicht eher als bis Ihr seht, daß es nothwendig ist. Freue mich auf ihre Gesichter.«

Diesen Worten des Bowie-Paters wurde sofort Folge geleistet.

Die Höhe des Passes, auf welcher sie sich befanden, bildete ein rings von kurzen Felsenkegeln und Steinspitzen umgebenes kleines Plateau, wo es für die Jäger genug Verstecke gab, um von den Ankommenden nicht bemerkt zu werden. In Zeit von zwei Minuten war dieses Plateau vollständig einsam und leer, und nur Rimatta und der Pater lagen scheinbar schlafend unter einem Felsen, die Büchsen neben sich angelehnt.

Als die Viertelstunde vergangen war, ertönte ein Pferdegetrappel, und die fünf Wilden erschienen. Sie stutzten beim Anblicke der beiden Schläfer, welche keine Bewegung machten, aber die Ankommenden unter ihren nur leise geschlossenen Lidern hervor sehr scharf beobachteten.

»Uff!« hörten sie den leisen Ruf des Einen der Indianer. Dieser winkte seinen Gefährten, welche nach den Waffen gegriffen hatten. Dann stieg er vom Pferde und kam lautlos herbeigeschlichen. Er nahm die beiden Büchsen fort und gab den Anderen dann das Zeichen herbeizukommen.

»Uff!« rief er dann mit lauter Stimme.

Die Beiden thaten, als ob sie jetzt erwachten, und richteten sich empor.

»Wer sind diese beiden Männer?« frug der Wilde.

»Kennst Du uns nicht?« frug der Pater.

»Diesen kenne ich. Er ist der größte Feind der Komanchen, er soll sterben. Dich aber kenne ich nicht. Du bist ein weißer Jäger, sage mir den Namen, den Du trägst.«

»Du hast ihn wohl schon öfters gehört. Man nennt mich Bowie-Pater, den Indianertödter.«

»Ugh!« rief der Wilde erstaunt. »Du bist ein noch größerer Feind von uns als dieser da. Die Geier werden Dein Fleisch verzehren und Deine Knochen zerreißen.«

»Möglich, aber jetzt noch nicht! Wo sind unsere Gewehre? Gib sie her!«

»Du wirst sie niemals wieder erhalten. Der große Geist hat Deinen Tod beschlossen, und seine rothen Kinder werden seinem Willen Gehorsam leisten.«

Er nahm den Lasso von seinen Hüften. Der Pater aber erhob lachend seine Hand.

»Der große Geist hat nicht meinen, sondern Euren Tod beschlossen, und so soll Euch geschehen, was Ihr an uns thun wolltet. Erhebt Eure Augen, und schaut um Euch!«

Bei diesen Worten traten die Andern aus ihren Verstecken hervor und legten ihre Büchsen auf die Wilden an. Ein Zeichen des Paters genügte, sie alle zu tödten.

»Uff!« rief der Anführer. »Mein weißer Bruder hat uns in seiner Hand.«

»Siehst Du wohl? Steigt von den Pferden, und legt Eure Waffen von Euch.«

Die Indianer sahen, daß eine Gegenwehr erfolglos sei. Sie gehorchten seinem Befehle.

»Tödten wir sie?« frug der Pater die Andern.

»Nein,« antwortete Bill Holmers.

»Aber es sind Komanchen, und sie befinden sich auf dem Kriegspfade!«

»Was kann uns ihr Tod für Nutzen bringen?«

»Aber schaden können sie uns, wenn wir so unvorsichtig sind, sie am Leben zu lassen.«

»Das können wir umgehen. Fragen wir, welche Meinung der Apache hat!«

Rimatta blickte die Feinde finster an, dann meinte er:

»Die Krieger der Komanchen wollten uns tödten, aber sie haben es nicht gethan. Wenn sie dem Häuptling der Apachen seine Fragen beantworten, so sollen sie leben bleiben, damit sie ihren Brüdern erzählen, daß wir entkommen sind.«

»Meinetwegen!« meinte der Pater, und dann wandte er sich an die Komanchen: »Werdet Ihr uns antworten, wenn wir Euch ruhig ziehen lassen?«

»Fragt uns!« antwortete der Anführer.

»Die Söhne der Komanchen sind auf dem Kriegspfade. Wo waren sie?« frug Rimatta.

»Wir haben die Söhne der Acoma bekämpft.«

»Was thaten sie Euch?«

»Sie sind stets unsere Feinde gewesen. Dann schlichen wir uns durch die Jagdgebiete der Apachen, um zurückzukehren zu unsern Vätern und Brüdern.«

»Habt Ihr welche Krieger der Apachen getödtet?«

»Nein.«

»Sprecht Ihr die Wahrheit? Der Mund der Komanchen ist stets voller Lüge!«

»Hätten wir sie getödtet, so würdest Du ihre Skalpe bei uns sehen.«

»Da habt Ihr recht geredet. Sind Euch auf diesem Wege fünf Reiter begegnet?«

»Warum spricht der Häuptling der Apachen diese Frage zu uns?«

»Weil er eine Antwort haben will.«

»Wir brauchen nicht zu antworten; sein Auge ist hell genug, um zu sehen.«

»Ich kenne die Spuren Derer, die ich suche. Sie sind Feinde der Komanchen.«

»Dann sind wir ihnen nicht begegnet; die wir trafen, sind unsere Brüder.«

»Sie sind nicht Eure Brüder. Sie haben das Lager ihrer Freunde beraubt und sind dann geflohen.«

»Woher weißt Du das?«

»Rimatta und diese Männer kommen vom Lager der Komanchen.«

»So redet Rimatta jetzt selbst die Lüge. Die Komanchen hätten ihn getödtet!«

»Der Mund des Apachen sagt niemals die Falschheit, er wird Euch erzählen.«

Und nun erzählte er ihnen nach Art und Weise der Indianer in kurzen Worten die letzten Abenteuer der Jäger. Die Komanchen hörten aufmerksam zu, und dann antwortete der Führer:

»Rikarroh ist ein Bleichgesicht; seine Farbe ist weiß, sein Herz aber ist schwarz.«

»Ihr seid ihm begegnet?«

»Wir haben ihn gesehen.«

»Und auch mit ihm gesprochen?«

»Wir haben an seinem Feuer gesessen, und er hat viel mit uns geredet.«

»Welchen Grund hat er gesagt, daß er das Lager der Komanchen verlassen hat?«

»Er sagt, der Falke habe ihn ausgesandt, die Apachen zu erkundschaften.«

»Er hat gelogen. Habt Ihr die Nuggets gesehen, welche er bei sich führte?«

»Nein.«

»So hat er sie versteckt!«

»Er war in einer Hütte, welche aus Zweigen bestand, darinnen wird das Gold gewesen sein; aber gesehen haben es die Krieger der Komanchen nicht.«

»Wo ist der Ort, an welchem er sich befand?«

»Reite einen Tag lang nach Westen bis an den Fluß, welchen

die Apachen Tom-scho nennen; dieser hat einen Wasserfall, dort war das Lager des Diebes.«

»Die Krieger der Komanchen haben gut gesprochen. Sie sind frei!«

Eine so schnelle Erlösung hatten sie nicht erwartet, sie stiegen daher sehr eilig auf und ritten davon, um den Jägern keine Zeit zu geben, auf andere Gedanken zu kommen. Diese aber ritten in entgegengesetzter Richtung davon.

Die Stadt San Franzisko liegt auf einer Landzunge, hat das große Weltmeer im Westen, die herrliche Bai im Osten und den Eingang zu dieser Bai im Norden. In ihren Straßen erblickt man die blasse schmächtige Amerikanerin, die stolze schwarzäugige Spanierin, die blonde Deutsche, die elegante Amerikanerin, die farbige kraushaarige Dame. Der reiche Kavalier mit Frack, Cylinder und Handschuhen trägt in der einen Hand einen Schinken und in der anderen einen Gemüse-korb, der Ranchero schwingt ein Netz mit Fischen über die Schulter, um damit einen Festtag zu feiern, ein Milizoffizier hält einen gemästeten Kapaun gefangen, ein Quäker hat einige mächtige Hummern in die gleich einer Schürze aufgerafften Schöße seines langen Rockes verpackt – und das Alles bewegt sich neben, vor, hinter und durch einander, ohne sich zu stören.

Durch dieses Gewimmel der Metropole des Goldlandes bewegte sich eine Kavalkade von Reitern und hielt endlich in der Sutterstreet vor dem Hotel Valladolid. Dies war ein Hotel in kalifornischem Stile und bestand aus einem langen und tiefen einstöckigen Brettergebäude, ganz ähnlich den Eintags-trinkbuden, welche man auf unseren Schützenfesten findet.

Dort stiegen sie ab und übergaben ihre Pferde dem Horse-keeper, welcher sie in einen Schuppen brachte. Die Gaststube war trotz ihrer ungeheuren Größe voller Gäste, so daß die Neuangekommenen nur noch einen Tisch fanden, an welchem sie Platz nehmen konnten. Eine Kellnerin kam herbei und holte den Porter, welchen sie sich bestellten. Dann frug der Eine:

»Ist die Sennora zu sprechen, mein Kind?«

»Ja. Soll ich sie holen?«

»Ich bitte darum!«

Das Mädchen entfernte sich, und bald darauf erschien die Wirthin und frug nach dem Begehr der Gäste. Der vorige Sprecher erhob sich.

»Gestatten Sie mir, mich Ihnen vorzustellen, Sennora! Mein Name ist Friedrich von Walmy; ich bin ein Deutscher, und dies sind meine Gefährten.«

Sie knixte und blickte ihn erwartungsvoll an.

»Wir sind an Sie gewiesen, Sennora.«

»Ah! Darf ich fragen, von wem?«

»Zwei Tagereisen von hier gibt es einen Rancho, dessen Herrin Eudoxia Mafero heißt?«

»Ich kenne ihn.«

»Diese Herrin ist Ihre Schwester?«

»Ja.«

»Sie hat uns Ihr Hotel empfohlen und dabei gesagt, daß wir hier Jemand finden werden, den wir nothwendig sprechen müssen. Können wir bei Ihnen logiren?«

»Alle?«

»Alle.«

»Es wird Raum vorhanden sein. Wen suchen Sie, mein Herr?«

»Ist nicht ein Weißer in Begleitung von vier Indianern hier abgestiegen?«

»Allerdings.«

»Wann?«

»Vorgestern.«

»Er logirt hier?«

»Er allein.«

»Und die Indianer?«

»Diese sind nach den Bergen geritten, vielleicht in die Minen.«

»Wie hat sich der Herr genannt?«

»Gar nicht. Man fragt hier erst spät nach den Namen der Gäste.«

»Ist er zu sprechen?«

»Lassen Sie mich nachsehen!«

Sie blickte in dem weiten Raum von Tisch zu Tisch umher, schien aber den Gegenstand ihres Suchens nicht zu bemerken.

»Ich sehe ihn nicht, Sennor.«

»Er befindet sich vielleicht auf seinem Zimmer?«

»O nein, denn wir haben hier keine einzelnen Zimmer, sondern die Gäste schlafen alle in dem großen Raume unter dem Dach. Er wird ausgegangen sein.«

»Hatte er Gepäck mit?«

»Ja, zwei große, aus Hirschfell gefertigte Säcke, welche von den Pferden kaum geschleppt werden konnten. Dann aber hat er sich sogleich einen Koffer gekauft. Er will die Stadt verlassen und frug nach einem Schiffe, welches möglichst bald in See geht.«

»Ich danke Ihnen! Wollen Sie mir eine Bitte erfüllen?«

»Welche?«

»Sagen Sie ihm nicht, daß nach ihm gefragt worden ist, es gilt eine Ueberraschung.«

»Wie Sie wünschen. Eine gute Wirthin darf ja überhaupt nicht plauderhaft sein.«

Sie entfernte sich, und zu gleicher Zeit traten zwei Männer ein, welche sich nach einem Platze umsahen. Sie trugen die norländische Marineuniform, doch ohne Abzeichen ihres Ranges. Der Eine war sehr lang und stark gebaut, ein wahrer Goliath, der Andere aber schmächtig, und dabei zeigte sein wettergebräuntes Gesicht jenen Typus, welchen man bei den Zigeunern zu sehen gewohnt ist. Da es keinen weiteren Platz gab, so ließen sie sich an demselben Tische nieder, an welchem die Zuletztangekommenen saßen. Sie grüßten diese, nahmen aber weiter keine Notiz von ihnen.

»Verdammte Geschichte! Nicht, Karavey?« frug der Riese.

»Hm! Trink, Steuermann!« antwortete der Andere.

»Drei volle Tage zu spät. Der Teufel hole diese Hunde!«

»Trink! Durch das Raisonniren wird es nicht besser.«

Das Kellermädchen hatte zwei Gläser Ale gebracht. Der

Riese goß das Seinige bis zum letzten Tropfen hinunter, schlug mit der Faust auf den Tisch und meinte:

»Weißt Du, wofür wir nun gehalten werden?«

»Für brave Seeleute.«

»Wenn Du das denkst, so geht Dein Wind schief. O nein, für Deserteurs wird man uns halten, und wenn wir heim kommen, macht man uns den Prozeß.«

»Wir müssen es dem Konsul melden und uns ihm zur Verfügung stellen.«

»Papperlapapp! Wenn wir zu ihm kommen, wird er uns einstecken, das thut er!«

»Aber was dann?«

»Ich gehe auf das erste beste Fahrzeug und segle nach Hause. Dorthin ist der »Tiger« voraus, und wenn wir dem Kommodore unsern Unfall erzählen, so wird er unsern Worten Glauben schenken; davon bin ich sehr überzeugt.«

»An Bord gehen? Hast Du Geld?«

»Ich? Alle Wetter, nein!«

»Ich auch nicht. Elf Dollars, das ist alles, was ich bei mir trage.«

»Und ich höchstens noch fünf. Eine ganz verteufelte Lavirerei! Nicht?«

Da wandte sich Fred zu ihnen, er war der Einzige, der ihre Worte verstanden hatte, da sie seine heimathliche Sprache redeten. Dies schien so. Aber der Pater lauschte auch aufmerksam zu ihnen hinüber.

»Wie ich höre, ist Ihnen ein Unglück begegnet?« fragte Fred.

»Ein Unglück?« antwortete der Riese. »Nein, sondern geradezu ein Mallör!«

»Darf ich fragen, worin dieses Malheur besteht?«

»Warum nicht! Ich heiße Balduin Schubert und bin Steuermann auf seiner Majestät Kriegsschiff »Tiger«. Dieser heißt Karavey und ist Hochbootsmann. Wir lagen hier vor Anker und ließen uns Urlaub geben, weil wir einmal sehen wollten, wie das Gold aus der Erde hervorgescharrt wird. Auf dem Rückwege schlossen wir uns einer Gesellschaft von Diggers an. Diese verfehlten den Weg, und nun kommen wir drei Tage zu spät. Der »Tiger« ist fort!«

»Der »Tiger?« Diesen Namen trug einst ein sehr berühmtes Fahrzeug, welches dem schwarzen Kapitän gehörte.«

»Dem »Schwarzen Kapitän«? Ja; das war Nurwan Pascha, der jetzige Herzog von Raumburg. Sein Sohn Arthur, der frühere Prinz von Sternburg, ist unser Kommodor.«

»Arthur von Sternburg? O, das war ein liebenswürdiger braver Offizier.«

»Sie kennen ihn?«

»O, sehr gut. Wir waren Freunde.«

»Freunde? Alle Wetter, dann müssen wir auch Freunde werden. Hier meine Hand!«

Fred lächelte. Er als Baron der Freund eines so einfachen Seemannes! Er schlug ein.

»Topp! Obgleich ich nicht sagen kann, welchen Zweck diese Freundschaft haben könnte.«

»Zweck? Herr, ich kenne Sie nicht, aber auch wenn Sie ein vornehmerer Mann sein sollten, als es den Anschein hat, kann Ihnen ein einfacher Mann wohl nützlich werden. Uebrigens rechne ich mich zu den besten Freunden meines Kommodores.«

Fred lächelte leise. Das schien dem Steuermann zu mißfallen.

»Hören Sie, wenn Ihnen meine Freundschaft ungelegen kommt, so haben Sie ja gar nicht nöthig sie anzunehmen! Ich dränge sie keinem Menschen auf. Mein Name ist ein bürgerlicher, aber der Steuermann auf dem »Tiger« steht in dem Range eines Hauptmannes. Darf ich vielleicht erfahren wie Sie heißen?«

»Ich heiße Friedrich von Walmy. Meine Familie wohnt in Süderland.«

»Walmy – Walmy –« machte der Steuermann nachdenklich. »Hm, diesen Namen muß ich gehört haben! Ah, alle Wetter, jetzt besinne ich mich! Habe einen Matrosen gekannt, taugte nicht viel, wurde fortgejagt und kam dann in den Dienst eines jungen Barones, der wohl Theodor von Walmy hieß.«

Fred horchte auf.

»Das ist mein Bruder!« rief er. »Wie hieß dieser fortgeschickte Matrose?«

»Sander, Georg Sander, wenn ich mich nicht irre. Hatte ein böses Gesicht, der Kerl.«

»Ah, welch ein Zufall! Würden Sie diesen Menschen jetzt wieder erkennen?«

»Denke es, obgleich es eine Reihe von Jahren her ist, daß ich ihn nicht gesehen habe. Aber es gibt Gesichter, die man nach hundert Jahren wieder erkennt!«

»So können Sie mir allerdings von Nutzen sein. Wir suchen ihn.«

»Wo?«

»Hier!«

»Ah! Ist er hier in Kalifornien, in Franzisko? Wie kommt er her?«

»Das will ich Ihnen sagen. Er hat meiner Familie einen Schurkenstreich gespielt und ist dann nach Amerika gegangen.«

»Welchen Streich?«

»Er hat meinen Bruder an den »tollen Prinzen« verrathen. Theodor ist seit dieser Zeit verschwunden, und wir haben keine Spur von ihm entdecken können.«

»An den tollen Prinzen? Donnerwetter, da kommen Sie in mein Fahrwasser.«

»Wie so?«

»Weil ich eine sehr bedeutende Rechnung mit ihm auszugleichen habe.«

»Sie? Kennen Sie ihn? Sind Sie in Beziehung zu ihm gekommen?«

»Das will ich meinen!«

»In wie fern? Erzählen Sie!«

»Haben Sie nichts von den Ereignissen gehört, welche während des letzten Krieges ein so großes Aufsehen sowohl in Norland als auch in Süderland machten?«

»Einiges. Ich war damals bereits in dem Westen Amerikas. Erzählen Sie!«

»Das kann kein Mensch besser wie ich, denn ich und hier mein Hochbootsmann, wir haben damals auch eine Rolle mitgespielt. Er heißt nur Karavey, aber er ist dennoch der Schwager des alten und der Onkel des neuen Fürsten von Raumburg.«

»Das wäre außerordentlich!«

»Hören Sie!«

Der Steuermann erzählte, und Fred hörte ihm mit der größten Spannung zu. Auch der Pater konnte das Interesse nicht verbergen, welches er an der Erzählung nahm. Als Schubert geendet hatte, reichte Fred ihm die Hand entgegen.

»Das sind ja wirklich ganz ungewöhnliche Dinge, die Sie da erlebt haben! Sie haben recht. Wir müssen Freunde werden. Nun will ich Ihnen auch ausführlich berichten, was mich nach Amerika getrieben hat und was ich hier erlebt habe.«

Auch er erzählte. Als er geendet hatte, schlug der Steuermann auf den Tisch, daß die Gläser und Flaschen emporsprangen.

»Alle Wetter! Ist das wahr, Alles wahr, was Sie mir da erzählt haben?«

»Alles.«

»Und der Kerl, dieser Georg Sander hat die Nuggets hierher gebracht?«

»Wahrscheinlich.«

»Wenn das so ist, so ist uns Allen geholfen.«

»Wie so?«

»Warten Sie!«

Er rückte näher zu dem Hochbootsmann heran und flüsterte einige Zeit mit ihm. Dieser musterte die Gesellschaft, antwortete leise und nickte dann zustimmend.

»Hören Sie,« wandte sich der Steuermann wieder an Fred. »Wer von diesen Leuten hier versteht unsere Sprache?«

»Nur ich und vielleicht auch dieser Master dort.«

Er deutete dabei auf den Bowie-Pater.

»Wer ist er?«

»Ein treuer Gefährte von mir.«

»Ein ehrlicher Kerl, dem man Vertrauen schenken darf?«

»Vollständiges Vertrauen.«

»Und die Andern. Wer sind sie?«

»Prairiejäger und Fallensteller, die hier im Lande bleiben werden.«

»Sie also wollen fort von hier?«

»Vielleicht.«

»Und dieser Master auch?«

»Vielleicht. Es kommt darauf an, was wir von Georg Sander erfahren.«

In diesem Augenblicke trat die Wirthin herbei.

»Der Mann, mit dem Sie sprechen wollen, ist soeben zurückgekehrt,« meinte sie.

»Wo befindet er sich?«

»Er ist nach dem Schlafraum gegangen; ich war gerade dort als er kam.«

»Wie kommt man hinauf?«

»Die Treppe führt vom Hofe empor.«

»Sind Andere oben?«

»Nein.«

»Danke!«

Sie entfernte sich, und Fred wandte sich an Bill, den Pater und den Steuermann:

»Kommt! Wir Vier sind mehr als genug, mit ihm fertig zu werden.«

Sie erhoben sich, gingen nach dem Hofe und stiegen dort die Treppe empor. Sie kamen in einen langen niedrigen Dachraum, der die ganze Breite des Gebäudes einnahm. Er war mit zahlreichen Bettstellen besetzt. Neben einer derselben kniete ein Mann, der ihnen den Rücken zukehrte und sich mit einem geöffneten Koffer beschäftigte. Fred schlich sich mit unhörbaren Schritten zu ihm hin und blickte über seine Schultern. Der sehr große Koffer war ganz mit Nuggets gefüllt.

»Sander!« rief er laut.

Der Angeredete fuhr herum und empor. Er starrte den Jäger an wie ein Gespenst.

»Kennst Du mich, Bursche?«

Die Andern waren wieder hinter die Thür zurückgetreten, so daß der Ueberraschte sie nicht sehen konnte. Er glaubte sich mit Fred allein und faßte sich daher.

»Was wollen Sie?« frug er, indem er die Hand an das Messer legte.

»Dich fragen, ob Du mich noch kennst!«

»Sie kennen? Pah! Was liegt daran, ob ich Sie kenne oder nicht kenne?«

»Allerdings; Du hast Recht; es ist ja vollständig genug, daß ich Dich kenne!«

»Master, habe ich Ihnen die Erlaubniß gegeben, mich Du zu nennen?«

»Dieser Erlaubniß bedarf es wohl nicht. Ich habe Dich als Knabe so genannt.«

»Mich? Das ist eine verdammte Täuschung. Was wollen Sie also von mir?«

»Zunächst nichts weiter als diese Nuggets.«

»Ah! Erlauben Sie mir gefälligst anzunehmen, daß Sie verrückt sind.«

»Ich erlaube es Dir. Auch ein Verrückter kann Geld und Nuggets gebrauchen.«

»Aber, zum Teufel, ich kenne Sie ja gar nicht!«

»Hm, ich dachte, wir hätten uns bereits bei den Komanchen gesehen! Ists nicht so?«

»Bin in meinem ganzen Leben nicht mit einem von diesen Leuten zusammen gekommen!«

»Schau, wie man sich irren kann! So haben wir uns also früher gekannt, nicht?«

»Möchte sehr wissen, wo!«

»Wohl in Süderland. Du kennst dort doch wohl die Familie von Walmy.«

»Kenne sie nicht.«

»Auch nicht den Namen einer Kunstreiterin, welche Miß Ella hieß?«

»Auch nicht.«

»Auch nicht jenen Königssohn, welcher nur der »tolle Prinz« genannt wurde?«

»Nein.«

»Auch nicht einen Diener der Familie Walmy, welcher Georg Sander hieß?«

»Nein.«

»Du hast ein sehr kurzes Gedächtniß. Warum erschrakst Du jetzt, als ich Dich bei diesem Namen nannte?«

»Weil ich mich allein geglaubt hatte, über den Namen aber bin ich nicht erschrocken.«

»So muß ich Dir doch die Zeugen bringen, über die Du mehr erschrecken wirst.«

Er winkte, und die Andern traten ein. Sander erbleichte jetzt zusehends.

»Nun, Bursche, erkennst Du auch diese nicht?«

»Ich kenne sie nicht.«

»Hm! Indianer pflegen nichts zu vergessen, und Du bist doch Rikaroh, der Komanche.«

»Sie irren, Sir. Sie verwechseln die Personen. Ich muß Jemand ähnlich sehen!«

Da trat der Steuermann zu ihm heran.

»Kennst du auch mich nicht, alter Swalker, he?«

»Nein.«

»Ich heiße Balduin Schubert. Verstehst Du mich! Du warst mit mir auf Sr. Majestät Kriegsschiffe Neptun und wurdest fortgejagt. Solche Galgengesichter vergißt man nicht, und ich habe Dich sofort erkannt, als ich Dich jetzt wiedersah.«

»Sie irren sich!«

»Pah,« meinte da der Pater. »Macht mit diesem Menschen nicht so viel Federlesens! Wir sind hier in Amerika und brauchen weder ein Gericht noch einen Advokaten. Gestehst Du, daß Du Derjenige bist, für den wir Dich halten?«

»Nein.«

»Gut! Auch mich hast Du gekannt, aber ich will Dir glauben, daß Du mich in dieser Gestalt nicht wieder kennst. Hier stehen vier Männer, die sich nicht belügen lassen, und ein Jeder hat sein Messer bei sich. Jetzt werde ich Dich verhören, und ich sage Dir, belügst Du auch mich, so fährst Du zum Teufel!«

Dies schien Eindruck zu machen. Er blickte ängstlich um sich und frug dann:

»Wer sind Sie?«

»Wer ich früher war, das ist hier gleichgiltig, jetzt aber nennt man mich den Bowie-Pater, und von dem wirst Du wohl genug gehört haben, um zu wissen, was Dir bevorsteht, wenn Du es wagst ihn zu belügen. Also rede die Wahrheit! Woher stammst Du?«

Der Pater hatte sein Messer gezogen, die Andern die ihrigen ebenso. Der Gefragte sah, daß ihm kein Leugnen mehr helfen konnte. Er stammelte:

»Aus Süderland.«

»Gut, mein Junge! Ich sehe, daß Du Verstand annimmst. Wie heißt Du?«

»Georg Sander.«

»Schön! Du warst der Diener von dem Baron Theodor von Walmy?«

»Ja.«

»Du bist auch der Komanche Rikarroh?«

»Ja.«

»Von wem hast Du das Gold hier in Deinem Koffer?«

»Ich habe es selbst ausgewaschen.«

»Sehr gut! Bete ein Vaterunser, mein Sohn, mit Dir ist's vorbei!«

»Ihr könnt mir nichts thun!«

»Ah! Warum nicht?«

»Man würde Euch einziehen und bestrafen.«

»Du bist wirklich ein viel größerer Narr, als ich dachte! Wenn Dich mein Messer trifft und wir gehen fort, wer ist es dann gewesen? Und wenn es an den Tag kommt, meinst Du, daß ich mich fürchte? Du reizest mich, Du legst die Hand an das Messer, kennst Du nicht die Sitte dieses Landes? Du hast zweierlei Wege vor Dir. Der eine ist, daß wir Dich dem Richter übergeben und ihm sagen, was wir von Dir wissen, dann hängst Du in einer Stunde am Laternenpfahle.«

»Und der andere?«

»Du gestehst uns Alles und kannst in diesem Falle auf unsere Nachsicht rechnen.«

»Haltet Ihr Wort?«

»Wir halten es!«

»So fragen Sie.«

»Von wem hast Du dieses Gold?«

»Es ist dasselbe, welches die Komanchen den weißen Jägern raubten.«

»So gehört es diesen beiden Männern, denn sie sind die Bestohlenen. Was hast Du in den Taschen bei Dir?«

»Nichts.«

»Lüge nicht.«

»Ich rede die Wahrheit.«

»So werden wir Dich aussuchen. Faßt ihn an, ich werde einmal nachsehen.«

Er wurde festgehalten, und der Pater untersuchte seine Taschen. Es fand sich eine kostbare, vollständig neue Uhr und eine mit Banknoten gespickte Brieftasche vor.

»Wenn hast Du diese Uhr gekauft?«

»Heut.«

»Von den Nuggets?«

»Ja.«

»So gehört sie nicht Dir. Wie kamst Du zu dieser Summe in Banknoten?«

»Es sind meine Ersparnisse, ich trage sie bereits seit Jahren bei mir.«

»Ah! Auch unter den Komanchen? Eigenthümlich! Ich werde nachsehen.«

Er öffnete das Portefeuille und prüfte die Scheine sehr sorgfältig.

»Hm! Hast Du wohl einmal gehört, daß manche Bankiers die Gewohnheit haben, die von ihnen ausgegebenen Noten mit dem Datum oder ihrem Namen zu versehen? Sie thun dies, um für gewisse Fälle gerüstet zu sein.«

»Ich weiß nichts davon.«

»Nun siehe: Auf dieser Hundertpfundnote steht: »Stirley

und Co.« und dabei das heutige Datum. Und Du willst die Summe jahrelang bei Dir getragen haben?«

»Da ist das Datum falsch eingetragen. Es sollte ein älteres hier stehen, Sie sehen jedenfalls eine Drei für eine Fünf an.«

»Pah, ich kann lesen! Dieses Geld ist erst heute für Nuggets umgetauscht worden. Es gehört diesen beiden Männern. Hier habt Ihr es!«

Er gab die Brieftasche an Fred.

»Ich protestire!« rief Sander.

»Das hilft Dir nicht das Mindeste, mein Bursche. Jetzt habe ich eine entscheidende Frage: Entweder Du entschließest Dich unter unserer Aufsicht nach Süderland zurückzukehren, oder wir bringen Dich zum Sheriff, der über Dich entscheiden wird.«

»Ich bin hier ein freier Mann!«

»Ich werde Dir das Gegentheil beweisen. Geht, holt einen Policemann herauf!«

Holmers ging. Als er bereits die Thür erreicht hatte, rief ihn Sanders zurück:

»Halt, gehen Sie nicht! Ich sehe, daß ich mich fügen muß. Aber eins verlange ich.«

»Was?«

»Daß ich weder hier noch in der Heimath vor ein Gericht gestellt werde!«

»Auf diese Bedingung werden wir eingehen, wenn Du aufrichtig redest.«

»Was wollt Ihr noch wissen?«

Der Pater nahm aus dem Kugelbeutel die beiden Briefe, welche er am Rio Pekos Fred gezeigt hatte. Er öffnete sie und hielt sie dem einstigen Diener entgegen.

»Kennst Du diese Schreiben?«

Sanders erschrak.

»Die sind an den tollen Prinzen geschrieben. Woher haben Sie dieselben erhalten?«

»Wie sie in meine Hände gelangt sind, das ist Nebensache. Du hast sie geschrieben?«

»Ja,« antwortete er zögernd.

»Wo ist Theodor von Walmy, Dein früherer Herr, hinge-kommen?«

»Ich weiß es nicht.«

»Du lügest!«

»Ich lüge nicht!«

»Du hast ihn ja damals nach Burg Himmelstein begleitet!«

»Das ist richtig. Er sollte sich mit dem tollen Prinzen schlagen.«

»Nun?«

»Ich werde aufrichtig erzählen. Mein Herr wurde von dem Prinzen in einer heimlichen Zuschrift veranlaßt, nach Burg Himmelstein zu kommen, um die eingetretene Differenz aus-zugleichen. Er that es, und ich begleitete ihn. Wir kamen an, Herr von Walmy wurde von dem Prinzen empfangen und mit nach den inneren Gemächern desselben genommen. Ich habe ihn nicht wiedergesehen. Am andern Tage ließ der Prinz mich zu sich kommen und erklärte mir, daß er eines Dienstes von mir bedürfe.«

»Welcher Dienst war dies?«

»Er frug mich, ob ich die Handschrift meines Herrn kenne und sie vielleicht auch nachzuahmen verstehe. Ich bejahte es. Darauf machte er mir den Vorschlag, nach Amerika zu gehen und dort die Briefe zu schreiben, welche die Familie Walmy später auch erhalten hat. Er bot mir eine so hohe Summe, daß ich durch den Glanz des Geldes verführt wurde und auf seinen Vorschlag einging.«

»Von Deinem Herrn sprach er nicht?«

»Nein.«

»Du frugst auch nicht nach demselben?«

»Doch, aber er gab mir keine Auskunft. Ich mußte noch an demselben Tage abreisen, und seit dieser Zeit habe ich nie wieder von Herrn Theodor gehört.«

»Du verschweigst uns nichts?«

»Kein Wort.«

»Diesmal sagest Du die Wahrheit, das sehe ich Dir an, obgleich ich Dir sonst keinen Glauben schenke. Glaubst Du, daß das Duell wirklich stattgefunden hat?«

»Ich glaube es nicht.«

»Warum nicht?«

»Ehe ich abreiste, saß ich eine Stunde lang bei dem Schloßvogt Geißler – –«

»Ah, das ist ein Hallunke!«

»Sie kennen ihn?«

»Sehr gut. Aber fahre jetzt fort.«

»Also ich saß bei Geißler und frug ihn nach meinem Herrn, und nach dem Ausgange des Duells. Der Schloßvogt lachte höhnisch und meinte, daß der Prinz Mittel besitze, seine Feinde unschädlich zu machen, auch ohne sich mit ihnen zu schlagen.«

»Das genügt. Ich kenne diese Mittel. Wir würden Dich frei lassen, denn Deine Gegenwart kann uns nichts mehr nützen; aber wir müssen sicher sein, daß Du uns nicht verräthst, und so werden wir Dich mit uns nehmen. Ich verspreche Dir, daß Dir nichts Böses geschehen soll und daß wir Dich frei lassen, sobald wir unsere Absichten erreicht haben. Aber sobald Du den geringsten Versuch machest zu entkommen, bist du verloren, das merke Dir!«

Sie nahmen ihn mit hinab in die Stube. Kaum aber war er eingetreten, so erhob sich von einem entfernten Tische ein Mann, dessen Anzug den herabgekommenen Goldgräber verrieth. Er trat herbei und legte Sanders die Hand schwer auf die Schulter.

»Ah, Mann, wie ist mir denn? Haben wir uns nicht schon einmal gesehen, he?«

Der Angeredete sah todtenbleich, er mußte den Goldgräber kennen, das sah man.

»Wir uns gesehen?« meinte er. »Könnte mich wirklich nicht erinnern!«

»Nicht? Well, so werde ich Deinem Gedächtnisse zu Hilfe kommen. Will, erhebe Dich und betrachte Dir einmal diese verteufelte Physiognomie!«

Der Gerufene hatte mit ihm an einem Tische gesessen. Er trat näher. Es war eine hohe breitschulterige Gestalt, die eine große Körperkraft besitzen mußte.

»Kenne den Kerl,« antwortete er.

»Du meinst also, daß er es ist?«

»Natürlich!«

»Schön! Mesch'schurs, wollt Ihr einmal so gut sein, auf mich zu hören!«

Auf diese laut ausgesprochene Aufforderung trat allgemeines Schweigen ein.

»Dieser Mann hier,« fuhr der Sprecher in erklärendem Tone fort, »ist ein Buschheader, der dann zu den Komanchen ging, weil es ihm unter den weißen Jägern nicht mehr recht geheuer war. Er hat mir und diesem da einige sehr gute Kameraden weggeschossen. Sagt, Gentlemen, was ihm dafür gehört!«

»Eine Kugel – der Strick – –!« rief es von allen Seiten wirr durcheinander.

»Well, das ist richtig. Aber sagt, soll man einer solchen Lappalie wegen zum Sheriff oder zum Alderman gehen?«

»Nein, machts hier ab!«

Jetzt, als er die Gefahr erkannte, in welcher er sich befand, ermannte sich Sander.

»Ich bin es nicht,« rief er, »dieser Mann verwechselt mich mit einem Andern!«

»Oho, mein Junge,« antwortete Will, »wir kennen Dich nur zu gut!«

»So fangt mich!«

Mit diesen Worten drehte er sich um und sprang dem Ausgange zu. Will war mit einigen Sätzen hinter ihm, faßte ihn beim Kragen und hielt ihn fest.

»Halt, Mann! Das Fangen verstehen wir besser, als Du denkst. Du siehst es.«

»Noch hast Du mich nicht!«

Ein Messer blitzte in seiner Hand, er holte mit demselben zum Stoße aus.

»Ach so, du willst an mich, Bursche? So fahre meinetwegen zum Teufel!«

Der Goldgräber zog blitzesschnell den Revolver, und ehe Sander den beabsichtigten Stoß auszuführen vermochte, streckte ihn der Schuß auf den Boden nieder.

»Gentlemen, Ihr habt wohl gesehen, daß er das Messer gegen mich zog?«

»Wir sahen es!« ertönte die allgemeine Antwort auf diese Frage des Schützen.

»So könnt Ihr mir bezeugen, daß hier kein Mord, sondern eine Nothwehr vorliegt?«

»Wir bezeugen es.«

»Well! So mag der Wirth diesen Todten fortschaffen, wohin es ihm beliebt. Er war ein Räuber und Mörder und hat nur seine wohlverdiente Strafe erhalten!«

Der Erschossene wurde aus dem Zimmer getragen, und der Thäter konnte mit der größten Sicherheit darauf rechnen, daß sein Schuß ihm nicht die mindeste üble Folge bereiten werde. Der Bowie-Pater hatte sich mit den Seinen nicht im Geringsten bei diesem Vorgange betheiligt. Jetzt nickte er mit dem Kopfe und meinte:

»Gut für uns, denn nun sind wir den Kerl los. Er hätte uns doch nur Unannehmlichkeiten bereitet.«

»Wird uns die Wirthin seinen Koffer ausantworten?« frug Fred.

»Natürlich!«

»Wer wird da erst viel fragen,« sagte Holmers. »Der Koffer gehört uns, und ich will einmal den sehen, der es wagen wollte, ihn uns abzustreiten. Uebrigens kommt er uns jetzt sehr gelegen, denn wir haben jetzt die Mittel, unsern herabgekommenen Adam in bessere Kleidung und Wäsche zu bringen.«

Der Steuermann machte bei diesen Worten ein sehr nachdenkliches Gesicht. Nach einiger Zeit gab er Bill Holmers und Fred einen Wink, worauf er die Stube verließ. Sobald es ohne Aufsehen geschehen konnte, folgten sie ihm. Er erwartete sie draußen im Hofe und führte sie in einen Schuppen, wo sie ungestört und auch unbelauscht mit einander zu reden vermochten.

»Was wollt Ihr?« frug Holmers.

»Euch einen Vorschlag machen, der außerordentlich annehmbar für Euch ist.«

»So sprecht!«

»Wem gehört das Geld, welches der Todte bei sich getragen hat?«

»Uns, wie Ihr bereits gehört habt.«

»Wer ist unter diesem »Uns« zu verstehen?«

»Nur wir Beide.«

»Weiter Niemand?«

»Weiter kein Mensch.«

»Das wollte ich wissen, und nun kann ich sprechen. Ihr wollt nach Süderland?«

»Ja.«

»Ich will mit meinem Kameraden nach Norland. Wollen wir zusammenfahren?«

»Wird uns lieb sein.«

»Mit welchem Schiffe?«

»Mit dem ersten, welches wir finden.«

»Aber ich habe kein Geld und dem Hochbootsmann geht es ganz ebenso.«

»Das braucht Euch keine Sorgen zu machen. Wir werden für Euch beide bezahlen, denn zwei Männer, welche der Norländischen Marine angehören, sind uns allzeit sicher. Wenn es sich nur um dieses handelt, brauchtet Ihr Euch gar nicht nach dem Hofe zu bemühen. Wir hätten Euch das in der Stube ebenso gesagt.«

»O, es handelt sich noch um ein Weiteres, um ein sehr großes Geheimniß.«

»Welches Ihr uns offenbaren wollt?«

»Ja, wenn Ihr mir versprecht, daß Ihr zu keinem Menschen davon reden werdet.«

»Wir versprechen es. Wir sind Prairienjäger, und diese wissen zu schweigen.«

»Ich mache Euch nämlich den Vorschlag, nicht mit einem Passagierschiffe zu fahren, sondern für uns allein ein Fahrzeug zu miethen oder zu kaufen.«

»Ich glaube, das würde etwas zu theuer werden.«

»Wir zahlen Euch nach unserer Heimkehr das Zehnfache Eurer Auslagen zurück.«

»Das klingt kühn. Seid Ihr so reich?«

»Jetzt noch nicht, wir werden es aber dann ganz sicher geworden sein.«

»Räthselhaft.«

»Richtig; aber ich werde Euch dieses Räthsel erklären. Mein Gefährte ist nämlich früher einmal ausgesetzt worden, und zwar auf eine einsame Insel, auf welcher außer ihm kein Mensch wohnte. Und dennoch waren Leute dort gewesen, denn er fand zwei Leichen, die eines Mannes und die eines Weibes. Bei der ersteren entdeckte er ein Tagebuch, welches ihm sagte, wer die Beiden seien. Das Weib war eine indische Prinzessin Namens Rabbadah gewesen, und der Mann hieß Alphons Maletti. Sie waren aus ihrem Lande geflohen und an dieser Insel gestrandet. In dem Tagebuch war von einem großen königlichen Schatze die Rede, den sie gerettet und in einer Höhle der Insel verborgen hatten. Mein Gefährte fand ihn.«

»Alle Teufel! Ist diese Erzählung wahr?«

»Wort für Wort.«

»War der Schatz groß?«

»Viele, viele Millionen.«

»Woraus bestand er?«

»Aus Edelsteinen, Münzen, köstlichen Waffen und goldenen und silbernen Gefässen, welche alle mit Perlen und ächten Steinen besetzt und ausgelegt waren.«

»Das klingt gerade wie ein Märchen!«

»Ist aber keines, sondern die reine Wahrheit. Ihr kennt mich zwar nicht persönlich, aber ich habe Euch von mir erzählt, und ich glaube also, daß Ihr mich für keinen Lügner haltet.«

»Nein, Ihr seid ein braver Kerl, das ist Euch sehr leicht anzusehen.«

»Denke es auch.«

»Wo ist der Schatz jetzt?«

»Noch auf der Insel.«

»Euer Kamerad hat ihn unberührt liegen lassen?«

»Er hat nur einige Edelsteine an sich genommen. Mehr

konnte er nicht nehmen, weil man es sonst auf dem Schiffe, welches ihn aufnahm, entdeckt hätte.«

»Hm! Er wurde ausgesetzt? Das klingt ja gerade, als ob er ein Meuterer oder sonst ein böser Schlingel gewesen sei?«

»Dem Ihr nicht trauen könnt, nicht wahr, so meint Ihr es? Aber habt nur keine Sorge; Karavey lügt nie, er ist der ehrlichste Mensch, den es nur geben kann, und ich versichere Euch, daß ich die Steine selbst gesehen habe. Er hat sie noch bei sich und kann sie Euch zeigen.«

»Weshalb wurde er ausgesetzt?«

»Er war dem früheren Herzog von Raumburg im Wege, und dieser ließ ihn hinterlistig fangen, auf ein Schiff bringen und auf jener Insel aussetzen.«

»Dies traue ich dem Menschen zu, der noch ganz andere Sachen auf seinem Gewissen hatte,« meinte Fred. »Wir glauben Dir. Weiß Karavey, daß Du mit uns über sein Geheimniß redest?«

»Er weiß es noch nicht, ich bin nur meinen eigenen Gedanken gefolgt.«

»So müßt Ihr ihn doch jedenfalls erst fragen!«

»Ist nicht nothwendig. Wir sind Brüder, und was der Eine thut, das ist dem Andern recht.«

»Ihr meint also, daß wir ein Schiff miethen oder kaufen sollen, um mit demselben heimlich nach der Insel zu gehen?«

»So ist es.«

»Kaufen würde da wohl besser sein als miethen.«

»Kostet aber mehr!«

»Das dürfte uns nicht hindern. Ein gemiethetes Schiff würde bei so einem Vorhaben nur störend sein. Der Besitzer desselben oder ein Vertreter von ihm würde jedenfalls an Bord sein, und dies muß vermieden werden. Die Hauptfrage wäre, ob der Schatz sich noch ganz sicher auf der Insel befindet.«

»Daran ist kein Zweifel, denn er ist so gut versteckt, daß ihn nur der zu finden vermöchte, der das Tagebuch in die Hand bekommt, und dieses hat Karavey verbrannt.«

»Wo liegt das Eiland?«

»Im Busen von Bengalen, zwischen Ceylon und Sumatra. Die Insel ist sehr klein, und könnte zu den Nikobaren gerechnet werden.«

»Hm! Man müßte einen guten Kapitän haben, der sie zu finden wüßte.«

»Ist nicht nothwendig. Der Kapitän würde ich sein.«

»Versteht Ihr das?«

»Donnerwetter, ich will es meinen!«

»Und Matrosen?«

»Die bekommen wir.«

»Sie werden uns aber verrathen!«

»Pah! Wir nehmen Chinesen. Diese arbeiten gut und sind froh, wenn sie Gelegenheit erhalten, nach ihrem himmlischen Reiche zurückkehren zu können. Laßt das nur meine Sache sein.«

»Proviant.«

»Den brauchen wir allerdings, und auch etwas Munition, da man ja nicht wissen kann, was einem passirt.«

»Und die Hauptsache, ein Schiff. Das wird theuer werden.«

»Nicht so sehr, als Ihr vielleicht denkt. Es liegen hier immer Fahrzeuge zum Verkaufe, und ich bin überzeugt, daß wir die Auswahl haben werden.«

»Wie hoch wird der Preis eines solchen sein?«

»Das richtet sich nach der Wahl, welche wir treffen. Wie viele Personen werdet ihr sein?«

»Nicht mehr als drei; wir Beide und der Bowie-Pater.«

»So genügt eine Yacht oder ein kleiner Schooner, dem wir Klipper-Takellage geben, um so schnell segeln zu können. Mit zwanzig Tausend Dollars kann da sehr viel geschehen. Wollt Ihr diese an die Sache wenden?«

»Laßt uns überlegen! Das was auf der Insel vergraben liegt, gehört natürlich unverkürzt Euch, aber für uns ist der Ankauf und die Ausstattung eines Fahrzeuges ein Risiko, da es sehr leicht möglich ist, daß Eurer Fahrt der erwartete Erfolg mangelt.«

»Ich habe Euch bereits das Zehnfache dessen angeboten, was Ihr für uns auslegen werdet.«

»Wird der Hochbootsmann damit einverstanden sein?«

»Sofort; das kann ich Euch versichern.«

»Wir können trotzdem ohne ihn nichts beschließen. Geht, und holt ihn herbei!«

Nach Verlauf von vielleicht einer Stunde schritten Fred, Holmers, Schubert und Karavey dem Hafen zu, und nach ungefähr der nämlichen Zeit kehrten sie wieder zurück. Sie hatten eine Yacht gekauft, welche Havarie erlitten hatte und in Folge dessen ausgebessert werden mußte. Aus diesem Grunde war ihr Preis ein mäßiger gewesen, und Fred hatte denselben auch sofort entrichtet. Die Zeit, welche zur Reparatur und Ausrüstung des Fahrzeuges erforderlich war, betrug nach der Ansicht der beiden Seemänner nicht mehr als zwei Wochen, eine Zeit, welche ganz hinlänglich war, sich mit der bisherigen Begleitung aus einander zu setzen. Dies geschah bereits am nächsten Tage. Die Jäger, welche zur Truppe des Bowie-Paters gehört hatten, kehrten nach dem Osten zurück, nachdem sie von Fred und Holmers neu ausgerüstet worden waren. Rimatta ging nicht mit ihnen.

»Will der Häuptling der Apachen hier in diesem Lande bleiben?« frug Fred.

»Er wird es nicht eher verlassen, als bis seine weißen Brüder mit ihrem großen Kanoe hinaus auf das große Wasser fahren,« antwortete er. »Rimatta liebt seine Freunde und wird sie nicht eher verlassen, als bis sie selbst von ihm gegangen sind.«

Von jetzt an brachten die beiden Seemänner ihre ganze Zeit auf der Yacht zu, um die Arbeiten an derselben zu überwachen. Sie wurde sehr reichlich mit Proviant versehen, und neben andern Waffen kaufte Fred auch eine Drehbasse, welche auf ihrem Decke aufgestellt wurde zur kräftigen Abwehr etwaiger Feinde. Die Fahrt über die Inseln des großen Ozeans war keine ungefährliche. Auch gute Karten und alle nautischen Instrumente wurden angekauft, und es zeigte sich dabei recht deutlich, daß der Steuermann Schubert ein ganz wackerer Schiffsführer sei.

Endlich nahte der Tag der Abreise. Man ging an Bord, wo

die chinesischen Matrosen bereits eingetroffen waren. Während der Bowie-Pater noch einmal an das Land zurückkehrte, um etwas Vergessenes nachzuholen, trat Rimatta zu den Andern.

»Meine Brüder gehen nach West, und der Häuptling der Apachen wird zurückkehren zu den Hütten seines Volkes. Werden seine Brüder zuweilen an ihn zurückdenken?«

»Wir werden Dich niemals vergessen,« antworteten Beide herzlich.

»Auch Rimatta wird sich immer ihrer erinnern. Er wird jetzt gehen.«

»Willst Du nicht erst von dem Bowie-Pater Abschied nehmen?«

»Nein. Der Indianertödter ist ein Feind der rothen Männer und Rimatta ist mit ihm gegangen blos deshalb, weil meine Brüder mit ihm gingen. Der Häuptling der Apachen kann nicht Abschied nehmen von einem Weibe.«

»Von einem Weibe?« frug Holmers. »Ich dächte, der Pater wäre so muthig, so tapfer, daß er mit keinem Weibe verglichen werden kann?«

»Er hat die Seele des bösen Geistes, den Muth eines Mannes und den Leib eines Weibes. Der Pater ist nicht ein Mann, sondern eine Frau.«

»Was!« rief Fred erstaunt. »Ist dies möglich?«

»Es ist wahr,« antwortete Rimatta. »Die Augen des Apachen sind schärfer als die Augen der Bleichgesichter. Er hat den Pater belauscht, als er im Fluße badete. Hat der Indianertödter einen Bart?«

»Keine Spur davon, das ist wahr!«

Sie konnten dieses Gespräch nicht fortsetzen, da der Pater soeben zurückkehrte. Alle hafenpolizeilichen Formalitäten waren erfüllt, und Rimatta verließ das Schiff.

»Möge der große Geist wachen über meine weißen Brüder, daß sie das Land glücklich erreichen, wo sie finden die Wigwams ihres Volkes. Rimatta wird rauchen viele Pfeifen zu den Geistern, die sie beschützen mögen!«

Mit diesen Worten trennte er sich von ihnen. Die Yacht

aber hob den Anker, blähete die Segel und strebte hinaus auf die Rhede, um den Weg zu nehmen nach der Juweleninsel, deren Reichthümer dem Schooße der Erde entrissen werden sollten. –

NEUNTES KAPITEL

Ein Bräutigam.

Es war in Helbigsdorf. Seit dem Tage, an welchem jene entflohenen Gefangenen hier wieder dingfest gemacht worden waren, hatte eine Zeit von zehn Jahren den Verhältnissen eine vorgeschrittene Gestalt ertheilt.

Der General saß in seinem Zimmer und arbeitete. Sein Haar war ergraut, und seine Gestalt hatte eine nach vorn geneigte Richtung angenommen. Aber wie früher stets, so war er auch heut von dichten Tabakswolken umgeben, welche seiner langen Pfeife entströmten.

Da ertönten draußen eilige Schritte und die Thür wurde geöffnet. Unter derselben erschien eine Dame. Sie war ganz in Blau gekleidet und trug ein kleines Kätzchen auf dem Arme. Ihre lange hagere Gestalt neigte sich ebenso wie die des Generals nach vorn, und ihr Haar zeigte jene Farbe, deren Erscheinen keiner Dame Freude zu bereiten pflegt.

»Guten Morgen, Emil!« grüßte sie.

»Guten Morgen!« antwortete er, indem er sie durch eine Bewegung der Hand einlud, auf einem neben ihm stehenden Stuhle Platz zu nehmen.

»Aber bitte, lieber Bruder – –!«

»Was?«

»Deine Pfeife – dieser Dampf und Qualm – – puh!«

»Hm, das ist mir die angenehmste Atmosphäre!«

»Aber ich ersticke darin!«

»Wenn sie Dir so schädlich wäre, würdest Du längst zu Deinen Vätern versammelt sein, meine liebe Freya. Wer mich in meinem Zimmer aufsucht, muß geneigt sein, sich dieser allerdings etwas dichten Atmosphäre anzubequemen.«

Da hörte man wieder Schritte, die Thür öffnete sich zum zweiten Male, und es trat eine zweite Dame ein. Sie war klein und hager, ganz in Grün gekleidet und trug ein Meerschweinchen auf dem Arme.

»Guten Morgen, Bruder!« grüßte sie.

»Guten Morgen, liebe Wanka,« antwortete er.

»O weh! Meine kleine Lili!«

»Was ist mit dem Meerschweinchen? Ist es krank?«

»Nein, aber es wird dennoch ersticken.«

»Wie so?«

»Dieser Qualm – dieser Geruch – –!«

»Ist mir ganz angenehm!«

»Aber meine süße Lili kann ihn nicht vertragen! Bitte, lieber Emil, öffne doch die Fenster!«

»Es ist bereits eines offen, mehr, das würde nicht gut sein, denn ich weiß, daß Deine zarte Konstitution sich sehr leicht erkältet.«

Wieder ertönten Schritte, und es trat eine Dame ein, deren Körperumfang ein sehr ungewöhnlicher war. Sie war ganz in Purpurroth gekleidet und trug ein Eichhörnchen auf dem Arme.

»Guten Morgen!« pustete sie.

»Guten Morgen, Schwester! Setze Dich!«

Sie nahm Platz, und zwar mit einem solchen Gewichte, daß der Stuhl in allen seinen Fugen prasselte.

»Ah, oh, Luft!«

»Luft?« frug der General.

»Ja? O, dieses Asthma, diese Athemnoth!«

»Daran ist das Fett schuld!« meinte er mit einem leisen Lächeln.

»Das Fett? O Emil, Du hast wieder einmal Deine garstige Stunde!«

»Du irrst, ich muß Dir vielmehr sagen, daß ich mich in einer außerordentlich guten Stimmung befinde.«

»Aber Fett – Fett –! Wer kann nur so ein unästhetisches Wort aussprechen! Fett ist ein Schwein, ein Rind, höchstens auch eine Waschfrau oder eine Hökerin, aber dieses Wort zu mir, zur Schwester einer Excellenz! Ich bitte Dich! Uebrigens ist mein kleiner Embonpoint nicht so sehr außerordentlich, und ich konstatire, daß er seit einiger Zeit ganz bedeutend abgenommen hat. Aber die Luft, die Luft ist gefährlich, ist unerträglich, die Du hier in Deinem Zimmer hast!«

»Ich halte sie im Gegentheile für sehr zuträglich!«

»Ja Dir mit Deiner Bärenkonstitution scheint sie nichts zu schaden. Wir aber, wir Drei vom schönen zarten Geschlechte, wir ersticken! Sieh nur meine gute Mimi an!«

»Dein Eichhörnchen? Das befindet sich ja ganz wohl!«

»Ganz wohl? Emil, Du bist wahrhaftig ein Barbar! Siehst Du denn nicht, wie schnell die kleine Mimi athmet!«

»Meine Lili auch!« rief Wanka.

»Und meine Bibi auch!« fügte Freya hinzu.

»Kinder, bringt mich nicht in Harnisch! Wenn meine Atmosphäre Euern Thieren nicht behagt, so bringt sie nicht mit! Solcher Kreaturen wegen kann ich auf meine Pfeife nicht verzichten. Uebrigens bitte ich Euch, mich über den Grund Eures Morgenbesuches aufzuklären!«

»Unser Grund? O, das ist ein sehr triftiger,« antwortete Freya.

»Ja, ein triftiger!« fügte Wanka bei.

»Außerordentlich triftig!« bestätigte Zilla.

»Nun!«

»Wir kommen, uns zu beschweren!« erklärte die Blaue.

»Und zwar sehr!« gestand die Grüne.

»Sogar ungewöhnlich sehr!« meinte die Rothe.

»Beschweren?« frug der General. »Ueber wen?«

»Das kannst Du Dir denken!«

»Ich ziehe es vor, jetzt noch nichts zu denken, sondern zunächst zu hören, was Ihr mir zu sagen habt.«

»So muß ich Dir es sagen: Wir beschweren uns über Kunz!« erklärte Freya sehr entschieden.

»Ueber den einäugigen Heuchler,« schimpfte Wanka.

»Ueber diesen Verräther und Empörer,« pustete Zilla.

Der General lachte.

»Mein alter Kunz ein Heuchler, ein Verräther und Empörer? Das ist doch wohl zu viel gesagt! Uebrigens scheint es mir nicht an der Zeit, sein Gebrechen in eine solche Erwähnung zu bringen. Er hat das Auge im Dienste für das Vaterland und an meiner Seite verloren. Was hat er denn begangen, daß Ihr Euch hier *in corpore* versammelt, um ihn anzuklagen?«

»Er hat uns verleumdet,« meinte Zilla.

»Verrathen!« zürnte Wanka.

»Beschmutzt!« vervollständigte Freya.

»In wie fern?«

»Gegen Herrn von Uhle.«

»Ah, den neuen Nachbar?«

»Ja, der so liebenswürdig ist, besonders gegen mich.«

»Und so zart, besonders gegen mich.«

»Und so freundlich und achtungsvoll, besonders gegen mich.«

»Da scheint Herr von Uhle doch ein wahrer Phönix zu sein!«

»Das ist er auch! Ich frug ihn, ob er heirathen werde – –«

»Auch ich habe ihn gefragt!«

»Ich ebenso!«

Der General blies eine dichte Wolke von sich und meinte dann sichtbar belästigt:

»Ich konnte mir denken, daß der neue Herr Nachbar diese wichtige Frage sehr bald zu beantworten haben werde. Was hat er gesagt?«

»Er heirathet!« meinte Freya triumphirend.

Die andern Beiden bestätigten das und Wanka erklärte:

»Er scheint eine zarte angenehme Figur bevorzugen zu wollen!«

Freya machte eine abweisende Bewegung und entgegnete sehr entschieden:

»Herr von Uhle ist ein Mann von Charakter; eine hohe imposante Figur wird ihm wohl sympathischer sein!«

Zilla schüttelte den Kopf.

»Beides ist falsch,« behauptete sie. »Er sagte mir noch vorgestern erst, daß eine Dame nur dann interessant und reizend sei, wenn ihre Formen eine angenehme und appetitliche Fülle besäßen. Und darin hat er Recht! Aber das ist es nicht, was wir hier zu besprechen haben.«

»Nein,« stimmte Freya bei. »Wir haben von Kunz zu reden.«

»So sprecht!« gebot der General. »Was hat er Euch gethan?«

»Er hat uns beleidigt. Wir alle Drei haben es gehört.«

»Wenn?«

»Soeben.«

»Wo?«

»Im Garten.«

»Gegen Herrn von Uhle; der ist im Garten?«

»Er ist dort. Er wird Dir einen Besuch abstatten wollen und die frühe Stunde doch für noch nicht dazu geeignet halten. Daher ist er zunächst einstweilen in den Garten gegangen.«

»Er ist aber nicht allein,« ergänzte Wanka. »Es ist ein Herr bei ihm.«

»Wer?«

»Wir kennen ihn nicht, obgleich sein Gesicht bekannte Züge trägt.«

»Civil oder Militär?«

»Er ist in Civil, doch hat er eine ganz militärische Haltung. Gewiß ist er ein Offizier!«

»Und zwar ein schöner!« fügte Freya bei.

»Ein hoher!« vermuthete Zilla. »Er hat einen Blick – einen Blick! Und Herr von Uhle nahm ihm gegenüber eine sehr devote Haltung an.«

»Ihr habt mit Beiden gesprochen?«

»Nein; aber wir haben sie – wir haben sie – – –«

»Belauscht?« frug der General.

»Ein wenig nur, aber nicht mit Absicht. Sie saßen auf der Bank, und wir standen hinter derselben im Gebüsch.«

»Wovon sprachen sie?«

»Von einem Inkognito und von verschiedenen anderen, aber sehr gleichgiltigen Dingen. Da kam Kunz hinzu. Er hatte Blumen begossen und trug die Spritze noch in der Hand. Die Herren hielten ihn an und der Fremde frug nach Dir und uns.«

»Und da hat er Euch verleumdet?«

»Schändlich!«

»Was hat er gesagt?«

»Er hat uns mit einem Namen genannt, den ich Dir nicht wiederholen kann.«

»Das thut mir leid. Dann hättet Ihr mich gar nicht belästigen sollen!«

»Aber wir mußten es Dir doch sagen, damit Du ihn bestrafen kannst!«

»Ich bestrafe ihn nicht!«

»Nicht?«

»Nein!«

»Schrecklich! Aber warum nicht?«

»Weil ich sein Verbrechen nicht kenne.«

»Wir haben es Dir ja bezeichnet!«

»Nichts habt Ihr, gar nichts! Wenn ich ihn bestrafen soll, so muß ich unbedingt das Wort hören, das er ausgesprochen hat!«

»Nun wohl! Wenn Du darauf bestehst, so muß ich es sagen. Der Fremde fragte ihn nämlich, ob die Schwestern des Herrn Generals jung oder verheirathet seien, und da sagte ihm Kunz, daß wir – –«

»Nun, daß Ihr – –?«

»Daß wir – – daß wir alte Jungfern seien.«

»Schrecklich!« zürnte der General in komischem Tone.

»Ja, schrecklich!« meinte die Blaue.

»Fürchterlich!« grollte die Grüne.

»Entsetzlich!« echoete die Rothe. »Du mußt ihn bestrafen!«

»Du bist gezwungen dazu!« entschied Wanka.

»Du wirst ein Exempel statuiren!« rief Freya.

»Den Teufel werde ich!« lachte der General.

»Was! Du willst ihn nicht bestrafen?«

»Nein!«

»Kein Exempel statuiren?«

»Nein.«

»Warum nicht?«

»Er hat Euch alte Jungfern genannt und das seid Ihr auch.

Er hat also die Wahrheit gesagt, und so kann ich ihn unmöglich bestrafen.«

»Aber Emil!«

»Aber Bruder!«

»Aber General!«

»Nennt mich Bruder oder Emil oder General, das ändert an der Sache nicht das mindeste. Ich bin überzeugt, daß er das Wort gebraucht hat ohne die geringste Absicht, Euch zu beleidigen. Stellt Euch anders zu ihm, so wird er sich auch zu Euch anders verhalten. Uebrigens wundert es mich sehr, daß Ihr mir die Zumuthung aussprecht, diese Angelegenheit gegen ihn in Erwähnung zu bringen!«

»Was? Du wunderst Dich auch noch?«

»Sogar sehr!«

»Warum?«

»Wenn ich darüber reden soll, so muß ich ihm doch auch sagen, daß Ihr ihn und die beiden Herren belauscht habt, und dann wäret Ihr ja fürchterlich blamirt.«

Da klopfte es an der Thür und der, von dem soeben die Rede gewesen war, trat ein: der Diener Kunz. Ueber ihn schienen die Jahre spurlos vorübergegangen zu sein, und seine Stimme hatte die alte Kraft, als er meldete:

»Der Herr von Uhle, Herr General, und ein fremder Herr.«

»Herr Jesus!« rief Freya; »da sind sie ja schon! Wir müssen schleunigst gehen. Komm, Wanka; komm, Zilla!«

Sie verschwanden. Der General blickte den Diener forschend an.

»Du sprachst das Wort ›fremd‹ mit einer ganz eigenthümlichen Betonung aus. Hatte dies eine Bedeutung?«

»Es hatte eine! Verstanden?«

»Welche?«

»Herr von Uhle hat mir den Namen des Andern nicht gesagt. Es wird ein Inkognito sein.«

»Du kennst ihn nicht?«

»Ich kenne ihn sehr gut. Verstanden?«

»Wer ist es?«

»Sie werden erstaunen, Excellenz. Es ist ein Prinz.«

»Ein Prinz? Alle Teufel! Welcher?«

»Der tolle!«

»Der tolle Prinz? Donnerwetter, das ist allerdings sehr erstaunlich! Aber, Du hast Dich vielleicht geirrt!«

»Ich irre mich niemals. Verstanden?«

»Sag, die Herren seien mir willkommen!«

Kunz verließ das Zimmer, und sogleich traten die beiden Herren ein. Der Eine war ein bereits ältlicher Mann, dem man den Landjunker auf den ersten Blick anmerkte, der Andere zählte über dreißig und hatte ein zwar distinguirtes aber ermüdetes Aussehen. Die Farbe seines Gesichtes und die Scharfheit seiner Züge verriethen, daß er schneller gelebt habe, als sich mit der Gesundheit des menschlichen Körpers vereinbaren läßt. Er war mit einem Worte ein jugendlicher Greis zu nennen.

Der General empfing ihn mit einer sehr tiefen und respektvollen Verbeugung. Er erwiderte dieselbe nur flüchtig und frug:

»Sie kennen mich, Exzellenz?«

»Ich habe diese Ehre, königliche Hoheit.«

»So ist es nicht nöthig, mich vorstellen zu lassen. Erlauben Sie uns Platz zu nehmen! Ich reise inkognito und würde Ihnen sehr verbunden sein, wenn Sie es verständen, das Lautwerden meines Namens zu vermeiden. Herr von Uhle ist mir bekannt. Mein Weg berührte sein Gut, und ich stieg bei ihm ab. Da ich hörte, daß Sie auf Helbigsdorf anwesend sind, so nahm ich mir vor Sie zu sehen, General.«

»Ich weiß diese Ehre zu schätzen, Hoheit –«

»Um so mehr werden Sie sich beeilen, mich mit den Gliedern Ihrer Familie bekannt zu machen. Ich bin erfreut, sie begrüßen zu können.«

»Gestatten mir Hoheit, die darauf bezüglichen Befehle zu ertheilen!«

Er klingelte, und Kunz trat ein.

»Wo ist Magda?«

»Sie war ausgeritten.«

»Noch nicht wieder zurück?«

»Soeben abgestiegen. Verstanden?«

»Ich bitte sämmtliche Damen, in den Salon zu kommen!«

»Schön. Noch etwas?«

»Diese Herren sind unsere Gäste.«

»Werde es ausrichten. Verstanden?«

Er ging ab. Draußen traf er auf eine junge Dame, welche im Begriffe stand, bei dem General einzutreten. Es war Magda, die Tochter desselben. Aus dem kleinen zehnjährigen Mädchen war eine Jungfrau von außerordentlicher Schönheit geworden. Die Rose hatte erfüllt, was die Knospe verheißen hatte.

»Ist Papa allein?« frug sie den Diener.

»Nein.«

»Wer ist bei ihm?«

»Herr von Uhle und ein Inkognito. Verstanden?«

»Ein Inkognito? Ein Herr?«

»Ja.«

»Kennst Du ihn?«

»Sehr.«

»Wer ist es?«

»Der tolle Prinz.«

»Ah!« rief sie erstaunt. »Was will er hier in Helbigsdorf?«

»Hm!«

»Nun?«

»Soll ich es sagen, Fräulein?«

»Natürlich!«

»Ganz deutlich?«

»Versteht sich!«

»Ich war im Garten und sah sie kommen. Ich erkannte den Prinzen sofort und trat hinter einen Strauch, um sie vorüberzulassen. Da hörte ich, was sie herbeigeführt hat. Sie setzten sich dann auf eine Bank, und da kam auch die Schreia, die Zanka und die Brülla, um die Unterhaltung der beiden Männer zu belauschen. Ich ging dann wie zufällig vorüber und wurde von ihnen angesprochen. Dabei habe ich den drei gnädigen Fräuleins einen kleinen Hieb versetzt. Ich habe sie, als ich nach ihnen gefragt wurde, alte Jungfern genannt.«

»Kunz, das ist ja Nebensache! Die Hauptsache ist, was sie hier wollen.«

»Das kann ich nun allerdings sagen, wenn es auch nicht sehr gut klingen mag. Im Vorübergehen frug nämlich der Prinz, ob Sie wirklich eine so außerordentlich reizende Dame seien –«

»Kunz!«

»Was denn? Ich muß ja doch genau erzählen, was sie gesagt haben. Sie haben es mir ja befohlen!«

»Weiter!«

»Sehr reizend!« antwortete der Nachbar. »Hat sie ein Verhältniß?« frug dann der Prinz. »Ich glaube nicht,« berichtete ihn der Andere. »Ist sie zurückhaltend, oder liebt sie die Herren?« erkundigte sich die Hoheit weiter. »Ich glaube, daß das Erstere der Fall ist,« lautete die Antwort.«

»Wie? So wagen diese Herren von mir zu sprechen, Kunz?«

»So! Verstanden?«

»Weiter!«

»Sie waren bereits an mir vorüber, aber ich hörte doch noch sehr deutlich, was dieser Prinz noch sagte.«

»Was?«

»Er meinte: »Desto besser! Wir haben es also mit einer kleinen Unschuld, mit einer liebenswürdigen Unerfahrenheit zu thun. Sie haben mir eine Plaisir versprochen, Herr von Uhle, und ich bin überzeugt, daß ich siegen werde. Ich nehme mir vor, einige Tage hier zu bleiben und mich ganz köstlich zu amüsiren.«

»Ah! Das ist Alles, was Du hörtest?«

»Alles. Verstanden?«

»Ich danke Dir! Werden sie unsere Gäste sein?«

»Ja. Ich habe dies den Fräuleins zu sagen und zugleich sämmtliche Damen nach dem Salon zu bestellen.«

»Ich werde kommen!«

Sie kehrte mit einer energischen Bewegung ihres reizenden Köpfchens wieder um, und Kunz schritt nach der Küche zu, wo sich die drei Schwestern des Generals befanden.

»Was will Er?« frug Freya, als er eintrat.

»Ich bringe einen Befehl. Verstanden?«

»Einen Befehl? Vom wem?«

»Von Seiner Excellenz dem Herrn General.«

»An wen?«

»An die drei Schwestern.«

»An uns? Einen Befehl? Er ist wohl nicht recht bei Sinnen.«

»Sehr bei Sinnen bin ich. Verstanden?«

»Mein Bruder kann wohl Ihm oder einem der andern Bedienten einen Befehl geben, aber doch nicht uns. Merke Er sich das!«

»Herr von Helbig ist General, und was ein General sagt, das ist allemal ein Befehl. Verstanden? Also er befiehlt Ihnen, sofort in dem Salon zu erscheinen.«

»Ah! Sofort! Warum?«

»Er will Sie dem fremden Herrn vorstellen.«

»Du willst wohl sagen, daß im Gegentheile dieser Herr uns vorgestellt werden soll?«

»Das ist hüben wie drüben, das ist ganz egal, eins wie das Andere, denn Vorstellung ist Vorstellung. Verstanden?«

Er wollte die Küche verlassen, wurde aber von Zilla zurückgehalten.

»Wer ist der fremde Herr?«

»Ein hoher Offizier, der im Lande umherreist, um sich eine Frau zu suchen,« antwortete er mit einem boshaften Lächeln.

»Ah! Ist dies wahr?«

»Sehr.«

»Woher weißt Du es?«

»Er hat mir es soeben selbst gesagt. Er frug dabei nach Ihnen.«

»Nach mir?«

»Nach allen drei Fräuleins.«

»Was sagte er, mein lieber Kunz?«

»Er fragte mich, wie alt die Damen seien.«

»Oh! Was hast Du da geantwortet?«

»Die volle Wahrheit!«

»Nun?«

»Ich sagte: die Freya ist hundert, die Wanka zweihundert und die Zilla dreihundert Jahre alt.«

»Unverschämter –«

Sie erhob die Hand und wollte auf ihn zu, aber er war schon hinaus und schloß die Thür fest hinter sich.

»Hat man jemals so etwas gehört?« zürnte sie. »Das ist mehr als grob und ungezogen, das ist frech!«

»Wir zeigen ihn an!« drohte Wanka.

»Beim Bruder!« fügte Freya hinzu.

»Der ihn niemals bestraft!« bemerkte Zilla. »Uebrigens glaube ich es wirklich, daß er dem Fremden diese boshafte Antwort gegeben hat.«

»Es ist ihm zuzutrauen. Aber, wer ist dieser Fremde? Also ein sehr hoher Offizier!«

»Von vornehmem Adel jedenfalls.«

»Der sich eine Frau sucht.«

»Eine junge wohl!«

»Von – von unserem Alter ungefähr. Nicht, meine liebe Wanka?«

»Natürlich! Ob er wohl das Aetherische liebt?«

»Oder das Imposante?« frug Freya.

»Oder die Rundung der Formen?« säuselte Zilla, indem sie ihr Eichhörnchen liebkoste. »Kommt, laßt uns zum Salon gehen.«

Sie standen im Begriff die Küche zu verlassen, als sich die Thür derselben nochmals öffnete. Kunz steckte den Kopf herein.

»Habe noch etwas vergessen.«

»Was?«

»Die beiden Herren sollen hier speisen.«

»O weh, welche Arbeit! Kunz, lieber Kunz!«

»Was?«

»Kommen Sie noch einmal herein!«

»Warum?«

»Ich habe Ihnen noch eine Frage vorzulegen.«

»Welche?«

»Wer ist dieser hohe Offizier? Wie ist sein Name? Wie heißt er?«

»Das darf ich nicht sagen.«

»Warum nicht?«

»Weil es ein Geheimniß ist.«

»Wir werden es nicht verrathen.«

»Sie werden es ausplaudern.«

»Ich verspreche Ihnen, daß wir schweigen werden wie das Grab.«

»So darf ich reden?«

»Wir bitten sehr darum!«

»So hören Sie: Es ist ein verwunschener Prinz!«

»Wie? Oh! Unsinn!«

»Unsinn? Ich sage die reine Wahrheit!«

»Packe Er sich! Halte Er für den Narren wen Er will, aber uns nicht, Er Naseweis!«

»Danke bestens! Stehe später wieder zur Verfügung. Verstanden?«

Er ging, und die drei Damen rauschten nach dem Salon, wo bereits Magda an einem der Fenster saß.

»Guten Morgen, Herzchen!«

»Guten Morgen, Kindchen!«

»Guten Morgen, mein Liebchen!«

Mit diesem dreistimmigen Gruße wurde das Mädchen in ihre Mitte genommen und geküßt. Man sah, daß eine Jede der drei wunderlichen Damen das Mädchen in das Herz geschlossen hatte. Sie war der Liebling Aller, die auf Helbigsdorf wohnten.

»Du wartest auch auf ihn?« frug Freya.

»Auf wen?«

»Auf den fremden Offizier.«

»Warten? Nein, liebe Tante, ich warte nicht auf ihn, Papa wünscht, daß ich im Salon sein möge, und so bin ich gekommen.«

»Weißt Du, was er will?«

»Was?«

»Heirathen.«

»Ah! Wen denn, liebe Tante?«

»Das ist noch unbestimmt. Vielleicht Tante Zilla.«

»Oder Tante Wanka!« antwortete Zilla.

»Oder Tante Freya!« antwortete Wanka.

»Oder Euch alle Drei!« lachte Magda. »Wer hat Euch gesagt, daß er heirathen wolle?«

»Kunz.«

»So! Hat er Euch auch gesagt, wer dieser Fremde ist?«

»Ja.«

»Nun?«

»Ein sehr hoher Offizier.«

»Das ist er allerdings.«

»Wie? Du weißt dies?«

»Natürlich! Ihr kennt doch jedenfalls auch seinen Namen?«

»Nein. Wer ist es?«

»So hört: Es ist der tolle Prinz von Süderland.«

»Der tolle – – –«

Zilla stand im Begriffe, dieses Wort in höchster Ueberraschung hinauszukreischen, doch blieb es ihr im Munde stecken, denn die Thüre öffnete sich, und der General trat mit seinen beiden Gästen ein. Der Prinz wurde den Damen unter einem einfacheren Namen vorgestellt und gab sich alle Mühe, auf Magda einen angenehmen Eindruck hervorzubringen, was ihm aber nur schwer zu gelingen schien. –

Ganz um dieselbe Zeit rollte ein offener Reisewagen auf Helbigsdorf zu. In demselben saßen drei Personen. Ein langer hagerer, aber überaus kräftig gebauter Mann, eine sehr dicke rothwangige Frau und ein junger Mann, der die Zügel der Pferde führte. Dieser Letztere trug die kleidsame Uniform eines Marinelieutenants, und ein Ehrenzeichen auf der Brust bewies, daß er trotz seiner Jugend bereits Gelegenheit hatte sich auszuzeichnen.

»Pin doch pegierig, op der General zu Hause sein wird!« meinte der Lange.

»Er ist da, lieber Onkel,« antwortete der Lieutenant.

»Und was er für eine Apsicht hat, mich und meine liepe Parpara zu sich zu rufen.«

»Das ist mir auch ein Räthsel.«

»Hat er Dir nichts davon geschriepen, Kurt?«

»Nein. Er schrieb mir einfach, heut bei ihm einzutreffen

und Euch mitzubringen. Das habe ich befolgt, und nun werden wir wohl sehen, welcher Grund diese Einladung hervorgebracht hat.«

»Ist das dort nicht Helbigsdorf?« frug jetzt die Frau.

»Ja, Parpara, das ist Helpigsdorf,« antwortete der Hofschmied. »Aper wir fahren nicht hinauf auf das Gut.«

»Warum nicht?«

»Der General hat dem Kurt geschriepen, daß er uns in dem Wirthshause apladen soll. Da sollen wir warten, pis wir geholt werden.«

»Das klingt ja sehr geheimnißvoll!«

»Ja; gerade wie pei einer Christpescheerung. Na, er hat es pefohlen, und so werden wir Gehorsam leisten müssen.«

Sie langten im Dorfe an und stiegen vor dem Wirthshause ab. Die Pferde wurden untergebracht; der Schmiedemeister trat mit seiner Frau in die Gaststube, und Kurt machte sich allein auf den Weg nach dem Schlosse.

Ganz unwillkürlich verließ er dabei die gewöhnliche Richtung. Er ging quer über die Wiesen und trat in den Park, durch welchen sich der Garten des Schlosses in den Wald verlief. Er war noch nicht sehr lange unter den Bäumen dahingeschritten, als er Stimmen vernahm. Es waren drei weibliche und eine männliche; er kannte sie alle vier; sie gehörten dem neuen Nachbar und den Tanten an. Er mochte diesen Herrn von Uhle nicht gern leiden, und daher vermied er jetzt, mit ihm zusamenzutreffen. Er bog links ab, nach dem kleinen Gartenhäuschen zu, in welchem Magda gern zu sitzen pflegte. Wie viele glückliche Stunden hatte er dort an ihrer Seite zugebracht!

Als er die Lichtung erreichte, von welcher aus das Häuschen zu sehen war, bemerkte er, daß Magda sich allerdings dort befand. Zu gleicher Zeit aber nahte sich ihr auch von der andern Seite ein Mann. Sie erhob das Köpfchen und erblickte diesen. Sofort erhob sie sich, um sich zu entfernen. Ihr schnelles Gehen konnte beinahe eine Flucht genannt werden. Diese Bemerkung machte auch Kurt. Er trat von dem Saume des Gehölzes zurück, um, hinter dem Stamme einer Eiche verborgen, den Grund zu beobachten, der das Mädchen veranlaßte, eine Begegnung mit jenem Manne zu vermeiden.

Dieser verdoppelte seine Schritte und erreichte Magda beinahe gerade an der Stelle, an welcher Kurt vorher gestanden hatte.

Wo doch hatte Kurt dieses widerwärtige Gesicht bereits einmal gesehen? Es war ihm bekannt, aber er wußte und fühlte, daß er dem Manne persönlich noch nicht begegnet sei, sondern ihn nur im Bilde gesehen haben könne.

»Sie fliehen mich, mein Fräulein?« frug der Fremde, indem er Magda bei der Hand erfaßte.

Sie entzog ihm dieselbe augenblicklich wieder.

»Fliehen?« frug sie stolz. »Was berechtigt Sie zu dieser Annahme, welche, wie ich Ihnen versichere, eine sehr irrige ist?«

»Ihr schneller Schritt, mit dem Sie sich bei meinem Nahen entfernten.«

»Sie vergessen, daß man nur vor einem Feinde flieht!«

»Ah! Sie wollen sagen, daß ich mich als Ihren Feind bekenne, wenn ich annehme, daß Sie vor mir flüchteten.«

»So ist es.«

»Dann muß ich mich allerdings geirrt haben, denn es gibt wohl keinen Menschen, dessen Herz den Wunsch, Ihr Freund sein zu dürfen, so glühend empfindet wie das meinige.«

»Ich danke Ihnen. Ich habe der Freunde bereits genug!«

»Man kann nie zu viel Freunde haben!«

»Doch, mein Herr, denn wenn die Zahl derselben zu bedeutend wird, so kann es allerdings vorkommen, daß man gezwungen ist, seine Freunde zu fliehen, weil sie lästig fallen.«

»Gilt dies mir, meine Gnädige?«

Sie warf die Locken aus der Stirn zurück und blitzte ihm entgegen:

»Ja. Sie sehen, daß ich sehr aufrichtig bin und weder den Freund noch den Feind fürchte!«

»Ah, Fräulein, das ist mehr als aufrichtig, das ist – ja, das ist, mit dem gelindesten Ausdrucke bezeichnet, ein sehr bedeutender Verstoß gegen die Gebräuche der Höflichkeit!«

»Man ist höflich oder unhöflich, ganz nach der Art und Weise, wie man veranlaßt wird.«

»So habe ich Ihnen Veranlassung gegeben, unhöflich gegen mich zu sein?«

»Sie fragen noch?!«

»Ja, ich frage noch!«

»Sie sahen, daß ich wünschte, allein zu sein, und dennoch folgten Sie mir. Ich ersuche Sie, mich meinen Weg allein fortsetzen zu lassen!«

»Eine Dame von solcher Schönheit hat nicht das Recht, sich abzuschließen.«

»Ich habe gar nicht die Absicht, mich abzuschließen, aber ich habe das Recht, das von mir zu weisen, was mir unangenehm ist.«

»Ah! So bin ich Ihnen unangenehm?«

»Ja.«

»Das sagen Sie mir?«

»Sie hören es!«

»Dem Gaste Ihres Vaters?«

»Allerdings!«

»Was würde der General sagen, wenn er dies erführe?«

»Er würde mir Recht geben.«

»Ah!«

»Und mich in seinen Schutz nehmen.«

»Ah! Das können Sie nur sagen, weil Sie mich nicht kennen!

»Sie wurden mir ja vorgestellt!«

»Vielleicht trage ich einen andern Namen.«

»Desto schlimmer!«

»Wie so?«

»Ein ehrlicher Name braucht niemals verleugnet zu werden!«

»Das ist sehr richtig; aber es gibt Verhältnisse, unter denen es sogar nothwendig wird, die bedeutendsten und berühmtesten Namen ungenannt zu lassen. Denken Sie an die Inkognitos der Fürsten!«

»Diese Fürsten haben einen andern Zweck als derjenige ist, welcher Sie nach Helbigsdorf führte.«

»Ich bin erstaunt, mein Fräulein. Sie kennen mich nicht, wie ich wohl behaupten darf, und wollen Kenntniß von meinen Zwecken haben!«

»Ich kenne Sie und Ihren Zweck!«

»Ah! Wer bin ich?«

»Pah! Adieu!«

Sie wollte sich von ihm wenden, er aber hielt sie bei der Hand fest.

»Halt, so entkommen Sie mir nicht!«

»Prinz!«

Dieses Wort war drohend gesprochen, und ihre kleine Rechte ballte sich zornig, während er ihre Linke fest umschlossen hielt.

»Ah, wirklich; also doch!« lächelte er. »Sie kennen mich! Dann sprachen Sie bisher doch nur im Scherz!«

»Warum im Scherz? Ist man gezwungen, eine Zurechtweisung nur aus dem Grunde zurückzuhalten, weil sie gegen einen Prinzen gerichtet ist? Sie sind mir unangenehm, und das habe ich Ihnen aufrichtig mitgetheilt; das ist Alles. Geben Sie meine Hand frei!«

»Dieses Händchen soll ich freigeben? Fällt mir nicht ein. Sie sind das schönste, das herrlichste Wesen, welches mir jemals begegnet ist, und nun ich diesen Engel vor mir habe, soll ich mich freiwillig aus seiner Nähe verbannen? Das ist zu viel verlangt.«

»Sie werden es thun!«

»Wer will mich zwingen?«

»Ich.«

»Womit? Sie wollen rufen?«

»Rufen? Pah!« antwortete sie verächtlich.

»Was sonst?«

»Das werden Sie erfahren, sobald Sie fortfahren, zudringlich zu sein. Ich ersuche Sie zum letzten Male, meine Hand loszulassen!«

»Ich halte sie fest.«

»Nun denn. Sie wollen es nicht anders!«

Sie holte mit der Rechten blitzschnell aus und schlug ihm

damit so kräftig in das Angesicht, daß er zurückwich und ihre Hand fahren ließ. Im nächsten Augenblicke aber trat er wieder auf sie zu und schlang die Arme um sie.

»Ah, Du kleiner süßer Teufel; das sollst Du mir bezahlen!«

Sie versuchte von ihm loszukommen, aber ihre Kraft reichte der seinigen gegenüber nicht aus. Schon spitzte er die Lippen zum Kusse, als er einen Schlag gegen den Kopf erhielt, unter welchem er zu Boden taumelte.

»Kurt!« rief das Mädchen, ihm die Hände entgegenstreckend. »Du bist es!«

»Ich bin es, Magda,« antwortete er ruhig. »Ich stand hinter dieser Eiche und habe Alles gehört.«

Der Prinz hatte sich schleunigst wieder erhoben. Er glühte vor Scham und Wuth.

»Mensch, wer sind Sie?« frug er bebend.

»Fragen Sie einen der Diener, er wird Ihnen meinen Namen sagen. Er ist zu gut und zu ehrlich, als daß ich ihn einem Unverschämten gegenüber nennen sollte.«

»Kerl, was wagst Du!«

»Herr, Sie sehen, ich bin Offizier!«

»Ich ebenso!«

»Das erkenne ich weder an Ihrer Kleidung noch an Ihrem Betragen. Das letztere ist ganz dasjenige eines Schurken.«

»Herr, wissen Sie, wer ich bin?«

»Möglich!«

»Ich bin ein königlicher Prinz von Süderland!«

»Möglich! Wenigstens soll es dort einen Prinzen geben, welcher wie ein Bube lebt und jedenfalls auch wie ein Bube enden wird.«

»Bursche, ich zermalme Dich!«

Er wollte den Lieutenant fassen, aber dieser wich ihm aus.

»Prinz, sehen Sie sich vor. Ein Seemann greift anders zu als eine Landspinne!«

»Das werden wir sehen. Ich fordere Genugthuung!«

»Doch nicht von mir? Ich schlage mich nur mit Ehrenmännern!«

»Auch das noch? Da, nimm!«

Er holte aus, schon aber hatte Kurt ihn gepackt, hob ihn empor und schmetterte ihn zu Boden, daß er liegen blieb.

»Komm, Magda; er hat genug!«

Sie blickte mit leuchtenden Augen auf das schöne ruhige Gesicht des jungen Mannes.

»Kurt, fürchtest Du ihn nicht?«

»Nein. Für Dich kenne ich keine Furcht!«

»Wird es ihm schaden?«

»Das laß seine Sache sein. Komm! Wo ist Papa?«

»Er wird in seiner Stube sein. Er hat in letzter Zeit sehr viel korrespondirt und scheint sehr zahlreiche Geheimnisse zu haben.«

»Du wußtest, daß er mich erwartet?«

»Ich wußte es. Darum bin ich ja auch –«

Sie schwieg, während ein tiefes Roth ihr schönes Antlitz überflog.

»Darum bist Du ja auch – nun, was denn?«

»Das darf ich Dir nicht sagen.«

»Wirklich nicht, Magda? Auch nicht, wenn ich Dich recht herzlich bitte?«

»Vielleicht, Kurt.«

»Bitte, bitte, Magda!«

»Ich wollte sagen, daß ich darum ja auch bereits ausgeritten war.«

»Ich danke Dir! Du wolltest den Weg sehen, der mich zu Dir bringen würde?«

»Ja, obgleich ich wußte, daß Du erst nach Stunden kommen konntest.«

»Ja, es scheint, ich habe ein recht ungeduldiges Schwesterchen! Herr von Uhle ist mit den Tanten im Garten?«

»Hast Du sie gesehen? Er brachte den Prinzen nach Helbigsdorf.«

»Was will er hier?«

»Frage Kunz; er wird es Dir sagen!«

»Du weißt es wohl nicht?«

»Doch!«

»Warum kannst Du es mir nicht sagen?«

»Weil es mich selbst betrifft.«

Er blieb erschrocken stehen und starrte sie an.

»Dich selbst?! Ah, doch nicht – nein, das ist ja unmöglich!«

Sie erglühte bis zum Nacken herab.

»Kurt, ich weiß nicht, was Du meinst!«

»Ich meine – ich denke – Magda, sollst Du von hier fort?«

»Nein, bewahre. Frage nur Kunz. Du kannst ganz ruhig sein!«

Jetzt bekam sein erbleichtes Gesicht wieder Farbe.

»Also war es nur ein roher Angriff! Ah, er soll es noch einmal wagen; dann werde ich diesen Schurken zu züchtigen wissen!«

Sie hatten das Schloß erreicht. Er führte Magda nach ihrem Zimmer und ging dann, den General aufzusuchen. Im Korridore stand Kunz.

»Der junge Herr!« rief dieser erfreut, indem er auf ihn zueilte. »Willkommen auf Helbigsdorf, Herr Kurt! Aber man hat Sie doch gar nicht kommen sehen?«

»Ich komme durch den Park.«

»Ah! Haben Sie die Gäste bemerkt?«

»Herrn von Uhle und den tollen Prinzen?«

»Sie kennen ihn?«

»Ich habe mit ihm gesprochen und – höre, Kunz, weshalb ist er eigentlich nach Helbigsdorf gekommen?«

»Fragen Sie Fräulein Magda!«

»Die hat zu mir gesagt, daß ich Dich fragen soll.«

»Ach so! Hm, ja, sie kann es freilich nicht gut selbst sagen.«

Er erzählte dem Lieutenant das, was er erlauscht hatte und nahm ihm durch diese Mittheilung einen Stein vom Herzen. Dieser theilte ihm sein kleines Renkontre mit dem Prinzen mit und frug dann:

»Ist der General in seinem Zimmer?«

»Ja.«

»Melde mich an!«

»Ist nicht nöthig. Der Herr General sagten, daß Sie unangemeldet eintreten dürfen.«

Kurt trat ein. Der General empfing ihn wie einen Sohn.

»Kurt, da bist Du ja! Sei mir willkommen!«

Er reichte ihm die Hand und zog ihn an sich.

»Ich bat um Urlaub, weil Du mir schriebst, daß ich kommen solle,« meinte der junge Seemann.

»Wie lange darfst Du bleiben?«

»Ich habe Erlaubniß für unbestimmte Zeit.«

»Das ist gut, denn Du wirst eine längere freie Zeit nöthig haben.«

»Wozu?«

»Ich erwarte Besuch, der Dir sehr willkommen sein wird.«

»Wann?«

»Noch heute.«

»Wer ist es?«

»Zwei Seemänner mit einigen Bekannten.«

»Offiziere?«

»Ja.«

»Wer ist es?«

»Das laß mich jetzt noch verschweigen. Es soll eine Ueberraschung für Euch Alle werden, eine Ueberraschung, auf welche Keines von Euch gefaßt sein wird.«

»Gehört auch der Besuch dazu, welcher jetzt im Garten war?«

»Der Prinz?«

»Ja.«

»Nein. Seine Ankunft war uns allerdings auch eine Ueberraschung.«

»Wie kommt er nach Helbigsdorf?«

»Er hat Herrn von Uhle aufgesucht und ist mit diesem herübergekommen.«

»Wer ist dieser Herr von Uhle?«

»Ein süderländischer Edelmann, der sich kürzlich hier angekauft hat. Er ist mir nicht sympathisch, aber man muß auf Nachbarschaft halten.«

»So ist dieser Prinz Dein Gast?«

»Ja.«

»Und ich habe ihn beleidigt!«

»Du? In wiefern?«

Kurt erzählte. Der General runzelte die Stirn.

»Du hast zwar etwas kräftig, aber doch sehr recht gehandelt,« meinte er. »Dieser Mensch soll nicht wagen, Magda zu belästigen, weil er sich auf seinen Rang verläßt. In meinen Augen ist er ein Roué, der sich in der öffentlichen Meinung ruinirt hat und vielleicht an seinem Hofe einmal vollständig unmöglich sein wird. Sein heutiges Betragen ist ein solches, daß ich ihn nicht wieder sehen mag. Ich werde ihm eine Lektion ertheilen, die ebenso derb sein wird wie die Deinige.«

»Welche?«

»Das sollst Du gleich sehen!«

Er klingelte, und der Diener trat ein.

»Kunz, der Prinz ist im Garten oder im Parke?«

»Mit den Fräuleins.«

»Du gehst ihn zu suchen und sagst ihm, daß ich für ihn nicht wieder zu sprechen sei.«

Der alte Diener lachte am ganzen Gesichte.

»Werde es ausrichten, Excellenz, und sicher nichts vergessen! Verstanden?«

Er ging. Im Garten traf er den Prinzen bei den drei Schwestern. Er redete ihn ohne alle Einleitung und Titulation an.

»Hören Sie!«

»Was?« frug der Prinz, sich erstaunt über diese respektlose Ausdrucksweise zu ihm drehend.

»Seine Excellenz der Herr General lassen Ihnen sagen, daß sie sich entfernen mögen.«

»Ich?«

»Ja, Sie!«

»Mensch, Du bist verrückt!«

»Leider nein. Verstanden?«

»Du wagst es, in diesem Tone zu einem – zu mir zu reden. Ich werde mich sofort beim General beschweren und Dich bestrafen lassen!«

»Reden Sie etwas höflicher, sonst gehen Sie nicht, sondern Sie werden gegangen! Verstanden? Seine Excellenz haben befohlen Sie nicht wieder vorzulassen, und wenn Sie trotzdem das Vorzimmer betreten, so werde ich unser Hausrecht gebrauchen. Verstanden?«

»Kunz!« rief die Blaue.

»Mensch!« rief die Purpurne.

»Unhöflicher!« rief die Grüne.

»Bin ich unhöflich, wenn ich den Auftrag des Herrn Generales wörtlich ausführe?«

»Das hat er nicht befohlen!« behauptete die Lange.

»Unmöglich!« rief die Kleine.

»Ganz und gar unmöglich!« stimmte auch die Dicke bei. »Warum sollte er eine so krasse Unschicklichkeit begehen?«

»Weil dieser Mann eine noch viel krassere Unschicklichkeit begangen hat.«

»Welche?«

»Er hat Fräulein Magda angefallen, insultirt wie ein Bube.«

»Magda insultirt? Als unser Gast? Pfui!« rief Zilla.

Die drei Schwestern sahen sich an ihrer schönsten Seite, welche sie besaßen, an der Liebe zu Magda angegriffen.

»Pfui!« rief auch Wanka.

»Pfui!« schloß Zilla, und alle drei wandten sich ab und ließen den Prinzen stehen, um dem sich entfernenden Diener nachzugehen.

»Wie hat er sie insultirt?« frug ihn die Blaue.

»Hm!« antwortete er achselzuckend.

»Sagen Sie es!« befahl die Purpurne.

»Das geht nicht!«

»Warum nicht?«

»Von solchen Sachen spricht man nicht,« meinte er, innerlich belustigt.

»Aber ich befehle es Ihnen!« sagte die Grüne sehr entschieden.

»So muß ich gehorchen!«

»Nun?«

»Er wollte ihr etwas geben.«

»Was?«

»Etwas, was Sie alle Drei wohl noch nie empfangen haben.«

»Was denn nur?«

»Einen Kuß.«

»Schrecklich!« rief die Lange.

»Entsetzlich!« sekundirte die Rothe.

»Abscheulich!« lamentirte die Grüne, indem sie die Hände zusammenschlug. »Ist es ihm denn gelungen?«

»Nein.«

»Sie hat sich gewehrt?«

»Sehr! Und Kurt hat ihr beigestanden.«

»Kurt?«

»Ja. Er hat diesen Menschen niedergeschlagen.«

»Kurt? Der ist ja gar nicht da!«

»Der Herr Lieutenant sind vorhin gekommen und befinden sich jetzt bei seiner Excellenz.«

»Ist das wahr?« rief Freya erfreut. »Dann müssen wir ihn ja sofort begrüßen. Kommt!«

Um diese Zeit kam von der entgegengesetzten Seite ein Wagen gefahren, der im Trabe durch das Dorf rollte und nach dem Schlosse fuhr. Als er im Hofe desselben hielt, stiegen vier Männer aus. Bill Holmers, der Riese, Friedrich von Walmy, der Steuermann Schubert und der Oberbootsmann Karavey. Einer der Knechte eilte herbei.

»Ist der General daheim?« frug Walmy.

»Ja.«

»Wo meldet man sich an?«

»Das Vorzimmer liegt eine Treppe hoch.«

»Schirren Sie die Pferde aus. Wir bleiben hier.«

Die vier Ankömmlinge traten in das Schloß und trafen oben auf Kunz.

»Ist der Herr General zu sprechen?« erkundigte sich Walmy.

»Er hat soeben Besuch, aber ich werde anfragen. Wen soll ich melden?«

»Sagen Sie ihm, daß die Erwarteten hier seien.«

Er sah die Vier prüfend an.

»Die Erwarteten? Er weiß, daß Sie kommen?«

»Ja; er hat uns für heute eingeladen.«

»So werde ich Sie melden. Verstanden?«

Er trat in das Zimmer des Generals.

»Excellenz!«

»Was?«

»Es sind vier fremde Männer draußen.«

»Wer ist es?«

»Sie nannten keinen Namen. Ich soll sagen, daß es die Erwarteten sind.«

»Ah! Laß sie eintreten!«

Kurt erhob sich um zu gehen, und auch die Schwestern, welche noch zugegen waren, wollten dasselbe thun.

»Bleibt!« bat der General. »Dieser Besuch wird Euch Alle sehr lebhaft interessiren. Besonders Dich, Kurt.«

»Inwiefern?«

»Das wirst Du bald sehen!«

Die vier Männer traten ein. Walmy grüßte mit vollendeter kavaliermäßiger Höflichkeit:

»Excellenz?«

»Ja.«

»Verzeihen der Herr General, daß wir es unternehmen, von Ihrer so freundlichen Einladung Gebrauch zu machen!«

»Ich habe nichts zu verzeihen, da ich Sie im Gegentheile recht herzlich willkommen heißen muß. Sie sind der Prairiejäger Fred?«

»Ja,« antwortete Walmy lächelnd.

»Dann vermuthe ich, daß dieser andere Herr den Namen führt, den Sie in Ihrem Briefe nannten: Bill Holmers?«

»So ist es.«

»Die andern beiden Herrn kenne ich nun ja auch. Dieser Herr hier ist mein Sohn, und diese Damen sind meine Schwestern. Nehmen Sie Platz!«

Als sie sich niedergelassen hatten, wandte sich der General an seine Schwestern:

»Diese Herrn kommen zu mir in der Mylungenschen Angelegenheit.«

»Ah!« meinte Freya. »Hat sich etwas herausgestellt?«

»Nein. Aber es sind Vermuthungen vorhanden, daß sich

etwas herausstellen wird. Laßt Euch diesen Herrn vorstellen! Es ist der Herr Baron Friedrich von Walmy.«

»Nicht möglich!« rief die Blaue.

»Unmöglich!« rief die Grüne.

»Nicht zu glauben!« rief die Purpurne. »Dieser Herr ist ja in Amerika, wie man hört!«

»Und doch bin ich es,« meinte Friedrich mit einem leichten Lächeln. »Ich bin seit einigen Tagen wieder zurückgekehrt.«

»Man sagt, Sie seien gegangen, um –«

»Um,« vervollständigte er; »um nach meinem verschwundenen Bruder zu forschen? Man hat Sie recht berichtet, meine Damen.«

»Haben Sie eine Spur von ihm gefunden?«

»Von ihm nicht. Wohl aber haben wir seinen Diener getroffen, und was wir von diesem erfuhren, läßt uns vermuthen, daß der Bruder nicht in Amerika, sondern in der Heimath zu suchen sei, wenn er überhaupt noch lebt.«

»Und diese Verhältnisse stehen mit der Mylungenschen Angelegenheit in einer Beziehung?« forschte Zilla.

»Ja.«

»Inwiefern?«

»Das weiß ich selbst noch nicht, aber einer unserer Freunde behauptet es. Er hat eine Reise unternommen, um, wie ich glaube, über diese Dinge Erkundigungen einzuziehen; aber er weiß, daß wir uns hier befinden und wird noch heut oder morgen auch eintreffen.«

»Sie müssen nämlich wissen, daß wir mit der Familie Mylungen eng befreundet sind,« erklärte Wanka. »Mein Bruder hat sich an Sie gewandt?«

»Nein, sondern ich mich an ihn, und zwar in Folge eines Rathes, welcher mir von dem Kommandeur des berühmten Kriegsschiffes »der Tiger« ertheilt wurde.«

»Ah! Kennen Sie ihn?«

»Ich war bei ihm, da diese beiden Herren Offiziere dieses Schiffes sind.«

Da erhob sich Kurt sehr schnell.

»Was höre ich!« meinte er. »Sie sind Kameraden von mir?«

Der General lächelte befriedigt. Er wußte, was nun erfolgen werde.

»Allerdings, Herr Lieutenant,« antwortete Schubert. »Ich gab Ihnen das nur deshalb noch nicht zu erkennen, weil der Herr General nicht die Güte hatte, uns einander vorzustellen.«

»Dieser Mann, der beste Freund, welchen ich besitze, ist Hochbootsmann auf dem »Tiger«. Er heißt Karavey und –«

»Was? Karavey? Ists möglich!«

»Kennen Sie ihn?«

»Noch nicht persönlich; aber seinen Namen hörte ich sehr oft nennen.« Und sich an den Hochbootsmann wendend frug er: »Der Steuermann des »Tiger« heißt Balduin Schubert?«

»Ja.«

»Sie sind ein Freund von ihm?«

»Ja.«

»Wo ist der Tiger jetzt?«

»Er ist unterwegs auf einer kurzen Bedeckungsfahrt.«

»Und der Steuermann befindet sich an Bord?«

»Nein.«

»Nicht? Wo ist er?«

»Hier steht er!«

»Sie –! Sie sind es? Du – Du –!«

Er öffnete die Arme und wollte auf den Steuermann zustürzen, blieb aber bei dem überraschten Gesichte desselben auf halbem Wege halten und wandte sich gegen den General:

»O, ich danke Dir! War dies die Ueberraschung, welche Du meintest?«

»Allerdings! Steuermann, ich habe diesen jungen Mann meinen Sohn genannt. Er ist nicht mein leiblicher Sohn, sondern mein Pflegekind, und sein Name lautet Kurt Schubert.«

»Kurt Schu –!«

Der Steuermann erstarrte, aber der Lieutenant umfaßte ihn und küßte ihn.

»Vater! Ich bin ja Dein Sohn!«

»Du – Sie – ein Lieutenant! Oh!«

Es erfolgte nun eine Scene, welche sich unmöglich beschreiben läßt. Die drei Schwestern fanden zuerst wieder Worte:

»Sein Vater!« rief die Kleine.

»Der Steuermann!« rief die Dicke.

»Welche Ueberraschung!« rief die Lange. »Sie müssen dableiben!«

»Das versteht sich!« stimmte die Grüne bei.

»Ganz natürlich!« ließ sich auch die Purpurne vernehmen.

»Ihr hattet einen Sohn?« frug Bill den Reisegefährten. »Das haben wir ja gar nicht gewußt, Alter!«

»Du hast Urlaub?« meinte endlich der Steuermann, bei dem die wiedergefundene Sprache sich zunächst des Dienstlichen bemächtigte.

»Ja, und zwar auf unbestimmte Zeit.«

»O, ich werde mit dem Kommodore reden, und mein Bruder muß es auch dem Könige sagen, daß Du mit auf den »Tiger« darfst!«

»Thue das, Vater! Bei Dir zu sein ist ein Glück, und auf diesem Schiffe zu dienen die größte Ehre für einen Seemann. Aber warte einmal, wen ich Dir jetzt bringen werde!«

Er eilte hinaus und in die Küche, in welcher sich Frau Hartig befand.

»Mutter, rathe schnell, wer da ist!«

»Vier Herren.«

»Ja, aber wer befindet sich unter ihnen?«

»Wie soll ich das wissen!«

»Komm mit zum General! Ich will sehen, ob Ihr Euch erkennen werdet!«

»Wer ist es?«

»Ein – ein alter Bekannter von Dir.«

»Wie heißt er?«

»Das werde ich Dir jetzt nicht sagen. Komme doch schnell!«

Sie legte die Küchenschürze ab und folgte ihm. In dem Zimmer des Generals angekommen, stellte Kurt die beiden Leute einander gegenüber. Der Steuermann blickte sie forschend an; sie hatte sich zu sehr verändert, aber sie, sie sah ihm in das breite ehrliche Gesicht und in die blauen treuen Augen, welche sie niemals vergessen hatte.

»Balduin!« rief sie, indem sie die Hände vor glückseligem Staunen zusammenschlug.

»Es ist die Mutter!« erklärte der Lieutenant.

»Wa – wa – was!« rief Schubert, und im nächsten Augenblicke hatte er sie an der Brust liegen.

Kurt aber eilte hinaus und über den Hof, in das Dorf hinab. Dort ging er in den Gasthof, wo er den Schmied und dessen Frau gelassen hatte.

»Onkel, Tante, kommt schnell auf das Schloß!« rief er.

»Was ist denn los?« frug Thomas.

»Eine Ueberraschung.«

»Eine Ueperraschung? Was denn für eine?«

»Frage nicht, sondern komme nur!«

»Gut, Du sollst Deinen Willen hapen! Soll die Parpara auch mit?«

»Versteht sich!«

Die Wirthin hatte bereits gewußt, daß sich dies ganz von selbst verstand. Sie, die dickste Person von allen Dreien, war doch die schnellste. Sie stand bereits unter der Thüre.

Nun ging es in möglichster Eile nach dem Schlosse und zwar in das Arbeitszimmer des Generales, welches von Tabaksqualm und Menschen angefüllt war. Aus diesem Qualm heraus war zunächst die breite Gestalt des Steuermannes zu erkennen.

»Palduin!« rief der Schmied.

Der Seemann drehte sich um.

»Thomas! Du bist hier in Helbigsdorf?«

»Ja, ich pin da, wie ich leipe und lepe. Aper Du? Ist es Dein Geist oder pist Du es wirklich selper?«

»Ich bin es selbst.«

»Ich denke, Du pist auf dem Meere und in Ostindien!«

»Frage nicht!« befahl Barbara. »Umarme ihn und gib ihm einen Schmatz.«

»Wirst Du da nicht eifersüchtig, Parpara?«

»Fällt mir nicht ein!«

»So komm, Pruder Palduin. Du sollst die Umarmung hapen und auch den Schmatz dazu!«

Sie nahmen sich beim Kopfe und küßten sich herzhaft ab. Dann kam auch die Wirthin an die Reihe. Während dieser Zeit hatte der Schmied Muße, sich im Zimmer weiter umzusehen.

»Karavey, Du pist auch da?«

»Auch!« antwortete dieser.

»Willst Du auch umarmt sein?«

»Natürlich!«

»Mit Schmatz oder ohne?«

»Mit!«

»Schön! Die Parpara wird es wohl erlaupen!«

Auch diese Begrüßung wurde vollbracht. Dann ging es an diejenigen der andern Personen.

Unterdessen schritten zwei Männer von dem Schlosse abseits in den Wald hinein, auf dem Wege, welcher zum Nachbargute führte. Es war der Prinz mit Herrn von Uhle. Keiner sprach ein Wort. Herr von Uhle ließ zuweilen auf seinen Begleiter einen verstohlen forschenden Blick fallen, wobei sich ein leises verhaltenes Lächeln um seinen Mund legte. Der Prinz hielt den Blick gesenkt. Er schien über etwas nachzusinnen, aber es konnte nichts Angenehmes sein, denn seine Stirn lag in düsteren Falten, und seine Hand fuhr von Augenblick zu Augenblick ärgerlich nach den Spitzen seines Schnurrbartes, um diese sehr energisch in die Luft hinauszuwirbeln. Endlich spitzte er den Mund zu einem raschen energischen Pfeifen und wandte sich an Uhle:

»Sie kennen dieses Helbigsdorf?«

»Ja.«

»Genau?«

»So genau, wie es bei meinem noch nicht langen Aufenthalt hier möglich ist.«

»Sind Ihnen die Familienverhältnisse bekannt?«

»Ich glaube.«

»Ist die Tochter des Generals verlobt?«

»Nein.«

»Hat sie eine Bekanntschaft, welche man Liäson nennen könnte?«

»Schwerlich! Wenigstens habe ich nichts von einer solchen gehört.«

»Einen Sohn hat der General nicht?«

»Nein.«

»Aber es begegnete mir im Garten ein junger Mensch, welcher sich mit der Tochter des Generales duzte.«

»Civil?«

»Militär, von der Marine.«

»Das war sein Pflegesohn.«

»Hm! Pflegesohn! Wohl ursprünglich verwandt mit ihm?«

»Ich glaube nicht. Es gehen darüber sehr verschiedene Gerüchte. Man sagt sich sogar, daß er ein Fallkind sei, und zwar von einem sehr obskuren Vater.«

»Wer ist dieser?«

»Pah! Ein Matrose.«

»Unmöglich! Der Pflegesohn eines Generales der uneheliche Sohn eines Matrosen!«

»Wenigstens zu glauben ist die Sache doch, denn die Mutter dieses jungen Menschen ist die Wirthschafterin des Generales.«

»Der Kerl hatte Züge, welche mir einigermaßen bekannt vorkamen. Wenigstens war es mir ganz so, als ob ich ihm bereits einmal begegnet sein müsse. Woher stammt die Frau?«

»Der General hat sie, wie man sich sagt, in einem Seebade kennen gelernt.«

»In einem Seebade? In welchem?«

»Ich glaube, man nannte Fallun.«

»Fallun? Hm! Donnerwetter! Wie heißt die Frau?«

»Man nennt sie Frau Hartig.«

»Hartig? Ah! Und wie heißt ihr Sohn?«

»Der Marineoffizier?«

»Ja doch!«

»Kurt.«

Der Prinz schnalzte mit dem Finger.

»Jetzt habe ich es! Ah, bist Du es, mein Junge!«

»Hoheit kennen ihn?«

»Ja; sehr sogar.«

»Aber von keiner angenehmen Seite, wie ich glaube annehmen zu dürfen?«

»Möglich! Aber ich denke, daß – –«

Er wurde unterbrochen. Am Rande des Waldfahrweges, welchen sie eingeschlagen hatten, saß ein Mann, welcher sich bei ihrer Annäherung erhob und den alten Hut vom Kopfe nahm, um ihnen denselben entgegen zu halten. Es war ein Bettler.

Herr von Uhle griff in die Tasche und gab ihm ein Geldstück, der Prinz aber sah ihn mit strenger Miene an.

»Man bettelt sogar hier in dem Walde?« frug er. »Das ist denn doch etwas zu stark!«

»Verzeihen Sie, Herr!« entschuldigte sich der Fremde. »Ich bin nicht aus dieser Gegend und habe kein Reisegeld.«

»Wer bist Du?«

»Ich bin ein armer Schiffer.«

»Ein Schiffer? Und läufst hier in den Bergen herum!«

»Ich will nach Süderland.«

Der Mann sah sehr verhungert und verkümmert aus. Er mußte krank gewesen sein oder sonst irgendwie gelitten haben.

»Woher kommst Du?«

»Da unten von der See.«

»Da konntest Du doch zur See nach Süderland?«

»Es nahm mich niemand mit.«

»Warum?«

»Ich konnte nicht bezahlen.«

»Als Schiffer hättest Du ja arbeiten können!«

»Ich war zu schwach dazu. Ich bin lange Zeit krank gewesen.«

»Hast Du keine Freunde, keine Verwandten?«

»Ich reise eben um sie zu besuchen.«

»Wo? In Süderland?«

»Nein. Sie wohnen hier in der Nähe.«

»Wo denn da?« frug Herr von Uhle.

»In Helbigsdorf.«

»Wer ist es?«

»Die Wirthschafterin des Generales.«

»Die ist verwandt mir Dir?«

»Ja, sie ist meine Frau.«

»Ah!« rief der Prinz. »Woher bist Du?«

»Aus Fallun.«

»Wie heißest Du?«

»Hartig.«

»Stimmt! Herr von Uhle, gehen Sie immerhin weiter! Ich komme nach und habe mit diesem Manne noch Einiges zu reden.«

»Dauert es lange?«

»Ich weiß das noch nicht. Gehen Sie immerhin, ich werde mich nicht im Walde verirren.«

Uhle ging, und der Prinz wandte sich wieder an Hartig.

»Weißt Du warum Du so schlecht aussiehst?«

»Weil ich krank gewesen bin.«

»Nein! Weißt Du, warum Du nicht daheim bleiben kannst und warum Du Niemand gefunden hast, der Dich mit auf sein Schiff nehmen wollte?«

»Weil ich zu schwach bin.«

»Nein, sondern weil Du aus dem Zuchthause kommst.«

»Herr!«

»Leugne nicht. Aber sei unbesorgt. Ich mache Dir keinen Vorwurf. Habe ich es errathen?«

»Ja,« antwortete der Mann zögernd.

»Kanntest Du zwei Männer im Zuchthause, welche früher Aerzte an einer hiesigen Irrenanstalt waren?«

»Ja. Sie sind in der Gefangenschaft gestorben.«

»Kanntest Du einen gewissen Raumburg?«

»Den Sohn des alten Herzoges?«

»Ja.«

»Er hat sich in seiner Zelle die Pulsader aufgeschnitten.«

»Und Du – Du bist entsprungen?«

»Nein, Herr. Ich bin entlassen.«

»Weißt Du, was Deine Frau jetzt ist?«

»Wirthschafterin bei dem General. Zu ihr will ich.«

»Glaubst Du, daß sie oder der General Dich unterstützen wird?«

»Ich bin ihr Mann. Sie muß mich aufnehmen oder mir nach Süderland folgen. In Norland finde ich kein Fortkommen mehr.«

»Kennst Du mich?«

»Nein.«

»Aber wir haben uns einst in Fallun gesehen.«

»Das ist möglich. Es gab dort viele Badegäste, die fuhren in meinem Boote spazieren.«

»Ich bin nicht nur mit Dir, sondern auch mit Deinem Sohne gefahren.«

»Es war nur mein Stiefsohn.«

»Ja, der Sohn eines Matrosen. Ich bin sogar mit ihm zusammengefahren, das heißt, mit ihm zusammengerannt.«

»Ah!« rief Hartig, aufmerksam werdend.

»Und mußte deshalb vor Gericht erscheinen – –«

»Sie sind – –!«

»Und wurde bestraft trotz meines Standes, der mich eigentlich gegen eine solche Behandlung schützte.«

»Herr, jetzt weiß ich wer Sie sind! Sie sind – –«

»Still! Wir wollen hier keinen Namen nennen. Aber ich interessire mich für Dich. Auf Helbigsdorf findest Du wohl nicht das, was Du suchest.«

»Das ist sehr wahrscheinlich.«

»Ich bin vielleicht in der Lage, für Dich sorgen zu können.«

»Herr, wenn dies wahr wäre!«

»Es ist wahr.«

»O, königliche Hoheit, solch ein – –«

»Still! Laß mit dem Namen auch den Titel fort. Ich werde jetzt ein Stück mit Dir gehen und vor Helbigsdorf auf Dich warten. Du kehrst zu mir zurück und sagst mir, wie Dein Besuch ausgefallen ist. Dann werden wir ja sehen, was sich thun läßt. Willst Du?«

»Gern.«

»Aber von mir hast Du kein Wort zu erwähnen!«

»Nicht eine Silbe werde ich sagen!«

Sie gingen mit einander fort, und zwar nicht auf dem gebahnten Wege, sondern sie schritten quer durch den Wald, um eine jede unliebsame Begegnung zu vermeiden. Als sie das Schloß erblickten, hielt der Prinz an.

»Das ist Helbigsdorf. Nun gehe allein weiter. Ich werde hier warten.«

»Ich kehre auf jeden Fall zurück, Herr.«

»Solltest Du mich hier nicht sehen, so brauchst Du nur zu pfeifen. Es könnte ja der Fall sein, daß ich mich verstecken müßte.«

Hartig ging weiter. Am Eingange des Schlosses fand er einen Diener.

»Ist das Schloß Helbigsdorf?« frug er.

»Ja,« antwortete der Gefragte etwas reservirt.

»Ich danke.«

Er wollte weiter gehen, doch der Diener hielt ihn zurück.

»Warte Er! Hier hat Er etwas, und nun kann Er umkehren.«

Er hielt ihm eine kleine Münze entgegen. Hartig nahm sie nicht und blickte ihn stolz an.

»Ich bin kein Bettler!«

»Nicht? Was will Er sonst im Schlosse?«

»Darnach hat Er nichts zu fragen.«

Er war jetzt auf einmal ein ganz Anderer geworden. Er schritt an dem halb und halb verblüfften Diener vorüber und in den Schloßhof hinein. Da ging er sofort auf das Portal zu, und stieg, da sich hier Niemand zeigte, die Treppe empor. Droben kam eben Kunz aus dem Zimmer des Generals.

»Was will Er?«

»Ich will mit der Wirthschafterin sprechen.«

»Mit Frau Hartig?«

»Ja!«

»Was sucht Er bei ihr?«

»Das geht blos mich und sie an!«

»Und mich, wenn Er nämlich nichts dagegen hat! Ich habe alle Fremden anzumelden. Also was will Er?«

»Ich habe ihr etwas zu sagen.«

»Was?«

»Wenn ich es Ihm sagen wollte, brauchte ich nicht zu ihr!«

»Er ist ein Grobian. Packe Er sich fort!«

»Er hat mich nicht abzuweisen! Wo ist die Wirthschafterin?«

»Ich habe gesagt, daß Er gehen soll!«

»Und ich habe gefragt, wo die Wirthschafterin ist!«

»Wenn Er nicht sofort geht, werde ich Ihn fortbringen.«

»Er wäre mir der Kerl dazu! Ich glaube – –«

»Wer zankt hier!« rief eine strenge Stimme.

Als sich die Beiden umsahen, stand der General bei ihnen.

»Dieser Mann macht Spektakel, Excellenz!« antwortete Kunz.

»Wer ist er?«

»Er gibt keine Auskunft. Verstanden?«

»Was will Er?«

»Ich suche die Wirthschafterin, Herr General,« antwortete Hartig.

»Was will Er bei ihr?«

»Ich will mit ihr sprechen!«

»Ich frage ihn ja eben nach Dem, was Er mit ihr zu reden hat.«

»Ich werde doch mit ihr reden dürfen! Ich bin ihr Mann.«

»Ihr Mann?« frug der General.

»Donnerwetter!« fluchte Kunz.

»Ja. Sie ist meine Frau!«

»So ist Er der Schiffer Hartig aus Fallun?«

»Ja.«

»Er ist wohl entlassen worden?«

»Ich bin frei.«

»Komme Er. Ich selbst werde Ihn zu seiner Frau führen.«

Er ging voran nach der Küche. Dort befanden sich neben der Wirthschafterin auch die drei Schwestern.

»Frau Hartig,« sagte der General, »es ist heut ein Tag der Ueberraschungen. Dieser Mann will zu Ihnen.«

»Wer ist es?«

Sie drehte sich herum nach dem Fremden und erblaßte.

»Kennst Du mich?« frug er.

»Hartig!« rief sie, tief erschrocken.

Er wartete einige Augenblicke, dann frug er:

»Du heißest mich nicht willkommen?«

»Nein,« stöhnte sie. »Du kommst aus – aus – –«

»Aus dem Zuchthause!« ergänzte er frech und höhnisch.

»Aus dem Zuchthause?« kreischte Freya. »Mein Gott!«

»Mein Himmel!« ächzte Wanka.

»Herrjeh!« rief Zilla.

»Und zu mir kommst Du,« fuhr die Wirthschafterin fort.

»Zu Dir, denn ich wußte, daß Du nicht zu mir kommen würdest. Kannst Du mich nicht bewillkommnen? Hast Du keinen Gruß, keinen Platz für Deinen Mann?«

»Nein. Nie!« wehrte sie ab.

»Ja, das glaube ich! Während ich kargte und darbte, während ich im Zuchthause hungern und spinnen mußte, genossest Du das Leben und hast darüber mich natürlich vollständig vergessen. Ich bin Dein Mann, und Du gehörst zu mir. Wenn Du hier keinen Platz für mich hast, so wirst Du dieses Haus verlassen und mit mir gehen.«

»Er sieht ganz so aus, als ob sie mit Ihm gehen würde,« meinte Kunz, der aus Neugierde mit eingetreten war.

»Das geht Ihm den Teufel an.«

»Oho! Er ist grob und wird mir daher wohl erlauben, es auch zu sein. Verstanden?«

Der General wandte sich zu seiner Wirthschafterin:

»Frau Hartig, wollen Sie mit diesem Mann wieder beisammen sein?«

»Niemals!« antwortete sie.

Sie hatte heut den wiedergefunden, dem ihre erste Liebe gehörte, den ihr Herz nie vergessen hatte, sie konnte dem Andern nicht mehr gehören.

»Er hört es!« sagte Helbig zu Hartig.

»Ja, ich höre es. Aber sie wird sich wohl noch anders besinnen.«

»Nein!« antwortete sie.

»Du bist meine Frau, Du wirst mir folgen müssen!«

»Da irrt Er sich!« sagte der General. »Sie bleibt hier bei mir, und ich werde dafür sorgen, daß Ihr baldigst geschieden werdet.«

»Ich gebe sie nicht los!«

»Er wird gezwungen werden sie loszugeben. Es ist aber für Ihn besser, dies freiwillig zu thun. Wenn Er sich dazu bereitfinden läßt, so werde ich mich vielleicht entschließen, etwas für Sein Fortkommen zu thun.«

»Ich brauche Niemand, und am allerwenigsten Sie!«

»So! Dann kann Er also gehen!«

»Es kann mich Niemand hier gehen heißen, so lange sich meine Frau hier befindet!«

»Er hat gehört, daß sie nichts von Ihm wissen will. Nun gehe Er!«

»Und meine Kinder. Wo sind sie?«

»Die sind gut versorgt. Er hat sich früher nicht um sie bekümmert und jetzt wird die Sehnsucht nach ihnen wohl auch nicht übermäßig vorhanden sein.«

»Ich will sie aber sehen. Ich habe das Recht dazu!«

»Sie sind nicht hier.«

»So wird man sie mir ausantworten.«

»Darüber hat das Gericht zu entscheiden. Jetzt gehe Er!«

»Ich fordere meine Frau!« rief er hartnäckig.

»Kunz!«

»Excellenz!«

»Bringe diesen Mann vor das Schloß!«

»Zu Befehl, Excellenz! Komm Bursche! Verstanden?«

Er nahm Hartig beim Arme, und als dieser sich zur Wehr setzen wollte, faßte er ihn am ganzen Leibe und schob ihn zur Thür hinaus. Kunz war stark und der Schiffer nicht bei Kräften; er flog zur Treppe hinab und über den Hof hinüber, wo ihn der hier noch verweilende Lakai in Empfang nahm und zum Thore hinausspedirte.

Ein Anderer wäre vielleicht stehen geblieben, um zu schimpfen und zu räsonniren, Hartig aber ballte nur heimlich die Faust. Doch desto grimmiger sah es in seinem Innern aus, wo der Gedanke an Rache und Vergeltung seine verderblichen Wurzeln schlug.

Im Walde traf er auf den Prinzen.

»Schon zurück?« frug dieser.

»Ja. Es ging schnell.«

»Hm! Du siehst nicht aus, als ob es Dir übermäßig gut gegangen sei.«

»Das ist auch ganz und gar nicht der Fall gewesen. Erst wollte man mich nicht einlassen, und dann konnte man mich nicht schnell genug wieder los werden.«

»Man hat Dich nicht willkommen heißen?«

»Bewahre!«

»Vielleicht gar expedirt?«

»Sehr!«

»Das ist liebenswürdig. Was sagte Deine Frau?«

»Daß sie nichts von mir wissen möge.«

»Mit wem sprachst Du noch?«

»Mit dem General. Er ließ mich einfach hinauswerfen.«

»Das ist ja eine ganz außerordentliche Freundlichkeit!«

»Nicht einmal meine Kinder bekam ich zu sehen.«

»Auch Deinen Stiefsohn nicht?«

»Nein. Ist er hier?«

»Ja. Weißt Du, was er jetzt ist?«

»Nein.«

»Er ist Marinelieutenant.«

»Was! Marinelieutenant! Dieser Mensch, der mich auf das Zuchthaus gebracht hat? Himmeldonnerwetter, dem möchte ich etwas am Zeuge flicken!«

»Nur ihm?« frug der Prinz lauernd.

»Ihm, dem General – Allen, dem ganzen Volke dort!«

»Das könntest Du!«

»Wie?«

»Hm! Ueber solche Dinge läßt sich schwer sprechen!«

»Herr, ich bin verschwiegen!«

»Ich will mich Deiner annehmen. Willst Du in meinen Dienst treten?«

»Ist das Ihr Ernst?«

»Ja. Aber ich erwarte die allergrößte Treue und Verschwiegenheit. Dafür bezahle ich gut und weiß in andern Dingen ein Auge zuzumachen.«

»Als was soll ich bei Ihnen eintreten?«

»Als mein Vertrauter geradezu.«

»Unmöglich!«

»Aber doch wirklich! Ich bin Menschenkenner und weiß, daß ich Dich gebrauchen kann, Du sollst Dich bei mir nicht anstrengen, denn mit gewöhnlichen Diensten werde ich Dich verschonen. Du sollst nur diejenigen Aufträge ausrichten, von denen Niemand etwas wissen darf. Willst Du?«

»Ja, Herr. Sie sollen einen Mann in mir finden, der Ihnen bis in den Tod ergeben ist und Alles thun wird, was Sie von ihm verlangen.«

»Auch wenn es etwas – etwas – Verbotenes ist?«

»Auch das!«

»Selbst wenn eine Strafe darauf gesetzt wäre?«

»Selbst dann. Sie würden mich beschützen.«

»Das versteht sich! Bei jedem solchen Dienst, den Du mir leistest, hast Du übrigens außer Deinem Gehalte, der nicht karg bemessen sein wird, eine extra Gratifikation zu erwarten.«

»Ich danke, Herr!«

»Ich werde Dich natürlich erst einmal auf die Probe stellen, ob Du zu gebrauchen bist.«

»Thun Sie es. Ich werde die Probe bestehen.«

»Gleich heut?«

»Ja.«

»So höre! Ich wünsche dem General einen kleinen Schabernak zu spielen.«

»Spielen Sie ihm einen großen, so groß wie möglich!«

»Willst Du helfen?«

»Von ganzem Herzen!«

»Ich möchte nämlich etwas thun, was eine tüchtige Aufregung und Verwirrung in Helbigsdorf hervorbringt.«

»Blos das? Keinen Schaden?«

»Meinetwegen auch Schaden. Aber wie?«

»Man müßte ihm den Stall vergiften.«

»Pah!«

»Oder das Schloß anbrennen.«

»Das wäre schon eher etwas.«

»Soll ich, Herr?«

»Du brächtest es nicht fertig!«

»Nicht? Für Sie und diesen Menschen zur Strafe thue ich Alles!«

»Also Du willst?«

»Ja.«

»Heut Nacht?«

»Ja.«

»Aber es ist gefährlich!«

»Gar nicht.«

»O! Es wohnen sehr viele Leute im Schlosse. Wenn man Dich ertappte, so würde es Dir sehr schlecht ergehen.«

»Man wird mich nicht erwischen. Darauf können Sie sich verlassen!«

»Aber ich wünsche nicht etwa ein kleines Feuerchen, verstehest Du? Das ganze Schloß mit allen Nebengebäuden müßte verbrennen.«

»Natürlich. Sonst wäre es ja gar keine Rache!«

»Und das macht die Sache nicht nur gefährlich, sondern auch schwer.«

»Wie so?«

»Man müßte das Feuer an vielen Stellen anlegen.«

»Das soll auch geschehen.«

»Wie aber willst Du Zeit und Gelegenheit dazu finden, ohne ertappt zu werden?«

»Das ist sehr leicht, Herr. Man brennt vorher im Dorfe eines oder zwei der Häuser an.«

»Alle Teufel, ich sehe, daß Du wirklich einen Kopf hast, wie ich ihn brauche!«

»Brennt es im Dorfe, so werden die ganzen Bewohner des Schlosses, wenigstens die männlichen, hinabrennen, um zu retten, und dann hat man hier oben leichtes Spiel.«

»Ganz gut! Also Du willst das wirklich übernehmen?«

»Ja.«

»So sind wir einig, und Du stehst von jetzt an in meinem Dienste. Aber, da fällt mir ein, daß ich dabei noch einen andern Zweck erreichen könnte! Wenn wir diesen erreichten, so wäre Deine Rache an dem General eine noch tiefere und vollständigere.«

»Reden Sie, Herr! Vertrauen Sie mir, denn Sie können sich auf mich verlassen!«

»Er hängt ganz gewaltig an seiner Tochter.«

»Soll sie mit verbrennen? Das wäre am Ende möglich zu machen, aber doch wohl etwas zu schlimm.«

»Nein, verbrennen soll sie nicht. Aber – man könnte ein wenig Raubritter spielen, weißt Du, wie es früher im Mittelalter war: Man könnte mit ihr spazieren reiten.«

»Sie meinen, man könnte sie ein wenig entführen, damit der Alte recht Angst um sie bekäme?«

»Ja.«

»Wollen wir es thun?«

»Bist Du bereit, auch hierbei zu helfen?«

»Sofort!«

»Nun gut! Ich habe meinen eigenen Wagen mit und einen Kutscher, der mir treu ergeben ist. So sind wir zu Dreien. Wir suchen das Mädchen in einem unbeobachteten Augenblicke zu fassen und tragen sie in den Wald. Dann sage ich Herrn von Uhle, daß ich abreisen werde – ich bin nämlich heut sein Gast – und während wir durch den Wald fahren, bringen wir sie in die Kutsche.«

»Und wohin geht die Reise?«

»Direkt und schnell nach der Grenze.«

»Hinüber nach Süderland?«

»Ja, nach Burg Himmelstein.«

»Man wird uns an der Grenze anhalten und den Wagen vielleicht untersuchen wollen!«

»Pah! Meinen Wagen sicherlich nicht!«

»So reisen Sie nicht inkognito?«

»Doch! An der Grenze aber kennt man mich sehr genau und wird mich ungehindert passiren lassen. Uebrigens kann ich ja auch das Inkognito beliebig aufheben.«

»Das geht nicht, Herr.«

»Warum?«

»Man würde sich sehr wundern, daß ein – nun ja, daß Sie

mit einem Manne reisen, der sich in einer solchen Verfassung befindet.«

Er deutete dabei auf seinen schlechten Anzug. Der Prinz lachte.

»Glaubst Du, daß ich Dich in dieser Verfassung lassen werde? Du mußt heut noch einen neuen Anzug haben. Wie weit ist es bis zur nächsten Stadt?«

»Zwei Stunden.«

»So kannst Du bis zum Abend ganz gut zurück sein. Hier hast Du Geld. Kaufe Dir, was Du brauchst.«

Der Prinz zog die Börse und gab ihm eine Summe.

Hartig frug: »Wo treffen wir uns?«

»Gerade hier wieder.«

»Wann?«

»Um elf Uhr Abends. Ich werde dafür sorgen, daß mein Wagen dann bereits im Walde steht. Das ist besser, als wenn ich erst später abreise.«

Er ging, und auch Hartig schlich sich fort. Ein königlicher Prinz hatte sich mit einem Zuchthäusler vereinigt zur Ausführung eines der größten Schurkenstreiche, welche zu denken sind.

Am Abend desselben Tages war Magda im Dorfe gewesen, um eine Kranke zu besuchen. Kurt hatte sie begleitet, und nun schritten sie mit einander wieder dem Schlosse zu. Es war während ihres Verweilens bei der Kranken spät geworden, dennoch aber schlugen sie nicht den geraden Weg, sondern den Fußpfad ein, welcher durch den Park führte. Sie gingen schweigend neben einander her, es war jenes so sehr beredte Schweigen, welches dem Herzen seine Rechte gibt, während der Mund sich scheut, die Gefühle des Innern durch Worte zu bezeichnen. Seine Hand hatte unwillkürlich diejenige des schönen Mädchens ergriffen, und sie ließ ihm dieselbe, ohne den geringsten Versuch zu machen, sie ihm zu entziehen. Da vernahm sie einen tiefen, seufzenden Athemzug aus seinem Munde und blieb stehen.

»Woran denkst Du, Kurt?« frug sie.

»An Dich und an Vieles,« antwortete er.

»Magst Du mir nicht Einiges von dem Vielen sagen?«

»Das Alles, Magda, weißt Du ja bereits.«

»Ich weiß nicht, was Du meinst,« sagte sie leise.

»Daß ich so gering bin – – –«

»Gering?!«

»Und arm und klein – – –«

»Arm und klein?« wiederholte sie verwundert.

»Gegen Dich!«

»Aber Kurt, wie redest Du!«

»Ich rede die Wahrheit.«

»Du redest sie nicht, lieber Kurt. Du sagst, daß Du gering seist. Ist es gering, in Deinem Alter bereits Marinelieutenant zu sein?«

»Es ist nichts gegen das, was Du bist.«

»Und arm und klein? Bist Du nicht mein Bruder? Steht Dir nicht Alles zur Verfügung was mir und dem Vater gehört?«

»Ist dies nicht alles nur Gnade?«

»Nicht Gnade, sondern Liebe ist es, Kurt. Wie kommst Du auf solche Gedanken?«

Er schwieg. Sie aber legte die Hand auf seinen Arm und bat:

»Sage mir, was Dich bedrückt!«

»Ich selbst weiß es noch nicht genau und klar. Aber als ich heute diesen Prinzen bei Dir stehen sah, da fühlte ich, daß ich einen Jeden, der Dich – –«

Er schwieg verlegen.

»Der Dich – –? Bitte, fahre fort!«

»Daß ich einen jeden zermalmen könnte, der Dich so antasten wollte, wie dieser Mensch.«

»Es wird Keiner dies wagen.«

»Wagen? Ja. Aber wenn Du es Einem erlaubtest?«

»Nie.«

»Und dennoch wirst Du diese Erlaubniß einst Jemandem ertheilen.«

»Niemals!« wiederholte sie.

»Du wirst nicht einen Jeden so hassen und so verabscheuen wie ihn, sondern Du wirst einst Einen treffen, den – –«

»Den – –? Weiter!«

»Den – – den Du liebst.«

Es war ihm schwer geworden, dieses Wort. Sie schwieg eine ganze Weile, dann klang es leise:

»Du würdest wohl – – eifersüchtig sein, Kurt?«

»Ja,« antwortete er zögernd, »obgleich ich keine Berechtigung dazu hätte.«

»O, lieber Kurt, vielleicht hättest Du sie dennoch.«

»Magda! Was willst Du damit sagen?«

»Darf ein Bruder nicht eifersüchtig sein?«

»Ja, aber nicht in der Art und Weise, in welcher ich es meine.«

»Wer sonst?«

»Du weißt es!« flüsterte er.

»Und das magst Du nicht sein?« frug sie in einem Tone, der scherzend sein sollte aber doch hörbar zitterte.

»O, wie gern, wie gern möchte ich es sein! Ich würde den Himmel dafür verkaufen. Aber das kann nicht sein, das ist eine Unmöglichkeit.«

»Warum? Weil Du mich zu wenig gern hast?«

»Magda, spotte nicht! Ich bin ein armer einfacher Seemann, der seine Worte nicht zu setzen versteht wie ein Salonheld, aber ich sehe ein, daß die Tochter eines Generales, eines Adeligen, eines Millionärs für mich nicht zu erreichen ist.«

Da ertönte ein helles silbernes Lachen aus ihrem Munde, und sie frug:

»Nicht erreichen? Hast Du mich nicht bereits erreicht? Hast Du mich nicht schon bei der Hand ergriffen?«

Er konnte nicht anders, er mußte in diesen scherzhaften Ton einfallen, obgleich ihm sehr ernst zu Muthe war:

»Ja, ich habe Dich, und ich halte Dich. Aber auf wie lange?«

»Für so lange, als Du willst, Kurt!«

»Für heut, den ganzen Abend?«

»Ja.«

»Für morgen?«

»Ja.«

»Für übermorgen, für die nächsten Tage und Wochen, für das ganze Jahr?«

»Ja.«

»Für immerfort und allezeit?«

»Ja,« klang es noch leiser als zuvor.

»Also für das ganze Leben?«

»Wie Du willst!«

»Als was, Magda? Als Schwester nur? O, sage mir, ob Du mich auch anders lieben könntest, viel, viel anders, nämlich so wie meine – meine – – –«

Er schwieg. Sie aber erhob ihr Köpfchen und fügte hinzu:

»Wie Deine Braut?«

»Ja. Könntest Du das, Magda?«

»Nein!«

»Nicht? Herrgott!«

»Ich könnte es nicht, sondern ich kann es; es ist ja bereits wirklich so.«

»Wirklich?« jubelte er laut.

»Ja.«

»Und Du täuschest Dich nicht? Du sagst mir die Wahrheit?«

»Die volle!«

Da legte er die Arme um sie und zog sie innig an sich.

»So habe Dank, Du liebes süßes Wesen. Für mich gibt es weder Glück noch Heil als nur bei Dir. Du bist so groß, und ich bin so klein, aber wenn Du Dich mir zu eigen gibst, so fühle ich die Kraft in mir, mit der ganzen Welt um Deinen Besitz zu ringen und zu kämpfen.«

»Das wirst Du nicht nöthig haben, mein Kurt. Wer will mich Dir verweigern?«

»Der Vater!«

»Dieser? Glaubst Du dies wirklich?«

»Ja.«

»Aber er liebt Dich doch!«

»Ich weiß es. Aber seine Zuneigung vermag die Hindernisse nicht zu zerstreuen, welche sein hoher Rang, seine hohe Stellung mit sich bringen.«

»Dein Rang wird einst ein ebenso hoher sein.«

»Dies wünsche ich, und um dieses zu erreichen, will ich

Alles lernen, Alles thun und Alles wagen, aber ich bin noch lange nicht so weit.«

»So warten wir, lieber Kurt. Nicht?«

»Ja,« lachte er fröhlich. »Was bleibt uns Anderes übrig?«

Er bog sich zu ihr nieder und küßte sie lange und innig auf die rothen Lippen, dann schritten sie, Arm in Arm und dicht an einander geschmiegt, dem Schlosse weiter zu.

Dort hatte man sie längst erwartet. Es gab in Folge der heut eingetroffenen Gäste so viel zu erzählen, daß bereits Mitternacht nahe war, als man sich trennen wollte, um zur Ruhe zu gehen. Da aber hörte man unten im Hofe ein lautes wirres Rufen.

»Was ist das?« frug der General.

»Herr Gott, man ruft Feuer!« jammerte Freya.

Auf die beiden andern Schwestern, welche ihr kreischend sekundirten, konnte man nicht hören. Freya war in ihr Fauteuil zurückgesunken, Wanka lag in der rechten und Zilla in der linken Ecke des Sophas, und alle drei hielten die Augen geschlossen. Endlich öffnete Freya die Lider. Sie hörte ein lautes Rennen und Rufen im Schloßhofe, stieß einen zweiten Schrei aus und schloß die Augen wieder. Natürlich kam nun an Wanka die Reihe, aus der Ohnmacht zu erwachen. Sie erblickte einen hellen Feuerschein, schrie laut auf und sank wieder zurück. Das war für Zilla die beste Veranlassung, ihre Betäubung für einen Augenblick zu überwinden, aber das helle Licht des Feuers warf sie in ihren Todesschlaf zurück.

»Entsetzlich!« stöhnte die Blaue.

»Gräßlich!« jammerte die Grüne.

»Fürchterlich!« ächzte die Purpurrothe.

»Habe ich meine Bibi noch?«

»Ja. Und ich meine Lili?«

»Ja. Und ich meine Mimi?«

»Ja. Aber wir sind so allein!«

»Ganz allein!«

»Ganz und gar allein!«

»Was thun wir?«

»Ich falle wieder um!«

»Auch ich kann nicht auf!«

Freya ermannte sich aber doch und erhob sich, um an das Fenster zu treten.

»Seht, diese Flamme!«

»Dieser Brand!«

»Diese Lohe!«

»Wie gut, daß es nur im Dorfe ist und nicht auf dem Schlosse!«

»Bei wem mag es sein?«

»Laß uns fragen!«

Sie eilten in den Hof hinab, durch dessen Thor soeben die Spritze rasselte. Nun war weder ein Knecht noch eine Magd zurückgeblieben. Auch der General war mit allen seinen Gästen nach dem Dorfe geeilt, Kunz mit ihnen, und sogar Magda hatte sich ihnen angeschlossen, um den Hilfsbedürftigen Trost zuzusprechen.

Es brannte eine kleine Häuslerswohnung. Man sah beim ersten Blicke, daß sie nicht gerettet werden konnte; aber die Nachbarn standen in Gefahr, und da die Leute sich einstweilen nur auf sich und nicht auf die Hilfe der Bewohner umliegender Orte verlassen konnten, so herrschte ein panischer Schreck und eine Aufregung unter ihnen, die sich erst dann legte, als der General das Kommando der Rettungs- und Bergungsarbeiten übernahm und seine feste männliche Stimme weithin zu vernehmen war.

Der Besitzer des zuerst brennenden Hauses besaß nur geringe Habe; sie war bald in Sicherheit gebracht. Man ließ das Feuer gewähren und sorgte nun nur noch dafür, daß kein weiteres Gebäude in Brand gerieth.

Zwischen dem Schlosse und dem Dorfe stand eine hohe Linde am Wege. Auf diese kamen drei Gestalten langsam zugewankt. Es waren die Schwestern des Generals.

»Ich kann nicht weiter!« klagte die Lange.

»Meine Beine tragen mich nicht mehr!« seufzte die Kurze.

»Ich sinke um!« stöhnte die Dicke.

»Ich setze mich!«

»Ich auch!«

»Ich falle gleich her!«

Fräulein Zilla ließ auf dieses Wort sofort die That folgen. Sie sank in das Gras, und die beiden Andern ließen sich neben ihr nieder.

»Dieser Schreck!« rief Freya.

»Diese Angst!«

»Diese Furcht!«

»Und so allein!«

»Ganz verlassen!«

»Ohne Schutz und Schirm!«

»Wollen wir um Hilfe rufen?«

»Wer soll uns hören? Wer mag sich um uns bekümmern? O, diese Männer!«

»Es sind Barbaren und Heiden!«

»Cimbern und Teutonen!«

»Vandalen und Kirgisen!«

»Wenn nur im Schlosse nichts geschieht!«

»Was soll da geschehen?«

»Wir haben die Lichter brennen lassen!«

»Das wird nichts schaden. Seht, dieses Feuer wird immer größer! Wer es wohl angelegt hat?«

»Es kann auch anders entstanden sein.«

»Ein solches Feuer ist stets angelegt; ich kenne das. Es gibt so viele Brandstifter in der Welt. Man sollte sie alle hängen!«

»Erschießen!«

»Mit dem Schwerte umbringen. Dann gäbe es keine mehr!«

Sie hielten ihre Augen auf das Dorf gerichtet und bemerkten darum nicht, was hinter ihnen vorging. Plötzlich aber erhob sich an der Brandstelle ein verdoppeltes Lärmen und Rufen, und die drei Damen bemerkten bald, daß man vom Dorfe her den Schloßweg heraufgestürmt kam.

»Was ist das?« frug Freya.

»Sie fliehen!« antwortete Wanka.

»Warum sollen sie fliehen?« meinte Zilla. »Es muß da eben etwas geschehen sein. Sie rufen immer wieder Feuer!«

Sie drehten sich um und sanken zu dritt nach einem lauten Schrei des Schreckens wieder in Ohnmacht. Das Schloß stand in Brand. Von den Wirthschaftsgebäuden loderten ebenso wie von dem Hauptgebäude zahlreiche Flammen empor, die in der kürzesten Zeit eine riesige Höhe erreichten.

»Das ist angelegt!« rief der General, der eben im eiligsten Laufe an der Linde vorübersprang.

»Das erste Feuer sollte uns nur aus dem Schlosse locken!« antwortete Kurt, welcher sich an seiner Seite hielt. »Wo ist Magda?«

»Im Dorfe.«

»Und die drei Fräuleins?«

»Sahst Du sie nicht da an der Linde? Sie sind in Sicherheit. Komm schnell, damit ich meine Papiere rette!«

»Und die Thiere. Zu allernächst müssen die Ställe geöffnet werden!«

Es war eine wilde Jagd zu nennen, die da an der Linde vorüberstürmte. Keiner achtete auf den Andern, und ein Jeder trachtete, so schnell wie möglich das Schloß zu erreichen. Sämmtliche Dorfbewohner, welche ihr Heimwesen nicht in Gefahr wußten, eilten herbei; eine Person hinderte die andere am Vorwärtskommen, und so beschloß Magda, die sich unter den am weitesten Zurückgebliebenen befand, sich nach rechts über die Wiesen zu wenden.

Nicht weit vom Wege standen zwei Männer hinter einem Busche. Es war der Prinz mit Hartig.

»Das ging über alles Vermuthen gut!« meinte der Erstere.

»Es war aber dennoch eine Arbeit, denn ich konnte doch nicht ahnen, daß man das Schloß mit offenen Thüren und Thoren so ganz ohne Schutz lassen würde.«

»Wird man viel retten?«

»Ich glaube nicht. Ich steckte erst die hinteren Räume an, weil da das Feuer erst spät im Dorfe bemerkt werden kann. Jetzt brennen die Gebäude bereits vorn heraus. Wer weiß, ob die oberen Räume noch zu erreichen sind. Ich entdeckte im Gewölbe drei Ballons Petroleum, welche ich in den Flur geschüttet und angebrannt habe, als bereits Alles brannte.«

»Brav! So wird wohl auch das Geld des Generals zum Teufel sein!«

Hartig antwortete nicht, aber er fuhr ganz unwillkürlich mit der Hand nach der Brusttasche. Wäre es Tag gewesen, so hätte man bemerken können, daß ihr Inhalt ein sehr voluminöser sei.

»Ein Glück ist es,« fuhr der Prinz fort, »daß das Feuer den ganzen Weg erleuchtet, so daß wir Jeden erkennen können.«

»Sie wissen sicher, daß das Mädchen in das Dorf geeilt ist?«

»Ich habe sie gesehen.«

»So kommt sie jetzt zurück. Wie bekommen wir sie?«

»Hier nicht; das ist sicher. Aber wir folgen ihr, und während der Verwirrung da oben wird sich wohl ein Augenblick finden lassen, an dem es uns gelingt, sie bei Seite zu bringen.«

Noch immer fluthete der Strom der schreienden und einander zur Eile mahnenden Leute vorüber. Da bemerkten die beiden Lauscher eine weibliche Gestalt, welche vom Wege ab- und in die Richtung nach ihnen einbog.

»Wer ist das?« frug der Prinz.

»Ein Weib, das schneller vorwärtskommen will.«

»Sie muß hier vorbei.«

»Treten wir auf die Seite, Herr. Sie darf uns nicht bemerken.«

»Doch; sie soll uns sehr bemerken. Weißt Du, wer es ist?«

»Ah, jetzt kann man sie erkennen! Doch nicht etwa unsere Dame?«

»Ja. Sie ist es.«

»Fassen wir sie?«

»Versteht sich! Wir lassen sie erst vorüber, dann fassest Du sie, und ich halte ihr den Mund mit einem Tuche zu. Paß auf, sie ist da!«

Sie duckten sich Beide hinter dem Busche nieder. Magda kam rasch und ahnungslos geschritten, kaum aber war sie an ihnen vorbei, so wurde sie von Hartig gepackt und niedergeworfen. Der Hilferuf, welchen sie dabei ausstieß, verhallte ungehört in dem Feuerlärm, ein zweiter war ihr nicht möglich, da der Prinz ihr sein Tuch in den Mund gezwungen hatte. Er zog nun einige starke Schnuren aus der Tasche, um die Gefangene zu binden. Hartig half ihm dabei.

»Nicht zu fest,« gebot der Prinz. »Sie ist uns sicher, sie ist ohnmächtig, und wenn dies auch nicht der Fall sein sollte, mit einem Weibe wird man fertig.«

»So!« meinte der saubere Gehilfe. »Das wäre gethan. Soll ich sie tragen?«

»Ja. Komm!«

Hartig nahm die Besinnungslose auf und folgte seinem Herrn, der quer über die Felder und Wiesen nach dem Walde zuschritt. Sie waren zu einem ziemlich weiten Umweg gezwungen, da die Flammen des brennenden Schlosses einen weithin leuchtenden Schein über die Umgebung warfen, so daß man in dem Umkreis von einer Viertelstunde jeden Gegenstand zu erblicken vermochte.

Hinter dem Schlosse und auf der dem Dorfe entgegengesetzten Seite desselben breitete sich der Wald erst eine kurze Strecke eben aus, dann aber erstieg er die Seiten eines hier steil abfallenden Höhenzuges, von dessen Kamme die Vizinalstraße in mehreren sehr ausgezogenen Windungen zu Thale führte. Für Fußgänger war es möglich, die Höhe auf einem grade aufwärts steigenden und gut ausgetretenen Fußwege zu erreichen, der eine jede dieser Windungen durchschnitt und ebenso wie die Fahrstraße zu beiden Seiten mit dichtem Buschwerk bestanden war.

Auf der andern Seite des Passes fuhr ein von zwei müden Pferden gezogener offener Wagen langsam dem Kamme entgegen. Er enthielt außer dem Kutscher nur einen einzigen Passagier, welcher, in einen weiten Reisemantel gehüllt, sich in die Lehne seines Sitzes zurückgelegt hatte und in dieser bequemen Stellung zu schlafen schien. Zuweilen nur, wenn die Räder auf einen Stein stießen und der Wagen in Folge dessen einen derben Ruck bekam, erhob der Fahrgast den Kopf, um ihn nach einem kurzen Umblick wieder sinken zu lassen. Auf einmal stand das Gefährt ganz still und der Reisende fuhr empor.

»Was ists?« frug er.

»Wir sind oben.«

»Nun – und?«

»Herr, lassen Sie die Pferde ein wenig verschnaufen! Der Weg hier herauf ist wirklich zu abscheulich.«

»Meinetwegen! Ich komme nun doch bereits zu spät, um wecken zu dürfen. Du bist da unten bekannt?«

»Ja.«

»Wie lange fahren wir von hier nach Helbigsdorf?«

»Eine gute halbe Stunde.«

»Ist ein Gasthof da?«

»Ja.«

»So steigen wir dort ab. Ich will nicht so unhöflich sein die Bewohner des Schlosses im Schlafe zu stören. Nach welcher Richtung liegt dasselbe von hier.«

»Grad aus, da wo man den Schein über den Bäumen bemerkt.«

Auch auf dem Plateau stand der Wald mit einem so dichten, kräftigen Baumwuchse, daß man nicht zu Thale zu blicken vermochte. Der Brand war in Folge dessen von dieser Stelle aus nicht zu bemerken, aber über den Gipfeln der Bäume zeigte sich eine ungewisse Helle, ungefähr so, als ob der Morgen sich im Anzuge befinde. Der Reisende musterte den Himmel.

»Hm! Wir kommen von Osten, und es ist erst kurz nach Mitternacht. Das ist also weder der Ort noch die Zeit dazu, den Anbruch des Tages vor sich zu haben. Es muß da unten irgendwo ein Feuer sein.«

»Fast sieht es so aus, Herr. Sehen Sie die kleine Wolke, die sich da über den Bäumen erhebt.«

»Ja. Sie sieht schwarz aus, aber ihr unterer Rand glüht wie Gold. Es brennt. Wo wird das sein?«

»Der Schein eines Feuers pflegt bei Nacht zu täuschen, aber wenn wir an die erste Straßenkrümmung kommen, können wir das Thal vollständig überblicken. Soll ich weiterfahren?«

»Natürlich, und zwar schnell!«

Der Wagen rollte im Trabe über das ebene Plateau hinweg und erreichte bald den Punkt, an welchem sich die Straße abwärts senkte. Hier hielt der Kutscher ganz unwillkürlich an, deutete mit der Peitsche nach unten und rief erschrocken:

»Herr, sehen Sie?«

»Ja. Zwei Feuer, ein kleines und ein großes. Wo ist es?«

»Das ist Schloß Helbigsdorf, und das kleinere Feuer brennt im Orte.«

»Fahr zu! Schnell, schnell, im Galoppe!«

»Das geht nicht.«

»Warum?«

»Die Straße ist steil und gefährlich, und meine Pferde sind todtmüde.«

»Ich bezahle sie Dir, wenn sie stürzen!«

»Aber das Leben können Sie mir nicht bezahlen! Es zweigen hier tiefe Schluchten von der Straße ab. Wenn wir in eine solche gerathen, so sind wir verloren.«

»Gibt es keine Barrieren?«

»Sie sind alt und verwittert.«

»Aber ich muß eiligst hinab.«

»Das können Sie, wenn Sie aussteigen wollen.«

»Wie so? Die Straße im Sturmschritt hinabbrennen?«

»Nein.«

»Wie sonst? Geht vielleicht ein Richtweg ab?«

»Ja. Gar nicht weit von hier führt er rechts hinab.«

»Ist er gefährlich?«

»Gar nicht.«

»Aber bei Nacht?«

»Er ist sehr gut gehalten und führt immer zwar scharf aber auch glatt bergunter.«

»Nun wohl, so steige ich aus. Du fährst nach dem Schlosse, wo wir uns wieder treffen.«

Er warf den Mantel ab und stieg aus. Jetzt konnte man erkennen, daß seine Figur klein und schmächtig war, aber eine jede seiner Bewegungen zeigte eine seltene Gewandtheit. Nach einigen raschen Schritten hatte er die Mündung des Pfades erreicht und schlug ihn ein. Der Weg war nicht breit, aber die offene Linie, welche er im Walde bildete, zog sich gerade dem brennenden Schlosse gegenüber zur Höhe, und so beleuchteten die Flammen fast jeden Schrittbreit, den der Fremde zu thun hatte.

Dieser sprang mehr vorwärts, als er ging. Er mußte im Laufen sehr geübt sein, denn er athmete trotz seiner schnellen Bewegungen ruhig und unhörbar und that trotz der Unbekanntschaft mit dem Terrain nicht einen einzigen Fehltritt. Unten angekommen, wo der Weg zum letzten Male in die Straße mündete, hielt er an. Vor ihm stand eine verschlossene Kutsche, und dabei stand in wartender Stellung der Kutscher beim geöffneten Schlage. Das kam ihm sonderbar vor.

»Guten Abend!« grüßte er.

»Guten Abend!« dankte der Mann mürrisch.

»Wem gehört dieses Fuhrwerk?«

»Mir.«

»Dir? Auf wen wartest Du?«

»Das geht keinen Menschen etwas an.«

»Wohin fährst Du?«

»Das ist meine Sache.«

»Grobian! Weißt Du, daß Du mir verdächtig bist?«

»Du mir auch.«

Der Kleine lachte.

»Kerl, Du gefällst mir. Hier hast Du ein Andenken.«

Nach einem raschen Blicke in die Kutsche, welcher ihn überzeugte, daß dieselbe leer war, holte er aus und gab dem höflichen Kutscher eine schallende Ohrfeige. Er war bereits weit entfernt, ehe der Geschlagene an eine Erwiderung der unerwarteten Gabe denken konnte.

Die Straße zog sich in Schlangenwindungen nach dem Dorf fort. Er folgte ihr auch jetzt nicht, sondern schlug den geraden Weg durch die Büsche hindurch nach dem Schlosse ein. Er hatte bereits die Hälfte dieses Weges zurückgelegt, als er plötzlich zur Seite prallte. Er wäre beinahe mit einem Manne zusammengerannt, der in Eile zwischen zwei Sträuchern hervortrat. Hinter diesem folgte ein Anderer, der eine Last auf den Armen hatte.

Was wollten diese Leute hier? Was trugen sie vom Schlosse fort?

»Halt!« gebot er ihnen.

Da wandte sich aber auch schon der Vorderste um, riß dem

Zweiten die Last aus den Händen und rief in befehlendem Tone:

»Mache es mit ihm ab!«

Nach diesen Worten verschwand er zwischen den Büschen. Der Andere trat hart an den Fremden heran und frug:

»Wer sind Sie?«

»Pah! Wer seid Ihr Beide?«

»Darnach hat kein Mensch zu fragen!«

»Aber ich frage dennoch. Was trug dieser Mann?«

»Packe Dich, Kerl, und laß uns ungeschoren.«

Er wollte seinem Gefährten nachfolgen, aber der Fremde hielt ihn fest.

»Bleib stehen, mein Schatz! Dort brennt es; hier schleicht Ihr mit einem Gegenstande durch den Wald: Du wirst mit mir zum Schlosse gehen. Verstanden?«

»Sehr gut. Du aber wirst Dich zum Teufel packen. Verstanden?«

»Auch sehr gut. Aber ohne Dich darf ich beim Teufel nicht erscheinen. Vorwärts.«

»Lächerlich! Verschwinde, Du Zwerg!«

Er faßte den Fremden und wollte ihn zu Boden schleudern, hatte sich aber sichtlich an der Körperkraft desselben verrechnet, denn in demselben Augenblicke lag er selbst am Boden, und der Kleine kniete auf ihm.

»Bist ein fürchterlicher Riese!« lachte dieser. »Komm her, ich werde Dir die Hände ein wenig binden und Dich am Schlosse etwas näher betrachten lassen!«

Er zog ein Taschentuch hervor, um dasselbe als Fessel anzuwenden, mußte aber dabei die eine Hand Hartigs freigeben. Dieser langte blitzesschnell in die Tasche, riß ein Terzerol hervor, spannte mit dem Daumen den Hahn und drückte los.

Der Kleine hatte kaum noch Zeit, den Kopf zur Seite zu wenden, die Kugel flog hart an demselben vorüber.

»Ah, Du stichst, Natter!« rief er. »Gib dieses Spielzeug her.«

Er faßte nach dem Terzerol, um ihm dasselbe aus der Hand zu winden.

»Stirb, Hund!« brüllte Hartig wüthend.

Er machte eine schnelle angestrengte Bewegung, es gelang ihm den zweiten Hahn aufzudrücken. Aber als er den Drükker berührte, drehte ihm der Kleine das Terzerol nach unten, der Schuß ging los.

»Ah!« ächzte Hartig. »Ich habe mich selbst getroffen.«

»Geschieht Dir recht, Bursche!«

Der Sprecher fühlte, daß der Widerstand des Verwundeten erlosch; es gelang ihm sehr leicht, ihm die Hände zusammenzubinden.

»Jetzt kommst Du mit mir!« gebot er ihm.

»Ich kann nicht!« war die stöhnende Antwort.

»Auf mit Dir!«

»Es geht nicht. Ich bin in das Auge getroffen.«

Seine Stimme klang dabei wie im Verlöschen, und seine Glieder fielen schlaff zur Erde zurück.

»So mußt Du sterben, Kerl. Sage, wer Du bist und was Du hier treibst!«

Der Gefragte antwortete nicht, sondern ließ nur ein schmerzliches Wimmern hören.

»Wer bist Du?«

»Ich sage nichts.«

»So trage ich Dich fort!«

»Lassen Sie mich liegen. Ich sterbe.«

»Liegen lassen? Daß Dein Kumpan Dich fortholen kann? Papperlapapp!«

Er hob ihn wie ein Kind empor und warf ihn über seine Schulter. Hartig wehrte sich nicht. Der Kleine trug ihn mit schnellen Schritten durch die Büsche in das freie Feld, wo er den Brand in seiner ganzen erschreckenden Größe vor sich liegen sah. Er eilte darauf zu. Die ersten Bekannten, welche er erblickte, waren Friedrich von Walmy und Bill Holmers. Er warf den Verwundeten vor ihren Füßen zur Erde.

»Good evening, Mesch'schurs!« grüßte er. »Verdammte Ueberraschung das Feuer da!«

»Der Bowie-Pater!« rief Holmers erstaunt.

»Ja, alter Bill, ich bin es. Wollte noch am Tage kommen, konnte es aber nicht fertig bringen. Von da oben erblickte ich das Feuer und bin dem Wagen schnell vorausgesprungen. Brennt es bereits lange Zeit?«

»Eine halbe Stunde.«

»So ist es angelegt. Das Schloß brennt ja an allen Ecken und Enden!«

»So ein Schreck! Wir waren unten im Dorfe mit dem Retten beschäftigt, als es auch hier oben losging.«

»So ist das unten nur die Einleitung gewesen. Gibt es keine Vermuthung, wer der Thäter ist?«

»Keine.«

»Vielleicht vermag dieser hier Licht in die Sache zu bringen.«

»Wer ist es?«

»Traf ihn da drüben in den Büschen. Es war noch ein Anderer dabei, der mir aber entkommen ist. Er trug etwas.«

Holmers bückte sich nieder, um den Gefangenen zu betrachten.

»Donnerwetter, der Mensch ist ja todt!«

»Todt?« frug der Pater gleichmüthig. »Möglich, aber er ist selbst schuld daran.«

»Wie so?«

»Wollte mich erschießen. Der erste Schuß ging fehl und der zweite ihm in das Auge.«

In diesem Augenblicke kam der General in ängstlicher Eile herbeigeschritten.

»Hat Jemand hier meine Tochter gesehen?« frug er.

»Nein,« lautete die Antwort.

»Sie ist nicht zu finden.«

»Sie war unten im Dorfe,« meinte Walmy, »und wird dort zurückgeblieben sein. Der Schreck ist für Damen fast stets lähmend.«

»Das tröstet mich einigermaßen. Wer ist dieser Herr?«

»Der, welchen wir erwarten, Excellenz.«

»Willkommen, Herr, obgleich ich Ihnen kein Obdach anbieten kann! Nicht blos mein Haus, sondern auch mein sämmtliches Vermögen wird von den Flammen verzehrt. Ich bin ein ruinirter Mann. Wer liegt hier?«

»Ein Mensch, welcher mir im Busche begegnete.«

»Wie kommt er nach hier?«

»Er kam mir, als ich das Feuer erblickte und meinem Wagen vorauseilte, verdächtig vor. Er schoß nach mir, als ich mit ihm rang und traf sich selbst in das Auge. Er ist todt.«

Der General bückte sich nieder.

»Hartig!« rief er überrascht.

»Sie kennen ihn, Excellenz?«

»Ja. Es ist der Mann meiner Wirthschafterin. Er kam aus dem Zuchthause zu uns und mußte das Schloß verlassen. Er ist der Thäter! Ich ahne es.«

»Wollen ihn einmal aussuchen!« meinte der Pater.

Er kniete nieder und durchsuchte die Taschen des Todten. Er fand dabei in der Brusttasche des Rockes ein Papierpaket, welches er öffnete.

»Geld! Papiergeld! Excellenz, sehen Sie nach!«

Der General griff hastig zu und sah die Staatsanweisungen durch.

»Dieses Geld gehört mir!« rief er. »Ich pflege an die Ecke eines jeden größeren Kassenscheines meinen Namen zu setzen. Hier lesen Sie! Und auch die Summe stimmt. Der Mensch ist wahrhaftig der Thäter gewesen!«

»Gott sei Dank!« meinte Walmy. »So ist wenigstens Ihr Vermögen gerettet.«

»O nein! Das hier ist nur die laufende Kasse. Alles Uebrige befand sich in der Bibliothek, zu welcher nicht mehr zu kommen war. Herr von Walmy, bitte, eilen Sie in das Dorf und sehen Sie, ob Sie Magda finden können!«

Walmy folgte augenblicklich dieser Bitte. Er begegnete den Spritzen mehrerer Nachbardörfer, welche nun allerdings zu spät kamen. Das Feuer bildete eine einzige gewaltige Lohe, welche empor bis zu den Wolken leckte und den Himmel mit dickem schwarzem Rauche bedeckte. Sie versengte die Kleider der sich ihr Nahenden auf viele hundert Schritte und warf eine förmliche Tageshelle über die ganze Gegend.

Als er das Dorf erreichte, war die Häuslerswohnung bereits ganz niedergebrannt. Nur einzelne kleine Flämmchen leckten noch an der stehen gebliebenen Umfassungsmauer. Die beiden Nachbarhäuser hatte man unversehrt erhalten. Da hier nichts mehr zu befürchten war, so hatten sich weitaus die meisten Dorfbewohner nach dem Schlosse begeben, und es waren nur wenige Leute zu sehen.

Er fragte einen Jeden, den er traf, nach der Vermißten, aber Niemand konnte ihm Auskunft ertheilen. Er ging von Haus zu Haus, von Gut zu Gut und fand hier oder da einen alten Mann, ein schwaches Mütterchen oder eine Kranke, die er ausforschen konnte, aber er mußte unverrichteter Sache wieder zurückkehren.

Erst wieder draußen vor dem Dorfe stieß er auf eine Frau, die vom Schlosse zurückkehrte, um nach ihren zurückgelassenen Kindern zu sehen.

»Halt, Frau! Haben Sie heut Abend etwa das gnädige Fräulein bemerkt?«

»Fräulein Magda?«

»Ja.«

»Sie war erst im Dorfe und rannte dann mit uns dem Schlosse zu, als dieses brannte.«

»Wissen Sie dies genau?«

»Ja. Sie ging gerade vor mir, und weil wir einander stießen, bog sie dort rechts nach der Wiese ab.«

»Ich danke!«

Er eilte weiter. Er fand, da jede Arbeit zur Dämpfung des Brandes vergeblich gewesen wäre, alle Bewohner des Schlosses und ihre Gäste bei einander versammelt.

»Gefunden?« frug ihn der General.

»Dann würde ich nicht ohne sie zurückkehren.«

»Also fort! Herrgott, wo mag sie sich befinden?«

»Sie ist aus dem Dorfe zum Schlosse zurückgekehrt, und da unten bei den Büschen über die Wiese gegangen, wie mir eine Frau sagte, die es ganz genau gesehen hat.«

»Sie ist den Andern vorangeeilt und im Schlosse eingedrungen.«

»Sie ist verbrannt!« jammerte Freya.

»Elend verglüht!« schluchzte Wanka.

»Jämmerlich verkohlt!« weinte Zilla.

»Beruhigen Sie sich!« bat Kurt. »Eine Dame kann nicht so schnell gehen wie ich mit Papa gelaufen bin. Wir Beide kamen als die Ersten hier an und müßten sie gesehen haben.«

»Vielleicht ist sie unterwegs in Ohnmacht gefallen und liegt nun irgendwo,« meinte der General. »Kommt und laßt uns nach ihr suchen!«

In diesem Augenblicke kam der Kutscher, welcher den Bowie-Pater gefahren hatte, auf dem Platze an. Bei der hellen Beleuchtung, welche der Brand verbreitete, sah man, daß er blutete.

»Was ist mit Dir geschehen?« frug der Pater.

»Ich wurde gestochen.«

»Von wem?«

»Von einem Manne, der mir in einer Kutsche begegnete.«

»Wie kam das?«

»Auf der halben Höhe da oben kam mir eine Kutsche entgegen, und weil die Straße schmal und abschüssig war, stieg ich und der andere Fuhrmann vom Bocke, um die Pferde zu führen. Gerade als ich vorüber wollte, rief Jemand in dem andern Wagen um Hilfe – – –«

»Alle Teufel!« rief der Pater. »Was war es für eine Stimme? Eine männliche oder eine weibliche?«

»Eine weibliche, wie ich glaube. Aber ich konnte das nicht genau unterscheiden, weil die Stimme in einem Röcheln erstarb. Der Mund der Rufenden wurde vielleicht zugehalten oder verstopft.«

»Was thatest Du?«

»Ich gebot dem Kutscher Halt. Als er nicht gehorchte, hielt ich ihn fest. Wir rangen mit einander. Er stach mich mit einem Messer in den Arm, und dann öffnete sich die Kutsche und ein Zweiter stieg aus, der mir von hinten einen Schlag versetzte, daß ich besinnungslos zusammenbrach. Als ich erwachte, waren sie fort.«

»Wie lange hast Du gelegen?«

»Ich weiß es nicht. Es muß lange gewesen sein.«

Die Zuhörer starrten einander an.

»Eine Entführung!« rief Wanka.

»Nein, sondern ein Menschenraub!« erklärte Zilla.

»Wir müssen sofort nach!« gebot der General.

»Halt, übereilen wir uns nicht!« bat der Pater. »In solchen Dingen ist Kaltblütigkeit besser als Aufregung. Die Last, welche ich gesehen habe, kann allerdings ein menschlicher Körper gewesen sein, aber eine solche That wäre hier zu Lande ja etwas ganz und gar Unerhörtes. Wer sollte es sein, der die Dame raubte?«

»Ja, wer?« frug auch der General.

»Ein gewöhnlicher Mann jedenfalls nicht,« meinte der Pater. »Haben Sie einen Feind hier in der Gegend, Excellenz?«

»Nicht daß ich wüßte. Ich habe Niemand beleidigt.«

»Aber ich,« fiel Kurt ein. »Doch halte ich eine solche Rache geradezu für eine Unmöglichkeit. Er kann es nicht gewesen sein.«

»Wer?«

»Der Prinz.«

»Welcher Prinz?«

»Der tolle.«

Da fuhr der Pater empor.

»Der tolle Prinz war hier?« frug er hastig.

»Ja.«

»Wann?«

»Heut.«

»Und Sie haben ihn beleidigt?«

»Ich habe ihn sogar zu Boden geschlagen.«

»Weshalb?«

»Er betrug sich dort im Parke wie ein Schurke gegen Magda.«

»Bei Gott, so ist er es gewesen!« rief der Pater. »Aber wie kommt er mit dem Todten hier zusammen?«

»Er wird ihn unterwegs getroffen haben.«

»Aber mit einem Unbekannten, dem man zufällig begegnet, verabredet man nicht einen so gefährlichen Plan!«

»Sie kannten einander von früher her, von Fallun aus.«

»Das ist etwas Anderes. Der Prinz wußte wohl auch, daß dieser Hartig in dem Zuchthaus gewesen ist und sah in ihm einen Mann, den er als Hilfswerkzeug gebrauchen konnte.«

»Wir müssen ihm sofort nachjagen!« wiederholte der General.

»Warten wir noch einige Augenblicke!« bat der Pater. »Es ist besser wir verschaffen uns vorher die nöthige Gewißheit.«

»So wird er uns entkommen!«

»Der Räuber Ihrer Tochter wird uns nur dann entkommen, wenn wir zu hastig vorgehen. Verlassen Sie sich ganz auf mich. Wir haben da drüben in den Prairien Nordamerika's noch manchen anderen Kerl eingeholt und bestraft. Zunächst müssen wir uns überzeugen, ob wir uns nicht vielleicht täuschen. Die junge Dame kann ja noch da unten liegen.«

»Dann wollen wir schnell suchen!« rief der General und wollte augenblicklich forteilen.

»Halt!« gebot der Pater. »Hier gilt es, die Spuren nicht zu verwischen. Bleiben Sie Alle hier; nur Holmers und Herr von Walmy mögen mich begleiten. Sie wissen mit einer Fährte umzugehen. Haben Sie Pferde gerettet?«

»Nur zwei.«

»Gute Läufer?«

»Die besten.«

»Gibt es Sättel?«

»Sie hingen im offenen Schuppen und sind nicht mit verbrannt.«

»So lassen Sie sofort satteln. Wir werden bald zurück sein.«

Die drei Prairiejäger gingen. Sie schritten den Weg nach dem Dorfe hinab und beobachteten aufmerksam den Rand dieses Weges. Die Tageshelle, welche das Feuer verbreitete, gestattete ihnen, den kleinsten Gegenstand genau zu erkennen. Den Büschen gegenüber angekommen blieb Holmers halten.

»Hier ist es!« meinte er, auf das niedergetretene Gras deutend.

Sie bückten sich zu Boden, um die Spuren zu untersuchen.

»Ein kleiner Damenfuß,« meinte der Pater. »Es ist die richtige Fährte; sie führt hier rechts ab, ganz so, wie die Frau gesagt hat. Kommt!«

Sie schritten langsam weiter, der Pater voran. Als sie bei den Büschen vorüber waren, blieb dieser stehen.

»Alle Teufel, hier sind noch andere Fußtritte. Das Gras ist förmlich niedergestampft.«

»Wie viele Personen?« frug Walmy.

»Wollen sehen!«

Sie untersuchten die Eindrücke genau.

»Zwei Männer!« entschied Holmers. »Hier hinter diesem Busche haben sie gestanden und gewartet.«

»Und da von rechts herüber sind sie gekommen,« stimmte der Pater bei.

»Sehen wir, woher sie kamen?« frug Walmy.

»Nein,« antwortete der Pater. »Das würde zu nichts führen. Wir brauchen den Spuren nur zu folgen, die von hier fortführen. Seht, hier sind die Beiden über sie hergefalllen, und von da an hören die Spuren des kleinen Fußes auf.«

»Sie haben die Dame fortgetragen.«

»Ja, und ich zweifle nun nicht mehr, daß es die zwei Männer sind, denen ich begegnete. Kommt weiter!«

Es wurde ihnen nicht schwer, der Fährte bis an den Ort zu folgen, an welchem der Pater auf die Entführer getroffen war.

»Halt!« sagte er. »Jeder weitere Zeitverlust würde zwecklos sein. Sie sind es. Kehren wir zum Schlosse zurück.«

Es waren, als sie dort ankamen, seit ihrem Fortgehen kaum zehn Minuten verflossen. Der General trat ihnen um einige Schritte entgegen.

»Nun?« frug er in ängstlicher Spannung.

»Erschrecken Sie nicht, Excellenz,« antwortete Walmy. »Sie ist wirklich geraubt worden.«

»Dann rasch nach!«

Er wollte sich sofort auf das Pferd werfen. Der Pater hinderte ihn daran.

»Bitte, General, bleiben Sie noch! Wir müssen noch überlegen.«

»Zum Teufel mit Ihrem Ueberlegen! Mittlerweile entkommt uns der Kerl.«

»Er entkommt uns nicht. Zunächst müssen allerdings zwei Mann der Kutsche folgen, aber Sie bleiben da.«

»Ich? Warum?«

»Sie werden hier an dieser Unglücksstätte nöthiger gebraucht als ein jeder Andere.«

»Zunächst braucht meine Tochter mich am nöthigsten!«

»In dieser Beziehung können Sie von uns vertreten werden, hier an der Brandstelle aber nicht.«

»Ich habe meinen Verwalter!«

»Das mag sein. Aber um nach Ihrer Tochter zu forschen, müssen wir uns vielleicht zerstreuen, und wir bedürfen also dann eines Mittelpunktes, um uns gegenseitig verständigen zu können.«

»Zerstreuen? Wozu?«

»Bis jetzt wissen wir nur, daß die Dame sich in der Gewalt eines Mannes befindet, wer aber dieser Mann ist, das wissen wir nicht.«

»Es ist der Prinz!«

»Das vermuthen wir nur, beschwören aber könnten wir es nicht. Kam er direkt zu Ihnen?«

»Nein. Er kam inkognito und wurde mir von einem Nachbar vorgestellt.«

»Wie heißt dieser?«

»Es ist ein Herr von Uhle.«

»Kenne ihn nicht. Wie weit ist es von hier bis an die Grenze?«

»Mit schnellen Pferden drei Stunden.«

»Wie heißt der Grenzort?«

»Wiesenstein.«

»Die Straße, welche ich gekommen bin, führt dorthin?«

»Ja, wenn man sich eine Stunde von hier an der dortigen Abzweigung nach links hält.«

»Nun gut, so hören Sie meinen Plan, der uns ganz sicher

zum Ziele führt: Ist der Prinz wirklich der Räuber, so wird er schleunigst die Grenze zu erreichen suchen. Zwei Mann reiten ihm also dorthin nach – –«

»Das werde ich thun!« unterbrach ihn der General.

»Nein. Sie werden hier bleiben. Zu dieser Verfolgung gehören Leute, welche sich auf Spuren und Fährten verstehen. Das werde ich selbst übernehmen und mein Freund Holmers wird mich begleiten.«

»Sie kennen die Wege nicht!«

»Das ist gleichgiltig. In den Prairien gibt es gar keine Wege, und trotzdem haben wir uns stets zurechtgefunden. Es bleibt dabei, daß ich und Holmers reiten. Jemand geht unterdessen zu diesem Nachbar und erkundigt sich nach den Verhältnissen, unter denen der Prinz ihn verlassen hat. Er könnte sich ja auch noch dort befinden. Das Ergebniß dieser Erkundigung theilen Sie mir telegraphisch mit, und zwar nach Wiesenstein.«

»Unter welcher Adresse?«

»Holmers, Station restante. Fassen Sie aber das Telegramm vorsichtig ab. Gibt es von hier aus Fußpfade über die Grenze?«

»Ja.«

»Auch ihnen müßten wir eigentlich folgen. Aber wer kennt sie?«

»Ich,« antwortete der Steuermann.

»Ich,« antwortete auch Karavey zu gleicher Zeit.

»Ihr?« frug der Pater verwundert. »Woher?«

»Von früher.«

»Genau?«

»Ja.«

»Das ist gut. Macht Euch auf den Weg, um nachzuforschen. Ihr telegraphirt nach hier, wenn Ihr etwas erforscht oder etwas wissen wollt. Braucht Ihr lange Vorbereitung?«

»Wir gehen schon!« antwortete der Steuermann.

»Aber – –«

»Schon gut! Wir wissen und haben Alles, was wir brauchen.«

Er eilte mit langen Schritten davon, und Karavey folgte ihm.

»Wackere Kerls!« meinte der Pater. »Nun aber brauche ich noch wenigstens Zwei.«

»Wozu?« frug der General.

»Der Prinz, nämlich wenn er es wirklich ist, hat immerhin bereits einen bedeutenden Vorsprung. Man kann eine Stunde rechnen, und so ist es möglich, daß wir ihn nicht vor der Grenze einholen. Aber in diesem Falle werden wir doch seine Spur finden und ihm folgen. Ich glaube zu wissen, wohin er die Geraubte bringt.«

»Wohin?«

»Nach Burg Himmelstein.«

»Ah! Den Ort kenne ich,« meinte der General.

»Sie waren dort?«

»Nein. Kurt war dort. Sein Lehrer, welcher hier in Helbigsdorf wohnte, hatte eine Braut dort, welche spurlos verschwunden ist.«

»In Himmelstein verschwunden?«

»Aus der Höllenmühle verschwunden.«

»Merkwürdig. Hat der Prinz sie gekannt?«

»Er sah sie einmal und machte einen Angriff auf sie, erhielt aber eine Ohrfeige und wurde von dem Müller fortgewiesen.«

»So weiß ich genug. Hat der Herr Lieutenant lange Urlaub?«

»So lange es ihm beliebt.«

»Er mag mit Herrn von Walmy sofort nach Himmelstein abreisen und dort genau beobachten. Wenn der Prinz uns entgeht, kommt er ganz sicherlich nach dort.«

»Sie scheinen die Verhältnisse des Prinzen gut zu kennen?«

»Ich kannte sie einst sehr genau.«

»Auch seine Person?«

»Ja. Dazwischen aber liegen viele Jahre, und so kommt es, daß ich ihn heut im Dunkel des Gebüsches und bei der Augenblicklichkeit unserer Begegnung nicht wieder erkannt habe. Sie also, Excellenz, bleiben hier, um unsere gegenseitigen Mittheilungen zu vermitteln, und gehen erst dann ab, wenn Sie gerufen werden. Adieu!«

Die beiden Pferde waren vorgeführt worden. Er schwang sich auf, und Holmers that dasselbe.

»Aber, meine Herren,« frug der General, »sind Sie denn auch mit den nöthigen Mitteln versehen?«

»Danke, Excellenz,« antwortete der Pater. »Wir brauchen nichts.«

In einigen Augenblicken waren die Reiter verschwunden. Die Uebrigen blieben in einer nicht geringen Aufregung zurück.

»Wann geht der Zug ab, den wir benutzen müssen, um nach Süderland zu kommen?« frug Walmy.

»In vier Stunden,« antwortete Kurt.

»Wer wird zu dem Nachbar gehen?«

»Ich selbst,« meinte der General. »Sie können mich begleiten, Sie und Kurt. Ihr Weg nach dem Städtchen, an welchem sich der Bahnhof befindet, führt dort vorbei, und so wird eine jede Zeitversäumniß vermieden.«

»Ihr wollt uns verlassen?« frug Freya.

»Kunz bleibt doch hier.«

»Kunz? Fi! Er ist kein Beschützer für Damen.«

»Glauben Sie, daß ich Sie fressen werde?« frug der Diener.

»Da hörst Du es!« jammerte Zilla.

»Geht hinab in das Dorf zur Frau Pastorin,« meinte der General. »Dort seit Ihr gut aufgehoben und könnt mich erwarten. Hier kann kein Mensch mehr etwas thun. Wir sind alle überflüssig und müssen das Feuer ruhig brennen lassen.«

Er gab noch einige weitere Befehle an die Umgebung und entfernte sich dann mit Kurt und Walmy. Diese Beiden brauchten sich jetzt um ihre Reiseausrüstung nicht zu sorgen, denn es war ihnen Alles verbrannt, womit sie sich hätten equipiren können.

Der Weg führte sie wohl eine Stunde lang durch den Wald, dann senkte er sich nieder in ein tiefes Thal, auf dessen Sohle die Besitzung des Herrn von Uhle lag. So kam es, daß hier Niemand etwas von dem Feuer bemerkt hatte. Der Tag begann bereits zu grauen, aber es lag noch Alles im tiefen Schlafe, so daß die Ankommenden pochen mußten.

Der Verwalter erhob sich und öffnete, als er den General erkannte.

»Herr von Uhle schläft noch?« frug dieser.

»Ja.«

»Bitte, wecken Sie ihn.«

»Sogleich! Treten Sie in das Sprechzimmer, Excellenz.«

»Haben Sie nichts von dem Feuer bemerkt?«

»Nein. Wo brennt es?«

»Bei mir. Sie hatten gestern einen Gast?«

»Ja.«

»Wer war es?«

»Ich weiß nicht, ob ich den Namen nennen darf.«

»Es ist gut! Ist er noch hier?«

»Nein.«

»Wann ging er fort?«

»Gestern Abend.«

»Wecken Sie den Baron.«

»Aber Excellenz sagen, daß es bei Ihnen brennt. Ich werde stürmen lassen.«

»Ist nicht mehr nöthig.«

»Das Feuer ist bereits wieder erloschen?«

»Bitte, wecken Sie den Baron! Ich habe keine Zeit.«

Der Mann ging und bald trat Uhle ein, erstaunt über diesen so überraschenden Besuch.

»Verzeihung, daß wir Sie stören,« begann der General nach der ersten Begrüßung. »Ist der Prinz bereits fort?«

»Ja.«

»Wann?«

»Noch am Abend.«

»Er wollte doch bleiben.«

»Er hatte sich, wie er sagte, plötzlich anders entschlossen.«

»Er fuhr natürlich?«

»Ja.«

»Wie viel Uhr?«

»Zehn Uhr ungefähr.«

»Sie begleiteten ihn?«

»Nein. Er hatte sich das verbeten.«

»Wer war bei ihm?«

»Nur sein Kutscher.«

»So gehörte der Wagen ihm?«

»Ja.«

»Sie waren mit ihm bei mir. Kehrte er in Ihrer Begleitung nach hier zurück?«

»Nein.«

»Ah!«

»Wir gingen nur eine Strecke zusammen. Dann blieb er zurück.«

»Warum?«

»Wir trafen einen Menschen, einen Bettler, bei dem er verweilte.«

»Er schickte Sie fort?«

»Ja.«

»Welche Zeit später kam er wieder?«

»Gegen drei Stunden.«

»Mit diesem Bettler?«

»Ohne ihn.«

»Bitte, beschreiben Sie mir den Mann!«

»Er konnte fünfzig Jahre zählen und sah angegriffen aus. Er trug eine graue Hose, einen zerrissenen schwarzen Rock und eine braune Mütze mit breitem Deckel. Sein Gesicht – –«

»Es ist genug. Ich danke! Es stimmt.«

»Was?«

»Dieser Mensch hat mein Schloß und vorher bereits die Wohnung eines Häuslers in Helbigsdorf in Brand gesteckt.«

»Nicht möglich!«

»O, wirklich!«

»Ich erschrecke. Aber Ihre Gegenwart sagt mir, daß die Gefahr bereits vorüber ist.«

»Meine Gegenwart mag Ihnen im Gegentheile sagen, daß Alles verloren ist.«

»Um Gottes willen, General, was soll das heißen?«

»Daß mein Schloß noch brennt. Ich habe nichts gerettet als zwei Pferde.«

»Erlauben Sie, daß ich sofort anspannen lasse!«

»Thun Sie das, aber bitte, besorgen Sie zwei Wagen: einen für Sie und mich und einen für diese Herren, welche zur Station fahren müssen.«

»Sind Menschenleben zu beklagen?«

»Nein. Aber meine Tochter ist verschwunden.«

»Ah!« Er erschrak. »Spurlos?«

»Nein. Wir haben ihre Spur.«

»Wohin führt sie?«

»Dahin, wo diese Herren sich per Bahn begeben werden.«

Der General schien kein volles Vertrauen zu dem Baron zu haben, da er ihn so unvollständig unterrichtete.

»Ich werde Alarm schlagen lassen!« sagte Uhle.

»Bitte, thun Sie auch das. Zwar kann nichts mehr gerettet werden, aber Handreichungen werden dennoch nöthig sein.«

Uhle verließ das Zimmer.

»Der Prinz ist es!« meinte der General.

»Es ist kein Zweifel!« rief Kurt. »Papa, ich wollte, er würde da oben an der Grenze nicht getroffen.«

»Warum?«

»Damit er in Himmelstein mir in die Hände läuft. Ich werde ihn zermalmen, diesen Schurken ohne gleichen!«

»Ich wünsche mein Kind so bald wie möglich zurück. Bedenke, was Magda in solcher Gesellschaft zu leiden hat!«

»Ich könnte ihn zerreißen. Wehe ihm, wenn ich ihn treffe.«

»Und dennoch müssen wir vorsichtig sein. Er ist ein Prinz, und es gilt da also Rücksicht zu nehmen.«

»Zum Teufel mit der Rücksicht!«

»Du wirst Dich beherrschen, mein Sohn! Ich als Vater muß es auch, obgleich mich der Zorn übermannen möchte. Ihr werdet Nachmittag in der Höllenmühle sein?«

»Bereits um Mittag.«

»So werde ich telegraphiren, was ich erfahre. Ihr antwortet mir. Aber laßt jetzt den Baron nichts merken. Er ist ein Freund des Prinzen.«

»Vielleicht kennt er den ganzen Plan.«

»Das allerdings glaube ich nicht von ihm, doch ist es immerhin besser, wir theilen ihm nur das Allernothwendigste mit. Jetzt will ich für Euer Reisegeld sorgen. Wie gut, daß der Schurke meine Tageskasse zu sich steckte.«

Da legte Walmy ihm die Hand auf den Arm.

»Excellenz, behalten Sie einstweilen das Wenige, was Ihnen erhalten blieb. Ich bin mit der nöthigen Summe versehen.«

Der General blickte ihn lange an.

»Sind Sie reich, Herr von Walmy?«

»Ja. Reicher als Sie, wie ich glaube.«

»Aber ich hörte, daß die Familie Wal – –«

»O bitte,« unterbrach ihn Friedrich; »ich habe von meiner Reise mehr mitgebracht, als ich jemals brauche.«

»So will ich mich einstweilen Ihrer Güte bedienen, mein edler junger Freund. Aber ich stelle die Bedingung, daß Sie sich jede Ausgabe ganz genau notiren. Ist mir mein Vermögen auch verbrannt, so wird mir wohl doch so viel übrig bleiben, um die Kosten zu decken, welche die Wiedererlangung meiner Tochter verursacht.«

Bereits nach einigen Minuten fuhren die beiden Wagen in entgegengesetzter Richtung vom Hofe ab, der eine nach der Station und der andere nach Helbigsdorf. Als der General dort anlangte fand er das Schloß bis auf die Umfassungsmauern niedergebrannt; aber noch immer stiegen die Flammen hoch empor, da das viele zusammengestürzte Holzwerk ihnen eine mehr als reichliche Nahrung bot. Seine Schwestern befanden sich beim Pastor; aber die dicke Frau Barbara wirthschaftete muthig an der Seite des Hofschmiedes, der mit dem Verwalter und Kunz die Leute beaufsichtigte, die sich abmühten, dem gefräßigen Feuer hier und da noch eine Kleinigkeit zu entreißen.

Bereits am frühen Vormittage kam von einer kleinen diesseitigen Telegraphenstation eine Depesche an. Sie lautete:

»Sind nicht nach Wiesenstein, sondern links abgebogen. Immer fest auf der Spur. Werden Weiteres bald melden. Holmers.« –

Hoch oben im Gebirge, nicht gar weit von der Grenze, gab es mitten im tiefen Walde und seitwärts von der Straße, welche sich längs der Grenze hinzieht, eine ziemlich geräumige Blöße, auf welcher ein kleines Häuschen stand, welches der alte Waldhüter Tirban bewohnte.

Vor demselben saß auf einem Reisigbündel eine eigenthümliche menschliche Gestalt. Sie gehörte einem Weibe an. Bekleidet war sie mit einem grell roth gefärbten Rocke, einem alten schmutzigen Hemde und einem gelben Tuche, welches um den Kopf geschlungen war. Die nackten Arme und Unterbeine blieben unverhüllt, hatten eine schwarzbraune Färbung und waren so fürchterlich dürr, daß man die Gestalt der Knochen deutlich erkennen konnte. Obgleich das Gesicht Runzel an Runzel zeigte, waren die Züge doch so scharf, als seien sie mit dem Messer geschnitten. Das Weib hielt die Augen geschlossen, aber ein unausgesetztes Spiel der Mienen verrieth, daß die Alte sich nicht im Schlafe, sondern in fortwährender wacher Seelenthätigkeit befinde.

Da trat ein Mann aus der Hütte. Er war klein gebaut und womöglich noch hagerer als das Weib. Seine kleinen Augen lagen tief in ihren Höhlen, und sein Kinn war so aufwärts, seine Nase so abwärts gebogen, daß sich die beiden beinahe berührten. Er ging an einem Stocke. Auch die Frau hatte einen Stock neben sich liegen. Er ließ seinen Blick über die Blöße schweifen und dann auf der Alten ruhen.

»Zarba!« klang es dumpf aus seinem zahnlosen Munde.

Sie antwortete nicht.

»Zarba!«

Auch jetzt schwieg sie. Sogar die Augen blieben geschlossen, aber eine langsame Bewegung ihrer Mumienhand deutete an, daß sie ihren Namen gehört habe.

»Zarba, ich gehe,« sagte er zum dritten Male.

Sie richtete jetzt den Kopf ein wenig empor.

»Gehen?« frug sie. »Alles geht — — die Sonne, die Sterne, die Jahre, die Tage, die Blume, der Mensch. Ja, gehe, Tirban; ich gehe auch!«

»Willst Du mit?«

»Mit? Nein. Meine Zeit ist noch nicht gekommen. Ich kann erst dann gehen, wenn ich ihn gesehen habe.«

»So meine ich es nicht. Gehst Du mit in den Wald?«

»Ich bin im Walde. Was soll ich im Wald?«

»Kräuter suchen, Zarba.«

»Kräuter? Wozu? Um Kranke zu heilen? Was hilft ihnen das? Sie müssen dennoch gehen, früher oder später.«

»Auch ist Versammlung im Walde – –«

Jetzt öffnete sie für einen kurzen Augenblick die Lider und frug:

»Versammlung? Wer?«

»Die Deinen. Du bist ja die Königin und heute ist Freitag!«

»Die Meinen? Wo sind sie? Sie sind Könige und Fürsten geworden; sie brauchen mich nicht. Und der, welcher mich braucht, ist weit fort auf dem Meere. Vielleicht haben ihn die Fluthen verschlungen – er ist gegangen.«

Da theilte sich ihnen gegenüber das Gebüsch. Zwei Männer traten auf die Blöße und kamen auf das Haus zugeschritten. Tirban legte die Hand über die Augen, um die Nahenden besser betrachten zu können.

»Wer ist das?«

Die Alte hörte das Geräusch der Schritte.

»Tirban, wer kommt?« frug sie.

»Zwei Leute.«

»Kennst Du sie?«

»Noch nicht. Meine Augen sind schwach geworden.«

Der Vordere der Beiden hielt den Schritt an und blickte scharf nach den zwei Alten; dann kam er in raschen Sprüngen herbei.

»Zarba!« rief er, die Hände ausstreckend.

Da fuhr sie mit einem schnellen Rucke in die Höhe. Ihre Augen öffneten sich groß und weit, und ihre Stimme klang hell und jubelnd:

»Karavey! Bruder!«

Im nächsten Augenblick lagen sie sich in den Armen, doch war sie so schwach, daß er sie wieder auf das Bündel niederlassen mußte.

»Er ist da,« hauchte sie. »O, nun kann ich gehen – wie die Sterne, wie die Stunden und wie die Blumen.«

»Sei stark, Zarba,« bat er sie. »Blicke mich an!«

Sie sah ihn lange, lange mit ihren großen glanzlosen Augen an.

»Fandest Du die Insel?« frug sie dann wie sich besinnend.

»Ja.«

»Und die Schätze, das Gold, die Diamanten und Steine?«

»Ja.«

»So sind die Geister erlöst, die sie bewachen sollten. Hast Du Alles mitgebracht, Karavey?«

»Alles! Zarba, es sind Millionen!«

Sie nickte gleichgiltig mit dem Kopfe.

»Thue Gutes mit ihnen, Karavey, damit es ein heller Stern sei, auf dem wir uns wiedersehen werden!«

»Ja, Zarba, Gutes will ich thun, zunächst an Dir. Ich nehme Dich fort aus dem Walde. Du sollst in einem Palaste wohnen, wo Deine Füße über die herrlichsten Teppiche gleiten und hundert Diener Deine Befehle erfüllen sollen.«

Sie schüttelte langsam den Kopf.

»Das werde ich nicht. Zarba wird den Wald nicht verlassen, sondern da liegen und ruhen, wo sie gewandelt hat. Ich habe die Göttin gebeten auf Dich warten zu dürfen; heut bist Du gekommen und heute wird sie mich zu sich rufen. Reiche mir Deine Hand; ich gehe fort!«

»Das wirst Du nicht, Zarba. Ich brauche Dich.«

»Mich? Was soll ich?«

»Du sollst Deinen Leuten befehlen uns zu helfen.«

»Hilfe willst Du? Wobei?«

»Wir suchen den tollen Prinzen.«

Jetzt öffnete sie die Augen wieder.

»Ihn? Ihn? Wo war er? Was hat er gethan?«

»Er war in Helbigsdorf und hat das Schloß abgebrannt, um die Tochter des Generals zu entführen.«

Da richtete sie sich wieder empor.

»Entführen? Sie, die Taube? Er, der Geier? Ist es ihm gelungen?«

»Ja. Er ist in einem Wagen mit ihr entflohen. Wir glaubten, er würde bei Wiesenstein über die Grenze gehen und haben ihm zwei tüchtige Männer nachgesandt; ich aber bin mit dem Steuermanne zu Dir geeilt um auch die andern Wege besetzen zu lassen.«

Da griff sie zum Stocke. Ihre Gestalt stand aufrecht wie in ihren früheren Jahren; ihre Augen bekamen Glanz und Leben; eine plötzliche Energie schien sie um fünfzig Jahre zu verjüngen.

»Kommt! Schnell!«

Sie schritt kräftig über die Blöße dahin, die Andern folgten ihr. Sie drang in den Wald ein, ohne sich um die Aeste und Zweige zu bekümmern, welche ihr in das Gesicht schlugen, bis sie eine enge Schlucht erreichten, in welcher zwölf Männer saßen, denen es beim ersten Blicke anzusehen war, daß sie Zigeuner seien. Sie erhoben sich bei dem Anblicke Zarba's.

»Ihr Männer der Zingaren, habt Ihr Waffen bei Euch?« frug sie.

»Ja.«

»So folgt mir: Es gibt einen großen Fang zu machen.«

Sie wandte sich seitwärts wieder in den Wald hinein. Die Andern alle schritten hinter ihr her. Es war keine Spur der vorigen Mattigkeit mehr in ihr vorhanden. Sie schritt wohl über eine Viertelstunde lang rüstig vorwärts, bis sie an eine Stelle gelangte, wo sich die aus dem Niederlande kommende Straße nach zwei verschiedenen Richtungen theilte. Hier blieb sie unter den Bäumen stehen und wandte sich an Karavey. Den Steuermann hatte sie bisher gar nicht beachtet.

»Wenn er nicht über Wiesenstein ist, so muß er hier vorüber,« meinte sie. »Wir besetzen – –«

Sie hielt inne, denn in diesem Augenblick ließ sich das leichte und schnelle Rollen von Rädern vernehmen, und gleich darauf erschien eine mit zwei Pferden bespannte Kutsche. Einer der Zigeuner war in unvorsichtiger Weise etwas vorgetreten, der Kutscher bemerkte ihn und wandte sich um, indem er an das vordere Wagenfenster klopfte. Sofort öffnete sich das Fenster auf der einen Seite und es erschien ein Kopf, der mit einem durchdringenden Blicke die Gegend musterte.

»Ah, Zarba!« murmelte er. Dann fügte er halblaut hinzu: »Kutscher, ein Ueberfall. Schnell anfahren, wenn sie kommen!«

Es war der Prinz. Vor ihm saß Magda. Die Hände waren ihr gebunden, und ein Tuch verschloß ihr den Mund, so daß sie nicht reden oder rufen konnte. Aber sie hatte die Worte des Prinzen vernommen, und ihre Augen leuchteten hoffnungsfreudig auf. Er bemerkte es und lächelte ihr höhnisch zu.

»Habe keine Sorge, Schatz,« meinte er; »man wird unser schönes *tête-à-tête* nicht zerreißen; dafür garantire ich!«

Er zog eine Doppelpistole aus der Tasche und spannte die Hähne. Es war gerade die höchste Zeit, denn soeben trat Zarba zwischen den Bäumen hervor, hinter und neben ihr die Zigeuner nebst Karavey und dem Steuermanne. Sie wußten natürlich nicht ob sie die richtige Kutsche vor sich hatten, aber Zarba trat vor und erhob den Stock.

»Halt!« gebot sie dem Kutscher mit lauter Stimme.

Dieser schlug auf die Pferde ein. Sie zogen aus allen Kräften an; in demselben Augenblicke krachten aus dem geöffneten Wagenschlage zwei Schüsse; Zarba und einer der Zigeuner stürzten zu Boden und der Wagen schoß mit einer Schnelligkeit davon, daß er unmöglich einzuholen war.

An dieses letztere dachte man auch gar nicht, denn alle hatten sich über Zarba gebeugt, welcher die Kugel in die Brust gedrungen war. Der Zigeuner war blos am Arme verwundet. Karavey kniete neben ihr, um die Verletzung zu untersuchen. Sie hielt die Augen geschlossen und bewegte sich nicht. Es war, als ob sie bereits todt sei.

»Zarba!« rief der Bootsmann. »Sprich, rede! Lebst Du noch?«

Sie behielt die Augen geschlossen, aber sie antwortete: »Er war es.«

Die Stimme klang leise wie im Verlöschen.

»Wer? Der Prinz? Hast Du ihn erkannt?«

»Ja.«

»Er soll es büßen!«

Da stemmte sie den einen Arm auf die Erde und versuchte, sich emporzurichten. Es gelang ihr nicht. Sie fiel wieder zurück. Aber aus ihren jetzt geöffneten Augen schoß ein Strahl ausgesprochenster Rache hervor.

»Ja, Karavey, Blut gegen Blut! Er hat die letzte Königin der Zingaren getödtet; er möge doppelt und dreifach sterben. Er ist entkommen, aber Du wirst ihn finden.«

»Wo? Sage es!«

»Auf Burg Himmelstein.«

»Wir werden nicht eingelassen!«

»Ich kenne die Verließe der Burg und des Klosters. Der geheime Eingang ist im oberen Steinbruche unter den Brombeerranken.«

»Wie erkennt man ihn?«

»Es ist ein viereckiger Rasenflecken, in dessen Mitte sich ein Wurzelstummel befindet. O, Karavey, ich gehe – wie der Stern, wie die Blume, ich sagte es. Bhowannie ruft. Leb wohl, und räche mich!«

»Zarba, Du darfst nicht sterben, Du mußt leben!«

»Ich gehe! Begrabe mich im Walde – unter Felsen und Tannen. Ich versinke und verschwinde wie unser Volk, ohne Heimath, im Windesrauschen, leb wohl, leb wohl!«

Die seit langen Jahren gekrümmten Glieder streckten sich aus. Noch einmal öffnete sie groß und voll die Augen, um mit dem brechenden Blicke das dunkle Grün der Tannen einzusaugen, dann schlossen sie sich für immer. Karavey warf sich über sie hin. Sein Körper zuckte unter dem Schmerze, der ihn durchzitterte, aber über seine Lippen kam nicht ein einziges Wort. Die Andern standen schweigend um ihn her.

Da erschallten rasche Schritte. Zwei Männer kamen mit erhitzten Gesichtern die Straße daher.

»Der Pater!« rief der Steuermann überrascht. »Der Pater und Holmers!«

Da erhob sich Karavey. Wer nicht wußte, was soeben geschehen war, der hätte jetzt in seinem Gesichte nicht die geringste Spur davon bemerkt.

»Hollah!« rief der Pater. »Treffen wir uns hier! Was ist geschehen?«

»Blickt her! Da liegt sie!« antwortete Schubert.

Die Beiden traten herzu.

»Ein Mord! Wer ist sie?«

»Die Schwester des Bootsmanns.«

»Alle Wetter! Wer hat sie erschossen?«

»Der Prinz.«

»So kam er hier vorüber, so haben wir uns also nicht geirrt?«

»Er war es.«

»Wann?«

»Vor einigen Minuten.«

»Alle Teufel! Wir waren ihm hart auf den Fersen.«

»Wo habt Ihr die Pferde?«

»Das eine lahmte. Wir ließen sie in einem Dorfe stehen, da sie uns mehr hinderlich als förderlich waren. Wir folgten der Spur des Prinzen und mußten oft quer durch den Wald, um die Krümmungen abzuschneiden, welche die Straße machte, die er fuhr. Das ging zu Fuße besser. Wie weit ist es von hier bis zur Grenze?«

»Eine Viertelstunde,« antwortete Tirban.

»So ist er uns entkommen!«

»Allerdings!« nahm Karavey jetzt auch das Wort. »Aber nur für kurze Zeit. Wir werden ihn wieder bekommen.«

»Wo?«

»Auf Burg Himmelstein.«

»Dort? Wer sagte es?« frug der Pater überrascht.

»Die Todte hier.«

»Kannte sie Himmelstein?«

»Sie kannte Alles und wußte Alles.«

»Sie war eine Zigeunerin?«

»Ja.«

»Ihr werdet mir von ihr erzählen müssen. Was gedenkt Ihr jetzt zu thun?«

»Ich muß bei der Schwester zurückbleiben.«

»Das versteht sich ganz von selbst. Ihr wollt sie begraben?«

»Ja.«

»Wo?«

»Hier im Walde. Das war ihr letzter Wunsch.«

»So bleibt mit dem Steuermanne hier!«

Schubert machte ein sehr unentschlossenes Gesicht.

»Meint Ihr etwas anderes?« frug ihn der Pater.

»Braucht Ihr mich nicht?«

»Gegenwärtig nicht. Wir Beide, ich und Holmers, sind Manns genug, den Mörder nicht aus den Augen zu lassen.«

»So bleibe ich bei dem Bootsmanne.«

»Gut! Wenn Ihr hier fertig seid, so kehrt nach Helbigsdorf zurück. Ich werde dorthin telegraphiren was Ihr machen sollt.«

Die beiden Prairiejäger eilten auf der Straße weiter. Sie hatten keine Zeit, sich in zeitraubenden Erkundigungen und Beileidserzeugungen zu ergehen.

»Wohin schaffen wir sie?« frug Karavey.

»Nach meiner Hütte,« antwortete der Waldhüter. »Dort hat sie schon seit langer Zeit ihren Sarg stehen.«

»So hat sie wohl auch bereits in Beziehung auf ihren Tod und ihr Begräbniß irgend welche Verfügungen getroffen?«

»Ja.«

»Was?«

»Sie will in der Schlucht begraben sein, wohin sie uns heute führte.«

»Sonst nichts?«

»Nur solche Dinge, die nur ihr Bruder wissen darf.«

»Du sollst mir das später sagen. Sie soll in der Schlucht begraben werden, unter Felsen und Tannen, wie sie vorhin sagte. Ich werde ihr ein Grabmal von Felsblöcken aufführen lassen und dunkle Tannen darauf pflanzen. Die Gebeine ihres Mörders aber sollen keine Stelle finden, an denen man sie suchen kann. Bhowannie ist die Göttin der Rache: sie wird mir helfen.«

Die Männer fertigten aus Zweigen eine Bahre und legten den Leichnam darauf. Lautlos setzte sich der Zug nach der

Waldhütte in Bewegung, vor deren Thüre sie heute noch gesagt hatte: »Ich gehe, wie die Sonne, wie die Sterne, wie die Tage und wie die Stunden!« – – –

Wieder einmal war für die berühmte Himmelsteiner Wallfahrt die Zeit herbeigekommen. Zwei Männer schritten auf die Schlucht zu, durch welche man zur Höllenmühle gelangte.

Der Eine mochte wohl über fünfzig Jahre zählen, sah aber bedeutend älter aus. Seine eingefallenen Schläfe und Wangen und die tiefen Furchen, welche die hohe Stirn durchzogen, ließen vermuthen, daß weniger die Jahre als gewisse seelische Vorgänge schuld seien, daß die Haltung seiner hohen Gestalt eine so müde und geknickte war. Der Andere war ein junger rüstiger Mann im Alter von vielleicht etwas über zwanzig Jahren. Ihre außerordentliche Aehnlichkeit ließ vermuthen, daß sie Vater und Sohn seien. Beide trugen eine zwar einfache Kleidung, deren Schnitt aber doch ein solcher war, wie bei den besseren Ständen gebräuchlich zu sein pflegt.

»Ob wir wohl den richtigen Weg zur Höllenmühle haben?« frug der Aeltere.

»Ich denke es, Papa. Wir haben uns ja genau nach der Beschreibung gerichtet.«

»Und ob der geheimnißvolle Fremde auch wirklich eintreffen wird?«

»Sicher! Er sah mir nicht aus, als ob die Sache im Scherz sei. Er war dem Prinzen nicht weniger als freundlich gesinnt und schien sehr wohl zu wissen was er that. Jedenfalls aber sagte er bedeutend weniger, als was er hätte sagen können.«

»Das ist es, was mich mißtrauisch macht. Konnte er nicht aufrichtig sein?«

»Er hatte jedenfalls triftige Gründe zur Verschwiegenheit. Dort sind Leute im Grummet. Wollen einmal fragen.«

Nicht fern von ihnen, hart neben dem Eingange der Schlucht, ruhten auf einer Wiese mehrere Personen, welche Grummet geschnitten hatten und nun ihre Vespermahlzeit verzehrten. Die Beiden schritten auf sie zu, und nachdem sie gegrüßt hatten, frug der Aeltere:

»Kommt man hier nach der Höllenmühle?«

Einer der Männer erhob das Gesicht. Er hatte eine ganz entsetzlich lange Nase. Sie hob sich empor, wie um die Ankömmlinge genau in Augenschein zu nehmen, und wandte sich dann seitwärts nach der Schlucht hinüber; nun endlich erst antwortete ihr Besitzer:

»Das versteht sich ganz von selber!«

»Wie hat man zu gehen?«

»Hier durch den Engpaß.«

Sein Nachbar, welcher neben ihm saß, hatte einen Stelzfuß und gar keine Nase. Er erhob sich und meinte:

»Wir gehören zur Mühle. Ich werde Sie führen, denn in wie fern denn und in wie so denn, ich muß einmal nach Hause, um Rechen zu holen.«

»Ist es weit?«

»Zehn Minuten. Kommen Sie!«

Sie folgten ihm. Während des Gehens beobachtete er sie von der Seite. Er wußte sichtlich nicht, für wen und was er sie zu halten habe. Endlich frug er:

»Sie haben wohl Geschäfte in der Mühle?«

»Möglich.«

»Getreide- und Mehlhandel?«

»Nein.«

»Was denn?«

»Zunächst wollen wir Jemand dort treffen. Ist Besuch beim Müller?«

»Nein.«

»Es wird auch Niemand erwartet?«

»Ich weiß nichts davon.«

»Sind Sie bereits lange in der Mühle?«

»Viele Jahre. Ich bin mit dem Klaus zu gleicher Zeit eingetreten.«

»Wer ist dieser Klaus?«

»Der mit der langen Nase. Er könnte mir ein Stück davon ablassen.«

»Das ist richtig. Sind Sie stets ohne Nase gewesen?«

»Nein. Ich habe sie und das Bein im Gefechte verloren.«

»Ah! Sie waren Soldat?«

»Sehr.«

»Kavallerist?«

»Hm! Ich sollte. Man wollte mich dazu zwingen, ich aber gab es nicht zu.«

»Ich denke, man wird da gar nicht gefragt. Warum wollten Sie nicht?«

»Weil ich ein Gelübde gethan hatte.«

»Ein Gelübde? Welches?«

»Ich hatte gelobt und geschworen, niemals zu reiten.«

»Ah! Warum?«

»Das ist eine sehr schlimme Geschichte, die ich gar nicht Jedem erzählen kann.«

»Warum nicht?«

Es war Brendel mit seiner letzten Behauptung gar nicht ernst gemeint, sondern er war im Gegentheile ganz glücklich, seine berühmte Geschichte wieder einmal an den Mann zu bringen. Darum antwortete er:

»Hm, weil man am Ende gar noch ausgelacht wird. Aber weil Sie zwei ernsthafte Männer zu sein scheinen, so sollen Sie es hören. Ich war damals nämlich noch Lehrjunge in der Sonntagsmühle, und da kommt eines schönen Tages ein Roßkamm und bietet uns ein Pferd an.«

»Was für eins?«

»Es war ein Apfelschimmel, aber er hatte keine Apfeln mehr, sondern sah vor Alter schneeweiß aus wie ein Gänserich. Die Kanaille war nicht sehr hoch gebaut, aber kräftig, sie hatte in guter Pflege gestanden und in früheren Zeiten bei den Husaren gedient. Dann aber – Donnerwetter, ich kann nicht weiter erzählen!«

»Warum nicht?«

»Dort kommt der Meister.«

»Der Müller?«

»Ja. Er ist in der Stadt gewesen.«

Wirklich kam Uhlig über den Rand der Schlucht in dieselbe

herabgestiegen. Als er der beiden Fremden ansichtig wurde, blieb er stehen, um sie zu erwarten. Der nasenlose Mühlknappe ließ seine schöne Geschichte im Stiche und humpelte an ihm vorüber. Die Drei grüßten sich.

»Sie sind der Müller Uhlig?« frug der Aeltere.

»Ja.«

»Es ist vor ungefähr einer Woche ein Fremder bei Ihnen gewesen, ein Amerikaner, ein kleiner schmächtiger Mann, der sich Master Ellis nannte?«

»Ja.«

»Hat er Ihnen Gäste angemeldet?«

»Mehrere.«

»Wen?«

»Hm, ich weiß nicht, ob es mir erlaubt ist Ihnen die Namen zu nennen.«

»War der eines Grafen von Mylungen dabei?«

»Allerdings.«

»Ich bin es, und das hier ist mein Sohn.«

»Ah, willkommen, Erlaucht! Der junge Herr ist Seemann und ein Freund des Marinelieutenants Kurt Schubert?«

»Der bin ich!« antwortete Karl von Mylungen.

»So wiederhole ich, daß Sie mir herzlich willkommen sind. Bitte, begleiten Sie mich nach meiner Wohnung!«

»Gern. Nun werden Sie uns wohl sagen, welche Gäste Sie noch erwarten?«

»Einen Baron Friedrich von Walmy – –«

»Ah!« unterbrach ihn der Graf in einem sehr verwunderten Tone.

»Ja. Dann einen gewissen Holmers, der auch ein Amerikaner ist.«

»Weiter!«

»Von Herrn Ellis wurden mir nur diese Beiden angesagt. Heut am Morgen aber erhielt ich eine Depesche, nach welcher auch der junge Herr Kurt Schubert kommt. Er muß mit Herrn von Walmy noch heut hier eintreffen.«

»Dann ist etwas an der ursprünglichen Disposition verändert worden.«

»Es muß etwas geschehen sein, denn die Depesche empfahl mir, scharf aufzumerken, ob Prinz Hugo nach Burg Himmelstein komme.«

»Hm! Ist er angekommen?«

»Noch nicht. Sobald er aber kommt, werde ich es sofort erfahren. Mein Lehrjunge hat sich oben am Schlosse postirt und wird mir Nachricht geben.«

Sie erreichten die Mühle, und die beiden Gäste wurden von der Müllerin mit respektvoller Herzlichkeit aufgenommen. Sie erhielten ein Zimmer, auf welches ihnen auch das Essen gebracht wurde. Der Graf that es nicht anders, der Müller mußte an dem Mahle theil nehmen.

»Sie haben eine Tochter?« frug Mylungen.

»Ja.«

»Wie kommt es, daß ich sie nicht gesehen habe?«

»Sie ist nicht hier, sie ist verheirathet.«

»An wen?«

»Mein Schwiegersohn heißt Walther. Er ist Pfarrer in der norländischen Residenz.«

»Ah, es ist derselbe Theologe, welcher Erzieher in Helbigsdorf gewesen ist?«

»Ja.«

»Ich kenne ihn.«

»Sie haben ihn gesehen und gesprochen?«

»Nein. Lieutenant Schubert hat meinem Sohne von ihm erzählt. Pastor Walther war lange Zeit mit Ihrer Tochter verlobt?«

»Einige Jahre.«

»Ihre Tochter verschwand eines schönen Tages?«

»Sie wissen auch hiervon?«

»Alles. Der Lieutenant hat das Abenteuer ausführlich berichtet. Es war schauderhaft, ja, es war unglaublich.«

»Und dennoch wahr.«

»Was haben Sie gethan?«

»Hm!«

»Natürlich Anzeige gemacht.«

»Allerdings.«

»Man hörte aber doch von einer Bestrafung nichts!«

»Sie wundern sich darüber? Vierzehn Tage nach meiner Anzeige kam ein hoher Justizbeamter nach der Höllenmühle, der meine Tochter, meine Frau und mich einem sehr scharfen Verhöre unterwarf. Er behandelte uns, als ob wir Verbrecher seien. Nach ihm hatte meine Tochter eine heimliche Liebschaft mit einem Himmelsteiner Knechte gehabt und die Mühle verlassen, um mit ihm nach Amerika zu gehen, und der Vogt hatte sie bis zur geeigneten Zeit als Magd da oben behalten. Der Prinz hatte von dieser Angelegenheit nicht die mindeste Ahnung gehabt, und das einzige Strafbare war gewesen, daß der Vogt mir die Anwesenheit meiner Tochter nicht gemeldet habe. Gegen ihn könne ich Klage führen, dann aber werde man auch mich zur Untersuchung ziehen wegen falscher Anschuldigung des Prinzen, denn das ganze Abenteuer sei ja nur erfunden, um meine Tochter vor den Augen Walthers zu rechtfertigen, nachdem sie wieder Sehnsucht nach dem Elternhause bekommen habe. Das war das ganze Ende des großen Liedes.«

»Und Sie haben wirklich geschwiegen?«

»Ich wollte nicht, ich wollte lieber zu Grunde gehen, als den Prinzen unbestraft sehen, aber ich erkundigte mich bei verschiedenen Rechtsgelehrten, welche mir abriethen, da sowohl der betreffende Knecht als auch der Vogt nebst seiner Frau ihre Aussagen beschworen hatten.«

»Aber Ihre beiden Zeugen, der Lieutenant und Ihr Knappe, die Ihre Tochter befreit hatten? Man mußte doch auch diese vernehmen!«

»Der Herr Lieutenant war Ausländer und übrigens bereits wieder zur See gegangen, und Klaus hätte man sehr einfach den Prozeß gemacht. Unter diesen Umständen rieth mir auch mein Schwiegersohn ab, er meinte, ich sollte die Entscheidung einem höheren Richter anheimgeben, der kein Ansehen der Person kenne und früher oder später doch sein Urtheil sprechen werde.«

»Das wird er, darauf können Sie sich verlassen! Vielleicht hat er grad uns zu Ihnen geführt, um den Thäter zu bestrafen.

Hat Ihnen dieser Master Ellis irgend welche Mittheilungen gemacht?«

»Nein. Er schien ein sehr verschlossener Mann zu sein. Er zog sehr eingehende Erkundigungen über die hiesigen Verhältnisse ein, obgleich es mir schien, als ob sie ihm bereits mehr als genugsam bekannt seien.«

»Sind Sie erst seit einigen Wochen hier?«

»Ja. Ich kam aus Norland herüber.«

»So können Sie mir keine Auskunft geben. Aber wir sind Leidensgefährten, denn auch mir ist eine liebe Tochter ganz plötzlich verschwunden.«

»Nicht möglich! Eine gräfliche Prinzessin!«

»Allerdings.«

»Und Sie haben Verdacht?«

»Dieser Ellis hat meinen Verdacht beinahe zur Gewißheit erhoben.«

»Gegen den Prinzen?«

»Gegen ihn. Meine Tochter war ihm zugethan, obgleich ich es nicht unterließ, sie vor ihm zu warnen. Sie wurde sogar nach ihrem Verschwinden in seiner Begleitung gesehen, aber die Spur ging leider verloren.«

»Vielleicht hat er auch sie nach Burg Himmelstein geschafft!«

»Diese Vermuthung ist jetzt in mir erweckt worden.«

»Was gedenken Sie zu unternehmen? Seien Sie überzeugt, Erlaucht, daß Sie auf meine Hilfe nach jeder Tragweite hin vollständig rechnen können!«

»Ich danke! Was ich thun werde, weiß ich nicht, da ich versprochen habe, nichts ohne Ellis zu unternehmen, der, wie er mir sagte, auch einen Kampf mit dem Prinzen auszufechten habe.«

Da wurde es unten im Hofe laut. Man brachte ein Fuder Grummet gefahren, und Klaus, welcher die Pferde führte, rief den Namen des Müllers. Der Letztere trat an das Fenster.

»Was gibt es denn?« frug er hinab.

»Kommen Sie rasch herab! Der Herr Lieutenant Kurt ist da mit noch Einem; das versteht sich ja ganz von selber!«

»Wo sind sie?«

»In der Stube. Sie sind mit mir gekommen.«

Der Müller eilte hinab. Die anderen folgten. Kurt Schubert hatte Friedrich von Walmy bei sich. Er war nicht wenig verwundert, die beiden Mylungen hier zu sehen.

»Sie hier in der Höllenmühle, Erlaucht?« frug er, als er von ihnen begrüßt und umarmt worden war.

»Haben Sie uns nicht hier erwartet?« gegenfragte der alte Graf.

»Offen gestanden, nein. Wie konnte ich denken, Sie hier zu treffen!«

»Hat Ihnen Ellis nichts gesagt?«

»Ellis? Welcher Ellis?«

Der Graf blickte ihn erstaunt an. Dann frug er:

»Kommen Sie aus Helbigsdorf?«

»Allerdings.«

»War Ellis nicht dort? Er wollte doch dahin zum General.«

»Ich wiederhole, daß ich keinen Ellis kenne. Wer ist dieser Mann?«

»Ein kleiner, schmächtiger, sonnverbrannter Mensch, welcher mir sagte, daß er von seinen Freunden in Helbigsdorf sehnsüchtig erwartet werde.«

»Ah! Er hat einen Messerhieb über die Stirn?«

»Ja.«

»Dann kennen wir ihn. Also Ellis hat er sich bei Ihnen nennen lassen?«

»So ist es.«

»Er ist ein amerikanischer Prairienjäger, welcher bei seinen Gefährten den Namen Bowie-Pater führt. Vielleicht ist sein eigentlicher Name Ellis. Er ist es allerdings, auf dessen Rath wir nach Himmelstein gegangen sind.«

»Er hat Ihnen erzählt, daß er bei uns war?«

»Er hat es kurz erwähnt, denn bei seiner Ankunft in Helbigsdorf wurde er von unserm Unglück so in Anspruch genommen, daß ihm keine Zeit zu anderen Auseinandersetzungen übrig blieb.«

»Sie sprechen von einem Unglück?«

»Allerdings. Haben Sie noch nichts davon gehört?«

»Kein Wort!«

»Daß Helbigsdorf niedergebrannt ist?«

»Niedergebrannt? Unmöglich!«

»Bis auf den Grund!«

»Armer Helbig! Welch ein Unglück! Wenn ist es geschehen?«

»Am Abend vor unserer Abreise. Es war vorigen Dienstag.«

»Wie kam das Feuer aus?«

»Es wurde angelegt.«

»Schrecklich! Hat man den Thäter vielleicht erwischt?«

»Ja. Aber Derjenige, in dessen Auftrage er es that, ist entkommen.«

»Wer ist dies?«

»Es ist – – rathen Sie!«

»Wer könnte das!«

»Prinz Hugo von Süderland.«

»Der – der tolle Prinz?«

»Derselbe!«

»Das klingt ja ganz und gar unglaublich! Ein Prinz ein Mordbrenner!«

»Oh, er ist noch mehr! Er ließ das Schloß anstecken, um die Tochter des Generals zu entführen.«

»Das wird ja immer schauderhafter! Natürlich ist es ihm nicht gelungen?«

»Doch!«

»Mein Gott! Was ist da zu thun?«

»Man ist sofort seiner Spur gefolgt, und während der verzweifelnde General bei der Brandstelle zurückbleiben mußte, sind wir nach Himmelstein geeilt. Ah, ich vergaß im Eifer ganz, Ihnen meinen Freund vorzustellen: Herr Baron Friedrich von Walmy – Graf von Mylungen, Karl von Mylungen, mein Kamerad zur See.«

Die Herren gaben sich die Hände, dann meinte der alte Graf zu Kurt:

»Wir sind hier unter uns. Bitte, erzählen Sie doch das Schreckliche!«

Kurt berichtete ausführlich von dem Abende jenes Brandes. Kaum hatte er geendet, so trat der Lehrling ein und meldete seinem Meister athemlos:

»Er ist da!«

»Der Prinz?«

»Ja. Er kam in einer Kutsche.«

»War sie offen?«

»Nein, sie war zu.«

»Hast Du ihn denn gesehen?«

»Er guckte durch das Fenster.«

»War noch Jemand darin?«

»Ich habe nichts gesehen.«

»Gut. Gehe auf das Feld!«

Als der Junge sich entfernt hatte, rief Kurt:

»Welch ein Versehen! Das ist kaum wieder gut zu machen!«

»Was?«

»Ich ahnte nicht, daß er bereits kommen werde. War er bei unserer Ankunft noch nicht hier, so wollte ich mich ihm in den Weg stellen, um seinen Wagen zu öffnen. Nun aber ist er bereits zur Burg hinauf und wir haben nicht erfahren können, ob er Magda bei sich hatte.«

»Wir werden es erfahren,« meinte Friedrich von Walmy.

»Wie?«

»Warten wir bis der Pater kommt. Uebrigens bin auch ich bereits da. Einem Prairiemanne kann so leicht nichts entgehen. Meine Ansicht ist übrigens die, daß die junge Dame in dem Wagen gesessen hat. Der Pater und Holmers müssen übrigens auf seiner Fährte sein, denn – – – ah!«

Er deutete durch das Fenster. Draußen kamen zwei Gestalten auf die Mühle zugeschritten, der eine war klein und sehr schmächtig, der Andere aber stark und breit wie ein Riese gebaut. Es waren die beiden Genannten, der Pater und Holmers. Der Müller öffnete ihnen die Thüren und führte sie herein.

»Ah!« rief der Pater, »bereits Alle da!«

»Soeben erst gekommen,« antwortete Kurt. »Auch der Prinz traf vor erst wenigen Augenblicken ein.«

»Weiß es! Donnerwetter, es ist ärgerlich, daß wir ihn nicht

einholen konnten. Nun hat er das Fräulein in Sicherheit gebracht!«

»Hatte er sie mit?«

»Ja.«

»Gewiß?«

»Wir waren ihm hart auf den Fersen und wissen, daß sie bis nach Himmelstein nicht ein einziges Mal aussteigen durfte.«

»Alle Teufel! Hätte ich ihm doch begegnet!« rief Kurt.

»Aergern Sie sich nicht, junger Mann,« tröstete der Pater. »Wir werden die Taube dem Stößer ganz sicher aus den Krallen reißen. Vor allen Dingen ist es nothwendig, dem General zu telegraphiren. Ich werde das selbst besorgen.«

»Er muß her?«

»Natürlich. Es ist vielleicht nothwendig, sein Ansehen zur Geltung zu bringen, wenn List vorher nichts helfen sollte.«

»Und bis dahin sollen wir warten?«

»Das ist nicht nöthig. Wir werden das Terrain heut noch sondiren.«

»Thun Sie das! Sie sind darin geübt und hier in der Gegend nicht bekannt. Wenn ich mich dem Schlosse nähere, könnte man mich sehen und erkennen. Ich werde lieber die Depesche selbst besorgen.«

»Wie Sie wollen. Aber das müßte gleich geschehen!«

»Ich eile schon.«

Ohne sich auf weitere Auseinandersetzungen einzulassen, verließ Kurt die Mühle und ging nach der Stadt. Dort gab er die Depesche auf und trat dann, da es sehr heiß war und er Durst empfand, in ein Wirtshaus, um sich ein Glas Bier geben zu lassen. Der Wirth blickte ihm beinahe erstaunt in das Gesicht.

»Wie kommt es, daß sie sich einmal zu mir herablassen, Herr Geißler?« frug er, indem er dem Gaste das Glas mit schäumendem Bier vorsetzte.

»Geißler? Ich heiße nicht so.«

»Nicht? Sie scherzen! Man wird Sie ja kennen!«

»Ah, Sie meinen den Neffen des Schloßvogtes? Der bin ich nicht.«

»Nicht? Wirklich nicht?«

»Nein.«

»Das wäre ja eine ganz staunenswerthe Aehnlichkeit. Wer sind Sie denn?«

»Ich bin hier fremd.«

»Fremd? Sie reisen nur durch? Oder bleiben Sie zum Feste hier?«

»Ich weiß noch nicht.«

»Sie wissen es noch nicht? Dann haben Sie aber ja einen Ort, wo Sie sich entscheiden werden – – –?«

Der Mann frug aus bloßer wirthschaftlicher Neugierde, aber es war dennoch unklug von Kurt, daß er ihm antwortete:

»Ich bin für heut draußen in der Mühle.«

»In der Höllenmühle?«

»Ja. Hier ist Geld. Adieu!«

Er ging. Kaum aber war er um die Ecke der Gasse verschwunden, so kam ein Anderer von der andern Seite her auf das Haus zu. Er trat ein und verlangte auch ein Glas Bier. Der Wirth grüßte ihn mit tiefster Devotion und meinte, indem er ihm das Glas vorsetzte:

»Jetzt eben ist mir etwas ganz Ungewöhnliches passirt, Herr Schloßvogt.«

»Was?« frug der Alte mürrisch.

»Fast hätte ich einen Fremden für Ihren Herrn Neffen gehalten.«

»Dummheit!«

»Das war es wohl weniger. Die Aehnlichkeit war zu groß. Ich glaube, Sie selbst hätten diese Beiden nicht sofort auseinander gekannt.«

Der Schloßvogt stutzte.

»Wirk-lich?« dehnte er.

»Ja.«

»Wer war der Mann?«

»Ein Fremder, wie ich bereits sagte.«

»Woher?«

»Weiß es nicht.«

»Ihr neugieriges Volk pflegt doch in solchen Fällen stets zu fragen!«

»Ich that es auch, er schien aber keine Lust zur Antwort zu haben.«

»Wohin ging er?«

»Von hier aus? Das weiß ich nicht. Er sagte aber, daß er für heute draußen in der Höllenmühle sei.«

Der Vogt erhob sich schnell.

»Donnerwetter! Ist er seit lange fort?«

»Soeben erst.«

»Rechts oder links?«

»Rechts um die Ecke.«

»Adieu!«

Er eilte fort, ohne sein Bier zu kosten oder zu bezahlen. Trotz seines Alters war er schnell um die von dem Wirthe bezeichnete Ecke gelangt und schritt so schnell wie möglich die Straße entlang, welche aus dem Städtchen hinausführte. Dort sah er Kurt vor sich hergehen.

»Er ist es; es ist dieser Marinelieutenant. Ich muß sofort aufs Schloß.«

Er wandte sich seitwärts und bog dann in die Straße ein, welche zur Burg Himmelstein emporführte. Er legte diesen Weg mit der ihm möglichsten Hast zurück und eilte, oben angekommen, sofort zum Prinzen. Dieser befand sich auf seinem Zimmer und blickte ihm erstaunt entgegen.

»Du bist noch nicht fort?« frug er.

»Ich war fort, habe aber nichts besorgen können.«

»Warum nicht?«

»Weil ich etwas gesehen habe, was mich bewog sofort umzukehren.«

»Was?«

»Einen Menschen, der im Stande ist, die Pläne Ew. Hoheit zu durchkreuzen.«

»Das wäre! Wer ist es?«

»Jener Marinelieutenant Schubert, der meinem Neffen so ähnlich sieht.«

Der Prinz sprang überrascht empor.

»Unmöglich!«

»Er war es.«

»Wirklich?«

»Ohne Zweifel. Der Wirth zum Bären, bei dem er einge-kehrt war, machte mich auf ihn aufmerksam, auch er hatte ihn mit Franz verwechselt.«

»Alle Teufel! Wo ist er?«

»Unterwegs nach der Höllenmühle.«

»Er ist mir gefolgt. Er weiß, daß ich das Mädchen hier habe!«

Der Prinz ging mit großen Schritten im Zimmer auf und ab; in seinem Gesichte arbeitete es lebhaft. Endlich blieb er vor dem Vogte stehen.

»Er muß unschädlich gemacht werden!« meinte er mit finsterer Stirn.

»Das versteht sich!«

»Aber wie?«

»Hm!«

»Kann ich auf Deine Hilfe rechnen?«

»Vollständig!«

»Es wird schwer werden!«

»Es scheint gar Manches schwieriger zu sein, als es eigent-lich ist.«

»Er muß verschwinden,« meinte der Prinz entschlossen.

»Aber wie?«

»Darüber denke ich soeben nach.«

»Es gibt Messer, es gibt Kugeln, es gibt sogar auch gewisse Gifte.«

»Das geht nicht. Mit diesem Menschen ist nicht gut anzu-binden. Wir müssen ihn verschwinden lassen, ohne daß wir ihn anzurühren brauchen.«

»Das wäre allerdings ein Kunststück, wie ich noch keines gesehen habe!«

»Und dennoch werden wir es fertig bringen, wenn ich mich auf Dich verlassen kann, auf Dich und auf Deinen Neffen Franz.«

»Auf den?«

»Ja.«

»Er ist nicht hier!«

»Du mußt ihn holen.«

»Was soll er thun?«

»Hm! Wie wäre es, wenn dieser Marinelieutenant eine That beging, ein Verbrechen, in Folge dessen die Polizei sich seiner sofort bemächtigen muß?«

»Er wird sich hüten!«

»Pah! Er wird es thun!«

»Sollte mich wundern!«

»Ich meine, daß ein Anderer dieselbe That für ihn begehen wird.«

»Ein Anderer?«

»Allerdings. Ich habe wahrhaftig nicht geglaubt, daß Du so schwer begreifst!«

»Hoheit, kommen Sie doch meinem schwachen Begriffsvermögen zu Hilfe.«

»Franz sieht ihm zum Verwechseln ähnlich – –«

»Ah, ich beginne einzusehen!«

»Das freut mich! Du holst ihn sofort.«

»Gut!«

»Wenn Du jetzt sofort abreisest und den Abendzug benützest, kommst Du noch während der Nacht nach der Residenz und kannst am Mittag mit ihm hier sein.«

»Bereits am Vormittage.«

»Es darf aber weder dort noch hier Jemand etwas sehen oder merken.«

»Ich werde dafür sorgen. Ich kann Franz ganz unbemerkt treffen.«

»Ich werde darüber wachen, daß Ihr heimlich das Schloß erreicht.«

»Was soll er hier thun?«

»Das wird sich noch entscheiden. Die Hauptsache ist, daß er sich nicht weigert auf meinen Plan einzugehen. Du wirst ihn zu behandeln wissen.«

»Das ist gar nicht nöthig, denn er ist Ew. Hoheit mit großer Treue ergeben.«

»Welche Kleidung trug dieser Schubert?«

»Er ging ganz grau mit einem schwarzen niedrigen Filzhut.«

»Das ist vortrefflich, denn Franz hat einen ganz gleichen Anzug. Er mag ihn anlegen. Jetzt gehe! Du hast nicht die mindeste Zeit zu versäumen.«

»Ich werde augenblicklich aufbrechen. Aber – – das Reisegeld, Hoheit?«

»Schlaukopf! Hier hast Du genug. Und gelingt der Spaß, so darfst Du und auch er einer ungewöhnlich reichen Gratifikation versichert sein.«

Er gab ihm eine volle Börse, mit welcher sich der Vogt sogleich entfernte. – – –

Es war am Nachmittage des andern Tages. Vor der Höllenmühle saßen die Bewohner derselben und aßen ihre kühlende Semmelmilch. Unweit des Tisches, an welchem sie Platz genommen hatten, zog sich der Gartenzaun dahin, welcher mit dichtem Hollunder überzogen war. Unter den Zweigen desselben kauerten zwei Männer tief an der Erde. Sie hatten sich so zusammengeschmiegt, daß man sie trotz des hellen Tageslichtes nicht zu sehen vermochte, und konnten von ihrem Punkte aus die Gesellschaft genau beobachten. Es war der Schloßvogt Geißler und Franz, sein sauberer Neffe.

»Eine gefährliche Situation, in der wir uns befinden,« meinte der Erstere.

»Warum?« frug der Letztere.

»Wenn man uns bemerkt, wird es uns schlimm ergehen!«

»Pah, man kann uns ja gar nicht bemerken.«

»Wenn ich nur wüßte, was Dir der Prinz auftragen wird.«

»Das werden wir ja wohl erfahren.«

»Und Du wirst Alles thun, was er verlangt?«

»Alles!«

»Einen Diebstahl?«

»Ja.«

»Einen Betrug?«

»Ja.«

»Einen Raub?«

»Auch.«

»Oder gar einen Mord?«

»Alles! Er wird uns gut bezahlen, das sind wir ja Beide überzeugt.«

»Aber wie bekommen wir den Lieutenant in unsere Hand?«

»Hm! Wenn er doch wenigstens zu sehen wäre!«

»Er muß sich entweder verborgen halten oder wohl abwesend sein.«

»Wir werden es erfahren. Horch!«

Das Mahl war beendet, und die Knechte und Mägde hatten sich entfernt. Nun saß nur noch der Müller mit seinen Gästen am Tische. Es waren die beiden Mylungen und Friedrich von Walmy. Kurt Schubert fehlte.

»Wann denken Sie, daß der General eintreffen wird?« frug der Müller.

»Morgen früh,« antwortete Walmy.

»Wir werden sehr viele Leute zu sehen bekommen. Das Städtchen wimmelt bereits von Fremden, welche die Wallfahrt herbeigezogen hat.«

Walmy blickte empor zu den beiden Klöstern.

»Und da oben,« sagte er, »ist man eifrig beschäftigt, die Gebäude mit Kränzen und Guirlanden zu dekoriren. Was sind das für Buden, welche man an der Straße baut?«

»Man wird in ihnen schänken und Allerlei verkaufen. Die Wallfahrt ist stets mit einer Art Messe verbunden.«

»Auch da oben wimmelt es bereits von Leuten.«

»Der Herr Lieutenant wird sich doch in Acht nehmen, daß er nicht bemerkt wird? Der Prinz braucht nicht zu erfahren, daß er sich hier befindet.«

»Sorgen Sie sich nicht. Kurt ist sehr vorsichtig. Er hat den Berg von der andern Seite erstiegen, wo kein Mensch zu sehen ist, und wird sich droben am Felsenkegel so verstecken, daß ihn sicher Niemand sieht.«

»Das ist derselbe Felsen, von dem aus er damals meine Tochter erblickte?«

»Höchst wahrscheinlich!«

Da gab der Vogt seinem Neffen einen leisen Stoß.

»Hast Du es gehört?« frug er.

»Ja.«

»So wissen wir genug. Nicht?«

»Es gäbe hier vielleicht noch manches Wichtige zu belauschen; aber wir haben keine Zeit zu verlieren. Komm!«

Sie krochen unter den Zweigen hervor und schlichen sich vorsichtig durch den Garten, über dessen hinteren Zaun sie stiegen. Erst als sie einige Felsen zwischen sich und der Mühle hatten, blieben sie überlegend halten.

»Wer waren diese Drei?« frug der Vogt.

»Wer weiß es!«

»Gewöhnliche Leute sicherlich nicht.«

»Allerdings.«

»Zwei von ihnen waren Vater und Sohn; das sah man ihnen an.«

»Wenn man nur wenigstens einen Namen oder einen Titel gehört hätte!«

»Sie sprachen von einem Generale, welcher kommen wolle. Welcher mag das wohl sein?«

»Es kommen zur Wallfahrt stets auch hohe Offiziere herbei. Die Drei waren wohl auch nur Gäste, welche keinen andern Zweck haben, als der Prozession beizuwohnen.«

»Das glaube ich nicht. Sie kennen den Lieutenant und sprachen auch von damals, wo uns das verteufelte Malheur mit der Müllerstochter passirte. Es muß etwas im Werke gegen uns sein.«

»Das wird sich ja wohl zeigen. Für jetzt genügt es, daß wir wissen, wo dieser Schubert steckt.«

»Also das Schloß will er beobachten! Was thun wir?«

»Wir sehen, ob wir uns unbemerkt anschleichen können und geben ihm Eins auf den Kopf. Meinst Du nicht?«

»Es wird das Beste sein. Komm, wir kennen ja die Wege.«

Sie schritten weiter. Indem sie das Terrain gehörig benutzten, gelang es ihnen den Wald zu erreichen, der sich an der entgegengesetzten Seite des Berges bis nahe zur Spitze desselben hinaufzog. Oben angelangt, sahen sie Burg Himmelstein vor sich liegen, und nahe am Graben jenen Felsen, von welchem in der Mühle gesprochen worden war. Sie blieben halten, um scharf auszuschauen.

»Siehst Du etwas?« frug der Vogt.

»Nein.«

»Ich auch nicht.«

»Vielleicht ist er schon fort, wenn er überhaupt und wirklich hier gewesen ist.«

»Hm! Er könnte auch die Steine erstiegen haben und auf dem Felsen liegen.«

»So bleibt uns nichts übrig, als auch hinaufzusteigen.«

»Das geht nicht.«

»Warum?«

»Er würde uns ganz sicher bemerken. Es bleibt nur eins, wir müssen warten.«

»Bis er heimkehrt?«

»Ja.«

»Das ist eine langweilige Geschichte. Er kann bis zur Nacht hier liegen.«

»Es geht nicht anders.«

»Vielleicht warten wir dann, und er ist gar nicht mehr hier.«

»Das ist allerdings – – – halt, zurück!«

Er faßte seinen Verwandten schnell am Arme und zog ihn hinter einen Busch.

»Was gibts?« frug dieser.

»Er kommt.«

»Wo?«

»Da.«

Der Sprecher streckte den Arm aus und deutete nach einer Stelle des Felsens, an welcher sich eine Gestalt zu regen begann. Es war allerdings Kurt Schubert, den die Beiden nicht gesehen hatten, weil seine dunkelgraue Kleidung nicht von dem fast gleich gefärbten Steine abgestochen hatte. Er stieg vorsichtig die gefährliche Steilung herab und schritt dann nach dem Walde zu.

»Jetzt!« meinte der Neffe des Vogtes.

Er bückte sich, hob einen Stein auf und wickelte ihn in sein Taschentuch.

»Was soll das?« frug sein Oheim.

»Das wirkt gerade so wie eine Keule.«

»Halt, verletzen darfst Du ihn nicht!«

»Warum nicht?«

»Eine Wunde würde seine Vertheidigung erleichtern. Wir fassen ihn von hinten, ohne daß er uns sehen kann, und würgen ihn so lange, bis er die Besinnung verliert. Dann binden wir ihn.«

»Verdammt! Es wäre jedenfalls leichter und kürzer, ihn gleich kalt zu machen.«

»Das ist richtig, aber der Prinz will es nicht.«

»Dummheit! Dieser Kerl soll sehr stark sein!«

»Fürchtest Du Dich?«

»Fällt mir nicht ein! Aber man kann dennoch leicht etwas davontragen.«

»Die Ueberraschung wird uns zu statten kommen. Ich fasse ihn von hinten so, daß er sich nicht rühren kann, und Du nimmst ihn bei der Kehle. Das wird eine sehr leichte und glatte Arbeit geben.«

Sie schritten etwas tiefer in den Wald hinein, wo sie sich so postirten, daß Kurt zwischen ihnen vorüber mußte. Er war auf dem Berge gewesen, um vielleicht eine Spur von Magda zu entdecken, hatte aber nicht das mindeste bemerkt und kehrte nun höchst mißvergnügt zurück. Da plötzlich legten sich von hinten zwei Arme um seinen Leib, die eigenen Arme wurden ihm fest an den Körper gepreßt, und ehe er noch Zeit gefunden hatte sich umzublicken oder überhaupt eine Bewegung zu machen, wurde er mit solcher Gewalt am Halse gepackt, daß ihm fast augenblicklich der Athem und die Besinnung verging; er befand sich wehrlos in der Gewalt der beiden Schurken. Sie rissen ihn zu Boden, verhüllten ihm die Augen und banden ihm die Arme und Beine so fest, daß er sich nach der Rückkehr des Bewußtseins sicherlich nicht zu rühren vermochte.

»Was nun?« frug der Neffe.

»Hm! Werden wir ihn unbemerkt nach dem Steinbruche bringen können?«

»Warum nicht? Der Wald stößt ja daran. Warum dorthin?«

»Ich weiß dort ein Versteck.«

»Wo?«

»Hinter Brombeerbüschen gibt es ein Loch, wo er sicher liegt.«

»Das kenne ich doch noch nicht!«

»War auch bisher nicht nöthig. Komm, und faß ihn bei den Beinen!«

Sie hoben ihn empor und trugen ihn durch den Wald. Bei dem leisesten Geräusch blieben sie ängstlich halten, aber sie gelangten dennoch unbemerkt an den Ort, wo man vor langen Zeiten die zum Baue des Schlosses und der beiden Klöster nöthigen Steine herausgebrochen hatte. Der Bruch schnitt schmal und tief in die Seite des Berges ein, und sowohl seine Sohle als auch seine Seiten waren von Bäumen und Sträuchern dicht bestanden, weil bereits seit Jahrhunderten nicht mehr in ihm gearbeitet worden war. In seinem hintersten Winkel wucherten üppige Brombeerranken über dem Gestein, und dorthin lenkte der Schloßvogt seine Schritte.

»Hier ist es,« meinte er. »Lege ihn ab!«

Sie legten den Gefangenen zur Erde, und Franz Geißler blickte seinen Onkel erwartungsvoll an. Dieser schob die Ranken behutsam, um sich an ihren Dornen nicht zu verletzen, bei Seite, und nun zeigte sich ein schmaler Felsenspalt, der früher wohl mit einem Steine verschlossen gewesen war; dieser aber war mit der Zeit verwittert und lag zerbrochen an der Erde. Dennoch war der Spalt nicht zu bemerken, so lange ihn die dichten Ranken bedeckten.

»Ein Loch oder ein Gang?« frug der Neffe.

»Ein Gang.«

»Wohin?«

»Das sage ich Dir später einmal.«

»Warum nicht gleich jetzt?«

»Er führt zum Schlosse und auch in die Klöster. Doch

vorwärts jetzt. Halte Du das Gesträuch, und ich werde den Kerl hineinschaffen.«

Er faßte Kurt Schubert an und zerrte ihn in die Oeffnung. Diese erweiterte sich nach innen immer mehr, so daß es ihm leicht wurde, sein Opfer fast zwanzig Fuß nach innen zu schleifen. Diesem war indessen die Besinnung wiedergekehrt. Er begriff seine Lage vollständig; er ahnte, daß er sich in den Händen von Leuten befinde, welche mit dem tollen Prinzen in Beziehung standen. Zu rühren vermochte er sich nicht; auch zu rufen war ihm unmöglich, weil man ihm einen Knebel in den Mund gesteckt hatte; aber ein Erkennungszeichen wollte er sich dennoch verschaffen. Gerade in dem Augenblicke, an welchem er niedergelassen werden sollte, schnellte er sich in die Höhe, und es gelang ihm trotz der gefesselten Arme, da er einige Finger frei bewegen konnte, den Rockschooß des Schloßvogtes zu erfassen und ein Stück aus dem alten, morsch gewordenen Futter desselben zu reißen. Der Vogt bemerkte dies kaum, und wenn er es ja bemerkte, so glaubte er jedenfalls, an einer scharfen Stelle des Gesteines hängen geblieben zu sein, denn er that nicht das Geringste, um den abgerissenen Fetzen wieder zu erlangen. Er verließ den Gang und verdeckte ihn wieder mit den Ranken.

»Das wäre gelungen,« sagte sein Neffe.

»So gut, wie wir es nur wünschen können. Nun aber schnell zum Prinzen!«

Sie verließen den Steinbruch. Noch aber hatten sie ihn nur einige Schritte hinter sich, als Franz stehen blieb.

»Donnerwetter, ich habe den Stiefelabsatz verloren!«

»Da magst Du auch schöne Stampfer anhaben!«

»Sie waren alt. Wollen wir ihn suchen?«

»Pah! Hast Du andere Stiefel mit?«

»Ja.«

»So wollen wir mit dem Suchen ja keine Zeit verlieren. Wo hast Du den Absatz verloren? Im Bruche oder früher?«

»Ich weiß es nicht. Es ist auch nicht schade. Die Stiefel sind so abgetragen, daß ich sie einem Knecht schenken werde. Er mag sie sich ausbessern lassen.«

Sie kehrten auf demselben Wege zurück, auf welchem sie gekommen waren. Oben auf der Höhe trennten sie sich. Während der Vogt durch das Thor in das Schloß ging, schritt sein Neffe den leeren Burggraben entlang, bis er ein kleines Ausfallspförtchen erreichte. Er zog einen Schlüssel aus der Tasche, öffnete, trat ein und schloß von innen wieder zu. Er befand sich in dem inneren Hof, in welchem kein Mensch zu sehen war. Ganz derselbe Schlüssel öffnete ihm auch die Thür zu dem kleinen Gärtchen, in welchem damals die Komtesse Toska mit dem Prinzen gesprochen hatte, und er nahm ganz auf derselben Bank Platz, die ihr an jenem Tage zum Sitze diente.

Nach einiger Zeit ließen sich nahende Schritte hören. Der Prinz kam in Begleitung des Vogtes herbei. Franz erhob sich.

»Nun? Gelungen, wie ich höre?« frug der Prinz.

»Vollständig, Hoheit!«

»Was nun?«

»Ich warte auf Ihre gnädigsten Befehle.«

»Und wirst sie erfüllen?«

»Ja.«

»Wirklich?«

»Gewiß.«

»Tausend Thaler sind Dein und fünfhundert Deinem Oheim hier, wenn Ihr mir gehorcht.«

»Hoheit, wir stehen auch ohne dies ganz zu Diensten,« meinte Franz, aber doch mit einem gierigen Blicke seiner Augen.

»Ihr wartet bis es dunkel ist, dann geht der Vogt nach dem Bruche, um dort auf Dich zu harren. Du aber gehst in eine der Schenkbuden am Kloster, sagst so beiläufig, daß Du der Marinelieutenant Schubert bist und in der Höllenmühle wohnest. Du fängst Streit mit einem der Anwesenden an und schießest ihn nieder.«

»Todt?«

»Es ist besser, Du triffst ihn gut.«

»Hoheit wissen, daß ich zu schießen verstehe.«

»Gut. Du entfliehst natürlich sofort – –«

»Ich habe keine Pistole!«

»Hier hast Du einen Revolver, er ist geladen. Du fliehst also, und zwar nach dem Steinbruche. Ihr schafft den Lieutenant heraus, aber so, daß er nicht wissen kann, wo er sich befunden hat, und steckt ihm unbemerkt den Revolver in die Tasche. Sobald er sich frei fühlt, wird er natürlich zur Mühle eilen, und daß ihn dort die Polizei bereits erwartet, dafür werde ich sorgen. Er kann kein Alibi bringen, denn man wird seine Erzählung für eine Erfindung halten. Außerdem findet man den Revolver bei ihm, er muß verurtheilt werden. Es hat Dich doch kein Mensch gesehen?«

»Nur Einer.«

»Wer?«

»Jakob, der Knecht.«

»Der ist dumm! Wir haben ihn nicht zu fürchten. Natürlich reisest Du sofort und heimlich wieder ab. Zu Hause wird man Dich nicht vermißt haben?«

»Nein; dafür habe ich gut gesorgt.«

»So sind wir fertig. Gelingt Euch der Coup, so werde ich mein Versprechen halten. Ihr kennt mich ja zur Genüge.«

Er ging, und der Vogt folgte ihm.

Als es dunkel geworden war verließ Franz durch das kleine Pförtchen das Schloß. Er schritt dem Walde zu, um unten am Fuße des Berges die Straße zu erreichen, welche zur Höhe führte. Man sollte glauben, daß er aus der Höllenmühle komme. Beim Emporsteigen nahm er sich sehr in Acht, von keinem genauen Bekannten gesehen zu werden. Oben in der Nähe der Klöster standen zwei Reihen von Vergnügungszelten und allerlei Verkaufsstellen. Er schritt zwischen ihnen dahin, um sich einen passenden Ort auszusuchen, und trat endlich in eine der ambulanten Schenkbuden, in welcher nur drei Männer saßen, die an einem Tische Karten spielten. Er kannte sie nicht und durfte also vermuthen, daß auch er ihnen nicht bekannt sei.

Er nahm in ihrer Nähe Platz und beobachtete ihr Spiel mit einem Interesse, aus welchem sie schließen konnten, daß er auch ein Freund einer derartigen Unterhaltung sei. Dies machte sie aufmerksam, so daß schließlich Einer ihn fragte:

»Sie spielen auch Skat?«

»Ja.«

»Wollen Sie den Vierten machen?«

»Ich bin kein vollendeter Skater. Sie würden oft meine Fehler zu rügen haben, und dies ist für beide Theile gleich sehr unangenehm.«

»O, wir sind ja selbst auch keine Meister. Kommen Sie nur!«

»Wie hoch spielen Sie?«

»Billig, nur halb.«

»Wenn Sie wirklich erlauben – –?«

»Gewiß! Setzen Sie sich her. Zu Vieren spielt es sich besser als zu dreien. Und damit Sie wissen, mit wem Sie spielen: Ich bin der Besitzer dieser Bude, und diese beiden anderen Herren sind Beamte aus der Kreisstadt, welche Urlaub genommen haben, um sich die Wallfahrt anzusehen.«

»Danke! Ich bin Marinelieutenant. Meine Name ist Kurt Schubert, und ich habe mein Absteigequartier da unten in der Höllenmühle.«

Er setzte sich zu ihnen und das Spiel begann. Franz trank sehr fleißig dazu, um sich den Anschein geben zu können, daß er nach und nach berauscht werde. Zunächst spielte er sehr ruhig, später begann er zu streiten, erst mit kurzem Brummen und dann in lauteren kräftigeren Ausdrücken. Endlich meinte er, seinen Oheim nicht länger warten lassen zu dürfen. Ein neues Spiel begann. Er hatte einen Grand mit zwei blanken Zehnern und vier Matadoren.

»Ich frage!« begann er.

»Roth?«

»Ja.«

»Grün?«

»Ja.«

»Eichel?«

»Ja.«

»Solo?«

»Ja.«

»Einen?«

»Auch.«

»Rothen?«

»Sehr.«

»Null?«

»Ja.«

»So passe ich!«

»Grün Solo?« frug der dritte Mann.

»Auch diesen.«

»Aber Eichel Solo haben Sie jedenfalls nicht?«

»Sogar sehr.«

»So haben Sie Grand, und ich passe. Spielen Sie aus!«

Franz spielte den einen blanken Zehner vor, welcher mit dem Aß gestochen wurde. Das zweite Aß wurde vorgelegt, aber anstatt seinen zweiten blanken Zehner zuzugeben, stach er mit dem Unter und spielte die dritte Farbe mit dem Aß vor. Natürlich blieb ihm am Schlusse des Spieles der verleugnete Zehner übrig.

»Herr, da ist ja Zehn in Grün!« meinte sein Nebenmann.

»Allerdings.«

»Und Sie haben ja das Aß gestochen?«

»Ist mir nicht eingefallen!«

Mit diesen Worten nahm er seine Stiche auf und mischte sie.

»Halt, nicht mischen!« rief der Andere.

»Warum nicht?«

»Ich wollte Sie bitten, die einzelnen Stiche vorzulegen. Bei dem zweiten haben Sie mein Aß mit dem Schellen Unter genommen.«

»Das ist nicht wahr!«

»Gewiß. Die andern beiden Herren werden es mir bezeugen.«

»Ja, wir wissen es genau,« stimmten diese ein.

»Heißt das etwa, daß Sie mich für einen falschen Spieler erklären?«

»Nein. Es liegt hier jedenfalls nur ein kleines Versehen vor. Sie werden zugeben, den Grünzehner gehabt und doch das Aß gestochen zu haben.«

»Ich gebe es nicht zu, denn das Aß hat im Skate gelegen.«

»Das ist nicht wahr!«

»Das ist wahr!«

»Das ist sogar eine vorsätzliche Lüge, wie ich nun sehe.«

»Sie nennen mich Lügner, Herr!«

»Wenn ich es thue, so sind Sie selbst schuld daran. Warum geben Sie Ihren Irrthum nicht zu? Warum ließen Sie Ihre Karten nicht ruhig liegen? Warum mischten Sie die Stiche unter einander? Das thut doch kein ehrlicher Spieler!«

»Also meinen Sie doch, daß ich falsch gespielt habe?«

Er sprang mit drohender Miene auf.

»Erst meinte ich es nicht, jetzt aber bin ich überzeugt davon.«

»Wollen Sie Ihr Wort sofort zurücknehmen?«

»Nur dann, wenn Sie Ihren Irrthum eingestehen!«

»Das werde ich bleiben lassen. Ich habe ehrlich gespielt. Aber Sie – Sie spielen falsch. Ich habe mehrere Male gesehen, daß Sie beim Kartengeben das unterste Blatt heraufgenommen haben.«

»Herr!«

»Pah! Sie sind zwar der Besitzer dieser alten Bretterbude, aber ich werde Ihnen dennoch sagen, was ich beobachtet habe. Sie haben falsch abgezogen, Sie sind ein Betrüger! Merken Sie sich das!«

Jetzt richtete sich auch der Wirth empor.

»Hören Sie einmal, Mann, was wollen Sie sein? Marinelieutenant? Hm! Ich würde mich als Lieutenant schämen, eine sol – – –«

»Halt! Kein Wort weiter!« donnerte Franz. »Sonst sollen Sie erfahren, wie ein Marinelieutenant mit Gaunern umspringt.«

»Papperlapapp! Wir sind auch noch da. Wenn ein Herr Lieutenant von der Marine falsch spielt, wenn er betrügt und –«

»Halt, Schurke! Sage dieses Wort noch einmal, so geht Dir es schlimm!«

»Ich wiederhole es: Wenn ein Oberlieutenant von der Marine falsch spielt, wenn er den Betrüger macht, so – –«

Er konnte nicht weiter reden. Franz hatte den Revolver gezogen, ihm denselben vor die Stirn gehalten und losgedrückt. Der Schuß ertönte, und der Wirth fiel todt zu Boden.

»Hilfe! Mord! Haltet Ihn!« riefen die beiden Andern.

Es war ihnen nicht gelungen den Mörder zu fassen, denn dieser war unmittelbar nach dem Schusse aus dem Zelte gesprungen und in der Dunkelheit verschwunden. In Zeit von kaum einer Minute war die Bude von Menschen erfüllt. Auch ein Gensd'arm befand sich dabei. Er war schnell bei der Hand gewesen, da es bei der am Festorte anwesenden Menschenmenge nicht an polizeilicher Aufsicht fehlen durfte.

»Was ist hier geschehen?« frug er.

»Ein Mord!« antwortete einer der beiden Spieler schaudernd.

»Wer ist der Gemordete?«

»Der Wirth hier.«

»Zurück, Ihr Leute; greift nichts an, hier hat nur die Polizei und das Gericht Hand anzulegen!«

Er trat hinter den Tisch, wo die Frau des Wirthes über dem Todten ohnmächtig zusammengesunken war, und untersuchte den Letzteren.

»Todt!« meinte er. »Die Kugel ist ihm durch die Stirne in das Gehirn gedrungen. Diese Frau ist besinnungslos. Schafft sie hinaus in den Verschlag und laßt sie jetzt nicht wieder herein!«

Dies geschah, und dann wandte sich der Gensdarm zu dem Spieler:

»Wer ist der Mörder?«

»Ein Marinelieutenant.«

»Nicht möglich!«

»Er nannte sich einen Marinelieutenant Kurt Schubert und sagte, daß er sein Absteigequartier unten in der Höllenmühle habe.«

»Ah! Wie kam es zur That?«

»Wir spielten Skat. Er stach falsch ab, und der Wirth machte ihn in aller Freundlichkeit darauf aufmerksam. Statt nun seinen Fehler ruhig einzugestehen, nannte er den Wirth einen Betrüger und schoß ihn schließlich nieder.«

»Mit einem Revolver?«

»Ja.«

»Warum hielten Sie ihn nicht?«

»Er war im Augenblick verschwunden.«

»Trug er Civil?«

»Ja. Grauen Anzug und schwarzen Hut.«

»Würden Sie ihn wieder erkennen?«

»Sofort!«

»Ihr Gefährte auch?«

»Auf der Stelle.«

»War noch Jemand zugegen?«

»Nur die Wirthin, welche hinter dem Büffet saß.«

»Wie heißen Sie, meine Herren?«

Die beiden Beamten nannten ihre Namen und ihren Wohnort. Während der Gensdarm die betreffende Notiz in sein Buch eintrug, trat ein Himmelsteiner Polizist in die Bude. Der Gensdarm bewillkommnete ihn und übertrug ihm die Ueberwachung des Thatorts und der Leiche. Dann wandte er sich wieder an die beiden Zeugen.

»Ich bedarf Ihrer sehr nothwendig. Wollen Sie sich mir anschließen?«

»Wenn es nöthig ist, ja.«

»Ich muß sofort nach der Höllenmühle, und Sie sollen mich begleiten, um den Thäter zu rekognosziren. Wenn wir eilen, treffen wir ihn vielleicht noch. Kommen Sie, meine Herren!«

Die Drei verließen mit der allergrößten Eile die Bude.

Unterdessen war Franz in langen Sätzen die Straße hinabgesprungen. Er that dies mit Vorbedacht, um den vielen hier einzeln oder bei einander stehenden Leuten sehen zu lassen, daß er den Weg nach der Mühle einschlage. Als er aber aus dem Bereiche von aller Augen und Ohren gekommen war, lenkte er plötzlich links ein und wandte sich trotz des Dunkels über die kahlen und gefährlichen Felsen hinweg nach dem Steinbruche zu. Er kannte aber das Terrain sehr genau und langte glücklich an.

»Franz!« hörte er eine leise Stimme am Eingange zu dem Bruche.

»Oheim!«

»Geglückt?«

»Ja.«

Der Vogt, der ihn hier erwartet hatte, erhob sich von dem Boden.

»Wo?«

»In einer Schenkbude.«

»Du wurdest doch nicht erkannt?«

»Nein. Es waren nur Fremde da, der Wirth und zwei Beamte aus der Provinzialhauptstadt.«

»Der Wirth? War er auch ein Fremder?«

»Ja.«

»Wen hast Du getroffen?«

»Eben ihn.«

»Ah! Ist er todt?«

»Ja. Die Kugel ging ihm durch die Stirn.«

»Entkamst Du leicht?«

»Sehr leicht.«

»Ich habe keine geringe Angst ausgestanden. Werden Sie Verdacht auf Schubert haben?«

»Das versteht sich! Ich habe gesagt, daß ich der Marinelieutenant Kurt Schubert sei und in der Höllenmühle meine Wohnung genommen habe.«

»Welchen Vorwand hattest Du zum Schusse?«

»Wir spielten, ich stach falsch ab, und somit war der Streit fertig.«

»Man wird Dich sofort in der Mühle suchen, und wir müssen Schubert also schnell frei lassen, damit sie ihn da unten finden. Komm!«

»Hier ist der Revolver.«

»Ja, den dürfen wir allerdings nicht vergessen. Unsere Arbeit wird keine leichte sein.«

»Warum?«

»Weil wir ihn weit tragen müssen.«

»Weit?«

»Natürlich. Er darf nicht ahnen wo er gelegen hat. Die Hauptsache ist, daß er uns nicht erkennt. Wir dürfen kein Wort sprechen und müssen bereits verschwunden sein, sobald er die Augen aufthut.«

»Bringst Du ihn heraus oder soll ich helfen?«

»Warte, ich thue es allein.«

Sie schritten in den Bruch. Während Franz da stehen blieb, arbeitete sich sein Oheim in den Spalt hinein. Kurt lag noch so da, wie sie ihn verlassen hatten. Zwar hatte er sich alle Mühe gegeben, sich von seinen Fesseln zu befreien, aber es war ihm bei ihrer Festigkeit nicht gelungen. Das Stück Rockfutter aber hielt er noch fest zwischen den Fingern. Dieser Umstand konnte wegen der Dunkelheit von dem Schloßvogte nicht bemerkt werden. Dieser faßte ihn lautlos an und schleifte ihn zu dem Spalt hinaus. Draußen griff Franz mit zu, nun schleppten sie den Gefangenen den steilen Berg hinab bis nahe an die Schlucht, hinter welcher die Mühle lag.

Dort legten sie ihn auf den Boden nieder. Der Vogt steckte ihm zunächst den Revolver in die Außentasche, und dann wurden ihm die Fesseln, der Knebel und die Binde abgenommen. Im Nu waren die beiden Verbrecher verschwunden. Er sah nur zwei dunkle Gestalten forthuschen.

Zunächst richtete er sich auf und reckte seine von den Fesseln maltraitirten Glieder. Er bemerkte zu seiner Freude, daß sie nichts von ihrer Beweglichkeit eingebüßt hatten.

»Was war das?« dachte er. »Ein Streich, den man mir spielen wollte oder den man mir erst spielen will? Warum hat man mich frei gelassen, da man mich doch erst gefangen nahm? Was steckte man mir in die Tasche?«

Er untersuchte diese letztere.

»Alle Teufel ein Revolver. Wozu? Ein Lauf ist abgeschossen. Soll es etwa heißen, daß ich dies gethan habe – –? Will man mich eines Verbrechens bezichten, und hat man mich nur deshalb überrumpelt und versteckt, daß ich mein Alibi nicht beweisen kann? Anders kann es ja gar nicht sein. – Man hat mich in die Nähe der Mühle gebracht, und man wünscht also, daß ich sofort von hier aus zur Mühle gehen soll. Hm! Sie trugen mich immer gerade bergab, und ich habe zwölfhundertdreiundsechzig Schritte gezählt, die der Eine machte. Diese Schritte waren jedenfalls klein, da sie mich tragen mußten und da es bergab ging. Mit ungefähr achthundert Schritten grad empor müßte ich also den Ort erreichen, an dem man mich versteckte. Ich werde nicht zur Mühle gehen, sondern in gerader Richtung aufwärts steigen.«

Er wandte sich der Höhe zu und klomm dieselbe empor. Nach etwas über achthundert Schritten stand er vor dem Steinbruche.

»Ah, ein Steinbruch, wie es scheint. Der läßt sich jetzt in dieser Dunkelheit nicht untersuchen. Was nun weiter? Wer waren diese beiden Männer? Jedenfalls gehörten sie auf das Schloß, anders ist es nicht möglich. Ich werde mich sofort überzeugen. Sie haben wohl einen bessern Weg, also einen Umweg eingeschlagen, und ich komme noch zur rechten Zeit, wenn ich nicht den Hals breche.«

Er wandte sich zur Seite und klimmte auf Händen und Füßen und mit möglichster Hast die Steilung hinan. Hundertmal rutschte er ab, aber er ließ nicht nach und erreichte die Straße ein wenig oberhalb des kleinen Kapellchens. Ohne zu verschnaufen eilte er, nachdem er schnell die Stiefel ausgezogen hatte, weiter. Sein Schritt war nun unhörbar, und gesehen konnte er auch nicht werden. So erreichte er das Schloßthor und ließ sich ganz in der Nähe desselben in den Graben hinab, um zu sehen, ob er sich in seiner Vermuthung nicht getäuscht habe.

Kaum hatte er Platz genommen, als er leise Schritte vernahm. Er hörte, daß es zwei Personen seien, welche sich ihm näherten.

»Sie sind es auf alle Fälle,« dachte er.

Da er im tiefen Graben stand, so konnte er trotz der herrschenden Dunkelheit die nahen Gegenstände deutlich erkennen, da sich ihre Umrisse vor seinen Augen gegen den

Himmel abzeichneten. Er erkannte zwei männliche Gestalten, welche vor der Brücke stehen blieben. Er hätte die Füße derselben recht gut mit der Hand erreichen können.

»Gehst Du durch das Thor, Onkel?« frug der Eine.

Kurt verstand diese Worte, trotzdem sie leise gesprochen worden waren.

»Ich könnte,« antwortete der Andere, »aber es wird besser sein, wenn ich mit Dir durch das Pförtchen trete. Man hat mich nicht bemerkt, als ich ging, und so braucht man mich auch nicht kommen zu sehen. Dann habe ich den Vortheil, daß Niemand ahnt, daß ich fortgewesen bin.«

»So komm!«

Sie schritten am Rande des Grabens entlang nach der kleinen Ausfallspforte zu, welche Kurt bereits früher bemerkt hatte. Er folgte ihnen im Graben mit unhörbaren Schritten und duckte sich dann unten so zur Erde nieder, daß sie ihn nicht sehen konnten, obgleich sie hart an ihm vorüber mußten. Sie stiegen in den Graben hinab und standen nun höchstens zwei Schritte von ihm entfernt.

»Hast Du den Schlüssel, Franz?«

Diese Worte sprach Derjenige, welchen der Andere vorhin »Onkel« genannt hatte, und Kurt war überzeugt, daß er den Schloßvogt mit seinem Neffen vor sich habe. Er wagte kaum Athem zu holen und horchte angestrengt, damit ihm ja keine Silbe entgehen möge.

»Ja,« antwortete der Gefragte.

»So mache auf!«

Ein Schlüssel klirrte leise im Schlosse.

»Du brauchst nicht wieder zuzumachen.«

»Warum?«

»Du mußt ja gleich wieder fort.«

»Aber wenn Jemand – –?«

»Pah? Wer sollte zur Pforte kommen? Ich weiß nicht, ob ich Dich bis hierher zurückbegleiten kann, darum ist es besser, Du läßt offen und gibst mir jetzt den Schlüssel, damit ich später hinter Dir verschließen kann. Auf diese Weise kannst Du ohne Aufenthalt das Schloß verlassen.«

»Wo ist der Prinz?«

»Er wartet im Gärtchen.«

»Hast Du dafür gesorgt, daß mich auch jetzt kein Mensch bemerkt?«

»Um diese Zeit kommt Niemand mehr in den Hof, und übrigens habe ich Alles gut verschlossen. Und in das Gärtchen hat überhaupt kein Uneingeweihter jemals Zutritt gehabt. Du bist also vollständig sicher!«

»So komm!«

Sie traten durch die Pforte ein und zogen dieselbe hinter sich zu.

»Was thue ich?« frug sich Kurt. »Bis jetzt weiß ich so viel wie nichts, und doch muß ich Alles erfahren. Welchen Zweck hatten die Kerls, mich gefangen zu nehmen? Ich muß lauschen! Aber wie? Könnte ich doch auf die Mauer? Ah, es wird gehen. Wenn ich die Pforte öffne, kann ich auf die Kante derselben steigen und von da aus den Mauerkranz mit der Hand erreichen, wenn nämlich die Angeln noch so fest sind, daß sie mich tragen können. Aber die doppelte Gefahr! Die fürchterliche Tiefe hinter dem Gärtchen und – wenn mich diese Schurken bemerken. Ah pah, ich muß wissen, woran ich bin, es wird gewagt!«

Er hatte keine Zeit zu verlieren und stieß das Pförtchen leise wieder auf. Nachdem er sich überzeugt hatte, daß sowohl die Angelbänder als auch die Angelzapfen noch gut befestigt seien, versuchte er, auf die obere Kante der Thüre zu kommen. Es gelang, und nun konnte er die Kante der Mauer mit den Händen erreichen. Ein kühner Schwung brachte ihn empor. Die Mauer war glücklicherweise so stark, daß er, wenn er sich niederlegte, nicht bemerkt werden konnte. Seine Stiefel hatte er unten im Graben gelassen. Er schob sich vorsichtig auf der Mauer hin. Bald lag das Gärtchen zu seiner Linken, und zu seiner Rechten gähnte die fürchterliche Felsentiefe unter ihm. Jedes fallende Steinchen mußte ihn verrathen, und jede falsche Bewegung konnte ihm den festen Halt rauben und ihn in den Abgrund stürzen. Die Quader, welche die Krone der Mauer bildeten, waren durch den Einfluß der Jahrhunderte gelockert worden, sie wankten in ihren Fugen. Trotzdem aber kroch der muthige Jüngling so schnell wie möglich weiter, bis er leise Stimmen hörte. Er befand sich gerade über der Bank, auf welcher damals Komtesse Toska den Prinzen empfangen hatte.

»Wo mag er sein?« hörte er Franz unter sich fragen.

»Es hat ihn etwas abgehalten, aber er wird sicherlich bald kommen.«

Aus dieser Antwort des Vogtes erkannte Kurt, daß der Prinz noch nicht zugegen sei. Es war ihm also von der Unterhaltung, welche er zu belauschen beabsichtigte, noch kein Wort entgangen.

»Weißt Du, was sehr nöthig ist?« frug der Neffe.

»Was?«

»Daß Du morgen mit dem Frühesten nach dem Steinbruche gehest.«

»Warum?«

»Um meinen verlorenen Stiefelabsatz zu holen. Man weiß nie was passirt. Er könnte mich verrathen.«

»Ich denke, Du weißt nicht genau, wo Du ihn verloren hast!«

»Das ist richtig, aber ich meine, ich hätte es bemerken müssen, wenn er mir bereits vorher unterwegs verloren gegangen wäre.«

»Ich werde suchen, obgleich ich nicht annehmen mag, daß uns so ein altes Stück Leder verrathen wird. Hm, es gibt mir doch verteufelten Spaß, wenn ich daran denke, daß sie den Burschen jetzt festgenommen haben werden.«

»Sie haben ihn, falls er sogleich zur Mühle gegangen ist.«

»Wohin anders! Weißt Du genau, daß man ihn dort suchen wird?«

»Sicher!«

»So ist er vollständig unschädlich.«

»Vollständig?« klang es zweifelnd.

»Ja. Du hast ja gesagt, daß Du der Marinelieutenant Kurt Schubert seist, ehe Du den Wirth niederschossest, Du hast ihm den Revolver in die Tasche gesteckt, er kann sein Alibi nicht beweisen, rechne dazu die außerordentliche Aehnlichkeit zwischen Dir und ihm und die Gleichheit des Anzuges, so wirst Du einsehen, daß ihm kein Leugnen helfen kann. Er muß als Mörder verurtheilt werden.«

»Er ist Ausländer!«

»Laß nur den Prinzen sorgen!«

»Horch, da kommt er!«

Es ließen sich Schritte vernehmen, welche sich näherten; der Prinz erschien, und die beiden Wartenden erhoben sich von ihren Plätzen.

»Seid Ihr zurück?« frug er.

»Ja, Hoheit,« antwortete der Vogt.

»Wie ging es?«

»Sehr gut.«

»So erzählt. Zunächst Du, Franz!«

»Ich ging hinunter zum Platz,« begann dieser, »und trat in eine Schenkbude, in welcher der Wirth mit noch zwei Andern Skat spielte – –«

»Ein hiesiger Wirth?«

»Nein. Es war einer von Denjenigen, welche die Jahrmärkte und das Vogelschießen zu beziehen pflegen.«

»Waren noch andere Gäste da?«

»Nein. Ich wurde eingeladen mitzuspielen, und ich that dies. Nach einiger Zeit stellte ich mich berauscht, stach falsch ab, fing Streit an und schoß den Wirth nieder.«

»Du entkamst schwer oder leicht!«

»Sehr leicht. Ich rannte scheinbar nach der Höllenmühle zu, bog aber dann nach dem Steinbruche ein.«

»Wer waren die beiden andern Spieler?«

»Zwei Beamte aus der Kreisstadt, welche gekommen waren, sich die Prozession mit anzusehen.«

»Hm, das ist nicht gut.«

»Warum?«

»Es waren lauter Fremde, man wird also keinen Verdacht auf Schubert haben.«

»Ich habe vor Beginn des Spieles erwähnt, daß ich der

Marinelieutenant Kurt Schubert bin und meine Wohnung in der Höllenmühle habe.«

»Das ist gut. Man wird ihn jedenfalls dort suchen. Erzähle weiter!«

»Ich bog also nach dem Steinbruche ein. Dort fand ich den Onkel.«

»Der Gefangene war noch da?«

»Versteht sich! Wir schafften ihn bis nahe an die Höllenmühle.«

»Er hat doch nicht merken können, wo er gesteckt hat?«

»Bewahre! Man würde selbst am Tage nicht vermuthen, daß in der hintersten Ecke des Steinbruches hinter den Brombeerranken sich eine Höhle befindet. Er war so gefesselt, daß er sich nicht zu rühren vermochte, und übrigens waren ihm, den Knebel im Munde abgerechnet, die Augen so verbunden, daß es ihm ganz unmöglich gewesen ist etwas zu sehen.«

»Aber Ihr habt ihm den Knebel und die Binde abnehmen müssen, da ist es leicht möglich, daß er Euch bemerkt und erkannt hat.«

»Keine Sorge, Hoheit! Wir waren so schnell fort, daß er gar keine Zeit gehabt hat, nur einen Strich von uns zu bemerken.«

»Ich hoffe es. Man wird ihn unschädlich machen. Du aber mußt sofort abreisen. Bist Du gewiß, daß außer dem Knecht Jakob Dich Niemand hier gesehen hat?«

»Sicher.«

»So will ich Dir Dein Geld auszahlen. Hier, nimm dieses Päckchen, damit Du sofort gehen kannst. Welchen Weg wirst Du einschlagen?«

»Ich darf mich natürlich nicht sehen lassen. Ich werde durch den Wald bis zum Blitzkreuze gehen, dann wende ich mich rechts nach Wildenstein zu, wo ich, wenn ich mich sicher sehe, den Zug besteigen kann.«

»So gehe gleich!«

»Hoheit erlauben, daß ich mich erst umziehe!«

»Warum?«

»Ich darf die Kleidung, in welcher ich da unten war, nicht beibehalten.«

»Richtig. Wo ist der andere Anzug?«

»Beim Onkel.«

»Weiß die Tante von Deiner Anwesenheit?«

«Nein.«

»Sie hat doch den andern Anzug bemerken müssen.«

»Ich habe dafür gesorgt, daß dies nicht geschehen ist,« meinte der Vogt. »Die Kleider sind im runden Thurm hoch oben unter der Dachfirste versteckt, und da werde ich auch diesen grauen Anzug aufbewahren. Dort hinauf kommt sicher außer mir kein Mensch.«

»So macht schnell! Es ist keine Zeit zu verlieren, wenn Du in Wildendorf den nächsten Zug erreichen willst!«

Sie verließen das Gärtchen, und Kurt hörte, daß die Thüre zu demselben durch den Prinzen verschlossen wurde. Er war fast starr vor Verwunderung über das, was er gehört hatte. Er vermochte jetzt alles klar zu erkennen. Man hatte einen Menschen erschossen, und zwar unter so raffinirt herbeigezogenen Verhältnissen, daß er, er selbst, der Mörder sein mußte. Wie gut, daß er nicht nach der Höllenmühle gegangen, sondern zum Schlosse heraufgeklettert war! Jetzt galt es vor allen Dingen, sich der Person des Dieners zu bemächtigen.

Kurt kannte von seiner früheren Anwesenheit her den Ort, an welchem das Blitzkreuz stand, sehr genau. Es war vor Jahren ein Bauer dort vom Blitze erschlagen worden, man hatte ihm an der Stelle ein einfaches Holzkreuz errichtet. Kurt mußte vor allen Dingen darnach trachten, diesen Ort noch vor Franz Geißler zu erreichen. Er überlegte, ob es nicht besser sei sich Hilfe zu holen, aber er kam schnell zu der Ueberzeugung, daß dies nicht klug gehandelt sein würde. Er stand unter dem Verdachte des Mordes, und es stand sehr zu erwarten, daß man ihn festnehmen werde, sobald er sich sehen ließ. Ehe es ihm dann gelang, die Verhältnisse in das rechte Licht zu stellen, konnte der wirkliche Thäter längst entkommen sein. Er sah ein, daß er sich für jetzt nur auf sich selbst verlassen müsse. Zum Glück hatte er den Revolver bei sich.

Er kroch vorsichtig auf der Mauer zurück, bis er das Pförtchen erreichte. Dieses stand noch offen. Die beiden

Geißler hatten keine Ahnung, daß es nach ihnen auch benutzt worden war. Mit einem Sprunge stand er im Hofe, trat hinaus in den Graben und schob die Pforte zu. In diesem Augenblicke aber legten sich zwei kräftige Hände von hinten um seinen Hals, es war ihm unmöglich, einen Laut von sich zu geben.

»Halt, Bursche!« flüsterte ihm eine Stimme in das Ohr. »Wage keinen Laut, sonst schmeckest Du sechs Zoll kaltes Eisen!«

Der Schreck wich von dem Lieutenant, denn er kannte diese Stimme. Mit einem schnellen kräftigen Rucke riß er sich los.

»Walmy!«

»Donnerwetter, wer – – ah, Kurt!«

»Still, um Gotteswillen! Kein Ohr darf uns vernehmen. Komm!«

Er zog ihn mit sich fort, aus dem Graben hinaus, an den Felsen herüber und in den Wald hinein. Dort blieb er halten.

»Wie kommst Du nach Burg Himmelstein?« frug er.

»Das fragst Du noch?«

»Wie Du hörst!«

»Na, weshalb anders, als um Dich zu warnen, Du Teufelsbraten!«

»Ah, ich verstehe! Man will mich arretiren?«

»Sogar sehr! Kerl, was hast Du für Dummheiten gemacht.«

»Friedrich, ich bin es nicht gewesen.«

»Wer sonst? Woher weißt Du, daß man Dich arretiren will?«

»Ich will Dir es erzählen, aber kurz, denn wir haben keine Zeit.«

Er berichtete ihm in abgerissenen Sätzen sein heutiges Abenteuer.

»Alle Teufel,« meinte Walmy nach beendigter Erzählung, »ist dies fein und schlau angefangen! Welch ein Glück, daß Du ihnen hinter die Schliche gekommen bist, sonst hättest Du lange hinter Schloß und Riegel kauern können, ehe es gelungen wäre, die Wahrheit zu entdecken!«

»Erzähle von der Mühle!«

»Da habe ich wenig zu erzählen. Ich befand mich im Garten und die Andern alle in der Stube, als ich in derselben plötzlich lautes Reden hörte. Ich blickte in das Fenster und sah einen Gensd'armen mit mehreren fremden Männern. Er erzählte, daß Du einen ambulanten Restaurateur erschossen hättest, und erklärte, daß er nach Dir suchen müsse, keiner der Anwesenden dürfe die Stube oder das Haus verlassen. Zu gleicher Zeit bemerkte ich, daß vorn vor der Mühle eine ganze Menge von Menschen hielt, welche die Neugierde herbeigetrieben hatte. Du warst noch nicht zurückgekehrt, ich mußte Dich natürlich warnen. Glücklicher Weise wußte ich, daß Du hier heraufgegangen warst, so schlich ich mich davon und kletterte nach der Burg empor, wo ich vielleicht zehn Minuten lang auf der Lauer lag, bis ich Dich faßte. Kennst Du das Blitzkreuz?«

»Ja.«

»Gehen wir hin, oder lauern wir den Kerl hier ab?«

»Wir gehen. Wir müssen hier jeden etwaigen Lärm vermeiden und können auch nicht wissen, ob der Kerl vielleicht eine Strecke weit von seinem Onkel begleitet wird.«

»Doch, wenn es ihm einfallen sollte, einen andern Weg einzuschlagen?«

»Nach Wildendorf führt außer der Straße kein anderer Weg.«

»So komm!«

Kurt nahm den Freund bei der Hand und schritt mit ihm zwischen den Bäumen den Berg hinab. Es war ein sehr beschwerlicher Weg, und erst nach beinahe einer halben Stunde erreichten sie am Fuße des Berges einen schmalen Fußpfad, welcher nach dem Kreuze führte. Dieses stand links vom Wege auf einer kleinen vom Buschwerk freien Stelle. Die Steine, auf denen es errichtet war, waren deutlich zu erkennen.

»Hier ist der Platz,« meinte Kurt. »Wie stellen wir uns auf?«

»Denkst Du, daß er noch nicht hier gewesen sein kann?«

»Ich bin überzeugt davon.«

»So legen wir uns zu beiden Seiten auf die Lauer. Hast Du etwas zum Binden?«

»Nichts als mein Taschentuch.«

»Ich habe außer dem meinigen auch den Leibgurt. Mit dem Letzteren schnallen wir ihm die Arme an den Leib, mit den Tüchern werden ihm die Beine gebunden, dann haben wir ihn so sicher, wie es zu wünschen ist.«

Kurt rechts und Walmy links, steckten sie sich in die Büsche, um lautlos auf die Ankunft des Mörders zu warten. Ihre Geduld wurde nicht lange auf die Probe gestellt. Sie befanden sich kaum eine Viertelstunde in ihrem Verstecke, als sich eilige Schritte vernehmen ließen. Der Erwartete nahte sich ohne zu ahnen, welcher Gefahr er entgegen ging.

Beim Anblicke des Kreuzes schien ihn das Gefühl der Furcht zu überkommen, denn seine Schritte verdoppelten sich, und er hielt sich scheu nach der andern Seite. Da aber hob sich plötzlich vor ihm eine dunkle Gestalt vom Boden, und zu gleicher Zeit erhielt er einen Faustschlag vor die Stirn, daß er augenblicklich ohne einen Laut von sich zu geben, zusammenbrach.

»Brav gemacht!« meinte Walmy zu Kurt, der den Schlag geführt hatte, »nun schnell ihn binden!«

Bereits in der nächsten Minute lag der Diener so fest gebunden am Boden, daß er sich nicht im mindesten zu bewegen vermochte.

»Was nun?« frug Kurt.

»Fortschaffen.«

»Wohin?«

»Hm! Ich denke, nirgends anders hin als nach dem Gerichtsamte oder nach der Mühle, wo der Gensdarm wohl noch auf Dich warten wird. Wohin ist es näher?«

»Nach der Mühle. In einer guten Viertelstunde können wir dort sein.«

»Schön! Wir werden uns eine Trage machen.«

»Geht das? Ohne Schnuren und Stricke?«

»Geht prächtig. Im Urwalde lernt man solche Dinge leicht fertigen.«

Es währte nur kurze Zeit, so hatte er aus abgeschnittenen Stangen und biegsamen Zweigen eine Tragbahre gefertigt, auf welche der Gefangene befestigt wurde. Hierbei kehrte ihm die Besinnung zurück.

»Willkommen, Master Geißler,« meinte Walmy ironisch. »Seid hier auch von so einer Art Blitz getroffen worden: doch das soll Euch nicht das Geringste schaden; das versichere ich Euch!«

»Wer seid Ihr?«

»Werdet es bald erfahren.«

»Es stürzte mir etwas auf den Kopf, wie ich mich jetzt erinnere – –?«

»Ja,« lachte Walmy. »Wir fanden Euch am Boden liegen und haben Euch aus reiner Mildthätigkeit auf diese rasch gefertigte Tragbahre gelegt, um Euch aus dem Walde zu bringen.«

»Wohin?«

»Nach dem nächsten Hause, das wird wohl die Höllenmühle sein.«

»Dorthin mag ich nicht!«

»Warum nicht?«

»Weil – weil – – Donnerwetter, ich bin gefesselt! Wer hat das gethan?«

»Wir, mein Theurer.«

»Warum?«

»Natürlich nur deshalb, damit Ihr nicht von der Tragbahre herabfallt.«

»Ich falle nicht. Ich kann überhaupt gehen; ich brauche Eure Hilfe nicht mehr: ich muß meinen Weg weiter fortsetzen.«

»Wohin? wenn ich fragen darf.«

»Nach – nach – – das kann Euch gleichgiltig sein.«

»Da habt Ihr Recht. Wir brauchen es nicht zu wissen, weil wir es ja bereits schon wissen. Aber wir sind zu aufmerksam und mitleidig, als daß wir Euch mit Eurem armen Kopfe den weiten Weg nach Wildendorf machen lassen werden. Wie leicht könnte Euch ein zweiter Unfall begegnen!«

»Ich verlange, daß Ihr mich freilaßt!«

»Geduld, Alter! Ein barmherziger Samariter thut sein Werk nicht halb.«

»Laßt mich los!«

»Schrei nicht so, mein Junge, sonst sind wir gezwungen, Dich zum Schweigen zu bringen.«

»Ich will aber frei sein. Ich werde rufen, bis man mich hört!«

»Schön! Dann werden wir unsere Maßregeln darnach zu treffen haben.«

Er zog ihm das Taschentuch aus der Tasche, formte einen Knebel daraus und steckte ihm denselben in den Mund.

»So! Wie Du mir, so ich Dir. Erst hast Du dem Lieutenant einen Knebel gegeben, jetzt bekommst auch Du einen. Dieser Mann hier ist der Lieutenant. Jetzt merkst Du wohl, warum wir so sorgsam für Dich sind.«

Es war nur ein leises Stöhnen, mit welchem der Mörder antworten konnte. Er hatte zwar keine Ahnung des Zusammenhanges, aber er mußte sich sagen, daß er sich in einer nicht geringen Gefahr befinde. Er versuchte, seine Glieder zu bewegen, doch hatte diese Bemühung keine andere Folge, als daß er mit festen Ruthen noch strenger angeschnürt wurde.

»Ist der Weg nach der Mühle beschwerlich?« frug Walmy Kurt.

»Nein, wenn wir nach der Straße gehen.«

»Ist es nicht besser, dies zu vermeiden?«

»Auch ich halte es für vortheilhafter, wenn wir die Mühle erreichen können, ohne Jemand zu begegnen. Der Vogt könnte vorzeitig erfahren, was geschehen ist, und dies müssen wir ja zu vermeiden suchen.«

»So ist die Frage, ob Du glaubst, unbemerkt die Mühle erreichen zu können?«

»Es ist möglich, wenn auch etwas beschwerlich.«

»Das darf uns nicht abhalten. Gehst Du voran?«

»Natürlich.«

»So fasse an. Vorwärts!«

Sie nahmen die Bahre auf und schritten vorwärts. Es war

allerdings eine schlimme Aufgabe, welche sie zu lösen hatten. Sie mußten bald den gebahnten Pfad verlassen und quer durch den Wald dringen. Dann ging es über steile Felsen hinab auf sumpfige Wiesen, über Hecken und Gräben hinweg um die Stadt herum, denn sie mußten die Mühle von der Seite erreichen, welche der Stadt entgegengesetzt lag. Auch die Höllenschlucht umgingen sie und nun endlich hatten sie bis zur Mühle wieder einen gutgebahnten Pfad.

Franz Geißler hielt die Augen geöffnet. Er erkannte, daß die Gefahr sich von Augenblick zu Augenblick für ihn vergrößerte. Seine Fesseln trotzten jeder Anstrengung. Gab es keine Hilfe, keine Rettung für ihn? Er trug das Geld bei sich, welches er von dem Prinzen erhalten hatte. Wenn er es den beiden Trägern anbot? Aber er konnte ja nicht reden! Er begann zu wimmern. Walmy setzte die Bahre nieder.

»Was gibt es?« frug er.

Ein Stöhnen war die Antwort, aus dessen Tone sie hören konnten, daß der Gefangene reden wolle.

»Ah, Du willst uns etwas sagen? Das hat Zeit bis nachher, alter Freund. Für jetzt sind wir nicht im Geringsten neugierig. Vorwärts, Kurt!«

Nach kurzer Zeit erreichten sie die Mühle, deren Lichter ihnen hell entgegen glänzten. Sie setzten die Bahre abermals nieder.

»Bleibe hier,« meinte Walmy; »ich werde vorher rekognosziren.«

Er schlich sich leise und vorsichtig auf die hintere Seite des Mühlgartens zu, stieg dort über den Zaun und blieb dann zunächst horchend stehen, um sich zu vergewissern, daß sich Niemand in dem Garten befinde. Da vernahm er rechts von sich, außerhalb des Zaunes, ein leichtes Räuspern, und kurze Zeit später links von sich und außerhalb des Zaunes leise Schritte. Man hatte also Wachen ausgestellt, um jedes Nahenden sofort sicher zu sein.

Er legte sich auf den Boden nieder und kroch vorwärts. Nach dem Garten gingen fünf Fenster des Parterres; drei von denselben gehörten zur Wohn- und zwei zur Schlafstube. Die letzteren beiden waren geöffnet. Als Walmy nahe genug herangekommen war, konnte er die hellerleuchtete Wohnung, deren Fenster noch durch keinen Laden verschlossen waren, genau überblicken. Es befanden sich darin die Müllersleute, die beiden Mylungen, der Bowie-Pater, Holmers und sämmtliches Gesinde; sie wurden von zwei in Civil gekleideten Polizisten bewacht.

In diesem Augenblicke vernahm Walmy das nahende Rollen von Wagenrädern. Der oder die Wagen hielten vor der Thür der Mühle, und eine laute kräftige Stimme frug:

»Ist dieses Gebäude hier die Höllenmühle?«

»Ja,« ertönte die Antwort.

»Ist der Müller zu Hause?«

»Ja. Wer sind Sie?«

»Das wird sich finden.«

»Allerdings, und zwar sofort!«

»Was – –? Das ist ja ein beinahe amtlicher Ton!«

»Ich frage, wer Sie sind!«

»Papperlapapp!« erklang es lachend, und dann fuhr dieselbe Stimme fort: »Steigt aus und kommt herein.«

Der zweite Sprecher fügte hinzu:

»Und zwar alle, auch die Kutscher! Ich werde die Wagen einstweilen in Aufsicht nehmen.«

»Das ist ja förmlich polizeilich gehandelt. Sie werden mir Ihr Verhalten zu erklären haben!«

»Diese Erklärung werden Sie sofort nach Ihrem Eintritte erhalten.«

Einige Augenblicke später sah Walmy zehn Personen eintreten, den General von Helbig mit seinen drei Schwestern und dem Diener Kunz, den Steuermann Schubert nebst Karavey, Thomas Schubert und die beiden Kutscher.

»Ah,« rief der General, »da sind sie ja Alle versammelt, die ich suche, und – –« er hielt überrascht inne, als er den alten Mylungen erblickte, dann fuhr er fort: »Was? Mylungen? Gott grüße Dich, alter Freund! Ich ahne den Grund Deiner Anwesenheit.«

Sie schüttelten sich die Hände.

»Wir haben Dich erwartet,« meinte der Graf. »Du kommst sehr recht, obgleich Du uns in einer Lage findest, welche nicht die angenehmste genannt werden kann.«

»So!« sagte der General, als er auch die Uebrigen begrüßt hatte. »Was willst Du mit diesen Worten sagen?«

»Laß Dich auf eine Nachricht vorbereiten, welche uns Alle in die größte Aufregung versetzt hat.«

»Welche?«

»Man sucht den Lieutenant.«

»Kurt?«

»Ja.«

»Man sucht ihn? Was soll das heißen? Weshalb sucht man ihn? Ist ihm ein Unglück geschehen?«

»Ich habe mich nicht deutlich genug ausgedrückt; ich hätte sagen sollen: diese beiden Herren hier suchen ihn.«

Der General richtete sein Auge scharf auf die Genannten und fragte:

»Wer sind Sie?«

»Sie sind Beamte der hiesigen Polizei.«

»Alle Teufel! Du willst doch nicht etwa sagen, daß der Lieutenant – – –?«

»Ich will sagen, daß die Höllenmühle mit allen ihren gegenwärtigen Insaßen von diesen Herren und dem Gensd'armen, der Dich draußen empfangen hat, in Belagerungszustand erklärt worden ist.«

»In Belagerungszustand –?« rief der General erstaunt.

»In Belagerungszustand – – –?« jammerte die erschrockene Freya.

»In Belagerungszustand – – –?« stöhnte die entsetzte Wanka.

»In Belagerungszustand – – –?« hauchte die dicke Zilla, indem sie die Hände über ihrem Eichhörnchen zusammenschlug, daß es laut klappte.

»Ja, in Belagerungszustand!« wiederholte der Graf.

»Weshalb?«

»Der Lieutenant soll – erschrick nicht – einen Mord begangen haben.«

»Einen Mord?« frug der General, indem er einen Schritt zurücktrat.

»Einen Mord!« rief die Blaue.

»Einen Mord!« rief die Grüne.

»Einen Mord!« rief auch die Purpurne.

»Ja, einen Mord!« konstatirte der Graf.

»An wem?« frug Helbig.

»An einem Schenkwirth.«

»An einem Schenkwirth?« wiederholte monoton der General.

»An einem Schenkwirth?« stöhnte die Lange.

»An einem Gastwirth?« ächzte die Kleine.

»An einem Restaurateur?« jammerte die Dicke.

»Weshalb?« erkundigte sich Helbig.

»Wegen eines Streites im Spiele.«

»Das ist nicht wahr!« rief der General. »Kurt hat nie gespielt.«

»Niemals!« bestätigte Freya.

»Kein einziges Mal!« bekräftigte Wanka.

»Im ganzen Leben nicht!« schloß auch Zilla sich an.

Da trat mit einem raschen Schritte Thomas Schubert in die Mitte der Stube. Er zog den Rock aus und warf ihn zu Boden, streifte die Aermel seines blauen Schmiedehemdes empor, streckte die nervigen Fäuste aus und rief:

»Wer sagt es, wer? Nämlich daß der Herr Lieutenant ein Mörder sein soll? Der Kerl mag herankommen, und Gott strafe mich, ich drehe ihm das Genick um! Ich pin Thomas Schupert! Heiliges Pataillon, der Herr Marinelieutenant und ein Mörder? Auch die Parpara weiß es, daß dies eine ganz verfluchte Lüge ist. Heran also mit dem Pengel, der das zu behaupten wagt! Ich massakrire ihn auf der Stelle!«

Im Nu stand der Leibdiener Kunz an seiner Seite.

»Du hast Recht!« rief er. »Auch ich haue mit zu. Der Teufel soll den Elenden holen, der solche Schändlichkeiten zu behaupten wagt!«

Da öffnete sich die Thür, und ein schwarz gekleideter Herr

trat ein. Ein Amtsdiener, welcher ein dünnes Aktenstück trug, folgte ihm.

»Was geht hier vor?« frug er, da er die lauten Stimmen gehört hatte.

Die beiden Polizisten machten ihm ein militärisches Honneur, und der Eine von ihnen antwortete:

»Herr Staatsanwalt, diese Herren sind soeben hier angekommen, die Nachricht von dem Geschehenen hat sie erregt.«

Der Beamte wandte sich an den General:

»Welches Amt ich begleite, haben Sie soeben vernommen. Ich komme von dem Thatorte, wo ich den Sachbestand amtlich aufgenommen habe, und verfügte mich nach hier, um zu sehen, ob man sich des Thäters bereits bemächtigt hat. Wer sind Sie?«

»Mein Name ist von Helbig, General der Infanterie in nor – – –«

»Ah!« unterbrach ihn der Staatsanwalt, »der Name Ew. Excellenz ist zu berühmt, als daß er mir unbekannt sein sollte. Ich bedaure – – –«

Auch er wurde unterbrochen. Der alte Graf trat vor und meinte:

»Und ich bin Graf Mylungen, Oberst-Jägermeister Seiner Majestät. Dieser Herr ist mein Sohn; diese Damen sind – –«

»Halt!« rief da hinter ihnen eine Stimme. »Lassen wir alle diese Weitläufigkeiten, denn der Mörder ist entdeckt und aufgefunden.«

Aller Augen wandten sich nach dem Sprecher. Es war Walmy, welcher durch das Fenster in das Schlafzimmer gestiegen und dann in die Stube getreten war.

»Walmy, es ist Walmy!« rief der junge Mylungen. »Wo hast Du gesteckt?«

»Ich konnte nicht bei Euch sein, weil ich mir die Aufgabe gestellt hatte, den Mörder zu fangen.«

»Und Du hast ihn?«

»Ja.«

»Er hat ihn!« rief die Blaue.

»Er hat ihn!« rief auch die Grüne.

»Er hat ihn!« wiederholte die Purpurne.

»Wer ist es?« frug der Bowie-Pater. »Doch nicht der Lieutenant?«

»Gott bewahre!« antwortete der Gefragte.

»Gott bewahre!« jauchzte die Lange.

»Gott bewahre!« echote die Kleine.

»Gott bewahre!« triumphirte die Dicke.

»Mein Herr, wer sind Sie?« frug der Staatsanwalt.

»Ich bin Baron Friedrich von Walmy, mein Herr,« lautete die Antwort, »und bereit, Ihnen alle mögliche Auskunft zu ertheilen.«

»Sie sagen, daß man den Mörder ergriffen habe?«

»Ich sagte es.«

»Wer ist es? Doch jedenfalls der Lieutenant Kurt Schubert?«

»Dieser ist es allerdings nicht, Herr Staatsanwalt,« lächelte Walmy. »Es steht überhaupt wohl keinem Beamten zu, eine Behauptung aufzustellen, bevor nicht genügende Beweise beigebracht worden sind.«

»Diese Beweise haben wir. Ich muß Ihre letztere Bemerkung hier etwas vorlaut erklären!«

Da trat Walmy auf ihn zu und legte ihm die Hand auf die Schulter.

»Mein Herr, was wagen Sie! Nicht ich bin es, sondern Sie selbst sind vorlaut und voreilig. Sie haben es keineswegs mit einem Schulknaben zu thun; merken Sie sich das! Ich bin gewohnt, daß man höflich mit mir verkehre. Ist Ihnen dies nicht möglich, so werde ich meine Mittheilungen an einer geeigneteren Stelle machen. Verstehen Sie mich?«

Der Staatsanwalt trat zurück. Die Adern seiner Stirn schwollen zornig an, und mit drohendem Tone frug er:

»Sie wollen mich in Gegenwart meiner Untergebenen beleidigen?«

»Ich habe weiter nichts beabsichtigt, als Ihre ungeeigneten Worte zu korrigiren, und dazu habe ich ein Recht.«

»Darüber werden wir später verhandeln. Jetzt ersuche ich Sie, mir Ihre Mittheilungen nicht länger vorzuenthalten.«

»Das, was ich zu sagen habe, ist nicht für Jedermanns Ohr. Lassen Sie Ihre Untergebenen und das Gesinde dieses Hauses sich entfernen.«

»Warum?«

»Die Gründe dieser meiner Forderung sind eben auch nicht für das Ohr Derjenigen, um deren Entfernung ich Sie ersucht habe.«

»Nun wohl, ich werde Ihre Bitte erfüllen, hoffe aber, daß sie sich als eine gerechtfertigte erweisen wird. Die Knappen, Knechte und Mägde bleiben natürlich unter polizeilicher Bewachung.«

Auf einen Wink von ihm entfernten sich die von Walmy Bezeichneten, und die Zurückbleibenden nahmen in gespannter Erwartung des Kommenden so viel wie möglich Platz in dem einfachen Raume.

»Jetzt bitte ich zu beginnen, Herr Baron,« sagte der Staatsanwalt.

»Vorher eine Frage, mein Herr!« antwortete Walmy.

»Sprechen Sie!«

»Ich meine, daß eine jede Gesetzgebung, also auch die Strafgesetzgebung, keinen Unterschied der Personen kennt. Vor dem Paragraphen ist jede Parteilichkeit ausgeschlossen?«

»Das versteht sich!«

»Ob der Bettler oder der Reichste, der Vornehmste, ein Dieb, ein Betrüger, ein Mörder sei, das ist gleich; Beide werden gleich bestraft?«

»Ganz gewiß! Aber wozu diese Fragen?«

»Sie werden das sofort hören. Der Mord, wegen dessen Sie sich hier befinden, steht im engsten Zusammenhange mit einem wenigstens gleich großen Verbrechen, wegen dessen Sie uns Alle hier versammelt sehen.«

»Ah!«

»Dieser Mord ist nicht die Folge einer momentanen Aufregung, sondern er wurde vorher reiflich erwogen, durchdacht und besprochen.«

»Sie setzen mich in Erstaunen, denn nach Ihrer Behauptung

würde der Thäter nicht aus sich selbst heraus gehandelt haben. Er hat Mitschuldige?«

»So ist es.«

»Sie machen mich immer wißbegieriger, mein Herr. Bitte, erzählen Sie!«

Die Andern alle waren wenigstens eben so neugierig wie er. Walmy begann:

»Vor kurzer Zeit wurde Schloß Helbigsdorf, die Besitzung des hier gegenwärtigen Herrn Generales von Helbig, ein Raub der Flammen – – –«

»Ich habe davon gehört.«

»Das Feuer wurde angelegt, um sich bei dieser Gelegenheit der einzigen Tochter des Herrn Generales bemächtigen zu können.«

»Unmöglich! Brandstiftung und Menschenraub.«

»Gewiß. Der Thäter, der Frauenräuber entführte die Dame hierher. Wir folgten ihm. Der Marinelieutenant Kurt Schubert war der erste von uns, welcher hier anlangte. Der Räuber erfuhr dies und beschloß, ihn unschädlich zu machen. Dies sollte nicht durch einen Mord oder etwas dem Aehnliches geschehen, sondern es wurde beschlossen, ihn unter den Verdacht eines Mordes zu stellen, damit die Polizei sich seiner bemächtigen möge.«

»Das klingt ja vollständig romanhaft!«

»Ist aber leider kein Roman. Es gibt einen Menschen, welcher dem Lieutenant vollständig ähnlich sieht – –«

»Ah, Franz Geißler!« rief der Müller, der nicht an sich halten konnte.

»Sie sehen, Herr Staatsanwalt,« fuhr Walmy fort, »daß bereits eine meiner Behauptungen bestätigt wird. Dieser Franz Geißler, dessen Namen ich übrigens noch nicht genannt haben wollte, befand sich in der Residenz. Er wurde heimlich geholt und mußte sich in dasselbe Grau kleiden, welches der Lieutenant trägt. Dieser Letztere wurde heut überfallen, gefesselt und an einem sichern, verborgenen Ort versteckt, damit es ihm unmöglich sei, sein Alibi zu beweisen.«

»Gefangen genommen!« rief die Hände zusammenschlagend, Freya.

»Gefesselt!« jammerte die kleine Wanka.

»Versteckt!« klagte die dicke Zilla.

»Nach eingetretener Dunkelheit,« fuhr Walmy fort, »ging der erwähnte Geißler in das betreffende Zelt, mit einem Revolver bewaffnet. Er spielte, fing Streit an und erschoß den Wirth. Darauf entfloh er. Er hatte sich für Kurt Schubert ausgegeben, um den Verdacht sofort auf den Herrn Marinelieutenant zu lenken. Wie Sie wissen, ist ihm dies so vollständig gelungen, daß sogar Sie selbst sich täuschen ließen.«

»Aber, mein Herr, das klingt ja wirklich ganz so, als sei Ihre Erzählung aus der Feder von Alexander Dumas oder Eugen Sue geflossen!«

»Ganz so; Sie haben Recht. Und dennoch rede ich die Wahrheit, ohne allen Schmuck, ohne alle Hinzufügung. Also dieser Geißler entfloh und wandte sich dahin, wo er bereits erwartet wurde, nämlich nach dem Orte, an welchem man den Lieutenant versteckt hatte. Dieser wurde in die Nähe der Mühle getragen, wo man ihn von seinen Fesseln befreite, nachdem man ihm als Beweis seiner Schuld den Revolver, dessen einer Lauf abgeschossen war, in die Tasche gesteckt hatte. Natürlich nahm man an, daß er sich sofort nach der Mühle begeben werde, wo die Polizei, wie es ja auch geschehen ist, sicher bereits auf ihn wartete.«

»Schrecklich!« äußerte sich die im hohen Grade aufgeregte Freya.

»Entsetzlich!« stimmte Wanka bei.

»Ganz teuflisch!« bestätigte Zilla.

Thomas Schubert streckte seine braunen muskulösen Arme aus.

»Ich schlage diese Hallunken todt, sopald ich sie erwische; das verspreche ich pei meiner Ehe mit Parpara Seidenmüller, meiner einzigen und vielgeliepten Frau und Gemahlin! Wenn es mir einfällt, schlage und stampfe ich das ganze verfluchte Gesindel zu Prei. Gottstrampach, das ist keine Lüge!«

Der Anwalt schüttelte den Kopf.

»Wenn Ihre Erzählung wirklich die Wahrheit enthält, Herr von Walmy,« meinte er, »so haben wir es mit den schlausten, gewissenlosesten und raffinirtesten Schurken zu thun, die mir jemals vorgekommen sind. Sprechen Sie weiter! Warum kam der Herr Lieutenant nicht zur Mühle?«

»Er hatte in seinem Verstecke lange Zeit zum Ueberlegen gehabt und war zu der Ueberzeugung gekommen, daß er es mit Verbündeten jenes Frauenräubers zu thun habe. Als er sich dann von der Augenbinde und den Fesseln befreit sah, erkannte er zwei dunkle Gestalten, welche schleunigst in der Finsterniß verschwanden. Er fühlte den Revolver in seiner Tasche. Diese Entdeckung brachte ihn auf den sehr richtigen Gedanken, daß in seinem Namen ein Verbrechen begangen worden sei, und daß man ihn eingesperrt habe, damit er sein Alibi nicht beweisen könne. War diese Vermuthung begründet, so befand sich die Polizei sicherlich bereits in der Mühle und daher also hatte man ihn bis in die Nähe derselben geschleppt.«

»Ich gratulire dem Herrn Lieutenant sehr zu seiner guten Kombinationsgabe,« meinte der Anwalt.

»Oh,« meinte der Schmied, »der Herr Lieutenant ist pereits als Junge ein gescheidter Kerl gewesen!«

»Immer klug,« bestätigte die Lange.

»Sehr klug,« nickte die Kleine.

»Außerordentlich klug,« behauptete die Dicke.

»Was that er nun?« frug der Beamte.

»Während man ihn zur Mühle schleppte, hatte er vorsichtiger Weise die Schritte gezählt. Er hatte ferner gemerkt, daß man ihn sehr steil abwärts trug. Er kehrte zurück und entdeckte in Folge dessen den Ort, an welchem er verborgen gewesen war. Eine weitere Kombination ließ ihn die Personen errathen, mit denen er es zu thun gehabt hatte. Er wollte sich überzeugen, ob er sich nicht irre und eilte nach der Wohnung der beiden Männer. Da sie einen bessern Weg, einen Umweg eingeschlagen hatten, so gelang es ihm, eher anzulangen als sie. Er belauschte sie und wurde dabei vollständig von allem Beabsichtigten und Geschehenen unterrichtet. Zugleich hörte er, daß Geißler, der wirkliche Mörder, sich wieder umkleiden und sofort nach der Residenz zurückkehren werde. Um nicht gesehen zu werden, wollte er den Weg durch den Wald, an dem Blitzkreuze vorüber, einschlagen. Der Lieutenant beschloß, ihn dort zu erwarten und fest zu nehmen.«

»Ein schwieriges Unternehmen,« meinte der Anwalt. »Warum holte er sich nicht Hilfe?«

»Man hielt ihn für den Thäter, man hätte ihn festgenommen, ihm nicht geglaubt. Uebrigens ist Kurt sehr stark und, was ich noch zu erwähnen habe, er traf auf mich.«

»Auf Sie? Wo befanden Sie sich, Herr Baron?«

»Ich stand hier im Garten, als der Gensd'arm eintrat um ihn zu arretiren. Ich hörte jedes darauf bezügliche Wort, und da ich an die Schuld meines Freundes unmöglich glauben konnte, so eilte ich ihn aufzusuchen.«

»Sie wußten wo er sich befand?«

»So ungefähr. Ich traf ihn wirklich, wie ich bereits erklärte. Er erzählte mir in Eile das Nöthige, und dann suchten wir das Blitzkreuz auf um den Thäter festzunehmen.«

»Kam er?«

»Ja.«

»Sie nahmen ihn gefangen?«

»Natürlich!«

»Wohin brachten Sie ihn?«

»Hierher.«

»Ich sehe ihn doch nicht. Wo befindet er sich?«

»In der Nähe der Mühle, unter der Bewachung des Lieutenants.«

»Schnell! Holen wir ihn herbei!«

»Halt, Herr Staatsanwalt! Noch sind wir nicht so weit.«

»Was noch?«

»Ich wünsche, daß der Gefangene zunächst nur von uns, nicht aber von Leuten gesehen werde, deren Plauderhaftigkeit uns das Ergebniß der noch weiter vorzunehmenden Recherchen vereiteln könnte. Der eigentliche Thäter, der Anstifter des Mordes ist nämlich eine sehr hochgestellte Persönlichkeit.«

»Wer ist es?«

»Sie sind hier in der Stadt angestellt?«

»Ja, beim hiesigen Bezirksgerichte.«

»Der Name Franz Geißler wurde genannt. Kennen Sie den Mann?«

»Es gibt wohl mehrere Geißler hier, einen Schuhmacher, einen Weber, einen Kaufmann Geißler. Auch der Schloßvogt heißt so.«

»Nun, der Gefangene ist der Neffe des Schloßvogtes, er hat den Schenkwirth erschossen und in Gemeinschaft mit seinem Onkel den Lieutenant gefangen und verborgen gehalten.«

Der Beamte sprang empor. Auf seinem Gesichte war die höchste Ueberraschung zu lesen. Seine Augen standen weit auf, und sein Mund hatte sich geöffnet.

»Ist es möglich! Höre ich recht? Der Schloßvogt?«

»Er und kein Anderer.«

»Er, der Schloßvogt hat den Mord angestellt?«

»Nein.«

»Ich verstehe Sie nicht. Wer sonst?«

»Er half ihn mit ausführen. Der Ansteller war ein noch Höherer.«

»Ein noch Höherer! Mein Himmel! Sie meinen doch nicht etwa – –«

»Wen? Herr Staatsanwalt, wen wollten Sie jetzt nennen?«

»Nennen Sie ihn selbst!«

»Nun wohl. Herr Anwalt, der Sie die Gerechtigkeit des Gesetzes, die öffentliche Anklage zu vertreten haben, ich klage den Prinzen Hugo von Süderland, welcher gegenwärtig auf Burg Himmelstein anwesend ist, der Anstiftung des Mordes an. Ich klage den Diener des Prinzen, Franz Geißler, des wohlüberlegten Mordes an; er hat ihn von dem Prinzen bezahlt erhalten und trägt das Blutgeld in seiner Tasche bei sich. Ich klage den Schloßvogt Geißler der Beihilfe zum Morde an; auch er ist bezahlt worden. Die Anklage wegen gewaltsamer und ungesetzlicher Freiheitsberaubung mag der Marinelieutenant Kurt Schubert selbst erheben. Er ist im Stande, Ihnen die unumstößlichsten Beweise beizubringen.«

Diese Worte machten auf alle Anwesenden einen unbeschreiblichen Eindruck. Am meisten erschrocken aber war der Staatsanwalt.

»Herr Baron,« rief er, »das sind ja ganz fürchterliche, ganz entsetzliche Anklagen. Sie sehen mich denselben vollständig rathlos gegenüber!«

»Rathlos? Einen Staatsanwalt? Erinnern Sie sich der einleitenden Frage, welche ich aussprach? Ich verlange gleiches Verfahren, gleiches Recht und gleiche Strafe, ganz egal, ob Hoch oder Niedrig.«

»Zunächst müßte die Wahrheit Ihrer Aussage erwiesen werden.«

»Wir werden diese Wahrheit beweisen.«

»Das mag sein, aber selbst in diesem Falle sind Rücksichten zu nehmen, Rücksichten, die sich auf die hohe Stellung, auf die allerhöchste Verwandtschaft des Angeklagten beziehen.«

»Ah! Ich danke Ihnen für die freundliche Aufklärung, welche Sie mir da über die Rechtsverhältnisse dieses Landes geben! Den armen Teufel, welcher im höchsten Stadium der Noth, im tiefsten Elende, getrieben von der Pein und den Schmerzen des Hungers nach dem Brode greift, welches er nicht bezahlen konnte, den wirft man in das Verließ, ohne Gnade und Barmherzigkeit, ohne Rücksicht auf die »niedrige Stellung« und die »allerniedrigste Verwandtschaft«, die der so leicht begreifliche und zu bedauernde Grund seines Vergehens ist; dem hohen Herrn aber, der nur im Uebermuthe, in Verachtung und Verlachung jeder bestehenden Ordnung Menschen raubt und Menschen mordet, dem will man seine teuflischen Vergnügungen unbestraft hingehen lassen seiner »hohen Stellung« und »allerhöchsten Verwandtschaft« wegen! Herr, ich sage Ihnen zum zweiten Male, daß Sie es nicht mit Schulbuben zu thun haben! Wollen Sie auf hohe Stellung Rücksicht nehmen, so steht hier der General von Helbig, Excellenz, der seine Tochter von Ihnen fordert, so – –«

»Halt,« fiel ihm der Anwalt ein; »Sie irren, wenn Sie

meinen, daß ich so ohne Weiteres eine That zu verfolgen hätte, welche jenseits der Grenze, also in einem anderen Lande begangen wurde. Ich kenne meine Pflicht und ich werde sie erfüllen, aber eben diese Pflicht verbietet mir, in einem so schwierigen Falle, der mit so ungeheurer Verantwortlichkeit verbunden ist, besinnungslos und eigenmächtig zu handeln. Ich werde sofort dem Generalstaatsanwalt telegraphiren; dieser mag kommen und bestimmen, was zu geschehen hat.«

»Und unser Gefangener?«

»Er soll verhört werden. Sowohl er als auch der Lieutenant Kurt Schubert werden nach dem Amtsgefängnisse gebracht, um gleich morgen – –«

»Nach dem Gefängnisse? Beide?« unterbrach ihn Walmy.

»Ja.«

»Als Gefangene?«

»Natürlich!«

»Schön, Herr Staatsanwalt! Leider aber bin ich einer andern Ansicht. Ich sage Ihnen, daß ich Sie mit dieser meiner Faust zu Boden schlage, wenn Sie es wagen sollten, meinen Freund anzurühren. Verstanden?«

»Herr, Sie wollen mir drohen!«

»Allerdings! Ich war Prairiejäger; meine Faust hat Uebung, Herr!«

»Wissen Sie, daß ich Sie arretiren lassen werde?«

»Oder ich Sie!«

Da trat der Schmied Schubert zu Walmy:

»Herr von Walmy, soll ich diesem Manne da einen Klapps gepen, daß er denkt, Purg Himmelstein ist ihm auf die Nase gefallen? Wer meinen Lieutenant einstecken will, den haue ich zu Schnupftapak!«

Da nahm der General das Wort:

»Herr Anwalt, vermeiden Sie alle Schärfe; es ist für beide Theile vortheilhafter. Sie hören aus dem Erzählten, daß der Lieutenant unschuldig ist, es wird Ihnen dies sogar sofort bewiesen werden. Wollen Sie sich trotzdem seiner Person versichern, so leiste ich mit meinem Ehrenworte alle Bürgschaft, daß er Ihnen zu jeder Zeit zur Verfügung stehen wird. Ich hoffe, dies ist Ihnen genug.«

Der Beamte verbeugte sich höflich.

»Ihr Ehrenwort genügt, Excellenz.«

»Und dieser Franz Geißler?«

»Ich lasse ihn in die Zelle schaffen.«

Der General lächelte.

»Wollen Sie nicht auch ihn mir anvertrauen, Herr Staatsanwalt?«

Der Gefragte blickte überrascht empor.

»Ihnen? Warum? Wieso?«

»Sie vertreten Ihr Interesse und ich das meinige, oder vielmehr das unserige. Sie erblicken hier eine ganze Anzahl von Personen, welche so oder anders irgend eine Abrechnung mit dem Prinzen zu halten haben. Es liegt in unserem Interesse, daß derselbe von dem Vorgefallenen nicht das mindeste erfährt, und daher möchte ich Ihnen den Gefangenen auf einen Tag vorenthalten.«

»Excellenz, er gehört in das Untersuchungsgefängniß!«

»Der Prinz ebenso!«

»Noch habe ich keine hinlänglichen Unterlagen, um einen Schritt gegen ihn thun zu können. Uebrigens habe ich ja bereits des Herrn Generalstaatsanwaltes erwähnt.«

»Keine Unterlagen? Hier stehe ich, eine Excellenz, hier sind die beiden Grafen Mylungen, hier ist ein Baron, die Andern gar nicht gerechnet. Wir verlangen die Arretur des Prinzen, wir klagen ihn des Mordes an. Ist dies nicht genug?«

»Al – ler – dings,« dehnte der Beamte in höchster Verlegenheit. »Jedoch muß ich bemerken – –«

»Nichts bemerken Sie weiter! Lassen Sie den Lieutenant mit dem Gefangenen holen. Das Andere wird sich dann sicherlich leicht finden.«

»Wo sind die Beiden, Herr von Walmy?«

»Herr Anwalt,« antwortete dieser, »Sie haben den Wunsch Seiner Excellenz gehört, daß außer uns Niemand von dem Geschehenen etwas erfahren soll. Sie haben zwei Posten an den Garten gestellt?«

»Der Gensd'arm hat dies gethan.«

»Lassen Sie diese Posten einziehen, so befinden sich die beiden Genannten in fünf Minuten in diesem Zimmer!«

»Sicher?«

»Gewiß!«

»Ihr Ehrenwort?«

»Ich gebe es.«

»So kommen Sie!«

Der Anwalt verließ mit Walmy das Zimmer. Während der Erstere den betreffenden Befehl ertheilte, drückte der Letztere zunächst die Läden zu und suchte dann den Lieutenant auf. Er fand ihn an derselben Stelle, an welcher er ihn verlassen hatte.

»Walmy?«

»Ja.«

»Du warst verteufelt lange. Wie steht es?«

»Ich konnte nicht eher. Höre!«

Er erzählte ihm das Nothwendigste in aller Eile, dann nahmen sie den Gefangenen auf und brachten ihn durch eine Seitenpforte in den Garten. Hier stieg Walmy in das Schlafzimmer, um sich Franz Geißler durch das Fenster reichen zu lassen, dann folgte ihm Kurt.

»So, da haben wir ihn unbemerkt hereingebracht. Nun komm!«

Sie traten in die Stube.

»Lieber Kurt!« rief Freya, auf ihn zueilend und ihn umarmend.

»Mein lieber Kurt!« rief auch Wanka, indem sie ihn fest umschlang.

»O, lieber Kurt!« rief Zilla, ihn von hinten umfassend, da sonst kein Platz weiter war.

»Sie haben Dich überfallen?« frug die Lange.

»Eingesteckt?« die Kleine.

»Herumgeschleppt?« die Dicke.

»Du sollst gespielt haben, denke Dir nur!« zürnte die Blaue.

»Todtgeschlagen!« die Grüne.

»Gemordet!« die Purpurne.

Er war gerührt von diesen Beweisen der Liebe und Anhänglichkeit und meinte, indem er die Angekommenen der Reihe nach umarmte und begrüßte:

»Ja, Ihr Theuren, man hatte ein sehr schlimmes Komplott gegen mich geschmiedet, aber Gott hat es zu Schanden gemacht.«

»Und dieser Mann will Dich noch jetzt einstecken!« sagte Freya.

»Arretiren,« fügte Wanka hinzu.

»Einsperren,« bestätigte Zilla.

»Wer?« frug er.

»Ich bin gemeint, Herr Lieutenant,« meinte der Anwalt. »Ich bin nämlich der Vertreter der hiesigen Staatsanwaltschaft. Man machte mir die Anzeige, daß ein Marinelieutenant Schubert einen Mord begangen und sich dann in die Höllenmühle geflüchtet habe; ich begab mich nach hier, um an Ort und Stelle meine Bestimmungen zu treffen, und erhielt von Ihren anwesenden Freunden Mittheilungen, die mich an Ihrer Schuld beinahe mit Sicherheit zweifeln lassen. Wollen Sie die Güte haben, mir Ihre Erlebnisse von heut ausführlich zu erzählen!«

»Ich denke, Freund Walmy hat dies bereits gethan?«

»Allerdings, doch läßt sich erwarten, daß Sie es ausführlicher thun und doch vielleicht diese oder jene Bemerkung einflechten können, welche ein schärferes Licht auf diese ebenso traurige wie für Sie fatale Angelegenheit wirft.«

»Nun wohl, ich werde Ihrem Wunsche nachkommen.«

Er begann seinen Bericht. Hatte der Anwalt noch Zweifel gefühlt, so waren sie, als Kurt geendet hatte, sicherlich verschwunden, denn er reichte ihm die Hand und sagte:

»Herr Lieutenant, ich bin überzeugt, daß Sie unschuldig sind. Also Sie glauben, daß der Steinbruch wirklich derjenige Ort ist, an welchem Sie gefangen gewesen sind?«

»Sicherlich.«

»Sie haben den betreffenden Rockfetzen noch?«

»Hier ist er.«

»Der Verlust des Stiefelabsatzes ist Thatsache?«

»Gewiß.«

»Der Gefangene liegt hier nebenan?«

»Ja.«

»Bringen Sie ihn herein!«

»Gebunden?«

»Geben Sie ihm nur die Füße frei.«

Kurt trat mit Walmy in die Kammer. Als sie mit dem Mörder zurückkehrten, ließ sich ein allgemeines »Ah!« der Verwunderung hören, welches der Aehnlichkeit galt, die zwischen Kurt und Geißler herrschte. Der Staatsanwalt begann ein Verhör, erhielt aber auf alle seine Fragen keine einzige Antwort. Geißler hatte, hart neben der Thür liegend, die ganze Erzählung des Lieutenants Wort für Wort vernommen und hielt es heut für das Beste, keinen Laut über seine Lippen kommen zu lassen. Der Anwalt ließ ihn wieder abtreten und fesseln. Dann wandte er sich an den General:

»Excellenz, Sie halten Ihr Ehrenwort?«

»Zweifeln Sie?«

»Nicht im Mindesten. Aber geben Sie mir auch in Beziehung auf diesen Geißler Ihr Ehrenwort, wenn ich ihn in Ihrer Verwahrung zurücklasse?«

»Ja.«

»Nun gut. Ich werde mich jetzt mit den Meinen zurückziehen, bitte aber, Sie sofort nach Ankunft des Generalstaatsanwaltes wieder belästigen zu dürfen.«

»Sie werden uns willkommen sein.«

Der Beamte entfernte sich mit seinem Begleiter, auch der Gensd'arm zog mit den Polizisten ab. Nun jetzt erst brach unter den Zurückbleibenden eine wahre Sturmfluth von Begrüßungen, Fragen und Antworten los, die sich erst legte, als die Müllerin die beiden Tische aneinander schob, um sie für das verspätete Abendbrod zu decken. Freilich wurde demselben nur sehr wenig zugesprochen. Der General genoß gar nichts, ebenso Kurt. Dieser drückte dem Ersteren die Hand.

»Du denkst an Magda, nicht wahr, Papa?«

»Kurt, wie mag es ihr gehen?« seufzte Helbig.

Des Lieutenants Augen funkelten.

»Wehe diesem prinzlichen Schurken, wenn er es gewagt hat, sie nur mit den Fingerspitzen zu beleidigen!«

»Was thun wir?« frug Walmy. »Wir warten doch nicht etwa die Ankunft dieses Generalstaatsanwaltes ab? Wer weiß, was dem gnädigen Fräulein bis dahin geschehen kann!«

»O!« seufzte die Lange. »Sie kann auch ermordet werden!«

»Erstickt!« wehklagte die Kleine.

»Vergiftet!« jammerte die Dicke.

»Ja, was sollen wir thun?« frug der General. »Wir können doch nicht gewaltsam in Burg Himmelstein eindringen?«

»Oho!« rief Thomas, der Schmied. »Gept mir einen schweren Schmiedehammer, und ich zerpoche das Thor dieser Raupmörderpurg, daß die Fetzen wie die Schneeflocken fliegen und herumwirpeln sollen. Dann dringen wir ein und schlagen alles Lebendige, pis es todt ist. Das ist meine Meinung!«

»Ich mache mit!« sagte Kunz, der Leibdiener. »Die ganzen Kanaillen da oben soll der Teufel holen. Verstanden, he?«

Da erhob sich Schubert, der Steuermann.

»Ich habe zu dem großen Garne, welches heute abgewickelt worden ist, noch kein Wort gesagt, nun aber ist meine Meinung, daß wir die Anker lösen, die Segel hissen und das Piratenschiff Himmelstein ansegeln. Wir legen Bord an Bord, entern und knüpfen Alles, was wir finden, an die Fockraae, wie es ehrlicher Seemannsbrauch ist. Wer meinen Herzenssohn zum Mörder machen will, der muß hängen. Dabei bleibts!«

Auch Bill Holmers, der Riese, ergriff das Wort.

»Meine Meinung geht dahin, daß wir allerdings dieses Indianernest umrennen. Auf das Gesetz können wir uns nicht verlassen, Ihr habt es ja gehört, daß Rücksichten genommen werden sollten. Bis da die Sache klar geworden ist, wird die kleine liebe Miß verdorben und gestorben sein. Bedenkt in wessen Händen sie sich befindet. Well!«

Das war zu viel für den General. Er schlug auf den Tisch, daß es dröhnte, und meinte:

»Recht habt Ihr Alle. Dieser Bube fragte nicht nach dem Gesetze, als er Helbigsdorf niederbrannte und meine Tochter raubte, warum soll ich jetzt das Gesetz fragen, ob ich Recht bekommen soll, da unterdessen mein Kind zu Grunde gehen wird. Folgt mir! Ich werde ohne Gesetz und Richter Gerechtigkeit üben. Vorwärts.«

Er erhob sich. Karavey ergriff ihn am Arme.

»Excellenz, eilen wir nicht zu sehr! Wird man uns einlassen? Wollen wir die Thore zerschmettern und die Mauern stürmen? Es gibt einen andern Weg.«

»Welchen?«

»Zarba hat ihn mir genannt. Es mündet in den Steinbruch ein Gang, der sowohl nach den beiden Klöstern als auch nach dem Schlosse führt. Wir werden ihn finden.«

»Vielleicht ist es der Ort, an welchen ich gebracht worden bin,« sagte Kurt.

Da trat der Bowie-Pater aus der Ecke hervor.

»Excellenz, wollen Sie wirklich in das Schloß?«

»Ja, unter allen Umständen, und sollte es mein Leben kosten.«

»Gut! Ich werde Ihnen den Weg zeigen.«

»Sie? Sie, der Amerikaner? Wie wollen Sie hier den Führer machen?«

Der Pater nahm sehr ruhig sein Bowiemesser hervor, prüfte die Schärfe desselben am Fingernagel und untersuchte dann sehr genau die Zuverlässigkeit seiner beiden Revolver. Er war Allen bisher ein ungelöstes Räthsel gewesen, darum hingen ihre Augen mit gespannter Erwartung an seinen steinernen unbeweglichen Gesichtszügen.

»Ich? Hm!« machte er endlich. »Wer mich kennt, der hat erfahren, daß ich stets weiß woran ich bin. Ists nicht so, alter Bill Holmers?«

»Well!« antwortete der Gefragte.

»Na, also! Wenn ich demnach jetzt in das Schloß will, so werde ich wohl auch den richtigen Weg dorthin wissen. Die Sache ist nämlich, daß ich eine kleine Abrechnung mit dem Prinzen habe; diese Abrechnung soll gerade heut stattfinden, und darum muß ich nach Burg Himmelstein.« Jetzt erhob er das bisher gesenkte Angesicht, und nun begannen seine Augen

seltsam zu funkeln, und auf seine Züge legte sich der Ausdruck eines grimmigen Hasses, den man fast blutdürstig hätte
nennen mögen. Dann fuhr er fort: »Wenn ich nämlich sage,
daß ich mit Jemand eine Abrechnung habe, so hat das eine
sehr eigene Bedeutung; es geht dann gewöhnlich Skalp um
Skalp, nicht wahr, alter Bill Holmers?«

»Yes!« antwortete dieser.

»Also das ist es, was ich zu sagen habe,« fuhr der Pater fort.
»Ich gehe und rechne mit ihm ab, auch wenn mich Niemand
begleiten sollte. Aber da es so schön paßt, so wäre es ja
Thorheit, wenn Ihr mir nicht folgen wolltet.«

»Sie haben also den Prinzen bereits gekannt?« frug der
General.

»Gekannt? Hm! Ja, nämlich wie die Taube den Geier oder
das Lamm die Hyäne kennt. Bill Holmers und Fred Walmy,
erinnert Ihr Euch noch jenes Abends am Rio Pekos, als wir
die Hunde von Komanchen besiegt hatten? Wir erzählten
damals einige hübsche Geschichten, in denen auch von dem
tollen Prinzen die Rede war.«

»Ich besinne mich,« sagte Walmy.

»Schön! Ihr brachtet die Rede damals auch auf eine Sängerin oder Tänzerin, mit welcher Euer verlorener Bruder entflohen sein sollte. Er hatte angeblich ihretwegen ein Duell mit
dem tollen Prinzen gehabt.«

»So ist es.«

»Diese Miß Ella – – ach ja, eine Kunstreiterin war sie wohl –
soll ein außerordentlich schönes Weibsbild gewesen sein.
Nicht, Fred?«

»Gewiß!«

»Hm! Möchtet Ihr sie vielleicht einmal sehen?«

»Sehen?« rief Walmy. »Lebt sie noch?«

»Versteht sich!«

»Wo?«

»Ich habe Euch schon damals am Rio Pekos gesagt, daß sie
Theodor von Walmy herzlich liebte, aber der Teufel blendete
sie, sie ließ Liebe Liebe sein und ging dem Golde nach, womit
sie der Prinz verführte. Als er ihrer satt hatte, ging sie in das

Kloster, welches da oben auf dem Berge liegt, und wo sie der Schurke zuweilen noch besuchte. Dann aber kam die Reue, die mit Teufelskrallen ihr in das Herze langte. Gewisse Anzeichen brachten sie auf die Vermuthung, daß Theodor von Walmy weder entflohen noch im Duell gestorben sei. Sie mußte Gewißheit haben. Sie entfloh aus dem Kloster und forschte Jahr um Jahr nach einer Spur des einstigen Geliebten. Sie reiste nach Nord und Süd, nach Ost und West, bis es ihr endlich, endlich gelang, diese Spur zu entdecken –«

»Ist es möglich!« rief Walmy. »Pater, um Gotteswillen, heraus damit! Lebt Theodor, lebt er noch?«

»Ja.«

»Wo?«

»Dort oben im Kloster.«

»Als Mönch?«

»Nein, als Gefangener, eingekerkert seit vielen, vielen Jahren in ein finsteres Steinloch, in welchem Die verschwinden müssen, die dem Prinzen im Wege sind.«

»Herrgott! Hinauf, hinauf! daß wir ihn erlösen! Sofort, sofort!«

»Halt, Freund, erst muß ich ausreden! Neben dem Loche, in welchem er vermodert, gibt es ein zweites, welches gleichen Zwecken dient. Auch dort steckt ein Wesen, das er verschwinden ließ, weil es ihm nicht gehorchen wollte, ein Weib, einst schön wie die Morgenröthe und rein wie ein Engel. Rein ist sie noch, aber ihre Schönheit ist gewichen, und sie hält den Tod für ihren einzigen Erlöser. Soll ich ihren Namen nennen? Erschreckt nicht, Graf! Es ist die Komtesse Toska von Mylungen.«

Der alte Graf fuhr sich mit der Hand an das Herz.

»Träume ich?« frug er mit sinkender Stimme.

Sein Sohn aber faßte den Pater am Arme.

»Herr, ist es wahr, was Sie da sagen?«

»Die volle Wahrheit!«

»Woher wissen Sie es?«

»Die Cirkusreiterin hat es mir gesagt. Sie will diese Beiden aus ihren Löchern erlösen, damit sie Verzeihung erhalte für die Fehler der Jugend.«

»Wo und wann haben Sie mit ihr gesprochen?«

»Wo und wann? Hm! Immer und überall. Alter Bill Holmers, der Bowie-Pater, vor dessen Tomahawk die Weißen und die Rothen zitterten, der war und ist – – ein Weib. Ich selbst bin es, Miß Ella und Bowie-Pater in einer Person.«

»Ists möglich!« rief es rundum aus Aller Munde.

»Ein Weib!« erstaunte die Blaue.

»Eine Frau!« erschrak die Grüne.

»Eine Dame!« entsetzte sich die Purpurne.

»Ja,« meinte der Pater sehr ruhig, »ein Weib, aber ein Teufelsweib, welches aus Liebe sündigte und in der Rache Vergessenheit und Vergebung sucht. Wollt Ihr diesem Weibe nach Burg Himmelstein folgen?«

»Wir folgen!« riefen sie Alle, nachdem sie sich von ihrem Erstaunen erholt hatten.

»Auch ich gehe mit! Darf ich?« fragte der Müller.

»Ja, Sie dürfen,« antwortete der Pater. »Vielleicht bekommen Sie die Zelle zu sehen, in welcher Ihre Tochter bezwungen werden sollte. Aber ich führe Euch nur unter einer Bedingung.«

»Welche ist es?«

»Den Prinzen, den überlaßt mir!«

»Zugestanden!« rief es im Kreise, denn bei allem Hasse war es doch eine sehr prekäre Sache, um die es sich hierbei handelte.

»Gut. So sorgt für Laternen und so viel Lichter, als wir Leute sind. Unterwegs aber wird keines derselben angebrannt, damit wir uns nicht verrathen. Ich werde Euch auch im Dunkeln richtig führen. Einer aber bleibt zur Bewachung dieses Franz Geißler zurück.«

Aber Keiner wollte sich dazu bereit finden lassen, und so wurde die Bewachung des Mörders der Müllerin und den drei Schwestern des Generals übertragen. Er war ja an Händen und Füßen gefesselt und konnte nicht entkommen.

Alle die Betheiligten versahen sich mit Waffen und allerlei

Werkzeugen, welche vielleicht zur Oeffnung von Thüren nöthig waren. Die Frauen befanden sich doch in Sorge um die Ihrigen. Die Müllerin allerdings beherrschte diese Besorgniß, die drei Schwestern aber sprachen sie in den dringendsten Bitten aus, sich ja nicht unnöthig in Gefahr zu begeben.

»Wenn der Prinz nun schießt, lieber Bruder?« meinte Freya.

»Oder sticht!« sagte Wanka.

»Oder schlägt!« sprach Zilla.

»Oder wenn Ihr Euch in den Gängen verirrt!« klagte die Lange.

»Oder stolpert und stürzt!« fügte die Kleine hinzu.

»Oder gar von einstürzenden Steinen verschüttet werdet!« mahnte die Dicke mit schaudernder Miene.

Sie wurden so viel wie möglich getröstet, und dann setzte sich der geheimnißvolle Zug in Bewegung. Der General, der Lieutenant, die beiden Mylungen und Friedrich Walmy waren fieberhaft erregt, die Andern aber folgten dem voranschreitenden Pater mit ruhigerem Blute. Alle aber waren entschlossen, nicht ohne Resultat zurückzukehren.

Der Zug ging zunächst über den Bach hinüber und zwischen den Felsen hindurch, welche das Höllenthal einengten; dann stieg man in derselben Richtung den Berg hinan, welche Kurt eingeschlagen hatte, als er von seinen Fesseln befreit worden war. Sie erreichten glücklich den Steinbruch, tappten im Dunkeln, Einer hinter dem Andern, nach dem innersten Winkel desselben, wo der Pater die Brombeerranken zur Seite schob.

»Tretet ein,« sagte er halblaut. »Ich halte die Höhle offen.«

Als der Letzte in die Oeffnung geschritten war, folgte er ihnen indem er die Ranken wieder fallen ließ.

»Wie viele Laternen haben wir, Müller?« frug er.

»Fünf.«

»Und offene Lichter?«

»Für jeden eins.«

»Die Laternen genügen jetzt. Laßt mich voran; ich werde Licht machen!«

Er drängte sich an den Andern vorüber und wollte eben nach den Zündhölzchen greifen, als er weit vor sich ein leises Geräusch vernahm.

»Pst! Man kommt. Nieder zur Erde und nicht gemuckt!«

Sofort folgten Alle seiner Aufforderung. Ein fahler Lichtschein ließ sich sehen und dabei bemerkte man, daß der Gang, in welchem man sich befand, ungefähr zwanzig Schritte vom Eingang entfernt einen Winkel schlug. Dadurch wurde eine Ecke gebildet, hinter welche sich mit schnellen katzenartigen und unhörbaren Sprüngen der Pater schlich. Der Schein wurde heller, und es wurde eine Blendlaterne sichtbar, welche von einem Manne getragen wurde.

Es war der Schloßvogt.

Dieser schritt ahnungslos an dem Pater, der sich hart an das Gestein gedrückt hatte, vorüber. Ein schneller Blick vorwärts belehrte den Letzteren, daß der Vogt allein sei.

»Geißler!«

Bei dem unerwarteten Klange seines Namens drehte sich der Vogt um. Er sah den Pater und erschrak, als ob er ein Gespenst gesehen habe. Doch rasch ermannte er sich wieder.

»Was ist das? Wer sind Sie? Was haben Sie hier zu suchen?« frug er mit drohender Stimme.

»Hm, sei nicht bös, Alter!« antwortete der Pater. »Ich will einige alte Freunde besuchen.«

»Wen?«

»Na, den Prior, die Priorin, Pater Filippus, den Küchenmeister, der Dein Bruder ist, auch Dich selber, alter Fuchs, und dann endlich den Prinzen, den allerliebsten Hallunken, den es geben kann.«

»Kerl, wer bist Du?«

»O, ein alter Bekannter von Euch allen. Aber Namen sind ja nicht nöthig. Willst wohl den verlorenen Stiefelabsatz suchen, alter Schelm?«

Der Vogt erbleichte.

»Mensch, woher weißt Du — —«

Er hielt inne, denn er bemerkte, daß in diesen Worten ein Geständniß lag.

»Na, ja oder nein, das ist ganz egal. Gib einmal Deine Laterne her!«

Diese Worte waren noch nicht verklungen, so hatte er ihm auch bereits die Laterne entrissen.

»Mensch!« drohte Geißler. »Zurück mit der Leuchte oder –«

Er sprach nicht weiter und wich um einige Schritte zurück, denn er sah die Mündung des Revolvers auf sich gerichtet.

»Schmied!« gebot der Pater.

»Hier!« antwortete Schubert, welcher der Vorderste in der Reihe war. »Soll ich diesem Vogt der Räuperhöhle einen Klapps gepen, he?«

Er trat näher. Der Vogt sah sich um.

»Wer ist dieser?« frug er erschrocken.

»Ich pin der leiphaftige Teufel und komme, um Dich zu holen!« antwortete Schubert. »Mach keinen unnützen Summs, Du mußt mit!«

Er legte ihm die riesenstarken Arme um den Leib und hielt ihn so fest, daß er sich nicht zu rühren vermochte. Der Pater hatte das Taschentuch hervorgezogen und zusammengeballt. Der Schmied sah das und sagte also:

»Mach das Maul auf, Alter! Du sollst einen Stopfer pekommen, gerade so wie Ihr dem Herrn Lieutenant einen gegepen hapt.« Und als Geißler nicht sofort Gehorsam leistete, legte er ihm die Finger um die Kehle. »Paß auf, wie rasch Du aufmachen wirst? So, ists gemacht! Nun langt einmal zwei von den Schnuren her, die wir mitgenommen hapen. Wir wollen ihm zwei Schlipse um die Arme und die Peine legen.«

Der Vogt wurde gebunden. Dabei untersuchte der Pater seinen Rock.

»Seht!« meinte er. »Hier fehlt das Futter am Schooße. Der Schlingel ist es also wirklich gewesen.«

Jetzt trat Kurt hervor und ließ den Schein des Lichtes auf sich fallen.

»Kennst Du mich, Schurke?« frug er. »Den Stiefelabsatz werden wir selbst suchen, und vielleicht finden wir auch die

Stiefel da oben unter dem Dache des Thurmes, wenn Ihr sie nicht bereits dem Knecht Jakob geschenkt habt.«

Der Vogt konnte nur stöhnen. Er erkannte, daß er verrathen war.

»Es muß Einer bei ihm zurückbleiben. Aber wer?«

»Kunz bleibt hier,« gebot der General.

Der Diener mußte sich gehorsam fügen, so gern er auch weiter mitgegangen wäre. Er erhielt eine Laterne. Dann brannten auch die Uebrigen die ihrigen an, und der Zug setzte sich wieder in Bewegung.

Der Gang war ganz aus Stein gehauen, drei Fuß breit und sieben Fuß hoch. Man kam nach einiger Zeit an eine Stelle, wo man eine natürliche innerliche Spalte des Gesteines benutzt hatte, eine lange Reihe von Stufen emporzuführen. Es waren über fünfzig solcher Stufen. Nahe bei der obersten theilte sich der Gang.

»Hier links geht es nach den Klöstern,« sagte der Pater.

»Dorthin gehen wir später. Jetzt aber halten wir uns rechts, nach dem Schlosse zu. Wir haben die größte Strecke bereits hinter uns zurückgelegt.«

Zunächst ging es eben weiter, dann stieg der Gang steil an, bis man wieder eine Stufenreihe erreichte. Ueber derselben kamen sie in einen zellenartigen Raum, welcher durch eine Thüre verschlossen wurde. Dieser Raum war groß genug sie alle aufzunehmen.

»Was nun?« frug der General, indem er das Licht seiner Laterne auf die Thüre fallen ließ. »Sie hat weder Riegel noch Schloß!«

»Aber einen Mechanismus, welchen ich aus früheren Zeiten recht gut kenne,« antwortete der Pater. »Sehen Sie her!«

Er zog sein Messer hervor und fuhr damit in die zwischen der Thür und ihrer Umfassung befindliche Ritze. Ein leises Knarren ließ sich vernehmen, dann sprang die Thür auf. Ein feuchter kalter Dunst kam ihnen entgegen.

»Wo sind wir?« frug der General.

»Am Schloßbrunnen. Blicken Sie links hinab. Aber fallen Sie ja nicht hinein!«

Er leuchtete voran. Vor ihnen lag ein runder Raum, in dessen Mitte ein tiefes Loch hinunterführte. In ihm verschwand das Brunnenseil, welches von oben herniederhing.

»Sehen Sie sich diesen Raum genau an, ehe wir ihn betreten. Wir müssen die Laternen verdecken, denn ihr Licht könnte uns verrathen, wenn zufällig Jemand da oben zum Brunnen käme. Wir gehen rechts um das Loch herum und grad gegenüber durch die Thür, welche ebenso wie diese hier geöffnet wird. Ich schreite voran.«

Sie bedeckten die Laternen und traten in die gefährliche Rundung. Zwischen dem Brunnenloche und der Rundung gab es einen Raum von höchstens drei Fuß Breite, doch kamen sie glücklich vorüber und drüben durch die Thür, welche der Pater geöffnet hatte. Beide Thüren waren natürlich von dem letzten Manne wieder zugedrückt worden.

Nun konnten sie die Laternen wieder von ihrer Hülle befreien. Sie sahen einen Gang vor sich, welcher einige Zeit ganz eben weiterführte, bis er an eine Wendeltreppe führte, welche innerhalb eines runden Gemäuers emporstieg.

»Jetzt bitte ich leise aufzutreten!« sprach der Pater.

»Wo befinden wir uns?« frug der General.

»In einem Thurme, der nur diesen geheimen Treppenraum und zwei darüber liegende Zimmer hat, eine Wohn- und eine Schlafstube. Da oben befindet sich Ihre Tochter, wenn sie nicht in einem Verließe untergebracht worden ist, was ich aber nicht erwarte. Der Prinz pflegt seine weiblichen Gefangenen zunächst mit Liebe zu behandeln und nur, wenn diese fruchtlos bleibt, die Strenge anzuwenden.«

»Vorwärts, vorwärts!« mahnte der erregte General.

»Halt! Erst noch einige Weisungen. Wenn wir die Treppe halb erstiegen haben, führt eine verborgene und mit demselben Mechanismus versehene Thür in einen unbelebten Gang des Schlosses. Von diesem aus gelangt man einestheils hinaus in den Garten und anderntheils an die Treppe, welche zu den beiden erwähnten Zimmern führt. Eine andere Thür geht auf einen Korridor, welcher in die bewohnten Räume mündet. Wir müssen alles Aufsehen vermeiden und dürfen den Prinzen nur da vernehmen, wo man nichts von uns hören kann. Das ist erstens der Garten und zweitens sind es diese zwei Zimmer. Lassen Sie mich zunächst emporsteigen, um zu rekognosziren.«

Er schlich sich mit lautlosen Schritten die Treppe empor. Ganz oben blieb er halten, um eine Weile zu lauschen, dann kehrte er zurück.

»Excellenz, wir kommen zur glücklichen Stunde. Ihre Tochter ist oben und er befindet sich bei ihr.«

»Ists möglich!«

»Ich hörte beide deutlich. Ich erwarte, daß Sie meinen Anordnungen Folge leisten. Sie, Excellenz, der Herr Marinelieutenant und die beiden Grafen Mylungen steigen bis zu dem Punkte empor, an welchem Sie mich jetzt gesehen haben. Dort warten Sie bis ich wiederkehre um Ihnen zu öffnen.«

»Wo gehen Sie hin?«

»Ich werde mit Holmers, Herrn von Walmy, dem Steuermann und dem Schmiede den Gang besetzen, daß dem Prinzen, wenn er Ihnen entwischen sollte, nur der Weg zum Garten offen bleibt, wo er uns nicht entrinnen kann. Karavey bleibt mit dem Müller hier zurück, um ihn zu empfangen, falls er diesen Ausweg suchen sollte. Wir tödten ihn, ehe wir ihn entrinnen lassen.«

»Er wird nicht entfliehen. Er ist Herr von Himmelstein.«

»Pah! Er wird ausreißen wollen, um Alles leugnen zu können. Vorwärts, meine Herren! Aber leise, leise. Vermeiden Sie jedes Räuspern.«

Helbig stieg mit Kurt und den beiden Mylungen voran. Der Pater folgte mit seinen vier Leuten. Auf dem Halbschiede der Treppe blieb er halten, während die Vorangestiegenen über ihm standen. Er zog sein Messer und öffnete eine schmale Thür, durch welche sie stiegen. Sie standen in einem dunklen Gange, welcher hier mit allerlei Geröll und altem Werkzeug belegt war. Nachdem der Pater aufmerksam gehorcht hatte, schritten sie vorwärts und kamen an eine Treppe.

»Da oben ist er,« flüsterte der Pater. »Weiter!«

Bereits nach wenigen Schritten erreichten sie eine Thür zu ihrer linken Hand. Der Führer probirte sie.

»Sie ist nur eingeklinkt und führt in den Garten. Holmers und Walmy, Ihr geht hinaus und versteckt Euch, bis Ihr andere Weisungen erhaltet. Und die beiden Andern – sehen Sie da hinten die Thür? Sie führt in den Korridor, welchen ich vorhin erwähnte. Dort postiren Sie sich und lassen den Prinzen nicht durch. Sie verdecken Ihre Laterne, bis er vor Ihnen steht. Also lieber todt, als entkommen!«

»Keine Sorge!« flüsterte der Schmied. »Wen der Thomas Schupert anfaßt, der kommt nicht weiter.«

»Ich werde zu Ihnen zurückkehren und will nun vorerst den Andern da oben öffnen.«

Er wandte sich wieder zur Treppe zurück, wo der General mit seinen Leuten auf ihn wartete.

»Ich höre jedes Wort, welches sie sprechen,« flüsterte Helbig. »Wir befinden uns unter ihrem Fußboden?«

»Ja! Hier hüben ist der Fußboden der Schlafstube. Kommen Sie!«

Ein Schritt brachte sie von der Treppe auf eine halbkreisförmige Plattform, von deren hinterstem Theile einige Stufen emporführten, und zwar in eine enge Nische, in welcher sie eine Thür erblickten.

»Diese Thür ist mit einem Bilde verkleidet. Hier ist der Drücker, an dessen Stelle sich drin eine Erhöhung in der Rosette des Rahmens befindet.«

»Wird sie sich lautlos öffnen?«

»Sicher. Der Prinz und Geißler halten sehr darauf, daß sich die Geheimnisse dieses Ortes stets in brauchbarem Zustande befinden. Passen Sie auf!«

Ein kleiner Druck genügte, und die Thür war geöffnet.

»Treten Sie ein. Das Uebrige ist Ihre Sache. Ich gehe fort, um ihn draußen zu empfangen, wenn er Ihnen entkommen sollte.«

Er schlich sich zurück. Der General trat ein, und die drei Andern folgten ihm. Sie befanden sich in einem kleinen Stübchen, welches nur mit einem Bette, einem Nachttischchen und zwei Stühlen ausgestattet war. Ein Fenster gab es nicht, aber durch die Spalte der nur angelehnten Thür fiel ein leiser Lichtschimmer herein. Helbig huschte zur Spalte und blickte in das Nebengemach.

Auf einem kleinen Sopha saß der Prinz und in der äußersten Ecke stand Magda mit angsterfülltem Angesichte und die Hände flehend erhoben.

»Täuschen Sie sich nicht, mein Täubchen,« sagte eben der Prinz. »Kein Mensch ahnt, wo Sie sich befinden; Niemand wird Ihnen Rettung bringen. Nur die Erhörung meiner innigen Liebe kann mich auf den Gedanken bringen, Sie den Ihrigen wiederzugeben.«

»Ich liebe Sie nicht, ich hasse, ich verabscheue, ich verachte Sie!« lautete die mit zitternder Stimme gegebene Antwort.

»O, ich habe schon manches Vögelein gekirrt; auch Sie werden bald zahm werden, wenn Sie eines der Löcher betreten, in denen ich Widerspenstige zu zähmen weiß.«

»Ich werde sterben!«

»Es stirbt sich nicht leicht.«

»Gott wird mich beschützen und retten!«

»Meinen Sie? Ich möchte doch wissen, wie er dies anfangen wollte. Wenn ich jetzt zu Ihnen trete und Sie in meine Arme nehme, wie will er Sie da retten? Sie sind schwach; ich bin stark. Ich werde es Ihnen beweisen.«

Er erhob sich und trat auf sie zu.

»Wagen Sie es mich anzurühren!« drohte sie jetzt mit blitzenden Augen. »Ich werde mich vertheidigen.«

»Womit?«

»Mit meinen Händen, mit meinen Zähnen — —«

»Pah! Wollen es versuchen!«

Er wollte sie umfassen, wich aber schreckensbleich zurück, denn die Thüre hatte sich geöffnet, und unter ihr war der General erschienen.

»Elender!« donnerte dieser.

Dieses Wort brachte den Prinzen sofort wieder zu sich. Wer sprechen kann, der ist kein Gespenst.

»Mein Vater, o Gott, mein Vater!« schrie Magda und warf

sich in die Arme des Generales, in denen sie bleischwer und leblos hängen blieb.

»Was wollen Sie hier!« zürnte der Prinz, indem er auf ihn zutrat.

Da aber erblickte er das Gesicht Kurts, seines größten Feindes, und dahinter die beiden Mylungen.

»Ha, dieser Geißler!« rief er. »Aber Ihr sollt mir nicht entkommen!«

Mit einem raschen Griffe riß er das Licht an sich, sprang zur Thür hinaus und drehte den Schlüssel um. Dann hörte man, daß noch zwei eiserne Riegel vorgeschoben wurden.

Kurt hatte ihm folgen wollen, aber der General, welcher mit der leblosen Magda noch im Eingange stand, versperrte ihm den Weg.

»Entkommen!« rief er. »Was ist zu thun!«

»Bleib ruhig hier, Kurt!« mahnte der General. »Der Pater wird ihn ergreifen. Ich habe mein Kind, mein liebes, gutes Kind, das Andere ist mir jetzt gleichgiltig!«

Unterdessen war der Prinz zur Treppe hinabgesprungen und an die Thür geeilt, welche zur Wendeltreppe führte. Er fand sie offen und blickte hinab. Da unten stand eine Laterne, und im Scheine derselben erkannte er den Müller und einen andern, stark und kräftig gebauten Mann.

»Alle Teufel, hier geht es nicht!« raunte er. »Ich muß zum Schlosse hinaus und den Berg hinab in den Steinbruch, um in den Gang zu kommen, wo ich in der Brunnenstube die Platten fortnehme. Dann sind sie gefangen und müssen elend verschmachten.«

Er wandte sich um und eilte an der Gartenthür vorüber auf den Eingang des Korridors zu. Aber plötzlich taumelte er zurück. Der Schein der Laterne blitzte auf, und vor ihm standen drei Männer.

»Wer seid Ihr?« stammelte er.

»Ich bin Dein böser Geist. Blicke mich an!« grollte der Pater mit dumpfer Stimme.

»Ella!« schrie der Prinz.

Er hatte die einstige Kunstreiterin erkannt trotz ihrer Verkleidung und trotz der Veränderung, welche die Jahre in ihrem Angesichte hervorgebracht hatten.

»Ja, Ella ist es! Die Rächerin ist da! Wo willst Du hin, um mir zu entfliehen? Deine Rechnung ist abgeschlossen, Scheusal!«

»Noch nicht!« rief er.

Er schleuderte ihr das brennende Licht in das Gesicht und sprang durch die Gartenthür. Ihr höhnisches Lachen erscholl hinter ihm.

»Besetzt die Gartenthür!« gebot sie dem Schmiede und dem Steuermanne. »Er darf ohne meinen Willen nicht wieder herein.«

Mit einem Sprunge war sie dem Flüchtlinge nach und in den Hof hinaus. Holmers und Walmy tauchten vor ihr auf.

»Wo ist er?« frug sie.

»Durch die Pforte hinaus in das Gärtchen.«

»Ah, sie hat offen gestanden! Besetzt sie!«

Sie schnellte hinaus und lauschte. Von der Mauer, gerade oberhalb der Gartenbank erscholl ein Geräusch. Das war dieselbe Stelle, an welcher Kurt die Unterredung zwischen dem Prinzen und den beiden Geißler belauscht hatte, hüben die Steinbank, von welcher aus man die Mauer ersteigen konnte, und drüben die fürchterliche Felsentiefe. Die Angst hatte den Prinzen da hinauf getrieben. Er wollte, auf dem Mauerkranze hinkriechend, den Graben im Sprunge erreichen und so entkommen.

»Er ist dort hinauf! Er ist verloren, und – ich vielleicht mit ihm,« dachte der Pater. »Schnell, ihm nach!«

Sie sprang auf die Bank, ergriff die Mauerkante und schwang sich hinauf. Unter ihr gähnte die schwarze Tiefe, aus welcher weit, weit, wie aus der Hölle herauf, die Lichter der Höllenmühle schimmerten. Wie ein Eichhörnchen kroch das Mann gewordene Weib über die wackelnden Quader; da – da sah sie ihn vor sich. Ein Griff, und sie hatte ihn am Fuße. Der Stein, auf welchem sie jetzt lag, hielt fest in seinen Fugen – sie fühlte sich sicher und hielt den Flüchtling mit eisernem Griffe fest.

»Halt, mein süßer, lieber Hugo! Was eilst Du so?« frug sie mit halblauter Stimme. »Deine Ella ist hier. Setze Dich aufrecht. Wir wollen von Liebe reden, von Liebe, Liebe, Liebe!«

»Laß mich, Ungeheuer!« stöhnte er, sich festklammernd.

»Ah, nicht von Liebe? Also von Haß und Rache, von Tod und Hölle? Mir auch recht! Ungeheuer nennst Du mich? O, wäre ich es gegen Dich gewesen, wie Du es gegen mich und Viele warst. Ich könnte jetzt lange mit Dir reden, reden von der Vergangenheit, könnte predigen wie ein Pfaffe, um Deine Seele für den Himmel zu retten. Aber sie gehört in die Hölle und soll zur Hölle fahren. Ich habe keine Zeit für Dich, denn ich muß noch in dieser Nacht die Opfer befreien, welche dort unter dem Kloster schmachten. Dein Sand ist abgelaufen!«

»Laß mich, Ella! Was willst Du haben für mein Leben? Ich gebe Dir Tausende, viele, viele Tausende!«

»Das Elend und einen ewigen Kerker würdest Du mir geben, wenn ich Dich frei ließe; ich kenne Dich. Eins nur kann ich für Dich thun: Ich will Dir Deine letzten Augenblicke versüßen durch eine Nachricht, die Dein gutes Herz bis zu Thränen rühren wird: Lieutenant Schubert ist frei. Er hat Euch hier an derselben Stelle belauscht, an welcher wir jetzt liegen. Er hat jedes Eurer Worte gehört und auch gesehen, daß Du Deinem Diener das Sündengeld gabst. Dann hat er ihn unten am Blitzkreuze gefangen genommen und zum Staatsanwalt in die Mühle gebracht.«

»Lüge!« stöhnte der Prinz.

»Wahrheit, mein Hugo! Auch der Vogt liegt unten im Gange gebunden. Euer Spiel ist aus, und Du kannst nichts weiter thun, als wie ein ächter Cirkusclown mit einem Salto mortale von dem Schauplatze Deiner segensreichen Thätigkeit abtreten. Diesen Salto mortale werde ich Dir erleichtern. Siehst Du die Tiefe da unten? Wie sie lockt, wie sie winkt? »Halb zog sie ihn, halb sank er hin« – ich werde ziehen, ja, gewiß! Bete ein Vaterunser! Ich zähle bis Drei, dann fährt Deine Seele trotz der heiligen Worte zum Teufel!«

»Ella, vergib!«

»Ich will Dir vergeben, was Du an mir thatest, aber was Du

Andern thatest, dafür kann ich Dir keine Absolution ertheilen.«

»Ich gebe Dir nicht Tausende, ich gebe Dir eine Million!«

»Pah! Jeder Pfennig von Dir würde Unheil bringen!
Eins – –!«

»Ich habe nichts gethan, was Andere nicht auch thaten!«

»Also keine Reue! Mensch, ich hätte Dich doch vielleicht
laufen lassen, denn ich bin trotz alledem ein Weib und habe
ein Herz im Busen; aber ich sehe, daß Du das Raubthier
bleibst wie zuvor. Zwei –!«

»Weib laß mich los! Ich rufe!« ächzte er mit aller Anstrengung, sich an den Stein festzuklammern.

»Rufe, Unverbesserlicher! Passe auf – – Drei – – –!«

»Hil – – –!«

Die zweite Silbe des Hilferufes wurde von einem lauten
Prasseln und einem darauf folgenden dumpfen Krachen über-
tönt. Der Pater hatte mit einem fast übermenschlichen Rucke
Mann und Stein von der Mauer gerissen, beide verschwanden
in der Tiefe.

»Was war das?« frug es vom Garten her.

Mit einem Sprunge stand der Pater im Gärtchen.

»Er ist von der Mauer gestürzt.«

»Mein Gott!« rief Holmers.

»Leise!« gebot der Pater. »Jedenfalls hat man den Ruf
gehört. Wir müssen schleunigst retiriren. Kommt!«

Sie eilten in den Gang zurück, nahmen den Schmied und
den Steuermann auf und schlüpften hinaus auf die Wendeltreppe. Der Pater verschloß die Thür.

»Geht hinab zu den Zweien! Ich hole die Andern.«

Er stieg die Wendeltreppe vollends empor und über die
Plattform in das Gefängniß Magda's. Diese hatte sich wieder
erholt.

»Wo ist der Prinz?« frug Kurt.

»Todt!«

»Todt? Ah! Wie?«

»Er wollte über die Mauer entkommen, gerade an der Stelle,
wo Sie ihn belauschten, und ist hinabgestürzt.«

»Heiliger Himmel!« rief der junge Mann entsetzt.

Auch des Paters Angesicht war blaß wie der Tod, aber er beherrschte sich.

»Kommen Sie schnell! Man könnte etwas gehört haben und uns verfolgen. Wir dürfen keine Zeit verlieren.«

»Aber Magda, und dieser feuchte, kalte und schmutzige Gang!« meinte besorgt der General.

»Ich werde sie tragen. Vorwärts!« sprach Kurt.

Er nahm das nicht widerstrebende Mädchen auf die Arme und schritt voran. Die Andern folgten. Der Pater ging zuletzt und verschloß die Bilderthür hinter sich. Sie gelangten bis in die Brunnenstube. Als sie dieselbe passirt hatten, gebot der Pater Halt. Er bat Holmers, ihm zu helfen. Beide rissen hinter sich die Steinplatten des Fußbodens auf und ließen sie in den Brunnen fallen.

»So, nun sind wir sicher. Nun kann man uns nicht folgen,« meinte er, indem er die Thür zuwarf. »Jetzt laß mich wieder voran!«

Als sie die Stelle erreichten, wo sich der Gang theilte, wandte sich der Pater an Kurt zurück:

»Nehmen Sie Karavey und eine Laterne, und tragen Sie die Dame bis dahin, wo Kunz den Vogt bewacht. Wir bedürfen Ihrer nicht.«

Die beiden Genannten folgten dieser Weisung. Die Uebrigen folgten dem Führer in den dunklen Gang hinein.

Auch dieser führte eine Zeit lang eben fort, und verwandelte sich dann in eine Treppe, welche auf zwei Gänge mündete.

»Warten Sie hier,« bat der Pater. »Gerade aus geht es in das Kloster der Mönche. Ich muß einmal rekognosziren, ob wir vor Störungen sicher sind. Holmers mag mich begleiten. Verbergen Sie die Laternen, und bleiben Sie im Finstern. Sollte Jemand von links herkommen, so halten Sie ihn fest. Dies ist der Gang, auf welchem die Herren Patres die frommen Schwestern besuchen.«

Er verschwand mit Holmers in dem dunklen Stollen. Die Uebrigen mußten lange warten, bis er zurückkehrte. Er sagte ihnen, daß sie ungestört sein würden, und führte sie dann links in den Gang hinein.

Dieser war breiter und bequemer gehalten als bisher, und von Zeit zu Zeit kam man an eine Nische, in welcher eine Bank stand.

»Wozu diese Sitze?« erkundigte sich Walmy.

»Hier pflegen die Patres von den Schwestern Abschied zu nehmen.«

Nach längerem Wandern sahen sie am Boden ein mit Wasser halb gefülltes Holzgefäß stehen. Daneben lag eine Kette.

»Wozu dies?« frug der General.

»Warten Sie!«

Er setzte seine Laterne auf den Boden nieder und verschwand in dem Gange. Nach vielleicht zehn Minuten kehrte er wieder.

»Dort geht es nach dem Frauenkloster. Ich mußte mich auch da überzeugen, ob wir sicher sind.«

»Sind wir es?«

»Ja.«

»Also dieser Wasserkübel und diese Kette?«

»Wir stehen vor den geheimen Gefängnissen.«

»Ah!«

»Suchen Sie einmal nach den Thüren!«

»Man sieht keine.«

»Treten Sie hier weg, und passen Sie auf!«

Er bückte sich und nahm einen kleinen Stein aus dem Fußboden. Es kam das Ende einer eisernen Stange zum Vorscheine. Er drückte dieselbe seitwärts, und sofort öffnete sich vor ihnen eine schmale Bohlenthür, welche an ihrer Außenseite mit einem täuschend nachgemachten Felsen bekleidet war. Ein fürchterlicher penetranter Geruch strömte ihnen aus dem Loche entgegen, welches hinter dieser Thür lag. Als der Pater hineinleuchtete, erblickten sie eine in Lumpen gehüllte menschliche Gestalt, die an eine Kette gefesselt am Boden lag. Ein halb zerbrochener Wasserkrug stand neben dem Bündel faulen Strohes, welches als Lager diente.

»O mein Gott!« rief der General. »Soll das ein Mensch sein?«

Die Gestalt erhob sich von dem Boden. Zwei dunkle unheimliche Augen stierten aus einem todtenkopfähnlichen Gesichte den Männern entgegen.

»Fort mit dem Lichte!« erklang es dumpf und heiser. »Es verbrennt mir die Augen und das Hirn. Packt Euch! Ich bete nicht!«

»Wer ist es, Pater, wer ist es?« frug der General.

Der Pater antwortete nicht, sondern frug den Gefangenen:

»Wollen Sie frei sein?«

»Frei?« antwortete es. »Frei, das heißt bei Euch todt? Ja, tödtet mich, obgleich ich bereits gestorben bin!«

»Herr von Walmy, wir bringen Ihnen wirklich die Freiheit!«

»Walmy! Walmy nennst Du ihn, Pater. Ist er es, o sag, ist er's?« rief Friedrich von Walmy.

»Er ist es.«

»Theodor!« schrie der junge Mann auf und stürzte sich in die Zelle.

Ein unartikulirter Schrei erklang, dann war es still in dem Loche, nur das Geräusch der Küsse hörte man, mit denen der Jüngling den Mund seines ohnmächtigen Bruders bedeckte.

Die Hände des Paters zitterten, und seine Stirn war von dicken Schweißtropfen bedeckt, aber er bezwang sich.

»Lassen wir die Beiden,« meinte er. »Kommen Sie weiter!«

Eine kurze Strecke entfernt hob er wieder einen Stein, um eine zweite Thür zu öffnen. Derselbe Duft und dasselbe Stroh, auf welchem aber dieses Mal eine weibliche Gestalt ruhte. Sie sprang auf. Ihre Haft war kürzer gewesen als die des vorigen Gefangenen, darum erkannte man noch die Spuren der Schönheit in den bleichen eingefallenen Zügen. Das Mädchen starrte die Männer einen Augenblick lang an, dann breitete sie die Arme aus.

»Vater, mein Vater! Bruder! Vergebt!«

Auch sie sank bewußtlos nieder. Die beiden Mylungen

knieten neben ihr nieder, und aus ihrem Munde war nichts als ein lautes herzbrechendes Schluchzen zu vernehmen.

»Lassen wir sie jetzt; kommen Sie bei Seite!« bat der Pater mit gebrochener Stimme. Auch er schluchzte wie ein Kind.

»Aber die Ketten?« frug der General.

»Ich kann sie lösen. Unter dem Wassergefäß liegt stets der Schlüssel.«

Unterdessen hatte Kurt unter Karaveys Begleitung den alten Kunz erreicht, der sich vor Freude über den Anblick seiner wiedergefundenen Herrin kaum zu fassen vermochte. Nach diesen ersten Ausbrüchen des Entzückens aber wurde es wieder still. Die beiden Männer flüsterten leise mit einander, und in einiger Entfernung davon saßen die zwei jungen Leute Hand in Hand und hatten sich viel Heimliches zu sagen. Nur einmal hörte der alte treue Kunz die leisen Worte:

»Kurt, Du hast mich auf Deinen Armen von da oben fortgetragen; Du sollst mich auf diesen Armen auch durchs Leben tragen. Willst Du?«

»O wie gern, wie so unendlich gern!«

Dann ertönte ein leiser indiskreter Schall, so daß sich Kunz schmunzelnd den Schnurrbart strich und fast laut gebrummt hätte:

»Gott sei Dank, nun ist mein Herzenswunsch erfüllt! Verstanden?«

Endlich langten auch die Andern an, an ihrer Spitze der Pater.

»Auf und vorwärts!« gebot er. »Nehmt dem Vogt die Schnur von den Füßen, daß er laufen kann; aber laßt ihn nicht entwischen. Er soll seinem Herrn Neffen Gesellschaft leisten.«

Die Höhle wurde verlassen. Holmers und der Schmied hatten den Gefangenen zwischen sich. Kurt trug wieder Magda und der junge Mylungen seine Schwester. Theodor von Walmy wurde von seinem Bruder und dem Steuermanne mehr getragen als geführt; so ging es den Berg hinab. Es hatte sich ein leichter Wind erhoben, der in den Wipfeln der Tannen rauschte. Da blieb der Pater plötzlich stehen.

»Horch! War das nicht ein Schrei!« frug er.

»Auch ich hörte ihn,« antwortete Holmers. »Er klang wie vom Himmel herab.«

Da ertönte derselbe Schrei zum zweiten Male.

»Pah, es ist eine Weihe oder sonst ein Raubvogel!« sagte der Müller, und die Gesellschaft setzte ihren Weg fort.

Als sie im Scheine der Laternen die Mühle erreichten, wurde die Thür von den zurückgebliebenen Frauen geöffnet.

»Habt Ihr sie?« frug Freya.

»Ist sie da?« erkundigte sich Wanka.

»Bringt Ihr sie?« wollte auch Zilla wissen.

»Hier ist sie!« rief der General jubelnd.

»Ich habe sie!« jauchzte die Lange, indem sie die Nichte an sich zog.

»Nein, ich habe sie!« behauptete die Kleine, indem sie Magda umarmte.

»Seht her; ich bins, die sie hat!« rief die Dicke, der leider wieder nur eine Umarmung von der Rückseite ermöglicht war.

»Na, na, nur sachte!« warnte der Schmied. »Wenn sie zerrissen wird, dann hapen wir sie umsonst herpeigepracht!«

Sie wurde im Triumphe in das Zimmer geschoben und gezogen, die Andern folgten.

Da drinnen erhob sich nun ein unendlicher Jubel, bei dem wohl auch gar manche Thräne perlte. Bald aber öffnete sich die Thür wieder, und es trat eine Gestalt hervor, welche einige Augenblicke wie unschlüssig stehen blieb und dann langsam am Garten vorüber nach dem Walde schritt. Es war der Pater. Unter einer hohen Tanne angekommen, legte er sich mit einem tiefen Seufzer in das Moos nieder. Legte? O nein! Hätte der Mond geschienen, so hätte Jeder, der in die Nähe gekommen wäre, eine Gestalt knien sehen im tiefen, innigen – Gebete. – –

Man hatte sich in der Mühle sehr spät zur Ruhe gelegt. Dies war der Grund, weshalb die Betheiligten erst gegen Mittag erwachten. Beim Kaffee versammelten sie sich. Da trat Klaus der Knappe herein. Seine lange Nase machte allerhand bedenkliche Bewegungen, und endlich nahm er sich den Muth, zu fragen:

»Herr Lieutenant, wissen Sie es schon?«

»Was!«

»Die Neuigkeit!«

»Welche?«

»Vom Prinzen! Das versteht sich ganz von selber.«

»Was denn? Heraus damit!«

»Er ist von der Mauer gestürzt.«

»Ah! Und todt natürlich?«

»Nein. Das versteht sich ganz von selber.«

»Was! Weiter, weiter!«

»Er ist mit dem Rocke an einem alten Tannenkrüppel hängen geblieben, der da oben im Felsen steckt, und hat die ganze Nacht gerufen. Erst gegen Morgen hat mans gehört und ihn mit Stricken und Seilen heraufgeholt. Aber sein Kopf ist schneeweiß geworden vor Angst. Er soll ganz verwunderlich aussehen; das versteht sich ganz von selber.«

»Er ist nun krank vor Schreck?«

»Gott bewahre, sondern kerngesund. Er ist gleich zur Bahn gegangen und auf und davongefahren. Er soll gesagt haben, daß er in seinem ganzen Leben nicht mehr nach Himmelstein kommen werde, vielleicht auch nach Süderland nicht. Das versteht sich ganz von selber.«

Nachdem seine Nase einige ganz außerordentliche Drehungen gemacht hatte, verließ er brummend die Stube.

Keins der Anwesenden sprach ein Wort, aber über das Angesicht des Paters ging ein Zug stiller seliger Befriedigung. Doch dauerte diese Stille nicht lange. Sie wurde unterbrochen von einer furchtbaren Detonation, welcher sofort eine zweite und dann eine dritte folgte. Alle erhoben sich, um vor die Mühle zu eilen. Da oben war der Steinbruch eingestürzt, und diese ganze Seite des Berges zeigte sich bedeckt von Fels- und Baumtrümmern. Die Menge des Volkes, welche die nahende Wallfahrt bei den beiden Klöstern vereinigt hatte, sah man nach der Gegend der Verwüstung fluthen.

»Was mag das sein?« frug der General.

»Man sagt, der Berg sei inwendig hohl, weil er früher ein feuerspeiender gewesen ist,« antwortete der Müller. »Nun ist er zusammengebrochen. Ein großes Glück, daß das Schloß und die Klöster noch stehen!«

Der Pater aber neigte sich zu dem alten Mylungen:

»Ich weiß es.«

»Nun?«

»Es sind seit langer Zeit Minen bereit, die heimlichen Gänge einzuschütten, sobald einer derselben entdeckt wird. Man hat die Gefangenen vermißt und die Minen angezündet. Nun machen Sie Anzeige!«

»Ich weiß es, daß man da oben Alles leugnen wird. Ich werde mit dem Generalstaatsanwalt sprechen, der ja baldigst kommen muß. Aber wenigstens die beiden Kerls, welche wir da drin gefesselt liegen haben, sollen ihrer Strafe nicht entgehen.«

Zwei Jahre später wurde das neu erbaute Schloß Helbigsdorf eingeweiht. Der Prachtbau kostete beinahe, die innere Ausstattung mit gerechnet, eine Million. Die Mittel des Generales hätten dazu bei Weitem nicht ausgereicht, aber König Max, der frühere Schmiedesohn, hatte aus seiner Privatschatulle die sämmtlichen Kosten des Baues bestritten, um dem Generale ein Geschenk damit zu machen.

Natürlich war nun Seine Majestät zur Feier dieses Tages geladen. Er war der Einzige, denn Helbig wollte nur die bei sich sehen, die seinem Herzen nahe standen. Die Mylungen und Walmy waren bereits eingetroffen, der Schmied Schubert nebst Frau, der Müller Uhlig auch nebst Frau, ebenso Pastor Walther nebst Frau.

Da kam eine lange Wagenreihe den Schloßberg heraufgefahren. Voran sah man die königliche Equipage.

»Sie kommen!« rief die Blaue.

»Alle!« fügte die Grüne hinzu.

»Alle miteinander!« vervollständigte die Purpurne.

»Seine Majestät voran! Thue ich meine Bibi weg?« frug Freya.

»Und ich meine Lili?« frug Wanka.

»Und ich mein Mimi?« frug Zilla.

»O,« meinte der nahe bei ihnen stehende Schmied, »die Damen mögen Ihre Mimi, Lili und Pipi immer pehalten. Seine Majestät nimmt so etwas gar nicht üpel. Ich glaupe im Gegentheil, daß er sehr viel Freude an den hüpschen Thierchens hapen wird.«

Die Wagen rollten in den Hof und ihre Insassen wurden gebührender Maßen empfangen. Neben dem Könige stieg – Kurt Schubert aus. Dann folgten aus einem eigenen Wagen der Steuermann Schubert nebst Frau, dann der riesige Bill Holmers, dann Karavey, und endlich eine zwar ältliche aber immer noch sehr anziehende Dame in reicher Sammetrobe; es war – der Bowie-Pater, Miß Ella.

Das gab ein Grüßen und Händedrücken, ein Fragen und Antworten, welches kein Ende nehmen wollte, und es dauerte lange, sehr lange, ehe man das Schloß in allen seinen prachtvollen Räumen besichtigt hatte und zur Tafel gehen konnte.

Der König saß natürlich obenan. Er strahlte vor Vergnügen, und der Wiederschein seines Glückes fiel auf das schöne Angesicht seiner Nachbarin Magda. Er hatte eine ganz eigene Weise der Unterhaltung; es war ihm fast anzusehen, daß er Verschiedenes in Petto hatte. So wandte er sich nach einem freundlichen Worte zum Generale plötzlich an Karavey:

»Sie wissen wohl, daß ich ein sehr guter Freund einer gewissen Zarba war?«

»Gewiß weiß ich das, Majestät!« antwortete der Bootsmann.

»Ich habe gehört, daß Sie mit Ihrem Freunde Schubert den Abschied nehmen wollen?«

»So ist es, königliche Hoheit. Wir werden alt und –«

»Ja ja,« unterbrach ihn der König. »Aber als Bootsmann geht man nicht zur Ruhe. Wollen wir Lieutenant sagen?«

»O, Majestät – – –!« stammelte der Glückliche.

»Schon gut! Sie sind doch damit einverstanden, Kapitän Schubert?«

»Heilige Braamstange, ach Verzeihung, Majestät, ich Kapitän?« rief der bisherige Steuermann.

»Sie haben das verdient, mein Guter, und ich freue mich, zwei Seekapitäne gleichen Namens, nämlich Vater und Sohn, an dieser Tafel zu sehen.«

Kurt erhob sich freudestrahlend.

»Königliche Hoheit, das habe ich nicht verdient!«

»Ich bitte sehr, die Entscheidung darüber doch mir zu überlassen.«

»Majestät beglücken mein Haus in so ungewöhnlicher Weise, daß ich nicht Worte des Dankes finde,« meinte der General. »Ist doch dieses Haus selbst nur ein Geschenk aus hoher Hand, welches ich – –«

»Halt!« unterbrach ihn der König. »Es ist nun endlich Zeit diesen Irrthum aufzuklären. Nicht ich bin es, der Ihnen dieses Haus baute, sondern der brave Steuermann und jetzige Kapitän Schubert war es.«

Ein allgemeines »Ah!« des Erstaunens ließ sich hören.

»Ja,« fuhr der König fort. »Der Kapitän hat dort hinter Indien so etwas wie einen außerordentlichen Schatz gehoben, der ihn zum Besitzer vieler Millionen macht. Hat er noch nichts davon erzählt?«

»Kein Wort!« rief der bestürzte General.

»So mag er es uns nachher beim Weine erzählen.«

»Ists wirklich, Majestät?«

»Ich bestätige es!«

Da sprang Helbig auf und umarmte den alten Seebären.

»Schubert, Freund, nimm Dein Glas und sage »Du« zu mir. Wir sind Väter eines Sohnes, also wollen wir Brüder sein!«

Die Gläser klangen, der König aber frug:

»Warum nur Väter eines Sohnes? Warum nicht auch Väter einer Tochter? General, ich bitte Sie hiermit für meinen jungen Marinekapitän Kurt Schubert um die Hand Ihrer Tochter Magda. Bekomme ich einen Korb?«

Es erhob sich ein allgemeiner Jubel und bald lagen sich die beiden jungen Leute in den Armen.

»Siehst Du, Parpara,« meinte Thomas, »grad so war es auch pei uns, als ich von Dir den ersten Schmatz pekam!«

Alles lachte, der König aber fuhr fort:

»Ich glaube nicht, daß diese beiden Verlobten die einzigen sind, die sich gern finden möchten. Graf Mylungen, verweigern Sie dem Herrn Baron von Walmy die Hand ihrer schönen Tochter? Beide sind sich in den traurigsten Jahren ihres Lebens nahe gewesen, mögen sie nun für die glücklichen auch vereinigt bleiben!«

Dem Grafen standen die Thränen im Auge. Er reichte Theodor von Walmy seine Hand hinüber und antwortete:

»Majestät, ich weiß, daß sich ihre Herzen gefunden haben, sie sollen sich nicht verlieren.«

Wieder klirrten die Gläser an einander; aber der König schien noch nicht zu Ende zu sein:

»Zwei Verlobungen? Damit wäre nicht einmal ein heutiger Theaterdichter zufrieden. Drei wenigstens müssen wir haben. Fräulein Ella, ich weiß, daß Sie die treue Seele lieben, die ich jetzt für Sie im Sinne habe. Bill Holmers hat an Ihrer Seite gekämpft, bleiben Sie auch im Frieden an seiner Seite!«

Da wandte sich die Angeredete mit fröhlichem Lächeln zu dem Genannten:

»Bill, bist Du mir wirklich gut?«

»Der Teufel soll mich holen, wenn es mir einfällt, nein zu sagen!« antwortete er glücklich. »Ich bin Dir gut gewesen, als Du ein Mann warst, und nun Du auf einmal eine Miß geworden bist, so ist mir das Dings da unter der Weste ganz außer Rand und Band gerathen. Bist Du mir auch ein wenig gut, he?«

»Das versteht sich! Willst Du Deinen Bowie-Pater haben?«

»In Gottes Namen dreimal statt einmal! Well, ich denke, daß wir ganz außerordentlich gut zusammen passen. Schlag ein.«

»Hier, topp!«

Die Gläser erklangen zum dritten Male, und nun konnte der frühere Steuermann Schubert seine Geschichte von der Juweleninsel beginnen.

Als die drei Schwestern sich am Abende dieses Tages in ihre Schlafgemächer zurückzogen, sahen sie einander lange schweigend an. Endlich nahm Freya das Wort:

»Drei Verlobungen an einem Tage, hm!«

»Ja, drei! Hm!« bemerkte auch Wanka.

»Volle drei! Hm!« bestätigte auch Zilla.

»Und wir?« frug zornig die Lange.

»Ja, wir?« frug auch die Kleine.

»O, wir!« meinte sehr indignirt die Dicke.

»Ich heirathe überhaupt nicht!« bemerkte die Blaue.

»Ich nehme niemals einen Mann!« entschied sich die Grüne.

»Und ich, ich verlobe mich nicht einmal, nie, nie, niemals!« zürnte die Dicke, indem sie ihr Mimi zärtlich an sich drückte. –

KARL MAY (1842–1912), der meistgelesene Erzähler der deutschen Literatur, seit 100 Jahren von gleicher Faszination für Jugendliche und Erwachsene, »vertritt mit seinen grellen, knalligen Werken einen Typus von Dichtung, der unentbehrlich und ewig ist« (Hermann Hesse). Sein umfangreiches Werk, nach seinem Tode vielfältig durch Bearbeitungen entstellt, erscheint hier in einer zuverlässigen Ausgabe, die nach den strengen Prinzipien der historisch-kritischen Edition angelegt ist, die bestüberlieferte Textgestalt bietet und diese nach Stil und Orthographie in ihrer vollen Zeitgebundenheit erhält. Sie dokumentiert damit die Spannweite einer literarischen Entwicklung, die vom unterhaltenden Trivialroman über die berühmten Reiseerzählungen bis zu den psychologisch-mystischen Büchern der Alterszeit reicht. »Fast alles ist nach außen gebrachter Traum der unterdrückten Kreatur, die großes Leben haben will ...« (Ernst Bloch).

Karl Mays Werke

Historisch-kritische Ausgabe in 99 Bänden
Herausgegeben von Hermann Wiedenroth und Hans Wollschläger

Editionsplan

KRIMINELLE LITERATUR
IM HAFFMANS VERLAG

AMBROSE BIERCE
Horrorgeschichten
Aus dem Amerikanischen von
Gisbert Haefs

**Lügengeschichten und
fantastische Fabeln**
Deutsch von Viola Eigenberz und
Trautchen Neetix

**SVEN BÖTTCHER/
KRISTIAN KLIPPEL**
Störmer im Dreck
Krimi

Mord zwischen den Zeilen
Ein Störmer-Krimi

G.K. CHESTERTON
Father Browns Einfalt
Father Browns Weisheit
Father Browns Ungläubigkeit
Father Browns Geheimnis
Aus dem Englischen von
Hanswilhelm Haefs

**JOHN CLEESE/
CHARLES CRICHTON**
Ein Fisch namens Wanda
Das vollständige Drehbuch mit vielen
Fotos. Aus dem Englischen und
Amerikanischen von Michel Bodmer

SIR ARTHUR CONAN DOYLE
**Sämtliche Sherlock-Holmes-
Romane und -Erzählungen
in 9 Bänden**
Aus dem Englischen von Gisbert
Haefs, Leslie Giger, Hans Wolf u.a.

Sherlock-Holmes-Handbuch
Herausgegeben von Zeus Weinstein

BERND EILERT
Eingebildete Notwehr
Kriminalroman

AARON ELKINS
Alte Knochen
Kriminalroman. Deutsch von
Jürgen Bürger

FRIEDER FAIST
Schattenspiele
Ein Kriminalroman aus
deutscher Provinz

KINKY FRIEDMAN
Greenwich Killing Time
Krimi. Deutsch von
Hans-Michael Bock

PETER GREENAWAY
**Der Koch, der Dieb, seine Frau
und ihr Liebhaber**
Das literarische Drehbuch mit
Farbfotos. Aus dem Englischen
von Michel Bodmer

GISBERT HAEFS
Und oben sitzt ein Rabe
Ein Matzbach-Krimi

Das Doppelgrab in der Provence
Ein Matzbach-Krimi

Mörder und Marder
Ein Matzbach-Krimi

HEN HERMANNS
Ciao Tao
Krimi

GEOFFREY HOUSEHOLD
Einzelgänger, männlich
Verfolgungs-Thriller. Aus dem
Englischen von Michel Bodmer

AKI KAURISMÄKI
I Hired a Contract Killer
oder Wie feuere ich meinen Mörder?
Drehbuch mit Farbfotos und einem
ausführlichen Interview.
Aus dem Englischen und Italienischen
von Michel Bodmer

DAN KAVANAGH
Duffy
Kriminalroman. Aus dem Englischen
von Willi Winkler

Vor die Hunde gehen
Ein Duffy-Krimi. Deutsch von
Willi Winkler